清宮豔系列(1)

玉玲瓏

孝莊與皇太極、多爾袞

樸月——著

玉玲瓏

目次

《玉玲瓏》新版序

去年底，與聯合文學出版社簽下了「清宮豔系列．玉玲瓏、金輪劫、埋香恨、胭脂雪」的合約，並被告知：今年下半年將出版第一部：《玉玲瓏》。

在開始整理舊日稿件的回首之際，不覺驚訝於時光飛逝而百感交集；《玉玲瓏》（遠流版）是一九九二年出「初版」的！那時，中文電腦還不盛行；我的前幾部小說，都還是用原子筆，一筆一畫在稿紙上寫出來的！這部小說，曾於一九九一年在《台灣新生報．副刊》上連載了大半年。再往前推，加上讀書、整合資料、寫作，並等待副刊連載「檔期」的時間，迄今已超過三十年了！換言之：我與孝莊、皇太極、多爾袞已「糾葛」了超過半甲子！

有朋友提出問題：聯合文學出的「新版」，內容是否跟當年的「遠流版」相同？我的答覆是：「聯文版」與「遠流版」是不相同的版本。歲月，總會帶給人一些「長進」吧？在《玉玲瓏》出版後，我又閱讀了許多相關的資料。當與岳麓書社簽約，確定將出簡體字版的《清宮豔系列》後，曾用了半年的時間，將《玉玲瓏》與《金輪劫》都做了相當大幅度的增訂（那時已使用電腦了，等於是一邊輸入，一邊增訂）。這一次聯文要出的「新版」，當然是與「遠流版」不同的「增訂版」。而且，也不是直接以當日檔案「交稿」，而又重新做了些文字上的「整理」。

六月四日，應邀在趨勢教育基金會主辦的《文學四季》廣播節目中接受訪問。主持人，是彼此「神交」已久，也曾通信，卻第一次見面的歷史小說新秀作家謝金魚（我想，以年齡差距來說，她不會反對我稱她為「小朋友」）。她提起：在我寫《玉玲瓏》之前，幾乎沒有人寫過「孝莊」這個人物。

二〇一六年，國光劇團首演《孝莊與多爾袞》之前，編劇王安祈女士特別跟我聯絡。她誠懇的告訴我：劇中孝莊勸降洪承疇的那一段，曾參考了我的小說《玉玲瓏》，因此在演出前，來信請我授權。

這使我有點「受寵若驚」。事實上，我的歷史小說，被所謂的作家或劇作家們「私下參考」，乃至「公然抄襲」，已非孤例。前兩年還有一位上海劇作家，被我住在上海的朋友，在看了演出後「檢舉」：她的劇作，顯然有抄襲我《西風獨自涼》的重大嫌疑。並熱心介紹了上海的「維權機構」，要我去討「公道」。

在維權機構協調期間，這位劇作家始終不肯承認；甚至否認曾「看過」我的《西風獨自涼》。一口咬定：她的劇本，是看《紅樓夢》和「歷史書」編寫的。

於是，我們之間開始一些就「雷同」情節的文字「交鋒」；對我提出的疑點，她一直努力辯解。結果卻是愈辯，破綻和疑點就愈多！原因很簡單：歷史小說原本就是「歷史記載」與「作者虛構」的綜合體。何者為虛？何者為實？只有「原作者」才最清楚！她認為是「歷史」而提出的「答辯」，往往「恰巧」是我所「虛構」的情節！到後來，我累了，不想跟她沒完沒了的爭辯糾纏了。表示：「就把我們之間的對話，張貼到網頁上，請讀者『公斷』吧！」

她才終於勉強道歉。也在此時，我才看到她完整的劇本。真抱歉的說一句實話：我還真不希望她的宣傳海報上，出現我的名字！因為……唉！

也有其他的所謂「劇作家」，寫了「孝莊」的電視連續劇，而被網友在網路上冷嘲熱諷的質疑：

「你跟樸月有什麼關係？」

「抄人家的書，還抄得那麼爛！」

「你到底是劇作家還是打字員？」

當時，先父正罹患癌症，住在加護病房。我有什麼心力為這些事，隔著海峽去糾葛？而且，我的寫作習慣，是讀「原典」，或是專家學者就這一人物或事件、時代的論述文章，然後綜合各家之說，理出了「前因後果」的頭緒，加上我個人對「人物心理」的體悟、描繪（我認為，這些「歷史」書上不說出來的心理轉折，才是「歷史小說作者」最大的發揮空間），再以「小說」的形式表達。在原則上，我是不看其他人同一題材的「小說」或「戲劇」作品的。所以，這一連續劇，我並沒有看過。卻在剛播出時，網路上就出現了這些質疑的聲浪。由這些質疑，可知「抄」得離譜。

今日何日？今夕何夕？網路已無遠弗屆的遍及全球，竟還有人認為：別人都沒有看過樸月早已在兩岸都出版過的書？她的「鉅作」，可是在我的《清宮豔》兩岸都已出版之後才製作拍攝的！那其中太過「雷同」的情節，難道是我抄她的？網路上真是「臥虎藏龍」，什麼「高人」沒有？此時此際還想一手遮天的「欺世盜名」，談何容易！在我鞭長莫及，也沒有心力去糾葛的情況下，我只能冷然說一句話：

「可恥的人不是我！」

所謂「公道自在人心」！真感謝這些熱心網友發聲「主持正義」！

也許有人會提出疑問：如果兩方看的是相同的資料呢？我可以舉大陸著名的歷史小說家凌力

女士寫的《少年天子》，與我題材相同的《金輪劫》為例；我們寫的都是順治與董鄂妃。我想，我們所閱讀的資料，應該有八成是重疊的。但我們的小說，卻沒有任何的「雷同」之處！因為每位作者的思維模式、涵泳體悟、寫作習慣、文字風格……都具有「獨特性」，不可能「雷同」到讓人認為「抄襲」的地步！她的書，出版得很早，但在我的《金輪劫》出版之前並沒有拜讀過！記得當年，我在北京開新書發表座談會時，還承初識的凌力姊，不但親自出席，而且打破了文藝界人士都知道：她對這些文藝集會「只參加、不發言」的慣例，主動發言的稱許了一番。

其實，我並不介意被人「參考」或「引用」。也不會「獅子大張口」的提出什麼非分要求。若論「名聲」，恕我不「謙虛」的說：我已經有了。若論「金錢」，我雖非富有，在經濟上，維持個人衣食無缺的簡單生活，對我是絕不成問題的；這一點「國光」可以為我作證：我並沒有「要求」什麼。我所要的，也不過是「尊重」；至少，別人若「引用」或「參考」了我的作品，我總應該有「被知會」的權利吧？

當然，「不告而取」也只是一部分劇作家「無行」的作為，我們也是不能「以偏概全」的，兩岸都還是有「真君子」。

早在我的《西風獨自涼》發表之後，就有一位當時在北京的影視工作人員艾覓（筆名）女士跟我聯絡，希望能將這部書拍成電視連續劇。甚至在我一九九一年首次陪家母到鎮江探親時，她還特地到鎮江來看我。這分誠意讓人感動，讓我們成為很好的朋友。這件事「未果」的原因，是不久之後，她有機會到美國留學。以她一個華人，很難打進美國的影視圈。因此，她改習中醫，現在已是邁阿密一位著名的中醫師了。我們的交誼一直維持到現在，前幾年我到美國探親，她還特地從邁阿密飛到北卡的洛麗我弟弟家來探望我。

我受到的另一「青睞」，是名導演李翰祥先生。那時我寫歷史小說的時間還不很久，也才出版我的第二本歷史小說《玉玲瓏》。有一天，在家接到一通陌生人的電話，他一開口，問明了我是樸月，就告訴我：他是李翰祥。我疑惑的問「李翰祥導演嗎？」他笑說：「是。」然後告訴我：他在香港的書店看到我的《玉玲瓏》，非常驚喜；覺得這是過去沒有人寫過、拍過的題材，極為適合拍電影。問我，是否願意授權，跟他合作？我表示：那是我的榮幸。他高興的說：他會去找人投資；而且，興奮的說：這部戲會是個大製作，而且一定要到瀋陽故宮去拍！然後跟我說：他到處跑，不方便跟我聯絡（當時，使用電腦的人還是極少數，更沒有現代電郵、手機等通訊工具），他會請在台灣的女演員劉華女士跟我保持聯絡。後來劉華也曾約我見過面，表示：李翰祥對這故事非常感興趣，她也很希望這件事能夠成功。

可惜的是，事隔兩年，李導演就因心臟病突發去世了，這一計畫，當然也就不了了之。但我還是很感謝：他曾真誠的賞識過當時還對自己沒什麼信心的我！

另一件事，也早在十幾年前了。一位大陸版權公司的吳文波先生到台灣來參加活動，找到我，並告訴我：有位著名的京劇編劇宋大聲先生，欣賞我的《西風獨自涼》，並已改編成了京劇。有出版社準備為他出版劇本，他特地到版權公司，請公司設法跟我聯絡，希望我能授權，讓他出版包括了《西風獨自涼》的劇本。我二話不說的簽了字授權；而且因為吳先生告訴我，大陸這類的出版物其實銷量並不好。當即同意「無償授權」：不收「版權費」。也因此結識了比我大了一輪的宋大聲先生，我與宋先生從沒見過面，倒也經由電郵偶通音信。

事實上，這樣的京劇要真開拍，也並不容易。在等待機緣的時間，宋先生還不斷的在修改劇本，以求「完美」。對宋先生的誠懇與正直，與對自己作品「求全責備」認真修改的寫作態度，我真要致上最高的敬意。

而因為這一「因緣」，這家版權公司還為我牽線，在大陸出版了我其他歷史小說簡體字版。經過這麼多年，主動跟我聯絡，請求授權，而且已正式演出的，竟只有台灣的名編劇王安祈女士！我感動於她態度的誠懇，和人品的高潔，當然一諾不辭！我們並因此訂交成為朋友。

在《孝莊與多爾袞》演出前，她請我為演出的「節目單」寫點文字。並安排先在《聯合報．副刊》發表。在刊登這篇〈纖手擎天話孝莊〉時，「聯副」的主編宇文正女士，在文前附言：

「國光劇團即將於台中歌劇院上演的新編大戲《孝莊與多爾袞》，以孝莊、多爾袞故事為本，刻劃兩人政治權謀與情愛糾葛的點滴，其中部分內容參考樸月《玉玲瓏》一書。樸月撰寫之《玉玲瓏》，為兩岸三地孝莊故事之重要原型。其熟稔於清朝歷史，浸淫於清初人物之中多年。特邀請樸月撰文，談她與孝莊的點滴相遇。」

三十年前，幾乎沒有人「不知道」清朝的「亡國太后」是慈禧。卻也幾乎沒有人「知道」：清朝還有一位「開國太后」孝莊！宇文正並沒有誇張；幾乎可以說：是我寫了《玉玲瓏》之後，才讓「孝莊」出土，浮上檯面，進入一般人的視線，並引發出後續「孝莊風潮」的。謝金魚就曾說：她是在國中時，看到我寫的這些歷史小說，才立志要當歷史小說作家的。真讓人欣慰！她如今已成為歷史小說領域中的知名作家了！並以她跳脫靈動的歷史思維、獨特有趣的寫作風格，在這個場域，引領一時之風騷。

廣播訪談中，謝金魚特別問我：

「當時，你怎麼會想到要寫『孝莊』這個人物的？」

當時，我認識了幾位「滿族協會」研究歷史的學者：宋承緒先生、韋華先生等。其實，早先我也是在他們的建議之下，才寫了當時幾乎也沒有人注意的「滿族第一詞人」納蘭容若的故事《西風獨自涼》，這是我今生寫的第一部歷史小說。曾於一九八六年，在《明道文藝》連載，並立刻得到了讀者的喜愛與肯定。因為當時兩岸還在疏隔狀態，在我根本都不知道的情況下，大陸的文學刊物《台灣文學選刊》就已轉「連載」了《西風獨自涼》。竟也在大陸一些喜愛「古典文學」的年輕朋友間風靡一時；後來，他們還成立了紀念與研究「納蘭」的專屬網頁《相約淥水亭》，成果斐然。

一九九一年，我更以時報出版的《西風獨自涼》，得到「中國文藝協會」主動頒贈的「小說創作獎」。這使滿族協會的長輩們十分欣慰。雖然我並不是滿族人，此後，他們見到我，都親切的喊我：「樸月格格」！

他們知道：我的性情比較沉默內斂、敏銳細膩。因此，並不適合寫什麼波瀾壯闊的「帝王將相」。相對的，倒比較適合寫思維縝密敏銳、心理幽深細微的文學家或后妃。因此，在《西風獨自涼》完成後，這幾位長輩就跟我提起：他們都非常遺憾：清朝有一位長久湮沒於歷史洪流中的「開國太后」：孝莊文皇后！她對「大清」的「開國」，具有「關鍵性」的影響與貢獻，卻好像都被世人遺忘了！因此，建議我：可以寫這位在清朝開國史上，占有重要地位的女性。當時，清史專家莊吉發教授聽說了，也非常贊同：認為這是一位值得一寫的人物！就是在他們的鼓勵之下，我開始搜尋並閱讀相關的史料。

我雙管齊下的在「正史」與「稗官野史」中探索這個人物。非常驚訝的發現：野史中，往往把「孝莊」汙蔑得「淫穢不堪」；甚至把「順治皇帝」福臨，都說成她在草原上跟某人「野合」生的。這個說法，不但完全沒有史實根據，而且若照這些野史所寫的年代推算：她生這個「私生子」的時候，芳齡才七歲！更讓人失笑的是：如果此說在當代廣為流傳，莫非清初那些諸王貝勒都患了失心瘋；拚了老命的打天下，為了讓這個沒有「愛新覺羅」血統的「野種」當皇帝？

在匪夷所思之餘，讓人深覺不平！因此，我決定從正史上，來釐清這個在清朝開國史稱得上「舉足輕重」的人物。當時，可不比現在，上網搜索一下，滿坑滿谷的資料都出來了！那時，只能買得到的書就買。並勤跑圖書館，去搜尋並影印相關的資料！過程非常艱辛。

孝莊文皇后（布木布泰）在正史上的記載：她出身於蒙古科爾沁，是被稱為「黃金氏族」的「成吉思汗」嫡系後裔「博爾濟吉特氏」。十三歲（滿蒙都尚早婚；如果照中國人虛歲的算法，她可能才十二歲），從蒙古「嫁」到瀋陽。而所「嫁」的人，是當時努爾哈赤建立的「後金」中，掌握軍政重權「四大貝勒」之一的「四貝勒」皇太極；努爾哈赤的第八子。他是努爾哈赤已亡故的「中宮大福晉」——孟古姊姊所生的「嫡子」。年齡比布木布泰大了超過二十歲。而且在輩分上，還是她的「姑父」！

這場在當時剛建的「新都」瀋陽，舉行的婚禮極為盛大；不但皇太極到瀋陽的北崗「親迎」，連努爾哈赤都率朝中貝勒和文武大臣和眷屬們親迎十里！

姑且不論她當時是否已與多爾袞有情。以一個十二、三歲的「小少女」，會樂意嫁給比自己大了超過二十歲，當時已漸入中年，還比自己長一輩的人？而且她當時雖說是「嫁」給皇太極，但皇太極已有了「大福晉」，也是後來「崇德朝」的「清寧宮皇后」——她的姑姑哲哲。當時的她，也不過是皇太極府邸的諸多妻妾中，一個身分低微的「小福晉」而已！

到了瀋陽，她首先面對的「政治衝擊」，就是因努爾哈赤駕崩，「後金」面臨的繼位之爭。努爾哈赤病重，接受醫生的建議：到清泉靉雞堡的溫泉去療養。但這辦法並沒有挽回他「天年已盡」的現實。當他自覺已無法生還瀋陽時，唯一奉詔趕到靉雞堡訣別的，是當時的中宮大福晉，也是多爾袞的生母阿巴亥。緊接著就傳出了他「駕崩」的消息。

在這樣的情況下，努爾哈赤的「遺詔」，應該只有阿巴亥知道；因為她是唯一親眼看著努爾哈赤嚥氣的人。而且，努爾哈赤在最後的時刻，只召她去見最後一面，對她的寵愛與信任何能置疑？

當努爾哈赤的子姪們趕到靉雞堡奔喪迎靈時，她所傳述的「遺詔」是：

「多爾袞繼位。因他年少，先由大貝勒代善輔政；等多爾袞成人再歸政於多爾袞。」

這遺詔是否可信？我認為是可信的！皇太極的母親去世之後，在努爾哈赤諸多福晉中，阿巴亥雖年幼，卻被冊立為中宮大福晉！因此，努爾哈赤的第十四子多爾袞，也與皇太極一樣，具有嫡子的身分！而且「母愛子抱」；他受努爾哈赤的鍾愛，是當時朝野盡人皆知的！在女真族「子以母貴」的傳統中，他與皇太極同樣具有「繼位」的資格！

但，當時那些有政、軍權勢的貝勒們，卻否定了她所傳述的「遺詔」，一致擁立四貝勒皇太極繼位。而更讓人「不能無疑」的是：皇太極在大家一致推戴擁立之際，一再推托婉拒。直到他們「矯詔」，宣稱：努爾哈赤留有「遺詔」：阿巴亥貌美心惡，為了怕她日後「亂政」，所以要她「殉葬」。不由分說，他們就以此為由，當即就「逼殉」了中宮大福晉阿巴亥！而在阿巴亥被逼殉之後，皇太極同意繼位登基了！也可以說：皇太極同意登基的「前提」，竟然是逼殉多爾袞的生母，也是他的繼母：「中宮大福晉」阿巴亥！

他們提出的所謂「遺詔」，內容實在牽強矛盾；事實上，只有在多爾袞年少繼位的情況之下，阿巴亥才可能有「干政」的機會。換了任何其他人繼位，她都只是一個處於後宮的「太福晉」（如漢人的「太后」），哪有「亂政」的可能性？此說，豈不「坐實」了：努爾哈赤的確是準備傳位給多爾袞的！

但，事情就這樣發生了！也可以說：多爾袞在喪父之後，不但被「奪走」了他原本認為「理所當然」屬於他的汗位，而且同時失去了他的母親！他心中的悲憤與痛恨，是可以理解，甚至是必然的！

在這一場「政爭」中，皇太極是勝利者！就歷史的客觀角度來回顧：當時由皇太極繼位，對「後金」的發展是正確的！即使以他當時幾乎得到貝勒們「全員」歸心擁戴，「天聰」初年，也還是延襲著努爾哈赤時代的情況：「四大貝勒」共坐理政。以本來就「位高權重」的優越條件，皇太極還費了許多心機，又經過了許多年，鬥倒了名位在他之前的大貝勒代善、二貝勒阿敏、三貝勒莽古爾泰，才得以真正的「南面獨尊」！若換成當時還是個「小少年」，完全沒有軍、政經歷的多爾袞，怎麼應付得了那一個個「功高震主」的貝勒，與文臣武將！

但這一場政爭的歷程，卻為後人（當然也包括了當時「耳聞目睹」的布木布泰）留下了太多的「疑點」。眼見這樣悲慘且不公平的事件在她的眼前上演，不論她當時是否已與多爾袞「有情」，就一般「少年」強烈的「正義感」，她也必然會同情「無辜」而受到嚴重傷害的「失敗者」——多爾袞！甚至，也因經歷了此一「役」，使她由無心而有心的，成為一個冷眼旁觀的「政治觀察家」；也讓她以敏銳而客觀的角度，逐漸建立了對政治的認知與見解。也因為她「有政治才能，而無政治野心」的超然立場，日後才能以公正無私的態度，處處以「大局」為重，在清初政治的紛亂與糾結中，奠定了她日後成為「開國太后」的基礎。

多爾袞「成長」歷程的艱辛，是必然的！因繼位事件「心裡有鬼」的皇太極，一方面不敢不善待他；其他貝勒們，雖然在當初擁立了皇太極，其實也是基於「現實」的考量；多爾袞年紀太小，無力承擔大任！但他們並不「敵視」多爾袞。甚至，必然會對多爾袞心存歉意，不會容許皇太極對多爾袞有什麼惡意傷害的行為。但皇太極本身，對多爾袞恐怕從未放心過。從他登基起，經歷了「天聰」的十年，加上後來得到了元朝寶璽，登基稱帝，改國號為「大清」，並改元「崇德」，前後共十七、八年間（其中有一年，「天聰」和「崇德」年號是重疊的），其實他也一直對多爾袞心存「疑忌」。

我在小說中，把孝莊與多爾袞之間的「情愫」，提前到她未被指婚給皇太極之前的「童年」時代，讓他們兩小無猜的滋生情苗，也是這個原因；多爾袞一直是皇太極非常疑忌，幾乎可說是視為「眼中釘」的對象！多爾袞本是個極聰明機警的少年；這從他在「天聰」年代，被賜號「墨爾根代青」，「崇德」朝更被封為「和碩睿親王」；二者的重點都是「睿智」可知。尤其在經過他的汗父努爾哈赤去世，被皇太極「奪權」的政爭之後，在這種置身「危疑」的敏銳感受中，不論是為了「自保」，或為了壯大自己以「日後報仇」，他絕不會，也不敢落下一點可供「描畫」的嫌疑。

而布木布泰，在「崇德」朝的封號，是列為名位最顯赫的「鳳凰樓五宮」之一：永福宮「莊妃」！「封號」一如「謚號」，可以說，都是對特定人物性情或事功的「定論」。由此封號亦可知：她也絕對是謹守分際，端莊自持的人。

也就是說：在皇太極主政期間，在皇太極疑忌，和眾多耳目的「窺探」之下，和他們兩人在後來所顯示的聰明睿智來看，必然會杜絕一切的「嫌疑」，明哲保身，絕不會滋生情愫「明知故犯」的往刀尖上碰。

而由皇太極駕崩後，不論以多爾袞當時擁有政事、軍功各方面的權位聲望，或是他已隱忍了十幾年，才終於等到能「奪回大位」的時機，都絕無肯「讓」人之理！事實上，若不是當時皇太極親領的「嫡系」兩旗——「正黃旗」、「鑲黃旗」堅持要立「皇子」。當時的諸王貝勒，對由多爾袞「繼位」，也都是沒有異議的。

固然，這其中牽連到他與比他年紀還大，又得到兩黃旗支持的皇太極長子：「肅親王」豪格，彼此勢均力敵，可能造成「兩虎相爭」的危疑局面，使他不能不考慮後果。「讓位」對他來說，是絕不能甘心的！

但他終究還是「讓」了，而且讓的對象，是年僅六歲，莊妃布木布泰生的「皇九子」福臨！這其間，莊妃當然是絕對的關鍵人物；除了「動之以情」之外，恐怕還需要「說之以理」，甚至「脅之以勢」！

再往後推到「太后下嫁」的疑雲；寫出「春官昨進新儀注，大禮恭逢太后婚」的張蒼水，本身是個道德君子，而且這種事，完全超出漢人的思維之外，不可能出於他「編造」；至少是有「風聲」流傳的。那，此二人之間「有情」，在當時，就是「昭然若揭」無法否認的！

而「情」自何來？這「情孽」，既不太可能在皇太極虎視眈眈的窺視之下「成立」，往前推到她婚前的童年時代「青梅竹馬，兩小無猜」，就成為較為「合理」的推論了。

當然，我也必得承認：這是「小說家言」！但作為小說家，應該是擁有「合理推論」的權利吧！

繪者：Hiroshi 寬

第一章

西斜的太陽，閃著金黃色的光輝，照耀著無垠的草原。秋風，吹著草浪。草原，已失去了夏春的青蔥，和遍地百紫千紅野花爛縵蓬勃的景象。草色逐漸萎黃，只有耐寒的幾種野花，稀疏地點綴著秋日的草原。

草原上，散布著星星點點的蒙古包。這塊水草豐美的沃土，是蒙古科爾沁部落聚居的所在。一座座帳幕，是他們棲息的住所。他們也靠畜牧為生，幸運的是：水草的豐足，使他們可以定居，不必東漂西泊的流浪遊牧。

一個小小的身影，自一座最華麗的帳幕中閃出；那帳幕，是屬於莽古思貝勒的。他是蒙古科爾沁的部落長，姓博爾濟吉特氏，是蒙古「成吉思汗」嫡系的「黃金氏族」。他統領著這塊土地，和土地上的牧民。

那身影，是一個小女孩。她爬上族人用以瞭望的高台，向東方眺望。目極處，只見幾隻鷂鷹盤旋在藍天白雲間。成群的牛、羊、駝、馬，在草原上徜徉……

一位美婦；莽古思之子寨桑貝勒的福晉，領著兩個年齡大些的女孩，也出了帳幕，向四方張望，口中喊：

「布木布泰！……玉兒！」

小女孩聽見呼喚，口中回應著，一邊爬下高台：

「阿娘，玉兒在這裡。」

「布木布泰，你爬那麼高，做什麼？」

寨桑福晉微嗔著責備。小名「玉兒」的布木布泰嘟著小嘴：

「等哲哲姑姑回來呀！」

年約十三、四歲的大女孩取笑道：

「等到了，哲哲姑姑也不認得你；不知道你是哪家的小丫頭！」

布木布泰不服氣，道：

「阿爹去接姑姑了，難道他不會告訴姑姑，我是布木布泰？」

寨桑福晉微笑看她們鬥嘴，這時，才出聲哄道：

「姑姑當然認得布木布泰！布木布泰和哲哲姑姑一樣是美人胎子；一看，就知道是博爾濟吉特家的小格格！」

在關外，「博爾濟吉特氏」以出美人而遠近聞名。各部落貝勒、台吉，都爭相來聘，以與門第高貴「博爾濟吉特氏」的美人聯姻為榮。

布木布泰頰上綻放著笑渦，問：

「阿娘！姑姑真的很美嗎？」

「是呀！不然，當年，怎麼會葉赫和建州爭著求親呢？這次，建州滅了葉赫，算起來，多少跟她也有點關係……」

寨桑福晉斂眸回憶起往事：

「建州汗的兒子皇太極貝勒，和葉赫的德爾格勒貝勒，同時派人來提親，讓你們的爺爺，十分為難。後來還是許給了建州。為此，葉赫把原先許給建州的親悔了……」

對這些情仇恩怨，布木布泰是不懂也不感興趣的。倒是兩個大女孩聽得津津有味。忽然，聽見布木布泰喊：

「阿娘！他們來了！我看到旗子了！」

寨桑福晉忙順著她手指的方向望去。果然，草原盡頭，出現了白色的旌旗，笑道：

「果然是他們來了！海蘭珠，快告訴爺爺、奶奶去！告訴他們，姑姑回來啦！」

不多時，在黃塵旗影間，已看得見馬上的人了，布木布泰眼尖，喊道：

「我看到阿爹和吳克善哥哥了！那一個女子，好美！一定是姑姑！她身邊的……咦！是個小孩子！」

「小孩子？」

寨桑福晉用手遮在眉上，張望了一會兒，道：

「四貝勒在姑姑後面；那孩子是誰？」

旋即笑道：

「那孩子至少也比你大兩歲，你還說人家小孩子！」

布木布泰不理會她母親，早奔著迎上去。馬隊慢慢馳近了，馬上的寨桑貝勒，遠遠見到奔過來的布木布泰，在馬上加上一鞭，迎了過去。待布木布泰跑近了，勒住馬轠，捉小雞似的，一彎身把跑得氣喘吁吁的布木布泰拎上了馬背。笑著，控轠等著後面的人跟上來。

「是布木布泰，我的小妹妹！我們喊她『玉兒』。」

隨在大金四貝勒身邊的寨桑之子吳克善，回頭告訴四貝勒皇太極。皇太極笑了起來；那坐在寨桑懷裡的小女孩，實在幼小得引不起他的注意；他的注意力只集中在他聚少離多的妻子身上。成婚後，正值汗父努爾哈赤大展雄圖的時候。他無戰不與，汗父倚重日深，他更席不暇暖，一直冷落了她……

倒是跟在一旁，被布木布泰喊作「小孩子」的男孩，看著偎在寨桑懷裡的布木布泰，目不轉睛。她真是一個非常漂亮的小女孩！皮膚的白皙，幾乎是他從沒見過的。跑得紅撲撲的兩頰，襯著像烏玉一般黑亮的眸子，和散亂的辮髮，更顯得她稚氣、天真……可愛！

「玉兒！」

吳克善說她是布木布泰，小名叫玉兒。她的皮膚，真白皙細緻如羊脂玉！他想著她那雙小手，該是如何的柔軟呢……

「多爾袞！多爾袞！」

皇太極的叫聲，把他自冥想中喚回，這才發現已到達一座大帳幕前了。有老老少少好多人，圍立在帳前，正對著他們指指點點。皇太極似笑非笑的瞪了他一眼，率先下了馬，和一位衣裳華麗的老者擁抱見禮。他知道，老者就是莽古思貝勒了。

他也下了馬，只見皇太極指著他，向老者說：

「他是我汗父的第十四個兒子，名叫多爾袞。」

莽古思笑了：

「多爾袞？看來他真的伶俐有如獾子呢！」

多爾袞的意思，正是獾子。

另一邊，一位老婦，摟住他的哲哲嫂嫂又哭又笑：

「哲哲！你可想死阿娘了！聽說你要和皇太極四貝勒一起回來的消息，娘歡喜得幾夜都睡不著，日夜盼著你回科爾沁……」

莽古思大聲打斷了老婦的話：

「有什麼話，進帳去說！」

說著，率先走進帳中。皇太極隨後跟進。多爾袞回頭找布木布泰，只見布木布泰和另兩位少女，正朝著他指指點點，不知說什麼。他不禁臉上一熱，不敢再看她，也忙進帳去了。

第二章

在帳中分賓主坐下，喝著奶茶，莽古思急著想聽皇太極講建州和葉赫之間的戰爭。

「我沒有想到，你們建州女真和葉赫真的打起來了，而且滅了葉赫；建州和葉赫有兩代的婚姻關係呀！那金臺什，不是你的親舅舅，又是你哥哥代善的岳父嗎？」

皇太極的生母，葉赫那拉氏孟古姊姊，本是金臺什的親妹妹。因此，莽古思說，金臺什是他的親舅舅。

說起建州女真和葉赫的恩怨，真是「冰凍三尺，非一日之寒」。

除了皇太極的母親之外，葉赫部中，如果說還有誰是建州汗努爾哈赤感激的人，那就是當年北關的部落長楊吉砮了。

那時，年輕的努爾哈赤，正為了建州女真的統一，面臨著強烈的反抗。他東征北討把與他作對的部落，一一敉平。為了全心對內，他努力結好盟邦。於是，他到北關去，拜訪葉赫的部落長楊吉砮，表達友好之意。

楊吉砮是個深諳世情、獨具慧眼的人。他看出了努爾哈赤的不凡；努爾哈赤固然在尋求盟邦支持，他也需要像努爾哈赤這樣雄才大略的有為青年，來做他對抗南關王臺、孟格布祿父子的後盾。

於是，楊吉砮對努爾哈赤說：

「我有一個小女兒，名叫孟古姊姊。現在年齡還小，等她長大，我願意把她嫁給你！」

結親，在關外各部間，一直是一種政治上結盟的手段。北關的葉赫部，是根基已相當鞏固的大部落。和南關的哈達部，幾乎旗鼓相當。這樣一個大部落的部落長，主動願意結親，努爾哈赤當然喜不自勝。只是有一點不解；楊吉砮有兩個女兒，大女兒也還沒有嫁人，為什麼不把年長、已到適婚年齡的大女兒嫁他，卻要等小女兒長大？於是他問：

「你既然不嫌棄我，願意與我締婚結盟，為什麼不把大女兒許配給我，即刻成親呢？」

楊吉砮誠懇地說：

「不是我捨不得大女兒，不肯把她許嫁給你。因為她的年齡雖然比較合適，但容貌和性情，卻比不上她的妹妹，恐怕不能合於你的心意。而我的小女兒，不但容貌美麗，心性更是高貴溫柔，和你才真正匹配！年輕人！耐心些，你不會失望的。」

努爾哈赤相信他的誠意，於是訂下婚約，等這個小女兒長大，再來迎娶成親。

萬曆十一年，北關葉赫部落發生了一件禍亂。南關的王臺，在明朝支持下，儼然成為扈倫四部：哈達、葉赫、烏拉、輝發的霸主。北關葉赫的楊吉砮、清吉砮兄弟，雖然也服臣於他，但這只是口服心不服。更因當年南關哈達部，曾參與謀害葉赫先人的陰謀，楊吉砮、清吉砮二人，更時時以報仇為念，靜待時機。

王臺年紀漸老，勢力稍衰。北關在楊吉砮、清吉砮兄弟勵精圖治下，日益興盛，終於擺脫了南關的控制。王臺死後，子孫內鬨，國勢益衰。雖然有明朝背後撐腰，終難服眾。北關趁勢崛起，聲稱：誰強誰為霸！明朝不應干涉遼東各部紛爭！要恃強壓制南關，奪取明朝發給南關和北關的全部敕書。更聯結蒙古，攻擊王臺屬下哈達各部。

南關不敵，向明朝求援，指控北關騷擾邊境。明朝總兵李成梁，設計誘殺楊吉砮、清吉砮二人中伏，同時被殺的軍民，達一千五百餘人。

北關經此浩劫，元氣大傷，再無力爭霸。楊吉砮之子納林布祿，清吉砮之子布寨，又只得歸順南關，受王臺的繼承人孟格布祿統轄。

孟格布祿是王臺和楊吉砮之妹溫姊所生的兒子。在王臺死後，以繼承人的身分，受明朝冊封，襲爵為「龍虎將軍」。與兄扈爾漢、姪歹商不和。王臺死，溫姊又依胡俗，嫁了王臺另一個兒子康古陸，也與扈爾漢有隙。因此，和北關葉赫聯合對付歹商。歹商得到明朝支援，囚康古陸。納林布祿、布寨只得乞和。

明朝鑒於努爾哈赤聲勢日益壯大，且與北關締定婚約，恐怕不易控制，因此暗示南關也和努爾哈赤聯姻。於是，王臺之子扈爾漢，也將女兒許配給努爾哈赤。努爾哈赤和南關、北關，都成了姻親。

萬曆十六年，楊吉砮許給努爾哈赤的小女兒孟古姊姊，已亭亭玉立，成為十四歲的少女了。四月，扈爾漢的女兒，由哥哥歹商送親，先嫁到了建州。五個月後，葉赫的納林布祿，也把父親生前許嫁努爾哈赤的小妹妹，送到建州與努爾哈赤成親。這位孟古姊姊，就是皇太極的生母。

孟古姊姊，果然如她父親楊吉砮所讚美，美貌溫柔，品格高潔。很快的，就在努爾哈赤的妻妾中，成為最受寵愛與尊重的一位。因此，被努爾哈赤立為正室嫡福晉。

但是，這段婚姻的美好，並沒有使兩國邦交敦睦。或許是努爾哈赤的勢力擴張得太快了；他從萬曆十一年，以十三副甲起兵，為被明軍聲稱「誤殺」的祖父覺昌安，和父親塔克世報仇起，到萬曆十六年，短短五年間，已統一了建州女真各部。而且，得到明朝敕令五百道，並每年給銀八百兩，蟒緞十五匹。而最令遼東各部疑懼恐慌的是：他的實力愈來愈雄厚了，不論是兵馬、物資，還是土地！

首先受到威脅的，就是扈倫四部。尤其是南關的哈達、北關的葉赫。

到萬曆十九年，努爾哈赤又進攻長白山、鴨綠江部，大獲全勝而歸，而且受到明朝正二品「龍虎將軍」的敕封！

北關的葉赫部落長納林布祿，沉不住氣了。派了使者到建州，去向努爾哈赤說：

「我們海西四部：葉赫、哈達、烏拉、輝發，加上你們建州，都是女真後裔，語言相通，本是一國。為什麼你們人口少，所占的土地大？這是不公平的，你該把土地割讓一部分給我們！我要額勒敏和扎庫木。」

努爾哈赤大怒，冷笑道：

「我們是建州，你們是扈倫，誰和你們是一國的？各國有各國的土地，我的土地，是辛苦戰鬥得來的，豈能隨便給人？用納林布祿的頭來換，也換不到我一個城！」

使者回報之後，納林布祿十分氣惱，聯絡了其他三部，再派使臣，恃強威脅努爾哈赤：

「讓你歸順扈倫，共為一國，你不肯。要你割讓土地，你又拒絕。這是你執意與我為敵了！我們扈倫四部，可不是你們建州那些小部落。動起武來，只有我們征討你的份，難道，你還敢越界來犯嗎？」

這隱隱是倚明朝為靠山，準備以大吃小了。努爾哈赤卻不買帳；多年來，他對明朝一直表現得十分恭順，也漸受明朝重視。可不再是昔日的吳下阿蒙，可以任憑加罪宰割了。於是痛斥來使：

「納林布祿兄弟，什麼時候披甲跨馬，衝鋒陷陣，和別人打過仗？只有在王臺的兒子、孫子，自相殘殺，像一群狗爭肉骨頭的時候，才揀到了機會，趁火打劫；聯合康古陸，對付歹商！你們以為我也像歹商一樣，那麼容易欺負？你說，你們兵馬比我多，我不敢進入你們的國境。難道你們四境都有高牆圍護？我就算白天不去，晚上出兵突襲，你們又敢把我怎樣？」

他愈說愈氣，抽出寶刀，砍下一塊桌角，道：

「想當年，我的祖、父被大明誤殺。我以十三副甲起兵，去討回公道。他們不但送還了我祖、父的遺體，協助我殺了挑撥者尼堪外蘭。而且，給我三十道敕書和馬匹，又讓我襲左都督的爵位。如今，更每年給八百兩銀子，又加封正二品『龍虎將軍』。你主子的祖、父楊吉砮、清吉砮，也是被明兵殺的，他們要回了遺體嗎？得到敕書、爵位、銀兩作為補償嗎？男子漢不能為祖、父報仇，真是可恥！還有臉來爭奪我的土地？」

這一番話，被使者加油添醋的回報納林布祿之後，納林布祿當然怒不可遏。一時，卻也不敢真的大舉來攻，但小規模的衝突不斷，仇隙愈結愈深。

努爾哈赤知道：一場大戰，勢不可免。於是秣馬厲兵，暗自布置，嚴陣以待。

萬曆二十一年，葉赫終於發動了攻勢。納林布祿和布寨兄弟，聯絡了哈達、輝發、烏拉和蒙古的科爾沁、錫伯、卦爾察，長白山的納音、珠舍里，一共九部，分三路來攻打建州女真。

努爾哈赤接到情報，派人出城勘察。回報：東方群鴉噪叫，西方火如星密。他判斷，敵人必自西方來攻。他從容布署人馬後，安然回房睡覺。他的福晉富察氏袞代，也聽說九部聯軍來攻，遙遙聽到馬嘶人喊，十分害怕。推醒他：

「現在葉赫聯絡九部來攻打我們，你為什麼還只顧睡覺？你是嚇糊塗了，還是心裡害怕，躲在家裡，不敢迎敵？」

努爾哈赤揚聲大笑：

「我如果害怕，就睡不著了。就因為不怕，才能安心睡覺。」

他向富察氏解釋：

「以前，一直傳說：葉赫要來攻打我們建州，卻不知道他們什麼時候來，所以得隨時警惕提防；人在面對不確定的未知時，才最令人不安！如今，確定他們來了，反而不必擔心疑慮了。如果是我無故發兵攻打葉赫，其過在我。現在是他們不念郎舅的情誼，錯在他們。上天是公平的，他們無故攻擊無辜，必然會得到報應，沒有好下場！」

果然，九部聯軍，在古勒山被精通韜略的努爾哈赤，以寡擊眾，殺得潰不成軍。葉赫首領之一，布寨墜馬而死；科爾沁首領明安，落荒而逃；烏拉首領布占泰，陣前被努爾哈赤生擒。自此，努爾哈赤更威名大震。

葉赫雖然不甘，但發動了幾次攻勢，都受挫敗，以致元氣大傷。為了休養生息，只得與努爾哈赤言和。布寨之子布揚古，將以美貌聞名遼東、有「活觀音」之稱的妹妹，許給努爾哈赤；納林布祿，則將弟弟金臺什的女兒，嫁給努爾哈赤的次子代善。卻不料，那位有「活觀音」美名的姑娘，抵死不願嫁努爾哈赤。努爾哈赤幾度想擇吉迎娶，都無功而返；對布揚古似存「悔婚」之心，大感不滿。

萬曆三十一年秋，皇太極之母，葉赫那拉氏孟古姊姊，患染重病，藥石無效。努爾哈赤與孟古姊姊恩愛非常，眼看愛妻病重，心痛如絞。

孟古姊姊羸弱的躺在病榻上，呼喚著他的名字，對他說：

「我這一生，再沒有什麼遺憾了。只是，自從嫁給你，十五年來，都沒有再見過我的額娘。如今，我快要死了……」

「不！孟古姊姊！你不會死的！你才二十九歲，皇太極只有十二歲，正需要你照顧，你怎麼能死！」

他低吼著咆哮，像一頭受傷的獅子，完全失去了平日的鎮定和威儀。他正如其名，是個「偉大的勇士」，向來，就像一塊萬古不移的磐石，沒有任何危險，可以令他憂懼。即使，他身上中了敵人的箭，他也會把深入皮肉的箭鏃拔出來，眉頭都不皺一下，扣上弓弦，原箭奉還，射向敵人的心臟。

他的兒子們、部下們，把他當一尊神一樣的尊敬，不相信天下還有什麼事是他辦不到的！甚至，連他自己也有了同樣的幻覺。

而如今，他知道：他不是神！他也有無能為力的時候。偉大的勇士，也無法救治日益羸弱、走向生命終點的愛妻。無法在死神掌握中，將她奪回！

他只能無助地，發著低沉悲痛的怒吼；像一頭困獸，徒勞地抗拒他不願接受的殘酷現實。

孟古姊姊美麗而蒼白的臉上，浮著悲涼的微笑。看看愛子皇太極，又把目光轉向努爾哈赤：

「我哥哥對不起你！不該聯合九部人馬來攻打建州。求你看在我們夫妻十五年，他又是皇太極親舅舅的情分上，寬恕他。我的額娘……」

她喘嗽著，閉起眼，緩了一口氣，淚水潸然自眼角流下：

「如果，我死前，能夠再見到她一次，我就滿足瞑目了……」

努爾哈赤臉上浮現出掙扎的表情；皇太極在一旁看了，他知道父親的矛盾和痛苦。父親忘不了葉赫聯合九部兵馬攻打建州的仇恨！忘不了已下了聘，卻一再迎娶被拒的恥辱！論親戚，納林布祿兄弟和父親是內兄與妹夫，和他，是舅舅與外甥。可是自他有記憶以來，父親提起他們時，總是咬牙切齒！布揚古悔婚後，父親更大怒，發誓與葉赫那拉家族的納林布祿兄弟恩斷義絕，再不來往。轉而迎娶被俘恩養，在釋回烏拉後，繼承兄位做了部落長的布占泰的姪女烏拉那拉氏為福晉。

而如今……怎不令父親為難躊躇？

可是，眼看著母親乞求的眼神，皇太極向前跪下，流淚哀求道：

「阿瑪！不管舅舅怎麼不好，請你看在額娘的分上，派人去接外婆吧！」

努爾哈赤伸出了鐵臂，一把扶起愛子。轉頭，看到愛妻疲弱、期盼的目光，嘆了一口氣，吩咐大兒子褚英，派人去葉赫接老岳母，來見女兒最後一面。

褚英對此事極不以為然，道：

「我們和葉赫已是仇敵，為什麼要損害我們的尊嚴，去求納林布祿？」

努爾哈赤正色說：

「我們是仇敵！但這件事，無關政治。我們並不是向他求和，只是，人應該按著做人的情理做事。女兒在臨死之前，想見母親一面，難道不是人之常情嗎？如果是你，你忍心拒絕嗎？」

褚英沉默了一下，答道：

「我不忍心拒絕，因為我是你的兒子。納林布祿不一定和我一樣，他恨你千百倍於愛他的妹妹！」

努爾哈赤乏力的揮手：

「去吧，去派使者。我要為她做我能做的一切，其他的，由納林布祿決定吧！」

褚英道：

「我是你的兒子，我遵從你的命令。但，我相信，這是沒有用的！」

褚英猜對了！納林布祿悍然拒絕讓老福晉到建州與女兒訣別。老福晉哀哀哭泣，也軟化不了他鐵硬的心，他只嘿嘿冷笑：

「努爾哈赤，你也有求我的一天！我決不讓你如意；你的痛苦，就是我最大的快樂！」

老福晉哭罵：

「畜生！真正痛苦的人，是你的親妹妹呀！」

納林布祿獰笑：

「努爾哈赤愛她，像愛自己的眼珠一樣。看她痛苦，努爾哈赤會心痛的瘋狂！她讓自己的丈夫和哥哥作對，痛苦是她該付的代價！」

老福晉無奈，暗地打發親信的管家南太夫婦去探望女兒。孟古姊姊見母親沒有來，異常失望。聞知哥哥跋扈不仁，更加悲痛。執著南太嬤嬤的手，不住流淚。

南太嬤嬤，在孟古姊姊未嫁前，就伺候過她。如今，做了金臺什之子德爾格勒的乳娘。孟古姊姊自幼便親近她，如今，命在垂危，望母不至，見到南太嬤嬤，也如見親人。命皇太極與南太嬤嬤相見。

南太嬤嬤拉住皇太極的手，又是歡喜，又是感傷道：

「真是好威武相貌！老福晉要見了，不知多麼歡喜……」

孟古姊姊黯然嘆息了一聲，強笑：

「你就好好瞧瞧，回去說給老福晉聽。」

又問：

「德爾格勒，現在什麼模樣了？」

南太嬤嬤道：

「也俊秀得很！大家都讚他是『美男子』呢。不過，可比不上這位小阿哥威武！老福晉也疼得心肝肉兒的。」

「德爾格勒和皇太極，算來是中表兄弟。只是，兩家翻臉成仇，不能一處親近；不然，一塊兒在老福晉跟前承歡，老福晉不知怎樣歡喜……」

孟古姊姊說著，又落下淚來。南太嬷嬷也陪著落淚。又拭淚強笑道：

「福晉，且莫要傷心，好好將養身子。將來兩下調停，總有兩家言歸於好的日子……」

孟古姊姊嘆口氣，搖搖頭：

「我知道，我已經不行了……」

拉住南太嬷嬷的手，道：

「我死了，老福晉必然傷心，你要好生勸慰，不要讓她因悲痛傷了身子。」

又囑咐皇太極：

「為了你舅舅不讓你外婆來，你阿瑪必然恨極了。建州和葉赫一場大戰，遲早不免。別人我也顧不得了；德爾格勒，是我的姪子，你外婆最疼愛的孫子，也是你的表哥。你要設法保全他，請你阿瑪恩養他……」

稍微歇息一下，又嘆息道：

「皇太極……我可憐的兒子！以後，額娘不在了，要和兄弟們好好相處。對各位福晉，都要孝敬，好讓她們想著你沒娘可憐，好好對待你。你阿瑪一定會很傷心，你要好好安慰他，孝順他……」

過了不多時日，葉赫那拉氏孟古姊姊去世了。臨終昏迷，口中還喊著「額娘」……

努爾哈赤為她舉行了隆重葬禮，除了宰牛、馬各一百頭致祭，又令四個奴婢殉葬。自己也不茹葷、不飲酒，齋戒了一個多月。在傷痛中，他發誓：一定要滅了葉赫，以解心頭之恨！

對南太夫婦，他是感激的。但，他要南太夫婦告訴納林布祿：

「我沒有對不起葉赫，對不起你！你卻聯合九部兵馬來攻擊我，因此蒼天不佑，吃了敗仗。後來，你又派人來講和，看在你妹妹的分上，我也不念舊惡。你答應把布揚古的妹妹嫁給我，又一再推托，有意悔婚。這些，我都可以不計較。但是，你不該在你妹妹病到要離開人世，想見額娘最後一面的時候，還硬行阻撓，不許老福晉前來，以致讓她抱憾而死！你既然對自己的親妹妹，都如此狠心，沒有半點情分，就不要怪我不念郎舅之情。我鄭重向天發誓：不消滅葉赫，誓不干休！」

努爾哈赤自己也知道，消滅葉赫，並不容易。他不是盲目衝動的人，在時機未成熟前，絕不輕舉妄動。

所謂時機，分兩方面說：葉赫為大明的前哨，若不取得大明諒解，勢必引起大明不滿。除非有一個足以向大明交代的重大理由，他不能進攻葉赫；葉赫本身實力已不弱，若加上大明援兵，可不是他目前能應付得了的。等一個「明正言順」的藉口，是其一。其二，是加速培植力量，擁有足夠抗拒大明和葉赫兩方面的兵力；他不想與大明為敵，但，若要消滅葉赫，得有至少不怕大明興師問罪的強大兵力。

這兩者，他都兼取。他有足夠的耐心，等待時機，也創造時機。

同時，他也沒忘了統一女真各部的壯志。建州女真部統一後，矛頭指向了海西女真的「扈倫四部」，先後滅了哈達、輝發。烏拉部落長布占泰，曾在九部聯軍古勒山大戰中被擒，受努爾哈赤恩養。後來更助他繼兄位，做了烏拉的部落長，又把一位姪女許配給他。不料，布占泰反覆無常，又起異心，惹火了努爾哈赤，揮兵滅烏拉，布占泰逃到葉赫尋求庇護，努爾哈赤向葉赫要人，葉赫不允，又結了一重仇恨。

萬曆四十二年，葉赫和建州不約而同的，求娶科爾沁莽古思貝勒的女兒為媳。莽古思頗為躊躇；這兩方都十分強大，且是仇敵。結果，他芳名「哲哲」的女兒，自己做了決定；她選擇了建州的八阿哥皇太極。努爾哈赤大喜；一方面是早聽說哲哲格格美貌賢淑，足堪匹配他的愛子。更主要的是，在這一場不流血的求親之戰中，建州獲得了勝利！當下命皇太極親自到輝發扈爾奇城迎親，成就了一段美滿姻緣。

葉赫金臺什之子，德爾格勒求婚未遂，使葉赫大為不滿。為了報復，次年，布揚古正式宣布悔婚，並將原許給努爾哈赤的「活觀音」，改嫁給蒙古的莽古爾代貝勒。她在哥哥許嫁努爾哈赤時，才十四歲。如今，過了十八年，已是三十二歲的「老女」了。但，天生麗質，竟不減當年，依然以美貌冠絕一時。

這對努爾哈赤，是個極大的羞辱；他已下了聘，她卻拒絕下嫁。若就一直留守閨中，也還罷了。如今，居然嫁了別人！是可忍，孰不可忍！在忿怒之餘，他也意會到一點：這女子其實是天降的「禍水」，正給了他消滅葉赫的藉口。再加上他幾度優容恩養的布占泰，忘恩負義，而葉赫竟給予庇護，拒絕交人，也使他理直氣壯。最重要的一點，自從萬曆二十九年，他建立了「八旗」兵制，又兼這幾年的軍事擴張，使建州女真逐漸有了與大明分庭抗禮的力量。

他知道，大明雖然內部腐敗不堪，但「百足之蟲，死而不僵」。大明的幅員廣大，一旦深入，力量分散，就會如在沙漠中的水，被沙所吸收。更可怕的是：漢人的文化淵源；他本身也接觸過漢文化，深知漢文化的可怕力量。他不能，也不敢冒險。他曾讀過一些書，投順他的漢人士子，也曾為他講過一些歷史。他既是女真苗裔，最大的願望，也只是效法宋朝時的「大金」，為子孫打下半壁江山，各自為政。

各自為政！對！他不必再受明朝敕封，為大明藩屬。他應該擁有自己的一片江山，擁有自己的朝廷、國號，與大明分庭抗禮；不再為君臣，而是盟邦！

為了這一終極目標，首先，他自立為「庚寅汗王」；其實蒙古部落早尊稱他為「崑都倫汗」了。他不稱帝，是為表明心跡：他並不想與大明為敵，只是做一方雄主而已。他在萬曆四十四年元月一日登基，定國號為「金」；承繼宋朝時女真所建的「大金」國，以表示不忘本，並定年號為「天命」。在隆重的登基儀式後，大封功臣。其中最位高權重，可以代攝國政的是「四大貝勒」：次子代善為大貝勒，姪兒阿敏為二貝勒，五子莽古爾泰為三貝勒，八子皇太極為四貝勒。

他盡可能和大明保持友好，設法讓大明了解，他攻擊葉赫，並不是向大明挑釁，而是兩個部族間累積的夙怨。然而他的解釋，並沒有被大明朝接受，大明認為：葉赫是大明的遼東外捍，沒有北關，遼東就將不保。因此，不問是非，左袒葉赫，而且態度十分強硬。

努爾哈赤羽翼已豐，不再吃這一套了。索性與大明翻臉；既然你橫阻在我與葉赫之間，不許我報仇，那，我就先向你挑戰好了！

於是他以「七大恨」告天，表明他與大明反臉成仇的理由：

我之父祖，未嘗損明邊一草寸土，明無端起釁邊陲，害我父祖，恨一也。明雖起釁，我尚修好，設碑立誓，凡滿漢人等，無越疆圉，敢即誅之，見而故縱，殃及縱者。詎明復渝誓言，逞兵越界，衛助葉赫，恨二也。明人於清河以南、江岸以北，每歲踰疆場，肆其攘奪。我遵誓行誅，明負前盟，責我擅殺，拘我廣寧使臣綱古里、方吉納。脅取十人，殺之邊境，恨三也。明越邊境以兵助葉赫，俾我已聘之女，改適蒙古，恨四也。柴河、三岔、撫安三路，我累世分守疆土之眾，耕田藝穀。明不容刈穫，遣兵驅逐，恨五也。邊外葉赫，獲罪於天，明乃偏信其言，特遣使臣遺書詬詈，肆行凌辱，恨六也。昔哈達助葉赫來侵，我自報之。天既授我哈達之人也，明又黨之，脅我還其國，已而哈達之人，數被葉赫侵掠。夫列國之相征伐也，順天心者勝而存，逆天意者敗而亡，豈能使死於兵者更生，得其人者更還乎？天建大國之君，即為天下共主，何獨構怨於我國也？初扈倫諸國，合兵侵我，天厭扈倫起釁，惟我是眷。今助天譴之葉赫，抗天意，倒置是非，妄為剖斷，恨七也。欺凌實甚，情所難堪，因此七大恨之故，是以征之，謹告。

七大恨中，與葉赫有關的，就占四項，可知努爾哈赤心中對葉赫仇恨之深。

誓師以後，首先指向撫順。他依女真、蒙古的習慣，先向守將招降。撫順李永芳自知不敵，恐他依例：「招降不應則屠城」，只得冠帶出降。女真人作戰，掠而不守，既降，也不濫殺，只掠奪而去。遼東總兵張承胤聞報，率兵來追。八旗兵馬回頭應戰，結果明兵慘敗。除了總兵、副總兵、參將都陣亡外，死了五名遊擊、五十幾名千把總。一萬兵馬，折損了十之八、九。還降了千餘人，幾乎是「全軍覆沒」。

噩耗到京，朝野震動！明朝點兵號稱二十萬，加上朝鮮、葉赫的援軍，由經略楊鎬指揮，兵分四路，向努爾哈赤的「國都」赫圖阿拉進發。

也是氣數了！楊鎬是南方人，對北方的地理形勢、天候、氣溫均不了解。四路兵馬行程估計錯誤，未能同時抵達。被以逸待勞的八旗兵，在赫圖阿拉之西的「薩爾滸」預先埋伏，各個擊破。明朝國力自此一蹶不振，而努爾哈赤至此，更是耀武揚威，再也不把明朝放在眼下。

既已大敗明朝大軍，他再沒有了忌憚，在萬曆四十七年八月，八旗兵開向葉赫，報那累積在他心頭已久的不共戴天之仇……

在岳父莽古思華麗的大帳中，皇太極詳盡敍說了大金、葉赫以「兩世甥舅」之親，為什麼會勢同水火。這些事，有些是莽古思曾有耳聞的。有些，則還是第一次聽説，聽得津津有味。卻忽然想起一件傳聞的事，問皇太極：

「聽説，崑都倫汗在赫圖阿拉建『堂子』時，挖出一塊石碑，寫著：『滅建州者葉赫』，可是真的？」

皇太極避而不答，卻道：

「建州和葉赫的仇，萬世也解不開了！金臺什舅舅，臨死之前還詛咒我們，說：『葉赫那拉氏，就算只剩下一個女子，也要亡你們的國！』亡人的國，是用嘴巴説的嗎？到底還是建州滅了葉赫，不是葉赫滅了建州呀！」

莽古思又被提起興趣，追問滅葉赫的戰爭情況，皇太極道：

「汗父派我和代善、阿敏、莽古爾泰三位哥哥，率精兵攻打布揚古的東城，汗父自己領八旗兵攻金臺什的大城。我們到了東城，把城團團圍住，向布揚古喊話，叫他投降。他不肯，也不敢領兵出戰，就僵持在那裡。忽然，汗父派人來叫我，說：金臺什舅舅說，一定要看到我，才肯投降，於是我趕到大城去……」

皇太極到大城時，大城已破，金臺什的兒子德爾格勒受傷被俘，葉赫軍隊已無鬥志，紛紛投降。金臺什帶著妻、兒，逃到一座高台上，死也不降。

一位固山額真，向他喊降：

「快下來投降！你不下來，我們就攻上去了。」

金臺什說：

「我的城已破了，這一座台，怎能守得住？要我降，也可以；你們的四貝勒皇太極，是我親妹妹的兒子，我要見到我的親外甥，我才肯投降！」

「四貝勒不在這裡，他和其他的貝勒，包圍東城，攻打布揚古去了。這兒是大汗親自指揮的，你想見你外甥，到底為什麼？」

「我已經只有這座高台了，難道還能玩什麼花樣？我不要跟你們作戰，你們殺一個不抵抗的人，難道是光榮的嗎？只是我不願意向你們投降；要投降，也只有我的外甥，能讓我甘心投降！」

固山額真拿他沒辦法，只得派人到努爾哈赤的大營去說明情況，和金臺什的要求。努爾哈赤沉思了一下，點頭道：

「他妹妹臨終時，想見見她的額娘，納林布祿卻無情的阻止。如果，我不允許金臺什見皇太極，不也和他一樣了？好，立刻到東城，叫四貝勒來，讓他和他的舅舅相見，看金臺什還有什麼話說！」

皇太極聽到這道命令，飛馬趕到大城，來到台下，向上面喊話：

「我是皇太極！你不是說，見到我就投降嗎？快下來吧！」

金臺什卻又反覆不定了，說：

「你說，你是皇太極。我又沒見過我妹妹的兒子，怎麼知道你不是努爾哈赤為了騙我下台，派來的冒牌貨？」

固山額真憤怒的大喊：

「我們四貝勒，何等威儀，是別人假冒得了的嗎？」

金臺什卻堅持他不辨真假，無法驗明正身，不肯下台投降。皇太極忽然靈機一動：

「你不認識我，你兒子德爾格勒的乳娘，南太嬤嬤是見過我的，你何不叫她來？」

南太嬤嬤如今已是白髮皤皤一老嫗了。見到了皇太極，便激動的哭了起來：

「是八阿哥！是我們格格的兒子皇太極呵！如果你母親看到你長得如此高大，會多歡喜呀……」

她轉向金臺什，說：

「他是你外甥，一點都不假！」

皇太極說：

「你已經不必懷疑，知道我真的是你的外甥皇太極了，還不下來嗎？」

金臺什猶豫道：

「我確定你是我的外甥了。你能保證，你的父親不殺我，恩養我嗎？你向我保證，我就下來！」

面對這樣卑怯懦弱又怕死的舅舅，皇太極怒火中燒，不齒極了；做為一個部落長怎能如此貪生怕死！強忍怒氣，他說：

「我不能保證！以葉赫對待我們建州的不仁不義，你死有餘辜！男子漢，為什麼這樣沒有骨氣呢？殺就死，不殺，自然恩養你。你快點下來，也許汗父看在我是你外甥的情分上，可以不殺你。但，我不能保證！」

金臺什說：

「你當我真的貪生怕死嗎？我只是不肯離開我祖先的土地死！如果，你不能保證我不死，我寧可死在自己的土地上，也不願死在努爾哈赤面前！」

皇太極正想再勸，一直站在金臺什旁邊，沒有說話的大福晉開口道：

「四貝勒！聽說德爾格勒已經被你們抓去了，還受了傷。他現在在哪兒？他還好嗎？」

「你們把我的兒子德爾格勒殺了嗎？」

金臺什大喊。固山額真回答：

「沒有！他在城外的大營裡，有人替他療傷。」

「我不相信！你去帶他來，我看到他安全，才相信你們勸我投降的誠意！」

德爾格勒很快的被帶到了台下。他比皇太極年長幾歲，臉色因受傷失血，而顯得蒼白，但非常俊美。當皇太極第一眼看到他時，幾乎有些嫉妒了；他想到他的妻子哲哲；這就是當年爭娶哲哲的競爭對手呀！他不禁想：如果，哲哲當時見到了兩個勢均力敵的求婚者，是否還會選擇他？因為德爾格勒實在太俊美了！只怕，換了自己也難免傾慕吧……

正遐想著，被台上福晉一聲哭喊打斷了：

「德爾格勒，我的孩子！他們沒有為難你吧？」

「沒有！額娘，沒有。」

德爾格勒答。然後轉向父親：

「阿瑪！下來吧！城已經破了，我們已經失敗了，你留在台上沒有用的。下來投降吧，不要再牽累無辜的人了。」

金臺什憤怒的喊：

「你叫我下台，皇太極又不肯保證努爾哈赤不殺我，你想見你父親被敵人殺死嗎？」

「殺就死，恩養就生。難道，你留在台上就不會死嗎？」

「至少，我是死在自己的土地上。而且，不是投降被殺！」

他的福晉聽他如此說，問道：

「四貝勒！他不肯投降。但，他的小兒子是無辜的；你能保證你父親會恩養他嗎？」

她指著身邊的幼子問。皇太極道：

「那當然！你快帶他下來吧。我保證，汗父一定恩養你們。」

依慣例，婦孺是不被仇視的。福晉帶著幼子，回頭看看金臺什，欲言又止。金臺什依然是一臉桀驁。她嘆口氣，道：

「你不投降，我不能讓我的兒子陪你死……」

說罷，含淚攜著幼子下了高台。德爾格勒迎向前，母子相擁，默默無言。皇太極又向上喊：

「金臺什，這是最後一次勸你；趕快下來投降，我是你的親外甥，我母親又是你的親妹妹。也許，汗父會看在我們的情分上恩養你！如果你還是固執，我要下令攻台了！」

金臺什哈哈大笑：

「努爾哈赤不殺死我，是不會甘心的！我的哥哥納林布祿已死，他報仇，不找我，找誰？我下台也是死，那我寧可死得像個英雄，死在台上！」

說著，抓起高台邊一支浸了油的火把，丟了下來。乾燥的木造架子，立刻火勢熊熊地燒了起來，烈焰沖天。德爾格勒大驚，悲痛地喊：

「阿瑪！阿瑪……」

沖天烈焰中傳出金臺什淒厲的詛咒：

「努爾哈赤！我葉赫那拉氏，就算只剩下一個女子，也要亡你們的國！」

高台轟然倒下，固山額真上前，割下了金臺什面目猙獰的首級。

已隔了若干時日，皇太極敍述時，耳邊彷彿還縈繞著那淒厲的詛咒。他並不相信，一個充滿仇恨的詛咒，會有什麼後果。但，隱隱，總拂不去那一點恍惚的不安。

莽古思聽得驚心動魄，暗幸：自己未曾與建州結仇。否則這建立了「大金」國號的崑都倫汗，真是可怕的敵人！

定一定神，他問：

「布揚古呢？」

「他和他的弟弟布爾杭古投降了。本來，汗父想恩養他們，但布揚古太桀驁無禮，見了汗父，也不肯下跪磕頭。汗父好心，用自己的金杯，給他喝酒，他也不肯喝。汗父認為他對不殺之恩，一點也不感激，將來一定會恩將仇報，所以殺了他。但把布爾杭古給代善哥哥恩養了。」

「那，德爾格勒呢？殺了，還是恩養了？」

莽古思貝勒的福晉問：到底是差點做了女婿的人，她不免關心。皇太極答道：

「恩養了。汗父說，父親的錯，不應算在兒子身上。」

當時，他押著德爾格勒往努爾哈赤大帳去時，真想殺了德爾格勒。但沒有汗父的命令，他不敢擅自做主。找來了繩索，要捆綁德爾格勒，德爾格勒冷然說：

「要殺，不過一死，何必捆綁？難道你還怕我嗎？」

說得皇太極慚愧起來，反而愛惜他的英雄氣概。丟掉繩索，帶他去見努爾哈赤，並把剛才一番話，說給努爾哈赤聽。努爾哈赤一見他，就覺得這位內姪，真是一表人才。而且面貌舉止，酷似亡妻孟古姊姊。又聽說是寧可死，也不受捆綁之辱的好漢，不由心中愛惜，微笑道：

「你的父親，逆天行事，受到上天的處罰。你曾勸他下台投降，已盡了你做兒子的本分。父親有錯，是他自己的責任，不應算在兒子身上。而且你是我福晉的親姪子，也是皇太極的中表哥哥，我會把你當子姪一樣恩養。」

說著，命人給皇太極和德爾格勒設席，把自己的飯菜賞給他們吃。德爾格勒道了謝，據案大嚼，努爾哈赤越發高興：

「我給布揚古喝酒，他卻怕我想毒死他，不敢喝。你的勇敢，和對我的信任，使我很高興。從今以後，你和皇太極要和親兄弟一樣彼此相待，來安慰你姑姑的靈魂！」

莽古思福晉對這個結局十分高興，笑著對女兒說：

「哲哲，你當初選擇了四貝勒，真是有眼力！否則，嫁了德爾格勒，一定飽受驚嚇。」

她的媳婦，寨桑貝勒的福晉笑問：

「哲哲妹妹，你可曾見到那德爾格勒？聽說，他是遼東第一美男子呢！」

皇太極聽在耳中，不大受用，卻又無可奈何。忽然聽見一個稚嫩悅耳的聲音響起：

「男人漂亮有什麼用？英雄，才是真正的男子漢！」

他循聲望去，只見說話的，正是那方才跑去迎接他們的小女娃兒。不禁大為納罕。

「是呀！德爾格勒雖然俊美，到頭來，卻成了投降被恩養的人，連自己的妻子也保護不了！」

莽古思福晉道。皇太極不由嘴角上揚，露出了微笑。

第三章

「多爾袞！多爾袞哥哥……」

多爾袞翻了個身，睜開了朦朧睡眼，一時不辨身在何處。這不是在他赫圖阿拉的屋子裡；他抬頭看見的是圓圓的穹頂，身下也不是炕，而是厚厚的駝毛氈子。

他記起來了，這是在蒙古科爾沁！昨晚，莽古思設了盛大的宴會，為女兒女婿接風。直到月亮都西斜了，才把他送到吳克善的帳幕裡。

席間，他原被安排和兄嫂一起坐在上座；這是莽古思對他的禮貌。可是，他並不高興。和那些年紀比他大許多的貝勒、台吉們在一起，喝酒，他不喜歡，談話，他又插不上嘴，感到乏味得很。是布木布泰救了他！布木布泰跑過來，把他拉到小孩們的席次上。席上有比他大，也有比他小的男孩、女孩，大家圍著他問長問短。這些在廣漠大草原上生長的孩子，完全無法想像遼東的景色，蒼翠、高聳入雲的山峰；生長著肥美莊稼的沃原；深得無法量測的森林；湛藍如寶石的清澈河流；還有，赫圖阿拉那堅固、壯觀的城樓和殿宇。

他雖然才九歲，還沒有能像哥哥們一樣，各領一旗，東征西討。但女真子弟騎射之術是從小的必修課，當有誰出獵時，他總也跟著。遼東樹海中，有的是打不盡的飛禽走獸。有時，他也被允許和山民一道去挖人蔘……

他講著如何哨鹿，如何挖人蔘，聽得連比他大的孩子都迷住了。

他驕傲地告訴孩子們，他的汗父，如何發明了一種新的製蔘方式，而幫助了採蔘人不再受漢人壓價剝削：

「本來，採蔘人都是用水來泡蔘保存的，但水泡蔘，泡久了，蔘就會爛，所以一定得趕快賣。漢人知道這一點，知道採蔘人非趕快賣不可，就拚命削價。採蔘人辛苦採了蔘，那個價錢，還不夠老本呢！但又不敢不賣。因為，若不賣，蔘爛了，就一個錢也沒有了。我汗父知道這樣下去，採蔘人都會活活餓死。想了一個辦法，教他們把採來的蔘先蒸熟了，再曬乾。這樣，放多久都不會壞，就不用急著賣出去。漢人不給好價錢，咱們不賣！人蔘，又是漢人最珍貴的補品，想吃的人很多。現在，漢人買蔘，價錢就比以前貴了幾倍，採蔘人也可以過好日子了。」

布木布泰敬畏地說：

「你的汗父，好能幹、好聰明呀！」

多爾袞驕傲地答：

「當然！不然，為什麼你們蒙古部落都尊敬他，稱他『崑都倫汗』？他以前做貝勒的時候，被稱為『淑勒貝勒』，如今，又稱『庚寅汗』呢！」

「崑都倫」是蒙古語英明之意；「淑勒」是女真語聰明睿智之意；「庚寅」，則是英明之意。

吳克善說：

「你剛才講打獵，講得我手都癢了。明天，我們也去打獵玩，好不好？」

草原上，有的是野鹿、野兔、雉雞，正適合這樣年齡的孩子「打獵玩」。不必擔心危險，又可以騎馬追逐奔馳遊戲。

吳克善出主意：

「我們兩個人一組，一個男孩，一個女孩，這樣就可以公平比賽。看誰獵得最多，我們就封他為『薩哈達』！」

「薩哈達」，是獵人的首領之意。

於是，男孩子們爭著挑他們的夥伴。小布木布泰拉拉這個，搖搖那個，滿臉企求：

「帶我！帶玉兒！」

吳克善笑著說：

「布木布泰！你太小了，不但不能幫忙，還得分心照顧你。這是比賽呢，沒人會挑你的。」

看布木布泰小嘴一癟，像是要哭的樣子。吳克善又忙哄她：

「要比賽，不能帶你。下次我一定帶你去打一次獵，還抓小野兔給你玩。」

話沒說完，布木布泰眼中早委屈得含著一泡淚，盈盈欲墜了。多爾袞見了，又憐又愛，心中不忍，忙拉著她的小手：

「玉兒！不哭，不哭，多爾袞挑你！」

別的男孩、女孩全笑了起來，說：

「多爾袞，軟心腸的人是當不成『薩哈達』的！」

多爾袞何嘗不知道，才七歲的小布木布泰，不但不能幫忙，反是牽絆累贅，若要大顯身手，就該挑個健壯矯捷的大女孩，但……

看到布木布泰破涕為笑，天真爛漫的可愛模樣，他就全不在意能不能爭得「薩哈達」頭銜了。只要這嬌美可愛的小布木布泰高興，犧牲一個「薩哈達」頭銜，又有什麼關係呢？

他笑了，掌中那溫熱柔滑的小手，真柔軟的像一團紫貂的毛皮呀！布木布泰歡天喜地：

「多爾袞哥哥，明天，太陽一出來，我就來叫你！」

當太陽升上草原時，各路的小獵人，已經整裝待發了。有些還帶著鷂鷹，帶著牧犬。鷂鷹和牧犬，都是不跟陌生人的。因此，多爾袞幾乎除了弓箭，沒有任何助力。布木布泰還要求帶她的小黃狗去。小黃狗，在大人眼中看來，只是個玩具，根本沒有用處。多爾袞自知反正已經沒有勝算了，又不忍拂了布木布泰一團高興，便也答應了。又引起一陣哄笑。

莽古思給孩子們湊興，煞有介事的，命人吹起號角，歡送各路人馬分路而去。

多爾袞騎在一匹小紅馬上，布木布泰，和他共乘，坐在前面。她今天穿著一件水藍緞子的窄袖衣褲，腰間繫著粉紅緞子綴珠的腰帶。和大多數蒙古人一樣，項間也掛著一個黃色緞子做的小口袋，中間裝著護身佛。她頭上戴著一頂粉紅緞子鑲皮邊的小帽，帽上，還垂著瑪瑙的瓔珞。頭髮，編成垂聯辮子，辮上，也綴著珠飾。她歡然地笑著，讓多爾袞產生一種錯覺：他們不是去打獵，而是去郊遊。

「多爾袞！謝謝你帶我，也帶小黃狗！」

小黃狗正抱在她的懷裡；因為牠還太小，跑不動，布木布泰就抱著牠坐在多爾袞身前。多爾袞也不敢縱馬疾馳，只能按轡徐行。

聽到布木布泰的話，多爾袞笑了：

「為什麼要謝我呢？我很高興跟你一起騎馬呀！」

「可是，別人都不肯帶我，嫌我小。只有你……你如果因為我，打不到飛鳥和野獸，吳克善哥哥他們笑你，怎麼辦？」

「我會打到的！就算打不到，也沒關係呀；打獵，為了快樂，我現在就已經很快樂啦！」

「真的？」

布木布泰回過頭來，那亮晶晶的眸子，像星星樣的，閃著快樂的光輝。那白皙中透著紅潤的臉頰，小小微翹的鼻子，那麼勻整，找不出一點缺憾的組成一張絕美的小臉。多爾袞簡直覺得她可愛、美麗得讓他心慌。不由微微沁出汗來。

布木布泰也看著他，露出天真無邪的笑容。見他流汗，掏出手巾，給他擦汗，問：

「你熱呀？要不要我用草給你編個帽子？」

「好！」

他停下馬，先跳了下來，又把她抱下來。採來一把草，交給她。說：

「小黃狗陪你，我到附近看看，能不能打到點什麼。」

布木布泰猶豫著，但終於勇敢的點點頭。多爾袞想想，說：

「我有箭，可以防身。馬也留給你；有什麼動靜，你就跳上馬，跑回去，知道嗎？」

布木布泰詫異的看看他，說：

「我不跑，我不會留下你跑掉！」

多爾袞大為感動，卻沒說什麼。持弓，背著箭囊，沒入草叢。

他的運氣真不錯，不多久就發現一群野雞。獵到幾隻後，又獵到幾隻野兔。後來，射到一隻正在搏兔的鷹，一下得了雙份獵物。

已不空手，他怕布木布泰擔心，急忙回去，卻發現，布木布泰也有了收獲，是一隻小鹿。布木布泰用腰間的紅腰帶，拴住了牠，正親親熱熱地跟牠說話。

「小鹿，你乖。跟我回家，我給你鹽吃。」

「布木布泰！」

多爾袞喊，布木布泰歡歡喜喜喊：

「看！多爾袞，我有一隻鹿！」

她笑語如珠的告訴他，這隻鹿如何走過來，她如何「哄」牠走近，給牠一些鹽吃就拴住牠了。

多爾袞簡直聞所未聞：一個七歲小女孩，和一隻小黃狗，竟會把一隻鹿「手到擒來」。是她太小了，毫無惡意的坦然善良，使鹿對她不懷疑懼。還是……

「她太美了！連鹿兒也被她迷住了？」

他想著，又不禁為自己的匪夷所思失笑。

日已近午，他們吃了帶來的乾糧和皮袋裡的酸奶。又在附近徜徉了一陣，聽著布木布泰告訴他，春天遍地的野花，多麼美麗；百靈鳥的歌聲，又是多麼好聽。這些，對多爾袞，並不新鮮；這樣的景色，在建州也並不缺乏，但他還是聽得入神；聽著那不遜百靈清啼的嬌脆語聲，心醉神馳。

日影西斜了，布木布泰抱著小黃狗上了馬。馬邊懸著獵物，還拴著那隻鹿。

布木布泰「騙」來一隻鹿的消息，引得老老少少的人全樂開了。各路的小獵人，陸續都回來了，都不空手。卻沒人獵到鹿，還是絲毫沒損傷，活生生的鹿。也沒人獵到鷹，爪子深插在野兔毛皮裡的鷹。因此，所有小獵人心服口服的把「薩哈達」的尊號，獻給多爾袞。那些曾取笑他的大孩子，更靦腆道歉。並公認布木布泰是「富靈阿」——福星。

莽古思一把摟住小孫女，親親她的額，道：

「這孩子是『富靈阿』！」

他告訴眾人一件事：

一年前，布木布泰和一群年齡相近的兄弟姊妹，在草原上玩。遇到一個遊方的黃衣喇嘛，來討水喝。布木布泰忙跑回帳中，取出水囊。喇嘛飲水後，對布木布泰看了半天，露出驚異的神色，道：

「這個小女孩，有大貴之相，怎會生在這邊關草原上？」

一個隨從笑道：

「這是我們寨桑貝勒的小格格，當然是天生貴相！」

黃衣喇嘛搖搖頭：

「不！不止於此！這小女孩，將來是要嫁給大國之君，母儀天下的！」

侍者大驚，忙去報告莽古思。莽古思把喇嘛請到帳中，細細追問：

「師父所說的大國，到底是哪個大國呢？我們的女孩兒，是不可能嫁到大明宮去的。如今除了大明外，大國只有葉赫和大金，師父指的是哪個呢？」

喇嘛微笑不語。莽古思一再追問，他才緩緩開口：

「這小女孩是『富靈阿』！她將來的富貴，是你們想不到的。我是自她相格上看出來的。其他……天機不可洩漏，貝勒就不用再問了。」

莽古思將信將疑，也未多說。直到此時，孩子們又稱布木布泰為「富靈阿」，他才說出此事。

皇太極心中微微一動，回頭想找布木布泰。她早被那一群歡呼著「富靈阿」的孩子，不知簇擁到哪兒去了。

晚上，蒙古包圍成的廣場上，燒起了熊熊的篝火。孩子們的獵獲物，都烤成了美味佳餚。皇太極夫婦，仍被奉為上賓，坐在柔軟的毛氈上，吃著野味，喝著野葡萄釀的美酒。

牧羊人，有的奏著馬頭琴，有的吹著簫，有的敲著羊皮鼓，各式各樣草原上的樂器，合奏著草原上那原始而純樸的音樂，把宴會渲染得更熱鬧。

月亮升上來了！正好是一輪滿月，銀樣的月光，柔柔地照著草原歡樂的一群人。熱情漂亮的蒙古姑娘們，跳到場子中央，圍繞著篝火，唱著草原情歌，婆娑起舞。她們換下了牧羊時的粗布或毛皮衣裳，都穿上了她們最漂亮的綢衣。色彩繽紛，更戴上了一串串珠寶串成的項鍊。帽子上垂著瓔珞，手腕上，也套著金手鐲，在篝火輝耀中，閃閃發光。

莽古思和其他人一樣，一邊豪邁地隨聲唱著，一邊鼓掌擊節。還不時大塊吃肉，大碗喝酒，逸興遄飛。

帶著幾分酒意，莽古思大喊：

「富靈阿！布木布泰！我的玉兒！你不跳個舞，歡迎皇太極四貝勒、哲哲姑姑，和多爾袞嗎？」

洪鐘般的聲音，蓋住了場中的歌舞。奏樂的、唱歌的、跳舞的人，都停下了，七嘴八舌地跟著喊：

「小格格跳舞！布木布泰格格跳舞……」

在如雷的歡呼聲下，布木布泰走到莽古思席前。行了一個屈膝禮，朗聲說：

「我要跳『宜爾哈姑娘』。」

莽古思哈哈大笑，連道：

「好！好！『宜爾哈姑娘』！」

「宜爾哈」是「花」的意思，這首歌，是描述一位名叫「百花姑娘」的牧羊女多麼美麗的草原情歌。

莽古思拿起一具馬頭琴拉了起來，親自為她伴奏。牧羊人們的簫、笛、琵琶，紛紛加入。悠揚的樂聲中，布木布泰纖秀的小身影，按著節拍起舞，嬌脆稚嫩的歌聲，隨之揚起：

紫羅蘭和百合花，
開放在草原上。
黃鸝鳥兒，歡欣歌唱。
美麗的宜爾哈姑娘，
在百花叢中，牧放牛羊。
見到她，
百花都向她屈膝微笑，
黃鸝鳥兒，圍繞著她飛翔。
她粉紅的臉兒，
像西天的彩霞，一般燦爛；
她晶瑩的眼睛，
比天上的星星，更加明亮。
她烏絲般的頭髮，
在晚風中，隨風飛揚。
奏著馬頭琴，她迎風輕唱，
動人的歌聲，

彷彿是天籟迴響。
草原上的兒郎呀，
只要聽到她的歌聲，
就沒有煩惱，沒有憂傷。
呀！美麗的宜爾哈姑娘！
什麼人，才有福氣，
做你的新郎？
你可要
無數的牛馬，
無垠的牧場？
你可要
滿駝的珠寶，
黃金的營帳？
啊！不！
我不要嫁給牛馬和牧場，
也不稀罕珠寶和金帳，
我要嫁給最英勇的獵人，
因為他威武又強壯；
我要嫁給最英勇的獵人，

做一個「薩哈達」的新娘！

布木布泰唱著，舞著，她身上穿著粉紅色鑲銀邊的綢緞衣裳。腳下，穿著一雙同色的小蠻靴。帽子上，插滿了野花，還垂著串串瓔珞，烏黑的頭髮，打著垂聯辮子，綴著珠飾。襯著橘紅的火光，紅撲撲的小臉，像粉紅的花瓣一樣細緻美麗。

幾乎連皇太極都驚豔了。他一直沒有太注意她；因為她實在太小。這時，在她載歌載舞中，才發現，這小女孩委實美麗絕倫！

一曲既終，在如雷喝采聲中，布木布泰回到莽古思面前，又行了一個屈膝禮。莽古思把她摟入懷中，笑呵呵地親著她的小臉。

皇太極自懷中掏出一把珍珠；這原是他帶來備不時之需的，說：

「這個給你，布木布泰，你的舞跳得太好了！」

布木布泰歡喜的用紅綢巾包了，向他道謝。皇太極笑著，轉面向莽古思說：

「貝勒！你這小孫女長大後，一定是絕世的美人。比『宜爾哈姑娘』還美呢！」

莽古思帶著幾分醉意，仰天長笑，說：

「既然四貝勒如此讚美，我們就親上加親吧！將來，誰繼承了『崑都倫汗』的汗位，我就把布木布泰嫁給他！」

小孩子們頑皮，追著布木布泰喊：

「布木布泰福晉！布木布泰福晉……」

布木布泰聽著，羞跑了。多爾袞，看著她遠去的身影，心裡泛起了一陣陣的甜蜜……

第四章

曲終人散，回到為他們特設的華麗蒙古包中，哲哲散下了髮髻，拿著一把牙梳，細細地梳理著她那一頭烏黑的長髮。在赫圖阿拉，這些，都有人伺候著；那是皇太極不在身邊的時候。如今，她不願有人來打擾她和皇太極難得輕鬆愉悅的時光。對著銅鏡，她噙著笑。

那鏡中容顏，連她自己，也不禁顧影自憐。她二十一歲了！嫁給皇太極時，她十六歲。那時，她便以非凡的美，聞名遐邇，如今……

比當年，褪去的是稚氣，增添的是丰韻。她仍然美得眩人眼目，自皇太極與她獨處時，熾熱的目光中，她知道……

不禁偷眼去看皇太極，只見皇太極仰面躺在毛氈上，望著穹頂，失了神。

「貝勒爺！」

「想些什麼？」

她嬌嗅著，放下牙梳，款款坐到他旁邊。

皇太極一翻身，摟住她的纖腰，她順勢躺下，仍不忘前題：

「你想什麼？都失神了。」

「想你阿瑪剛才的話。」

「剛才？」

她飛快的想剛才父親說了什麼。

「哦，把那小美人許給大金，親上加親！怎麼，你想著那小美人了？」

皇太極失笑：

「那是個黃毛丫頭呀！我想她做什麼？」

哲哲逗他：

「做福晉呀！你沒聽到他們喊她『布木布泰福晉』？不嫁貝勒爺，能做福晉嗎？」

兩人都笑了。皇太極換上鄭重的神色，道：

「哲哲，我是在想，你父親提起誰繼承『崑都倫汗』汗位的事。」

「嗯？」

偎在他懷中的哲哲，等著他的下文。

「汗父今年六十一歲了！雖然，身體還很健壯，但是，總歸是老了。他必然會日漸衰弱，然後……」

他驀然咽住。哲哲會意，道：

「那時，就得有人來繼位了。」

「是的。」

皇太極雙目中煥發著神采，問：

「你看，可能是誰呢？」

哲哲想了一想：

「總是『四大貝勒』吧？」
她頓了一下，小心翼翼問：
「會是代善哥哥嗎？他最大。」
代善，是努爾哈赤元配所生，排行老二。長子是褚英。本來，努爾哈赤有心傳位長子，率兵親征時，曾令褚英監國攝政，褚英更儼然以繼承人自居。但是褚英秉性不正，手執權柄，便作威作福，欺壓眾兄弟及五大臣。努爾哈赤稍加責備，便生怨望，竟至焚表詛咒父親、兄弟。為屬下告密，努爾哈赤痛心之餘，先行監禁，終於處死。經過這一件不幸事件之後，努爾哈赤不再言「立儲」之事。建國稱汗後，封「四大貝勒」，也一視同仁，共攝政事。
代善，是目前的「嫡長子」，且為「四大貝勒」之首。因此，哲哲先提出代善。
皇太極笑著搖搖頭：
「汗父說他，仁厚有餘，精幹不足，不是當『汗』的材料；他自己也沒有這樣的野心。」
「不會是阿敏二貝勒；他不是汗父的親生兒子，汗父不會傳位給他的，是不是？」
哲哲見皇太極點頭表示同意，笑著揉進他懷裡：
「那就是貝勒爺你啦！」
皇太極笑問：
「你怎麼不提莽古爾泰哥哥呢？」
「不受寵的母親，怎會有受寵的兒子呢？富察福晉不得汗父歡心，怎可能傳位給她兒子？」
「哲哲！你真是個聰明的女子！我自己也想過，情勢對我是很有利的；我額娘，是汗父的中宮大福晉，我就是嫡子。而額娘又是汗父最寵愛的，她死去十六年了，汗父仍然對她念念不忘。」

「我沒有見過額娘，但是，她一定非常非常好……」
「你怎麼知道？」
「福晉們說的呀，鈕祜祿福晉說她美麗仁慈，從來沒有聽她說過一句別人的壞話。覺羅福晉說她非常溫柔，心胸寬大，而且，永遠微笑待人……」
皇太極道：
「那的確是的！她的修養，也非常好。有一次，富察福晉誤會了她，口出惡言罵她，她也沒有生氣，而且，還是像平常一樣對待。後來，汗父知道了，十分震怒，要責罰富察福晉，額娘反而替她求情。那件事之後，兩人便像姊妹一般親愛呢。」
「是呀！富察福晉也說，她是最高貴、端莊的女子。你知道，一個女子，要男人說她好是容易的事。讓別的女子，尤其是共一個丈夫的女子說她好，就難如登天啦！」
皇太極輕撫著她的秀髮：
「哲哲，你也是在天上的！你知道嗎？豪格的母親，就時常讚美你，說你溫厚寬大。」
「是真的嗎？我是努力要學額娘的德行呀。做一個正妻，應該要像她那樣，才算成功；不但受丈夫憐愛，連應該嫉妒的人，都受感化！」
「一個男人，最怕妻子們相互嫉妒，爭風吃醋，家宅不寧。哲哲，我有那麼多大、小福晉，要吵起來，我豈不是頭痛得都要裂開了！我需要一個好女人來幫我主持家中一切事。你，就是那個好女人！」
皇太極信誓旦旦：
「哲哲！你的好處，我不會忘記的！如果，有一天，我當了皇帝，你就是皇后！」

哲哲溫馴地靠在他懷裡，說：

「也許，有一天，你真會當大金國的皇帝！但，你得先當『汗』！」

「那還會有什麼問題呢？我額娘，是汗父最寵愛的大福晉；他曾一再的說，我是他愛如心肝的兒子；他不傳位給愛如心肝的兒子，又傳給誰呢？」

「貝勒爺，你想過多爾袞嗎？」

「多爾袞？」

「他和你條件一樣的好！烏拉大福晉，也是中宮大福晉；她美貌、年輕，汗父是那麼的寵愛她。而多爾袞……」

她頓了一下，有些遲疑：

「他也是個聰明俊秀的孩子。你看不出來嗎？汗父也非常寵愛他！像這一次，豪格想來，多爾袞也想來。汗父命你帶你的兄弟多爾袞，而沒有讓你的兒子豪格來。」

「豪格比他大，他又是叔叔，該讓他的呀！」

皇太極口中答著，卻不由不去思索這個問題。

的確，多爾袞的條件也是十分優越的！她的母親，是貝勒滿泰的女兒，由布占泰許嫁給努爾哈赤，也是現在大金正位中宮的大福晉。從十二歲嫁到建州，如今十九年了，也為努爾哈赤生了三個兒子：阿濟格、多爾袞、多鐸。努爾哈赤對她的寵愛，不減當年對葉赫那拉氏孟古姊姊，而且在孟古姊姊去世之後，也立了她為中宮大福晉，成為正室。多爾袞，從小聰明伶俐，汗父對他的寵愛，也是有目共睹的。當真，在這方面的條件來說，多爾袞是唯一與他旗鼓相當的一個！甚至更占優勢；他的母親，亡故已久。而烏拉大福晉，正天天陪伴在汗父身邊。

但……

他釋然地笑了，多爾袞的致命傷是：年齡太小了，甚至比他的長子豪格，還小了三歲呢！要等多爾袞長大成年，就得將近十年。而汗父，已經很老了……

更重要的是，自己已立下無數戰功，掌握兵權、政權。而多爾袞，甚至還沒有上過戰場。

他把這一層關鍵，細細地分析給哲哲聽。

「分領八旗的貝勒，和固山額真，不是像他這樣一個小孩子能領導指揮的！人稱『崑都倫汗』的汗父，何等英明！難道會不明白這一點嗎？」

他用絕對自信的口吻說：

「除非，汗父能活到八十歲。多爾袞長大了，也領旗、立功，奠定了自己的聲望，掌握了兵權，也有了治理政務的經歷和才能。否則，他是沒有能力和我對抗爭奪的！」

他說罷，換上了戲謔的口吻：

「從名字看，他也不如我呀，我叫皇太極，不就是蒙古語『黃台吉』嗎？『黃台吉』，是漢文的『皇太子』啊！汗父不傳位給『皇太子』，傳位給獾子嗎？」

一夜酣睡，多爾袞自美夢中醒來；夢中，他看到了那個「宜爾哈姑娘」，在百花叢中牧放牛羊。而他夢中的宜爾哈姑娘，有著一張酷肖布木布泰的臉；不，根本就是布木布泰！只是，她好像長大了。夢中的他自己，也長大了，做了「薩哈達」。他們一起在百花叢中追逐，遊戲。鳥兒和蝴蝶，圍繞著他們鳴叫飛舞。布木布泰披著長髮，笑著在前面奔跑。他正將追及，卻跌了一跤，他便在一跌中醒了……

匆匆穿好衣服，他出了帳幕，要找布木布泰，告訴她這個夢。卻見布木布泰正跪在地上，在餵她的小鹿。小黃狗，在一邊竄來竄去，追著自己的影子玩。

「布木布泰！」

「多爾袞哥哥！」

布木布泰聽見他喊，小鹿也不要了，向他跑來。

「我好想騎馬，到牧場去放羊，你帶我去，好不好？」

「怎麼，你想做『宜爾哈姑娘』嗎？」

布木布泰雖生長在牧場上，但因為她是莽古思的孫女，可稱是金枝玉葉的小格格。莽古思旗下有的是牧人、牧女，哪輪得到她去放羊？她的兄姊，有時也到牧場去玩，卻不肯帶她。她想去玩，除非是寨桑貝勒或福晉親自帶著，別人不願，也不敢；只因她年紀太小，身分又太嬌貴了。

如今，多爾袞來了。多爾袞不嫌她小，不嫌她累贅，也沒有因為她是尊貴的小格格，而不敢帶她。這其實是多爾袞年紀也小，還不懂得擔心，初生之犢不畏虎。但在她心中，卻認為多爾袞比別人喜歡她，比別人勇敢！不是嗎？他還是眾孩童中的「薩哈達」呢！連凶猛的鷹，他也獵得到！當然還有最重要的，多爾袞不會拒絕她的要求。

果然，多爾袞說：

「好呀！我們去向寨桑福晉要乾糧和水。」

寨桑福晉看到一直寂寞無伴的小女兒，有了年齡相近的遊伴，也覺得很高興。給他們準備了乾糧、酸奶，說：

「好好的玩吧！在太陽下山前要回來呀！」

在他們跨上馬時，塞桑福晉又揮著手喊：

「不要跑過了『敖包』呀！」

敖包，是蒙古旗與旗間交界處的石堆，就像國界碑一樣，卻比國界神聖多了；蒙古人，把敖包當成神明的化身，對它有著無比的崇敬。

不越敖包，就是在自己的地界上。在科爾沁草原上，布木布泰這位小格格無人不識。所到之處，見到她的牧人、牧女，都會又尊敬、又周到的照拂她。最近，草原上又未聞「狼警」。其他小獸，有多爾袞背弓攜箭隨行，就不必擔心了。

沒有小黃狗羈絆，多爾袞帶著布木布泰，縱馬疾馳。草原上，馬是最重要交通工具；蒙古兒女，幾乎是能走路時，就能跟隨父母坐在馬上玩耍。四、五歲，獨自騎小馬玩，已是常事。大多的孩子，能自行騎馬了，就會擁有一匹自己的小駒。愛馬的孩子，竟可能一天除了吃飯、睡覺，人不離馬，馬不離人呢！女孩子們更有本事，能信馬閒行，坐在馬上，一邊看牧羊群，一邊縫她們的新衣、新帽，或穿瓔珞，繡花呢！

布木布泰也有自己的小駒，她也很愛自己的小白駒。可是，她自己也不明白為什麼，她寧可和多爾袞共乘一匹馬，坐在多爾袞的懷裡。跟多爾袞在一起，她就特別快樂！

順著牧羊人和羊群踩出的小路，他們快活的馳騁，每到一處牧人的蒙古包，都受到牧人一家殷勤的接待。到了屬於莽古思私人的牧地，首先發現他們的是一位正騎在馬上，看守羊群的牧羊女。她幾乎不相信的，用大紅手巾擦擦眼睛，然後大喊：

「天哪！是小格格和小貝勒！」

縱馬衝向她們的蒙古包，一路吆喝羊群讓路。

在蒙古包中，多爾袞和布木布泰被奉為上賓，接受著奶茶招待。牧羊人更滿口頌念著吉祥話，為他們祝福。直到他們上馬離去，還聽到一個婦人讚歎：

「小格格和小貝勒，多像上天湊合的一對金童玉女呀！」

布木布泰聽了，咯咯地嬌笑。多爾袞的臉也熱了，抑不住私心暗喜。

再走出幾里外，他們看到了一堆「敖包」。布木布泰喊：

「下來！」

她鄭重地捧著自己的小護身符，拜了拜敖包，繞著敖包念念有詞的走了一圈。又從地上撿了一塊小石頭，恭敬的堆到原有的石堆上，神色莊嚴的走回來。

看她那稚氣又莊重的樣子，多爾袞覺得有趣，好奇地問：

「你剛才念些什麼？」

布木布泰說：

「讓你將來做『崑都倫汗』的繼位人。」

多爾袞更好奇了；她為什麼關心這個連他自己都不十分關心的事？

「你為什麼希望我做『崑都倫汗』的繼位人？」

布木布泰閃著明澈無邪的大眼睛：

「你沒有聽到？祖父說，將來要把我嫁給繼『崑都倫汗』汗位的人。你們大金國，我只認識你呀！」

「你不是也認識皇太極哥哥嗎？」

「他是姑父啊！而且，他是大人，我不要嫁給他。我只喜歡你呀！」

布木布泰天真爛漫地說。多爾袞問：

「那，你喜歡嫁給我？」

「是呀！我喜歡你呀！『宜爾哈』姑娘，不是也不要嫁給有很多牛羊、珠寶的貝勒、台吉，只要嫁給『薩哈達』嗎？你將來一定要做『崑都倫汗』的繼位人，我就能嫁給你啦！」

在她純稚的腦海中，「嫁」，就是那麼單純的事！她喜歡多爾袞，當然要「嫁」給他！因為祖父說，要把她嫁給未來繼「崑都倫汗」汗位的人，那麼多爾袞當然得做「崑都倫汗」的繼位人！

她天真的追問：

「你一定會做『崑都倫汗』的繼位人吧？」

「當然！汗父已經答應過我額娘，將來要傳位給我啦！我額娘，是汗父最寵愛的大福晉，她親口告訴我，汗父答應的！」

布木布泰歡喜的看著多爾袞，忽然又有些疑慮：

「你還這麼小，可以當『汗』嗎？」

「汗」，比貝勒還大，她的祖父和父親，也只是貝勒。哥哥，比多爾袞大，還只是台吉，多爾袞要如何當「汗」呢？

多爾袞笑了：

「我會長大呀！汗父說，如果，我還沒長大，他就死了的話，就讓代善哥哥先攝政。等我長大，再把政權交還我。」

他頓了一下，加了一句：

「汗父他不會在我長大前死的！他是『努爾哈赤』……偉大的勇士呀！」

第五章

帶著微醺的醉意，大金汗王努爾哈赤回到了寢宮，等候著他的是烏拉大福晉阿巴亥。

他本不好飲。也正因平日不好飲，這一番，一則為出征的子姪們慶功，二則向各方來賀的使節致意。一時高興，多飲了幾杯，就有微醺的醉意了。

在使臣、子姪面前，從早到晚，一直維持著莊嚴威武、意氣風發、意態昂揚的他，直到回到這嬌柔的小女人面前，才放鬆了幾近於「武裝」的「崑都倫汗」的莊嚴面目，露出了疲態。

熟諳他習慣的烏拉大福晉，為他卸下了腰帶、袍褂。又奉上了她親自調製，美味又能解酒的奶茶；這正是他素日最喜歡喝的。這一點的貼心，當此微醺之際，就格外引動著他那埋藏在「鐵漢」形貌之下，幾近枯萎的柔情。

服侍他喝完了，讓他倚靠在炕上，阿巴亥就熟練的用那纖小柔軟，卻隱含著勁道的手指，以恰到好處的力道，為他按摩起來。

不卸下衣袍，他天生的英雄氣概，和剛毅意志，看來依然神采奕奕，十分精壯威嚴。一旦回到他不必迴避，也無從迴避的阿巴亥面前，卻彼此都了解，不可一世的「崑都倫汗」，還是在無情歲月的催迫下，開始有了老年必然的鬆弛體膚。

自從他的愛妻葉赫那拉氏孟古姊姊去世之後，他的大小福晉雖多，卻沒有哪一雙手，能帶給他這樣四肢百骸完全放鬆的舒適。而讓他更捨不得，也離不開她最主要的原因，是他在她面前完全不用裝作；她來歸時，他已四十冒頭了，她才十二歲，比他年歲較長的兒女們都小許多。

阿巴亥的美貌、溫柔，和帶著嬌稚的天真、率性，慰藉了在葉赫那拉氏去世後，他心靈上的空虛。與英雄事業、臣屬、兒孫都無以解慰的寂寞。他後宮的福晉們不少，當然也都對他曲意逢迎。但，唯有烏拉大福晉，能填補他心靈上的空白。也因此，在孟古姊姊去世後，他選立了這個當時才十四歲的小福晉阿巴亥晉位。

沒有人敢當他面說什麼。但，他知道背後有多少人在議論。他們當然各有各的看法，誰出身較尊貴顯赫；誰來歸最久；誰最寬厚賢德；誰兒女最多……總之，當時，除了年輕貌美，一無可取的烏拉那拉氏阿巴亥，是無論如何也輪不到的！

然而，誰能體會他的心情？體會不管他如何的英明偉大，他也是個「人」！極需一個年輕、溫馴的身體，來撫慰他心靈的空虛、寄託他失落的柔情。

在他因著孟古姊姊的去世，深覺自己因著英雄事業，忽略了太多後宮仰望著他「雨露」柔情的時候，他感覺那些大小福晉們對他的敬愛，乃至敬畏，遠超過他渴望真正男女之間的情愛！那些太過恭謹、逢迎的態度，讓他感覺她們都只是供他生理上發洩的工具，而不是男女間相互眷戀的深情摯愛。

也許是因著阿巴亥的年紀稚幼吧，她不那麼怕他。嬌稚依人，卻不謹小慎微。她對他有時溫柔，有時嬌縱，有時更像個小女兒一般的崇拜依慕，讓他不能不憐愛疼寵。讓他不知不覺的，在想起召幸誰的時候，總頭一個就想到她！甚至，在孟古姊姊在世時，他在阿巴亥屋裡的時日，就已經比在孟古姊姊屋裡的時候多了。

這個讓他激起揉合著憐愛與疼寵的少女，跟著他，竟也已有二十幾年了。她，從他壯年，一路伴著他進入老年；如今，他六十六歲了，不管他是否願意承認，也不能不感覺自己還是進入了老年。早年的刀痕劍疤，都已傷痕平復，而在精神、筋骨、體力上留下的歲月刻痕，卻愈來愈讓他不能不面對「老」的這個事實！

而阿巴亥，他看著她一路從少女而少婦，到現在，是最風韻動人的三十許人。褪去了少女嬌稚的她，更有著這年齡婦人最可人意的成熟和嫵媚。

最讓他喜悅，也最足堵住那些「悠悠之口」的是：他的嫡子太少！死了的褚英不算，只有代善和皇太極；雖然，莽古爾泰和德格類在名義上也是大福晉所生，但他從來不在心裡算他們為嫡子！晉位為大福晉的阿巴亥，卻為他生了三個兒子！嫡子！

想到「嫡子」，他笑了。他的兒子有十六個之多！較大的，都曾跟著他出生入死的疆場廝殺，建功立業。他也和所有的父親們一樣，「愛」他的每一個兒女。但，將口問心，他不能不承認：他還是偏心的；他「愛」每一個兒女，但偏疼這幾個烏拉大福晉所生的小兒子，尤其是……多爾袞。

從一個近於「質子」，逃過李成梁追殺，心中充滿仇恨的少年。到現在幾乎在遼東地區所向無敵的「大金汗」；從以「十三副甲」起兵，到現在擁有強大的八旗兵馬；從當初只一念為祖、父復仇，到現在與大明有分庭抗禮之勢……他一生戎馬征戰，總算打下了這麼一片江山。而現在不但子姪輩，連許多孫輩都能獨當一面了。他復有何憾？

可是，他又能無憾嗎？正為他按摩著一身疲憊的阿巴亥，總有意無意的提醒著他：他有個少年英發、智勇雙全、前途無量的小兒子：多爾袞。多爾袞今年十四歲，他確知也確信，這個沉毅聰明的孩子不凡，可是……

他神智清明時，可以逃避去想的現實問題，在醉意朦朧中卻紛沓而來：如今，他能獨當一面，並建立軍功無數的子姪、孫輩有多少！多爾袞再優秀出眾，但，他不是一般人家的幼子，可以因著父母的偏愛，坐享其成。這個才十四歲的愛子，何時才能樹立足可服眾的聲威？

他，是從一無所有，赤手空拳，靠著兄弟、朋友，和祖、父的十三副遺甲起兵，打下這一片天下的！

如今，雖然人人恭順畏服著他。但他心裡明白：這天下，不是他一個人所有的。也不是能容他憑著自己偏私喜愛，就為所欲為的！這些平日跟著他出生入死打天下的子姪、孫輩，和異姓手足們，沒有一個是馴善可欺的！即使是他，沒有他們的支持，也無以成事。何況別人！而多爾袞，直到目前為止，還只是個未經歷練、未建戰功的幼子。

他也「望子成龍」的給他最嚴格的訓練，訓練他的騎射武技。乃至越澗的「水練」、跳坑的「火練」。還讓他跟著范文程習文，也親授武略，希望能在最短的時日中，培養開發他的領袖氣質與潛能。多爾袞的確不負所望。弓馬嫻熟，講論起文韜武略，也不遜諸兄、諸姪。但，他從沒有領過兵、打過仗！在這攻城略地、奠基開國的時期，一個沒有軍功的孩子；不管是不是嫡子，有沒有潛能，跟這些多年來隨著他東征西討、出生入死、攻城掠地，建有軍功的大小貝勒們，甚至連平起平坐的資格都還沒有呀！

他相信：等多爾袞再大一點，只要給他機會，他很快就能頭角崢嶸的！但，那需要時間！他希望自己能再有十年、二十年的壽數，用這十年、二十年，來栽培這個他心中最疼寵的孩子。可是……

他六十六歲了！上天能讓他活到八十六歲嗎？

就因為這樣，他不能不預先為他們母子有個安排打算。他的安排是：把他們母子，交託給他目前在世兒子中最年長的「大貝勒」代善！代善雖然是「大貝勒」，但不是他心目中可當大任的繼位者。但作為一個輔佐幼弟的輔政者，他信得過！

他不覺望向她，而他發現，不知何時，阿巴亥已做完了例行的按摩，蜷曲著身子，偎在他的身邊睡著了。

望著那一張安穩無憂的美麗臉龐，他不覺心動；她心中一定充滿了對他的信賴和依慕吧？人在睡眠中的表情是最真實的，有這樣近於純真安詳表情的她，又怎知道，他曾經差點因著一個小福晉打的「小報告」，把她殺了！

他想起四年前的情事，還不由咬牙切齒。

事情的起由，是一天晚上，他偶然想起，派人召喚她。而到來的，不是她，卻是與她同宮居住的小福晉代音察。

代音察吞吞吐吐的說：

「大福晉不在宮中，不知道到哪兒去了。」

一個女子，半夜三更的「不知到哪兒去了」，如何不讓他起疑？而更讓他激憤的卻是：從代音察半吞半吐的話語中聽出，他的「大福晉」對他不忠，不忠的對象，竟是他的兒子：「大貝勒」代善！

代音察說：

「大福晉曾私自送食物給大貝勒。而且，多次派人到大貝勒家中探望問候。」

那，他不能不想：是不是如今她又到了「大貝勒」代善家中去了呢？

一個是他的「中宮大福晉」，一個是他視如心腹的大兒子！他不久前還曾答應大福晉，以後讓多爾袞繼位。如果，天不假年，他去世時，多爾袞未及成人，就讓他最信任的代善攝政！

當然，他也知道，如果就女真「收繼婚」的風俗來說，只要不是自己生的女兒、不是生自己的母親，或同胞手足的姊妹，未婚也好，寡居也好，只要沒有配偶，都不妨婚娶。如果他不在了，代善是可以「收繼」寡居的烏拉大福晉阿巴亥為妻的。

可是，那是在他去世之後！他怎能料到，他竟是親自將一塊大肥肉送到正垂涎三尺的人口中！原來，他的大福晉不貞，而他的兒子代善，迫不及待的私通繼母！

他！英明偉大的「崑都倫汗」努爾哈赤，竟然被兩個他最愛的人聯合背叛了！這一種感情的背叛，打擊了他一向的自信和自尊，也迫使他面對自己與烏拉大福晉「白髮紅顏」之間的年齡差距，和他一向「自欺欺人」的事實：他已步入老年！而阿巴亥卻正當豐豔的盛年！他在戰場上再如何的威風凜凜，在現實生活的夫妻關係中，卻氣血已衰，不能滿足他風華正茂的妻子了！

只此一念，他不覺悲哀。悲哀，使他壓抑了怒火，卻有心要親自觀察這兩個人之間，到底如何的背叛。

在他有心觀察之下，他發現：當宮中宴請各家貝勒的時候，阿巴亥總打扮得花枝招展，周旋在宴席間。笑容可掬，言笑晏晏。而對代善，讓他格外感覺著彷彿眉言目語間，盡是款款柔情。

他沒有真憑實據證明他們私通。但，這一種公然的眉目傳情，不是背叛是什麼！而可悲的是：他是個頂天立地的大丈夫！她是他的中宮大福晉！代善是一般人心目中視如「太子」的大貝勒！他如何能自揚家醜，讓他自己蒙羞！

而且，如果揭發了這件醜事，他如何自處？又將在他的國家中，掀起怎樣的洶湧波濤！他，好不容易打下的天下！他，好不容易建立的聲威！豈能為著一時之怒，付出這樣的代價！

他還記得，就在她半夜私自離開寢宮的第二天，她來請安的時候，一臉倦容！她為什麼晚上不睡覺，一臉倦容？他幾乎不用問，猜也猜得到……

他隱忍著，疏遠了阿巴亥，心中充滿了傷心欲絕的悲憤。他的悲憤，只有小福晉代音察知道，代音察由此成為他的「愛寵」。他下意識的用代音察來證明自己的男性魅力；代音察迎合他，崇拜他，讓他自覺仍然偉大。

他窺伺著，終於，抓到可以光明正大「懲治」烏拉大福晉阿巴亥的把柄：她擁有除他賞賜之外，私藏的金帛財物。而且不時將他所賜贈的財物送人。

他知道這不是大罪，但，他忍無可忍。於是，他「勃然大怒」，向著貝勒們公開指責，並且定罪：

「看！你們看過這樣邪惡狡滑的女人嗎？她擁有最高的地位，擁有最多的賞賜，卻還詐騙偷盜，不知滿足！我給她最好的金飾和東珠，給她最美麗的綢緞，給她最豐厚的供養享受！她卻把我因著對她的寵愛而賜予的財物，不知感恩，不知圖報，毫不珍惜的去送給別人！豈不是她對別人的愛，還在對丈夫之上嗎？這樣的忘恩負義，還不該殺嗎？」

他也自知這個罪名牽強，不能不觀察著眾人的反應。當他看到眾貝勒有的張口結舌，有的卻幸災樂禍，甚至喜形於色的時候，卻忽然有了一種下意識的警覺；他敏銳的感覺「這件事」，恐怕內情並不那麼簡單。

阿巴亥的受寵晉位，無疑是讓許多人不平的！尤其是原本母親有希望晉位中宮，卻因著阿巴亥的晉位，而希望落空的大兒子、大女兒們。

女真族，上下尊卑分際極嚴，只要烏拉大福晉是他們名義上的繼母，他們不管心理如何，都必須以「母」事之。他們和他們的大小福晉、子女，都必須每天給身為中宮的烏拉大福晉跪拜叩頭「請安」。尤其，他們出生入死未必掙得的「旗主」地位，多爾袞、多鐸卻可以因著阿巴亥「中宮大福晉」的身分地位，他偏疼幼子的慈父心情，和女真傳統習俗：「未分家子」可以優先繼承父親名下的遺產，不求而得時，他們的不平，豈不是在情理之中的？

他說要把烏拉大福晉殺了的時候，竟然讓那些貝勒們「喜形於色」！那……他倒不能不心中起疑了；這其中有沒有蹊蹺？有沒有陰謀？

心中電轉，他的話轉了彎：

「她是可殺，可是，她生的孩子卻是無辜的！她雖然有罪，我愛我的小兒子們如心肝、似眼珠，怎忍心讓他們受到喪母之慟！而且，多爾袞正在生病，需要她的照顧……」

他沉重的宣判：

「為了我幼小的孩子們，我決定赦免她的死罪。但，她將被我遺棄，只在她的孩子們生病時，允許她照顧！」

阿巴亥沒有辯解，只含著淚，向他謝恩；她承認她的確曾將大汗賞賜的東西送人；她以為那就是他生氣的原因。他不殺她，在她看已是恩德了；莽古爾泰的母親，就是被他賜死的！

直到第二年，在偶然的談話中，他卻發現，代音察說她「不知到哪裡去了」那一晚，她是徹夜目不交睫，陪伴她重病、發高燒的兒子多爾袞去了！

那被他視為「罪證」之一的倦容，當時他怎麼看，都覺「曖昧」。如今回想，卻煥發著母愛的光輝。

這件事深深的衝擊了他；他從來不是一個「心慈手軟」的人。在他震怒的時候，是殺人不眨眼的！他殺過他的兄弟舒爾哈齊、殺過他的長子褚英，殺過他的妻子：莽古爾泰和德格類的母親富察氏。他也幾乎殺了他這個愛妻阿巴亥！

他老了！他有那麼多的兒子，那麼多的孫子！如果，他們都像他一樣的骨肉相殘……當年他盛怒之下殺人的時候，想都不想，如今卻為之不寒而慄；他不希望這樣的人倫巨變，發生在他的子姪、兒孫身上！

他命令參與機要的漢官范文程為他擬了一份誓詞，召來了所有的子孫，共同盟誓：

今禱上下神祇，若子孫中縱有不善者，天可滅之，勿令刑傷，以開殺戮之端。如有殘忍之人，不待天誅，遽生操戈之念，天地豈不知之？若此者，亦當奪其算。昆弟中若有作亂者，明知之而不加害，俱懷禮義之心，以化導其愚頑。此者，天地佑之。俾子孫百世延長。所禱者此也，自此之後，伏願神祇不咎既往，唯鑒將來！

誓後，他「赦免」了阿巴亥，讓她回復了「中宮大福晉」的地位。

凝視著在他面前熟睡的她，他深深的嘆了一口氣，心中的憐惜，更增添了幾分。如果，四年前，他真一怒殺了她……他不覺輕輕撫著她依然黑亮如緞的長髮，吻著她閉合著的眼瞼……

她警覺的睜開了眼。看到是他，赧然綻開了笑顏：

「怎麼一迷糊就睡著了……汗王還沒睡嗎？想什麼？」

他不想告訴她實話，隨口道：

「多爾袞。」

阿巴亥笑了。坐起身來，望著他笑道：

「正有件多爾袞的事，要跟汗王商量呢；四貝勒的大福晉哲哲，今兒來請安時，說起她堂兄弟有兩個女兒，都是十二歲，想與咱們大金結親。那個意思是一個給多爾袞，一個給豪格。我想，如今多爾袞也十四歲了，可以成親了，請汗王作主指婚。」

努爾哈赤點點頭：

「多爾袞也到了可以成親的時候了。『博爾濟吉特氏』本是蒙古成吉思汗嫡系的黃金氏族。門第高貴，而且富裕又多禮，是我們應該好好結交的盟邦。更何況是哲哲家裡的姪女，等於是親上加親。」

說著笑道：

「『博爾濟吉特氏』出美人，你看哲哲就知道了。只不知這兩個小格格，有沒有她們的姑姑漂亮。」

「哲哲還留下了兩幅畫像呢，都漂亮得很。而且，還都有豐厚的妝奩。」

豐厚的妝奩，當然也是結親關係中的重要因素。阿巴亥說著，起身取出兩幅畫像。努爾哈赤看去，兩個年齡不相上下的蒙裝少女，都十分美貌。心中倒也歡喜。笑問：

「你看，哪個給多爾袞？大的還是小的？」

「多爾袞是叔叔，自然是大的。」

看她認真的樣子，努爾哈赤無可無不可，卻笑著伸手刮著她的鼻子，道：

「我看，你是偏心兒子。要論年齡，可是豪格大呢。不如把畫像給多爾袞自己看，讓他先挑吧；他是頭一次成親，總要他中意！」

「額娘吉祥！」

見到多爾袞前來問安，烏拉大福晉喜孜孜的拉著他在身邊坐下，忙著告訴他這個喜訊：

「多爾袞！你阿瑪說，你已成年了，要給你成親了呢！」

多爾袞聽說，腦海中立時浮起布木布泰嬌稚美麗的容顏；當年，莽古思說，要把布木布泰嫁給大金崑都倫汗的繼位人。如今汗父健在，等於尚無結論，他也就一直沒有在這方面用心思。聽母親這一說，直覺的就搖頭拒絕：

「我不想成親！」

烏拉大福晉沒想到他居然不願意。忙道：

「男孩子長大了，當然就得娶妻生子，哪有不想成親的！你阿瑪和我好容易才盼著你長大能成親了；成了親，成了大人，才能打仗立戰功。難不成，你想一直留在後宮裡當小孩？」

「我不成親，也能跟著阿瑪和哥哥們去打仗呀！誰說不成親就得留在後宮當小孩呢？」

多爾袞急忙分辯。大福晉正色道：

「你這話跟我說罷了，可別讓你阿瑪聽到。昨晚我告訴你阿瑪，你阿瑪好高興！還說科爾沁博爾濟吉特氏的女孩兒都漂亮……」

一聽說是「科爾沁博爾濟吉特氏」，多爾袞心中一動，打斷了母親的話：

「是科爾沁的博爾濟吉特氏？」

「是呀！是四貝勒的哲哲福晉來提的親。說是她兄弟的兩個女兒，想把一個給你，一個給豪格呢！你若跟你阿瑪說你不要成親，看他不生氣才怪！」

聽說是「四貝勒的大福晉」來提親，提的是她兄弟的女兒，多爾袞不覺心跳加了速；想必是看著布木布泰長大了，怕阿瑪健朗，把她等成了「老女」，所以不再堅持了吧？只恨自己回絕得太快，不覺有些訕訕地，囁嚅道：

「是哲哲嫂子來說親的？」

「是呀，還帶了兩幅畫像來呢！」

展開了兩幅畫像，多爾袞哪還說得出「不要成親」的話！其中一幅，分明就是他魂牽夢縈的布木布泰呀！臉上露出十幾歲男孩憨傻的笑。烏拉大福晉早看出端倪來，心中暗笑，口中卻故意逗他：

「噯，你不想成親就算了吧，都給豪格好了！」

多爾袞又羞又急，一張臉，掙得通紅。扭捏半天，才掙出一句：

「額娘，我不知道……」

大福晉取笑：

「不知道這麼美是不是？真是……」

皇太極回到宮中，還沒有決定今天要哪位福晉侍寢。卻見大福晉哲哲派了的貼身侍女來請。哲哲出身高貴，極有大家風範，從不與小福晉們爭夕。特意相請，事出意外。皇太極猜想，必有什麼不尋常的事要告訴他。

哲哲將他迎入，一臉神祕，卻沒說什麼。只揮退了婢媪，親自關上了房門，侍候他解衣安寢。等他安置好，她才在他身邊躺下，笑著告訴他：

「多爾袞要成親了！」

多爾袞成親，皇太極並不意外；女真風俗尚早婚，十四歲的多爾袞也到了可以成親的時候了。

而當他聽哲哲說多爾袞聯姻的對象，是科爾沁的「博爾濟吉特氏」時，心中卻不覺一動。哲哲望著他，嫵媚一笑，帶著幾分狡黠：

「還是我作的大媒，是我的姪女呢！」

「是布木布泰嗎？你父親不是說……」

皇太極想起了當年草原上的那個小女孩，如今，也該到可以成親的年歲了吧？他記得，當年布木布泰和多爾袞兩小無猜，恰如一對金童玉女。

而同時，他也想起了莽古思所說，那一席出自黃衣喇嘛的預言，和席中那不知算不算條件的承諾。

哲哲沒有正面答覆，反問：

「你希望是布木布泰嗎？」

皇太極笑了，用不以為意的語氣：

「他們兩個年齡相當，倒也是一對。只是，我沒想到，你父親等不及確定大金汗位的繼位人，就把布木布泰嫁了。」

哲哲斂起了嬉笑之色，鄭重問：

「你跟我說實話！你自己想不想要布木布泰？要那個預言中要『母儀天下』的『富靈阿』？」

「我怎麼能說我不想？只是，有些事，好像也要看天命，由不得人作主的！」

他頓了一下，用健壯的手臂，將哲哲摟緊，推心置腹的低語：

「阿瑪老了！雖然，他不說，誰也不敢說。但我看得出來，他真的老了！而對烏拉大福晉和多爾袞的寵愛，卻日甚一日！說實在話，有希望接位的，只有我和多爾袞。以現在的情況看，阿瑪活得愈長，對他愈有利。反之，就對我愈有利。如果，天命歸於他，讓阿瑪長命百歲，我又能奈何？但，我總希望能掌握的優勢愈多愈好。如果布木布泰真是『富靈阿』，我又怎能說我不想要她，而樂意她嫁給多爾袞？」

哲哲點點頭，悄聲道：

「我也想到了這一點。我告訴你：那是個非常像布木布泰的女孩，但不是布木布泰！是我另一個堂兄弟桑阿爾寨的女兒；她們兩個，父親是堂兄弟，母親是親姊妹，所以長得像極了！我知道你一定很想要她，我怎麼會不幫你！」

她帶著興奮與得意，娓娓說出了經過……

來自科爾沁的，除了正式為兩方敦睦邦交的使者之外，還有一位嬤嬤，是代表家族親情，來拜候哲哲這位「姑奶奶」的。

她帶來了一些土儀，和家人的問候及口信。其中之一，就是告訴她家族中桑阿爾寨的兩個女兒，和寨桑的女兒，都十二歲了，希望和大金結親；科爾沁富而不強，常受蒙古強國察哈爾林丹汗的侵擾。也因此，非常希望結好大金，以為奧援。

講到寨桑的女兒，她知道寨桑的大女兒海蘭珠早已嫁了。如今十二歲，還待字閨中的，當然就是小女兒布木布泰了。

自從那一天聽父親講到：黃衣喇嘛預言布木布泰將「母儀天下」之後，一個出於私心的念頭，就一直在她心中輾轉。雖然，她認為如果皇太極能得天下，「母儀天下」的人，應該是她大福晉哲哲才是！但，身處在情勢複雜的大金宮闈中，她體會到一個人的禍福生死難料！努爾哈赤先後四個大福晉，富察氏就是被他賜死的。而且，因著無人敢執刑，竟然還是親生的兒子莽古爾泰動手殺的！而如今正位中宮的烏拉大福晉，也幾乎蹈了後塵。

烏拉大福晉竟能在不久後不但重新復位，且顯然比以前更受寵愛，這成了家族中人人臆測不解的疑案。但也由此可知漢人故事中所說「伴君如伴虎」的俗話，說得一點也不錯！

尤其讓她不能不自危的是：她雖然貴為大福晉，卻直到現在，也沒有生育過一男半女！沒有親生兒女，即使貴為「大福晉」，面對那些生過孩子，尤其生了男孩的大小福晉們，也不免有些勢孤力單的心虛。

她不能不想：布木布泰的「母儀天下」，也許是「母以子貴」。如果那樣，不管為了皇太極、為了科爾沁，甚至為了她自己，「肥水不落外人田」！她都該把布木布泰「收歸己用」，讓她成為皇太極的妻子之一！

然而，她也知道，當年布木布泰和多爾袞兩小無猜。如果提出了布木布泰，未必能如她所願；只要多爾袞或烏拉大福晉開口，努爾哈赤一定會將布木布泰指婚給他本來就偏愛，又還沒有娶過親的小兒子多爾袞！那，如果預言是對的，豈不表示皇太極汗位落空？這又豈是身為四貝勒「大福晉」的她所樂見的？

她心中電轉，口中卻徐徐問老嬤嬤：

「這幾位格格，桑阿爾寨的兩個，我從沒見過。寨桑的小女兒布木布泰雖然小時候見過，卻不知如今什麼模樣？」

嬤嬤笑道：

「布木布泰格格美得像『宜爾哈姑娘』一般，都說沒見過比她更美的姑娘呢！娜蘭格格，跟布木布泰格格長得幾乎一模一樣，可也說不出為什麼，就覺得比布木布泰格格差那麼一點點。性情也沒有布木布泰格格好；她從小太受寵愛，不免嬌縱些。薩蘭格格小一點，也美；另樣的美，性情可比娜蘭格格好多了。」

說著，從身邊取出兩卷羊皮紙的畫像來。

「桑阿爾寨貝勒也想到了，怕大福晉沒見過這兩位格格的模樣，不好說。特地命人請了漢人畫師畫了像來呢！」

皇太極聽到這兒，不覺哈哈大笑，緊緊摟著哲哲。哲哲偎在他懷中，也不覺得意地笑了……

第六章

「娜蘭格格和薩蘭格格要嫁到大金去了！」

科爾沁莽古思家族沸騰了起來。這不但是兩位格格個人的婚姻大事，更關係著科爾沁蒙古和大金的邦交。

大金是愈來愈強大了！蒙古各部族像扎魯特、喀爾喀都努力的與大金聯姻，把格格們嫁到大金去。科爾沁又如何能落於人後呢？

這一回，兩位十二歲的格格出嫁，總不免讓人聯想到同樣十二歲，月份還較長，身分地位也較高的布木布泰格格。而布木布泰格格如今卻仍待字閨中，就不由讓人暗自議論了。

當然，這樣一位所有蒙古族人公認為第一美人，視為蒙古驕傲的美格格，是不會讓人誤以為嫁不出去的。只是不明內情的人，不免納罕：為什麼那麼疼愛她的祖父母、父母，竟一點也不在意她已到了適婚年齡，不為她論婚嫁？這豈不是太委屈了這位族人們心中最關心憐愛的小格格！不免為她不平。

就他們純樸的想法，一般及齡待嫁的蒙古女兒，面對著妹妹們的婚嫁，而自己終身還沒著落，心中或也不免有怨抑之情吧？

布木布泰心中卻另有一番的篤定：她記得清楚，祖父說了，她是要許嫁給大金繼「崑都倫汗」

努爾哈赤汗位的人的！她心中當然認定了：那一定是「多爾袞」！如今，崑都倫汗還健在，當然她也還得等待。

她不急；或者也不是不急，只是，她的善良，不允許她急；她總不能因著為自己的婚姻心急，而希望多爾袞的父親早些去世吧？而且，她也知道，努爾哈赤活得愈久，對多爾袞的繼位就愈有利。雖然多爾袞說過：他的汗父允諾，如果早逝，在多爾袞未成年之前，就讓「大貝勒」代善攝政。但無論如何，多爾袞更大些，最好還有了自己的軍功和政權再接位，對多爾袞會更有利。她又豈能不從對多爾袞最有利的那一面去設想？

所以，若希望早些出嫁，她也只能希望，是因為努爾哈赤大汗提早確立了多爾袞為汗位傳人，她才有理由早些出嫁呢。

也因此，她的心情是安詳平靜的；並未因著比她月份小的兩位妹妹先她而嫁，而有任何的波動。這些年，她早未雨綢繆，在為做未來大金汗的「中宮大福晉」而準備著。除了貴婦該學習的禮節儀態之外，她也讀書；她努力學習大金新創的滿文和漢文。她要把自己準備好，好做多爾袞的賢內助！

小姊妹的婚事，她當然也感染到喜悅的氣氛，卻不似其他人的依依離情。她知道，她與她們只是小別；不是嗎？她也一定將嫁到大金去，嫁給多爾袞！在同一個大家庭中，還怕沒有歡聚的日子？她這樣想著。

吉期近了！迎親的使節，已由大金帶著豐厚的聘禮前來。而且，帶來了令人振奮的消息：為了表示對滿、蒙聯姻的重視，和對科爾沁「新親戚」的尊重，大金汗派來的迎親使者，宣布大汗的口諭：這兩位來自蒙古，身分尊貴的格格，將是他嫡系一兒一孫的大福晉！

這一消息，讓科爾沁沸騰了。哲哲被立為大金「四大貝勒」之一：四貝勒皇太極的大福晉，已使他們感覺無比的光彩和驕傲。也更有了安全感；有了姻親關係的大金作靠山，他們就不必那麼擔心察哈爾林丹汗的野心了。而如今，他們將再添兩位大福晉！而且是努爾哈赤嫡系子孫的大福晉。

大金的大、小貝勒太多了！努爾哈赤就生了十六個兒子，孫輩更是不計其數；到底兩位格格將入主哪位貝勒的府第呢？

兩位格格的父母，帶著兩位即將遠嫁的女兒，自他們數十里外的牧地來到莽古思貝勒的大帳。讓女兒們向族中輩分和身分都最高的莽古思貝勒、寨桑貝勒、大小福晉，和族中長輩及兄姊們叩別的時候，她們的父親桑阿爾寨喜孜孜的稟告莽古思老貝勒：

「老貝勒！努爾哈赤大汗親自指婚，將娜蘭格格指給了十四貝勒多爾袞，薩蘭格格指的是四貝勒的大兒子豪格呢！」

莽古思拈鬚笑瞇了眼：

「這是多麼大的榮寵！多爾袞貝勒是大金汗愛如眼珠的小兒子呢！豪格貝勒是四貝勒皇太極的長子，也算是我們家哲哲的兒子。他已立了許多的戰功，將來的前途，不可限量呀！」

老福晉也道：

「呵！那娜蘭不就成為薩蘭的嬸嬸了嗎？哈哈哈……」

親友們歡天喜地、七嘴八舌的湊趣道賀。布木布泰臉色乍然蒼白；怎麼會呢？怎麼娜蘭嫁的人竟是多爾袞！而且還是「大福晉」！原先喜樂的心情，立時遠離了她，強烈的疑慮和痛苦，如草原上突起的暴風雪，那麼猝不及防的向她襲來。

她不能、也不願讓自己在這歡樂的場合中失態。可是，她又如何能再忍受面對著令她泣血的歡樂！強忍著淚，她悄悄地離開了笑語喧天的大帳。在帳外解下了她心愛的小白馬，跨上馬，漫無目的地向著大草原飛奔。

塞桑福晉在「多爾袞」三字一入耳，立時注意到布木布泰驟然失血的容顏。她的心中充滿了同情與了解；也許，別人都因著歲月的流逝，而淡忘了當年多爾袞與布木布泰兩小無猜的稚情。但她是母親！哪一個疼愛兒女的母親，會忽略小女兒心中最幽微的悲與喜？

看到布木布泰悄悄出帳，她隨即尾隨著她出來，卻早已不見了布木布泰的影子。大帳前，布木布泰心愛的小白馬也不見了。她極目四方眺望，只看到西傾的太陽下，馬蹄捲起的滾滾沙塵……

騎馬飛馳的布木布泰，一任長風撲襲著她的臉龐。風聲在她的耳邊呼嘯，她芳心欲碎，淚落如雨，情思輾轉：

娜蘭嫁的人是多爾袞！那，她呢？七歲的時候，就跟多爾袞約定，要嫁給多爾袞的她呢？她當然知道：一個男人是可以娶許多的妻子的。可是，他們說，崑都倫汗努爾哈赤已宣布：娜蘭將是多爾袞的「大福晉」！草原上，因著她如寶玉般的美麗無瑕，小名又叫「玉兒」，人們暱稱她「玉格格」，而稱容貌酷肖她的娜蘭「小玉格格」。命運竟要讓她成為娜蘭位下的小福晉嗎？

她和娜蘭是好姊妹。但，她深知娜蘭的性情，嬌縱、妒嫉、小心眼。她比娜蘭大，比娜蘭美，比娜蘭身分高貴；她的父親和娜蘭是堂兄弟，但她的父親是祖父的嫡子，是貝勒。娜蘭的父親不是！她可以容讓娜蘭，因為她的一切條件比娜蘭好！這些優越感，使她寬容。但是，如果，她的地位到了娜蘭之下，娜蘭是否能容讓她呢？

她不知道！她只能讓自己的淚珠迎風奔流，多爾袞！多爾袞！你不是承諾了讓我做你的「中宮大福晉」嗎？為什麼？為什麼會變成這樣？

直到太陽下山，布木布泰才悄然回到大帳。誰也沒有問一句話。在客人告辭，卻不見了她的時候，寨桑福晉約略的提起了當年舊事，大家都了然於心了。

他們都想起那年多爾袞和布木布泰兩小無猜、相親相愛的情景。也了解，他們最疼愛的小格格，恐怕在這件令草原上人人歡樂的喜事中，受到了嚴重的傷害！可是，習於「敬天順命」的他們，面對如此無可奈何的現實，又能如何呢？只能把一切歸於天命。

布木布泰感覺到家人無言的關心和憐惜，尤其她母親憐惜的目光，更讓她心碎。但她什麼話也沒有說；她努力讓自己作息一切如常；唯一不同的，是昔日她天真無愁的眼眸中，偶然有了淚霧；開朗無憂的眉宇間，隱約有了愁鬱……

穿著母親特為他新製的簇新袍服，與高采烈的隨著汗父和各府的貝勒、福晉們出城迎親的多爾袞，心中的歡喜滿溢，樂得嘴都合不攏了。雖然，豪格與他同時成親。但豪格已成人了，在此之前，已娶過小福晉了。而他，還是破題兒頭一遭成親。所以，眾所矚目。

與他年齡相近的兄弟和姪子們，故意對著他唱著逗趣的情歌。一路跟他打打結結的，取笑他這個初次娶親的「傻小子」，將在洞房裡面對美嬌娘時，如何的手足無措。庶母和嫂嫂們則是一口一聲說著祝福的話。

取笑也好，祝福也好，他聽在耳裡，喜在心頭。表露出來的，卻是搔頭撓耳的憨笑。

天從人願！他沒想到，竟沒等到繼位，就娶到他心中念念不忘的心上人布木布泰了！從畫像上看，她長大了，也更美了！而從今以後，她將是他的妻子！而且，汗父已親口承諾：她將是他的「大福晉」！

而且，父親對他說，娶了妻、成了人，他就可以跟隨著哥哥們上戰場歷練了！而且，明確的向他表示：將要把八旗精銳的「兩黃旗」人馬，分給三個未分家的幼子，讓他和弟弟多鐸各領一旗！並讓他的同母哥哥，與代善之子岳託合領「鑲紅旗」。

各領一旗！這是多麼大的信任和榮寵！大金共有八旗，他有軍功的兄弟子姪卻那麼多！所以，「領旗」，尤其自領一旗的沒有幾個。像五哥莽古爾泰哥哥，位列「四大貝勒」之一，也還是和他同母的十哥德格類哥哥共領一旗的！

從這一件事情上，他更有了汗父預備傳位給他的確證！哥哥阿濟格一向有自知之明，知道自己並不像他那麼得汗父的寵愛，也不敢存繼位之想。弟弟多鐸比他小，從小什麼全聽他的，就更不用說了。汗父何等英明！一定看出了這一點，讓他們小兄弟兩人各領一旗，就等於讓他在八旗中占有了四分之一的優勢，加上阿濟格的半旗；加上對汗父有過承諾的代善哥哥，就是三旗半。而鑲紅旗的另一半，是代善哥哥的兒子岳託的；他怎麼可能不聽他父親代善的話？他就等於共有了八旗之半，這「實力」還有誰能比擬呢？

地位確定，婚姻如意，他一定要好好的努力，學習在才略武功上、在處理政事上都英明睿智。使自己能在繼位後做一個像汗父一樣偉大，甚至比汗父更偉大的大金汗！也許，他還能跟南方的大明皇帝一樣，登基稱帝，讓布木布泰真的「母儀天下」！

努爾哈赤騎在馬上，看著多爾袞喜孜孜的笑臉，微笑拈鬚不語；一向嚴肅的臉上，也露出了難得的親和。心中更有著無比的歡欣：他心愛的小兒子也要娶親了！娶了親，成了人，在他加意的栽培之下，就可以慢慢的訓練出人君氣象和才能。日後的大金，也許可以在這個聰明過人的孩子手中，開創出一個超越前金的新局。

迎到城外的草原上，多爾袞向著遠方眺望，馬蹄捲起的陣陣煙塵中，蒙古送親的隊伍近了。騎在馬上寶藍的、鮮紅的、翠綠的身影，是送親的男男女女。而最令人矚目的，是兩輛紅氈馬車，其中一輛坐的，當然是布木布泰……他的妻子！車簾低垂，他看不到他的布木布泰。但只看到她的車，知道她在其中，也讓他不覺有些口乾舌燥起來。

兩方的人馬會合了，都下了馬。雙方行了「抱見禮」，又各自引見雙方親友。多爾袞忙著跟「新親」行禮，百忙中忽然感覺有些奇怪：布木布泰的家人，他見過的不少；大人不說了，與他年齡相近的吳克善和滿珠習禮，為什麼都沒有露面呢？在婚禮中，女方的哥哥是重要的角色，為什麼他們都沒有來呢？

但這念頭只在心中一滑而過；繁文縟節，讓他應接不暇，不容他去細想。

依照習俗，新人先給送進了「洞房」。多爾袞挑起了新娘蒙在臉上的紅紗，看著一身大紅，戴著珠絡垂垂、華麗的「嘉絲勒」頭冠的臉龐，依稀還是當日的布木布泰；當然，她長大了，由小女孩變成少女了！

而她，只在他挑起蒙紗的那一刹，偷瞥了他一眼。隨即又低下頭去。他的心怦怦地跳著，她呢？她怎麼那麼沉著？連久別重逢的驚喜之情都沒有流露，彷彿若無其事？

他有些不解，卻很快的釋然了；是害羞吧？哪有新娘子不害羞的？而且，還有外人在呢！喜歌之聲不斷的傳來，在全福太太主導下，他們飲了合巹酒，吃了子孫餑餑。新娘被留在坑上「坐福」，他被引到殿中參與盛宴。在杯觥交錯中，他醉醺醺的給送進了洞房……

沉酣一覺醒來。一展眼，多爾袞首先看到蜷曲在自己懷中的妻子。她還沒醒，漆黑的長髮，散亂的披在白裡透紅的臉頰邊。她是那麼的美，美得他忍不住掠開髮絲，俯下身去吻她。

她睜開了眼，看到他，向他微笑。但那微笑中，有著的是對陌生人的拘泥與羞怯，而沒有兩小無猜愛侶應有「久別重逢」的欣喜。

他是那麼把當年敖包前的盟約緊緊記在心底的！而當年口口聲聲要嫁給他的布木布泰，怎麼能以這麼疏遠陌生的態度相對？他有著不滿，捏捏她的小鼻子，用調侃的語氣：

「怎麼？你不認得我了？」

「我應該認得你的，多爾袞。雖然我們才第一次見面，但你是我的丈夫呀！」

他懷中的美人兒微笑道。多爾袞張口結舌，幾乎無法相信自己聽到的話。第一次見面？不覺語氣中流露著不滿：

「你忘了我帶你去打獵？你真的忘了？」

他沒頭沒腦的問話，倒讓娜蘭明白了根由。她恍然笑了：

「噢！我知道了！你以為我是布木布泰？我不是，我是娜蘭。」

她不是布木布泰！多爾袞腦門中一股熱血上沖。他目瞪口呆的望著面前這個自稱「娜蘭」的女孩子，心中只重複著一句話：她不是布木布泰！不是他朝思暮想的布木布泰！

怎麼可能呢！她分明有著布木布泰的臉龐！可是，他看出來了，看出了她的確不是布木布泰！她只有布木布泰的臉龐，沒有布木布泰與他相契的心靈，也沒有布木布泰對他那不必言詮，也讓他深深感應的依慕與信任。

被愚弄出賣的感覺，讓他的心彷彿被一把火焚燒著。他猛然站了起來，雙手握拳。

「你要做什麼？」

娜蘭語音中帶著驚駭。他看著她，她目光中流露的驚懼惶惑，像一盆水潑到火焰上，硬生生澆熄了他的衝動。

是的！他要做什麼？他能做什麼？她的臉龐與畫像一色無二，她是他自己挑選聘娶的「妻子」；而且是「大福晉」！他能向誰去抗議？向父親？向母親？向嫂嫂哲哲？

「你父親是四貝勒大福晉的兄弟？」

娜蘭點點頭。她從這一陣的混亂中，了悟了問題所在：顯然，多爾袞一直以為他所聘娶的是布木布泰！他曾見過的布木布泰。

她不覺有些妒嫉，有些生氣，又有些說不出的快意；她曾聽說多年前多爾袞跟四貝勒到過科爾沁草原，多爾袞必是那時認識布木布泰的吧！那時，她父親正帶著她們到另一塊較遠的牧地去，所以，她沒有見到這些來自大金國的貴客。事實上，她也不知道多爾袞和布木布泰之間到底怎樣？但，讓她快意的是：不論如何，她在這件事上已拔了頭籌，占了上風；她已是多爾袞「名正言順」的「大福晉」了！

也許說不上「恨」，但，這麼多年來，她一直生活在布木布泰的陰影之下。不管她肯不肯面對、承認，她知道，在所有親友的心目中，她永遠只是「小玉格格」，永遠只是布木布泰的影子！

她真希望，自己不要那麼像布木布泰。儘管其他的女孩，比方與她同時嫁到大金的妹妹薩蘭，沒有她美。可是，薩蘭是一個獨立的個體，薩蘭就是薩蘭，沒有人會錯認。而她與布木布泰的「像」，卻讓她彷彿成了一個贗品，只要貨真價實的布木布泰在場，她，就為之黯然失色！

多年來，她在布木布泰的陰影中，被壓抑得喘不過氣來，被壓抑得有苦難言。偏偏，布木布泰對她友愛非常，使她連「恨」都沒法「恨」。而如今……

她看著又急又氣、額頭冒著青筋的多爾袞，心裡有著不是滋味的惱恨，卻又有著有如報復的快意。笑容，在她的面頰上擴散……

笑容，在她面頰上擴散。偎在皇太極懷中的哲哲，在他煥發的臉上，讀出了他對她一手安排的這場婚禮，是多麼的滿意。

多爾袞娶親了！多爾袞被她巧妙的安排設計了！她有些歉然，但，並不太深；她告訴自己，讓自己相信：多爾袞和布木布泰之間，只是投緣的玩伴；畢竟，那時兩個人都只是不解人事的孩子。而且，她還給多爾袞娶了容貌幾乎和布木布泰一色無二的娜蘭，多爾袞也該滿意了吧？

至於布木布泰……

想要讓布木布泰變成皇太極的福晉，只有兩個方式：一個，真得等到皇太極繼了汗位；當初她的父親有言在先，那當然順理成章。再則，如果努爾哈赤親自開口為皇太極「請婚」，以科爾沁如今仰賴著大金兵力保護，有求於大金，她的父親是不敢不答應的。當然，為了避免夜長夢多生變，最好是早點讓努爾哈赤同意，將布木布泰指婚皇太極。

這其中的礙難處是：她以兒媳的身分，不便當面向努爾哈赤進言要求。這一類兒女婚嫁之事，最方便提出的人還是烏拉大福晉。而烏拉大福晉是多爾袞的親娘，要讓烏拉大福晉心甘情願的幫忙，首先得了解多爾袞婚後的心態。

這倒不是難事；當她以蒙古格格嫁到人生地不熟的大金來的時候，她的母親就再三教導她：除了要努力經營與皇太極的夫妻之情外，一定要凡事忍讓，廣結善緣。尤其對努爾哈赤的妻妾們，和各家兄弟的福晉們，一定要設法結好，絕不能得罪。因此，對努爾哈赤的中宮大福晉烏拉那拉氏，她當然更是著意結好。

雖然，她也知道，皇太極在心裡對這位年紀比他大不了多少的後母，是懷有著某種「敵意」的。甚至把母親的早逝，也歸咎於努爾哈赤的移情新寵。

但皇太極當然也是聰明絕頂的人，絕不會在外表顯示出來。只偶然在私下相處時，才露出那麼一點口風。卻又對她結好大福晉，十分支持。她知道，皇太極從不做沒有目的的事。而且比她為了打入一個陌生的家庭，而謹言慎行，廣結善緣，理由必然複雜得多。

夫妻一體，夫榮妻貴。不管皇太極為了什麼原因，她總是以行動表現她對他的信任和支持的。尤其，當此關鍵時刻。

她也許都不必等到努爾哈赤傳位；她已經有了最好的理由和藉口：她懷孕了！算算時間，正是命人請皇太極商量多爾袞親事，皇太極留宿她房中時受的孕。那，這一切豈不是天意？

有了這個藉口，她大可以自己懷孕為由，請求接「娘家姪女」布木布泰到身邊「陪伴」。可慮的是：布木布泰來了，多爾袞是否肯善罷甘休？如果不肯，豈不反而是為人作嫁了？以努爾哈赤對多爾袞母子的寵愛，她不能不顧慮。

所以，在進行之前，她一定得拿準了多爾袞母子可能的反應。

趁著請安的機會，她向烏拉大福晉打聽多爾袞婚後的反應。這倒容易，她是嫂嫂，又是大媒，還是娜蘭的娘家姑姑。表示關切，正是情理中當有的事，順理成章。

依例請安時，她喜孜孜的向烏拉大福晉道喜：

「恭喜額娘，多爾袞成親，可完結了一件心事了。」

烏拉大福晉笑嘆：

「舊心事是完結了，可添上了新心事；兩個人都是孩子氣，沒事兒就鬧彆扭鬥嘴呢！沒見多爾袞，人家新來乍到的，也不知道多陪陪人家！才過三朝，就說要約多鐸打獵去，娜蘭才在這兒不樂意呢！偏偏豪格兩口兒也來請安。蜜裡調油似的，你說，能怪娜蘭不高興嗎？」

「娜蘭不懂事，還需要額娘好好教導。額娘倒向著媳婦，派兒子的不是！」

她以娜蘭「姑姑」的身分，適切的客套著。烏拉大福晉嘆了口氣：

「你我都是過來人了，豈不知道女孩兒遠嫁的那份害怕委屈！只是，我是做婆婆的人，她又新來，說話不貼心。倒是你們姑姪體己的，要勸勸她；嫁到汗王家，上上下下幾百口人，不能鬧小性子。尤其多爾袞的脾氣，你也是知道的；好起來，比誰都和順好說話。一擰，八匹馬都拉不轉來！鬧僵了他，自己吃虧。天長日遠的，日子怎麼過呢！」

哲哲心裡不能不佩服烏拉大福晉的見識，想到她對自己的信任和推心置腹，自己卻不能不為了皇太極，懷著另樣心腸，也不免有些愧疚。而，這一點的不安，很快的就被利害相關沖散了。

笑道：

「額娘偏著媳婦說兒子，我卻不能不偏著兒弟管教姪女。從小，我們在蒙古，總聽著額娘們教我們女孩兒唱一首歌，說：『海騮馬兒有脾氣，摸順了毛再騎牠，人家的兒子有傲氣，耐著性子隨人意。』在家裡當格格只管任性。嫁了人，尤其嫁到汗王家，哪能不隨和著點呢？讓我勸她吧。」

到了布置得喜洋洋的新房裡，多爾袞人影不見，穿著一身花團錦簇的娜蘭，卻悶坐在坑上生氣。一見到她，小嘴一撇，淚花就在眼裡漩開了。

哲哲哪能不知道她的委屈！口中卻道：

「噯！噯！噯！格格，這可不作興！新嫁娘呢！總得討個吉利，哪有這樣的！」

這半軟半硬的話，硬把娜蘭的眼淚逼了回去。低著頭，翻了她一眼，那小嘴兒還噘著。

哲哲笑了：

「就為了多爾袞去打獵，不樂意了？格格！這是如今，咱們大金強盛了，也沒人來欺了。我嫁四貝勒的那一會兒，他還不是新婚頭上就跑了？可不是打這沒風沒險的獵，是去打那出了門、不知回不回得來的仗呀！那又怎麼辦呢？也不能告訴人家：『我正新婚，不要打仗，等過了十天半個月，你再來』……」

一語，逗得娜蘭破涕為笑。心裡不覺就親近了這位又是嫂子、又是姑姑的哲哲大福晉。低聲嘀咕：

「打獵！人家豪格就守著薩蘭，也不想打獵！」

「你羨慕薩蘭？人家還羨慕你呢！同樣是大福晉，論輩分就矮了一截子。而且，豪格家裡已有了好幾位福晉了；說是人家小，自家大。可是，人家先來，不說別的，門戶都比你熟！」

說著，挨在娜蘭身邊坐下，親切地握著她的手，用極體恤貼心的語氣勸慰：

「你一向在爹娘跟前做女兒，誰敢給你半點委屈受？可是，如今長大了，出了閣，到了人家家裡了；還不是等閒人家，是大金的汗王家！上上下下，多少嫡庶婆婆、伯叔妯娌、子姪媳婦，多少禮數規矩！如今，你到底還有我，可以讓你依傍。當初我才來的時候，還不是多少眼淚往肚子裡呑；事事小心謹慎，察言觀色，這麼慢慢學過來的！男人麼！總是要向外邊去，才有前程。如今你看多爾袞是打獵，其實並不是玩兒。打獵是為了鍛鍊眼明手快，身手靈活，為以後打仗作準備。他年紀小，肯這麼新婚頭上去打獵，是他有志氣；如今，老、中、小三輩的人了，兄弟輩不說，姪輩都冒出頭了。以前他因著年紀小，還在父母跟前嬌養著。如今，娶了親，慢慢得算大人了，還賴在家裡，不讓人說他沒出息？你嫁了他，總不希望他處處落在人後吧？」

娜蘭聽了，只低頭不語。哲哲嘆道：

「有許多事，說嘛，怕你聽了不舒坦；不說嘛……唉……」

她有意頓住。果然娜蘭忍不住追問：

「姑姑，您說……」

「你得心裡有個準備；你如今是多爾袞頭一個福晉，又是大福晉沒錯。可也不可能是唯一的一個，也不見得永遠是最得寵的一個！你成親後，不也經歷過到各府去給哥哥們、嫂子們裝菸、奉茶了？哪個府裡的大小福晉不是一大群？就算沒有貝勒格外專寵的，輪著班兒，也多久才輪上一回！有特別受寵的，就更別說了，不受寵，就只有乾晾著。做小的，還能撒嬌撒癡的鬧鬧；其實也沒什麼用，有時反而更把人家鬧煩了，更躲著！當『大福晉』，外面是風光；小福晉們，再怎麼得寵，規矩在那兒，總得給你磕頭，還出禮數來。只是這禮數也把做『大福晉』的人拘住了，就得拿出個『大福晉』的範兒來，連爭也爭不得。所以，只能暗地指望：人多不要緊，別來了專寵的！」

語氣的貼心體己，一下子擄獲了娜蘭的心。她才十二歲，在家的時節，嬌生慣養，到了這哲哲說「人生地不熟」的地方，新婚頭一天，就發現自己原來是在多爾袞誤以為是布木布泰的情況之下才迎娶的。心中那一份委屈氣惱，已憋得無處發作。偏偏沒兩天，多爾袞又彷彿「沒事人一大堆」的，就自顧自打獵去了，兩下一湊，豈不顯見著多爾袞對她的嫌棄！要吵要鬧，偏跟前連個發洩的對象都沒有！哲哲一來，已如見親人。再聽她說上這一番話，更像走失了的孩子乍逢親娘，感激涕零了。

尤其，這一言戳上了娜蘭的心事；自從發現多爾袞對布木布泰念念不忘，甚至起初他就以為娶的人是布木布泰，自己竟彷彿是「替身」後，她的心理就備受威脅。總不免想：萬一，布木布泰有朝一日真成了多爾袞的妻室之一，那不就應了哲哲說的：「人多不要緊，別來了專寵的！」假冒的遇見「正主兒」，以後的日子還能過嗎？

「那……怎能不要專寵的來呢？」

她畢竟年輕，倒是虛心求教。哲哲笑道：

「傻格格，專不專寵，沒來之前哪能知道！要知道，倒好辦；想著法子，讓汗父把她指給別人。成了別人家的福晉了，不是嫂子、弟婦，就是兒媳、姪媳，那麼多雙眼睛盯著，不了斷也就了斷了。」

「那，如何才能讓汗父把她指給別人呢？」

哲哲故意沉思一下：

「我這麼想，倒沒遇過……要是他許久沒娶親了，正巧他喜歡的什麼人來請聯姻，跟汗父一求，汗父準會答應的。你要鬧，人家會說你嫉妒，不賢慧，反倒派你的不是。但若在她來之前，自己家那口子才娶過一、兩位福晉，就有理由說：兄弟子姪的那麼多，他才娶過，總不能老給他一個人娶！理也直了，氣也壯了；占住了理，他也沒話說，也傷不了和氣。」

娜蘭心領神會，原先的沮喪氣惱，一下就消除了幾分。布木布泰已到了論婚嫁的年齡，在這之前，給多爾袞多娶一、兩個小福晉進門，也就把布木布泰的路斷了。布木布泰與多爾袞認識在前，她偏又相形見絀，不容易對付。其他的人，一則未必能勝過她的姿容。再則，她是大福晉，又先來，還怕不占上風嗎？

想到這兒，她不覺笑了……

娜蘭的行動比哲哲想得快，當科爾沁青巴圖魯台吉來請婚的時候，她從烏拉大福晉處獲知，娜蘭就出面，請求將這位格格許給多爾袞。而且，說得極婉轉動聽：

「我一個人，侍候十四爺，怕不周全。而且，也太冷清了。這位格格，也是我們科爾沁家的，一塊兒侍候十四爺，又正好跟我作伴。」

這一作法，博得了努爾哈赤和烏拉大福晉非常的讚許，當即應允了。多爾袞也非常高興，只道娶了個不嫉妒的妻子，小兩口兒倒越發得親熱了。娜蘭又得了好名聲，又得了實惠，心中對哲哲的感激，就不用說了。越發得推心置腹，言聽計從。

她的單純的心思，決然想不到，哲哲才是最大的受惠者；本來「賢名在外」，又因著「調停」有功，越發得到努爾哈赤和烏拉大福晉非常的歡心。而哲哲私心為皇太極娶回布木布泰的心願，也由此推進了一大步。

哲哲刻意在給烏拉大福晉請安時，換上了寬鬆的衣服，顯露出懷孕在身。不待大福晉動問，就喜孜孜地稟報：

「稟告額娘！我懷了四貝勒的孩子了！」

「哦！那恭喜你了！你來歸多年，終於能有自己的孩子了！如果能一舉得男，那可是四貝勒的嫡子呢！」

烏拉大福晉自己有三個孩子，對同為正室，卻一直沒有孩子的哲哲，倒也真心有幾分關切與同情。她知道，如果沒有自己的孩子，在這樣一個龐大、複雜又重視男丁的大家族中，地位是很受威脅的。那些小福晉們，仗著「母以子貴」，便不易駕馭。萬一自己年老色衰，而有子的福晉又受寵的話，日子就更難過了。

尤其，她在被立為大福晉之初，尚未生子，也曾經受過那些心懷不平，又仗著有立功之子的小福晉們的排擠，是深知其中甘苦的。因而聽說一直不孕的哲哲有了身孕，不禁為她高興。

見她高興，哲哲討好道：

「希望多爾袞和娜蘭也早日能有孩子，額娘可就更有得忙了！」

烏拉大福晉搖搖頭：

「這兩個人都太孩子氣了，一下好得蜜裡調油，一下又吵吵鬧鬧的。多爾袞總說她愛使小性子，愛吃醋。我就罵多爾袞，上回娶小福晉，可是娜蘭替他要求的呀！要像他說的那樣，就不會這麼做了。但孩子氣總是免不了的，也許等他們自己長大些，再有孩子比較好。」

她含笑注視著哲哲微隆的肚腹，叮囑道：

「你好不容易才懷孕，可要格外的小心留意呀！」

就著這句話，哲哲道出來意：

「四貝勒的小福晉雖然多，我卻沒有體己貼心的人。我想求額娘恩典，讓我接我的親姪女布木布泰來，也好陪伴照顧我。」

這一請求是合情入理的，烏拉大福晉當即點頭：

「這是好事！汗王一定會同意的。早先我懷孕的時候，怎麼沒想到這一點呢？若早想到，在懷孕的時候，接一個姊妹或姪女來，在家裡也不孤單了。」

她在努爾哈赤的眾福晉中，雖然受到努爾哈赤的專寵，卻彷彿置身在敵人的包圍中，時時感覺孤單無助。雖然誰也不敢明目張膽的對她有什麼無禮，但，她何嘗不知道，其實努爾哈赤的福晉們，因她年齡最小，卻被抬舉到「大福晉」之位，都心懷不平。而她們的子女，受到母親的影響，又哪有什麼真心實意對待她？也因此，對同屬嫡出、又已喪母的皇太極，倒少了戒心。對溫婉賢淑、刻意對她執禮甚恭又態度親熱的哲哲，就格外的推心置腹了。

向烏拉大福晉道了謝，順著烏拉大福晉體恤，要她歇息的話語，她退下，轉到多爾袞屋裡，告訴娜蘭這個消息。

「布木布泰要來了？」

「是呀！你跟她是好姊妹，她來陪我，你也有伴了。」

哲哲若無其事的說，觀察著娜蘭強自壓抑的驚惶與嫉妒。她把布木布泰接到大金的目的，當然是為了皇太極。但，她不必自己提出；那會讓多爾袞恨她，她不要！她自從來到大金後，就一直讓自己處處表現著「和上睦下」的風範，一如皇太極告訴她當年他的母親「像皇后一般的高貴雍容」，絕不肯為自己樹敵。尤其對多爾袞，這深受汗父寵愛的小兒子。她更是總表現出「長嫂如母」的氣度來相待，怎肯讓他恨她！

她知道，文章不必作完，娜蘭會為她作下一半；娜蘭絕不會希望布木布泰以待嫁之身來到大金；女真未嫁的女孩子與男子的交往，是不避嫌疑的。布木布泰若未嫁，與多爾袞相去咫尺，隨時可見，且具備嫁給多爾袞的資格，對娜蘭絕對是無可忍受的威脅！

她不必多說什麼，也不必自己去求努爾哈赤讓皇太極納布木布泰的「恩典」。由於多爾袞是未分家幼子，還住在汗宮的娜蘭，有太多的機會為她；不，也為了娜蘭自己進言……

第七章

「哲哲福晉懷孕了！」

這消息給科爾沁帶來幾近狂歡的喜悅。

哲哲嫁到大金有十年了，未曾生育。他們都知道，沒有兒女的大福晉，猶同虛位。在這樣的情況下，科爾沁與大金雖說是「親家」，也並不那麼可靠。一則，大金有多少貝勒？多少來自各方的福晉？只靠著姻親的關係，焉能不薄弱！但若有了孩子就不同了，那就不僅是姻親，還有血緣了。

更何況，哲哲是大金最有權勢「四大貝勒」之一皇太極的大福晉。就算四貝勒的孩子再多，她的孩子卻是「嫡子」，分量當然不一樣！

這一點由大金「四大貝勒」代善、莽古爾泰、皇太極都算是努爾哈赤的嫡出之子，就顯見無遺。這先天上的不公平，是爭不得、怨不得的。

而四大貝勒中，都說四貝勒是最得努爾哈赤愛重歡心的，就由不得他們不存著那麼點不便明言的指望。如今，他們一直擔心不孕的哲哲又有了身孕！還有更可人意的事嗎？

哲哲除了向家人報告自己懷孕的喜訊外，附帶的要求。把布木布泰送到大金去。理由正大且不可推拒：懷了孕的她，跟前需要有個貼心體己的「娘家人」照顧，以免差池。

她並且要他們把布木布泰的嫁妝準備好，也一起帶去。因為：布木布泰也到了適婚的年紀了。反正莽古思貝勒已有言在先，不管嫁誰，總歸是要嫁到大金的。如今既然人來了，就便把嫁妝帶過來，到時候她自然會以「姑姑」的身分主持一切，絕不會委屈了這個小姪女；趁此時把嫁妝帶來，是為了免得日後再費周折。

家族中對這一點要求，絕無異議；事實上，哲哲已成為族人最大的驕傲。他們對她的敬仰信賴，近於膜拜，當然言聽計從。更何況，她的要求那麼正大，且事關著整個家族的榮辱與前途！當即，他們如奉綸音的打點著，準備送布木布泰上路。

因為布木布泰此行的重點，是去照顧服侍哲哲，不算是出嫁，而使一切婚嫁的儀節，都用不上。同樣是到大金，相較於數月之前，娜蘭和薩蘭出嫁的聲勢，就截然不同了。家族關注的重心，都放到哲哲懷孕，及對科爾沁可能造成的影響上去了。對布木布泰殷殷叮嚀的重點，也全然不是一般對待嫁女兒的為妻之道，和對一個小女兒離家的依依不捨。卻是教導叮嚀她，如何的侍候照顧懷孕的「姑姑」！

面對著無形中對布木布泰本人的冷落，寨桑福晉心中有著難言的不平；她的布木布泰！她的玉兒！科爾沁草原上最高貴、最美麗的小格格，竟這樣冷冷落落、委委屈屈的就離開了她的懷抱？雖然，家中也為布木布泰準備了豐厚的嫁妝，可是，少了蒙古格格出嫁應有的風光和排場，作為一個母親，又怎能不憐惜心疼？

然而，她又能怎麼樣呢？明擺著整個事情就這麼名不正、言不順，她心愛的小女兒，離家遠行，倒彷彿是送到大金去當侍婢似的！只有她這個做母親的，因為她已及齡，背後還是教導了她一些未來為人妻子應該知道的事。其他的人，千叮萬囑，都只是教她如何的「侍候」姑姑！

「姑姑」！在布木布泰記憶中遙遠而模糊，只記得姑姑是個非常美麗溫柔的女子。也記得那一年，就是她伴著四貝勒，帶著多爾袞回科爾沁省親的。而美麗、高貴的姑姑，距離她太遙遠了。對她來說，最難忘的回憶，是她與多爾袞在大草原上度過的那一個最美麗的夏天。

她記得，多爾袞帶她去打獵，得到了「薩哈達」的頭銜；她記得，夜空下，她唱「宜爾哈姑娘」，要做個「薩哈達」的新娘。她記得，敖包前，她把自己許給了多爾袞……

從那時候起，她就一心期望快快長大，一心等待長大了好嫁給多爾袞。她總認為，這就是天經、就是地義！她嫁給他，做他的福晉，然後，為他生一大堆的孩子。然後，快快樂樂的跟著他過一輩子。就像她的祖父、祖母，就像她的父親、母親！

她沒有心事，沒有憂慮，她只覺唯一難忍的，就是她太小了，等待長大的時間那麼漫長。她想著、念著多爾袞。可是，她總是快樂的；她知道，總有一天，她會長大。會像「宜爾哈姑娘」一樣，「做一個薩哈達的新娘」！直到……

直到消息傳來，她的堂妹娜蘭格格，被指給了多爾袞。而且，努爾哈赤大汗作主，立娜蘭為多爾袞的大福晉！

她的天地變了色。她不知道這是怎麼一回事？她沒有怪多爾袞，她知道，這絕不是多爾袞的意思；多爾袞自己也作不了主的！可是，娜蘭嫁給多爾袞，而且，當上了大福晉了，她呢？

她第一次懷疑起命運來。從小，她接受的教養，就是敬天順命。只是，她不知道自己的「命」將如何。

如今，她美麗的姑姑要接她到大金去。家裡人有那麼多不同的說辭，他們說要她去照顧、侍候、陪伴、保護她有孕在身的姑姑。他們神色是那麼興奮，又那麼嚴肅，彷彿把千鈞重擔都壓到她肩上了。

她還小！她什麼都不懂，但她隱隱感覺，她的生命，將面臨一個巨大的轉折。她不知道那是什麼，但她有著直覺的不安和恐懼，卻又無從逃避。

到大金去！當年，多爾袞說大金的都城在赫圖阿拉，她便一心嚮往著赫圖阿拉。如今，聽說大金的都城在遼陽，而且，將遷到瀋陽。瀋陽，是怎樣一個地方？去過的人，說瀋陽曾經屬於大明，是漢人建造有無數房子的大城。她自幼生長在大草原上，生長在氈帳中，大草原天寬地闊，一望無際。她無法想像，很多房子的地方，是什麼樣子？那裡還看得到草原嗎？還能自由自在的在草原上奔馳嗎？還能看到她親愛的祖父、祖母、父親、母親，和兄弟姊妹嗎？她不能想，心中卻明白的知道：恐怕是再也不能了！她的姑姑出嫁以後，也只回來過那一次。而她的姊姊海蘭珠，嫁的還不是大金，而是同屬草原上的蒙古貝勒，就從來也沒有回來過。

她有了依依之情，對她的親人，乃至她已長成大馬的白馬、如今已成老狗的「小黃」，和油綠草原上的馬群、羊群，碧藍天空中的鷂鷹、鴻雁，草浪起伏中點綴的百草千花，石塊堆疊的族人信仰中心敖包……

這一切，都將從她的生活中失去了？她無法想像，無法了解，只能接受！

到大金去，到瀋陽去！去侍候她的姑姑。然後呢？也許，等到多爾袞繼位的時候，嫁給他？這是她面對遠行唯一可以安慰的事了。然而，想到還有個「大福晉」娜蘭，又不免在她原本明淨如秋日長空的心頭，添上些許如翳日輕雲的不安。

但，至少，她將和多爾袞同住在那個叫「瀋陽」的城裡。姑姑家距離多爾袞家不會太遠吧？多爾袞會常常來看她吧？

雖然沒有送親馬隊旌旗飄揚的招搖排場，這一行車隊也還是相當壯觀的。為了對布木布泰任重道遠的感謝，為了對此行匆匆，不能以送嫁為名，大張旗鼓擺下排場的補償，族中親長為她準備的嫁妝，比娜蘭更加豐厚。寨桑福晉，更給她準備了家族中前所未有最華貴的「嘉絲勒」頭飾。這原是蒙古婦女婚後在宴會上、在群體中最足以展示財富和風采的頭飾。當這個特為她訂製的嘉絲勒，展示在來幫忙、來送行、來看熱鬧而聚集的族人面前時，那上面綴的、掛的光炫奪目的珍寶，引得嘖嘖讚嘆之聲四起。即使是來自四方，在蒙古都是統領一時風騷的貴婦們，也都不能不承認：她們一世，也沒見過如此華貴美麗的嘉絲勒，而稱羨不已。

布木布泰在接受時，雖然也欣喜驚羨於這綴滿了珍珠、瑪瑙、珊瑚、碧璽的嘉絲勒的華貴美麗。卻有著另樣的疑慮；她以未婚之身到大金，自然是不能戴這象徵著已婚婦人身分的嘉絲勒。她若嫁了多爾袞，在大金汗的家族中，她又是否被允許不改換蒙古的衣裝，來戴這屬於蒙古婦人的頭飾呢？她的姑姑回家歸寧的時候，就完全是女真婦女的裝束了，並沒有戴她必然也有的美麗嘉絲勒。

一切都是那麼的渾沌，令她不知該怎麼應付。她只能縱馬馳騁，跑到她和多爾袞許願的敖包前，向著天地神祇、向著列祖列宗虔敬懇求，交託出她那自己也不知道如何用言辭表達的心事。

遠行的日子到了。這滿載著豐厚嫁妝，並護送著布木布泰格格的車隊，在不趕時間的情況下，是不必急行的。但，他們出發的同時，科爾沁就派出了快馬先行，先趕到大金報告：這邊布木布泰格格已經出發了的消息。

送行的親人，和依依不捨的牧民、牧女，在莽古思貝勒親自帶領之下，送她到家族牧地邊界的敖包。莽古思親自祭了敖包，請求神祇庇祐他的小孫女、草原的小女兒。然後，向她道別。

她的祖父，莽古思貝勒緊緊擁抱著她，口中說著祝福的話語。然後，取出一條淡青色閃著絲光的「哈達」：

「這是活佛祝福過的！布木布泰！現在，我把這珍貴的哈達送給你，願你永遠平安幸福。也時時不要忘了，你是科爾沁『博爾濟吉特氏』的女兒！」

她是科爾沁博爾濟吉特氏的女兒！此行，她肩負著族人的祝福與重託。她已不僅是「布木布泰」了，她是科爾沁與大金邦誼間重要的環節。

在接過「哈達」的時候，布木布泰哭了；直到此時，她才意識到：她真的要走了。在臨別的一刻，她更發現：她對大草原的眷戀，是這麼深！她不想去瀋陽！不想離開她的故鄉，去那個遙遠陌生的地方！她捨不得她的祖父、祖母、父親、母親、兄弟姊妹，乃至草原上所有識與不識的牧人牧女，駝馬牛羊！在臨別的這刻，她甚至忘了多爾袞，只忘情的緊緊攀著寨桑貝勒和福晉的肩膀，偎在他們的懷裡痛哭失聲。

寨桑福晉更是一聲兒、一聲肉的依依難捨。在婚俗上，這是不允許的。但，因為布木布泰此行，名義上並不是出嫁，只是遠行。這一切，就被心疼著她的尊長們包容默許了。

時間，在她的哭聲中凝止。終於，莽古思狠下心發出命令：

「吳克善，抱你妹妹上車吧！」

沉聲吩咐孫子的莽古思，口中說著，眼眶也紅了。吳克善是布木布泰的大哥哥，也是這一次負責送布木布泰到瀋陽去的親人。他遵命向前，一邊柔聲哄勸，一邊掰開布木布泰緊攀著母親肩上的手。

布木布泰心裡明白：任她怎麼抗拒，都是沒有用的！她必須順命接受事實，必須到瀋陽去執行她侍候、照顧姑姑的任務。她認命的嗚咽著任由著吳克善抱她上了車。

車輪緩緩地轉動了，強自壓抑的哭聲，從低垂的車簾中傳出，卻令追隨在車後相送的親人更心如刀割。

他們只能目送著這一支由車、馬組成的浩蕩隊伍，向著湛藍的青空下那遙遠的地平線；在積雪初融的大地上留下深深的轆痕，載著她，走向杳不可知的未來……

第八章

車輪在春草未生、殘雪猶積的草原上轔轔地轉動著，布木布泰坐在車中巴緊車窗回頭望著，抹不盡不斷湧出的淚珠。她不要淚水遮蔽了她遙望親人的視線；也許，這就是最後一眼了。也因此吧，卻又怎忍得住眼淚的奔流！

熟悉的大草原遠了！站在敖包面前向她依依揮手的親人小了、模糊了，看不見了。只有白雲還是那麼若無其事的飄浮在萬里晴空上，鷂鷹在天空中盤旋著，發出她熟悉的「夷猶」叫聲，也彷彿在與她依依作別。

她感覺，被一條看不見的繩子，兩頭拉扯著；一頭是她的親人，一頭是多爾袞……

吳克善對這個小妹妹的心事，知道得比誰都多；當年多爾袞也曾是他的玩伴。他喜歡多爾袞，他也深深期望著布木布泰能如願的與多爾袞締婚。他知道布木布泰是如何的依慕著多爾袞，在少年的他看來，這大人眼中稚嫩的感情，絕不可笑，而是鄭重嚴肅的。

雖然，他也知道娜蘭嫁多爾袞的事，在布木布泰心中造成了相當大的陰影。但，他是個男人，他不認為這問題有多嚴重；男人本來就可以有許多的妻子。名位有什麼重要？兩人是否相愛才是重要的！

他知道，離開了草原，唯一能讓布木布泰開心的人，就只有多爾袞了。一路上，休息的時候，他不敢多提家人；家人，是已然成為過去的美麗回憶。愈來愈遙遠，無法重尋了，怕布木布泰聽了難過傷心。而多爾袞卻是在前方迎候的美麗希望，是前瞻的，讓人興奮鼓舞的，也是布木布泰如今唯一可以盼望的快樂。於是，多爾袞就成了兄妹兩人間最有交集的話題。

不同風貌的景觀、人物，漸漸的沖淡了布木布泰離家的恐懼與傷心。蒙古裝束的人漸漸少了，女真人和漢人多了。他們每到一處，都受到在大金轄下當地地方官員和駐守旗兵的禮遇和招待。她開始真正接觸到她見識以外的人、事、物。即使，她在家中也讀了不少書，面對「真實」的衣冠、人物、風俗的歧異，還是讓她有大開眼界之感。她如今可已見識過了由許多「房子」組成的「城市」，知道除了氈帳之外另一種的居住環境了。

他們到達了開原；瀋陽愈來愈近了！

吳克善去赴當地官員邀宴了，布木布泰獨自坐在屋裡，抱著馬頭琴，低聲的唱著，唱著那些草原上的歌謠。

當她唱起「宜爾哈姑娘」，心裡泛起幽微的悲傷與喜悅；很快的，她就可以到達瀋陽，見到她心目中的「薩哈達」了。可是，他卻已有了大福晉……

她幽幽地嘆了一口氣，她無法設想，見到多爾袞將是怎樣的光景？他和她，可有未來……

吳克善忽然走了進來，滿臉不知所措的為難。

他剛才去赴當地一位正白旗梅勒額真的宴會，梅勒額真一見面就向他道賀。他以為是為四貝勒的大福晉懷孕的事；四貝勒皇太極統領正白旗，是這位梅勒額真的旗主，自然對四貝勒家的喜事格外關心。於是笑道：

「的確是可喜可賀的事！我們也都希望大福晉能為四貝勒生個嫡子！」

那位梅勒額真愣了一下，意會到兩人所說的，顯然南轅北轍。敞聲大笑：

「看來台吉還不知道這件新的喜事：崑都崙汗親自指婚，將令妹布木布泰格格指給了四貝勒為福晉了！」

四貝勒！吳克善一時張口結舌，不對呀！怎麼會呢？應該是「十四貝勒」，不是「四貝勒」！一定是弄錯了！他定定心，謹慎追問：

「是皇太極四貝勒？」

「是呀！是皇太極四貝勒！我聽說，汗王知道布木布泰格格美麗賢淑，這一次為了照顧四貝勒的大福晉而到瀋陽，非常高興。皇太極貝勒是汗王最愛重的兒子，又許久沒有娶福晉了，所以將格格指婚給四貝勒為福晉；這樣，照顧大福晉就更方便了。汗王真是英明周到呀！如今，大金和你們科爾沁的關係，就更密切了！可以說是兄弟一樣呢！」

梅勒額真熱心又興奮的話語，卻讓吳克善的心直往下沉；怎麼會是這樣呢？那布木布泰怎麼辦？

被這突如其來、梅勒額真口中的「喜事」，震驚得食不甘味的吳克善，為了禮貌，不得不強自收束心神，與主人周旋。耳中聽著主人興高采烈說著這件事的細節：努爾哈赤不但已將布木布泰指婚給了四貝勒皇太極，而且，為了表示對科爾沁的友好，與對這一親事的鄭重，已決定命皇太極親自到瀋陽北崗迎親。不但如此，努爾哈赤自己也將親自率領大金所有的貝勒、福晉們出迎十里，並立刻在新都瀋陽為他們舉行盛大的婚禮。

吳克善的心，更沉到了谷底；如此說來，還不是說說而已。也不是「訂親」，而是沒有迴轉餘地，馬上就逼到眼前的現實了。他心亂如痲；他怎麼跟布木布泰說？說這對布木布泰而言極為殘忍，偏又有著「喜事」面貌的消息！

回到居處，他看到布木布泰正抱著馬頭琴唱著「宜爾哈姑娘」。她的表情，是那麼的迷惘；她該還在想著多爾袞，想著自己不可知的未來吧？卻不知道，她的命運，已然判定了！她的「未來」中，沒有多爾袞！悲憐，一下充溢在他的心中。

凝視著那張未脫稚氣天真美麗的臉，他滿心的不忍。但他知道，他必須向她揭開這殘酷的事實了。他不能留著這個問題到瀋陽；萬一，她無法忍受，而有了什麼失態，那個後果，不是他敢想像的。她要哭、要鬧、要傷心，就在未到北崗的這一段路上發洩吧。到了皇太極親迎的北崗之後，她別無選擇；她必須接受這殘酷的現實——她將嫁的，不是她一心戀慕的多爾袞，而是皇太極——由崑都崙汗親自指婚的四貝勒！

「布木布泰！」

「吳克善哥哥！」

布木布泰放下手中的馬頭琴，原本帶著笑容的臉，在吳克善凝重的表情中褪了色，茫然而驚惶：

「哥哥……」

「布木布泰！有件事，我必須告訴你！」

布木布泰烏亮的眸子，懸上了疑慮。

「不好的事？」

吳克善苦笑：

「也不是不好；對別人，也許是好。但對你……」

他狠下心：

「崑都崙汗為你指了婚，迎親的人將在北崗迎接你……」

剎那間，布木布泰紅潤的臉，失去了血色。由吳克善的表情中，她看出了端倪：

「……不是多爾袞……？」

「不是多爾袞，是我們的姑父——四貝勒皇太極！」

這太出人意表的消息，完完全全擊倒了布木布泰。她的心緊緊的抽搐著，使她如墜入冰窖般，全身冰冷。兩行淚，緩緩自雙眸中流下，她緊緊咬住下唇，不讓自己哭出聲來。吳克善不忍的擁抱著她，她哽咽著說：

「我要嫁姑父？不！我不要嫁給他！我答應了多爾袞，要嫁給多爾袞的！」

「布木布泰！當年祖父許婚，並沒有指定是誰，只答應把你嫁給大金的新汗。可是，大家都沒想到，不待新汗繼位，崑都崙汗已有了主張；這是祖父也不能違逆的！這不是你的錯，也不是多爾袞的錯，是……也許是上天的意思吧！」

上天的意思！她無以抗拒，也無法了解：上天為什麼可以這樣的播弄她的命運？

駝馬車隊，繼續向瀋陽進發。布木布泰失去了雖然離家日遠，卻馬上可以見到多爾袞所帶給她的歡悅。原先，她只為多爾袞已然娶了娜蘭為大福晉，而有著難以釋懷的難過；讓她成為娜蘭名位之下的「小福晉」，對她而言，不能不說是一種委屈難堪。但，她還是未嫁之身，她可以不去想這些事。只要能見到多爾袞，總算是此行中差可讓她排解愁腸、稍得歡愉的事。

而如今，她還是會見到多爾袞，可是，為什麼局面卻變得這樣可怕？她將嫁給四貝勒皇太極！她的姑父！多爾袞的兄長！換言之，她將成為多爾袞的嫂嫂！那，她還能像以前那樣，沒有疑慮，坦坦然然的和多爾袞相處嗎？還可以把多爾袞藏在心中愛戀嗎？她若愛戀多爾袞，是不忠於丈夫；這是她藏傳佛教的信仰，與蒙古傳統的禮教都不允許的！她好難接受，卻不能不面對的事實：她的丈夫將是四貝勒皇太極！而她又真能把多爾袞自心頭抹去，像印在沙漠中的駱駝蹄痕，一陣風沙吹過後，不留下一點的痕跡？

她如今才知道，什麼叫做痛苦！什麼叫做煎熬！然而，她知道，就如吳克善所說：既然崑都倫汗把話說出了口，就算是祖父也是難以違逆的！這一切都是已然定局的事了！她，為了科爾沁、為了博爾濟吉特家，甚至為了多爾袞和她自己，她都沒有抗拒的餘地！

嫁給皇太極！皇太極是她的姑父！大得可以做她的父親！而，今後，她卻必須陪侍他，與他同衾共枕，為他生兒育女……

她想起在她臨行前，母親私下悄悄地教導她男女之間的種種情事。那時，雖然名義上她還沒有正式的匹配對象，但她心中認定的是多爾袞！母親低語的種種歡愛之情，將成為她與多爾袞之間共有的快樂，在她想來，是羞澀而歡悅的。而如今，對象將換成了皇太極，想起來卻讓她羞澀而害怕。

吳克善騎在馬上，不時注意著車中布木布泰的動態。她沒有哭；他知道，她昨晚哭了一夜。今早起來，眼睛還是紅腫的。如今，她臉上沒有表情，只斂著眼眸，默默地坐在車中。

他看著她從小長大，她一直是個明慧懂事的女孩子，像每個草原上長大的女孩一樣，有著明朗而開闊的心境。她從小在一家人的嬌寵下長大，得天獨厚，從不知愁。直到娜蘭指婚，他才第一次在她的眉宇間看到了愁緒。但，也許是蒙古人天生樂天知命的天性吧，她很快的調適過來。他想，只要她能嫁給多爾袞，即使是小福晉，她也會欣然接受，並且會以她天生善解人意的過人敏慧，處理好她與娜蘭之間微妙的關係的。

誰知道，竟是這種的結果？崑都倫汗的諭旨，誰能、又誰敢拂逆違抗？他不知道這中間出了什麼差錯！不是都說多爾袞是崑都倫汗最寵愛的小兒子嗎？而且，他還沒有分府別居，他是貝勒們中，少數與崑都倫汗住在一起的！為什麼他竟然坐視他的父親把布木布泰指給了別人？

難道說，他已忘記了他與布木布泰在草原上的盟約？不可能的！不可以的！布木布泰告訴過他，他們是在敖包前約定的呀！是當著天地神祇、當著列祖列宗許下的誓言呀！

那……為什麼會變成這樣呢？

布木布泰默然凝望著天地銜接處。車輪不留情的滾動著，一寸、一尺的向著瀋陽接近。她曾那麼盼望早早的到達瀋陽，早點看到多爾袞！而如今，她寧可永遠停留在路上，永遠不要到達！

「台吉！快到北崗了！」

她耳邊聽到護從向吳克善報告，心猛然的向下沉；這麼快？這麼快就到了？她轉頭，看到吳克善帶著悲憫的目光，她的心，就在這悲憫中片片地碎了。

「布木布泰……」

吳克善有著千言萬語要叮嚀，要囑咐；而卻又不知該如何說。一再承受著如此重大打擊的布木布泰豈不該悲傷？豈不該難過？可是，她若不能自持，若在大金這些貝勒、福晉面前失態，那將會造成他也不敢想的後果！

布木布泰在吳克善悲憫憂懼的目光中，拭去了眼角的淚痕，低聲說：

「哥哥，你放心……」

她原本稚氣的臉上，此刻卻露出了冷靜與堅毅，這遠遠超過了她的年齡、也超過吳克善所能期望的承擔態度，卻讓吳克善更為之不忍的心疼起來。

她轉頭向前方望去，遠遠的高岡上，出現了幾面高掛在空中飄揚的白色旗幟。她知道，「正白旗」是皇太極所領的。皇太極和他的福晉們、屬下們，正在那高岡上等著她，迎接她加入他的福晉的行列。

多爾袞，是她永遠不醒的夢了。皇太極才是她的現實人生！

望著駝馬車隊漸漸行近，皇太極躊躇滿志：「富靈阿」是他的了！雖然，他一直自覺，他是最有繼承汗父汗位條件的人，但，這樣的吉兆，還是讓他怡然自得。

他回頭望向哲哲，哲哲也正望向他，兩個人心有靈犀的會心而笑。又不約而同的，把目光投向自告奮勇跟他們一起到北崗來迎親的娜蘭。

娜蘭，是促使這件事確定的關鍵人物，可以說是真正的大媒！原先，哲哲提出的要求，還只是接布木布泰來照顧懷孕的她。是娜蘭向努爾哈赤和烏拉大福晉進言：戰功彪炳的四貝勒已許久沒有娶妻妾了，這一回既然接布木布泰來照顧哲哲大福晉，布木布泰已到了適婚年齡。如果沒名沒份的，起居之間也不方便。不如把布木布泰指婚給四貝勒，這樣，照顧起來就更妥適了。

這話聽到努爾哈赤耳中，當然是入耳的，且深喜這個小媳婦的體貼周到。就在多爾袞根本沒有警覺之下，發出了指婚的指令。並立即派人沿路通知各地官員準備接待。同時也派使者傳報喜訊到科爾沁：如今，布木布泰將是四貝勒的小福晉了！

不但如此，還在娜蘭的建議之下，不待布木布泰到達瀋陽，命皇太極北崗親迎。自己也率眾親迎十里，表示對她的禮遇歡迎。並且在入城之後，馬上舉行盛大婚禮。一則以酬四貝勒皇太極多年的勞績戰功。二則，也向科爾沁示好，以籠絡蒙古各部族人心。

娜蘭美麗的臉上，露出勝利的笑容。這笑容，在陽光下燦亮如花。布木布泰來了！她曾經是布木布泰可憐的影子，而如今，多爾袞是她的！她可以大大方方的面對她曾經自慚形穢、曾經不願面對的布木布泰！以多爾袞——十四貝勒大福晉的身分！

車隊，在飄揚著的白色旗幟的山坡前停了下來。吳克善下了馬，迎上幾步，撣撣身上沙塵，準備下拜。皇太極趨前扶起，抱住他，行了抱見禮。臉上洋溢著喜色：

「吳克善！一路辛苦了！」

吳克善垂著手，恭謹道：

「該當的！」

皇太極帶著有些矜持，卻掩不住春風得意：

「你知道汗父為布木布泰指婚的事了？」

「知道了，給四貝勒賀喜！」

吳克善說著，又打了個千。皇太極仰面哈哈的笑著：

「如今，咱們之間的關係就更親了。往後別拘禮；來，先見見你姑姑吧！」

身懷六甲的哲哲，在婢女的扶持下，款步向前。吳克善不敢怠慢，忙向前行了禮，哲哲受了他的禮，笑道：

「這一路都還好吧？布木布泰呢？讓她下車來吧，多少人等著想看看她呢！」

吳克善聽說，忙到車前打起車簾，布木布泰隨身的兩個侍女阿勒騰和蘇麻喇姑跳下車來，扶著微低著頭的布木布泰下了車。

哲哲打量著這個多年不見的小姪女，不由她不在稱嘆之餘，有著幽微的感傷；她也算得是當年科爾沁草原上數一數二的美人了！但，相較於布木布泰，她不能不自承還遜一籌。幸而，她們總算是姑姪體己；她不能不承認，她蓄意讓布木布泰嫁皇太極的原因之一，也在於讓布木布泰這年輕美貌的小姪女，替她籠絡住經常征伐在外，回到家裡，又妻妾成群的皇太極的心！

她是大福晉，且是人人稱許賢慧不妒的大福晉。只有她自己知道，這「賢名」是用多麼刻骨銘心的痛換來的！她只能把這一份痛放在心裡；她知道，像皇太極這樣的男人，絕不是可以獨占的！妒嫉、吵鬧，只會讓他跑得更快、更遠，讓自己更難堪。

她了解，皇太極不是不愛她。可是，男人對女人，除了感情上的愛之外，還有別的需求。縱使是感情不變，如果她無以羈縻住他的人，也將漸行漸遠。就算是維持著相敬如賓吧，對於她來說，一旦「大福晉」僅成了虛名，而受寵的盡皆外人；也許她們既不敢也不能對她怎樣，然而，她已具此「賢名」，又能把她們怎樣？但冷暖炎涼情境的對照，她又情何以堪？

在自己身邊放上一個既能籠絡住皇太極、又與自己貼心體己的人，才能兩全其美。如今，這個人已然來了！

看看布木布泰，再看看娜蘭，她才驚訝於布木布泰的出眾，不僅是姿容而已！都說娜蘭酷肖布木布泰，甚至多爾袞在畫像中都無法分辨，乃至以有意對無心的，被她蓄意設的圈套騙了。然而，當兩個站到了一起，還是高下立判！

娜蘭不是不美，卻美得太鋒芒了！彷彿除了外在能見的，就不再有什麼能讓人縈心不忘的情致。而布木布泰卻不是！布木布泰的美，固然比娜蘭有過之無不及。而最明顯勝於娜蘭的卻是：讓人覺得她的美，不僅是一眼可以看到底的外表之美；她沒有娜蘭的鋒芒、誇張，卻讓人覺得含蘊無窮。

哲哲不能不欣喜自己費盡心機「移花接木」，將娜蘭嫁給多爾袞，留下布木布泰給皇太極的明智。她確信：這個如今才十三歲的小姪女，必將為皇太極所寵愛。而且，將是自己在這複雜汗庭中的臂助！

「這就是布木布泰！小格格可長大了！」

欣喜的親自扶起向她叩拜的布木布泰，她笑容可掬。以極親切的語氣，向著布木布泰，也向著皇太極說。

布木布泰低垂著眼眸，看不見表情。皇太極卻露出了欣喜中帶著尷尬的神情；這個當年哲哲口中的「小美人」，比他的長子豪格還小得多。又是曾經喊他「姑父」，他亦視之為子姪輩的小女孩。雖然說，在女真習俗中「老夫少妻」既不罕見，輩分亦不嚴格計較。但，有了過去在科爾沁草原上，以另一種關係相處的那一段，一旦關係改變，不能不讓他產生微妙的心理變化。尤其，更有不可言喻的快感：他知道這是多爾袞心心念念不忘的人！

這些年來，汗父對多爾袞明顯的偏袒寵愛，對他來說，不能不說是個很大的心理威脅！雖然，他一向的自信與矜持，是不容許他表露出對多爾袞的妒嫉的；他認為那是一種自認失敗、自認不如人者才有的人性卑劣！他的驕傲和他的自尊、自負，不允許自己有這種卑劣！

因此，他在兄弟們對多爾袞特蒙汗父格外恩寵，而有微詞的時候，反而總是「義正辭嚴」的駁斥他們心胸狹窄的不當，以顯示自己的寬厚與大量。他認為，這才是一個領袖應具有的氣質和器度；他也自許，自己是兄弟中最具有這一種氣質和器度的！也正是這一點器度，使他自負，並自覺高出於兄弟之上！

然而，捫心自問，他也不能不承認：他雖不肯表露於外，私心未嘗不將多爾袞視為他最大，也是唯一的對手！甚至他慶幸著多爾袞生得太晚了，汗父已然衰邁，再怎麼的寵愛多爾袞，恐怕也來不及培植出多爾袞足以匹敵他的勢力了！這是他的優勢，卻是先天上占了的「予生也早」的優勢。因此，他絕不敢因而小覷了多爾袞的潛力；多爾袞也是天生具有領袖才能和氣質的人！如果，汗父能再活十幾年，以多爾袞天賦的優異，加上汗父的寵愛，兩人較力，未必輸他！若到那時，才產生嗣位的問題，他就未必能有絕對的勝算！

也因此，他對多爾袞的心情是複雜的；有兄弟手足之情，有對他才幹出眾的愛才之心，也有利害衝突的防範。

尤其他不敢掉以輕心的是：烏拉大福晉絕不是一般無知可欺的女流之輩！她精明能幹，而且，深得汗父寵愛；即使前番受過那樣的嚴譴，汗父還是捨不得她；事實上，少不了她！由這一點來看，汗父真的老了！他不敢說汗父已然開始昏憒，至少，那曾經有著鋼鐵一般果斷與意志的人，已失去了昔日誅殺兄弟、長子時的毫不留情。烏拉大福晉的「罪」，換在當日，絕無可貸！而如今，他的心軟了，下不了手了！

他知道，多爾袞將是他未來最大的對手。而如今的對手，卻是烏拉大福晉！這一次，在哲哲和娜蘭的聯手之下，讓一向愛子心切的烏拉大福晉吃了這樣一個悶虧，使他不能不為之暢懷！

尤其，他原本就知道布木布泰美貌。見到娜蘭，他已為之驚豔，而如今，發現布木布泰的姿容和風華更在娜蘭之上，他如何能不為之心喜！尤其，在感覺上，這是「奪」自多爾袞的！更讓他私心中有著勝利的喜悅！

含著笑，他望向哲哲。哲哲，他的賢妻！她的賢淑溫柔他知道！她的和順謙抑他也知道！她和上睦下，尤其不妒，使他的家庭在她的主持之下，和樂融融。這些他都知道，也都是他愛她、敬她的原因。而在這一番的聯姻中，他對她刮目相看了！她豈僅只是個溫柔和順的賢淑妻子？她那麼不動聲色的，把他不僅為了美色，更因著預言吉兆，而希望能得到的布木布泰順利的娶了來！

原來，她也是聰明的！也是能用心機的！而她的手段又是多麼高明！高明到一點痕跡都不落！為多爾袞娶了肖似布木布泰的娜蘭，又利用娜蘭微妙的妒嫉心理，讓娜蘭為他促成這段姻緣！讓吃了悶虧的多爾袞，連恨都恨不著他！

哲哲依然風姿綽約！春風滿面的領著布木布泰一一的給他的福晉們介紹見禮。他在這些以他為中心的女子們眼中，看到了驚羨、看到了強自壓抑的妒嫉和自慚，和言不由衷歡迎和祝福的話語。

布木布泰始終帶著謙和有禮的淺笑，微低著頭，深斂著眸。他不知道布木布泰心裡想什麼？但，看著她的青春與稚嫩，他忽然有著不明所以的憐惜；她真該做他女兒，而不是妻子！

哲哲欣欣然地攜著布木布泰的手，走向同來相迎的皇太極的福晉們。她們都圍了上來，爭著向哲哲道賀，讚美著她姪女的美麗。不論她們心裡是否願意有這樣一位容顏絕世的美格格來分寵，卻也都知道：不能得罪她！一則，她是努爾哈赤親自指婚的。二則她是大福晉嫡親的姪女！再怎麼說，結好都比結怨有利！

有位福晉率先拉著布木布泰的手，仔細打量，笑向哲哲道：

「哎喲，大福晉！我這可算是開了眼界了；天下就有這麼天仙似的美人兒！四貝勒可真不知怎麼修來的！可怎麼稱呼呢？是喊『格格』，還是『福晉』呢？」

哲哲笑道：

「如今還沒正式行禮呢，就還是喊格格吧。其實，依我說，布木布泰年紀輕，就行了禮，也總是最小的。也不必喊什麼『福晉』了，倒不如就喊她名字，還見著親熱些。」

「這麼說，我就喊啦：布木布泰！」

那位福晉真喊了一聲，布木布泰微微欠身應了。回頭看看哲哲，不知如何稱呼。哲哲笑著介紹：

「這位是鈕祜祿福晉。既然人家都認了你是個小妹妹，布木布泰，眾位福晉你都喊『姊姊』吧，要喊福晉，倒生分了。」

布木布泰早聽說四貝勒有位鈕祜祿福晉，是大金開國功臣額亦都的女兒，門第高華，是哲哲也格外禮遇三分的。見她那麼親切，心中不免感動。卻又詫異，這位福晉說話的語氣與表情是那樣的不協調。她語氣親熱，表情中卻有說不出的落寞。她無暇細思，聽哲哲這麼說，忙一一見禮。

她不知道，哲哲這麼說，卻是存了心的；她在娜蘭的態度中，看出了娜蘭對布木布泰那隱含的妒意。要認真算起來，她以多爾袞大福晉的身分，是可以站上風的。而，不論是皇太極與多爾袞的暗中較勁，或以她對布木布泰心中存的歉意和偏私，她都絕不願見到布木布泰吃娜蘭的虧，受了委屈。有這麼一句話擋在前面，就不怕娜蘭自矜自大！

所以，她故意慢慢的讓布木布泰一一見過了皇太極的福晉們，個個都喊過了「姊姊」，這才來到了娜蘭面前：

「這位就不用我介紹了，你們原先就是姊妹。如今布木布泰是嫂嫂，娜蘭是弟媳婦，也還是姊妹呢！」

原先矜持的抬著下巴，等著布木布泰給她見禮的娜蘭「大福晉」，在這句話下洩了氣；原先以她的想法，哲哲應該介紹她是「十四貝勒大福晉」，那布木布泰就不能不向她行禮了。然而，哲哲沒有。一句話，就把她又拉回了與布木布泰平起平坐的「姊妹」身分了。

布木布泰對她微微一笑，什麼也沒有說！這一笑，恨得娜蘭牙癢癢卻無從發作。

她好不容易等到了今天！她原以為，布木布泰是應該在她面前卑屈失意的！以皇太極的小福晉，面對多爾袞的大福晉怎能不卑屈？就她所知，布木布泰與多爾袞之間，還有著微妙的舊情。如今不能嫁多爾袞，卻嫁了皇太極，又怎能不失意？

她卻失望了！布木布泰好像並沒有她預期的卑屈和失意！她跟在哲哲身邊，還是像鳳凰般的給簇擁著，恭維著。她幾乎沒有開口，只微低著頭淺笑著，所表現的是謙和，而不失尊貴大方的恰如其分。這種美麗和尊貴，使她的謙和也帶著不可侵犯的高華，使人不能也不敢輕侮。

而當娜蘭面對她時，更感覺一如往昔，被她以美麗雍容的微笑打敗了！娜蘭實在不能了解，她應該各方面條件都不遜於布木布泰的！今日身分更有過之，為什麼在兩人同時出現的時刻，她立刻就又「矮」了半截！

面對著由氣盛轉為氣沮的娜蘭，布木布泰有著悲憐；其實她不僅悲憐著娜蘭，也悲憐著自己！

她在乍然聽到這也許人人都視為「喜事」的「好消息」時，哭了一夜！卻也在一夜的輾轉中，她認命了！就像她在大草原上，牧草的豐盛與否，馬羊的繁衍與否，她的祖父總是一例的感謝著上天與祖宗一樣。祖父說，天意是不可違逆的，人頂多只能在現狀中，設法使之更好一點，或不那麼壞。既然，這是她的天命……

話雖如此，畢竟她只是個十三歲的小女孩，她雖然努力抑制，還是難以自制的難過。而，娜蘭恐怕不知道，是她那得意昂揚的態度，使布木布泰一下子自悲怨中拔出來的！她那來自教養、外柔內剛的剛烈，在娜蘭的態度中受到了刺激；當她在娜蘭趾高氣揚的姿態中，看到令她難忍的幸災樂禍和得意哂笑時，她立時收束了自己的悲怨。

她隱隱感覺，這讓她痛苦的事件中，娜蘭所可能扮演的角色了。她也許命運就如此注定了；她不能抗拒命運。但至少，她不肯讓娜蘭把快樂建築在她的痛苦上！既然，她的痛苦是娜蘭的快樂，那，她就算是深心之中無法不痛不苦，至少，她不必將之形諸表面，她不要讓娜蘭在她的痛苦中快樂！

於是，她就著哲哲的話語，微笑：

「那，姑姑，我還是可以喊娜蘭『妹妹』了？」

第九章

在全福福晉，和貼身侍女阿勒騰、蘇痲喇姑陪伴下，一身大紅的坐在「洞房」裡「坐福」的布木布泰，垂首斂眸，默然無語。

今天，是她的新婚大喜之日。如今，已行過了婚禮。外廂隱隱傳來急管繁絃的樂聲，和喧譁熱鬧的人聲；外面正開著喜宴，慶賀四貝勒納新福晉的喜事。

她知道，如今，她已不再是蒙古科爾沁的布木布泰格格，而是大金四貝勒的小福晉了！但，在她心裡，四貝勒彷彿還是個遙遠、不相干的人。她心頭浮現的影子，還是多爾袞……

她見到多爾袞了！四貝勒親自率領的大隊人馬在北崗迎接她後，在白色旌旗的導引下，白旗兵簇擁著她的馬車，由北崗向瀋陽進發。到達距瀋陽十里的地方又停下了車。

那是另一個歡迎她的盛大場面；大金汗努爾哈赤親自率領著大金所有的貝勒、福晉和他的子姪、兒孫們一起，歡天喜地的準備迎接她進瀋陽城。

她下了車，在姑姑的指點下，向大汗行了禮。這不算正式的見禮，正式的見禮，要等到婚禮之後。而就在她向努爾哈赤大汗和烏拉大福晉行禮之後，一抬頭間，在那黑壓壓的人群中，她一眼就看到了多爾袞！

多爾袞站在大金汗努爾哈赤和大福晉身邊那一群人中，冷著一張在喜笑顏開人群中、顯得突兀的臉。

她的心猛地一抽。四目方自交投，娜蘭已擠到了多爾袞身邊，示威似的，一邊睨著她，一邊親熱的跟多爾袞嘰嘰咕咕的咬著耳朵。她不知她說些什麼，她卻見到多爾袞微微的皺起了眉頭，彷彿壓抑著不耐……

就這一剎間，她心頭流過一絲難以言喻的暖流。在被判定今世無緣的命運縫隙間，有著聊以自解的安慰：她確知多爾袞沒有忘情於她！他是從不會裝假的！因此，在見到她的時候，他把不悅都寫到了臉上了！也表露在對娜蘭的不耐上了！

她忽然同情起娜蘭來！娜蘭多麼的傻！以為這樣就可以炫耀自己，或傷害她嗎？如果，多爾袞對她漠然無動於衷，她真的會受到很大的傷害。但多爾袞不是！多爾袞顯然仍然將她放在心上！這對她是多麼大的安慰！就算如姑姑所說的，她將和娜蘭是妯娌，也就是和多爾袞是叔嫂了。但，多爾袞會了解這不是她的錯，就像她了解多爾袞之娶娜蘭，也不是他的錯！

人生多麼的無奈！她心底喟嘆著，垂下眼眸，避開了多爾袞的視線。她有著無端的懼怯，她心虛的害怕自己會控制不住自己的心情，怕自己的表情會洩密。怕那麼多正打量著她、評頭論足的男女老少，目光灼灼，會挖掘出了她深深埋藏在心底的祕密……

她努力克制著，耳邊聽到努爾哈赤洪鐘般的笑聲，慰勞著吳克善遠來的辛苦，讚美著她這新兒媳婦的美麗。又說她是有福的；她是第一個在「新國都」瀋陽行婚禮的人，也是第一個住進新建的貝勒府邸的新娘！其他的人，將在她婚禮之後，才隨著遷都的人馬從遼陽次第遷入。

她也聽到男男女女匯聚成洪流的竊竊私語。驚羨的、妒嫉的、友好的、帶酸的……他們，對她來說，是那麼陌生！而她將成為這一個複雜大家族中的一份子。她多麼心慌，多麼害怕！卻無可選擇，也無可逃避！

盛大的歡迎會後，在浩浩蕩蕩的各旗旗兵導引下，她被迎進了瀋陽城。一座預備日後作為接待各國使節的館驛，經過精心布置，成為她暫駐的行館。等著努爾哈赤親自擇定的吉日，為她和四貝勒完婚。

由於哲哲的先見，她的嫁妝、嫁衣都是現成預備妥的。努爾哈赤已派了特使，到科爾沁去宣布這個聯姻的消息。她可以想像，這消息將在草原上掀起多麼大的轟動！她知道！

雖然，娜蘭嫁給多爾袞為「大福晉」，可是，因為多爾袞年紀小，還沒有任何的功勳；雖然，大家都知道他是大金汗最寵愛的兒子，但，在草原民族人民的心中，這種依傍著「私恩」的榮寵，並不能得到肯定與悅服。因此，在族人心目中，多爾袞的分量遠比不過四貝勒皇太極！因此，她的喜訊，將帶給族人的興奮與快樂，絕不遜於當日娜蘭嫁多爾袞為大福晉！

她也只能以此解慰了：也許，這是最好的結果吧？尤其在見到多爾袞和娜蘭之後，她更從娜蘭的態度中確知：如果這一次努爾哈赤大汗指婚的對象是多爾袞，在娜蘭位下做「小福晉」，以娜蘭的心胸狹窄，會妒她、恨她！她絕沒有好日子過。而四貝勒的大福晉是姑姑哲哲，姑姑會疼她、愛她。

吉日到了！她像木偶般的，隨人擺布，心中無喜無悲：她如何喜呢？她不愛她的新郎。她也無從悲起，尤其在她意會到：嫁給多爾袞未必是福之後。既然一切都不由她自主，那她就「順命」而行吧！

吉時到了，吳克善按著女真的習俗，將她抱上了轎子，騎著馬將她送到新建的四貝勒府。在全福福晉的指引下，她跨過了馬鞍，跨過了火盆……

她知道，她也跨過了她的少女時代。在喜歌聲中，她行禮如儀，正式成了「有夫之婦」。

如今，她依女真習俗坐在洞房裡的炕上「坐福」，外面正大張喜宴，所有的貝勒、福晉們，都在外面宴飲吧？由城外迎接的場面，她就可以想像喜宴的盛大熱鬧。就一個女人來說，這也許就是一生最重要且光榮的時刻了！而，受到大金汗率眾親迎十里的禮遇，擁有這樣人人稱羨的隆重婚禮，應該也是她與科爾沁無比的光榮吧？

今天，是她新婚的日子，她應該歡喜。也許，面對由少女到少婦的轉捩，她應該害怕。可是，她卻覺得心裡空落落的。照理，她應該想今天的新郎四貝勒皇太極。可是，她就是無法把自己跟皇太極聯想到一處。她好像什麼都沒法想，除了，多爾袞……

一杯又一杯的喝著苦澀的酒，多爾袞恨不得自己就醉死在酒中，永不醒來！他恨！他怨！他欲哭無淚！他太執著於莽古思說：「將布木布泰嫁給大金的繼位人」了，乃致放心的等著那他自覺十拿九穩的日子到來。

他甚至想過了：現在不娶布木布泰也好；如果現在迎娶，布木布泰只能當小福晉，名位一定，再難翻身。而如果布木布泰真能等到他繼了位，情況就不同了。雖然，如今娜蘭是他的大福晉，等他繼汗位之後，誰能攔著他，不許他立布木布泰為中宮大福晉？卻沒想到，不知情的汗父卻惑於娜蘭的花言巧語，在他毫無防範與心理準備之下，將布木布泰指給了八哥──四貝勒皇太極，讓皇太極奪去了他的布木布泰！

這難道是天意？就在這當口，哲哲嫂嫂懷孕，接布木布泰前來照應。給了娜蘭順水推舟的機會；當他後來從母親口中，聽說讓四貝勒納布木布泰為小福晉的事，出於娜蘭對汗父的建議。甚至，不知情的母親還以讚賞的語氣，讚許娜蘭的聰明懂事時，他幾乎恨得想把娜蘭殺了！

然而，殺了娜蘭又有什麼用？汗父親自下的令、指的婚，親自將他的布木布泰指給了他的八哥！

那天在迎接的時候，他看到她了！她還是像那年在科爾沁草原上一樣，美得讓他心慌！大家都説娜蘭像她，甚至，他當初也因此被畫像所騙，才發生這樣陰錯陽差的結果。沒想到的是：娜蘭也許在外表上有幾分肖似布木布泰，性情上，卻如她的名字：蒙古文中，「娜蘭」是「太陽」。而娜蘭也真像太陽一樣的火辣辣，全無含蓄溫柔的情致。

布木布泰哪是這樣的？尤其，今天，兩個人同時站在他眼前，他更一眼就能分判出真假來。在他看，娜蘭給布木布泰提鞋都不配！而娜蘭卻一點都不知道，還故意的當著布木布泰在他面前弄姿作態！卻不知，不比，還能讓自己自欺的以外表的肖似，把她當個替身「聊勝於無」。一經相比，對娜蘭的反感平白的又增添了幾分。心中的憤恨，也更為強烈了。

他不能恨不知情的汗父和額娘；不能恨嫂嫂哲哲；對這位風華過人，極有長嫂風度的嫂嫂，要他「恨」，也是很難的。雖然，是她為娜蘭和薩蘭這一對以「太陽」、「月亮」命名的姊妹花提親作的媒，但畢竟是自己誤挑了娜蘭，又怎能怪她？她説的話裡，沒有一句假！

這一番，她也只是説要接布木布泰來照顧她待產，並沒有要布木布泰嫁給四貝勒的表示。甚至，他連八哥皇太極，他也不太找得到怨恨的理由；皇太極也自始至終沒有主動向汗父表示要娶布木布泰的意願。

他能怪誰呢？除了娜蘭！

心中正恨著，卻瞥見娜蘭端著酒走過來，笑盈盈的向汗父和額娘敬酒，又向四貝勒和哲哲大福晉道賀。

他冷然而厭惡地別過頭去，視而不見。一轉身，娜蘭卻走了過來，伸手按住他的酒杯：

「別喝了吧，再喝要醉了！」

他正有氣沒處發，一把將杯搶過來，滿杯的酒，經此一奪，酒潑得洋洋自得的娜蘭滿身。她那織繡華麗的簇新衣裳，頓然為酒漬所污。娜蘭冷不防，不覺失聲驚呼：

「你這是什麼意思？」

他冷笑：

「我喝八哥的喜酒，要你管？」

娜蘭對他的心情，心知肚明。自己在這件事上占了便宜，更得理不饒人：

「我哪敢管著貝勒爺？不過是怕你酒當醋喝，喝多了傷身呀！」

多爾袞一言入耳，正如火上加油，兩眼噴火的怒目而視：

「你說什麼？」

娜蘭哪是肯省事的？何況方才也多喝了兩杯酒，又氣他明擺著對布木布泰舊情難忘。於是，藉著酒意，蓄意挑釁，當下也冷笑一聲：

「你不用跟我逞威，如今婚禮都行過了，人家是四貝勒的福晉了！」

這句話引來了不少狐疑不解的目光。多爾袞在這樣的棒喝下，倒也心中一惕。

是的！人家是四貝勒的福晉了！他必須面對這個現實！他不能在這樣的場合中鬧出笑話來！逞一時之快容易，但，他會失去所有人的同情！而且，也會讓已然成為四貝勒福晉的布木布泰處境為難。

一念既轉，他哈哈大笑：

「我不正為了八哥今天大喜，才多喝幾杯喜酒的？你鬧什麼？我還沒給八哥和哲哲嫂嫂道喜呢！」

說著，端著酒杯，大踏步的走向皇太極和哲哲面前，滿臉堆笑：

「皇太極哥哥！哲哲嫂嫂，多爾袞給您們道喜了！」

說完，也不等皇太極回答，一仰頭乾了杯中酒，笑嘻嘻的照了照杯。

面對著這樣突如其來的變化，皇太極心中一緊；多爾袞如果順勢往下鬧，他對多爾袞的評價，就要降低了，也不需要再把他當個對手了。而，他一直認為太嬌養任性的多爾袞，竟然在半醉中還能如此的自制，及時轉向！這一轉向，把原本得意揚揚、理直氣壯的娜蘭，變成了無理取鬧的潑婦。硬是僵在當地，難堪的面對著兄弟、妯娌們不以為然的責備目光。

由多爾袞這一機智的扭轉，原先的頹勢頓成優勢。使他意會到：恐怕他是低估多爾袞了！有這樣一個強勁的對手，他更得步步為營，不能掉以輕心了！

他不由想到了布木布泰，那如今已正式成為他一房妻室的小女孩。他不知道，她是否也如多爾袞一樣，對舊情念念難忘？對這件婚事，她怎麼想？

他實在不願去想「她怎麼想」的問題；作為一個大男人，他不認為應該計較這樣細微的情事；他已有那麼多的妻妾了！他從來也沒有在意過她們「怎麼想」！他一向認為她們取悅他、侍候他、為他生兒育女都是「理所當然」的！他沒有工夫，也沒有必要探究她們「怎麼想」！

可是，也許……因為他事先知道布木布泰與多爾袞有情。甚至，連他也不能不承認，他們才是匹配的一對吧？因此，他就是撇不下這個隱微存在他心頭的問號！

他不由想起，布木布泰在盛大歡迎下進入瀋陽那天，由於未行婚禮，努爾哈赤特意將她安置在預備做接待友邦使節的賓館中，以便行迎娶之禮。

哲哲在安置好了布木布泰，見到他的時候，嬌笑著向他道喜，恭喜他要娶當年草原上的「小美人」為福晉了！

雖然，這幾乎是他們處心積慮才達到的目的。但聽了「小美人」三字，他還是不覺啞然失笑。當初，他們夫妻也曾以此取笑，卻再沒料到，如今他竟然真要娶那「小美人」為自己的一房妻室了。

她的確是美！雖然，他還沒有機會仔細端詳，但就在北崗，她向他行禮後，一抬頭之間，她的絕世姿容已使他為之震撼。她真是美！哲哲，已算是少見的美人了，而就「美」而言，竟還不如這個小女孩！

但，她也真的只是個「小女孩」！他幾乎無法想像：她如何為「妻」，他又如何為「夫」。雖然，哲哲提醒他：

「她今年十三歲了！我來歸時，雖是十五歲，但汗父娶額娘時，額娘也才十四歲！烏拉大福晉更小，才十二歲呢！」

北國，原有早婚之俗。只是，或許因為當初他見到她時的印象太深刻了，以致，他心目中，只記得她七歲，永遠也不會再長大。或者，該說，無論她多大，自己都比她大了二十歲，足可以做她的父親！

不是嗎？他的長子豪格已十七歲，並已娶親了。而她才七；不，就算是十三歲吧，也只是個小女孩呀！雖然，如哲哲所說，就女真族一般婚齡，她並不算太小。但……誰叫他見過她小時候的樣子？這深刻的印象，似乎就再也抹不去了。

今天，他與她行過了婚禮。她確定是他的人了！可是，他心中卻好像堵著些什麼；尤其面對著多爾袞隨機應變，硬把娜蘭的咄咄逼人之勢，化解於無形的時候。他感覺，他明明是「贏」了的這一場「戰爭」，卻讓他有了「勝之不武」的索然！

他得到了他想得到的！但，這是由哲哲的聰慧，娜蘭的妒嫉，加上汗父無心促成的結果。他真的「勝之不武」，多爾袞也敗得無端！這不公平的「對決」，不要說多爾袞必然心懷不平，連他也隱隱懷著有失光明磊落的愧怍。

這一點的惘然若失，使他失去了一個「勝利者」應有的興奮，倒有些意興闌珊起來。

喜宴散席，他的福晉們或真心、或假意的道賀之後，各自散去。

進了洞房，布木布泰亭亭站起來，蹲身向他見禮。他有些尷尬，執手拉她起身。順勢在桌邊坐下，布木布泰垂首斂眸的侍立著。他就著燭光，仔細打量，燭光下的她，比白日所見，更多了幾分夢幻般朦朧的柔美。這絕世姿容，真是他未曾見過的！可是……

他是可以堂而皇之的占有這個「戰利品」的。但，他知道，這一種「勝之不武」的占有，並不能帶給他得意或滿足。這不是他想要的！面對著布木布泰，他不能不想到多爾袞的不平。

莽古思原本說了：要將布木布泰嫁給繼大金汗位的人！除非，他真的成為繼位人，就無法讓多爾袞心服口服。而在多爾袞沒有心服口服之前，他即使占有了布木布泰，心裡也無法坦然。

那……

「布木布泰。」

他輕喚。布木布泰抬頭應了一聲，隨即又低下頭去。就在這一抬頭間，她那晶瑩一閃即避的眸光中，兜的是清純稚氣的羞怯，和認命委順的恭謹；卻沒有新嫁娘應有的歡悅與柔情。

事實上，他雖然立意想娶她，又何嘗是為了情愛？也只不過「寧信其有」的聽信了黃衣喇嘛的預言，不願讓這「富靈阿」便宜了多爾袞而已！眼前這個稚弱的小女孩，讓他感覺她像一朵含苞未放珍貴的花，只令他憐愛，卻引不起他的情欲。至少，目前是應該細心呵護，而不是強加摘折的！

一念既生，他倒感覺自己也鬆了一口氣。下定了決心：反正已行了婚禮，她已確定是他的人了。目前，不如讓她以「待年」的身分，跟著哲哲，受哲哲教養，也照顧懷孕待產的哲哲。

他希望，等她更大一些的時候，他能以「大金汗王」的身分，與她圓房。那時，等於是實踐了莽古思「把布木布泰嫁給繼崑都倫汗汗位的人」的承諾，多爾袞就不再有任何的理由怨恨。而他，也不會有勝之不武，得之不正，心理的不安與愧怍。

他站起身，布木布泰似乎有些害怕，又有些緊張。倒是阿勒騰受過哲哲吩咐，躬身向前，準備為他寬衣。他笑著搖搖手，溫和地對布木布泰道：

「你還小，還是先跟著你姑姑，讓她教導你。等你長大些再說吧。」

回頭吩咐阿勒騰：

「你好好侍候格格，我走了。」

布木布泰面對著這突如其來的變化，愕然地睜著水靈靈的大眼睛望著他。他憐愛地拍拍她的肩，長笑著出門，卻向著哲哲房中而去。

哲哲已卸了妝，聽侍女傳報「四貝勒來了」，帶著一臉的訝異起身相迎。

往炕上一躺，他向她招招手。哲哲與他多年夫妻了，知道他有話要說。揮退了服侍的人，關上了門，偎進他的懷裡，笑問：

「今天是你和布木布泰的新婚之夜，你不陪我們的小美人兒，難道對她還有什麼不滿意？」

「不，她很好！只是她還太小，不懂人事。我想，還是讓她跟著你，由你調教，我很放心。那事……等過一陣子再說吧。」

哲哲認真地省視著他的神色，見他並無不悅之色，才放下心。笑道：

「你竟好似見了這樣美色不動心？你說實話：你喜歡布木布泰嗎？」

皇太極笑了：

「怎麼不喜歡？」

「喜歡，又不急著圓房？」

皇太極輕嘆了一口氣：

「不知怎麼，見到她，就感覺年齡差得好遠；感覺她好小，而我自己太老了！」

「不，你一點也不老！」

哲哲輕撫著他的額頭。還是那樣，粗糙，但沒有皺摺。粗糙，那是沙場風塵中征戰所不免的呵！這粗糙，才是男子漢的表徵！

皇太極捉住她的手，在自己唇邊磨搓：

「對你，是不老，我們同一代人呵！布木布泰……你想過嗎？我比她大二十歲，寨桑也不比我大。記得，在當年，我們到科爾沁時，我就說：她跟多爾袞還差不多！」

他嘆口氣：

「要不是黃衣喇嘛那個預言，說她是『富靈阿』，將要『母儀天下』的。我都覺得，不如把她讓給多爾袞算了！但，如果她真的是，我又怎能把她送給多爾袞？你也聽到今天娜蘭的話的，分明，多爾袞對她也是念念不忘的！你也可以想到，多爾袞的心裡有多不平！這也是我不急著跟她圓房的原因；我總想：等到哪天我真繼了汗位的時候，再辦這事。彷彿那樣，我才能覺得名正言順！也不怕多爾袞不服了。」

哲哲默然點頭。皇太極不跟布木布泰圓房，竟為了這個！她當然理解皇太極心中的矛盾；怕把這位在預言中要「母儀天下」的「富靈阿」讓了多爾袞，就等於奉送了汗位。這當然也不是她所希望的。

但，「母儀天下」……！若皇太極君臨天下，母儀天下的，該是她：如今的四貝勒大福晉，晉位為「中宮皇后」呀！這其中，又有什麼玄機呢？

第十章

布木布泰成婚而未曾侍寢的事，在耳語中，不旋踵地傳遍了各府邸。而成了各家貝勒，尤其是福晉們紛紛臆測的話題！當然，這位四貝勒的「新福晉」，是十四爺的「舊情人」，也是瞞不過人的。明理的哈哈一笑：

「胡鬧！那時候多爾袞多大？布木布泰多大？在一起又才幾天？兩小無猜是有的，哪能有別的什麼！」

本來就偏頗，見到布木布泰姿容絕世，就不免因為自慚形穢而酸溜溜的人，如今見這麼個豔冠群芳的美人兒，遭了冷落，就不免帶著幸災樂禍的曖昧想法：

「原來娜蘭福晉也不是平白無故的無理取鬧！還有這麼一段兒呢！」

如此推論，不免把皇太極的好意都抹煞了，倒彷彿成了為吃多爾袞的醋，把布木布泰打進了「冷宮」。

當然，這些話是傳不到幾個主角耳中的，尤其是皇太極和多爾袞。

皇太極在兄弟中，以戰功彪炳，才幹卓越，領袖群倫。而且，他律己甚嚴，待人接物，極有分寸。喜怒不形於色，謙和有禮，而為人方正，內剛難犯。四大貝勒中，他年齡雖是最小的，但誰都看得出來：努爾哈赤對他的倚重，超過同儕兄弟！他本身的條件也好，汗父的倚重也好，都不由人不對他敬讓三分。

而多爾袞雖未成年，卻聰睿過人，各方面的表現，都顯現出將來是會有大作為的。尤其，努爾哈赤寵愛烏拉大福晉，已到了離不開、少不了的地步。「母愛子抱」的道理，誰都清楚。而他本身資賦的優異，更遠在同母兄弟阿濟格和多鐸之上。顯然努爾哈赤也有見於此；對已建功立業的阿濟格倒沒什麼，對多爾袞的著意栽培和寄望，顯然還在皇太極之上！這也是誰都看得出來的。有誰會願意無故的招惹他？卻又有誰會放過背後的風言風語的機會？

處於語言風暴中心的布木布泰，卻在如釋重負之餘，又有些自己也不知所以的若有所失。這件事，就彷彿長痛不如短痛。既然遲早不免，她倒覺得，她在有圓房之實之後，或許也就可以死心塌地的認命了。而，皇太極沒有「要」她……

姑姑哲哲用極親切、溫柔的語氣告訴她：皇太極此舉出於對她年紀幼小的憐愛。她倒也能接受這個說法；雖然，娜蘭比她還小，卻已與多爾袞圓房了。但，皇太極比她大得太多，覺得她「小」，也是可以理解的事實。

一切都由不得她自主，她目前首要面對的，是婚後與家人的見禮；奉茶，行見面禮，確立名分。

真是龐大的家族！她從努爾哈赤和他的福晉開始，一一見禮；在那麼短的時間中，她必須努力的去記住這麼多人名，和彼此的親屬關係。她敏慧過人，已在這數以百計的男女老少中，看出了那麼多不同的性情、不同的態度、不同的面貌、不同的目光。而她，勢不可免的將成為其中一分子，必須周旋其間。

她有些懼怯；她在大草原上，周圍的人也數以百計。卻都是單純、友善、熱誠的。都是愛惜她、呵護她唯恐不周的！而，這些陌生的「親屬」，固然也有表現得友善、親切、好奇的。卻也不乏另一種；她們的目光那麼不懷好意的逡巡在她眉宇間、步態上。嘴角流露的是皮笑肉不笑的尖酸刻薄……

她刻意的垂目低眉，迴避了多爾袞的目光。多爾袞也刻意矜持著；由那一天娜蘭的無理取鬧，他決意採取保護自己、也保護布木布泰的方式：不落任何供人描畫的痕跡。

於是他淡淡的與布木布泰見了禮，各自恰如其分。他們心中都不能無感，但他們都知道，唯其如此，才是最聰明的辦法！也因此，原本那麼親愛的人，正面相見，卻多了一分以禮止情的客氣疏隔。

存心窺探的人都失望了，包括娜蘭。她若抓到什麼「把柄」，就有了隨時拿出來取鬧的籌碼。而多爾袞和布木布泰什麼也沒落下。

布木布泰以從容的態度，面對了娜蘭的倨傲與冷漠。致使原先在態度上中立的福晉們，反而對娜蘭有了「不懂事」的批評，卻把同情留給了布木布泰。

對這一切，布木布泰是無暇深思的，她盡她應盡的本分和禮數還來不及；奉上家人早為她預備的給這一大群親戚的禮物，也從他們那兒得到許多的「見面禮」。

從大哥哥代善，一直到小弟弟多鐸，她終於見完了這大家族中的同輩。然後，卻是下一代的人來向她見禮了；那些軍功赫赫的戰將：薩哈廉、岳託、碩託、杜度……都成了她的姪輩，得向她行禮。而更讓她手足無措的，是皇太極的長子豪格與福晉薩蘭，帶著他的同母妹妹，皇太極的長女，也來向她見禮。

依禮來算，他們都算是她的「兒女」。女兒還小，不滿四足歲，倒也罷了。豪格卻比她還大四歲；比多爾袞還大呢！如今，身分卻是她的「兒子」！雖然這是在她來之前就知道的。一旦面臨，還是讓她有說不出的彆扭。幸好薩蘭原是她在草原上的好姊妹，而且，全不像她的姊姊娜蘭。一如其名，如月光般的溫柔體貼，以親熱而不失恭謹的態度，化解了她的難堪。

對這一門親事，對這個新兒媳婦，努爾哈赤是滿意極了！但，這對布木布泰也許是一生最重大的事，對努爾哈赤卻只是「家務」。國事才是重要的！

婚禮完成後，所有的人都立刻進入了忙碌的時刻：努爾哈赤擇定了三月三日遷都！這是大金第五次的遷都了；由遼陽遷都瀋陽。

遼陽距位於東北方的瀋陽並不遠；以這次遷都來說，數十萬人馬，三月三日啟行，中途在虎皮驛夜宿，第二天就到達了目的地。但在地勢上，這兩地就大不相同了。

遼陽就一個城市來說，位處於松遼平原上，交通方便，人口眾多，工商發達。但作為一個新興國家的都城，這一切卻有其負面作用：無險可守！雖然，大金國勢正如麗日中天，現在，總是他們向外攻伐，而不必擔心別人來犯。

但，隨著土地人口的日益擴張增長，內部問題也日益顯現：他們攻占的城池、俘獲的漢民，並未真正的歸心。反而因著有些貝勒、額真們，不把這些俘虜來的漢人當人待，竟然奴役如牛馬，乃至恣意誅戮。而在政策上，也處處的壓制著漢人。

高壓政策的錯誤，導致了女真人與漢人尖銳的對立。造成雖然軍事上節節勝利，卻因著漢人的離心離德，而有內部的「心腹之患」。在這樣的情況下，遼陽的一切優點，就都可能變成缺點了：一旦有事，無險可守。

因此，定都遼陽不久，努爾哈赤便發現了遼陽這致命的缺陷。而選擇了在瀋陽，開始另營都城。瀋陽在遼陽之北，距女真故地，也就是大金的原始根據地較近。人口雖沒有遼陽多，在人口結構上，卻以「自己人」居多。這正是努爾哈赤雄才大略處：寧放棄更接近大明的據點遼陽，而遷都瀋陽。

以皇太極福晉的身分，布木布泰婚後也隨著大家先回到遼陽，幫著準備搬遷的種種事宜。她知道自己新來乍到，小心唯謹，謹守著多看、多聽、少開口的原則，一切聽從姑姑的吩咐。雖然，皇太極與哲哲見她年紀還小，格外憐愛包容。她卻自重自愛，乖巧懂事，「做在人前，吃在人後」，絕不願落人一點話柄。

也因著她小，又並未以美貌而受「專寵」，造成對別人的威脅。甚至雖已成婚，卻還是個黃花女兒。為人行事又竟是面面俱到，不讓人操心。使原先因著她的來到，而懷有敵意的福晉們，也不覺改變了態度。只當她是個「格格」，連稱呼上，都依著哲哲原先的吩咐，逕呼其名，言辭間就顯著視如小妹妹般的親熱。哲哲自然心中喜慰，對她就更格外的另眼相看了。

而這一切，對布木布泰來說，卻不是容易的。她為了適應新的生活，在這大家族中，她努力的壓縮了自己的心情、意志，努力笑臉迎人，廣結善緣。她不能不設法去討周圍每個人的歡心。她心裡明白：唯有如此，她才能在這陌生的環境中安身立命。

雖然，她成功了。但她的心深處，還是有那麼多的寂寞、委屈。對一個才十三歲的小女孩來說，這一切的轉變太大了！當初來乍到的陌生與新鮮感都過去之後，曾令她興奮的熱鬧的城市，高大的房舍，乃至漂亮的衣著、首飾，都不再能帶給她快樂了。她彷彿一隻被關進了籠中的小鳥，嚮往著廣大的天空和草原。

她必須穿女真人的服飾，她必須吃女真人的飲食，用她雖然能聽也能講，卻不是最熟悉的語言跟人談話。她必須小心翼翼的注意與蒙古不同的禮節、規範。她感覺到自己是這環境中的弱勢；雖然，她無法具體指陳，但，她的委屈，只有她自己知道！

到了瀋陽，分配房間，哲哲以方便照顧為由，讓她緊鄰著自己。除了夜晚，讓她回自己房間去睡覺，竟是從清晨梳洗過後，就形影相隨。

這對她倒是一種抒解；雖然，就皇太極福晉的身分來說，她們是共一個丈夫的兩個女人。但對她，哲哲沒有一般妻妾間的疑慮與對立，完全像另一個母親。尤其，在只有她們的時候，她們就能脫略了大金的巨大陰影，拋開大金的語言、禮俗，用自己最熟悉的母語交談溝通。更使思鄉之情難遏的布木布泰，有了一種聊勝於無的快樂。

望著肚腹漸隆的姑姑，布木布泰心中有些異樣的喜悅。多麼複雜的關係！就姑姑與她的姑姪關係來說，這個孩子與她應是同一輩的弟弟或妹妹。而就著她也是皇太極的小福晉來說，又該也算是她的兒女。她在家中，是最小的孩子，如今，將有一個小嬰兒降生，而她幾乎可說是為了這個孩子才來到大金的！這使她對這個尚未出世的小生命，不覺有了一份奇異的感情。

她知道姑姑切望生男；事實上，不論是蒙古的科爾沁族人，或是大金努爾哈赤家族，也都這樣盼望著。到目前，皇太極還只有豪格一個兒子存活！對一個正在擴張、壯大，協力同心建設新國家的家族來說，男丁永遠也不嫌多！

她小心勤謹的執行著自己「服侍照顧」姑姑的任務。這使她和哲哲之間，產生了一種既像母女、又像姊妹，更像知己的親睦關係。幾乎無所不談了。

由哲哲口中，布木布泰逐漸了解了這個擁有強盛武功，龐大勢力，所向披靡的家族，在和睦表相之下的內部矛盾，與恩怨情仇。這在單純的她看來，豈僅匪夷所思，簡直不可置信。

在布木布泰敏銳的直覺中，大貝勒代善年紀最長，也最有長兄的氣度。而二貝勒、三貝勒，卻讓她覺得有著不明所以的畏懼。並不是他們對她不好；他們與她只有在家族聚會的場合有相見的機會，幾乎沒有正面接觸。但是，她卻本能的覺得他們的本質上，似乎帶著凶殘狠毒。不像別的兄弟、子姪，也許是粗魯不文的武夫，但有的只是粗豪爽朗，不需要防範。

當她以最含蓄的言詞吐露這一點看法時，哲哲詫異了：

「你怎麼會有這樣的想法？你從哪兒看出來的？」

布木布泰以為自己說錯了，有些驚惶不安：

「我只是直覺；我說錯了嗎？」

哲哲嘆了一口氣：

「就是一點也不錯！你別看著汗父封阿敏為二貝勒，對他像自己的兒子一樣；甚至，那些嫡出的兒子，還沒有這麼受器重。可是，汗父心裡又何嘗不處處防範著阿敏呢？阿敏對汗父，雖然也有著敬愛；更多的，恐怕不是愛，而是怕，甚至有著恨！要不是汗父是這樣的聰明睿智，而且具有凜然不可侵犯的威嚴，壓伏得住，恐怕誰也制服不了阿敏呢！」

布木布泰不解：

「汗父不是他的伯父嗎？姪子對伯父怎麼能恨呢？」

「原因當然很多，別說是姪子，就是親生的兒子，如果他不是一個善良仁愛的人，當兒子的權力欲望，超過父子之情的時候，也會發生可怕的人倫巨變呢！」

哲哲望著布木布泰單純澄澈的眸子，露出了深心的憂慮：

「有些事，我也不知道該不該讓你知道；其實不知道也罷了。只是，怕你因為不知道，不留神犯了什麼忌，倒惹出不必要的麻煩來。告訴你嘛，你還小，又怕你聽了心裡會害怕……咱們嫁到這樣的地方，多少人羨慕！又誰知道有多少難處！真得處處小心留神。」

她頓了一下，嘆口氣：

「在這個家裡，有許多事，是不能以一般人家的『人情義理』來論的。在這樣的家裡，當彼此的利益發生衝突的時候，什麼兄弟、父子的親情都沒有用！彼此的仇恨，竟比仇敵還難解；仇敵投降了，還會恩養呢！而在這人家裡，親兄弟、親父子反目成仇之後，卻不置之死地都不干休，也不放心！」

布木布泰睜大了眼睛等著下文。哲哲壓低了聲音：

「阿敏的父親舒爾哈齊叔父，本是汗父的親弟弟，後來被汗父處死了！」

布木布泰「啊」出了半聲，急忙掩口。哲哲滿臉陰翳：

「豈止是阿敏的父親呢？你也見過杜度，杜度是四貝勒的姪子，他的父親是汗父的長子……」

「大貝勒不是代善嗎？」

布木布泰不覺詫異的插嘴。哲哲見到她不解的樣子，搖搖頭：

「代善是汗父第二個兒子，長子是褚英貝勒。他是汗父髮妻佟佳氏生的，是代善同母的哥哥，也是汗父的嫡長子。汗父所有兒子中，第一個得到『貝勒』封號的就是他！」

講到這兒，猶豫了一下，嘆口氣：

「褚英貝勒已經不在人世了，卻不是病死的，也不是戰死的；是被汗父殺死的！」

布木布泰幾乎失聲驚呼，臉色嚇得煞白。腦海中，不覺浮現出努爾哈赤容貌。

努爾哈赤是大金的「汗王」，當然是威嚴的。但在她心中，卻並不覺得可畏；至少，在她見到他的時候，他並不嚴峻。

也許因為她只是個小女孩，又是新兒媳婦，他倒也表現出恰如其分，雖不能說慈祥，至少也是以溫和親切的態度對待她的。

她知道，大金是以「打仗」建國起家的，也聽說過無數這位幾乎被奉為神人的「大金汗王」英勇事蹟，和戰無不勝、攻無不克的豐功偉業。征伐死傷之事，對她也並不全然陌生；兩軍對壘，傷亡難免。她卻無論如何也無法想像，兄長能親自處死弟弟，父親能親自處死兒子！

父子兄弟之間，這樣的「骨肉相殘」，實在太可怕了！使她不覺臉色蒼白。哲哲卻決定藉著這個話題，把這個家族可怕的一面向她揭開；她既然必得在這個家庭中生活，就不能不有面對各種她以前可能「未曾夢見」、殘忍現實的心理準備！

她自己也曾經是個天真爛漫的小女孩，她來歸時，卻沒有布木布泰幸運；她是在心驚膽戰中，逐漸摸索出生存之道的！她必須給布木布泰心理準備，以面對她們這一生勢不可免、且將層出不窮的各種權力鬥爭中，耳聞目睹，甚至成為主角的殘酷現實。她喟嘆了一聲，緩緩道：

「舒爾哈齊叔父是在我來歸之前死的。都說是為了汗父派兵打烏拉部的布占泰，他因為念著布占泰是他的女婿，不肯盡力，給汗父奪了兵權。他因此賭氣，不願意與汗父同住，自己帶著隨從搬到黑扯木去！汗父好不容易才統一了建州，怎容得他造成內部分裂？因此汗父大怒。把他兩個兒子，和兩個最得力的手下殺了，把他逼回來，幽禁了他。而且，為了表示決不放他出來的決心，在鎖孔裡面灌進鐵漿，只留個小口，給他送飯，直到他死！」

布木布泰聽得膽戰心驚；讓一個人吃喝拉撒都不能離開那間房子，而且，在鐵鎖洞中灌鐵漿，永遠禁錮著等死！在她看，這還不如一刀殺死了仁慈些！但，她可以想到：汗父沒有殺他，而用這種方式來折磨一個人的精神肉體至死，說不定在他和他的親信們，還認為是「大發慈悲」，博了仁厚之名呢！

她努力的屏息，不敢出聲，聽姑姑繼續說：

「因此，汗父對阿敏始終不放心。我聽四貝勒說，阿敏曾經在喝醉了的時候說過，汗父殺他父親的原因，並不是為了這些，而是因為怕他父親的權力和聲望超過了自己！四貝勒當然不會承認這回事，我也就假裝聽信他；男人，總是這樣的，喜歡附和他、相信他的女人；你千萬記住這一點！但，這可不表示咱們沒有自己的主意和看法。阿敏福晉曾無意說起，阿敏的姊夫，是大明的遼東總兵李如柏。當初，舒爾哈齊叔父也曾受過大明的官位，與汗父地位不相上下。我心裡就明白了：阿敏說的未必不是事實；汗父怕大明會拉攏舒爾哈齊叔父，對汗父不利！」

勉強克制住自己的恐懼，布木布泰問：

「那，褚英貝勒呢？汗父又為什麼要殺他？他是汗父的親生子，不會背叛汗父的呀！」

哲哲嘆口氣：

「他是汗父的長子，非常勇猛善戰，從小就跟著汗父打天下，老早就得了『貝勒』的封號。本來汗父對他寄望最深，甚至預備傳位給他。因此，曾經讓他代理國政。可是沒想到，他主政之後，妄自尊大，胡作非為，欺壓兄弟，還要兄弟和群臣發誓，不許告訴汗父。後來，因為他逼人太甚，兄弟群臣都抱怨懷恨，大家都受不了；可是又因為發過誓，害怕他報復，不敢說……」

她回想著當年的情事，眼前彷彿見到皇太極緊蹙著眉的模樣：

「四貝勒決定自己拚死把真相說出來，讓汗父知道。兄弟們聽說他為了大家，不惜犧牲自己，都不願意讓他一個人去犧牲。所以聯合起來，一起向汗父控告褚英的不法，他不但欺壓兄弟，還目中沒有汗父，凡事獨斷獨行……」

「汗父就殺了他？」

「不，汗父對這件事的處理，非常慎重。他說空口無憑，要控告褚英貝勒的兒子和臣子們，都將事實寫出來，並且跟褚英貝勒對質。褚英沒想到這些人敢舉發他，還大肆咆哮，詛咒他們不得好死！汗父親眼看到這個情形，責備褚英貝勒盡失人心，不配做一國之主！收回了他的權力，甚至也不再讓他領兵出陣，而寧可親自率領比較小的兒子們出征，讓他留守。」

想到這件事，她還心有餘悸的連連搖頭：

「沒想到，他對父親和兄弟懷恨在心，竟然焚表對天詛咒汗父和兄弟！又下令心腹：如果汗父他們敗陣，不許開城門放他們進來。想讓他們進不了城，而被追來的敵人殺死在城外！」

布木布泰為之失色，她再怎麼樣也無法想像一個兒子、兄長會以這樣惡毒的方式來對待自己的父親和兄弟！如果這樣，那真是罪無可逭了！

可是，她不明白，這樣隱祕的事，怎麼會洩露的呢？哲哲看出了她的疑惑，嘆氣道：

「他的心腹，共有四人，原都是汗父的老部下。他們對汗父非常忠心，又不敢違背他的命令，怕受到他的報復。其中有一個，因著恐懼，留下了遺書自殺了。另三個人，也因著這個人的死，激發了良心，於是出首舉發了他。汗父痛心極了。又想：如果他不死，在汗父百年之後，萬一他得了勢，報復起來，會把這些他認為與他有仇的兄弟、臣子殺光！所以，下令殺了他！」

布木布泰無法了解，是怎樣的深仇大恨，竟讓兄弟、父子之間，彼此仇恨到這樣的地步！這不是她生活經驗中能想像的。她原先對這世界，和人與人之間，總存著美好的期待。在她來到大金後，已感覺到周圍的人，不一定都是善意的。但，卻絕沒有想到，竟然還有這樣血腥的人倫巨變，發生在如今她置身的環境中，使她不禁對人性產生了恐懼與懷疑。難道這就是男人的世界？那，她真慶幸是個女人，不必參與這樣為了爭權奪利、不惜骨肉相殘的血腥鬥爭。

她不覺衝口而出：

「還好，我不是男人。不用為了權力詛咒父親，殘殺兄弟、兒子！」

哲哲憐愛又不忍地搖頭：

「布木布泰！女人生在這樣的家族裡，比男人還沒有保障呢！不但犯了罪，汗父能殺你。連自己的丈夫、自己的兒子都可能為了他們的權益，拿你犧牲，以維護自己的地位！你不知道，莽古爾泰的母親富察福晉，就是被莽古爾泰殺了的！而大貝勒的繼福晉，也是大貝勒殺的！」

布木布泰嚇得聲音都啞了，問：

「為什麼？」

「富察福晉性情暴烈衝動，時常一開口就得罪人。那一回，不知為了什麼，頂撞冒犯了汗父，被汗父下令處死。屬下的人不敢執行，貝勒們也都紛紛為她講情，求汗父饒赦。汗父很生氣，不肯饒恕她。莽古爾泰恨她得罪了汗父，影響他的地位，就親自動手殺了她！」

布木布泰幾乎戰慄了：

「汗父為什麼能容許這樣的事？她犯罪當死是一回事，莽古爾泰殺她，卻是逆倫！」

哲哲感嘆道：

「莽古爾泰的性情，跟他的母親一樣暴烈，是個莽夫！他以為這樣可以討好汗父！卻不知道，這樣的作為，卻使汗父對他的殘酷沒有人性，起了恐懼和戒心；這不是跟褚英貝勒一樣嗎？但是，命令是自己下的，也不能太責備他。只是從那事發生之後，心裡就一直防範著他。汗父對他本來也如對自己眼珠子一般的疼愛，後來卻冷淡了；雖然在表面上還是一樣。但四貝勒說，那是怕激反了他的緣故。」

四大貝勒！原本最位高權重的繼位人選，如今顯然二、三兩位都已從汗父心中除名了。只剩下大貝勒代善和四貝勒皇太極……不！布木布泰想到了另一個人：多爾袞！多爾袞說過，汗父是預備傳位給他的！甚至已明示烏拉大福晉：萬一自己在他還沒有成人之前駕崩，由大貝勒代善攝政。

但，她在哲哲所說的這些令她恐懼的殘酷鬥爭事例中，已警覺到自己最好不要牽扯任何與多爾袞有關的話題。但，大貝勒倒是可以談的。而且，方才姑姑說他殺了他的繼福晉，這令她又害怕又好奇：

「那，大貝勒又為什麼要殺他的繼福晉呢？」

「說起這事來，也怪大貝勒耳根子太軟，自己昏憒糊塗！有一次，有人舉發碩託背叛，想投靠大明。汗父聽了，就找大貝勒來問。大貝勒不但不替兒子分辯，反而一直鼓動汗父把碩託殺了。這不合人之常情的做法，讓汗父起了疑心。派人追查的結果，卻是因為繼福晉不喜歡前房的兒子，時常虐待他們。並且常在大貝勒耳邊說岳託、碩託、薩哈廉的壞話。大貝勒為了讓繼福晉高興，竟然派人誣告碩託背叛，想用這個罪名把他殺了！」

哲哲看了滿臉驚懼的布木布泰一眼，喟然道：

「你大概不知道，當年汗父自己也曾受過繼母虐待，甚至把他送到當時的大明總兵李成梁家去當人質。要不是他福大命大，早就被李成梁給殺了！汗父吃過無數的苦，才熬出了今天這個局面，所以他心裡最痛恨的，就是繼母虐待前房兒子的事！居然，大貝勒為了聽繼福晉的話，想殺自己的兒子！

當然因此怒不可遏。本來他曾有意立大貝勒為繼位人的，因為這件事，就再也不提立大貝勒的事了。而且當時就把大貝勒教訓了一頓！大貝勒為了表示知過，就把他的繼福晉殺了，向汗父求恕。」

這使布木布泰心中不平；固然，繼福晉虐待前房兒子是不對的。但，一個父親，能夠容許這樣的事發生，甚至，為了討她歡心，設計殺自己的兒子，大貝勒本身絕難辭其咎！而事到臨頭，竟然以殺了繼福晉為保護自己的手段，在布木布泰看，這是一種懦弱無恥的行為！只是她不明白：

「他原先不是因為偏寵繼福晉，聽繼福晉的話，才誣告碩託的嗎？怎麼捨得殺她呢？」

哲哲感嘆道：

「男人在平常是會因為寵愛某個女人而糊塗的。但是，任何的女人，影響到他本身的利益，他就還是會以自身利益為重，而絕不肯為了女人，犧牲自身權益！女人自以為把握了男人的心，就可以為所欲為，也是自己糊塗！大貝勒對繼福晉的寵愛，沒有誰不看在眼裡。到這件事影響了他在汗父心目中地位的時候，他的心和手又豈會因此而軟了？繼福晉當然是不對的！但，大貝勒自己為了討她喜歡，做這樣的事，也是他自己不對！結果呢？心愛的人殺了，汗父的歡心失了，兒子對他的敬意也沒有了！」

聽到姑姑的看法與自己相同，布木布泰總算覺得公道還是自在人心的。只是，這種公道，又有什麼力量呢？她不覺為自己身為女子，又嫁到這樣的家族中而悲哀了。果真如姑姑說的：女人生在這種環境中，真沒有保障！就彷彿自己的生死，全在男人的一念之間！而像大貝勒這樣的作為，在她看來，又多麼懦弱自私，令人不齒呀！

哲哲看到她低頭不語，握著她的手，道：

「你也不必害怕，只是要處處小心，不要觸犯了忌諱。」

她嘆口氣，娓娓道：

「其實，當初女真的婦女們，也和男人一樣，能騎馬、能打仗，一點不輸給他們。不但在家裡，在政事上，也都有自己的地位。後來，人多了，勢力大了，汗父統一了建州，建了大金國，稱了『汗王』，就不願意女人參與政事了。立下了多少規矩！大金的格格、福晉也愈來愈不好當了。前兩年，汗父還特地在八角殿訓誡格格們，要她們好好的在家裡持家，說：相夫教子，讓丈夫回到家，能安享室家之樂，才是她們的本分！還說，拿剪子的不許和騎馬打仗的爭勝。更不許仗著自己是汗王的格格，欺壓丈夫！這話，說是教訓女兒，其實不也是教訓我們嗎？他還舉了咱們四貝勒的鈕祜祿福晉作例；唉，可憐的鈕祜祿福晉……」

布木布泰當然知道鈕祜祿福晉；在四貝勒的福晉群中，她顯得最蒼老落寞。在彼此初次相見時，鈕祜祿福晉因身分較其他人高，是頭一個表示對她的歡迎和讚美的。但語氣中，卻讓人覺得她只是在努力巴結討好皇太極和哲哲。後來相處，她也不像其他福晉們，不管內心如何，外表都表現得親睦熱和。而她，當皇太極或哲哲不在面前時，她就顯得對任何人都非常淡漠。其他的福晉們，對她也不似對哲哲那麼尊重，不大答理她。對她這出身「五大臣」之家、又是皇太極的髮妻，竟如此無禮！使布木布泰彎了一肚子的問號。趁此話題，問：

「作什麼例？」

哲哲輕撫著肚腹道：

「她原來是汗父愛重如兄弟的額亦都的女兒，也是四貝勒第一個妻子。當初，也許是仗著她父親額亦都的地位、與汗父如同手足的關係，又曾生過阿哥，眼睛都長在額頭上的！我剛來的時候，雖說我是四貝勒的大福晉，遇事在她面前還是得讓著她三分。」

「她生的阿哥呢？」

「死了，六歲的時候死的。那是四貝勒的三阿哥，二阿哥過幾年也死了，所以如今只剩下豪格一個。」

哲哲輕嘆一口氣：

「原先，她是因著有阿哥，得意洋洋的。後來阿哥死了，變得成天怨天尤人，極不隨和，又非常傲慢。不知道汗父是不是就因為她太驕傲了，故意拿她作例。在八角殿教訓女兒們的時候，指責她冬天坐冰床回去探望她父親，經過大貝勒門口和阿濟格門口，都不下冰床！而且說，她因此被丈夫嫌棄。可憐的鈕祜祿福晉，四貝勒本來倒也念著她是結髮妻子，對她特別敬重容讓。可是，你說，四貝勒聽了汗父這話，還敢不敢親近她？她雖然還在家裡住著，卻真像棄婦一樣，再也得不到丈夫的關愛。原先那麼驕傲的人！那天之後，就誰也都爬到她的頭上了！這一年來，人就整個萎縮了。」

原來鈕祜祿福晉的落寞，是因為受過這樣的傷害打擊！而，這樣的打擊和傷害，竟是她們生活中，無時不存在，隨時可以發生的！她只是坐著冰床，經過大貝勒和阿濟格門外沒下來而已，就受到這樣的對待。那自己又該如何的臨深履薄呀！

哲哲鄭重地告誡她：

「布木布泰！你一定要了解：男人，為了權力，是會無所不用其極的！對他們來說，只有勝負，沒有道理可講！再有理，輸了就是輸了，不但一敗塗地，甚至連性命都不一定能保！贏，才是最重要的，別的都是假的！而女人，在這樣的家族中，處境更難；公婆、兄弟、妯娌、妻妾，人人可以是你的朋友，也人人可能一下子就變成你的仇敵！只有時時處處提高警覺，才能在這環境裡存活！咱們姑姪體己，但願永遠不要給逼得反目成仇！」

布木布泰不覺寒慄；這一番話，竟是出於她心目中最美麗溫柔的姑姑！她知道姑姑是對她「推心置腹」才說這些。可是，對一個才十三歲的小女孩來說，置身於這樣的現實環境中，是太殘酷可怕了……

第十一章

「恭喜大福晉，是位格格！」

經過一番生死掙扎，幾乎虛脫的哲哲，耳邊聽到接生嬷嬷的報告，疲憊地露出了苦笑；她多麼希望生個兒子！若是她生了兒子，就女真「子以母貴」的習俗來說，皇太極有再多的兒子，也越不過這個「嫡子」去！這也就是皇太極排行老八，多爾袞排行十四，卻比他們的哥哥阿拜、湯古代、塔拜、阿巴泰……地位崇高的原因！可是，天不從人願，偏是個格格！

等在產房外的布木布泰被允許進來了。從嬷嬷手中，接過襁褓中的嬰兒。抱著這位新生的二格格，細細審視。

剛出生的小嬰兒，實在看不出有什麼美醜。她卻心裡熱火火的，覺得這小人兒真美！小格格的媽媽，是她美麗的姑姑，還能不美嗎？雖然，布木布泰對這小人兒不是個阿哥，也有些失望，卻並不強烈。畢竟她還無法理解在這樣的家族中，生男或生女對地位的影響。她心中有的是無比的歡欣，這歡欣只因為這是一個與她有著親切血緣關係的新生命，而無關嬰兒的性別。

她從沒抱過這麼小、這麼軟的嬰兒！這在她懷中蠕動的小生命，帶給她一種全新的對生命的喜悅。雖然，她也才十三歲，這孩子卻激發出她也不自覺的母性，讓她愛得心疼。

「姑姑！看！多可愛的小格格呀！」

她輕輕地把小人兒放在哲哲的臂彎裡，喜孜孜地，完全沒注意哲哲眼角的淚痕。哲哲輕撫著嬰兒的胎髮，輕嘆了一口氣。畢竟，她是第一次為人母，而且，這孩子已證明了她的生育能力。只要皇太極不離心，以後總也還有機會再生的！一念及此，她也露出了微笑。

「你抱去給四貝勒看看，讓他給取個名字吧！」

哲哲這樣吩咐布木布泰。在侍候哲哲坐月子、並幫著照顧嬰兒，一邊做、一邊學中，短短時間裡，布木布泰已像個熟練的小保母了。

皇太極見到懷抱著嬰兒的布木布泰，訝然發現，就這幾個月沒注意，這個「小美人」越發風姿楚楚了。而且，她懷抱嬰兒，目光中流露的，竟也有著另樣的嫵媚與溫柔。

抱著嬰兒，布木布泰微微一屈膝，嬌憨地挪近他，喜孜孜地：

「貝勒爺，您看小格格多可愛呀！您要不要抱抱？」

皇太極原只準備就著她手中望一下。在她嬌脆語音的誘導下，竟不自覺的伸出手，做了他生平頭一回做的事：去抱一個嬰兒！他雖然先後連夭折的有過四個孩子了，嬰兒時期，他可沒抱過哪一個。

布木布泰懷抱中的嬰兒貼著她的前胸，他伸出的手，無意間便觸碰到她剛發育、溫軟而微微隆起的乳房。她還是個清純少女，本能的一縮，羞紅了臉，卻又強自鎮定，輕舒雙腕，把嬰兒向前送，送到皇太極的手中。

皇太極抱著嬰兒，卻心神不屬，那電光石火的輕觸，竟帶給他前所未有溫柔旖旎的遐思。回想他已有過那麼多妻子了，燕好，成為一種彼此的責任。不是沒有快樂，卻總是奔放激越的，彼此都認為是理所當然的，也就沒有這樣讓他心魂盪漾的幽微情思。這幽微情思，如水般的包圍著他，竟讓他抱著嬰兒忘我了。

布木布泰自己羞不過來，心中，卻另有一種莫名的驚恐羞懼。她知道，面前這個人是她的「丈夫」。如今雖然她還沒有圓房；也許正因此，在感覺上，她對他，若說有相處日久萌生的感情，那感情也不是男女居室方面的夫婦之情。也許，在她心裡，還當他是個姑父——他在草原上已然在她心目中定位的角色。

她也以此自欺；她心中的人影，依然是多爾袞；幾個月來，她只能偶然在公眾場合中見到的多爾袞！而且，即使見到，兩個人在心理上都有著戒懼警惕，總假作不以為意的矜持著。

但，在她努力抑止的思念中，多爾袞的影子總鬼魅般的，無所不在。當她想到有朝一日，終將成為「婦人」時，那個「對象」，心中雖明知必是皇太極，在她幽微的幻象中，卻總披著多爾袞的外衣出現。

然而，這無意間的一觸，卻如一盆冰水直澆下來：他——四貝勒皇太極才是唯一有資格占有她的人！他的手觸碰到她少女敏感的私密禁地，令她全身一緊。使她羞、使她懼，卻沒有母親私下告訴她，男女間彼此撫慰時的快樂與歡悅。她知道，唯一能讓她感覺快樂歡悅的人是多爾袞！但，事實卻是：不要說皇太極是無意的，即使是故意相犯，她也沒有任何推拒的餘地！他是有「權利」的，而且是唯一有權利的！

各有懷抱的兩個人，竟就如此無言相對了。直到皇太極懷中的嬰兒，不知因何哇哇大哭了起來，才將他們驚醒。

她忙接過來，輕輕搖著，低聲哄著。讓皇太極看著十分有趣，也有著一種溫柔的感動：這個小女孩，竟然煞有介事，有模有樣的像個小母親呢！孩子經她這一哄，不哭了。他們也經這一打岔，撇開了方才幽微的尷尬。布木布泰恢復了常態，笑道：

「姑姑請貝勒爺給小格格命名呢！」

他想了想：

「就叫馬喀塔吧！」

他語音方落，另一個語聲響起：

「這可是個好名字！小格格真有福氣！」

他們兩人都嚇了一跳，進來的原來是努爾哈赤的小福晉代音察。皇太極的神色間顯出了一絲不易察覺的厭惡不耐，卻又強自抑止的含笑招呼：

「福晉怎麼有空來？」

「聽說大福晉生了格格，沒有空也得有空呀！既來了，總得看看我們小格格，回去才能交代呀！大福晉說小格格在這兒，我不就來了嗎？」

布木布泰看著她誇張做作的表情與說話的語氣，打心裡有些厭惡。而她不明白的是：就她所見，各家的大小福晉，對皇太極都有著保持距離的敬畏。為什麼這個地位低下，只稍高於婢女，努爾哈赤的小福晉代音察，卻如此在皇太極面前放肆言笑。而皇太極明明並不喜歡，卻又總勉強地周旋她。

自她來到這兒，就注意到代音察了。代音察常藉探望姑姑之名在府中進進出出。四貝勒若不在，又有別家福晉在場，她倒也乖覺，尚知收斂。若是四貝勒在家，她總一下笑聲也高了，語聲也大了，就彷彿唯恐皇太極忽略了她的存在似的！

而四貝勒也總好像情不得已的敷衍著她，聽她誇耀如今汗王如何的對她另眼相看，允許她與他同桌進食；這原是大福晉才有的特權，她是唯一的例外！

「嘖！嘖！小格格真好相貌！來！這是我特意給小格格準備的見面禮，祝小格格長命百歲。」她拿出了一個紅色錦囊，取出了其中的金鎖片，亮了一下，放回，又把錦囊塞在襁褓裡。布木布泰屈膝替小格格道了謝。代音察自顧自的坐下，笑：

「聽說，漢人的格格有幾等，有公主、郡主之分。但願小格格有福氣，將來當公主！」

這話裡的意思，布木布泰自然了解；如果四貝勒繼了位，小格格便是公主，否則，就是郡主了。這也許出於「善頌善禱」，當此之際，卻是非常敏感又犯忌的。當即只見皇太極皺著眉：

「福晉！這話可不能隨便說！」

顯然代音察的話也不是皇太極所樂聞。而布木布泰卻又不知為什麼，皇太極對代音察似乎有著某種的顧忌與無奈。口中說著，臉上還帶著勉強的笑。

代音察卻不知是有意還是無心，嬌笑道：

「這是在自己家裡，又沒有外人，四貝勒怕什麼？那件事之後，大福晉失寵，大貝勒失勢，有誰比得上四貝勒！」

「布木布泰，你姑姑等著你回話呢，你就回去吧！」

皇太極似乎極不願意布木布泰聽到這些話，意圖把她支開。布木布泰何等機靈，忙應了一聲就往外走。耳邊卻聽到代音察陡然高起的聲音直追了出來，打斷了皇太極的話頭：

「我說的可是真心話，真心希望四貝勒繼位；除了四貝勒繼位，只怕誰也饒不過我呢！」

布木布泰還沒意會到這話含著什麼玄機，已聽到皇太極語氣不耐道：

「謝謝你的金口吧！我還有事，恕我失陪了！」

接著又是代音察一陣嬌笑：

「我也得回去了！我還得陪汗王吃飯呢！」

布木布泰機警的閃過一邊，躲到牆後，撫著胸口，感覺著心撲通撲通地跳著。

直到兩人都走遠了，她才急忙閃出來。看看四顧無人，急忙離開這「是非之地」。

回到哲哲的房間，她強作無事，回覆哲哲：

「四貝勒給小格格取了名字，叫『馬喀塔』。」

哲哲笑著接過孩子，低頭逗弄：

「你可知道，你阿瑪給你取了名字，叫馬喀塔？你可要乖乖的，阿瑪、額娘才疼你！」

懷中的孩子咿咿唔唔，彷彿回應著。哲哲輕輕搖著她，那個錦囊自襁褓中滾了出來。哲哲以詢問的目光，投向布木布泰。布木布泰忙道：

「是代音察福晉給的。」

哲哲皺了眉：

「她又去找四貝勒了？」

布木布泰被那個「又」字觸動了，卻無暇細思：

「她說，是姑姑告訴她小格格在四貝勒那兒，她想看孩子，就找了去。」

哲哲臉上帶著不知是煩惱，還是不悅的神情，欲言又止。終於還是問了：

「她說些什麼？」

布木布泰自覺與姑姑是生命共同體，不可隱瞞，一五一十的都說了。哲哲目光沉鬱，心事重重，低頭不語。布木布泰在一邊自覺無趣，道：

「姑姑要沒事，我回屋去了。」

哲哲抬起眼來，目光中混雜著憐愛、憂慮。又似乎是心中壓抑著沉重的心事，久久才嘆口氣：

「你去吧！這事，你千萬別跟任何人說！尤其，後來那些話，連四貝勒跟前，也只當沒聽見！」

「是！」

布木布泰移步向外，哲哲望著她的背影，慶幸著布木布泰不知道「那件事」的內情。也慶幸著她的機警，及早退出了是非之地，並且沒落下形跡。那件事，是一個不慎，就可能帶來殺身之禍的！

她當初也並不知道其中的玄機，只知道，烏拉大福晉不知因何獲罪。而事後，才在各家福晉七嘴八舌中，拼湊出了一些眉目：汗父懷疑大福晉和大貝勒有私情！在那些風言風語中，大福晉曾多次派人給大貝勒送吃食，大貝勒都受了，也吃了。

她並不覺得這算得什麼大事；大福晉也曾派人給皇太極送食物來，只是皇太極沒有收。以哲哲的想法，汗父年紀大了，對這些掌軍政大權的貝勒們，大福晉有心示好，也不是不可理解的事！若說什麼私情，就她的直覺，那也是無中生有！這其中顯然是有人存心以此來離間汗父與大福晉的夫妻之情，和他與大貝勒之間的父子之情！

當然，她絕不會去問皇太極或其他人這件事；她知道，這些都屬於「不可言說」的。然而，只要留心，自有直腸子、管不住嘴巴的妯娌們，會把她們聽來的事，加油添醬的當個閒話家常的資料告訴她。

風波不久就平息了，原先有被「休棄」危機的大福晉，又回到了汗父身邊，而且更加受寵。反倒是大貝勒的聲望，受到了相當的打擊。原先，許多人都已將大貝勒視如汗父的繼承人了。這時，汗父卻表示：繼位的人，不必嫡長，必須以才德服眾，並得到八旗擁戴。在他去世後，雖有人繼立，但國政還是應由八旗共治。

似乎誰也沒有在這件事上得到好處。如果說有，那是代音察；從那時起，她由一個地位最低的小福晉，被允許與汗父同席吃飯；這是汗父的內部家務，誰也不會留心。還是代音察唯恐人家不知道，總有意無意的炫耀才為人知的。

而，哲哲事後卻聽說：大福晉的獲罪，就是代音察舉發的！她的被抬舉，顯然是汗父對她的酬庸。

這並不足為異。讓哲哲不安的卻是：自那事發生後，代音察就不時藉著來探望她的名義，出入四貝勒府。而，更讓她不安的是：皇太極在福晉們眼中，從來不是隨和易處的人。因此，除了禮數上的見面問候，沒有誰會在他面前露出輕狂放肆的舉止言行來。而代音察卻總有意無意的讓人感覺，她和四貝勒有著脫略形跡的親近關係。

哲哲不是小量的人！她也不相信，皇太極敢冒大不韙的與代音察有什麼私情；別說皇太極絕看不上那出身寒微，原以烏拉大福晉陪嫁丫鬟的身分來到大金，收房成為小福晉的代音察。就算是看上，皇太極是個以自己的事業為第一優先的人，絕不會為任何人、任何事，拿汗父對他的器重，與未來可能成為繼承人的地位去冒險！那，代音察何以敢放肆？而皇太極又因何會容忍？她不能不懷疑，皇太極與這一事件之間的牽連！

聽布木布泰一席話，其中的答案，幾乎是呼之欲出了；代音察一狀，得罪了大貝勒代善，和烏拉大福晉。如果代善或多爾袞繼位，顯然是饒不了她的！而她倚仗著四貝勒；如果不是她曾為四貝勒立過什麼功，做過什麼讓她自覺可恃的事，她有什麼資格說那些話？四貝勒又有什麼義務要庇護她？

她不喜歡這樣的事！更令她苦悶的是：她無處可說；她本已與布木布泰無話不談了，但，這些話她怎麼能對布木布泰說？在這件事中受到傷害的大福晉是多爾袞的親生母親！雖然，布木布泰並沒有表露出什麼。就她作為一個女人的細膩與敏銳，她確知：布木布泰並未忘情於多爾袞！

心中有著無數的問號；回到自己房中的布木布泰，默默地思索著。

她不知道皇太極和代音察之間有著什麼牽連，卻下意識的感覺：他們之間一定有什麼不為人知的糾葛。而「那件事」是與大福晉的失寵、大貝勒的失勢有關的！

她並不關心大貝勒是否失勢；在聽了姑姑說大貝勒殺妻那件事後，她對原先甚存敬意的大貝勒，就有著無可言喻的失望與輕鄙。她認為：一個人為了自保，而將所有的責任推給妻子，且為了保住自己的爵祿，不惜殺妻來討好汗父是可恥的！

但她不能不關切「大福晉失寵」這句話；而她的關切，並不因為這事關係到皇太極是否能繼位，而是：大福晉是多爾袞的親生母親！

大福晉失寵了嗎？她看不出來！在所有家族同樂的場合，大福晉都還是以汗父「嫡福晉」的身分出現的！大金沒有皇帝，只有汗王。而如果汗父是大金皇帝的話，無疑，大福晉就是正宮皇后了！她親眼看到貝勒、福晉們向她跪拜，稱她「福晉母親」，或是「額娘」！

她警覺的意會到：這件事她知道得愈少愈好！因此，「那件事」她連姑姑都不能問。但她至少知道一點：這一定與「繼位」有關！而，顯然受害人包括了多爾袞；如果，真如代音察所說，大福晉因而失寵，那多爾袞就一點指望也沒有了！

她不覺想到當年在大草原上，多爾袞那麼充滿自信告訴她的話：他的汗父已應允他額娘，如果在他未成年之前，就要面臨繼位問題的話，將由大貝勒代善先行攝政，等他長大再歸政給他！

這是否就是代音察口中「那件事」真正的癥結所在呢？這件事，對代音察來說，應該並沒有什麼直接的利害相關：誰繼位，她也都只是個前任汗王的小福晉而已。不比烏拉大福晉，別人繼位，她就只是前任汗王大福晉，新汗對她當然也不能不敬禮，但，也就不過虛有其名，實際上是一點權力也沒有的。

但，若是多爾袞繼位，她就等於是漢人的皇太后，地位既崇高，又能實際的掌握大權；多爾袞年少，她當然可以在幕後參與決策，掌有左右政局的權柄。其間的高下就差遠了！

在這樣的情況下，「那件事」便等於是一石兩鳥的傷害了兩個有希望繼位的人！而，代音察的語氣：「誰也饒不過我」，顯然，那件事與她是有牽連的！順著這一條線想下去，以她對四貝勒所說，那近於鬼鬼祟祟的語風，就大有文章了。代音察顯然是希望四貝勒繼位的！顯然，四貝勒繼位對她有好處！就兩者間的關係來論，本不該有這些牽扯。除非，四貝勒「欠」了她什麼……

平常，四貝勒若遇到這些常在府中走動的福晉們，態度是雖也盡禮，卻並不隨和。福晉們對四貝勒也總是敬中帶畏，不敢隨便。偏代音察敢如此的肆無忌憚！而四貝勒偏也對她顯然雖厭惡，卻透著無可奈何的遷就看來，只有一個解釋：她有恃無恐！因為，她曾有「恩」於四貝勒，吃定了四貝勒必須遷就，甚至包容她！

如果這假設成立，這一切，包括姑姑要她別把這些事與別人說。甚至後來她無意聽到的話，連對四貝勒也不能講，就有了理由了！姑姑顯然知道這其中的微妙，而姑姑說這些話，是為了保護她！她不能不對「那件事」深覺好奇，但，她不敢問，經過這一回的事後，她連姑姑也不敢問了。

她原先已由姑姑對她說的那些兄弟、父子為了爭權奪利，骨肉相殘的事情，對這個家族組成的國家，深深懷著恐懼。但總想著，自己只是一個小女孩，以後，也不過是四貝勒的一房小福晉。只要自己行得正，立得穩，謹言慎行，明哲自可保身。而今日她才發現：她的想法太天真了！你不去惹事，也會在無意間，就牽連進一個意想不到的事端中，而成為別人疑忌的對象的！

如果，四貝勒和代音察對她有了疑忌，懷疑她「知道」了他們不願她知道的事情，他們又將用什麼方式讓她「封口」？

她不覺冷汗涔涔；這才知道，什麼叫步步殺機！

她不願意自己這麼糊塗冤枉的捲進這些錯綜複雜的危機中。她知道：她必須步步為營，絕不能露出半點形跡來。也必須時時對一切的事情提高警覺，了解事實真相；她可不願意被人害了，都不知道自己錯在哪裡，是怎麼死的！

「死」！這個字不期然的滑進她腦海，讓她不自覺的打了個寒顫。在這麼短短的時日中，她已經開始了解了一些她在大草原上，作夢也不曾夢見的人世險惡與無情。她不明白，為什麼這些人，放著人間原本多麼溫馨美好的情誼不顧，偏要去爭奪那些就她看來，一點也不重要的金錢、名位、權力！

但，她已然不由自主的置身在這樣的環境中了！她沒有選擇的餘地，她只能先求自保！首先，她提醒自己更要謹言慎行，不要觸犯了任何的忌諱！

這件事沉重的壓在她小小的心靈上，既不敢表現出有什麼異樣，又不敢不暗自處處小心留意。幸喜，也許皇太極大概真以為她還小，或以為她真沒聽到或覺察什麼，對她的態度，並沒有什麼改變。還是既像當她是個大女兒，又像當她是個小妹妹，親切，卻不親暱。總之，顯然沒有將她放在心上。而她卻因著經此一事，存下了心，也漸漸從各家福晉們閒談中，拼湊出了些蛛絲馬跡。

大福晉與大貝勒之間有曖昧……代音察舉發告狀，大福晉差點因而被汗王處死！

她不能相信！如果以多爾袞的說法，汗父等於將他們母子託付給大貝勒了。就女真與蒙古「收繼婚」的習俗而言，大福晉日後甚至是被允許以「繼母」的身分嫁給大貝勒的，何至於這樣迫不及待？尤其，其中還牽涉到繼位的問題；以大福晉，必不肯因此而影響到多爾袞繼位的資格。而大貝勒，是可以為了怕失歡於汗父而殺妻的人，他又哪敢！尤其，以汗父的地位和身分，還加上布木布泰耳聞目睹，並相處日久，所了解的性情，又哪可能有今日對大福晉的相待之情？

她一再的回想自己所見到汗父和大福晉在一起的時候，彼此的態度，顯然並無芥蒂，這就令她不能無疑了。而，順著疑點向下思索，卻碰上她心理上最不願面對與接受的可能：三個目前最有希望的繼位人是：代善、皇太極、多爾袞。這件事上，既然代善和多爾袞都是「受害人」，那就只剩下皇太極是幕後那一隻看不見的手的嫌疑犯了！也只有這一點成立，她所見、所聞的一切，才能有合理的解釋！

她不能不驚恐憂懼，為多爾袞，也為自己；顯然，當年聽到多爾袞在大草原上所說的那麼篤定的話，並不是像他或她想的那麼單純。他們那時都太小了，小得不知人間事的變化無常與險惡！

那時，她怎麼能想到，信誓旦旦要立她為「中宮大福晉」的多爾袞，成了她的小叔兼妹夫？怎麼能想到，她竟然還沒等大金繼位人選揭曉，就被指婚給了當時怎麼也想不到的姑父皇太極？而，整個事件顯然還沒有了結，還像一只架在火上、蓋緊了鍋蓋的鍋子，那看不見的鍋裡的水，正在加溫……

她的日子在小心翼翼中過著。大金征伐大明的腳步，卻正快馬加鞭的進行著……

第十二章

幾乎沒有人料想得到，自成軍立國以來，百戰百勝的大金八旗兵，竟然在攻取他們視如拾芥的蕞爾小城寧遠，受到了第一次的挫敗！

若照著當時大明的遼東經略高第的意見，根本是盡撤遼東之兵入關，放棄遼東的。

在他之前的遼東經略是孫承宗。孫承宗守遼四年間，努爾哈赤亦知道此人有才略，更善用兵。有他主持，遼東想要納入囊中，絕非易事！事實上，當年在王化貞手中所失去的廣寧，在孫承宗四年任內已然收復。而且，修城、築堡、練兵，造甲冑，並且拓地、開屯，將遼東整治得面目一新。

舊城毀圮的寧遠城，就是孫承宗所重用的袁崇煥所修築的。寧遠築成，成為關東流民聚集之處，也成為關外一大重鎮。孫、袁二人同心協力，向東收復了錦州、松山、杏山、大凌河，聯成了一道帶狀的防線。

也是大明的氣數已盡，這樣的忠臣良將，竟不能用；孫承宗在閹黨攻擊之下去職！繼任者高第，既無孫承宗的膽略，更因著私怨與自尊，對孫承宗所訂的政策，一概「反其道而行」；似乎不如此，不足顯示他的權威。

因此，他一到任，就下令盡撤關外遼西防線錦州、松山、杏山的防禦工事，驅屯民入關。而這只顧意氣、不顧家國的作為，卻遭到了寧遠道袁崇煥抗命反對，堅不撤兵。他義正辭嚴：

「我身為地方官，守土有責！寧願死在寧遠，也不能撤兵！」
高第當然知道他與孫承宗的淵源。既動搖不了他，只能恨恨暗道：
「那你就去死吧！」
他恨不得袁崇煥當真死在大金鐵騎之下，以顯見自己的見識高遠。當即自己撤兵入關。錦州、松山、杏山、大凌河防線一撤，寧遠頓然變成了孤懸於山海關外，遼西防線上僅存的一座孤城。
在這樣的情況下，努爾哈赤認為是天假其便。大軍一發，可以一路勢如破竹的直驅山海關下的。果然！松山、杏山、大凌河相繼而下，雖然大批軍民都在高第的命令之下，倉皇入關，剩下的不多。但也因為走得倉促，留下的輜重、糧秣、資財無數，盡為大金八旗所得，使大金士氣大振。不到十天，已兵臨寧遠城下。
寧遠距山海關一百九十里，正當入關要衝，也正擋住了大金去路。然而，隨袁崇煥留守寧遠的，除了總兵滿桂外，只有數千兵馬。在大金看來，連「墊馬蹄」都不夠！努爾哈赤根本也沒有把這蕞爾小城放在眼裡。率兵十三萬，號稱二十萬，原為了攻取山海關。在他的想法中，這擋路的小小寧遠，「順便」拔掉就是了。
照老規矩，先令一路上被俘的百姓招降，傳達大金汗王的意旨：
「我們發兵二十萬前來，你這小小的寧遠城，遲早不保。不如開城迎降，少不了高官厚祿！」
袁崇煥揚聲哈哈大笑：
「什麼時候，努爾哈赤也學得虛張聲勢了？便實說是十三萬，比我城中已多了幾十倍，還用得著號稱二十萬嗎？只是，我們兵馬雖少，我身為地方官，有守土之責，沒有不戰而降，將寧遠拱手讓人之理！我袁崇煥的人頭，能落地，以博忠臣之名！不能點地，以邀高官厚祿！大金汗順風船駛多了，以驕兵傲人，已犯了兵家輕敵大忌；想要寧遠，只怕未必討得好去！」

努爾哈赤自興兵以來，幾乎是戰無不勝，攻無不克，哪把這幾千人守的小城放在心上！既然不降，當然下令攻城。

卻不料，為大金所輕視的寧遠，卻使躊躇滿志的努爾哈赤嘗受了出兵以來第一次的挫敗；而且是敗在他眼中的「無名小卒」袁崇煥之手！

在孫承宗鎮遼期間，除築城建堡之外，他也意會到論起馬戰、步戰都不是大金八旗兵的對手；只有借重火器，才能遏阻攻勢。寧遠城除了火藥、擂石等傳統對付攻城的方式之外。對火器的運用，卻一反常例，並不陳列於城外，而是在城頭上修築了炮台，配置了「紅衣大炮」十一門備戰。袁崇煥領著滿桂和副將祖大壽、何可剛親自督師。並刺血作書，激勵士氣，準備迎敵。

大金還是以慣用的方式攻城：先在城牆上鑿開一個洞，再行破城而入。而出於他們意料之外的，袁崇煥親自督建的寧遠，可不是一般貪官污吏所築，偷工減料，只圖應付門面，外觀雄偉，卻不堪一擊的城堡可比，修築得極為堅固。而且，正逢天寒地凍的酷寒正月；不怕冷，原本是生長在東北的八旗兵最大的優勢，這一回卻受到了天候的反制：本來就堅厚難摧的城牆，加上了天寒土凍，竟使他們一向攻城的方式，受到了絕大的考驗。

「攻城！」

一聲令下，訓練有素的八旗攻城兵，在覆蓋著牛皮以禦城上弓矢的戰車下，匍匐前進，到達東城門，以斧椎鑿城。號為「鐵頭子」的兵士，則披上兩重鐵甲，推著雙輪車進攻。這一凌厲的攻城方式，是八旗興兵以來，無敵不摧、無城不破的利器。也是努爾哈赤最引以為傲的戰法：先以重兵攻城，再破城而入廝殺。

以八旗兵的驍勇，只要進得城去，殺人就如切瓜一般。尤其這樣死守不降的地方，更難逃「屠城」的命運！

偏這一座小小的寧遠，固若金湯。雖然也因鑿城的攻勢，而小有毀損，卻並未如預期的崩壞。反之，城上袁崇煥面對著這排山倒海般攻來的大金兵馬，並未露出懼怯之意。他親自督陣，從城中投下填充了火藥的藥罐、擂石，用以燒車傷人。

大金旗兵作戰的方式，是「後隊押前隊」；沒有號令，有後退者，格殺勿論的！所以，一旦上陣，必然死戰。城下雖死傷狼藉，還是一波波的向前湧來。卻在袁崇煥指揮若定下，勞而無功。天色漸晚，死傷慘重，八旗兵首度遭受挫敗，士氣大受打擊。至此，努爾哈赤也只能鳴金收兵，在寧遠城外安營紮寨，準備第二天捲土重來。

第二天攻勢的凌厲，更勝前日。努爾哈赤滿臉陰鷙森寒之色，站在城外高坡上觀陣。雙方都抱定了必死之志；寧遠城守軍是死守血戰，八旗兵則是冒死進攻。看多了漢人怯懦畏戰的努爾哈赤，也不覺對寧遠城中那以前沒聽過名字，叫「袁崇煥」的官員有了惺惺相惜的敬重。

「破城之後，該留下這個人，好好恩養他！」

在心中，他已經把袁崇煥從破城後的屠殺名單中剔除了。對勇敢而有智謀的人才，他不能不愛惜。

袁崇煥站在城頭上，也不禁對大金八旗兵前仆後繼、視死如歸的勇猛，既驚駭又憂懼的發出了驚嘆：

「不愧是馬上雄師！」

他想起關外所流傳的歌謠：「女真不滿萬，滿萬無人制」！這聽聞已久的歌謠，顯然絕不誇張！他不能不想起前人的喟嘆；只要「文官不愛財，武將不怕死」，便有可為。而大明……朝中的文官彼此的傾軋鬥爭，難道不是為了權勢錢財？邊關的總兵，更多是平日耀武揚威，臨陣貪生怕死之輩！靠著這樣的文臣武將，國家又豈能不陵夷至此？

相形之下，他熟知努爾哈赤以十三副甲起兵的經歷。這樣的「霸才」出世，是大明的浩劫！他若不能給這雄才大略，又顯然已不以「稱霸一方」為滿足的大金汗王一次迎頭痛擊，以挫其鋒銳。大明官兵不說打仗，只怕短兵未曾相接，整個士氣就先瓦解了！

而他，正試圖著力挽狂瀾！昨夜他與諸將商議已定，今天要動用那來自西洋的紅衣大炮了！

滿桂已率領手下兵士卸下了炮衣，如今，大炮正懸於城頭炮台上，只等他一聲令下！

他注目著不遠處大金的兵營，緩緩舉起了手中的令旗……

騎著馬，立在黃龍大纛下的努爾哈赤，正以他在戰爭洗禮之下累積的經驗，估算著得用多少時間和人馬，才能攻下這一座孤城。

其實，他要進攻山海關，也不一定非得拿下寧遠不可；只要稍稍繞道，就可以繞城而過。等山海關破了，寧遠自然也不攻自下。只是，他怎能服這口氣？以他「崑都倫汗」之威，竟攻不下這一座小小孤城！

一念至此，他咬著牙，發出拚死力攻的號令。千軍萬馬，在他的號令之下，潮水般的向寧遠湧去。他目光中露出堅毅、誓在必得的神采，冷靜地注視著戰況。

忽然，聽城上傳來如驚雷霹靂般的巨響，頓時地動山搖，但見城頭之上，紅光一閃，離城數百步處，火光與塵土掀天而起，勇猛剽悍的八旗重甲兵馬，應聲化成硝煙中四散飛舞的幢幢黑影。

煙硝散後，留下的是滿地血肉橫陳、死傷狼藉的八旗兵馬。接著，又是一聲巨響……

努爾哈赤震驚的瞪著眼睛，不可置信的發出狼嚎般的怒吼。他無法想像，八旗兵竟在根本連敵人影子都還沒看到的情況下，就在紅衣大砲的攻擊之下，造成這樣慘重的傷亡！

「汗父，這是什麼？」

莽古爾泰正在他身邊，滿臉驚懼，聲音都啞了。

努爾哈赤不是沒有見過紅衣大炮，但並沒有把紅衣大炮放在心上。以前，其他的城關也有火器配置的。守兵大多把這龐然大物陳列在城外守禦。由於射程不能及遠，往往等八旗兵進入射程，還來不及發炮，一人三騎的大金人馬，已然衝到城下。大明官兵也只能棄炮逃生。城破之後，往往留下一地的在他們眼中不屑一顧的「破銅爛鐵」。

而，他沒有想到，這破銅爛鐵到了城頭上，竟然有這樣大的威力！這威力，使偉大的崑都崙汗，也瞠目結舌了！

而袁崇煥可沒有留給他去思考如何回答莽古爾泰問題的時間，十一門巨炮，連珠般的發出了震耳欲聾的驚雷之聲，目標對準的是他們的大營！大營應聲起火，硝煙之中，只見人仰馬翻，慘叫之聲，取代了平日攻城掠地之際威武的喊殺聲。

一匹馬衝出火海，向他奔來，馬上是他親信愛重的裨將，渾身浴血的翻跌在他面前，喊著：

「汗王！天火……」

才說出兩個字，人已昏絕。天火！努爾哈赤自然知道，這並不是什麼「天火」。然而，這武器已超出了他的八旗兵能夠抵擋的極限！

他發出了生平第一次發出的命令：

「撤退！」

他滴下了淚；他不能不退！就他估計，在這短短時刻中，傷亡已逾千人。而他，在這密織的火網中，不下令撤退，只有造成更慘重的傷亡。平日他引以為傲的八旗兵，任憑再怎麼的剽悍勇猛，面對這麼遠的距離，就能造成這樣巨大傷亡的武器，根本沒有攻擊的機會！不退，就只有坐以待斃。

為了維持他一方雄主的威儀，他退兵也並沒有亂了章法，從容指揮著八旗兵回師。雖然撤退，也還是軍容嚴整，旗幟分明。

在城頭看著大金撤兵的袁崇煥，臉上卻沒有勝利的喜悅；由這一戰，由八旗勁旅在倉皇撤兵之下，依然維持的嚴整陣容，他只覺勝得僥倖；他的勝利，只是占了武器的優勢，占了文化層次高於大金，得以在大金還不識紅衣大炮厲害的時候，以此火器聲勢奪人之威，取得嚇阻之功。當大金進一步的對這武器有了認知，不再害怕，甚至想出應對之道的時候，還有誰能阻擋得住八旗勁旅？

八旗兵可怕！努爾哈赤卻是八旗兵的靈魂！努爾哈赤存在一天，大明就無寧日！

他忽然想起了《三國志》中司馬懿氣諸葛孔明的胭脂計。當然，他不會送努爾哈赤胭脂花粉，女子衣裙。但想到，這一次的挫敗，對努爾哈赤心理可能造成的打擊。他可以效法此計，刺激心理上剛受重創的努爾哈赤，以為攻心之戰！

「大明使節求見！」

努爾哈赤停下馬，接見了從後追來的使者。接過使者呈上的書信，命隨行的翻譯解說。翻譯看了來書，滿臉驚惶，欲言又止。

「說！」

努爾哈赤沉聲只說了一個字。翻譯結結巴巴：

「這信是寧遠城袁崇煥大人來的信。他大不敬……竟稱汗王為『老將軍』。還說，多年來老將軍橫行天下無敵手，而今日卻敗在他這個無名之輩的後生小子手中，就該知道：大金的氣數已經盡了，還是知機的好。奉上一份送行的禮物，請汗王笑納。」

努爾哈赤臉色鐵青，卻久久不發一言，只用威猛陰鷙的目光盯著來使。在他炯炯如神鷹的目光盯視之下，使者竟不由自主的顫抖起來，牙齒更顫得格格作聲。

彷彿過了一個世紀，才聽努爾哈赤吩咐：

「寫一封回信，謝謝他的禮物。再挑幾匹上好的駿馬，作為答謝。」

誰都看得出來，寧遠一役之後，努爾哈赤雖然還竭力維持著自己的威嚴。甚至，在回瀋陽的路上，還派出了武訥格率蒙古兵去攻覺華島，才「班師」回瀋陽。但寧遠的挫敗，已經為他的心理，造成了沉重的打擊。總見他不時望著天，喃喃自語：

「袁崇煥是誰？袁崇煥竟能令我戰敗？」

回到瀋陽，在子姪們群聚討論戰況的時候，他嘆了口氣：

「我大金自出兵以來，一向是所向無敵的！竟會敗在那不知哪兒跑出來的袁崇煥手裡！」

一句話，道盡了他心中的積鬱。已在自己的功業中，自我膨脹成「戰神」的他，對一向也奉他如天神的子姪和八旗將領們，第一次有了不能正視的心虛；他從不允許他們挫敗！他從不允許他們出錯！然而，這一場他親自坐鎮指揮的戰爭，以壓倒性兵力攻打數千守軍的戰爭，卻敗得如此難堪！他甚至連敵人的影子都沒見到，就損兵折將，死傷狼藉。其中還有不少他視如左右手的重要將領，他，如何交代！

當然，沒有人會要他、或敢要他交代什麼；那疾如電光、迅如雷火的武器，在場的人誰不震懾？那是誰也抵禦不了的！但……

他恨也罷，怒也罷，事實就明擺在眼前，更沉沉的壓在他的心上：寧遠一役，損兵折將，他……敗了！袁崇煥造成的死傷，就八旗總數來說，或許微不足道，但對他的自負、對他的威信，卻是致命的一擊。

他的百戰百勝，已剝奪了他「戰敗」的權利！不管其他人的想法如何，首先，他自己就無法接受：他締造出來「百戰百勝」的「戰神」形象上，現在有了裂痕！

不復鬥志昂揚，不復意態風發。雖然，他也竭力想化解心理的痛苦煎熬，他卻做不到；畢竟，他本來就不是長於矯飾的人。誰都看得出來：自寧遠一役後，他迅速的衰頹了下來。原本只有極親近如烏拉大福晉才了解的身體狀況，如今江河日下。他的老態再也掩不住了；事實上，他連遮掩的心情都沒有了！

望著向西沉落的夕陽，難言的悲愴油然而生；他心中了然：他也像這夕陽一樣，沒有了熱力，來日無多了！

一念及此，心中立時交疊著兩個影子：皇太極和多爾袞。

「多爾袞……」

這個名字自然的滑過他的心頭。他最鍾愛的孩子！他多希望，多爾袞如今不是十六歲，而是二十六歲！如果多爾袞已經二十六歲，一定已然自擁一旗，也一定已有了相當的軍功，可以靠自己的實力服眾接位了！

然而……

「多爾袞……」

紅日西沉了，他吐氣般的輕喚著這個心愛的名字，他不知道來不來得及。但，他要做一件事：讓多爾袞和多鐸這兩個尚未立軍功的小兒子，先擁有屬於自己的一旗；他們是沒有「分家」的嫡子，照女真的傳統，是可以優先接受父親的「財產」的！

他當即做了處置，將自己正黃、鑲黃旗下的牛彔分成四份，除了自留一份之外，將其他三份分給了阿濟格、多爾袞、多鐸。而領全旗的，卻不是同母三兄弟的大哥哥阿濟格，而是兩個小弟弟多爾袞、多鐸！阿濟格則跟代善的長子岳託合領一旗。

多爾袞領旗了！而且是原先努爾哈赤親領兩黃旗的精銳勁旅！這消息一出，首先感到壓力的，就是四貝勒皇太極！這顯然意味著汗父對多爾袞的偏寵，已不僅是老父偏愛幼子的慈父之情而已。明顯的，汗父是有心要在最短的時日內，建立多爾袞的聲望，讓他能與兄長們平起平坐！

平起平坐之後呢？在汗父竭力的栽培之下，不數年，多爾袞必能建功立業，嶄露頭角，而成為自己最強而有力的對手勁敵！那時，自己目前的繼位優勢，勢必因而受到威脅！

但這一點私衷，卻是對誰也不能說的；他知道，曾經誅弟殺子的父親，年老之後，手軟心慈了！因此一再的訓誡他們手足之間，一定要和睦共處，不能彼此敵對。如果自己這一點妒嫉之心，讓汗父有所警覺，必然會加意防範，那對自己就更不利了！現在自己決不能露出聲色來。他能做的，是豁然大度的結好兩個小弟弟，並利用兩個小弟弟領旗的事，突顯出「嫡子」無可抗爭的地位！先讓那些不具嫡子身分的兄弟們知難而退。並且結好他們，讓他們站到自己這邊來；否則，以多爾袞同母三兄弟擁有的兵力，再加上他們那聰慧機警過人，汗父已須臾不能離開的母親烏拉大福晉提調，還有誰能匹敵！

雖然，敵對的形勢遲早不免，但，目前，他是絕不願意讓烏拉大福晉或多爾袞產生敵意和防範之心的。不但如此，他還得下一番功夫，拿出「哥哥」，乃至他私心中定位為「人君」的風範來。在大家還議論紛紛的時候，他已派人給三個弟弟各送上了一份厚禮，表示祝賀之意了。

逗弄著懷中這已被命名為馬喀塔的孩子，布木布泰耳朵卻沒閒著，聽著各府福晉們各自對汗父「非常之舉」的表述。

反應最激烈的是莽古爾泰福晉。因著莽古爾泰生母富察福晉生前就已然失寵，莽古爾泰又有弒母「前科」，而不受汗父的寵愛，她早已心懷不平了。總算是莽古爾泰既有軍功，和親弟弟德格類合領一旗，又是四大貝勒之一。雖然，她在代善和皇太極的大福晉面前，稍退半步，但在各府邸間，她也還算得是「人上人」，心理上還過得去；代善本來就是哥哥，誰也爭不得。皇太極雖是弟弟，論嫡子的地位，論才智軍功，也讓人服氣。尤其，哲哲大福晉極會做人，妯娌間非常親睦，也不讓人覺得誰比誰低。

豈知，平地一聲雷，兩個「毛頭小子」領旗了！而且還是各領一旗，比出生入死的莽古爾泰還風光！

尤其可惱的，娜蘭年輕氣盛，立時露出了驕狂之態；彷彿一下子，她比誰都高貴了幾分。這叫莽古爾泰福晉怎麼嚥得下這口氣去！

兩個小弟弟，當然可以拿他們一無軍功，卻各領一旗，汗父偏心作文章。但女真傳統上，「未分家子」本來就有特權。他們本身又還是張白紙，要說什麼，也沒有題目，也只能點到為止。講到烏拉大福晉，可就沒有顧慮，也不容情了。

阿敏福晉知道，反正再怎麼數，也輪不到阿敏繼位，樂得搧風點火：

「不是說阿瑪愛少子，瑪法愛長孫？更何況，枕頭邊上還有那麼個人兒，早早晚晚的，有誰比她更有機會在汗王叔父面前說話？人家說，謊話說了三遍都能成真，何況是本來就心愛的小兒子！只是，一般人家嘛，不過是好吃、好穿的多給些，咱們可是個國家呀！這一給……」

「難不成能把江山都給了？那還得看哥哥、姪子們答不答應呢！」

莽古爾泰福晉忿忿接口。阿敏福晉冷笑：

「不答應怎麼樣？哥哥、姪子沒領旗的多呢！就領旗，也是或一人領一旗，或兩人合領一旗；就咱們這些人來說吧，二、三、四三位貝勒分領了兩藍旗跟正白旗。鑲白旗在杜度手上；杜度未必淌這渾水。而那邊，兄弟三個，可是一個額娘生的。兩個小兄弟，一人就領了一旗了，汗父又讓阿濟格和岳託合領鑲紅旗，就是兩旗半。岳託那半旗，能不聽他阿瑪的？再加上大貝勒的一旗；大貝勒跟咱們那位大福晉嬸娘……」

她掩口曖昧一笑。在場的福晉們彷彿都意會了什麼，德格類福晉走上來朝她額角一戳，笑罵：

「你要死呀！口沒遮攔的！」

阿敏福晉目光對著布木布泰一溜，轉向德格類福晉笑道：

「別假正經了！在這兒的，除了咱們這位小福晉來得晚了，誰不知道！要換了過去，十個大福晉孀娘，連上大貝勒也不夠汗王叔父開刀的！如今，汗王叔父真是年也老了，心也慈了，竟容得下！」

莽古爾泰福晉冷哼：

「老夫少妻的，汗父再精壯，到底老了。還不是只好睜隻眼閉隻眼……」

哲哲出身不同，不覺羞紅了臉，聽不下去了。咳嗽一聲，打斷話頭：

「嫂子們，咱們講些別的吧；再怎麼說，咱們是晚輩，怎麼好議論長輩這些事……」

阿敏福晉斜睨著她笑：

「我的大福晉！你連聽也不敢聽的，人家可做得出來呢！要沒事，幹嘛老派人給大貝勒送飯菜，不給我們阿敏送？」

德格類福晉取笑：

「那是你太兇了，沒大貝勒福晉好說話！」

哲哲正色道：

「如果說送飯菜就算有什麼，那四貝勒都脫不了干係了；她也給四貝勒送過兩回，只是四貝勒沒敢動……」

阿敏福晉曖昧笑道：

「哎喲，這差別不就在這兒嗎？四貝勒沒敢動，大貝勒可囫圇吞了！」

德格類福晉道：

「這算什麼？你還沒見？群集議事的時候，大福晉有事沒事的晃出來，搽胭脂抹粉，打扮得花枝招展的，走過去就帶起一陣香風。那水靈靈的兩眼，就瞅著大貝勒要笑不笑的，好不媚人……」

「喲！聽你說的，就彷佛你親眼瞧見了，給她勾了魂似的！」

阿敏福晉笑謔著，德格類福晉卻道：

「我的嫂子！咱們的魂人家不稀罕！而且，勾咱們的魂有什麼好處，犯得上費工夫嗎？當然得挑選著人才下狐媚藥呢！只要是男人，任憑什麼英雄豪傑，沒有不吃這一套的！論起來，當今之世，誰還能比得上汗父英明？不管你服不服氣，人家可就是有本事；咱們前一位大福晉額娘去世的時候，這位才多大？論尊貴、論人才、論賢慧、論能幹、論生兒育女，她比得上誰？偏咱們汗父就立了她為中宮大福晉，硬把這些有兒有女、有頭有臉的福晉全壓了下去！」

阿敏福晉聽了這話，點點頭，瞅了哲哲一眼，徐徐道：

「這些二十幾年前的事，咱們都沒趕上看見，只能憑著耳聞；咱們二貝勒的額娘就說過：四貝勒的親娘，簡直就是給這位烏拉大福晉活活氣死的！那一位是端莊賢淑，處處謙退。這一位，那時才多大？處處拔尖，爭寵奪愛，不把大福晉放在眼裡。偏汗父又寵著、縱著；說個大不敬的話，喜新厭舊的！大福晉已在病裡，還成天眼見著這位恃寵而驕，耀武揚威的！她的性情溫厚，為人賢淑，不肯跟底下的小福晉計較爭寵。可是，咱們都是女人，再不計較，心裡能不慪嗎？再大的器量，也受不了呀！」

這話連哲哲也是聞所未聞，阿敏福晉嘆口氣：

「額娘還說：男人呀，都是不見棺材不掉淚的！直到那位大福晉病死了，汗王叔父才想起大福晉諸般的好來，一個月都不喝酒吃肉。厚殮厚葬，還怕她地下沒人使喚，要四個貼身婢女殉葬。

好不風光……」

說著冷哼一聲：

「風光怎樣？到頭來，還不是立了那位做了中宮大福晉？」

德格類福晉接口：

「咱們德格類小，不用說。像幾位大貝勒、大格格，眼見著自己的親娘明明條件比她好，年紀比她大，來歸的時日也比她長。偏就給她壓在底下，心裡的氣怎麼能平！但是，有汗父給她撐腰，心裡再不樂意，見到她，誰敢不跪拜，喊聲『額娘』？偏生連天也偏她，就能讓她一個一個的生兒子！有了兒子，又是汗父愛如眼珠的。還搭上汗父明說了：日後要把他們母子交託給大貝勒的話，她還怕了誰？」

德格類福晉說著。莽古爾泰福晉想起這些年，自己也一樣得定時到烏拉大福晉跟前請安，陪著笑臉，心裡就窩囊不打一處來；倒彷彿德格類福晉這話是衝著自己說的。在場諸位福晉，除了阿敏的年紀最大，但屬旁支，就唯有莽古爾泰年紀較烏拉大福晉年長。而且，他的母親也是大福晉，偏生得罪賜死，無形中身分就低了一截。皇太極生母葉赫那拉氏，出身高貴，為人謙退，且在年齡上，比他大得多，心理還過得去。到了葉赫那拉氏去世，繼位的竟是年幼佻達，全無母儀風範的烏拉那拉氏。比她年紀還大了幾歲的莽古爾泰，還得給她跪拜磕頭，那份心裡的不平，就不用說了。及至以軍功，掙得了「四大貝勒」的名位，在大金國，算得是數一數二的人物了。除了汗父努爾哈赤、大貝勒代善，誰還能大得過他？偏就見了這位名義上的「額娘」，就得屈膝跪拜請安，心裡就別說有多不平衡了。

也因此，他每每回到家裡，就對著福晉抱怨不已。福晉先前還好言相慰，卻惹來莽古爾泰火上加油的怨怒，反傷了夫妻感情。日久，不免也把烏拉大福晉當成了對頭。尤其，多爾袞同母三兄弟相繼出生，汗父明顯的「母愛子抱」，更使莽古爾泰的地位大受威脅。

世上本來就是趨炎附勢的人多，阿濟格、多爾袞相繼成親，她也感覺在妯娌間漸漸失去了當年統領風騷的地位。尤其多爾袞的福晉娜蘭，年輕不懂事，心狹量窄，又口尖舌利，遇事喜歡拔尖子、搶風采。種種不愉快，少不得把一肚子氣的帳，又算到了烏拉大福晉的頭上。聽德格類福晉這一擠兌，哪還忍得住：

「就交託，也在汗父百年之後，有這麼來不及的？如今就這個樣了，要以後真成了太福晉，那咱們還有日子過嗎？只怕大金這片江山，都要因著貝勒們不平，鬧窩裡反，四分五裂了！」

她目光一掃：

「別人我不知道，咱們這兒，也有三旗了，能就聽任著她鬧？」

哲哲心中一悚，她知道，所謂的三旗，指的是二貝勒阿敏領的鑲藍旗、莽古爾泰領的正藍旗，加上皇太極領的正白旗。這三旗加起來，力量當然不可小覷。只是，這乃是敏感的軍國大事，已越出了妯娌閒話家常的範圍了。當此汗父日益衰頹之際，事涉敏感。尤其，這兩位嫂子，與兩位貝勒一樣，說得好是耿直，說得不好，是魯莽。說話只圖痛快，極易惹出事端。家常閒話，就算東家長、西家短的，頂多不過是鬧些不愉快，還不關緊要。這些話，要傳了出去，可是會惹出大風波的！

當即又咳嗽一聲。布木布泰一抬頭間，見到姑姑滿臉為難。立時悄悄地在馬喀塔小腿上掐了一把。馬喀塔受疼，立刻哇哇放聲大哭。

這一哭，當然把話題打斷了。哲哲趁機接過孩子來咿咿唔唔的哄著。心中有些疑心布木布泰搗鬼，卻也不能不感激她解了圍。

看哲哲忙著孩子，有心存顧忌、又膽小的福晉，也就趕緊告辭，結束了妯娌閒談的聚會。人散了，哲哲望向依禮送客回來，接過了馬喀塔哄著，低著頭，看不出表情的布木布泰，百感交集。方才，布木布泰出去送客時，她褪下了馬喀塔的褲子，看到了那小胖腿上有一捻紅痕，證實了她的疑心：是布木布泰掐哭了馬喀塔為她解圍的。

這使她又驚又喜，卻又不由得心存疑慮：布木布泰太聰明！而她卻拿不準她的心思和態度！她不能不想到，方才事涉敏感的內容。

她並不擔心布木布泰會做出什麼不智之舉；在這一年多的觀察中，她發現，這個小姪女年紀雖小，卻相當的沉著，絕不像各府裡那些福晉們，喜歡說嘴逞能。她們表面上好像口尖舌利不饒人，彷彿是個厲害腳色，實在卻是目光淺短，胸無城府。說穿了，不過爭寵奪利而已。而布木布泰在人多的時候，絕少開口，總是守著她「小福晉」的禮，靜立一隅，聽候差遣，或抱著孩子逗弄，彷彿對所談所論全不關心。至少，很難從她的表情中，看出她關心什麼。但，由今日馬喀塔適時的那一哭，哲哲卻確定：布木布泰沒有放過場中的任何一句話！也因為這樣，才能那麼及時的打斷了話題。

而她不能不警覺的是：大家都知道，萬一努爾哈赤去世，實際上有資格爭奪汗位的只有兩個人：皇太極和多爾袞！而她不知道，如果要讓布木布泰選擇，她將站在哪一方？

布木布泰在今日福晉們的一席談話中，心頭壓上了沉沉的心事。她為之膽戰心驚，卻警覺到，在這敏感的時刻，絕不能讓人對她起疑。也幸好她年紀小，經過了一年多，當時她與多爾袞之間那些話題，也漸漸為人淡忘了。甚至連娜蘭似乎都消減了對她的戒心，還不時約她跟薩蘭一塊兒玩。也只有她們這從小一起長大的姊妹們單獨在一起的時候，她們才能撇開嫁入大金之後，不能不受的種種約束。年輕的她們，適應新的生活方式並不太難。但，那深埋在心靈底層的鄉愁，卻也只有當她們私下單獨相聚時，藉著痛快的用著母語來說、來唱，才能稍微的抒解。

除了這樣的時候，如今的她，從衣裝打扮，到言行舉止，都女真化了，與一般的小福晉們無異。在大福晉們閒話的場合，小福晉依禮是不許插嘴的。也因此，她能在留神的傾聽中，積儲種種新的見聞，而直到夜闌人靜，才細細思量。

以往，所見所聞不過是風俗人情，或是汗父及各家貝勒、台吉們的豐功偉業。或福晉們的身家背景，為人行事。她倒也喜歡聽，這些閒談，有助於了解這個大家族成員的種種。既要生活其間，她認為這是她該了解的！

她發覺，這些福晉們談到烏拉大福晉時，總流露出一些說不上來的輕鄙與曖昧。這些福晉們對烏拉大福晉存著敵意，她是能理解的；烏拉大福晉年輕貌美、卻偏偏有著崇隆的「額娘」身分，令年紀大的兒子、媳婦們不甘心，那可以說是「人之常情」。

而她沒想到的是：其中糾葛著那麼多的是非恩怨！而這些原本已然屬於過去的是非恩怨，到了這關鍵的時刻，就造成了壁壘分明的鬩牆之爭。

而鬩牆的主角，卻是她生命中最重要的兩個人：一個是她所愛的，一個是她所嫁的！

她不能不悲從中來；她從小，受著蒙古族人「敬天順命」的教導。一心想嫁多爾袞的她，陰錯陽差的嫁了皇太極，她不能沒有怨恨，卻也委順地認了命。她適應著她的新身分、新生活而不遑，也只能把那童稚的戀情深埋心底，只敢在午夜夢迴之際，獨自擁枕飲泣，悲悼她含苞未放就凋落了的幽情。

她希望，事已至此，就讓一切歸於命運，讓她就安份守己的做個四貝勒的小福晉。默默地，和那些各府中，無聲無息存活著的小福晉一樣，無悲無喜的度這一生。

然則，今日阿敏、莽古爾泰、德格類福晉們的談話，卻重重的撞擊了她；她也許沒有聞問的權力，然則又如何能像別人那樣持著隔岸觀火、事不關己的漠然？

她由這些談話中感覺，被她們視為對手的，與其說是多爾袞，不如說是烏拉大福晉！這隱隱形成的繼位風暴，與其說是皇太極與多爾袞之爭，不如說是皇太極與烏拉大福晉之爭！而烏拉大福晉顯然有什麼不當言行，讓她們視為道德瑕疵。而與大貝勒之間的曖昧情事，更適足為她們攻擊的把柄。

她不能不聯想到皇太極與代音察之間，那半吞不吐的話語。她感覺有個她不明確知道的風暴在醞釀；而，主導著這風暴的，她直覺認為是皇太極！

隨著努爾哈赤身體的日益衰頹，這風暴在逐漸逼近。

「多爾袞……」

她不能不關心。雖然，連她自己也不知道她希望得勝的是誰了……

第十三章

天命十一年八月十一日。

「偉大的勇士」——努爾哈赤，在與大金正式奠都的都城瀋陽相隔四十里的靉雞堡駕崩了！享年六十八歲！

像一枚紅衣大炮的火藥猛然炸開，這消息震動了整個遼東和塞北。

事實上，在大金臣民心目中，像鋼鐵般堅毅、像高山般雄偉的努爾哈赤，在天命十一年初開始，健康情況就急驟的向下滑。他畢竟還是敵不過天命：年近七十的他，畢竟老了。

再加上寧遠一役失利的殘酷打擊，使他日益衰頹、病弱。他不能不面對現實：「來日無多」了。他再自許偉大，又怎能逃得過殘酷的天命的輪迴，和病魔的摧殘？

把自己旗下牛彔分給三個幼子：阿濟格、多爾袞、多鐸，並讓多爾袞、多鐸領旗，就是在他自知天命大限非人力所能抗衡之下，所做的決定。

他不是不知道，這會引起那些出生入死，立下無數戰功的子姪們不諒。本來嫡出、已領旗的還好，那些庶出、有戰功而沒有名位的，不平又豈能責怪？但是，他又怎能不為這幾個小兒子著想？不為他晚年最心愛的女人著想？讓她的孩子們，擁有自己的兵力，是他能給她和孩子們保障的唯一方式！

在那同時，隨著他身體的日益衰敗，那些理政的子姪和臣子們的神色，都越發的凝重。他們再三懇求他明令立儲。他拒絕了；他重申訓令：一切政事由八旗旗主的八固山王共治，得到什麼財物，也由八家平分！必得有才有德，能寬容待下，並能察納諫言的人，才能為汗！即使如此，遇大事，還是要由領八旗的八固山王共議商定！「共理國政」成為他為日後大金發展預訂的藍圖。

他知道自己在緩兵；他不肯明言立多爾袞為儲，也正為了這一點：他要保護他，不受哥哥們的嫉妒傷害！他心裡雪亮：他不明令立他為儲，也許，他會因此失去繼承汗位的機會。但，也因此不會受到太大的傷害；他們不必傷害他，來搶奪他手中的美食；他得和他們一樣，共分那塊人人覬覦的大餅。多爾袞無法獨享那塊美食的！他畢竟太小了，如何能對抗那些身經百戰，熟諳政事，又城府深沉，勢力龐大的哥哥、姪子們！他們若真心懷不平，乃至怨恨，要除掉他，那是易如反掌！他比誰都了解這一點；他不也曾為了鞏固政權，除掉過自己的弟弟，誅殺過自己的兒子！

因此，他多麼希望，自己能多活幾年！活到多爾袞再大一點，有了屬於他自己的力量！然而，他覺得自己愈來愈撐不下去了！他只能退一步打算，就讓他平安長大吧！靠他自己去爭取屬於自己的軍功名位！

然而，就算這樣，他心理上還是感覺著內憂外患的壓力。

一方面這壓力來自子姪們的輿論。這些帶著不滿的言詞神色，傳入他的耳中，看在他眼中，讓他感覺自己在他們心中地位已動搖了；他們不再當他是「神」了，他們對他的一切言行作為，已不再那麼沒有疑義的視如聖旨天命了。這一種感受，因著他為寧遠一役失利的內疚而加重。這內疚使他格外敏感起來，並因而深覺痛苦；他像從神座上跌落塵埃的偶像。而寧遠一役，把他們原先敬他如天神的崇拜打破了。

另一方面的壓力，卻來自他的枕邊人阿巴亥——烏拉大福晉。

他是早向她有過承諾：將來讓多爾袞繼承汗位的！而且在阿巴亥提出多爾袞太小的疑慮時，他還說過讓代善先行攝政的話。

他不覺苦笑：哪一個男人在懷抱著心愛的女人，沉浸在溫柔鄉的時候，不是什麼英明睿智全都崩潰瓦解。一心只想討好這個與自己兩情繾綣、魚水正歡的小女子呵！到他日益衰邁，卻對她有了另一種的愧疚；她風華正茂，而自己已力不從心，不能滿足她了。

因此，他格外的嫉妒；也因此，他格外的寬容。這是一種矛盾，卻也是一種無奈的悲哀。尤其，當他發現，她在當年那件與代善有曖昧的疑案中，實際上是受了冤曲，這一種的抱歉和包容就更強烈了。因此，當她提起汗位繼承的時候，他心中不是不知道其中的礙難，口中卻不得不把這也許會成為謊言的承諾，繼續的編織下去！

他只希望，上天能多給他一些時間；也多給多爾袞一些時間，讓他能有足夠自立的能力。這是非常重要的！否則；他不是不信任代善，但，他知道，代善的才能、智謀、城府都遠不及皇太極！單靠著代善，是不足成事的！

尤其，在前一次的疑案中，代善原本被視為「儲君」的崇高地位就動搖了。事後，他也沒有為代善平反；他能怎麼說呢？整個事，因著他男性自尊的諱疾忌醫，而成為不能言說的隱密。整個事件，原本也就沒有真正的攤在陽光之下檢視過！烏拉大福晉阿巴亥的受譴及收回成命，也並沒有公布真相；當事發之初，就在他心理矛盾掙扎下，飾詞諱言其事。到真相大白，又何能明告諸子諸臣？因此他也只能含混帶過去，心知肚明就算了。

甚至，連首告者代音察他都沒有處置；他不想節外生枝。原來，人老是這樣悲哀的事；人一老，就不自覺的只想平平安安的過日子，為了這表面的平安，不惜容忍、不惜姑息，只想息事寧人。

然而，他沒想到的是：雖然他沒有說，此舉對大福晉的名譽，和代善的威望都造成了難彌的傷害；隱諱，往往只會造出更多的猜疑和謠諑。而且，如滾雪球一般的愈滾愈大，愈說愈真。

如今，不管真相如何，這些流言耳語都變成了巨大的暗流，人人都信了。尤其，烏拉大福晉與他的子姪們，和他們的福晉們，素日就頗有心結，又還有誰會為她洗刷分辯？反而唯恐天下不亂的搧風點火，讓流言蜚語愈演愈烈。待得他一旦無復當日勇健，朝中原本隱蔽的起伏波濤，洶湧暗潮，就漸漸的浮上檯面了。

他不是那麼昏憒無知的！就因為「有知」，心中的煎迫，更斲喪著他的心理和肉體。以致使他長年征戰累積的內傷舊疾，一時併發。尤其嚴重的是，他的背癰肉毒病復發了。而且來勢洶洶的侵蝕著他的生命！

身經百戰的他，在身先士卒、親冒矢石之際，何曾怕過死！然而，現在的他，卻怕了，他不想死！他要為他的愛妻、愛子留著命，哪怕只是一年、兩年！因此，一向不肯聽人勸的他，聽了勸：

「汗王最好能到清河去，那兒有溫泉，溫泉水可以治療肉毒病！」

他不但同意去清河，還命姪子阿敏到他的祖、父的神主前祈禱，求祖、父保佑他痊癒。

決定了長行的日子，朝中上下，立時籠罩在凝重的氣氛裡。沉重如鉛，卻又包藏著隱隱的浮動。一如陽光下浮動的微塵，不經意是看不見的，卻具體的存在著！

「代善！我把一切交給你了！」

在他的子孫們為他送行時，他握著代善的手，語重心長的囑咐。

代善是長子，當即應承：

「汗父放心養病，我們會稟公勤政，等汗父回來的！」

代善是以為他交託國政嗎？不，他不僅是交託國政！但……他只能依戀的看著同來送行的幼子們。最後，把目光停在他的大福晉阿巴亥身上。

三十七歲，擁有著這年齡少婦豐腴嫵媚容顏的阿巴亥，淚光隱隱。卻強露著笑容，說著祝福的話語。他忽然憶起她當初來歸時的嬌憨可人，如今……他心中流過對她的眷戀與祝福，卻又不知此時此際，他該祝福什麼？

他再看看代善，代善沒有表情；代善沒有看出他的以目示意嗎？他心中吶喊：

「代善！我把他們母子交給你了！」

然而，他也只能在心中吶喊；格格們不算，他前後共生了十六個阿哥！在這麼多兒孫與他們的家人包圍之下，他能說什麼？

就這樣，他在那麼多流露著不同表情的目光目送之下，跨上了船。他將順著太子河到清河去。抑制著心中那從沒有過、也說不出來的依依之情。他一抬頭，一片陰雲，遮住了熾熱的太陽。他心中掠過一絲不祥的陰影……

揮揮手，船離了岸……

一切都照常在制度的軌道上進行著。布木布泰卻隱隱感覺著其中的外弛內張。她從皇太極周邊那些人，感受到那機密又興奮的神色和耳語。

她也曾隨著大隊人馬前去送行。努爾哈赤的兒孫們，一家一家的向他告別。久不見努爾哈赤的她，格外感覺到他的疲敝與衰邁；不過一年多的工夫，這和當日主持她婚禮的汗王，已判若兩人了。

她靠近他的時候，鼻中聞到一股說不出腐朽的氣味；也許發自他背上的毒疽，卻不知何以，讓她聯想到死亡……幾乎在那時候，她就有著預感，汗王恐怕是無法生還瀋陽了。

耳邊還迴響著送行時皇太極那善頌善禱的祝福。回想之際，卻使她只感覺著逆耳；經過一年多的相處，她在適應著，也在觀察著。她的身分，凡事沒有置詞的餘地。又不似其他福晉們，將四貝勒視為她們這一生唯一的仰望與依賴，更是唯一的感情寄託所在。因此，把爭寵奪愛，當成她們生活乃至生命中唯一的大事。這樣的心態，使她們一面倒的偏向於皇太極，將他的所做所為，盡皆合理化，也美化了。

她不一樣；她對皇太極之間，因為有與多爾袞兩心相許的稚情在前，便有了無形的距離。尚未正式圓房，使她不懂男女間的魚水之歡，當然也不會因著這個理由著意的討好他。這使她有著異於他人的清明。她在經意與不經意間，就能得到種種信息。對多爾袞的關心，更使她密切注意著那隱藏在幽深曲折之中的風吹草動。

也正是這樣的距離和心情，提供了她一個極為客觀的觀察角度。又因為她小，皇太極不甚提防。於是在這樣角度的檢視下，皇太極幾近於聖賢般的言行，在她看來，就有了不盡不實的破綻。

她是個草原上長大，稟賦著蒙古以敬天順命、誠信為本的女孩子。在她清明而嚴苛的檢視之下，就深深感覺：皇太極一切外表冠冕堂皇的作為中，似乎都存在著某一種目的與虛矯。

他真的那麼衷誠的期望汗父早日病癒歸來嗎？布木布泰不敢表露什麼，但，她直覺的認為：他言不由衷！

然則，他又為什麼呢？多爾袞說了。汗父承諾過，是要把汗位傳給他的！然則，在皇太極種種舉措中，她直覺，皇太極對汗位存著必得的野心！

她自問：如果努爾哈赤有了不測，她自己希望皇太極與多爾袞中，哪一個獲勝呢？她卻無法給自己找到答案……

「汗父病危了！」

努爾哈赤離開瀋陽才十幾天，皇太極來到哲哲房中，宣布了這個重大的變故。

哲哲驚呼一聲：

「真的？」

「真的！他命人帶來口信，要大福晉馬上趕去會合。大福晉已經出發了。」

望著皇太極臉上那複雜的表情，布木布泰心中一動；那不是單純的憂慮與哀傷，還有一些的焦躁不安，和不明所以的興奮。

沒錯！是興奮！雖然，表面上看，於國為君，於家為父病危，無論如何沒有興奮之理！

「要大福晉額娘趕去，那是……」

哲哲欲言又止。皇太極臉上露出陰冷：

「恐怕是！汗父恐怕是病糊塗了！他如果要留遺詔，也該命理政大臣或貝勒們趕去！一個蓋世英雄呵！為什麼臨危卻只想到他的女人！」

皇太極語氣中有著強烈的不滿。卻在一瞬間，嘴角又露出了笑容，匆匆結束了話題：

「他做錯了！孤證是沒有人會相信的！現在朝中亂成一團，我得去準備一下，只怕馬上就要出大事了！」

說著，他匆匆而去，留下姑姪倆面面相覷。

布木布泰不懂，他為什麼一再說，汗父要烏拉大福晉一個人去是做錯了。但，卻又從他的笑容中看出，這一個「錯」，顯然對他是有利的！看出了因而他躊躇滿志。那……

八月十一日，努爾哈赤駕崩了！

瀋陽城一片哀戚。努爾哈赤的兒孫們，和大金的重臣們，在代善的帶領之下，趕到了靉雞堡，迎接努爾哈赤的靈柩。

原先埋藏在各人心中的問號，終於必得浮上檯面了：雖然，汗父頒布了八王共政的訓令。但，漢人所謂「國不可一日無君」，就算是名義，也得有個人繼位為汗！這「汗」位，當由誰來繼承呢？

烏拉大福晉兩眼紅腫的宣布努爾哈赤的遺詔：

「多爾袞繼位，代善攝政！」

一陣驚愕的靜默之後，群情大譁。還是皇太極出面鎮壓了混亂的局面，他說：

「現在什麼事都沒有比把汗父遺體請回瀋陽重要！誰有什麼意見，也等這件事辦完了再議！」

如今，靈柩已回到了瀋陽。這一個問題，已迫在眉睫。

大貝勒代善躊躇著。

他自知，自己雖是「大貝勒」，但所以受到兄弟們的尊敬禮遇，不過是因著自己年長，在能力上不足服人，不足當此重任。而他的個性，也並不適宜統率軍民。最重要的：他不認為汗父所屬意的是他！

汗父也許曾經屬意過他！他永遠不能忘記，在大福晉獲罪時，那幾乎是十目所視，十指所指，只差沒有明白指陳出來的罪名：他與大福晉有私！

他真的不知道，他怎麼會陷入這樣百口莫辯的嫌疑中的！汗父曾一再把大福晉母子交託給他！他日後若想要大福晉，在大金的習俗中，是順理成章的。但，那必定是在汗父駕崩之後！在汗父在世時，這卻是絕對的禁忌！他知道！大福晉也知道呵！所有的人都說，大福晉美麗而聰明過人，又哪會做這樣陷自身於不利的事！

大福晉的確曾給他送過飯菜。他想得很簡單：她目前的身分是「額娘」，額娘賜食給兒子，與汗父賜食、賜酒有何不同？他坦然受了！他不認為大福晉此舉有什麼不可告人。她當然知道汗父將她和弟弟們交託給他了，她以此結好，豈不是極其自然的事？他又豈知，就這樣，落下了難明的嫌疑！而事後他才知道，她也曾送飯給皇太極，皇太極沒有吃！

汗父當眾的怒斥，固然針對著大福晉。而兄弟臣僚們的目光，卻令他感覺芒刺在背；而他甚至不明白：為什麼？

汗父終於收回了斥逐大福晉的成命。一場風波，似乎是過去了。但，他自覺在兄弟臣僚中，他的聲望地位已一落千丈。他再也不存任何繼位之心了；他不能服眾！又何能為君！

烏拉大福晉在他們到靉雞堡迎靈時，曾宣布了汗父的遺命：

「多爾袞繼汗位，代善攝政！」

當時就群情譁然；這是可以理解的：畢竟多爾袞太小，根本沒有任何足以當此重寄的政績與軍功。而且，這違反了「八王共治」的遺訓，而遺訓是汗父親自當眾頒布的！

皇太極回瀋陽再議的建議，給他解了圍。

但，在一路上兄弟子姪們的議論中，他知道：他們對烏拉大福晉的說辭，都有著懷疑。他們也許不肯，也許不願相信烏拉大福晉所傳「立多爾袞為汗」之說。他卻是相信的！烏拉大福晉嫁到大金以來，一直是汗父最寵愛的女人！甚至，病危時，還傳大福晉去見最後一面。而且，誰都看得出來，汗父是如何的偏愛多爾袞！

他嘆了一口氣；汗父自己是否也在矛盾中呢？偏愛多爾袞，卻又培植了皇太極！皇太極對哥哥們極其謙恭，對弟弟、子姪們也極其關愛，使他在兄弟子姪間極受推戴，擁有絕不可小覷的勢力。

但，雖然皇太極什麼都沒有表示，他卻直覺皇太極是不甘屈居人下的！事實上，他也有可以自負的條件：他嫡出，有著完整的軍功與政事的經驗，及過人的才能，並賢名在外！除了因為母親早逝，失去了如多爾袞一般「母愛子抱」的優遇，而不得在汗父宮中成長，與汗父朝夕相處的優勢之外，他的條件，絕對是比多爾袞有過之的！

在連上堂房的阿敏、濟爾哈朗的兄弟十數人中，這兩個人，的確也是頭角崢嶸的人中龍鳳，遠勝同儕。但，為什麼要有兩個？

他不能否認，他信任烏拉大福晉，偏袒多爾袞。但，他心中極其明白，皇太極的優勢：軍功、政事，乃至賢能之名，和在同儕中的人緣，正是多爾袞的致命傷！

他一路憂心忡忡，卻因著大福晉一席話，使他的處境變得微妙且為難；一旦變成了局中人，就失去了公平客觀，令人信服的立場了！

皇太極建議回瀋陽再說，固然平息了當時可能一觸即發的風暴。然而，事情並沒有解決，只是懸宕著。而如今，是面對這事關大金命運的重大轉折的時刻了！

當他在回到瀋陽，將汗父靈柩安置妥當，正想好好的思考這個棘手的問題，不經意的向殿外望去時，卻見到大殿的四方，飄揚的全是白色的旗幟；白旗，八旗中的精銳！而領正白旗的，正是皇太極！

他悚然而驚；以前，他只隱隱感覺，皇太極不會善罷干休！如今得到了證實；皇太極建議回瀋陽之說，不是為他解圍，而是為自己鋪路！他顯然早已有了動作，先發制人的占住了優勢！在這樣的情況下，他能有什麼選擇？

「阿瑪！」

代善自沉思中被喚聲驚覺。回頭，見是他的長子岳託，和三子薩哈廉。岳託先開口：

「阿瑪！你決定了汗位繼承人選了嗎？」

代善無意染指汗位，是盡人皆知之事。但，他是大貝勒，年紀又最長。軍、政兩權，也都有相當分量。他的決定，是舉足輕重的。汗位繼承人，也應由他領銜勸進，以表擁戴。

代善默然。搖搖頭，嘆了一口氣。岳託又喊：

「阿瑪……」

代善搖手，打斷他的話，反問：

「你們想支持誰呢？」

岳託和薩哈廉對望一眼，交換了一個眼色，還是岳託開口：

「阿瑪，我們；不僅是我們，還有阿敏叔叔、莽古爾泰叔叔，和其他的叔叔、兄弟們，和朝中的重臣們，都願意擁戴四貝勒——皇太極叔叔！」

薩哈廉接著說：

「皇太極叔叔，有才有德，又勇敢精明，有魄力。而且，是瑪法愛如心肝、惜如眼珠的兒子。所以，我們都願意擁立他為大金汗。」

代善看看岳託，又看看哈薩廉，心裡明白：不論他如何打算，都已無以挽回明擺在面前的現實：在兄弟子姪、朝中重臣的一致擁戴之下，皇太極繼位的大局已定！若再生枝節，不僅徒勞，而且將造成不堪設想的後果！也許是兄弟鬩牆，也許是手足相殘。如今，既然皇太極已控制了局面，最聰明的做法，只有「順水推舟」。

「這正是我的意見。順天應人，四貝勒應當接位。你們把我的意見，告訴二貝勒、三貝勒。叫人準備勸四貝勒登基的文書吧！」

東方微明，努爾哈赤的子孫，和文武大臣，已齊集大殿。空氣凝重中，又有著不尋常的緊張。然而，黑壓壓一大群人，卻鴉雀無聲。

四大貝勒，由代善領頭，緩步而出。

神色嚴整的大貝勒代善，目光緩緩掃過眾兄弟子姪。在多爾袞身上，停駐了一下，神色複雜。似乎欲言又止，終又緩緩移開，沉聲開口：

「汗父不幸駕崩。國，不可一日無君。遵汗父遺命，我們必須擁立才德兼備的人為汗王。這個最適當的人選是——」

他頓了一下，垂下眼瞼，似乎迴避什麼。接著，說出：

「四貝勒——皇太極！」

「不！」

猛然一聲，大家都震驚了一下，只見開口的是皇太極本人：

「我，何德何能？我上有賢明的哥哥們，下有英俊秀發、才能出眾的兄弟子姪們。哪有資格做你們的領袖？務請各位貝勒。另舉賢能！」

語氣極為誠懇，目光中，卻閃著喜悅的勝利光輝。

「除了四貝勒，尚有何人足當大任？」

「四貝勒立功無數，理當正位！」

「汗父生前，視四貝勒為心肝。捨四貝勒，誰足令汗父安心瞑目？」

……

擁戴之詞，如排山倒海。皇太極一味謙讓，目光，瞟著多爾袞。代善心中一沉。只聽莽古爾泰道：

「汗父另有一遺命，難道貝勒們忘了？理當先執行遺命，再推戴四貝勒才是！」

他一字一句的宣布「遺命」：

「汗父遺命，大福晉烏拉那拉氏殉葬！」

代善沒有想到，竟然情勢演變成這樣！看來，他們是立意逼死烏拉大福晉了！想到這兒，不由冷汗涔涔……

「莽古爾泰！你這狼心狗肺的東西！」

他心中詛咒！這樣的事，也只有莽古爾泰做得出來！他甚至連自己的母親都能殺！天命五年時，他的親生母親富察氏因故得罪，被汗父判了死罪。因她當時是大福晉，無人敢執行這個任務。

莽古爾泰因怨她失寵，影響自己的聲望地位，竟然親自動手弒母，以討好汗父！

如今，又為了討好皇太極，向烏拉大福晉下毒手！

然而，他發現，局面已不是他所能控制的了。小貝勒紛紛附和：

「對！先執行遺命！」

「請大福晉殉葬！」

他急忙用目光搜尋烏拉大福晉的三個親生兒子：阿濟格、多爾袞和多鐸。阿濟格有些慌亂。多爾袞驚訝中透出悲憤。而最小的多鐸，已然哭了。

莽古爾泰低聲阿敏商量了一下，道：

「汗父的兒子們留在殿上。小貝勒和大臣們，且隨二貝勒暫且退下；待我們先請大福晉升天吧！」

黑壓壓的大殿，頓時空落了。努爾哈赤的姪輩、孫輩，和大臣，都退出了殿外。莽古爾泰命阿濟格兄弟：

「去請你們的額娘出來！」

「不必請了！」

側門的門口，響起清脆的語聲；烏拉大福晉淡妝素服出現了。神色平靜，清澈的目光，卻逼得人心虛。她依然年輕而美麗，更有著絕代的雍容風華。

「有什麼話，請說吧！」

莽古爾泰一時竟有些結舌：

「汗父，汗父有遺命，要……福晉母親為……為他殉葬！」

烏拉大福晉冷冷地笑了：

「遺命？何時『遺』的『命』？你拿出詔書來給我看！」

莽古爾泰一下給逼住了，囁嚅道：

「是臨終遺命，來不及寫詔書！」

皇太極喝止：

「莽古爾泰哥哥！」

因為莽古爾泰急不擇言，露出太大的破綻；努爾哈赤臨終，只有烏拉大福晉因奉詔趕去靉雞堡，因而在場。若說「臨終遺命」，反而得問烏拉大福晉，方知遺命內容了。

莽古爾泰一時面子上下不來，老羞成怒：

「福晉母親，你以為你支支吾吾，就可以不為汗父殉葬嗎？你該明白，我們不可能留你活下去！」

大福晉神色一整，道：

「我也知道，你們拿不出遺詔！我不會為難你們，更不會求你們容我不死！」

她慢慢地掃視著面前這十幾個「兒子」，除了她的親生的，哀哀無告地含著淚。其他人，竟沒有一個敢迎著她冷厲的目光，正視她。

「自從我十二歲來歸，嫁給你們的汗父，二十六年來，錦衣玉食，受著他無比的寵愛。即使你們不搬出遺命，我也捨不得離開他，要跟著他去的！」

眾貝勒不由鬆了一口氣。大福晉繼續說：

「這二十六年來，你們；不論比我大的，還是比我小的，我自問沒有虧待過你們，也沒有虧待過你們的母親！看在這個份上，你們一定要好好愛護、恩養我的小兒子多爾袞和多鐸！」

代善不能再緘默了，道：

「請福晉母親放心吧！兩個小弟弟，是汗父的親生子呀！如果我們不好好照顧、撫育他們，就是辜負汗父恩德，天地不佑！」

大福晉淒然道：

「我知道你會的。我要四貝勒發誓！如今，他才是主子呀！」

皇太極無可推諉，發誓：

「我，四貝勒皇太極，向天地神祇和列祖列宗發誓，福晉母親殉葬之後，一定善待小弟弟多爾袞和多鐸。如果我忘記誓言，不好好照顧、愛護他們，天地不佑，祖宗不諒！」

「好！你不要忘了你的誓言！如果你不善待他們，我死後，也會變成厲鬼，使你日夜不安！」

一言入耳，皇太極不由打了個寒噤，不敢迎接烏拉大福晉逼視他的淒厲目光。

代善率先跪下，眾貝勒也一同向烏拉大福晉下跪：

「請福晉母親升天吧！」

烏拉大福晉依戀地再望一望自己兩個小兒子，轉身而去。多爾袞忍不住奔向前去，多鐸隨後也奔了去，哭喊：

「額娘！……額娘！」

大福晉緊緊地摟住兩個小兒子，淚下如雨，哽咽低聲向多爾袞道：

「多爾袞！我的孩子！你永遠不要忘了今天！不要忘了，你額娘是怎麼死的！孩子！額娘是為你而死的呀！」

辰時，烏拉大福晉身穿禮服，嚴妝盛飾的自縊了；事實上，在這樣的局面下，她不肯自縊，則將被強行用弓弦勒斃；這是大金對待抗拒殉葬者的方式。

緊接著，被皇太極指名殉葬的小福晉代音察，被侍衛從後宮拉了出來。在她驚惶哭喊「四貝勒」，還未及說出話時，就被搗著嘴，用弓弦勒斃了！

申時，皇太極在兄弟、子姪擁戴下，應允接位。

福晉們是不允許參與政事的，但自有一波波消息，由在場的僕役、侍衛傳進來。

哲哲和陪侍著她聽消息的小福晉們，隨著一波波傳來消息，而心情起伏著。直到皇太極應許接位，才歡呼著向哲哲叩賀。這是皇太極的勝利！也是她們的榮耀；她們自然也將水漲船高的，超過了原先所有平起平坐的福晉們而高人一等；她們如今是大金汗王的福晉了！

當皇太極回府，這歡樂也到達了高潮，卻反而為皇太極喝止。雖然他心中的喜悅，絕不在她們之下，甚至還有過之；只有他知道，這勝利如何的得來不易！但再怎麼說，還在汗父的喪期中，哀戚才是應有之義！以他一向賢明謙退的形象，怎麼能落人話柄？

福晉們掃興的散了。當屋裡只剩下皇太極和哲哲兩人時，他才放開心懷，與這位他最親信的大福晉共享他勝利的快樂。

「哲哲！記得我在科爾沁草原上應許你的事嗎？若我能登上汗位，你就是我的『中宮大福晉』！如今……」

他擁她入懷：

「中宮大福晉是你的了！」

哲哲微微掙扎著，當然並沒有掙脫他強而有力的臂膀。也就偎著他，輕撫著他的臉：

「我聽說汗父臨終要烏拉大福晉趕去。又聽說遺命多爾袞接位，代善攝政。就懸著心，怕其中有變。」

「汗父做錯了！他不該只命大福晉去。如果他讓八旗固山王和五大臣同去，當面宣布這件事，事情就難辦了。在這當口，誰能公然違背遺命呢？他卻只讓大福晉一個人去；我不知道大福晉所說的遺命是真是假；即使是真，也因為只有大福晉一個人聽到，就無法取信於人。你想，當年他譴責大福晉，是公開譴責，人人都聽到的。這遺命卻誰也沒聽到，只有一個被譴責過的大福晉這麼說。原本，就算是汗父公開立多爾袞繼位，都會擺不平；因為多爾袞太小了，沒有一點能服人之處。何況是沒人聽到的孤證！當然，得不到支持。」

「我以為代善會有意見。」

「他可能有！可是，當他發現，連他自己的兒子岳託和薩哈廉都站在我這邊的時候，他也孤掌難鳴。」

哲哲點點頭，又嘆了一口氣：

「只是，逼大福晉殉葬……」

皇太極猛地站了起來：

「你也說『逼』！哲哲！你沒想過嗎？讓她活著，將會多麼的危險！她聰明機智而狡詐，而且有三個兒子領旗！其實，這也是其他的人願意支持我的原因：大家都擔心，如果多爾袞接了位，她一下變成了一國之母，又擁有整兩旗，還加上阿濟格那半旗的兵力，甚至還可能加上代善父子那一旗半，一旦為所欲為，有誰能制得住？她又正當盛年，在需要男人的時候……」

哲哲紅了臉，輕輕打了皇太極一下：

「都當汗王了，還說話沒正經。」

皇太極正色道：

「你以為我說笑話？我聽范章京講過，中國在一千多年前，有個了不起的皇帝秦始皇，從他開始，中國才統一天下的！他即位的時候還小，母親年輕，守不住寡，跟別的男人有私情。還生了兩個孩子，那男人自稱皇父，差點因此把一個強盛的國家都搞垮了！這天下是大家流血流汗打下來的，怎麼能不防備！」

哲哲對逼殉烏拉大福晉還是心中不忍：

「反正多爾袞沒繼位，還有什麼可擔心的？」

「多爾袞沒繼位，她一定心懷不平。他們三兄弟都領旗，這是汗父公開給的，誰也不能奪了去。她如果在旁邊煽動，那會造成怎麼樣的局面？哲哲！你不要以為我想殺她！我是為了防止兄弟手足間可能發生的不幸，不得不殺她！這樣，反而能保全多爾袞和多鐸兄弟。他們還小，一時之間會受不了。但，只要我善待恩養他們，讓他們歸心，他們就會是我的臂膀而不是仇敵！」

他頓了一下：

「我需要你幫我！多爾袞和多鐸雖然成了親，畢竟年紀還小，我想讓他們繼續留在汗宮裡住，讓他們感覺，我對他們，和汗父一樣。他們沒有了母親，我要你當他們的母親！你願意嗎？」

哲哲柔順地點點頭。換了話題，附耳悄聲：

「布木布泰來了一年多了。我知道，因著阿瑪說了：要把她嫁大金汗的繼位者，所以你沒繼汗位之前，不願意跟她圓房。如今……」

皇太極笑了；這一年，他眼見著布木布泰成長，原本就姿容絕世的她，更增添了幾分少女楚楚可人的風姿。他又如何能真不動心？經哲哲這一提，他不覺又想起馬喀塔初生時，他無意中碰觸到她微隆乳房時的怦然。而如今，又過了一年，她較初來，更增添了幾許少女特有的楚楚風致。他雖自許並不好色，卻也不能否認。一旦哲哲提起，心中也不覺有些心旌蕩漾。

而更讓他可意的，卻是他如今能心安理得的擁有這雖然已成親，卻礙於莽古思一句話，也為跟多爾袞賭一口氣，而冷落了的「小美人」。如今，他是百分之百的勝利者了！他不禁想：也許，她真是「富靈阿」？為他帶來了這樣的幸運！一念至此，他不覺手上加勁，吻上了哲哲鬢角：哲哲才是為他帶來這幸運的大功臣呵！

來到這個複雜的大家庭後，布木布泰的年幼，成了一道護身符。她乖巧溫順的把自己隱藏在「小福晉」的身分下，跟著大家行事。她早意會到，絕不要突顯自己，才是明哲保身之道！這在她，倒不是難事；她總跟著姑姑哲哲，照顧著如今才滿一歲的馬喀塔。身分倒又像哲哲的貼身侍女，又像馬喀塔的小保母。

當然，哲哲絕不會將她當侍女的。她也知道，哲哲之所以願意把她留在身邊，是為了疼她，信任她。經過一年多的相處，哲哲對她更是貼心，無所不談了。

由哲哲的閒談中，加上各家福晉們你來我往，都習慣了她的存在，也不避忌的言談中，她早已感覺了在和睦表相之下的分裂與對立；常到府裡來的幾位，像阿敏、莽古爾泰、德格類福晉，都是明裡暗裡顯然支持皇太極的。她們總說著說著，就會流露出對烏拉大福晉和她的兒子們的微辭與不滿。

哲哲事後的解釋，雖然和婉，卻也讓布木布泰明白：這些不滿，往往出於汗父對他們母子明顯的偏寵所導致的嫉妒。

這使布木布泰了解：一個一直被人崇慕神化的英明領袖，也並不真能夠超脫於七情六欲之外。他也有他的偏私，有他無異於人性人情的一切！

這倒使她覺得努爾哈赤可親些；人，原本就該有這些人性的！但，這些人性，一旦彰顯在一國之主身上，卻顯然種下了他兒子們彼此對立的禍根！

她從那些常來常往福晉們的口中，知道這些人家都是支持四貝勒的。也許是四貝勒做人成功？也許是他真的才幹過人，足以讓他們心甘情願的支持？也許，他們自知沒有繼位的條件，又不服多爾袞以那樣一個稚幼少年，爬到他們的頭上，而寧可推戴與他們並肩作戰多時，而且才德的確也領袖群倫的皇太極吧？

無論如何，她了解，大金未來的汗位，實際上的競爭者也只有兩個人：皇太極與多爾袞！而她直覺：皇太極的勝算大過多爾袞；也許是烏拉大福晉和多爾袞太篤定了吧？他們似乎全然忽略了，一股反對的勢力，正在集結……

勝負已判！

面對這樣的結果，她有些無以安頓此心的惘然；勝利的是她的「丈夫」，她不該跟那些福晉們一樣，歡欣鼓舞嗎？

然而，她又怎能不難過，為多爾袞難過。

雖然，多爾袞是否能繼位，在她這一年的觀察中，已不似當年在敖包前聽多爾袞說的時候，那樣認為「理所當然」了。她了解了政治的現實與無情，多爾袞的力量太薄弱，絕不會是心機深沉的哥哥們的對手。甚至連她自己經過這一年的冷眼旁觀，都認為皇太極繼位，也許比多爾袞更合適！

但烏拉大福晉的「殉葬」，使她不能不傷痛而震驚：雖然整個事情的過程，在傳述中被那樣的合理化了。她卻直覺的認為：是皇太極和擁戴他的貝勒們，矯詔逼殉了烏拉大福晉！

莽古爾泰的話露出了太大的破綻；他們以「遺詔」為名逼殉，卻忽略了：只有烏拉大福晉才是汗父臨終唯一趕到他身邊的人！而烏拉大福晉傳述的遺詔，卻被他們抹煞了。

他們真的不相信，大福晉所說的：汗父遺命是立多爾袞為汗位繼承人嗎？她卻確定，其實他們都相信的！否則，他們不會說汗父早就擔心烏拉大福晉會亂國政！除非多爾袞繼位，烏拉大福晉如何有亂政的機會！可見他們都知道汗父立多爾袞的心意！

她能接受多爾袞的年齡和能力都不適合繼位。但她無論如何無法接受，他們為了否認烏拉大福晉所傳述的遺詔，矯詔逼她殉葬！殉葬之俗，在大金和蒙古都不算稀奇。但，殉葬的，是奴僕，是侍婢，是小福晉，沒有哪個身為中宮大福晉還要殉葬的！更何況，他們逼她殉葬的理由多麼牽強！「怕她亂政」，與他們否認傳位多爾袞是那樣的矛盾！

而當她聽說代音察也當場被勒斃殉葬時，她更不覺寒慄：想起她無意中聽來代音察說的那幾句話：

「我說的可是真心話。真心希望四貝勒繼位；除了四貝勒繼位，只怕誰也饒不過我呢！」

恐怕代音察至死也不會想到：饒不過她的，不是別人，正是她所倚恃為護身符的皇太極吧？而，皇太極為什麼當日那樣的極力敷衍代音察，卻又在這個關鍵時刻，迫不及待的逼她殉葬？恐怕也只有一個理由可以解釋：殺人滅口！

她曾經在聽姑姑說起汗父種種殘忍行徑時，心中懷著那麼大的恐懼！她以為，或者說她希望，皇太極不是那樣的！然而，就在這一天，她的希望破滅了！

她不能不想起曾懷抱著多麼堅定的信心，以為能繼汗位的多爾袞。在這皇太極躊躇滿志的日子，多爾袞面臨的卻是多麼殘酷的現實！他的汗父剛剛去世，他繼位的權利就被剝奪了。而他的母親，在他面前活生生的被逼殉！他從一個父母愛如眼珠的天之驕子，一下成了在短短時日中頓失怙恃的孤兒！

他會怎樣的傷心欲絕！他又將怎樣面對他新的人生呢？她不知道，卻不能不為他難過、為他傷心，也為他憂慮。這使皇太極繼位之「喜」，成為她心中難言的憾恨。

「布木布泰！大喜！」

她猛然驚懼。卻見哲哲含笑帶著幾個使女進來了。指揮若定的命人在她的炕上掛上、鋪上了大紅精繡的帳幔、枕褥；又在妝臺上點上了一對大紅蠟燭。片刻之間，她原先簡樸的房間，便透出了一派的醉暖溫香的融融春意。

布木布泰馬上意會了其中深意：就在今天，皇太極取得了汗位的第一個晚上，她將成為他最具體的「戰利品」！

她一陣心痛；她不曾立意為多爾袞守貞；她知道，那是不可能的！她雖未圓房，卻已是皇太極正式行過婚禮的妻子了！今天，皇太極也不過是行使花燭之夜未完成的權利而已。只是，她多麼希望，至少不是在這一天：多爾袞傷心欲絕的這一天……

在哲哲安排下，皇太極走進布木布泰布置得喜氣洋洋的房間裡。他將在這登基為大金汗的第一夜，與布木布泰這「擔待虛名」一年多的「小妻子」圓房。雖然，這一年來，他與布木布泰相處的機會甚多。這一夜，卻是他第一次以一個丈夫的心情，端詳他的小妻子。

她默然垂首坐在床邊，他看不到她的容顏，卻也能自那少女矜持羞縮的身姿中，想像她的嬌羞與情怯。對成年被熱情如火妻妾們包圍著、仰望著，奪愛爭寵唯恐落後的他來說，這種嬌羞不自持的身姿，是一種他久違了的情致。竟挑起他如同初婚、首次洞房花燭的錯覺。

他含著笑，讓哲哲特地派來照顧「洞房」的侍婢為他寬衣；這是他在別的妻子處，都由妻子們親自動手的事。顯然，對眼前未諳人事的「小妻子」，這是不能苛求的。

侍婢退下，順手帶上了房門。布木布泰還是默然端坐在床沿，低著頭。

他不知道，她是否有憾？這樣的花燭之夜，對面的是比她大了二十幾歲，足可當她父親的自己！若不是莽古思提起「富靈阿」的預言，他真不會想要她做妻子，而會「成全」她與多爾袞的！

想到多爾袞，他有著得意，卻也有著情虛。然而，除非他不想繼位，他別無選擇！

上午發生的一幕，還歷歷如在眼前。逼殉烏拉大妃，他不是全然無愧的，卻有許多的理由自解；最遠，他能追溯到她來歸後，汗父對自己母親的冷落；她曾受過汗父嚴譴；她正在盛年，聰明多智，與這些「大兒子」們，多多少少有些扞格不快。她若假多爾袞之手，公報私仇；即使她未作此想，兒子們擁有如此兵力，萬一，她耐不住空閨寂寞，這一股勢力落入了居心叵測的野心家手中，汗父辛苦打下的天下，將有不堪設想之變……

這些理由，雖然不見得能讓他完全的心安理得，卻也讓他足以自欺。可是，想到多爾袞……

除了多爾袞年紀太小，「無以服眾」這個理由之外，他挑不出多爾袞的錯！而這個理由，連他自己也覺得牽強；汗父本意就是：先讓代善攝政，等多爾袞成年再歸政。這是雖未曾書面明示，卻是誰也知道的。何況，范章京也給他講過許多漢人幼主登基的故事。這些故事中，登基幼主的年紀，比多爾袞還不知小多少呢！固然，有不少因而發生了禍亂，導致國家不安的事例。卻也有不少在賢明的太后或大臣持主之下，國強民富的例子；他喜歡聽《三國演義》的故事，其中他最佩服的諸葛亮，就是忠心耿耿輔佐幼主的人物！

他不覺想到烏拉大妃自縊後，他簡單的登基儀式中，多爾袞的面容。

同母三兄弟，阿濟格躁急，多鐸魯莽，多爾袞聰慧，是汗父生前的定評。而在他登基時，他看見了阿濟格的憤恨，看見了多鐸的淚水，卻看不出多爾袞的表情！

他沒有表情！當然，他不會像其他兄弟子姪們，有著如奏凱歌歸來似的興奮。然而，他也沒有生氣、不合作的表示。剛經喪母之痛的他，竟然沒有哭，沒有怒，沒有表情！

就是這樣，反使皇太極不能不憂，不能不懼；他不可能不恨的！不論是汗位的落空，或是母親的殉葬，他都該哭、該恨！他的「沒有」，卻讓皇太極的喜悅打了折扣，更因之心頭沉沉的壓上了一塊巨石。

也因此，他對這眼前的「小美人」有了一種複雜的情緒。有對必然存在她心中的多爾袞的嫉和妒，也有對布木布泰被「設計」，安排成為他妻子的歉與憐；他怎能不歉、不憐？他的年齡，足可當她的父親而有餘！

這一年，他看著她成長，看著她那麼乖巧而忠誠的做著哲哲的閨中伴侶、馬喀塔的小保母。她真不像一個妻子，而像一個大女兒，或是小妹妹！讓人憐愛、讓人疼惜的大女兒或小妹妹。

而，她從今夜起，將成為他真真實實的小妻子！一種說不出的溫柔，從他心間升起……

「布木布泰！」

他向她走去，柔聲輕喚。

她沒有應聲，只抬起頭來，清純的眸子中，帶著小鹿般的驚怯……

而這種驚怯，卻彷彿閃電般的，疊合上他方才腦海中多爾袞那張沒有表情的臉，像鞭子般，一下抽到他的心頭上。

他不覺停下腳步，想：如果，今天走向她的，不是他，而是多爾袞，她還會驚怯嗎？她還會嗎？這念頭，使他的心抽緊起來。

他再度望向她。驚怯，不知何時斂去，她又垂下了眼眸；像待宰羔羊等待著必然的命運一般；她的臉上，也沒有表情……

第十四章

多爾袞幾乎是在片刻之間長大了。他眼見到代善的懦弱，莽古爾泰的殘刻，皇太極的偽善。和那些兄長、姪子們一面倒的逢迎新汗。在他們顛倒黑白的否定抹煞了汗父遺詔，並且矯詔逼殉了他的額娘時，他了解了現實的殘忍：除非自己擁有真正的實力，汗父的遺詔不但不能保障什麼，反而可能帶來殺身之禍；他的額娘，就因為是真正在汗父臨終時面受遺詔的人，而在他們蓄意否定這遺詔時，只有把她殺了，來泯滅這一段事實！

而他，和他的哥哥阿濟格、弟弟多鐸，竟然被逼著眼睜睜的看著這一幕對他們而言，殘酷而慘痛的悲劇上演！還不能不隨眾向新登汗王之位的皇太極叩頭稱賀！

稱賀他奪去了原本屬於自己的汗位嗎？稱賀他謀殺了自己的母親嗎？他強逼著自己吞下了眼淚，強逼著自己麻木；阿濟格不麻木，多鐸也不麻木，而他們或悲憤、或激烈的態度，又於事何補？

而且，額娘說得那麼清楚：她是為他死的！不是為阿濟格，不是為多鐸，是為他——多爾袞！

他如今的第一要務，絕不是徒勞的去與那龐大得足以呑沒他的強大勢力抗爭。而是活下去、長大！為了這一個目的，他只有隱忍，只有接受現實：如今的新汗，是他的哥哥皇太極！他必須順服，乃至效忠，直到……

於是，他什麼也沒有說，只默然看著皇太極即位。看著他封賞有功，也看著他下令，命曾誣譭他額娘的代音察殉葬！代音察掙扎哭喊著「四貝勒」，而勒住她咽喉的弓弦，立時在皇太極目光示意下，截斷了她下面的話。

在她最後的一刻，他看到她眼中的悔、恨、驚、疑。也許永遠沒有人知道她臨終時想說的話了。但多爾袞卻在那一剎那了解了一切；他不會說給任何人聽，但他會記在心上的，加在他的那筆血債上！

煎熬著他的心、肝、五臟六腑的儀式，終於結束了。他回到宮中；他不知道，自己將何去何從。這裡不再是他汗父的汗宮了！他得等著新汗發落！

「多爾袞！」

當多爾袞回到宮中時，只見娜蘭兩眼發直，臉色煞白。平時的嬌縱刁蠻，完全不見了。一見到多爾袞，狂喊一聲，就撲在他的懷中哭出聲來。

她的舉止，令多爾袞既哀憐又感慨。他知道，這件事對娜蘭的打擊是多麼的大！這不但粉碎了她當大金「中宮大福晉」的美夢，也帶給她極大的恐懼感；如果，連被貝勒們敬稱為「額娘」的烏拉大福晉都難逃毒手，她的性命，又多麼的卑微不足道！

她的恐懼與悲傷，多爾袞都是了解的，但並沒有得到他的共鳴與同情。他現在渴望的，是了解、是共同承擔與面對；他一直強自壓抑的悲憤，已將他自己逼到了隱忍的極限，又如何還有餘力去撫慰別人！在他感受中，遠比娜蘭親切得多的弟弟多鐸，他尚且無力顧及！

一念及此，他就完全失去了耐心。猛地將娜蘭推開，衝進了房中，將門倒扣反鎖起來。任憑娜蘭錯愕之餘，更捶胸頓足的搶天呼地。

他緊咬的牙關，格格作響，嘴角，沁出了血痕。直到此時，他才在娜蘭的哭號中，真正接受了他目睹，卻因著用了太多的力量在抑制情緒，因而強壓在思惟底層的殘酷現實：

汗父死了！額娘死了！他從一個被羽翼保護的少年，變成必須保護自己的孤兒了！天知道他用了怎樣的堅忍，來忍住他悲痛的淚水！但，他沒有哭！他不要在他的「仇敵」面前哭！

他的小，現在使他吃了虧。但，這小，也將會是他最大的本錢；他的小，將掩護他成長！而，他不會永遠小！他會長大的！

他緊緊握住拳頭，心底吶喊：

「額娘！保佑我！等我長大……」

然而，這一點心情，他卻是誰也不能說的。包括了他的同胞兄弟阿濟格、多鐸，和他的妻子娜蘭！

他感覺著強烈的悲苦與孤寂，而在他的悲苦與孤寂中，一張美麗而溫慰的臉浮起。她的目光中，有了解，有同情，有不必言詮的無聲慰藉……

「布木布泰！」

他泣血般地低呼著，把頭埋進了枕中。

這一年半來，他見過布木布泰許多次；有時在家宴上，有時在皇太極的府邸中，也有時在宮裡。娜蘭不知是何居心的，也會邀請布木布泰到宮中來聚會，談笑。在他的面前，矯揉做作地跟他打情罵俏，喋喋不休。

也許，她是故意的；向他賣弄，也向布木布泰示威：如今，多爾袞是她的！而她如今「大福晉」的身分，是高過布木布泰了！

但她永遠不知道，自己做了多麼愚蠢的事！將自己放在多爾袞面前與布木布泰並列，是多麼的不智！

多爾袞並不知道布木布泰心裡有什麼想法。她總是帶著淡淡哂然的微笑，彷彿若無其事的，面對著得意忘形的娜蘭，和心存愧疚的多爾袞。那似包容，又似不以為意的微笑，卻不落言詮的把使出渾身解數的娜蘭，輕易的比了下去。使她的一切做作，都顯得那麼無謂而幼稚，幼稚得彷若不值一笑。就是這樣的淡然，卻讓多爾袞更魂牽夢縈的難忘。而且那麼容易的解釋為她一切都了解、諒解。使他更將她放在心中，當成唯一可以傾訴的對象。

……

兩匹馬，飛也似的在草原上奔馳著。布木布泰的小白馬在前，多爾袞的黑馬隨後緊追。他多麼擔心！深恐追丟了她！

直追到無人之地，馬兒才漸緩下腳步，來到一處林木森森的溪流邊。多爾袞勒住了馬，布木布泰也勒馬停步。

「下來歇歇吧！」

多爾袞下了馬，牽住布木布泰那匹白馬的韁繩，柔聲道。

布木布泰翻身，才跨下馬，多爾袞便一把緊緊抱住。布木布泰似乎一驚，卻沒有掙扎。就在他強而有力的手臂中，緊偎在他懷裡，放聲痛哭起來。

「布木布泰！布木布泰！」

他緊緊的摟著她，親吻著她，口中含混的低喚。兩個人的眼淚，都奔流著，幽怨、委屈、歡欣、甜蜜，交沓而至。

久久，他才鬆開手，布木布泰在他的懷中抽咽：

「我以為你會繼汗位！我以為到瀋陽來，可以嫁給你！」

多爾袞用手托起了那一張布滿了淚痕的臉，仍是那麼純稚，仍是那樣嬌美絕倫。而如今，她卻是皇太極的小福晉！一思及此，他再也忍不住，激動起來：

「皇太極搶了我的汗位！他不但搶了我的汗位，還逼死我的額娘！他心虛！因為，額娘是汗父去世時，唯一奉詔趕到汗父身邊，看著汗父嚥下最後一口氣的人！汗父的遺命，只有額娘知道！汗父的遺命，是傳位給我，他們卻逼死了她！」

他終於落下淚來；在布木布泰面前，他不必再壓抑，也壓抑不住了：

「他們拿不出遺詔，卻逼死了她！還污衊她，說她雖然容貌美麗，卻心地奸詐，汗父早識破了她的居心，怕她將來擾亂國政，所以預留遺言，叫她殉葬！」

他眼中射出仇恨的光芒：

「他們這句話，揭穿了自己的謊言！如果，不是傳位給我，我額娘怎可能有機會擾亂國政？他們殺她，是殺人滅口！」

布木布泰驚悸地望著他。他知道，她一直生長在溫馨和樂的環境中，她從來不知道什麼是政治。也和他一樣，沒有想到奪位的鬥爭，是這樣的殘酷，充滿了血腥與暴力。

「我額娘臨死前，叫我不要忘了她是為我死的！不是為阿濟格哥哥，不是為多鐸弟弟，是為我：多爾袞！我知道，她是說：因為汗父要傳位給我，所以他們才要殺她！怕她說出來！怕公諸於世之後，天下臣民都知道皇太極得位不正！只恨我太小，沒有力量……」

布木布泰目光中露著恐懼，望著咬牙切齒的多爾袞：

「你不是說，汗父曾說，你小，可以由代善先攝政？」

「他是個懦夫！他怕皇太極！因為皇太極有軍功，我沒有！他不敢出來主持公道。甚至，他還領先出來表示擁戴皇太極！又眼睜睜地看著我額娘被他們逼死！我恨他！就跟恨皇太極一樣多！」

布木布泰同情地緊緊攬住他的頭，用臉貼著他的臉：

「可憐的多爾袞！可憐的多爾袞……」

多爾袞平息了一下自己的激動，抬起頭，仰望著天：

「汗父向大明開戰，以七大恨告天。我也有恨！我恨皇太極搶奪了我的汗位，殺了我額娘，還搶去了你，我的布木布泰！」

他臉上露出悲憤堅毅的神色立誓：

「總有一天，我要讓他知道，多爾袞不會永遠是小孩子！多爾袞會長大，會向他討回公道！」

……

他在自己的嘶喊中驚覺，一種難言的悲傷悽苦，掌握了他；額娘是死了，布木布泰，也只能在夢中才有那麼難得而短暫的相依相守。他記得他夢中的恨，也記得他夢中的自誓。他默然重溫著夢境，他不會忘的！即使只是在夢裡，他也會堅守著自己的承諾：

有朝一日，討回公道！

有朝一日，將本來就該屬於他的汗位和布木布泰都奪回來！

而眼前，他只能如常度日，等待著皇太極的發落！

深深吸口氣，多爾袞和平時一樣，走出房門。

見他出來，侍衛報告：

「福晉給中宮大福晉磕頭去了！」

他「嗯」了一聲，看看天色，日已三竿。是太依戀夢中與布木布泰的擁抱溫存嗎？還是前一天沉重的悲苦傷痛，使他太過倦累？那夢中的片刻，竟讓他起遲了。

當然，他知道，娜蘭既被召到皇太極府中，去給「中宮大福晉」磕頭。此時，想必皇太極也正尊榮的在接受著群臣的道賀。倒幸虧他還小，尚未參與軍國大事，也不必參與朝會。否則，他情何以堪，又如何自處？

他對自己冷然一笑，一時倒不知該做些什麼了。在汗父駕崩這一段時日的混亂中，他的日常作息全亂了；今天他是該騎射，還是學漢文？正茫然著，只見侍衛來報：

「范章京來了！」

范文程是努爾哈赤倚為「軍師」的漢臣，也是指定為他課讀漢文的師傅。他聽說了，忙走向書房。

「范師傅！」

見到除了父母之外，他最親近的人。他像受了委屈的孩子，見到親人，不覺眼眶一熱，連語聲都哽咽了。

但，只一剎間，他就強自忍下了眼中欲奪目而出的淚，警覺到：如今雙方的立場，已不似以往的單純了。范文程如今也是皇太極的重臣，不是以前那個他能全無戒心、隨意親近的「范師傅」了。

隨即，他又戴上了那漠然沒有表情的面具。

看到他強自斂抑，沒有表情的臉，范文程心中混雜著難言的情緒。多爾袞隱藏掩飾得再好，又如何逃得過他飽經世故、銳利的目光？他看到了他初見時真情流露的委屈，也看到他那一剎間的隱隱淚光。而在他那強自斂束、沒有表情的面具之後，更看到了他的悲憤與傷痛。

他身為受到努爾哈赤格外器重的大金漢臣，就客觀的立場來看這件事，他絕對是支持皇太極接位的；在「驕兵悍將」滿朝的朝廷，絕不是多爾袞這樣既無政事經驗、又乏軍事功勳的少年所能勝任。在他的預見中，即使是才德、能力、權勢都已遠勝同儕兄弟的皇太極，這千鈞重擔，挑起來都未必得心應手。

大金的政治一直是「諸王共治」，人人有發言權的。以前，努爾哈赤在位，他是以十三副甲起兵，赤手空拳打下這片江山的人。這些貝勒們，都是兄弟、子姪輩，論理應該是壓伏得住的，還有舒爾哈齊和褚英「背叛」的事。

到了晚年，就他冷眼旁觀，更看出努爾哈赤在許多事上的心餘力絀。何況皇太極原是與這些人平起平坐的兄弟！如果素得人心，而且的確才幹、功勳、聲望、出身都過人的皇太極尚且如此，遑論嬌養在後宮中，雖是努爾哈赤偏憐的嬌子，在朝廷上卻什麼都沒有的多爾袞！

然而，站在多爾袞的立場，昨天的一幕，委實不是常人所能承受，又情何以堪？尤其，他也聽說了，昨夜皇太極與小福晉布木布泰圓房的事。

這在漢人禮俗中，稱得上「大逆不道」：哪有在熱孝中，就忙不迭的行此男女之事！當然，他也知道，在「未經王化」的大金，這並不算什麼。他不以為然的是：英明如皇太極，為什麼要趕在這個當口再去刺激多爾袞？當然，這一節，多爾袞還未必聽說，他也可以不談。只是，他隱隱不安，總覺得皇太極在這件事上做差了。

兩人默然相對，范文程只能用無言的目光，傳達他的同情與了解；他是銜命前來安撫多爾袞的，言辭間不能不慎重。在沉默半晌之後，輕咳一聲：

「汗王要我來向十四爺致唁。讓十四爺了解他的情不得已……」

多爾袞臉上仍然沒有表情，心中卻波濤洶湧；不得已！當然不得已！皇太極不殺了他的母親，如何安枕？他原先不知道范文程此來，是如平常一樣的給他上漢文課，還是另有目的。聽他這樣說，顯然是銜命而來。

他不知道范文程此來為何？但以他目前的處境，他不能不「先發制人」的自衛；如今這宮院是新「汗王」皇太極的了！

本來努爾哈赤在為貝勒們營築府邸時，也有他的府邸。在遷都之時，已婚的他，本就該分府別居的。只是因著他年紀還小，又受寵於父母，所以留在汗宮中居住。既然范文程銜命前來，他首先就敏感的想到這一件事。他可不想落個被「攆」出去的口實。那他寧可先表述自己的「識相」，主動提出，對皇太極做消極的抗議：

「如今我是不該再住在汗宮裡了。我馬上讓人收拾，搬出去住！」

范文程了解地笑笑：

「汗王沒有要十四爺遷出去的意思。正相反，汗王要我來告訴十四爺：雖然崑都崙汗駕崩了，可是，長兄如父，長嫂如母。十四爺、十五爺年紀還小，出去住，汗王也不放心。已經商請大福晉嫂代母職，把兩位貝勒爺交給大福晉教養照顧。請十四爺一切照原先的情況，不要見外。有什麼事，只管跟大福晉說。大福晉的為人，十四爺也是知道的；雖不敢說能比烏拉大福晉周到，總也會盡心的！」

這一舉措，卻出於多爾袞意外了。哲哲一向待他甚為親厚，是令他既愛且敬的嫂嫂。他當然恨皇太極，卻絕對無法把這恨轉嫁到哲哲身上去。他能跟皇太極賭氣，至少可以不合作，卻無法對抗、拒絕溫柔可親的哲哲。

因此，聞言不覺一愣，倒僵住了。

范文程極知機，知道這時最好讓他自己冷靜一下，也不必再勸他什麼了。當下推說朝中事忙，這幾日恐怕無法上課了。先向他「告假」，隨即告退。留下憋了一肚子氣沒處發作的多爾袞生悶氣。

被傳喚去給「中宮大福晉」哲哲道賀的娜蘭，在哲哲刻意的安撫下，很快的拋開了前一天的憂懼恐慌。烏拉大福晉雖然愛屋及烏的相當疼愛她，畢竟還有著婆媳間禮法的約束。而哲哲從她來到，就因著她是來自科爾沁的格格，對她格外的親切關照。就娘家來說，她與哲哲雖是姑姪，在大金，卻是同輩的妯娌。對她來說，這又是姑姑、又是嫂嫂的哲哲，甚至比烏拉大福晉更親。

當她在哲哲的撫慰下，知道那一方的說辭：並不是皇太極要賜死烏拉大福晉，而是汗父的「遺命」時，她也很容易就接受了。甚至對皇太極表示將把多爾袞、多鐸兄弟兩房還留養於汗宮，更有著感激涕零之情；這表示，她在家族中特殊的地位，並未改變。只是以前是汗父的兒媳，如今是汗兄的弟媳而已。相較於其他分宮出居於外的兄長、姪子們，多爾袞和她仍是被另眼相待「恩養」的！

她的喜出望外之情，落在哲哲眼中，心中不禁又笑又嘆；雖然也高興自己輕易的就收服了這雖刁蠻嬌妒、卻沒有心眼的「十四福晉」。卻又不禁為多爾袞叫屈；娜蘭實在真配不上多爾袞！

而配得上的……

她掃了侍立身邊的布木布泰一眼。在布木布泰臉上，看不出她昨夜「承恩」後的變化。她仍靜靜地，恰如其分地，守著她小福晉應守的本分：在福晉們聚會時，侍立一旁，聽候差遣。

哲哲知道如今自己雖然是「中宮大福晉」了，但絕不能因此就「拿大」，反而更要廣結善緣；不但跟各房妯娌、子姪輩的媳婦。跟自己位下的大小福晉也一樣。當宴席排開，她一視同仁，讓皇太極的福晉們都參與宴會。也趁著機會，把原先「妾身未明」，總退讓著，不與其他福晉們比肩的布木布泰，正式列入「有座兒」的福晉裡。

這一改變，敏感的德格類福晉立刻察覺了。知道哲哲與布木布泰姑姪情深，雖說是小福晉，卻絕不是可以怠慢的，笑問：

「敢情，布木布泰福晉大喜了？」

一言戳穿，布木布泰羞得抬不起頭來。偏偏愈是這樣，福晉們興味愈高，都盯著她看，看眉眼，看身姿，她明明並不覺得自己有什麼改變，偏那些彷彿帶著毒刺的眼光，就像能看穿了那最細微的生理變化，諧謔打趣的讓她如坐針氈。

娜蘭也看著她，心裡卻有說不出的不是滋味。

她一向把布木布泰來歸之後，一直沒有圓房，視為布木布泰的羞辱。布木布泰的未圓房、不得寵，滿足了她心中對布木布泰樣樣比她強，卻總奪去別人的讚賞目光；甚至，直到如今，都還令多爾袞念念不忘，而令她既嫉且恨的怨抑之心。

然而，如今布木布泰圓房了！而且，還是在汗王即位登基的頭一天晚上「拔得頭籌」；布木布泰竟成了皇太極成為「汗王」後，第一個「臨幸」的女人！

本來應該享有這一份尊榮的人是她——娜蘭呀！如果多爾袞繼了位，昨晚，必然是她與多爾袞共享這份尊榮的！而如今，多爾袞失去了汗位，她失去了「中宮大福晉」的頭銜，而布木布泰卻得到了這樣的榮寵！怎不令她又嫉又恨！布木布泰不但搶去了多爾袞的心，又搶去了原本該屬於她的尊榮！

尤其想到多爾袞前一天，在她那麼驚惶恐懼中，置她於不顧的事，就更有著難忍的氣憤與不滿。

這一種不滿，使她在回到宮中，就蓄意的把這消息告訴他：

「多爾袞！你想不想知道汗王府裡最新的新聞哪？」

多爾袞對她每每在與各家福晉聚會之後，說長道短的習性甚覺厭惡。尤其當此之時，更覺不耐，皺眉道：

「他家的新聞，與我何干？」

娜蘭素來刁蠻嬌縱，這種不耐煩的態度，越發激怒了她。當下冷笑一聲：

「別的新聞跟你不相干，這可關係大了；你知道嗎？就在昨夜，汗王跟布木布泰圓房了！」

一言入耳，多爾袞不覺一愣；娜蘭見他如此，更如火上加油，逞著口舌之快：

「都說布木布泰是有福氣的；說不定，這麼一回，就懷上了汗王的孩子。過上十個月，你就好添姪兒、姪女了呢！」

對娜蘭後來追加的挑釁語氣，多爾袞卻恍若未聞；布木布泰昨夜圓房的事，嚴重的打擊了他。他沒想到，他在夢中，都只敢擁抱、親吻，而不敢有所褻瀆的布木布泰，竟就在他作夢的同時，被皇太極侵犯占有了！但他知道，自己只能隱忍！為了自己，為了布木布泰，他都只有隱忍！

他緊緊咬住牙根；他感覺，皇太極在向他示威！在同一天裡，他不但奪了他的汗位，奪了他母親的生命，也奪了他這一生的最愛！

雖然，他也知道，布木布泰本已是皇太極名正言順的小福晉，皇太極隨時有權利跟她圓房！但，他不該挑這個日子！在汗父大喪未葬、又逼死了他的額娘的日子，皇太極竟然用這樣的方式，一再的迫害他、打擊他！

他目光中流露出的感傷，深深的刺痛了娜蘭。多爾袞是她的！她不允許布木布泰的陰影橫在她跟多爾袞之間！冷哼一聲，尖銳地戳著他的痛處：

「你死心吧！她是汗王的人了！」

她這話，倒警醒了多爾袞，冷然道：

「她本來就是皇太極的人！還用你告訴我嗎？」

娜蘭為之啞然。恨恨地：

「我當然要告訴你！讓你以後小心一點：汗王要我們留住在宮裡，哲哲大福晉說，汗王認為你和多鐸都還小，要大福晉長嫂代母的恩養照顧。你小心別見了布木布泰就失了魂！讓汗王知道，會要你的腦袋！」

多爾袞知道她是氣話，卻也不禁悚然而驚。他知道，額娘為了保護他，逼著皇太極發誓善待恩養他和多鐸，皇太極為了自己的仁君形象，絕不會在這個時候殺他。不但如此，方才已命范章京傳達，他不必搬遷出宮，他和多鐸都將被留在宮裡「恩養」！

「恩養」！他心知肚明，這是一來結之以恩，二來也是防範著他！但他真的沒想到，這其中可能還有這樣一個陷阱。同住宮中，他與布木布泰相遇的機會就絕不會少！若不是娜蘭，他還真沒想到，這也可能會成為皇太極窺伺、入他於罪的口實。經這一提醒，他倒要隨時留意，不要讓皇太極抓住什麼把柄了。

他必須隱忍！他知道，只要他乖乖的，皇太極絕不會有任何對他不利的舉動；他要以此來表現他的「仁君」氣度。而，自己的年少，此時此刻，竟也是一種絕佳的掩護。

他需要在這掩護下安全長大，乃至壯大！他能等！他一定要等！

第十五章

「汗王！布木布泰好嗎？」

白天忙於軍國大政的皇太極，面對哲哲似笑非笑的戲謔，不禁失笑。一把把她攬到懷中，用嘴唇廝磨著半推半就愛妻的耳根，也笑謔著說：

「好！但沒有你好！」

雖是笑謔，卻也是衷心。布木布泰來歸已一年多了，但，真正「洞房花燭」，卻是近日間的事，也算得上「新婚燕爾」了。但真論起魚水歡愛之情，卻遠不及知情解意、風情萬種的哲哲。

那新婚燕爾的小妻子，對他始終是不迎不拒；她柔順的接受著一切，卻和哲哲不一樣，和他所有的大小福晉都不一樣。她們把他當成生命的主宰，曲意逢迎，極力的仰承顏色。似乎把生命中的熱情，全都傾注在他一個人身上。把侍奉他，視為無上的榮寵，把他的寵幸，視為無比的恩澤。她們像一團團的火，只要他肯少假顏色，她們就熊熊地燃燒。

而布木布泰，像一泓水。有水的柔、水的清，卻總波平如鏡，沒有激情，更遑論熾熱。

但，就是這一份近於莊矜的清與柔，更勾起他無限的憐愛。而他感覺，這份憐愛，也不完全屬於對一個妻子；在對她的憐愛中，似乎多了一份疼惜，少了一份情欲。

他和他的福晉們搬進了原先屬於汗父的宮院之後，他常夜宿於布木布泰的房間裡。在別的福晉眼中，布木布泰是「三千寵愛在一身」了，不免既羨且妒。事實上，他卻不是如其他人所想，得了新寵，縱情恣欲的夜夜春宵。他只是喜歡那份寧靜；只有布木布泰能帶給他的寧靜。她總靜靜地陪著他，當他不想說話的時候，不問什麼，也不說什麼，只默然相陪。當他想說什麼的時候，不打岔，靜靜地聆聽。他要求時，她婉嫕順從；他疲累時，她安之若素。

對常為軍國大事忙累得筋疲力竭的他來說，這是別的妻子們絕不可能承受的。她們所盼望的，就是雨露，就是歡愛，哪能忍受「擔待虛名」！

「擔待虛名」！他嘴角噙著的微笑逐漸轉為苦澀：有誰能了解，看似風光得意，被尊為「淑勒汗」的他，也只是「擔待虛名」？

他是順利的接了汗位，但與這名位俱來的重擔，絕不輕鬆。還不僅是屬於萬機的軍國大事。首先，他就不能和汗父努爾哈赤一樣的「南面獨尊」，仍得尊禮當年與他同列「四大貝勒」，名位還在他之上的大貝勒代善、二貝勒阿敏、三貝勒莽古爾泰。他們也還如舊章的與他並坐聽政。且按月分值，處置大政。

他的心中，於此不無遺憾。但，他知道：此時此際，在表面，他絕不能有任何不愉快的表示；他的政權還沒有鞏固，他需要他們的合作與支持！

為了達到這目的，在即位之初，為了安定人心，他率先向天焚表盟誓：

皇天后土既然保佑我皇考創立大業，今我皇考已逝，我諸兄弟子姪以國家為重，推我為君。我唯有繼承并發揚皇考的功業，以遵守他的遺願為唯一天職。我如不敬兄長，不愛弟姪，不行正道，明知非義之事，而故意去做，或因弟姪微過就削奪皇考賜與的戶口，天地無情，必加譴責。如我敬兄長，愛弟姪，行正道，天地就給予保佑、愛護，國祚昌盛！

他已率先盟誓，以代善為首的三大貝勒接著也向天盟誓：

我等兄弟子姪，合謀一致，奉皇太極嗣登大位，為宗社與臣民所倚賴。如有心懷嫉妒，將損害汗位者，必不得善終。我代善、阿敏、莽古爾泰三人如不教養子弟，或加誣害，必自罹災殃。如我三人好好善待子弟，而子弟不聽父兄教訓，有違善道，天地譴責。如能守盟誓，盡忠良，天地愛護。

接著其他兄弟子姪，小貝勒們也都誓言盡忠守分，並且都焚表告天，矢志忠誠。使這即位大典，在「皇天后土」垂鑒之下，莊嚴肅穆，隆重無比，顯得真正是上下戮力，同心同德。

他在正位之後，還特別親自向三位大貝勒行拜見禮，一來表示感謝與尊禮。二來以此籠絡：表示他對這三位兄長，是不以「臣屬」視之的。

這份尊禮，在當時自有其必要，卻留下了後遺症，也因此為他帶來了困擾。事實上，因此使他除了得到「汗」的名號之外，一時間，幾乎並沒有任何實質的收穫。反而為了表示對這三位兄長的尊重，還不如過去，能堅持不退讓的據理力爭。

三大貝勒在那一場沒有爆發的汗位爭奪戰中，的確都是支持了皇太極的。也因此，使烏拉大福晉付出了生命做代價，而仍未能為多爾袞爭得榮冠。但，在支持的出發點的心理上，卻各有不同。

代善年紀大了。在褚英賜死之後，他成為名義上的「長子」。但，經過了數十年的風霜，還加上他自己身歷目睹，政治上的翻雲覆雨，尤其叔叔和兄長的死，帶給他非常大的刺激和教訓。他知道：自己擁有的這一切，並不能保證什麼；叔叔的地位，幾與汗父平起平坐。論名位、論權勢、論軍功，都是一人之下，萬萬人之上。但，當他被汗父以「叛國」的罪名，把他封錮在斗室中等死的時候，這曾屬於他的一切，乃至當年相濡以沫的兄弟手足之情，何曾使汗父心軟？而褚英，雖說是咎由自取，但他何嘗沒有超越當時所有兄弟、子姪的權勢、軍功？

這兩位各方面條件都在他之上的人，尚且難逃違逆汗父意旨的終極後果。何況他自知：他雖是汗父最年長的兒子，卻並非汗父真正的鍾愛之子。於是，他收斂了當初少年時代血氣方剛的率性魯莽；於是，他不時小心謹慎的察顏觀色，仰伺著汗父神情舉止。

即使如此，在汗父晚年，他還是感覺到汗父對他的愛重之情，大不如前。甚至，當年還幾乎被設計構陷與烏拉大福晉有私，為汗父疑忌……

這些事，在他年輕氣盛的時代，也許不會注意，也不在意。到了年近半百，自己也覺得血氣日衰的時候，他就不能不、也不敢不小心慎微了。使小心戒懼，取代了過去的意氣風發。

他知道，在汗父的態度更改之後，他在兄弟間的地位，也為之動搖。他不再那麼被尊重，更遑論權威！他能說什麼呢？汗父駕崩，繼位人選未定之際，連他自己的親生兒子，都沒有想過要擁立他繼位，而來遊說他支持皇太極！

他知道，皇太極心機深沉，遠勝於他。尤其，他曾受汗父之命，託以輔佐多爾袞繼位的重任，皇太極焉能不疑不忌？當初，若不是兩個兒子都「胳臂外彎」，他也自知皇太極已掌控了大局，不敢再因循猶豫，而表態支持皇太極，恐怕，目前的「安富尊榮」也未必能有！當此危疑，他不能不「明哲保身」，對皇太極幾乎無條件的支持。

阿敏就不一樣了。事實上，大位未定之時，他就派了他旗下親信傅爾丹跟皇太極談過條件：

「我擁立你為汗；但你繼位之後，要讓我自立，出居外藩。」

當時，皇太極為之大驚，也心中大怒，但他知道，這不是翻臉的時候，必得以情理來說服才行：

「汗王好容易才建立的大金，怎能分割呢？二貝勒這麼做，如果其他各旗貝勒都比照要求，大金豈不又四分五裂了？那還談什麼一統江山？這是萬萬不可行的。」

為了表示這不是他一個人的看法，他召集了貝勒們集議。也幸虧阿敏平日倨傲自大，不得人心，小貝勒都對他有著敢怒不敢言的反感。反之，四大貝勒中，唯有四貝勒年齡與他們接近。而且，素有大志的皇太極，早就著意籠絡這些如今雖然還未成氣候，但未來必定是大金主力的弟弟、子姪們，得到他們的敬服愛戴。因此，四大貝勒權位雖重，在集議的場合，就未必能占上風。

果然，阿敏的意思，當場就被反對的聲浪淹沒了。而且，連與他同時在父親被殺後，被努爾哈赤恩養在宮中的親弟弟濟爾哈朗都不支持他。

不但如此，皇太極又讓哲哲對阿敏福晉展開了柔情勸說。哲哲流露在言談間的情誼，使她覺得，出居外藩，孤伶無依，遠不如在瀋陽一大家子和樂融融的好。

「那可不？這兒多熱鬧！要離了京，連個說話解悶的人都沒有，日子怎麼過呢！」

哲哲以「中宮大福晉」的身分一發言，自有人七嘴八舌的敲邊鼓。阿敏福晉本來也沒什麼主意，聽這麼說，自然也不願意離京遠行了。阿敏在孤掌難鳴之下，也只得作罷。但，心中卻耿耿於懷。

出居外藩之心，他不是起於今日；當初，他的父親與努爾哈赤決裂，而導致連父親帶一兄一弟的殺身之禍，實際上，他也是參與其謀的。只是，未及付諸行動，這事已然敗露了。他也知道，當初努爾哈赤並不是沒有殺他之心。只因為他沒有落下具體罪證，而代善以降的堂兄弟們，都代為緩頰，他才和弟弟濟爾哈朗被「恩養」於汗宮。濟爾哈朗稟性持重溫和，而且對努爾哈赤忠心耿耿，素來受到努爾哈赤的另眼相看，是真正得到努爾哈赤歡心與信任的人。他則以出生入死的軍功，才掙到今日「二貝勒」的地位。

對努爾哈赤，他既敬畏，又怨恨。有父親的前車之鑑，他哪敢再有「異心」！但，皇太極是他同輩的堂弟，而且，等於是「交換條件」，他不認為這有什麼不對。然而，偏偏連自己的親手足和妻子都不支持！使他更暴躁鬱怒得無處發洩。「不合作」就成為他表達不滿的方式了。

莽古爾泰沒有出面爭位，而且大力支持皇太極，心中卻另有一番打算。他知道自己爭位決無勝算；論長幼，他敵不過代善；論聲望，他敵不過皇太極；論得寵，多爾袞也在他之上。雖然他也算是「嫡子」，但，誰都看得出來，汗父從來不曾寵愛過他。他年輕時，為了爭取汗父的愛重，不惜弒母。事後卻發現，他完全做錯了！汗父不但未曾因他「大義滅親」而對他另眼相看，反而因此對他有著憎惡與反感，一提起來，就說他「生性殘酷，豬狗不如」！

他心中又恨又怨：不是汗父要殺他母親的嗎？他只是因為沒人敢動手，汗父大怒，為了討汗父歡心才做的！為什麼反落得這樣「裡外不是人」？

他完全不了解這是為什麼！卻知道：他沒有成為「汗」的機會了。他只能「押寶」，讓自己因而取得更多的權勢、地位、財物。他押皇太極，因為他知道，多爾袞沒有抗衡皇太極的力量，他當然選擇對他有利的！

三大貝勒，既是皇太極的兄長，又擁立有功，而且，以前平起平坐慣了，又怎會因著皇太極已登基而有所收斂？代善還好，阿敏和莽古爾泰不但「理所當然」的與皇太極平起平坐，還不時故意掣肘、唱反調，來誇示自己的身分地位與眾不同。而皇太極，也只能極力忍耐容讓，一時竟也無可奈何。

他無處可訴。雖然，各家小貝勒都對他信賴欽敬，使他稍覺安慰。卻也因此更怕讓他們看出他的心餘力絀，失了威望。

除了三位大貝勒，烏拉大福晉留下的三個弟弟，也是他心中的一塊心病。

阿濟格他倒不怕，阿濟格有勇無謀，善戰而性情浮躁，頭腦簡單。他在努爾哈赤時代，也並不曾受到什麼特別的寵愛，只要不時加恩封賞籠絡著，他也就滿足了。

多鐸的心思單純，把對他的反抗、不合作，全都表現於外了。像小孩子似的，不時的鬧彆扭，使性子。他雖然頭疼，卻也不怕。對付他的辦法也簡單，能哄則哄，不能哄，就乾晾著，不理他。等他自己沒趣了，自然自己下台。尤其，哲哲一向得人心，是多鐸最敬服的人。有什麼事，哲哲不管是動之以情，或說之以理，多鐸總能聽個七分。

他真正頭痛的人，是多爾袞！

多爾袞，在事情過後，就沒有任何的異常表現。他照舊的過他的日子，該讀書的時候讀書、該操練的時候操練。使兄長和那些認為汗父「偏心」，讓未成年、無軍功的他自領一旗，而心懷不忿的人，都不能不刮目相看的是：他接收了因皇太極登基，換領屬於「汗王」的正、鑲兩黃旗，而移交給他的正白旗之後，這一支軍隊在他的指揮訓練之下，很明顯的比以前更出色了。

他賞罰分明，要求嚴格，而且自己以身作則的帶著頭操練。這身先士卒、以身作則的作風，很快的收服了這一支原本屬於皇太極，身經百戰，有著英雄崇拜情懷，原先也不太把「新主子」放在眼裡的勁旅。多爾袞似乎是天生的軍事天才，看他操演時的指揮若定，連身經百戰的兄長們，都不能不承認：汗父給他自領一旗是對的，他挑下了這重責大任。

而就皇太極的觀察，他對自己的態度，也與其他弟、姪們無異；既不特別親近，也沒有特別疏遠。總是該他分內的絕不失禮，也絕沒有非分的任何要求和表現。

皇太極存心讓他和娜蘭仍留住在汗宮中，以便觀察。哲哲有時也會抱怨娜蘭的不懂事、不知禮，和「近之則不遜，遠之則怨」的恃寵而驕和難搞。而多爾袞，卻幾乎讓人挑不出他的毛病來。甚至，讓他特別敏感，多爾袞與布木布泰的舊情，他也看不出什麼破綻。多爾袞見到布木布泰的機會很多。他看得出，布木布泰偶然還會有些不自然的沉默與矜持，多爾袞卻自自然然；既不特別迴避，也沒有任何可資描畫的形跡。

他並不擔心他們真會做出，或敢做出什麼事來；事實上，汗宮中，到處是人，到處是眼目。尤其娜蘭的善妒多疑，比他尤甚。有什麼風吹草動，娜蘭絕不會善罷干休。而連娜蘭於此都沒有異言，與布木布泰還相當友好的相安無事，自然無嫌可疑。

而這卻讓他對多爾袞更不敢輕忽了；一個十五、六歲的少年，能面對明明有殺母之仇的兄長，明明有難忘舊情的愛侶，卻表現得無懈可擊到這一地步，不是痲木不仁，就是心機深沉可怕！而他知道，多爾袞絕不是麻木不仁的！

的確不是麻木不仁的。多爾袞把心中的愛與恨，硬生生地壓下了。在短短時日中，他學到的比許多人一輩子還多。最重要的一點是：他認清了：自身的實力是一切權力的根本要素。什麼情、理、法都是假的！只有在你擁有了比別人強大的實力時，才能讓情、理、法為你所用！他的汗父給了他一旗兵馬，他的額娘用生命換來了皇太極對「恩養」他的承諾。他必須用汗父、額娘給他的資源，努力的壯大自己。

他按捺下了一切。目前的第一要務，是把自己準備好，等待機會來臨，立功疆場。他知道，在大金，軍功是取得政治資源的重要因素。他必須為未來的機會做萬全的準備！

他知道：皇太極是個雄才大略的人，絕不會以「守成」為滿足，必然會對朝鮮、對蒙古、對大明發動攻勢。只要發生戰爭，他就有機會請纓，就有機會立功！

第十六章

皇太極登基的第二年，改元天聰。開始了大金另一段新的歷程。

事實上，自他即位起，已展開了一連串的興革了。這是他在以「四貝勒」的身分聽政時期，就深有所感的弊政。只因為他深知努爾哈赤性情剛烈，尤其滿漢成見極深，若驟爾提出意見，不但可能導致汗父反感，甚至會因而喪失了他當時優勢的地位，又豈是智者所為？而且，這些事本也非急如星火，也不是一朝一夕可以奏功的。與其當時拿自己的前途作賭，不如緩圖。

即位之後，百廢待舉，正是時機。於是，他頒布了新人新政的方針。首先，停止了各種工事的興築；築邊牆，本是無可厚非的。但他知道，不知多少貝勒、大臣，假公濟私的動用民力修築自家府邸。弄得農事因而罷廢，而科徵照舊，以致民怨四起。他不便在詔書中明白指責這些貝勒重臣，只以農事為重的冠冕堂皇之詞，連公務的徭役一概停止，令百姓「專勤南畝」。而且，明令滿人、漢人之間訟獄差徭，不許有「種族歧視」的差別待遇。並為了改善漢人生活，大幅減少了給予滿官的漢奴人數，由十三人減為八人。其餘都編為民戶，並且派漢官總理漢民事務，降低了滿漢之間的摩擦。

這一連串的措施，引起了不少爭議。他當殿說明，這是長治久安之計。尤其，如果真想要突破目前的局面，一定得爭取漢人的向心力！只有漢人獲得了平等的地位，在日後的戰事中，才有召降漢人官民的「本錢」，增強說服力。

這個觀念，對年輕一代的弟、姪們，容易說服。他們年輕，本身也沒有養成一切的優遇都是「理所當然」應得的心態。而且一個個雄心萬丈，願意犧牲眼前的短利近益，圖謀長遠。而那些自居有功的貝勒和老臣反應就不一樣了；對他們來說，名位、權力、財貨，都只有拿到手中才能篤定放心的。這樣的遠景藍圖，就他們看來，有如畫餅，充不了飢。使皇太極每每得把忍耐度提到極限，才沒有當場爆發衝突。

由於汗父遺下的，還是「集議」制度，「淑勒汗」也並沒有絕對優勢與權力！甚至，到目前為止，也還是四大貝勒共坐聽政。而他們正是頑固保守派的先鋒！每每令他「身心俱疲」！

忿忿地回到宮中，習慣走向布木布泰房裡。布木布泰身邊卻圍著好幾個年歲相仿的小孩子。布木布泰這他眼中的大孩子，正在分餅哄著他們。

見到他，布木布泰見他神色不愉，怕他嫌煩，先低聲制止孩子們吵鬧，然後吩咐他們給他見禮。除了他的孩子稱他「汗父」之外，還有稱他「汗伯父」、「汗叔父」的，都是他的姪子、姪女們。

他揮揮手，吩咐布木布泰：

「忙你的去吧。」

布木布泰繼續分餅。大概來的孩子多了，平日常一人一個的餅，今日一人只得半個，孩子們爭大爭小的吵嚷不休。好像大的、小的都覺得自己有權利比別人多分一點。

他不免心裡感慨，想：

「以小見大，真是人性本貪！」

卻不免好奇，看這「大孩子」布木布泰如何處置這些「小孩子」的紛爭。卻見布木布泰略一思索，道：

「都不許吵！都是自家兄弟姊妹的，要公平才是！你們都聽我說！」

只見她把孩子兩個、兩個的分成了幾組。每組一個餅，卻叫一個孩子分，而讓另一個孩子先選。這一招，立時平息了爭議。只見負責分的孩子，聚精會神，小心翼翼的分得公平；若大小不公，人家選了大的，顯然吃虧的就會是自己了。

在孩子們皆大歡喜分食餅餌之時，布木布泰才為他也送上一個。他原先騷亂的心境，在這件事上，忽有所得。對這小妻子，也有著另一番評價了。她處理之事雖小，以小見大，倒不能小覷了她的才識！緊繃的心情，竟也不覺鬆弛了下來。笑道：

「你分，我選！」

布木布泰看了他一眼，見他臉色平和，沒有了方才的煩躁，放了心。嫣然一笑，也煞有介事公公平平的分了，讓他選。他一見，果然沒有大小之別，隨手挑了一塊，兩人相視而笑。邊吃著餅，邊與布木布泰閒談。他感嘆道：

「真難為你！這法子真好。」

「我也是偶然想到的；由我分，一定大大小小的爭不完。這樣，大家沒話說。」

待得孩子們吃罷，由奶娘們來領了散去，他才問她怎麼想出這個法子的？

「人都是貪心不足的。平時，人少的時候，一個人獨自給整個，看著盤裡還有，沒給他，就還嫌給得少了。今日，福晉們臨時起意，帶著孩子們來了。姑姑要我帶他們來吃餅子。事出突然，沒有預備，現做也來不及了。難道還為這點子小事去煩擾姑姑？我給他們看，就這麼多！再要也沒有了。他們也知道非得大家分，沒非分的指望了；得了半個，不也高興得很嗎？」

布木布泰指的是餅。以小見大，聽到皇太極耳中，轉化的卻是事權；他也知道人的權力欲望無窮，而苦於應付。人少，就像一人一個餅，還看著手上的，想著盤裡的，個個覺得自己該多得一些。事權總共這麼多，如果把人增加，事也分攤，權也分攤，也許就只要不比人家的少，也就滿意了呢！

除此之外，他也想到，領旗各貝勒的權力太大了，自己無以節制。萬一彼此勾結，聲勢超過了他所領的兩黃旗兵力，也是件麻煩的事。不如，就照著布木布泰分餅的理論，在各旗中增加有權管理旗務的人手。這樣，一則容易掌控；二則，也把各旗旗主過度集中的權力，分出一部分來。

釜底抽薪，他在各旗設「固山額真」，分領八旗旗務。這些付予重寄的固山額真，都選自他能節制的八旗秀異親貴。這一設置，也包括他自將的兩黃旗在內。他的說詞，當然不會是「分權」，而是「分勞」。

除此之外，他又設十六大臣，贊理庶政。有了這一批他能掌握節制的新貴，在議事時，他就有了主導路向的優勢。

他也知道，如此大開大合的改革，表面上，他是占了上風，底下的暗潮還是存在的。而對付那些不甘寂寞的貝勒重臣們，有個絕對有效的辦法：打仗！大金以武立國，只要有仗打，馬上就會把這些驕兵悍將的注意力吸引過去。對他們本來就不甚了了的政事的關心，自然就淡了。

因此，正月八日，新春方過，大金就發動了戰爭，對象是朝鮮！

事實上，這倒不是皇太極登基後的第一場戰爭。在他繼位後的第二個月，因為蒙古喀爾喀札魯特背盟，與大明暗送秋波，為大金密探偵知，他就已經發兵征討過。而且斬其貝勒鄂爾齊圖，又俘喀爾喀部貝勒十餘人，大獲全勝而歸。

當時立此他登基後第一功的，是大貝勒代善。他心知此役必勝，而特別派出了代善，目的就在於酬庸他擁立之恩。二則，他有意用種種優禮，建立代善在家族中特殊的「家長」地位；代善當然年齡最長，他刻意讓他的功勳也要在二貝勒、三貝勒之上，以此來制衡阿敏和莽古爾泰的叵測之心。

當然，這對他「汗王」的權威，多少也是一種分割。但，他知道代善在三大貝勒中，還是最忠厚誠懇的。尤其因為曾經汗父多方的壓抑，而且他已年邁，也就不免懦弱怕事，所以，也最容易掌握！權衡輕重，他寧可分權給代善，也不能放鬆對阿敏和莽古爾泰的防範。

然而，在宣布征朝鮮的時候，阿敏當殿請命，卻使他無以拒絕了。

朝鮮與中國，數千年來，以歷史淵源來說，幾乎是血肉相連，不可分割的。兩國的邦交，根深柢固，不可動搖。然而，在努爾哈赤崛起遼東之後，單純的情勢發生了變化。

雖然，在基本上來說，朝鮮的李氏王朝還是忠於大明的。但在努爾哈赤威脅利誘之下，他們也不能不開始與地緣乃至血緣上，都有著更密切關係的大金維持著友好關係。

努爾哈赤一直想把朝鮮拉攏過來；在地理位置上，朝鮮占著重要的戰略地位。雖然兵微將寡，但，如果他們在大金與大明發生戰爭時扯後腿，總是件討厭的事。因此，用盡了威脅利誘的方式，卻徒勞無功。使努爾哈赤深以為恨。

皇太極登基，馬上要面對的就是內在政權尚未完全穩固，而外在又有強敵袁崇煥窺視的局面。為了穩定人心，最好的辦法，就是發動一場戰爭，來轉移大家的注意焦點。他深知，好戰的大金各旗旗兵，只要有仗打，哪怕自己並未參與，也都會把心思集中到戰事上，而無暇及他。

讓他親信年輕的弟、姪們多立軍功，是他心中早有的成算。而阿敏卻當殿挺身而出請命，要求由他統領的鑲藍旗出征。

他素知阿敏的性情，絕不願意讓阿敏遠征立功。但這不比當初他要出居外藩；那事，於情於理他可以嚴正拒絕。而且，也一定能得到其他貝勒們的絕對支持。阿敏請纓這件事，他若沒有個能服眾，尤其說服阿敏的理由，阿敏絕不會肯善罷干休，免不了當殿就會大吵大鬧。他雖是「汗王」，也未必能壓服得住這一向位居他之上的二貝勒阿敏。就算壓服住了他，也必然會傷了兄弟的和氣。萬一壓服不住他，日後自己又何以為君？

權衡輕重，他毅然答應了。但同時派出了阿敏的同胞兄弟濟爾哈朗，和阿濟格、杜度、岳託、碩託為副手，同時出征。這些人都是他可以信任的。不但可以分阿敏之權，又可以在必要時牽制阿敏！

大金旗兵如他所料，勢如破竹的攻克朝鮮義州、鐵山、安州，直逼平壤。朝鮮國王李倧原先存心待大明來援。而大明今日早非昔比，內憂外患，自顧不暇。外援不至，朝鮮李氏王朝的國王李倧也只好遣使請和。

皇太極並沒有占領朝鮮之心；一則，一江之隔，兩國之間商貿、通婚，歷來不絕，沒有決裂的必要。二則，朝鮮雖然小國寡民，逼急了，未必有利。不如結盟，消極方面，在大金與明朝打仗時，免除腹背受敵的後顧之憂。積極方面，還可以責成朝鮮在糧秣補給上給予支援。故爾在阿敏行前，他已面授機宜：點到為止；只要李倧請降，就議和收兵。

事實上，他也有意藉此觀察阿敏對他旨意的服從性到底有多少？他對阿敏，不能不存著疑慮。而不出他所料，阿敏一邊向瀋陽報捷請功，一面對請和的來使百般的刁難挑剔，不肯罷兵，非迫訂城下之盟不可。

後宮當然也聽說朝鮮有了捷報。因此，皇太極回到宮中，哲哲就帶領著正在中宮陪侍的布木布泰向他叩賀。卻見皇太極滿臉不愉之色，冷然道：

「自家人都離心離德了，有什麼可賀的！」

姑姪倆對看了一眼，在哲哲眼神暗示下，布木布泰小心翼翼侍候他脫下朝服，換上了便衣。奉上茶水，預備退出。

看她驚懼小心的樣子，皇太極倒有些抱歉。嘆了口氣，道：

「布木布泰，不關你事。你聽聽也好，不必走。」

在與布木布泰多時相處後，他對布木布泰有著不尋常的信任和重視。他發現，在後宮芸芸宮眷中，恐怕她是最知書識禮的。她雖不多話，偶發一言，卻頗能提供他另一種的思考角度，是眾家福晉中，聰明才智最令他刮目相看的一個。而哲哲又是與他最相知相惜，患難與共的。當下也不隱瞞，道：

「我早知道阿敏心裡對我登上汗位，表面上不說什麼，心裡是不平的。所以這一次，我真不想讓他去。又怕他見大貝勒立了功，不許他去，他心裡不舒坦，會找碴鬧彆扭。如今，才改元，袁崇煥正派了人來談和，讓人看著內裡不合，總不是好事！只能一再叮嚀：我們並不想真跟朝鮮過不去，只是要朝鮮別幫著大明，背後扯咱們的後腿。只要他知道個利害，對我們認錯，就訂盟下台。結果，人家派使節求和，阿敏卻百般的刁難！非得逼死人家不可！你說他存的什麼心！」

問到了頭上，布木布泰謹慎道：

「也許，二貝勒是求功心切……」

「求功心切！他根本就想滅了朝鮮，自己在朝鮮自立門戶！就像當年他阿瑪一樣！」

阿敏想居外藩，對布木布泰不是新聞。甚至，就是她獻計，以親情籠絡阿敏福晉的。但在皇太極氣頭上，她不敢火上加油，便只低頭無語。皇太極卻以為，她來歸不久，未必知道他叔父舒爾哈齊的那一段過去。便細細為她講了一遍。

布木布泰雖聽哲哲講過這一段「故事」，但，哲哲多少對舒爾哈齊還帶著幾分同情，語氣和緩，態度公允。皇太極口中，則完全站在努爾哈赤的立場，強調舒爾哈齊的背叛行為，與「罪該萬死」，和努爾哈赤對阿敏的寬大仁厚。

「汗父不但沒有殺他，還如此重用，給他自領一旗。有什麼封賞，他得的都是上上等的！哪一點對不起他？他還不滿足！還想趁著這個機會，占領了朝鮮，造成事實，來逼我答應他自立！真是什麼種生什麼樹！」

忿忿說完，卻瞥見布木布泰掩口而笑。皇太極皺眉問：

「難道我說得不對？」

「汗王說阿敏是對。同樣的種所生的樹，還有濟爾哈朗呢！汗王不是一向讚賞濟爾哈朗的忠誠嗎？濟爾哈朗一定不會讓他哥哥背叛汗王的。更何況，同行的還有別人呢？」

這一說，皇太極倒不覺啞然。的確，同胞兄弟兩人，濟爾哈朗論勇猛善戰不及乃兄，卻非常的忠誠持重。因此，阿敏地位雖高，當年汗父努爾哈赤真心偏寵的，卻是年齡較幼小的濟爾哈朗了。這一想，他倒笑了：

「我也相信濟爾哈朗一定不會任由阿敏胡鬧。但，阿敏這麼做，太過分了！等他回來，我一定要好好的論罪！」

「多大的罪？」

聽布木布泰這一問，皇太極又愣住了，不覺思索起來；論罪不難，但這罪到底怎麼論法？論小了，不關痛癢，也不足產生對其他人的儆戒作用。恐怕反而造成臣下們心理上的騷動不安：才新登基的汗王，就整肅有功了！而且，還有個莽古爾泰在一邊冷眼看著；他們二人性情相近，平日雖也常有爭爭鬧鬧之事。但，此時此際，若整肅了阿敏，恐怕反而擠兌了與他地位相埒，性情也相近的莽古爾泰。倒可能在「兔死狐悲」的心理之下，把兩人逼到了一邊去！這樣的話，他才接手的大金，馬上就會出現壁壘分明的裂痕。那恐怕是得不償失！

想到這兒，他不覺又向布木布泰望去，心中倒產生幾分嘉許之情。但，哲哲當面，他也不願多說。卻笑了：

「這話也是，我還得多想想。對他們，輕不得、重不得，真得格外慎重處置。」

哲哲卻笑：

「處置輕不得、重不得的事，布木布泰可比你能幹多了！在宮裡，她簡直是孩子頭領。前兩天阿濟格福晉才說，好幾位福晉有事沒事的進宮串門子，竟是為了阿哥、格格們在家吵著要來跟布木布泰玩兒。這些孩子，哪個不嬌不慣？哪個能輕能重？布木布泰就有本事把一個個的都擺布的乖乖兒的。不但如此，還教人家想她、愛她，念念不忘呢！」

這一說，倒讓皇太極想起前日分餅的事來。虛心求計：

「布木布泰，你倒說說，你有什麼法子？」

布木布泰笑道：

「姑姑說的是哄孩子，政事怎能兒戲？若說我對付孩子們的法子，我只罰大事，不罰小事。

但雖然是小事，卻也讓大家都知道，這事是不對的，只是咱們為了和睦，放他一馬，不予計較。一來，其他孩子也都知道了這事不對，不該做。二來，他再犯錯，幾罪並罰的時候，不待你說，其他孩子就都站在你這一邊，幫著數落他先前的不是。他再桀驁不馴，也賴不過去，只有認錯、道歉。要硬賴，就誰也不跟他玩兒了。孩子們都怕落單，就不怕他不服。」

皇太極點點頭，不作聲。布木布泰見沒她的事，也就退了下去。皇太極目送她的背影，向哲哲嘆道：

「可惜，是個格格！要是個阿哥，就這份聰明，不知做出多大的事業來呢！」

哲哲附耳打趣：

「那，汗王何不讓這聰明格格，為你多生幾個聰明阿哥？」

皇太極仰面哈哈大笑，哲哲也笑倒他的懷中。

侍婢見此，忙垂首退下，帶上了房門。兩人一邊廝纏著，卻各自存著心事。

皇太極只覺若能如此，未必不是美事。哲哲卻因自己生女，既心存歉疚，又恐其他福晉生子，將威脅到自己的地位；皇太極已有了烏拉氏為他生的長子豪格了。如今，小福晉札顏氏亦已有了身孕。還有那許多環侍在皇太極身側的大小福晉呢？為皇太極，她不能不希望她們多生些阿哥。但，對她而言，又情何以堪？「胳臂朝內彎」，當然最好是與自己姑姪體己的布木布泰生子，再設法提升她的地位；子以母貴，母以子貴，那就算是自己不再生子，也就不怕了。

皇太極終於想出了處置的辦法：派人暗自曉喻從征的濟爾哈朗和弟、姪們，對他行前的預定計畫，不得擅自更張。

這釜底抽薪之計，總算是阻止了阿敏的企圖。

雖然瀋陽所建的各貝勒府邸，相較於過去他們簡陋的房舍，已有天壤之別。但見到朝鮮仿明宮所建的宮院，其精粗高下還是相距甚遙。使阿敏更產生了無比的欣羨。

「二貝勒」當然位高權重。但，努爾哈赤不說了；努爾哈赤是他的伯父，尤其在他的父、兄被殺之後，他倖免誅連，已覺萬幸；他對努爾哈赤不是不恨，卻真因著敬如天人，不敢存什麼異心。但皇太極……

他是二貝勒，是皇太極之兄，原先位居皇太極之上。而如今，卻只因著他不是努爾哈赤的兒子，根本沒有繼位的資格，而使皇太極在取得大家的推戴之下，輕易的登上了汗位！

雖然在「形勢比人強」的情況下，連他自己也在「推戴」之列，但心裡總有著不平之氣。如今，既然領軍在外，又何妨造成事實，就在朝鮮經營出一個自己的局面，分庭抗禮？

他也知道孤掌難鳴。岳託、碩託兄弟，既是代善之子，又素來親近皇太極，是不可共事的。濟爾哈朗，雖然未必支持自己，總是親兄弟；雖然，他也知道，濟爾哈朗素來親近皇太極，但總可以要求他保持中立。阿濟格，與皇太極有殺母之仇，只要順勢搧火，不難拉攏。他最有把握的，卻是杜度。杜度是褚英之子，而褚英是曾被立為儲君的，若是褚英不死，今日未必輪到皇太極接位！

於是，他選定了杜度，百般的搧動誘惑。

沒想到，他錯估了形勢：杜度的父親雖然是被努爾哈赤殺的，努爾哈赤對這個孫子，也許是基於某種歉疚的彌補心理，在諸孫之中，格外另眼相待，倚重非常。在瀋陽建都為貝勒們築府邸時，孫輩中就只有杜度有獨立的府邸！這使杜度對「瑪法」只有敬愛，沒有懷恨。而皇太極更早就有心的拉攏收服這些第二代的精英子姪，對杜度也甚是親愛。杜度沒有父親，對皇太極這叔父所給予近於父愛的關切，又豈能沒有感激之心？又如何能在皇太極已密詔曉喻之後，還故意違逆旨意！當下一口回絕了阿敏的要求。

「汗王早有明諭：朝鮮民風剽悍，不要逼他們走極端。如今，是因著我們的兵力強大，他們戰敗了，才迫使他們不能不低頭。但，我們不可能長久駐兵在這兒；二貝勒總知道，我們真正的敵手，並不是朝鮮，而是大明！就算汗王派二貝勒長期駐在這兒，我都要勸二貝勒考慮；局面平定之後，我們一定要撤走的，只剩下二貝勒的人馬留駐於此，處在敵人環伺的地方，情況就與現在不同了；萬一他們反撲，他們的人多，二貝勒的人馬少，未必能討得了好去！就算我們馬上派兵來救，恐怕都來不及！更何況，汗王並沒有允許二貝勒這麼做！二貝勒怎麼可以違背汗王的諭旨呢？」

反勸阿敏不可魯莽，使阿敏為之氣結。

仍不死心的他，又打阿濟格的主意。阿濟格雖然性情急躁，卻也不是愚昧之輩。他有他的想法：雖然皇太極算得他的殺母仇人，但，畢竟是同父的親兄弟。而且，當時，阿敏也是擁戴皇太極的人之一。若說殺母之仇，也得算他一份，當下冷笑：

「你說皇太極殺了我的母親，是我的仇人。沒有錯！但是，他繼位之後，待我們兄弟三個的情分，大金朝野，誰也都看見了！我要跟著你背叛他，恐怕誰也不能原諒我！」

「他是最偽善的人！他對你們好，只是做給人看的，想藉此博仁厚之名！他這麼聰明，會不知道把仇人放在身邊的危險？你怎麼知道，以後他不會反臉對付你？」

「就因為他偽善，要『做給人看』，博仁厚之名，所以，只要我不犯在他手上，他怕人說話，絕不會對我怎麼樣！要說仇人，他沒有對不起你，你還這麼做？又為什麼？」

阿敏不覺一愣，阿濟格冷然道：

「我和他之間，是我以他為仇，他倒未必仇恨我。你呢？你不說，我也知道：恐怕是因為他的阿瑪殺了你的阿瑪。你卻忘了：他的阿瑪，也是我的阿瑪！」

濟爾哈朗聽說，更苦苦相勸，阿敏孤掌難鳴，只好悻悻放棄如意算盤。

議和成立。岳託等與朝鮮國王結盟。阿敏卻賭氣，拒不到場。

更糟的是：因為他未曾與盟，便以此為不遵盟約的藉口，在締盟之後，縱兵大掠三天。明擺著巴不得逼反朝鮮。幸虧朝鮮實在窮絀力竭，無力反悔。而濟爾哈朗等人又極力彌縫。阿敏才在弟姪強迫之下，與朝鮮國王結盟，化解了一場危機。但，他的作為，卻種下了朝鮮與大金難解的仇恨種子。

皇太極對此事心中極為不滿，但，這時卻不是跟阿敏算帳的時候；在阿敏奏凱歸來時，還親迎於武靖營，並賜予御衣，以安撫阿敏。

哲哲對他的寬大處置，有著欣慰，她畢竟是個有著「婦人之仁」的賢淑女子，絕不願意看到人倫慘劇發生。更何況，她與阿敏的福晉們也相處日久，有著深厚的妯娌之誼，更難忍情。

這種欣慰，卻使皇太極感覺著一種不被了解的寂寞。他倒也不怪她，甚至，也不能否認，這在某方面應說是美德。她生長於草原，來歸之後，當了大福晉。現在，又晉位中宮。雖然宮中也免不了爭寵妒嫉等瑣屑情事，但她因著自矜於「母儀天下」的風範，器度過人；主要也是她始終受到皇太極的尊重與寵愛，本身人緣亦好，不必與「底下人」爭寵。這情況下，也養成她對許多事情的看法，不免樸直單純，過於寬厚的心態，使他在許多事上無法與她深談。他無法讓她明白，他現今不能懲治阿敏，一則是投鼠忌器，怕引起莽古爾泰的疑心。二則，他正跟袁崇煥談議和的條件，必得一心對外，對內不宜生事。

他給袁崇煥的信，寫得懇切之極。他也曾一時興起，拿給布木布泰看；布木布泰是後宮少數通漢文的。

布木布泰看了之後，抬頭看看他，笑笑，卻沒有說話。他問：

「你覺得這麼辦好不好？」

布木布泰低頭一笑，反問：

「汗是真心麼？」

「他若真心，我就真心。」

布木布泰微笑：

「漢人說『爾虞我詐』，如今我總算懂這句話了。現在兩下都不想打，也都真心，只看『真心』的時間長短罷了。」

當時，他心中一動，這話並不深奧，他自己當然是心知肚明。而這件事在集議時，卻還引起些不同的意見紛爭；不少朝中理事的王公貝勒，都還為他不顧袁崇煥的「殺父之仇」而與之議和，有著不滿。使他深為感嘆，這些人一點也不懂政治手段！不意這深處宮中的小小福晉，卻把情勢看得這麼清楚！

他不覺深深注視，看著她如花笑貌，清澈眸光。忽然想起哲哲的笑語：「讓聰明格格多生幾個聰明阿哥。」他真的希望！如果布木布泰真能為他多生幾個「聰明阿哥」，那可真是大金有福了！

想著，他不覺伸手攬她入懷。對他這突如其來的反應，布木布泰似乎一驚，卻沒有掙扎，只低垂著頭，柔馴地由他牽引入幃。「噗」地，吹滅了燈……

真個「爾虞我詐」，他雖然並不認真議和，卻更不料袁崇煥趁著這議和休兵之際，大事興築塔山、大凌河、錦州的工事。他心中暗恨不已，預備絕裂。當此之際，當然不能自家鬧窩裡反。所以，對阿敏的行徑，只有假作不知。一心對付大明。

對大明之戰，他御駕親征。破大、小凌河，圍錦州，並攻寧遠。

為了激厲士氣，他甚至不顧三大貝勒之諫，在大明總兵滿桂出城討戰時，一怒就披掛親自上陣，帶著阿濟格直逼寧遠城下。

事出突然，諸貝勒不意他這突發的舉動，還來不及披掛，他已衝上陣了。嚇得他們連甲冑都來不及穿，跨馬追去。以致他素所愛重的濟爾哈朗、薩哈廉都受了重傷。而且死了一個遊擊、一個備禦。

他心中至為歉然；他在以此樹威！卻犧牲了屬下。但他不悔，他知道，這是他必須付出的代價！下詔厚恤褒揚之不足，他又不顧勸止。親自臨喪哭祭。

他知道，許多粗魯不文的貝勒是不以為然的。他們自幼看慣了戰場上的廝殺，將士的傷亡，當然是可痛惜的，但何至於汗王親自降尊紓貴，親自臨喪？他卻在漢人傳下的故事中了解：要帶兵，除了軍令，還有軍心；他在書中，和范文程給他講述的歷史故事中，知道漢人那些動人心魄的故事：有的將軍在士卒受傷時，親自為士卒裹傷；有的將軍在得到一瓶最好的酒時，將酒倒在河裡，與士卒共享；有的將軍更在兵臨城下，城中絕糧時，將自己的愛妾殺了犒軍！就是這些作為行事，使得士卒們甘心為他效死！

而，大金呢？他們以屬下的英勇為天職，陣亡為當然，功賞罪罰照章處理，使八旗兵為了「貪功」而戰、為了「畏罰」而戰，何曾想到如果以「心」相待，他會真正的為「你」而戰！

他親自臨喪哭祭，心中許下誓願：總有一天，拿下寧遠、錦州，以告慰亡靈！

總有一天，他會收到今日用「心」播下的種子：在萬眾歸心，眾志成城之下，達成汗父未竟的「大業」！

第十七章

雖然皇太極一心想要繼承父志，卻也了解：這是一條漫漫長路！並非一蹴可幾。天時、地利、人和缺一不可！

這一次對寧錦的戰役，對一向失利的大明來說，能令八旗鎩羽而退，不能不說是一件可喜可慶之事。當時也的確被稱之為「寧錦大捷」。可是，讓皇太極詫異的是：守土有功的袁崇煥，不但未曾因力挫八旗兵於寧遠城外而受賞，反而被言官彈劾，以不救錦州而免官了！而究其原因，只因為權宦魏忠賢不喜歡袁崇煥！這個惡名昭彰，卻受大明皇帝愛重信任；一手遮天的掌握軍政大權，予取予奪把持朝政；以一己喜怒，逆天行事，屢興大獄，幾乎殺盡了朝中忠良；卻在曲意獻媚的貪官污吏逢迎之下，全國遍造「生祠」的大太監。竟不費吹灰之力的，替大金拔去了眼中釘！

但魏忠賢囂張的氣焰，也沒有維持太久；天啟皇帝朱由校在「寧錦大捷」的不久之後駕崩了！繼位的，是他的弟弟朱由檢。

朱由檢即位後，做了一件大快人心的事：將魏忠賢貶到鳳陽守陵。魏忠賢意識到自己已惡貫滿盈，自殺於途中。他所倚仗的天啟皇帝乳母，被封為「奉聖夫人」的客氏，也全家被斬首於市，結束了他們醜惡罪過的一生。然而，大明的元氣，也已被他們消耗殆盡了！

這對大金來說，當然是一個好消息。而，他得自上天的啟示卻是：天時未至！因為自寧錦班師之後，他自己也遇到了大考驗：天災！由於天時不正，糧食欠收。民間一斗米賣到了八兩銀子！在這樣的情況下，饑民為盜者眾，造成了內部自顧不暇的局面。

他要求從中宮大福晉起，都要節省花費，將省下的內帑，用以賑濟。

哲哲首先就以身作則，使別家的福晉們，雖然未必心甘情願，也不得不勵行儉省。倒因而改變了福晉們之間，因為得自大明的戰利品太多，這些原先她們未聞未見的綢緞綾羅、錦衣繡裳、珠翠簪環，使她們在眼界大開之餘，漸次失去了原先的純真質樸。這些精緻、富麗、輕軟、華貴的衣飾，讓她們產生了競奢鬥麗之心，也養成了日益靡費的風氣。在這樣的情況下，一旦要她們了解，或是心悅誠服的勵行儉約，是不容易的。她們養尊處優慣了，甚至認為，平民百姓有沒有得吃穿，是他們的事。自己既然有這「福命」，成為人上之人，為什麼有福不能享？但，這不滿，也只能放在心裡，或和志同道合的妯娌們背後抱怨兩句，表面上，也得識趣；哲哲一向「以德服人」，親自「示範」，為勵行儉約的表率。因此，她們即使為了「做給人看」，也不得不稍加節制，以示響應配合儉約風氣。

這些，在布木布泰來說，並沒有什麼困難。事實上，在哲哲承皇太極之命，分賞後宮戰利品的時候，她總自甘退讓；她覺得，以她身為大福晉親姪女的身分，最好是「做在人前，吃在人後」，以免落人話柄，讓姑姑為難。而且，她「草原女兒」的心性，乃至天生麗質所養成的自信，使她不自覺的不屑於假外在的妝飾，來妝點自己秀美出眾的容顏。

對別人，或許不會引起什麼注意。在多爾袞眼中，卻不覺就會拿娜蘭來比較。而對這個陰錯陽差造成失誤的婚姻，更加的懊惱。

一年多來，娜蘭個性上的缺點，越發的讓他感覺難耐了。兩代「中宮大福晉」的優容，養成了她任性、嬌縱的氣焰。少不順遂，就發脾氣、使性子。尤其多疑善妒，令多爾袞頭疼萬分。即使在「中宮大福晉」都率先力求儉約的時刻，總還是見到她塗脂抹粉，穿錦著綢，著意精心妝扮。

這是她在布木布泰來歸之後養成的習慣；通過這樣近於自炫的妝扮，使她得到極大的心理滿足。更以此自傲；這使她自覺凸顯出她的身分高於布木布泰。更唯恐多爾袞不查的，不時在多爾袞面前，褒貶著布木布泰的樸素與身分低微。而不知道，自己這樣煽動和提醒多爾袞對布木布泰的情愫，是多麼的不智；這更令多爾袞對布木布泰眷念不忘，相形之下，也更令她自己顯得喋喋不休的可厭。

尤其最近她懷了孕，更自覺身價不同了。一方面更加的自嬌自縱，另一方面，又因著懷孕的種種不適，及身材容貌的走樣改變，變得喜怒無常。

多爾袞忍耐著，忍耐著她喜怒無常與喋喋不休。他根本不想在她身上多費唇舌與心思。他的情、他的愛，在皇位和布木布泰都為皇太極所奪之後，早已冰封在心的底層了。現在，他只有一個心願和目標：用最快的速度，讓自己長大，也讓自己壯大！

由於皇太極因為擁有了軍功政權，就擁有了一切的優勢，予取予求的剝奪了屬於他的一切！這使他痛切自省；他原先擁有的優勢，為什麼會都成了鏡花水月？就因為：那不是用他自己的力量掙得的！就因為：那只是來自汗父的偏疼寵愛，是沒有根基的！所以，他的一切優勢，在汗父一旦崩逝之後，就如土崩瓦解，甚且賠上了額娘一條性命！

這一了悟，使他更積極的鍛鍊自己，讓自己能在最短的時日中，有建功立業的機會。他知道，他還小！覺悟得還不算遲！

也因此，他必得忍人所不能忍。娜蘭！她算什麼？連布木布泰他都失去了，他還在乎娜蘭的喜怒？他忍耐，甚至縱容娜蘭，不是為了「怕」，當然，更不是為了「愛」。只因為他無心於此，了不以為意。也因為不希望招惹娜蘭，讓娜蘭無端的去牽扯布木布泰。

更何況，他有更重要的事要做，不願意在她身上耗費時間與心力！

「汗王又要親征？」

當皇太極當殿宣布要親征察哈爾多羅特部的時候，代善首先就提出了反對：

「汗王身繫大金安危重任，怎麼可以輕身涉險？這又不比大明，是我們的第一大敵。只是一個小疥瘡，何必……」

皇太極打斷了他的話。

「我們派往喀喇沁的使臣，每被多羅特部殺害。這一次再不派兵征討，我們大金的威望何在？喀喇沁是我們的藩國，看到我們對使臣連連被殺都沒有反應，若你是喀喇沁，你會怎麼想？」

代善不說話了。阿敏道：

「這也不必親征呀，讓我或莽古爾泰領兵去給多羅特部一點厲害看看，也就可以了。」

皇太極心中冷笑，表面上卻以極溫和的語氣道：

「二貝勒哥哥！去年你征討朝鮮，十分辛苦。如今，我雖承兄弟、子姪們推戴為汗，也沒有只讓兄弟、子姪去冒險犯難，自己坐享其成的道理。這樣，我於心難安。」

阿敏還想開口，皇太極一抬手攔住了：

「若是辛苦危險，應該大家分擔；若是功勞，也應大家分享。我已經決定了，你們不必攔阻。」

三位大貝勒對望一眼，無言退下。

「汗王哥哥！請讓多爾袞率正白旗追隨你！」

多爾袞自人群中跨了出來。

「還有我！多鐸！」

多鐸隨即出列。皇太極驚愕了一下，隨即露出了笑容：

「多爾袞！聽説娜蘭懷孕了，你捨得離開懷孕的妻子嗎？」

在大家的笑聲中，多爾袞沉著地答：

「為汗王哥哥效命，比陪伴妻子更重要。」

「很好！我真高興，你有這樣的心！」

皇太極轉向多鐸：

「多鐸！你是汗父最小的兒子。如今，你也能上戰場了，汗父在天之靈，將會多麼的歡喜呀！」

「多鐸」，是「胎兒」之意。因為他最年幼，所以有這個小名。叫順口了，也就一直沒有改。如今，也是英發少年，自動請纓了，不禁令皇太極大悦。

他願意親征，而不願意如阿敏建議，由阿敏或莽古爾泰領兵征討，是存著一番深心的；阿敏、莽古爾泰，因為本來就被努爾哈赤指定為「四大貝勒」，共同裁奪政務。又自負有擁立之功，頗為桀驁難馴。如果再讓他們不斷立功，不免「功高震主」，對他必然更加傲慢無禮，令他無法樹立「汗王」應有的威信。因此，他寧可在小兄弟、子姪中加意培養人才，慢慢分散、轉移三大貝勒的權力。

兄弟、子姪們中，對他心悦誠服的為數不少。多爾袞卻是他始終無法掌握的一個。今日，多爾袞當殿表示了對他的忠誠與支持，怎不令他欣喜呢？

對這位小弟弟，他有著一份複雜的感情。當初，他的生母亡故，烏拉大福晉入主中宮，他心中當然有著不平與抗拒。但，平心而論，烏拉大福晉只比他大三歲，雖談不上有「母親」的風範，但對他並不薄。

後來，生了阿濟格，又生了多爾袞、多鐸。三人中，尤以多爾袞從小特受汗父的寵愛。在他還沒有感覺自己的地位受到威脅之前，對這個同屬「嫡出」，又特別聰明伶俐的小弟弟，他也是鍾愛的，讓他感覺比別的兄弟更親近。也許，除了對弟弟之外，還有一份相似於父子的感情；多爾袞比他的長子豪格還小三歲呢！

若非為了汗位的繼承發生的那些變故，他和多爾袞之間，本應是如手如足，比別人更親厚的！但，事情發生了！午夜捫心，為了烏拉大福晉的殉葬，他不能不對多爾袞有一份愧疚。而這份愧疚，所產生的是兩種極端的感情：一方面是憐愛補償，另一方卻是疑忌不安。

他不自覺的窺伺著多爾袞，因為，他無法了解多爾袞！他不擔心阿濟格和多鐸，多爾袞卻讓他不安！因為他始終看不出，多爾袞到底對他存著怎樣的心態；他甚至不知道多爾袞恨不恨他。他只知道，多爾袞可能是最有力的臂膀——多爾袞的才能出眾，在諸兄弟之上。也可能是最可怕的對手——如果，多爾袞恨他！

也因此，多爾袞主動請纓，追隨他出征，使他更有著一份難以言喻的欣喜快慰。

當他回到宮中，告訴哲哲這件事的時候，哲哲卻笑不可抑，道

「我已經知道了；那小倆口兒已經在這兒吵過一架了！」

「哦？」

皇太極頗有興味的等著下文。哲哲笑道：

「我們那位十四貝勒福晉，為了她身懷有孕，多爾袞還要去打仗，十分不滿，認為汗王不通人情。」

「不是我呀！是多爾袞自己……」

「是呀！多爾袞也這麼告訴她。這就像火上澆油，才大吵起來。」

哲哲娓娓細訴：娜蘭原先是怪皇太極不通人情。當她聽說此事出於多爾袞自告奮勇，更是又委屈，又生氣，當下就責他無情：

「因為我懷了孕，變醜了，你就嫌棄我嗎？寧可到戰場上去打仗，也不願在家陪我！」

多爾袞道：

「一個男人，將為人父，就表示成人了。成人之後，就該做個男子漢，怎麼能成日守在家裡？讓人家說，只知戀著妻子，沉醉在溫柔鄉裡！」

娜蘭不依：

「只有你成人了？豪格為什麼不去？難道只有你是男子漢，豪格不是？」

「豪格當然是！你知道豪格已經參加過多少次的戰役？他打過蒙古、察哈爾，征過大明！已立了多少功勞！我卻因為從沒上過戰場，一直被他取笑！」

多爾袞說著，激動起來：

「汗王哥哥讓我領正白旗，你知道豪格怎麼說？他說：『天下竟有不會打仗的旗主！』他是有資格笑我的！因為我的確沒有上過戰場！如果你是個好妻子，你願意我就只留在你身邊，而受他一輩子譏笑？」

娜蘭嗚咽著：

「我怎麼知道這些？我只知道，豪格片刻也不願意離開薩蘭，那才是真心的喜歡。而你，全不顧我懷孕，還存心逃開我！」

說到這兒，她卻驀然住了口。多爾袞果然抓住了理，指著哲哲：

「你為什麼只看到豪格，不看看汗王？哲哲嫂嫂也有孕在身，汗王卻明明有那麼多人可以派遣，偏要親征！難道他也嫌棄哲哲嫂嫂，存心要逃開她？嫂嫂當面，你問問她有沒有這樣的想法！」

哲哲的確又懷了孕！她當然喜悅非常，卻沒有刻意的張揚。相較起來，娜蘭那唯恐人不知，又自矜自貴的種種行徑，就顯得既幼稚，又可笑了。尤其她在努爾哈赤在世時就恃寵而驕。皇太極繼位後，因著皇太極的刻意補償籠絡，哲哲又長嫂如母，刻意包容。因而仍不知收斂，在各府邸之間，人緣就更差了。種種幼稚行徑，正好供這些養尊處優，閒著也是閒著的貴婦們，用來當茶餘飯後閒磕牙時逗樂取笑的題材。

這些，哲哲是有些耳聞的。但，以她身兼中宮福晉和嫂嫂的雙重身分，又豈能跟一般人那樣輕口薄舌？聽多爾袞這麼說，倒不能不好言安慰娜蘭兩句：

「話不是這麼說；畢竟我已生育過一次了。娜蘭卻是頭胎。」

先穩住娜蘭，她才替多爾袞打圓場：

「十四爺急著在戰場上立功，正是他讓人欽佩的地方。立了功回來，難道不是你的光彩？十四爺是汗王的嫡出兄弟，汗王也最看重他。但，他不能只靠汗王破格重用；那怎麼能讓別人服氣？自己也不是滋味。還得他自己多立功勞，才能堵住別人的嘴。難得他自己有志氣，我們做妻子的，高興都來不及。更要體諒才是！」

她一頓，笑道：

「當初，我嫁給汗王，他呀，新婚沒兩天，就跑去打仗了。那時，可不比現在，別人要來打你，也由不得你不打！又不能說：『我正新婚，不要打仗！等過半年，咱們再打！』他不就這樣去了？唷！那時候，可不比你現在，從蒙古來的姑姑、姊妹們這麼多，有個倚仗！一個人在家，哪還顧得怨他？只惦念：他安不安全呀？會不會受傷呀？等他得勝回來……噯！」

她拍怕娜蘭的手：

「那滋味，等多爾袞打了勝仗回來，你就知道了！」

娜蘭經她這麼亦莊亦諧的一哄，也破涕為笑，卻還是橫了多爾袞一眼：

「我只不服氣，豪格就可以不去打仗，薩蘭就不用跟他分開！」

「薩蘭還羨慕你呢；沒嫁之前，還是姊妹，一嫁，倒矮了一輩，成了姪媳了！而且，八旗，除了汗王自領的兩旗以外，總共只有六旗。多少人立了無數軍功，還沒能領旗；你看，豪格就連領旗的邊都沒沾著！有的雖領旗，還是兩人合領一旗。而多爾袞，卻是自領一旗呢！等他再旗開得勝回來，那份光彩！我的十四貝勒大福晉！你就等著受用吧！」

捷報很快就傳到了。大金兵馬，全勝而歸。獨率一旗，攻破了敖穆特的多爾袞，得到皇太極的格外褒獎，賜號「墨爾根代青」，意為「睿智英明的統師」。多鐸也因從征有功，賜號「額爾克楚呼爾」，意為「罕見的勇士」。

在慶功宴上，皇太極親自為兩個小弟弟斟酒，向所有兄弟宣布他們的功績和封號。他刻意栽培抬舉他嫡出的小弟弟來，和漸有不馴跡象的阿敏和莽古爾泰抗衡。讓他們知道：大金並不是非靠他們不可！他必須小心且漸進地，削弱三大貝勒的勢力。他告訴自己：

「這，才是開始！」

為了刻意籠絡兩個小弟弟，在公宴之外，他又在宮中由大福晉出面擺設家宴，為多爾袞、多鐸賀喜。

除了皇太極的幾位福晉，代善福晉、阿濟格福晉，和幾位兄弟輩的福晉也都應邀到來。不請自來的是豪格福晉。

「你怎麼來了？」

哲哲頗覺意外。薩蘭笑盈盈地回道：

「額娘給十四叔、十五叔賀喜，我身為兒媳婦，難道，不該來幫著張羅、伺候？而且，也給汗父、額娘道喜。」

「真難為你有這份心！豪格有你為他持家，真是有福氣的！薩蘭，你也知道，豪格，其實人是好的。可是，說話不經心，不提防，就得罪了人。這些，得靠你替他圓轉。也勸勸他：別只圖一時話說得痛快，踢了別人的疼腳。」

哲哲說得雖然婉轉，薩蘭卻馬上意會了她所指何事，道：

「我也知道……像他對十四叔領旗的事。本來只是隨口玩笑，給人加油添醬的傳到十四叔耳裡，就惹得十四叔不痛快。為了這個，娜蘭姊姊還跟我生了好大的氣……」

「娜蘭？她跟你生什麼氣？」

薩蘭眼圈一紅，道：

「其實……也沒什麼。就是怪我們貝勒爺用話擠兑十四叔，讓十四叔為了賭氣，丟下她去打仗……又說……」

她遲疑。哲哲倒好奇了：

「又說什麼？」

「說……我狐媚子，迷惑豪格，豪格就不去打仗了，讓十四叔去做替……身。」

哲哲見她臨時頓了一下，改了口。心中明白，大約總不是什麼好話；想是「替死鬼」什麼的。嘆口氣，輕拍著薩蘭的手：

「你別怪她！其實她也是自己心裡難受，沒處發作。不跟自己人發，跟誰發呢？看著豪格待你，恩恩愛愛。多爾衮對她，卻總淡淡的，彷彿不太當她一回事。偏偏，這一回，她懷孕，多爾衮還又自告奮勇的打仗去了。打仗，哪能沒個風險？怎不憋了一肚子的委屈氣惱？一憋不住，她那個性子，不就爆開了？」

薩蘭低聲應：

「是，媳婦明白。」

「你明白就好！別把這事往心上擱。你知道，有福氣的人，才有人嫉、有人妒。寧可自己有教人嫉妒的福氣，別落得沒福氣，去嫉妒別人。」

薩蘭默默咀嚼著這兩句話，慢慢，臉上現出笑容。一蹲身，行了個禮：

「謝謝額娘教導！」

在筵席中，薩蘭不但是年齡最小的，也是輩分最小的。她竭力盡自己做晚輩的本分，伺候著嫡母、庶母、伯母、嬸娘，也代表豪格，再三向兩位「小叔叔」致賀，笑靨如花。竟使心存芥蒂的多爾袞，也不禁油生好感；至少，對薩蘭。

這是他第一次有機會這樣接近的看這位姪媳。他不能不羨慕豪格，竟有福氣娶了這樣的一房妻子！論姿色，她不見得比娜蘭美。但，娜蘭的美，是迸發的烈焰，一覽無遺。就和她的性情一樣，沒有蘊藉含蓄的情致。喜、怒、哀、樂，全尖銳的刻在臉上。這不是他所渴望的婚姻。他所渴望的，是溫存的，是柔婉的，是……

他看看哲哲身邊的布木布泰，又看看正立在阿濟格福晉身邊，低語淺笑的薩蘭，難言的憤懣，無端升起。

為什麼？一心許嫁他的布木布泰，成了他的嫂子？而溫婉美慧的薩蘭，也與他無緣？科爾沁博爾濟吉特氏同族的三個小姊妹，皇太極娶了最美的，豪格娶了最溫慧的，他卻娶了美不及布木布泰、慧不及薩蘭的娜蘭為婦！

他竟也無可抗拒！

「抗拒！」

他的目光，投向了坐在上位，躊躇滿志的皇太極；一手操縱了他的命運的皇太極！只因他是汗王，只因他擁有無上的權柄，予取予奪，別人只能接受，無由抗拒！

他的心，又一次的絞痛起來。他恨那左右了他快樂幸福的權柄！

他發現，如果想不為人所左右，唯一的辦法是：把權柄握到自己手中！

娜蘭果然嘗到了「以夫為貴」的甜頭，不知不覺的，更趾高氣揚起來。不但不把那些庶出貝勒們的福晉看在眼裡，就對三大貝勒的福晉們，也漸倨傲無禮。使中宮大福晉哲哲忙於調停，氣惱不已。

「就算是多爾袞立了功吧，大金論起功績，比多爾袞大的人，數都數不過來！真不知道她與些什麼！」

莽古爾泰福晉頗有微詞。德格類福晉掩口笑答：

「人家懷了頭胎呀！」

「啐！騙人家沒生過兒子？咱們在座的，誰沒懷過孕、生過兒女？有誰像她那麼金枝玉葉的！論金枝玉葉，她能比布木布泰福晉嗎？」

說著，幾雙帶笑的目光，都集中瞄向布木布泰微隆的肚腹。一時，把布木布泰羞得沒處躲，只能滿臉緋紅，低頭不語。

哲哲滿臉含笑；布木布泰也懷孕了！這對她來說，真是無比的欣喜！她們姑姪兩個齊心，只要誰能生出兒子來，對她的地位，都是一種保障！

然而，在她為布木布泰懷孕的喜悅中，卻傳來娜蘭流產的消息。

布木布泰懷孕的消息被證明時，娜蘭就不明所以的惱恨著。惱恨布木布泰又一次的搶去了她的風頭。自從布木布泰懷孕之後，好像集中在她身上的關切，就被分散了！這對她是非常難忍的事！也因此，無事生非，沒事對著婢女僕婦尋釁找碴。卻彷彿是連上天都看不過去了，她在為一點小事，怒不可遏，攘臂揮鞭責打婢女時，不慎扭傷了自己，因此動了胎氣，竟致流產了。而且已可看出是個男胎！

多爾袞又氣又恨，一則想到布木布泰懷了皇太極的孩子，就勾起了他對皇太極的新仇舊恨。二則，娜蘭竟因著不自保重，「自作孽」的把他的子嗣流掉了！兩人不時因此口角，娜蘭自己已經委屈幽怨，又自責難過了，哪經得他的冷言冷語？不是哭鬧，就是尋死覓活，鬧得家宅不寧。成了各府邸間的笑話。

哲哲責無旁貸，只能挺著大肚子調停。

「你自己也得小心！別為了他們，賠上了自己！你肚子裡還有我的兒子呢！」

對這比國事還繁瑣難纏的家事，皇太極真不能不佩服、感激哲哲的賢淑能幹；她既得哄勸娜蘭，又要安撫多爾袞。在他看來，這比軍國大事還麻煩！

他特別強調「兒子」，使哲哲欣喜之餘，平添了幾許心事和壓力。她當然也希望是兒子，但，這事由得了她嗎？

哲哲和皇太極的希望都落空了：哲哲生的是個女兒。而且，布木布泰的頭胎，也是女兒……

第十八章

「大明新皇帝的年號改成了『崇禎』。」

在大明皇帝登基的第二年改元時，皇太極曾閒閒地跟布木布泰提起大明新皇帝改元的事。他記得，當時布木布泰問：

「『崇禎』，是什麼意思呢？」

「范先生說，禎，是吉祥。崇禎嘛，就是企望上天降下吉祥。這年號倒改得不錯呀！」

出於他意外的。布木布泰並沒有附和他的說法，卻笑道：

「這皇帝也太沒出息了；只想靠著上天降下吉祥！有好皇帝，才有好官；有好官，國家才能治好。不想自己當好皇帝，只想靠著上天降吉祥，天下有這麼便宜的事嗎？」

她說得不以為意，皇太極卻不覺為之一震；這話道理一點也不深，卻一下點破了為君之道；想要國富民樂，豈能靠著「天降禎祥」？總得自己先做好皇帝，任用賢能，讓百姓安居樂業，才是根本之道。而就他所知，大明的吏治敗壞到極點！幾乎無官不貪，無吏不酷。而且連年天災人禍，民不聊生。天啟皇帝丟下千瘡百孔的大爛攤子，又豈是靠著「天降禎祥」所能救？

卻也因此，對這位新皇帝，他有了好奇。另一方面，又有點微妙的心理；為了大金的大業，當然大明的皇帝愈昏庸、愈無能，愈有利！但，他卻又暗自希望，這位「崇禎皇帝」有點真本事；

兩方敵對，也得「棋逢敵手，將遇良才」，敗才敗得心服，勝也才勝得痛快！遇個「勝之不武」的，連勝了都覺得窩囊。

比方說，要打仗，他希望遇到的，就不是不戰聞風而走的高第，而是以相去數十倍的兵力，據城堅守，甚至還能造成敵方重創的袁崇煥！

在他看來，崇禎皇帝似乎比天啟皇帝像個「人樣」。他一登基，就先殺了朝野萬民切齒的魏忠賢，至少還不失為有見識、有魄力！這事雖與大金沒什麼直接關係，卻使皇太極對崇禎產生了微妙的好感，也更靜以觀變的注意著他施政的走向。

很快的，崇禎在遼東的部署上有了動作：袁崇煥起復了！新皇帝起用他為兵部尚書，督師薊、遼。還頒給他尚方寶劍，先斬後奏！

「看來，這個皇帝是有點名堂。」

皇太極暗中為他的對手喝彩。雖然，就某一方面來說，這對大金的大業是不利的，皇太極卻寧可面對這樣的對手；在他看來，也只有與這樣的對手較量，而取得的勝利，才叫真正的勝利！

也因此，激發了他爭強好勝之心，他倒要看看，這位崇禎皇帝到底聰明才智如何？他不僅想在戰場上取得勝利，他還想跟崇禎、跟袁崇煥鬥鬥智，秤秤他們的斤兩！

除了袁崇煥，在大明諸將中，能令他一時之間奈何不得的，就是駐守皮島的總兵毛文龍了。

相較於袁崇煥的正直剛毅，鎮守皮島的毛文龍，幾乎集武將一切令人切齒的惡習於一身。他先事李成梁，後隨王化貞，遼東失守之後，他逃向沿海島嶼，以皮島為根據地，招撫遼東流民，聲勢壯大。論戰略地位，皮島正好撫大金之背。事實上，他的確也發揮了對大金的牽制作用。但絕不像袁崇煥是真心為國為民，而只是趁勢騷擾一下，順便劫掠一番，殺些降卒、流民以報功邀賞。

也是天高皇帝遠；一則根本無法究其虛實，二則，朝廷之中，他早已上下打點好了，「吃人的嘴軟，拿人的手短」，別說得了好處的，自然向著他。就是一般那些只會作八股文、讀死書出身的文官，又哪裡想得到這些花樣？倒真倚他為國之干城，步步高升。他也因此更妄自尊大，浮報戰功，需索無度。在魏忠賢得勢時，他以依附魏忠賢，奠定了稱雄一方之勢。

由於八旗兵只長於馬戰。對稱雄海上，進退自如，情勢有利時，出其不意的奇襲一下；情勢不利，就遠引海上的他，還真無可奈何！

皇太極對他的印象，絕不像對袁崇煥，雖是敵對，還不能不心存敬意；敬其忠，亦敬其才。毛文龍的種種惡行，大明皇帝未必盡知，皇太極卻是了然於心的！在海上，他的手下，說是官兵，還不如說是強盜！他堂而皇之的，出入東北、朝鮮，盜採人參，以為財源。又私設海上關卡，劫掠商船的行徑，與海盜也差不了多少。其他如剋扣軍糧，浮誇戰功，貪酷好色，跋扈囂張種種，大明朝廷之上，因為他的深諳為官之道，結納權貴，打點朝官，都被美化遮蓋了。皇太極卻洞如觀火，咬牙切齒，自不待言。

但就大局來說，他卻是無足輕重的；真正打仗的時候，他只會隔岸觀火，幾次的寧、錦大戰，真正「袖手旁觀」的是他！受責下野的卻是忠心耿耿，拚死作戰，卻不懂「為官之道」，不懂得結好京官、賄賂權宦的袁崇煥！

所以在皇太極眼中，袁崇煥才是真正的敵手。他嘛，就像個長在背上的小疥瘡，不是什麼了不得的大病，只是不時疼一下、癢一下的，總是討厭！尤其在大金一心向山海關防線推進的時候，他正處於後背，又最擅於「打游擊」，撿便宜，雖不構成什麼大威脅，卻不能不分心防範。

以大金的兵力，認真對陣，毛文龍哪是對手！但，他占的便宜是他像海盜一樣，擁有大小船隻，往來自如。大金卻沒有水師，也不善水戰。再咬牙切齒的恨，一時卻還真拿他無可奈何。

萬萬沒想到的是：袁崇煥殺了毛文龍！

消息傳來，皇太極大驚失色之餘，幾乎不相信自己的耳朵；他的敵人，為他解決了另一個敵人！為什麼？他努力的思索著這個問題；在這個問題中，他感覺隱藏著破解兩國對峙，和議難成僵局的一線曙光。

他想起以前他談到袁崇煥和毛文龍時，范文程說的話：

「袁崇煥這個人哪，嫉惡如仇！有朝一日，他有實權了，像毛文龍這種人，要犯到他手上，絕無活路！」

范文程還掉了句文，解釋給他聽，意思是：水若太清，池裡就沒有魚了。還說，以大明朝廷的腐敗，狐狗成群，賄賂公行。正人君子，殺戮殆盡，讀書人不知庶務，腦袋僵固，頑冥不靈。像袁崇煥這種人，根本像大鵬鳥關在籠子裡，大鯨魚養在水盆裡，不但沒有施展的餘地，還會因為不會「做官」，擋人財路，處處遭人疑忌。鬧不好，就會有殺身之禍！

會嗎？崇禎皇帝不是很信任他嗎？他殺毛文龍，用的是崇禎皇帝賜的「尚方寶劍」呀！而且，「聽說」，崇禎皇帝對他殺毛文龍，傳旨嘉勉！

但，皇太極有著好奇：崇禎皇帝對他殺毛文龍，到底有什麼反應呢？一個初即位的皇帝，會對他這樣專斷，沒有疑慮嗎？

將心比心，皇太極不相信！他自己不就對代善、對阿敏、對莽古爾泰存著戒心嗎？當一個臣子，功勳太高，又不尊重「主子」，獨斷獨行的時候，不管表面上怎麼樣，心裡一定是不滿的！以他這樣根基穩固，又以「英明」自許的人，尚且如此，何況剛登基的崇禎皇帝！

但他只能把這疑問暫存心中，目前只能評估這件事對大金的影響。殺了毛文龍，應該是對大金有好處的！所以，他雖然一邊虛情假意的跟袁崇煥交涉談和，一邊卻隨時窺伺著「可乘之機」。然而，他卻發現，袁崇煥雖然殺了毛文龍，並沒有真正讓大金得到好處；在袁崇煥主持之下，整條山海關防線還是把守得點水不漏。

山海關防線真的是點水不漏的嗎？他在羊皮紙的地圖上以指點畫，來回反覆的研究，寧遠、錦州、大小凌河……每一座城，都不但城高牆厚，而且都駐有重兵，備有紅衣大炮！若要硬攻，得付出多麼大的代價，還未必討得了好！他又豈肯讓他手下的八旗精銳，去做這樣無謂的犧牲！

「難！」

他口中怒吼，一拳擊在冷硬的木几上。

隨聲而應的是一陣兒啼。他一驚，才發現，布木布泰正哄著小名「四兒」的小女兒入睡。才睡著的小嬰孩，被他的怒喝驚醒，頓時哭了起來。他一時噤聲。布木布泰抬頭看了他一眼，眼中帶著溫柔的無聲責備。他不覺有些抱歉。布木布泰卻又寬諒一笑，輕拍著嬰兒，咿唔低唱。

那低緩輕柔、有腔無調的咿唔聲，一下子撫平了他原先的浮躁。面對著嬌妻稚女，不能自制，這不該是他，一個自許英明的一國之君，應有的行徑！然而……

他又低下頭去，以手指點畫地圖。要不是羊皮紙堅韌厚實，恐怕早已被他戳破了。

「汗王！」

他難題未解，布木布泰已將安睡的孩子放到了搖籃裡，為他送上了一杯奶子茶，和一些點心。他接過，布木布泰並沒有退開，就立在案邊，低頭看著那地圖。

別的妻妾，從不注意這些。別的妻妾，只會對他成天的把精神放在軍國大事上，連回到後宮，還冷落嬌妻美妾，不解溫柔的丟不開這張「破紙」不滿。

布木布泰真是不一樣。他不知道為什麼她不像別人，見到他，好像除了燕好之外，沒有別的想頭。她，對他談軍國大事，不但不排斥，還好像十分的感興趣。甚至有時出奇不意，還會有些跳脫出他們這些主政理事「大男人」思考模式的意見。這些意見，乍聽有些天真幼稚，細想，卻又不為無理。

也因此，他對她，有時也會跳脫出對一個小妻子的憐愛，而把她當成一個「可以談話」的對象。她沒有問。通常，他不主動說，她也不會問。但，看到她，他卻常忍不住想說。

他說了他的難題：山海關防線難以突破。山海關防線不突破，就永遠只能侷促在遼東，永遠只能做大明眼中的「邊夷」！

而他，就算不能建立當年「成吉思汗」般的偉大汗國，至少，也不能讓他們的老祖宗恥笑，連長城都進不了吧？

「汗王只是想進長城嗎？」

她說的語氣是那麼輕鬆，輕鬆得讓他有點生氣；「只是想進長城！」她真不知道，「進長城」是多麼困難的事！袁崇煥和他的部將們，哪個是省油的？

他臉色不怡，布木布泰卻沒有理會，像說故事般，不徐不疾：

「我小時候，有一年，我瑪法要吳克善哥哥到城裡去有事。哥哥走到半道就轉回來了，說在半路上聽說前面有狼譬，過不去。瑪法罵了他一頓，說：『路是死的，人是活的，前面有狼譬，你就不能繞個彎過去嗎？』」

皇太極心中一動。卻見她伸著纖指，隨手順著長城往西滑：

「山海關進不了，就不能從別處進長城嗎？」

「能！」

皇太極興奮起來，也學著她，用手指順著長城往西滑，滑到了喜峰口：

「這兒是他們兵力布署最薄弱的地方！我們只要繞道蒙古，從這兒進去，就可以直逼大明的京師！」

他狂喜之餘，卻有些悵然若失，甚至感覺有些面上無光；布木布泰不過是個後宮的小女子，雖說聰明伶俐，讀過些書，畢竟也只是個「小女子」！偏就能想出他所未能想到的主意來！甚至還不止他；如今的大金，就算比不得他最喜歡的《三國演義》書中所說的「戰將如雲，謀臣如雨」吧，朝中這麼多立了無數戰功的貝勒、大臣，難道就沒有人想得出「繞道」的主意？他實在不能服這口氣！

第二天，他當眾提出：就目前來看，山海關防線難越雷池一步，整個大業，勢必受阻的問題，要各貝勒、大臣想想辦法，提出意見。

一時眾口紛紜，卻都自恃八勁旅的所向無敵，主張精銳盡出，集中兵力硬攻。多爾袞站了起來：

「汗王哥哥！不能硬攻！那會使我們損傷慘重，還未必能如願。不如避開這道防線，從蒙古繞過去！」

多爾袞的話，引起一陣交頭接耳，一個個笑逐顏開，熱烈贊同。皇太極卻猛然一怔；多爾袞所見，竟與布木布泰不謀而合！

他心裡確切知道，真的只是「不謀而合」，卻不知為什麼，讓他一時分辨不出自己心中的滋味來。說吃醋，他自知無稽；在多爾袞從征有功之後，他已藉這機會，為他整修了府邸，讓他搬出宮去。而且宮中耳目甚多，這麼長的日子，布木布泰莊矜自持，多爾袞也謹守本分，從沒有任何「風吹草動」的風聲吹入他耳中。

那……他細細分辨滋味，終於知道，他在嫉妒！嫉妒布木布泰和多爾袞的才智見識竟然超過了他！

其實，他並不是不能容才的人。兄弟子姪在議事時，也常有一些卓越見解，他總是嘉勉歡喜。為什麼？偏對多爾袞，他就耿耿於懷？是只為兩人爭位的事嗎？還是……也包括了布木布泰的因素？

原先，他以為自己並不是那麼介意的。直到這時，他才發現：他介意！介意布木布泰曾與多爾袞有情！

他不覺把目光投向多爾袞。多爾袞也正注視著他，侃侃而談：

「汗王哥哥！繞道一定可行，但這樣的長征，不比以往，一定要有萬全的準備才行！」

多爾袞提出了許多細節上的考量；蒙古方面是否能同心協力，而不在背後掣肘？糧秣、馬匹的準備，進軍的路線……

他再度對多爾袞刮目相看；這個小弟弟，已經不是可以小看的了！他的聰明才智、他的精細縝密，加上他在戰場上的表現，恐怕，很快就會讓眼前所有的人，包括他在內，都望塵莫及的！

他不能不承認汗父畢竟英明！在那麼多的兒子中，獨對多爾袞另眼相看！甚至……

他不願意想下去，想下去，就會碰觸到他一直不願去回想的那一幕……

第十九章

時序入冬，多爾袞率先提出征明之議。他認為，在長達半年的準備下，時機成熟了！他更提出：

「我國久居東北酷寒之地，不怕雨雪風霜。而漢人顯然不耐嚴寒，他們的許多兵馬，都來自南方，戰鬥力必然會削減許多。而我們經過長時間的休養生息，相對的就使八旗兵更具優勢！」

他以鏗鏘有力的語調指出：

「去年大明陝西地方鬧飢荒，加上朝廷的稅賦太重，貪官酷吏又不恤百姓，橫徵暴斂，激起了民變。這些飢民的勢力，愈滾愈大，都自立稱王了。大明的官兵疲於應付，正是我們的大好時機！」

皇太極對他的意見，非常認同。當即先傳檄命蒙古科爾沁等部來會，共商大計。他在這些年的磨練下，已摸到了一個凝結共識的竅門：先讓貝勒和大臣們集議。

說是集議，事實上，他早已在事前與親信的子姪、臣屬有了默契；由他們提出討論。三大貝勒雖然是位高權重，但汗父傳下的「集議」制度，好處是：參與討論的人多，只要支持他的人數占了上風，三大貝勒也無可奈何！而，他知道，正當年輕力壯，急於建功立業的子姪輩，都是站在他這一邊的。

所以，當會議中提出，一、兩年來，以安內為主；與大明及蒙古，不免還是有小規模的衝突，卻久未有大規模的戰事。雖然袁崇煥也一直主張議和，但大明朝廷顯無誠意，到頭來，還是免不了要「兵戎相見」。當此秣馬厲兵，準備充分之際，正可一試鋒鏑。命大家集議，是征明有利，還是伐察哈爾，征討目前唯一可以與大金頏頡稱雄的蒙古林丹汗有利。

語音方落，一片聲浪掀起：

「征明！」

「打進燕京！」

年輕的聲浪，此起彼落，有志一同的發著興奮的叫吼。這是早在他意料中的事！一則，大明近而察哈爾遠。二則，年輕的勇士們，誰不嚮往著富庶繁華的關內，而願意追逐那無邊的黃沙滾滾？

有異議的是三位大貝勒，他們的理由是：孤軍深入，一則內部空虛，萬一被袁崇煥趁虛而入，直攻瀋陽怎麼辦？二則，萬一受困在關內，豈不進退無門？

他不以為然；首先，在大軍壓境之下，袁崇煥「救火」都來不及，哪還顧得了突襲瀋陽！而且「不入虎穴，焉得虎子」！只要隨機應變，進攻退守，何至於被困關內？

他胸有成竹；卻不動聲色；根本不用他去與他們爭辯，他年輕的兄弟、子姪們，會迫使保守頑固的大貝勒們讓步！

一切都在他的預料與掌握中。他意氣風發，親率大軍十萬，先向西北，經蒙古，再轉東南，直逼喜峰口。

兵分左右兩翼，右翼他親自領軍，加上代善、濟爾哈朗、岳託、杜度、薩哈廉；左翼則有莽古爾泰、阿巴泰、多爾袞、多鐸、豪格。

勢如破竹！大安口、龍井關、漢兒莊、潘家口、洪山口……破的破、降的降，不過旬日，已破了遵化，直逼京師了。尤其，阿濟格在陣前殺了率眾自山海關來援、以忠耿勇武著稱的總兵趙率教，等於斬了袁崇煥的右臂，更使得八旗兵士氣大振。

但這連番的大捷，卻沒有沖昏皇太極的頭。愈是深入，他愈是臨深履薄了。入關以後，他才知道中國大地有多麼廣袤，人口有多麼眾多，物藏又有多麼的富庶！這的確都是令久居關外，習於風霜苦寒，民風淳樸的他們眼界大開的。也當然不免存下吞併占為己有的垂涎之心。

然而，他不能不想到：就算是八旗兵所向無敵，占領了這片土地、降服了這些人民，以他們目前的能力，能統治得了嗎？他不能不想起他自幼崇拜的「成吉思汗」；蒙古當初不也以軍事優勢，以「異族」入主中原過？然而，那麼強大的元朝，在中國的歷史上來說，壽命卻是那麼短暫；不及百年，就告土崩瓦解！軍事上的優勢又如何？中國那看不見的潛在力量，才是無堅不摧，強大得可怕的！如果不能贏得民心的順服，十萬勁旅又如何？只怕中國百姓一人一口口水，都能讓這十萬大軍滅頂！而民心，絕不是能用強的！

他了解到降服民心的重要，一再下令，不許搶掠、不許燒殺擄掠，破壞百姓的廬舍器物。更不許酗酒，奸淫婦女。

到了通州，更布告安民，歷數大明皇帝的不是。總之，己方一再表示議和的意願，是大明沒有誠意，所以「興師有理」！被殺的人，也只能怪你們的昏君，不能怪我大金！

為了占住「理」，他更一路之上，遣使議和。他知道，崇禎皇帝在重重的蒙蔽之下，未必能見到這些議和的國書。就算見到，以他們的顢頇老大，爭功諉過的作風，也不會馬上有什麼回應，他就可以理直氣壯的邊談邊打！

大軍逼進了京師，京師畢竟不同於外圍的小城小鎮，那麼容易包圍攻破。不說城高牆厚，重兵駐守。單是城池所占的面積，就不是他們久居關外的人所能想像。城外有門，門外有關，可以說是步步為營。他們人馬雖多，卻也還只能紮營於一方，不敢分散力量。

而他們駐紮甫定，原先駐守關外的滿桂、袁崇煥、祖大壽也都聞警率兵趕到了。這些兵馬一到，戰況就不是那麼輕鬆了。尤其袁崇煥和祖大壽，在城外樹柵結營，布下陣勢。

皇太極不敢掉以輕心，親自騎馬巡視。巡視一周，心裡一沉；他也不能不佩服袁崇煥的確不是浪得虛名！他選的結營位置，通路又隘又險，絕對是「易守難攻」。他們不是不能硬攻，但，絕對會付慘痛的代價！他並不怕大明朝廷，而是他知道：十萬兵馬，對大金而言，幾乎已經是「傾巢而出」了。但，如果真投入到整個中國的土地和人口中，那，恐怕看都看不見呀！目前他們最寶貴的資源，就是「人」！他折損不起！

所以在一片「進攻」的建議中，他搖了搖頭：

「現在我們就算打下了燕京，一時也治不了！既拿到手裡吃不下，不如先揀小的吃。更何況，還未必打得下！你們沒去看，袁崇煥治軍的整嚴！真打，我們未必討得了好！大明人多，崇禎皇帝可以不惜人命。我們可損失不起呀！」

他一面吩咐不許輕舉妄動，一面命投降的漢人混入民間，打探消息。

出於他意外的，京師百姓對袁崇煥千里馳援，力保京師，非但沒有感念之情，反而都謠傳：是他引「辮子兵」入關的。在輿論中，他竟是個「人皆日可殺」的「大漢奸」。

「他不是一直主張議和嗎？明明就是受了人家的好處！」
「聽說，他殺毛文龍將軍，就是跟敵酋講好的議和條件。」
「就因為咱們大明不肯跟韃子議和，他才引他們進來，以戰逼和呀！」
「人家不許他的好處，就那麼容易進長城了？」
他不覺為袁崇煥悲哀；他知道，袁崇煥之所以願意議和，絕不是為了個人榮辱，而是為了天下蒼生！因為，大明內憂外患，風雨飄搖，經不起長年累月龐大軍費的負擔。連他都知道呵！陝西的民變，追根究柢，還不是為了年年苛徵暴斂，民不聊生而起！而苛徵暴斂的原因之一，卻是常年的軍費累積太龐大。
他們乃是敵國，對這樣一位可以算得「殺父之仇」的對手，尚且敬其忠義。他雖為了大金的前途，而想除掉袁崇煥這大絆腳石，心中還是覺得不忍。他真希望能把袁崇煥收為己用；雖然他也知道，那是絕無可能的！而，這樣真正堪稱為國之棟梁、忠肝義膽的將才，竟然背負著「漢奸」之名，受百姓唾罵，這天下還有天理嗎？
百姓如此，那崇禎皇帝呢？那一即位就殺了禍國殃民的魏忠賢，又起復了袁崇煥，曾讓他認為或許可以視為對手的崇禎皇帝呢？他是否能真正的信任、支持這樣一個忠義之臣？
他心裡有了一個以此卜大金前途的想法：如果，崇禎皇帝真是個「英明」君主，他就誠意談和！
他嘴角露出了笑容，心頭滑過他最喜歡聽的《三國演義》中，群英大會，周瑜利用蔣幹設反間計的故事。他倒要看看，如果把民間的謠傳，順水推舟的以假作真，傳到崇禎皇帝耳中，他會如何反應！
召來了降將高鴻中、寧完我、鮑承先，他面授機宜……

督軍被俘，而一直受到嚴密監視的楊太監，「冒死」趁著監視的人不備，逃出了「敵營」；他得到一個「天大的消息」，拚死都要稟告「萬歲爺」知道！怪不得袁督師一直想議和！怪不得他要殺毛文龍！怪不得辮子兵來得那麼容易！原來……

要不是自己機靈裝睡，也聽不到這麼重大的消息吧？萬歲爺還睡在鼓裡，不知道袁督師已經背叛了大明，跟敵人勾結成一夥，想篡奪萬歲爺的江山了！

幾天來，一直都是辮子兵看守，今天總算換了漢人，他們以為我睡著了，竊竊私語，說到今天撤兵，是他們定的計，讓袁督師立功，好讓皇帝不防他，信任他。等萬歲爺升了他的官，讓他把握了更多的兵馬輜重的時候，再和辮子兵裡應外合……

「袁崇煥被捕下獄！」

「祖大壽率領兵馬，衝出山海關，回錦州去了！」

消息接踵而來。皇太極仰天大笑：天佑大金！竟讓袁崇煥替他殺了毛文龍，而又讓大明的糊塗皇帝替他逮捕了袁崇煥！逼走了祖大壽！

這消息在大金軍中發酵，一個個摩拳擦掌，不得一下子攻破了燕京；彷彿馬上就可以「取而代之」入主中國了。

皇太極卻沒有被狂熱沖昏了頭。這一路上，雖然勢如破竹，但他仍然覺得中國民間蘊藏著絕不可輕忽的力量；這不是把大明皇帝趕下了寶座，就能完事的！除非他們本身培養出能治國理政的人，足可統治這廣大的土地、眾多的百姓，而且得到人心歸服。否則，拿下了燕京也沒有用！在人家土地上，他們還是極少數！那不服、乃至懷恨的多數，隨時能把他們淹沒。

他在貝勒、大臣的喧囂聲中，以手勢制止：

「我們不攻燕京！」

這一言，引來了此起彼落的抗議。他堅決而鎮定的說：

「你們當然認為我們打得下來。但，你們預備犧牲多少人去換？我們有多少人可以犧牲？就算攻下了燕京，能沒有人來救嗎？那時，人家裡應外合，我們守得住嗎？」

這話鎮住了喧譁。但他知道，這些驕兵悍將還沒有打過癮呢！他們又怎肯就此罷休。於是他提出他的計畫：

「咱們好容易進了長城，總得給他們一點顏色看。四圍有的是大城小鎮，關堡營寨，有我們『玩兒』的！又不費事傷人，又得地得城，豈不是好！」

只要讓他們有仗打、有功立，有什麼不好？於是，順天府處處告急，都成了「辮子兵」馳騁的天下。

一邊打，一邊還不忘了致書議和。這成了皇太極對崇禎的調侃戲謔，就像貓兒戲弄團團轉的耗子一樣。

直到二月仲春，他們「玩兒」夠了，也到了春耕時節，大金兵馬才揚揚得意的「班師」。但並未完全撤兵；皇太極留下了四路兵馬分守永平、灤州、遵化、遷安。等於在崇禎皇帝的背上插上了四把刀；傷不致命，卻足以讓人寢食難安！

第二十章

「福晉！福晉！」

朦朧中的布木布泰，被帳外急促的低喚叫醒了。她身邊的皇太極也睜開了眼，皺著眉，問：

「什麼事？三更半夜的這麼急？」

帳外蘇厤喇姑回道：

「外面十四貝勒命奴才進來回稟，說是緊要軍情……」

一聽「緊要軍情」，皇太極猛地一下坐了起來，問：

「十四貝勒人呢？」

「在門外頭！」

皇太極一邊下床穿衣，一邊吩咐：

「請十四貝勒進來！」

布木布泰遲疑道：

「汗王，這……」

「你還是躺著，別管我們。我不馬上問清楚，都急死了！」

一陣靴響，多爾袞已經進來了。這是布木布泰與皇太極成親後，他第一次進入布木布泰的內室。

一室的醉暖溫香，帳中影綽綽，分明是布木布泰。他卻不敢分心，只垂目斂手而立。只聽皇太極問：

「出了什麼事？」

「永平丟了！」

對鏡扣鈕的皇太極，「虎」的一聲，回過身來：

「什麼？永平丟了？灤州呢？」

「就是丟了灤州，才把永平丟了，而且……」

「怎麼？為什麼吞吞吐吐？」

「阿敏哥哥屠了永平城中所有士民百姓！」

「阿敏！該死！」

皇太極咬牙切齒，目眦欲裂。不說與他成親未滿三年的布木布泰，連多爾袞，也被他的震怒嚇住了；這樣的震怒，在多爾袞印象中，也是前所未有的。他的形象，一直是溫而不懦，威而不厲的，幾曾見過他如此疾言厲色？

皇太極沉痛的說道：

「自汗父起兵至今，費了多少心？折了多少人馬？才逼近了燕京，下了永平四城，在大明皇帝背上，插了這四把刀！如今，阿敏竟然把永平丟了，這已不可恕。他丟了城也罷了，還屠城！這城裡的老百姓，是我們出了告示安民，歸順了我們的！我們如果把他們當成自己的百姓一樣，加以愛護，以後，才有城肯降，才有百姓肯歸順呀！他這一屠城，以後還有誰肯降，誰肯歸順？」

他氣急敗壞，氣得幾乎接不下去。喘了幾口粗氣，恨道：

「我派阿敏去守永平，再三叮囑：不許侵擾百姓。政事，仍交給原來的巡撫白養粹管，他只要守住城就成了。我也怕永平四城周圍還是大明的地方，不容易守。才派了杜度去幫他，誰知他……」

忽然想起，問：

「那白養粹呢？」

白養粹是降金的漢官。多爾袞不敢隱瞞，據實以告：

「阿敏哥哥是先殺了他，才屠城的！」

皇太極跺腳：

「看他做了什麼！這不讓漢官心寒嗎？」

自他即位以來，一直努力消弭滿漢之間的差別待遇，重用漢人；他意會到，「以漢治漢，以漢制漢」，才是最好的辦法。因此，除了非除去不可的障礙人物，如經略遼東、卓然有成，連他父親也吃過大虧；而且絕不可能為他所用的袁崇煥，被他用「連環計」除了去。對其他人，都以「招撫勸降」的方式，希望收為己用。他也知道，滿、漢官之間，歧見甚深；滿人看不起漢官文弱，又是歸降的。漢官看不起滿人野蠻，不學無術。他一直努力從中化解，才漸使漢官心悅誠服，不料……

他問：

「大貝勒，知道這件事了嗎？」

「是他召了貝勒們一起商議這件事，該如何處置，命我來稟汗王。」

皇太極頹然揮手：

「城，丟已丟了，還談什麼處置！」

「代善哥哥是說，丟了城的人——阿敏、碩託、湯古代、巴布泰他們。」

皇太極低低嘆了一口氣。久久，才傳出空茫的語聲：

「你們公議吧，不要先問我；不是兄弟，就是姪兒，還有一起打仗多年的老夥伴……要我說些什麼？」

多爾袞不敢再說什麼，躬身退出。他完全了解皇太極此刻心情的沉痛。永平四城，本是繞道蒙古，避開山海關勁旅，由背後攻下的。這也是皇太極的策略之一，減少無謂傷亡，而長驅直入。他並不急於下燕京；燕京，要拿下來並不難，難的是治理。漢人一旦同仇敵愾，仍是難以對付的。他沒有能治理的把握，寧可暫時不要，只是在四圍騷擾，不斷施以威脅。一則使明朝廊廟朝野輾轉不安，二則使百姓對朝廷離心，三則使文臣武將彼此產生猜忌；袁崇煥之撤換拿問，就是在君臣猜忌的心理上，再加反間運用而奏功的。

永平四城，等於是靠近明朝腹心的一顆棋子。阿敏丟了永平，又屠了士民百姓，這對大金的「大業」，是極大的打擊；不僅是丟了據點，更寒了因不滿朝廷腐敗，而趨向大金的民心。也因此，會固結了漢人的反抗心理。

阿敏倉皇棄城時，竟不忘縱兵搶掠財物及婦女。雖是敗歸，仍然滿載。皇太極聞訊，宛似火上加油，怒不可遏。命莽古爾泰守在城外十五里處攔阻，不許阿敏進城。並命阿敏自訴罪狀。

阿敏自恃功高，雖預知永平四城失守之事，必受嚴譴，仍不放在心上。他不認為皇太極「敢」處置他。見到莽古爾泰，他先申訴：

「孫承宗領了大兵攻灤州，還帶了大砲來，砲轟灤州。那穆泰守不住，先棄了灤州，逃到永平來。永平難道是鐵鑄的？那孫承宗，是汗王叔父在的時候，也怕他三分的。何況還加上祖大壽的兵馬！難道汗王要我死在永平？」

莽古爾泰道：

「那穆泰棄灤州，好歹還打了一仗，也殺了不少明兵。是你不肯救援，他兵將不足，才棄城的。你不救援在先，不戰而逃在後，還有什麼話說？汗王氣得不得了，這一項罪名，你是怎麼也賴不掉的……」

阿敏怒道：

「誰說我賴！連講理由，也不行嗎？我便認了，又奈我何？」

莽古爾泰笑道：

「我又不是皇太極，你對我咆哮什麼？你一款、一款往下聽吧！」

「還有什麼？我並沒有犯其他的罪！」

「沒有？是誰屠了永平城？」

阿敏張口結舌，道：

「這也錯了？守不住，當然屠城；根本，當初就不該起意去守！以前，崑都倫汗只攻城，而不守城，才是正理！如今這位淑勒汗，偏偏要守什麼永平四城，反而受人圍攻。這是他當初就想錯了！為了不讓明兵揀了便宜，我才乾脆把城中男人屠光，把財物、婦女帶回來，免得一無所得，讓兵士抱怨。有何不對？」

莽古爾泰冷冷的道：

「搶財物、虜婦女，正是汗王給你的第三條、第四條大罪！」

阿敏獰笑：

「好！好！皇太極分明是想置我於死地！連這些『理所當然』的事，也算『大罪』來罰我？」

他瘋狂的搖著莽古爾泰的肩：

「別人不知道我的功勞，你知道！當初，崑都倫汗東征西討的時候，皇太極還是小孩子，做崑都倫汗的臂膀的人是誰？是我，還是他？我雖不是崑都倫汗親生的，卻是四大貝勒之一！難道，這是平白得的？屠城、搶財物、虜婦女，這都是崑都倫汗當年教導我們做的呀！那時，這都是功勞呀！到皇太極當了汗王，卻成了大罪了！」

他聲嘶力竭：

「他要定罪，先去定他汗父努爾哈赤的罪吧！」

莽古爾泰喝斥道：

「你對皇太極如何，我不管。不許對我汗父大不敬！」

「哈！哈！」

阿敏狂笑：

「我忘了，你也是努爾哈赤的兒子！淑勒汗的親哥哥！莽古爾泰，我告訴你！皇太極是隻老虎，我們親自撫養照顧的老虎！如今老虎長大了，要吃人了！今天是我，下一個，輪到的就是你！你說吧，他是不是叫你來殺了我？」

莽古爾泰被他一席話，說得怵然心驚。一時無暇細思，只答道：

「他沒有說要殺你。但，貝勒們已聚集在殿上，等著定你的罪了！」

當下喝令手下兵士，將阿敏和碩託、那穆泰、湯古泰等，棄守永平四城的主從犯，押上了大政殿。

大政殿上，皇太極正位而坐，代善、莽古爾泰並坐左右，和碩、固山諸大貝勒，和執事的貝勒們，分列兩邊。

首先，由大貝勒代善簡單敘述了一下永平四城的占有及失去的經過，及永平四城在整個戰略上的重要性。接著，先由棄守灤州的那穆泰問起。

那穆泰俯首認罪，道：

「孫承宗先是以兵馬來攻城，我和圖爾格、湯古代出城應戰，得到勝利。但是，兵將太少，恐怕守不住。便派人向阿敏、碩託求援。苦撐了三天，援兵不到，而明兵愈來愈多。而且，大砲也運到城下了。他們以砲攻城，城牆倒了一個缺口，守不住了。我們沒辦法，只好衝出來逃到永平。那時，天降大雨，四百多名沒有馬的兵士，就戰死在灤州城外了……」

說著，泣不成聲。代善問碩託道：

「你是否知道，灤州危急？」

碩託，原是代善的兒子。不敢多辯，垂頭低聲答：

「知道。」

「為什麼不去救援？」

碩託看了阿敏一眼，道：

「阿敏叔叔說，我們的兵馬，總共也只有五千。孫承宗不是好鬥的，不要白犧牲了兵馬。」

代善怒道：

「當初，崑都倫汗以十三副甲起兵，所向無敵，奠下大金國今天的局面。你們有五千精兵，還嫌少？竟然連和孫承宗打一仗的志氣都沒有！眼睜睜的看著那穆泰他們苦撐，看著灤州失陷！」

代善怒目瞪著自己的兒子，沉痛的說：

「那穆泰向你們求援的同時，也派快馬回瀋陽告急。汗王馬上派了杜度帶了五千精兵先去協守永平。而且，準備親自領兵去解圍。若是你們不貪生怕死，到灤州幫助那穆泰防守，多撐一陣，杜度的人馬就到了；何至於一下丟了永平四城？」

碩託囁嚅道：

「我們不知道杜度率了援兵來了……」

「你是信不過汗王，還是信不過自己的父親？我們會睜著眼，看你們犧牲掉嗎？你是我的兒子，是汗王的姪子！阿敏更和我們是兄弟，我們難道不把你們當眼珠子一般愛護？如今，我卻要問你：你配不配這樣的愛護？」

碩託俯首無言。代善嘆了一口氣，轉向阿敏：

「阿敏，你有何話說？」

阿敏桀驁仰頭，抗聲答：

「丟了永平，是我的錯——唯一的錯！你們為了討好皇太極，在我頭上亂安罪名，我也不在乎！但，休想要我認罪。」

「阿敏！」

代善怒聲喝止。皇太極卻從容的站了起來，先向代善搖手：

「代善哥哥，你且坐下，讓我來說！」

代善聞言坐下，猶怒氣不息。皇太極道：

「今天，在這殿上，幾乎沒有外人；彼此不是兄弟，就是叔伯、子姪，或郎舅之親。即使不是，也是從小一起併肩作戰的夥伴，沒什麼不能公開說的。阿敏哥哥！你說，你只有丟了永平一個錯。當著大家，我倒要把你歷來行事，一項一項說明白。讓大家公論，決定你到底有沒有罪。如果，這其中有什麼冤枉你的，你只管辯白。如果是我處事不公，兄弟子姪認為我不對，這個位子，該讓你坐。我也沒有第二句話，立刻讓位！」

他莊嚴的掃視了眾貝勒一周，道：

「想當初，舒爾哈齊叔父，受到小人煽動謀叛，阿敏不但不勸阻，反而與父同謀。先想加害汗父不成，又想叛離建州。後來，汗父念在手足之情，赦免了他們。叔父去世後，汗父更把阿敏當親生兒子一樣看待，封為四大貝勒之一。遇到封賞，他從來沒有比別人少過！到了兄弟子姪擁我繼位，更是對他優禮有加，上朝併坐。除了名分上，我是汗王，他是貝勒之外，哪有差異？分月執事，掌管政務，還有誰比他更位高權重？他若還不知滿足，我除非把這汗位讓給他，還能怎樣？」

說到這兒，他開始一一數落阿敏這幾年的罪過：

「大前年，命他與濟爾哈朗、杜度、岳託等征朝鮮。朝鮮戰敗，送子入質。他不肯班師回朝，想在朝鮮自立稱王，還想拉攏杜度支持他。是杜度念叔姪之情，不肯背叛我，他的親弟弟濟爾哈朗也不肯與他合作。他怕他們帶走屬下人馬之後，兵力不足，制不住朝鮮國王李倧，才無可奈何回師瀋陽！」

皇太極指著杜度、濟爾哈朗等道：

「現在，濟爾哈朗、杜度都在這裡，你可願意對質？」

阿敏默然。皇太極道：

「由這一件事，就可以知道：我才即位，他已有異心了！另一件事，恐怕很多貝勒還不知道……」

他頓了一下：

「有一次，阿敏俘獲了一個美女，獻給了我。事後，他後悔了，想要回去，便四處抱怨我奪了他所愛的美女。為了不讓一個女子，破壞了我們兄弟之情，所以，我將這美女賞給了冷格里！幸而，若論美女，恐怕沒有誰比得過我的布木布泰福晉的。否則，別人相信他的話，我不是成了寡德好色的人了？」

提到布木布泰，多爾袞心中猛地一抽，強自按捺；那日帳中綽約的影子，卻在腦海中揮之不去。久久，才斂束住盪漾的心神，聽皇太極繼續數落阿敏的罪狀：

「……土謝圖額駙，明知我們與察哈爾不合，卻背地和察哈爾通好。因此，我們與他斷絕往來。阿敏身為二貝勒，竟私下贈送他甲冑、鞍轡，這樣的行為，何異資助敵人？而且，連我們議論懲戒的話，都洩露給土謝圖了！造成了對我們很不利的形勢。他只顧及自己和土謝圖額駙的私交，置國家利益於不顧……」

阿敏嘶聲道：

「你那時為什麼不定我的罪？到現在來翻舊帳！」

「你是我的哥哥，我不希望手足相殘，因此容忍。總希望只是偶然的事件，過了就算了！因此，後來我寧可親自帶領兄弟、子姪們去打仗，讓你留守。結果呢？你自己說吧！你留守的時候，都做了些什麼？」

阿敏默不作聲。皇太極冷哼了一聲：

「吃、喝、玩、樂，用後備援軍的馬匹，出去行圍打獵。我問你，萬一前方戰事不利，要調用馬匹，你拿什麼給我用？馬全給你折騰得又瘦又累！幸好，那一仗，我們勝了！岳託、豪格先回來，你又是怎樣接見他們的？」

岳託在一旁說明：

「我們出去打仗，勝利回來，連汗王也常常出城迎接慰勞我們，不要我們行大禮。而阿敏叔父，卻坐在大政殿的正位上，要我跟豪格拜見他！」

他跨前一步，逼視阿敏：

「這是不是實話？我有沒有冤枉你？」

阿敏橫了心，切齒叫道：

「你們怕我罪輕了，死不了，拚命找舊帳來算。就算定了我死罪，也難叫我心服！」

皇太極冷峻的點點頭，道：

「好，不算舊帳！你坐視灤州危急，那穆泰苦守了三晝夜，你不發一兵一卒去救。到灤州失陷，你竟然連孫承宗的面都還沒見到，就棄城而逃，已不可恕。竟然臨走還把一城百姓屠盡，又搶掠財物、婦女……」

阿敏抗辯：

「這有什麼不對？這樣才能讓他們怕！」

「他們是怕！」

皇太極怒極，回頭叫豪格：

「豪格！你告訴大家，現在大明君臣百姓對我們的看法！」

「君臣自然是恐懼的，老百姓因為屠殺了已歸降的軍民，仇恨萬分。他們都說：與其束手被殺，不如力戰而死！而且，孫承宗已奏准了大明皇帝，要重修大、小凌河。從今以後，恐怕再也不會有漢官和漢人軍民肯降了。」

「換了我是漢民老百姓，我也不肯降！你知道，為你魯莽屠城，我們要傷亡多少人馬，才能達到原來輕易可達到的目的？你還認為你殺得好、搶得對？」

阿敏終於俯首無言了。皇太極吩咐，由眾貝勒共同商議定罪。議定之後，由代善宣布：

「阿敏罪不在赦，論法當誅！」

阿敏嘶聲嚎叫，充滿恐懼與怨毒：

「皇太極，你……真的要殺我？」

皇太極惻然：

「是你的作為該殺！」

阿敏狂笑：

「下一個是誰？代善，還是莽古爾泰？」

代善喝道：

「我們也像你一樣作孽多端嗎？」

莽古爾泰的神色，卻變得十分難看：在性情上，他較接近阿敏。自思，也有不少可議之處，不由心生疑懼。皇太極將他二人神色看在眼中，良久，嘆了一口氣：

「我不殺你！」

全場俱為之震驚，阿敏更喜動顏色。只聽皇太極徐徐道：

「你要受到監禁，永遠不能再領兵打仗，也永遠不能出來！直到，你閉上眼睛，永遠不再睜開的那一天！」

回到哲哲的屋裡，身心俱疲的皇太極癱倒炕上。哲哲和布木布泰姑姪倆正在屋裡，逗弄著她倆的女兒，三格格和四格格。布木布泰見他疲累至此，忙捧了水來，伺候他抹了臉。又端來了茶，皇太極接過喝了，頻頻嘆氣。哲哲這才問：

「汗王，聽說今天要審二貝勒，結果……」

「我沒有殺他，我……下不了手！」

哲哲詫道：

「真的？那布木布泰真猜對了！」

「怎麼？」

「下午，阿敏福晉來這兒，又哭、又訴、又求情。我告訴她，國有國法，有罪無罪，自有貝勒們裁決，豈有後宮過問國政的道理？阿敏福晉哭得不得了，說：阿敏死定了！闖下這樣大禍，汗王一定饒不了他！我想著也是，只好不說話。布木布泰卻說，以汗王的為人處事，不會殺二貝勒的。我只當她是安慰阿敏福晉的話。如今看來，竟是叫她猜中了！」

皇太極轉向站在一旁的布木布泰，問：

「你是怎麼猜到我不會殺阿敏的？」

布木布泰垂目微笑：

「汗王心軟，下不了手的。而且，事已如此，汗王不是事事向後看的人；若往前看，殺他，不如留下，更讓其他的人感恩戴德，肯盡心為汗王效力！」

皇太極驚瞿坐起，望著布木布泰；他沒料到這個自己常暱稱「小東西」的布木布泰，竟有如此見識。而且，對他的了解，竟還超過了「中宮大福晉」；與自己也算得相知相惜的哲哲。不由嘆道：

「布木布泰！可惜，你是個女子。不然，左丞右相也當得的！」

布木布泰依然淺笑；她慶幸自己是個女子，不必擔心國事。面對著每每疲憊而歸的皇太極，她不禁同情……

第二十一章

「這可是從來沒有的事！瀋陽簡直看不到男人了！」

哲哲笑著和前來問安的福晉們閒話。

「一個大凌河，也值得這樣勞師動眾嗎？」

阿濟格福晉問道。哲哲笑：

「這，叫布木布泰給你說，我可沒她清楚！」

「怎麼？布木布泰福晉比大福晉還清楚不成？」

哲哲雍容一笑：

「你可別看她小，汗王，可把她當個女軍師呢。」

阿濟格福晉湊趣，道：

「那，就請女軍師給我們說解說解；這『大凌河』，怎麼費這麼大勁，還沒攻下呀！」

布木布泰抬頭看看哲哲，才道：

「大凌河，是大明一個頂要緊的地方。他們正在趕著修築城堡，若讓他們築成了，和錦州、松山，聯成一線，往後再想打下來，就難了。所以，汗王要趁著他們才開始修城，先率了八旗軍，連蒙古的兵馬，把大凌河團團圍住，讓他們修不成。而且，把大凌河和錦州的聯繫切斷了；如今，大凌河已經成了孤城，怕再過不多久，就要斷糧了。」

「哎唷，幹嘛這麼費事呀！難道，憑我們八旗兵，還打不下一個大凌河？」

布木布泰解釋：

「倒也不是真打不下來。是汗王不想硬攻，想要他們自己投降。」

「這又為什麼呢？」

「因為上次二貝勒屠了永平城，漢人再也不肯相信咱們了。汗王這回必要大凌河中漢官、漢民自動歸降，再特別恩養他們。好讓其他漢人知道，咱們並不是殘虐嗜殺的。所以不肯攻打，只圍得點水不透，讓他們內無糧，外無援，再熬不下去了，只有歸降一途。」

莽古爾泰福晉嘆道：

「打個仗，也得這等講究！這樣，便熬到他們降了，也一點好處都沒有；能吃的，全吃光了！要恩養，還得咱們給他們糧食吃！」

「汗王的意思：如今，咱們糧足馬壯，財物不缺。要的是人才、人心。大凌河，如今是個叫祖大壽的官兒守著。汗王一心一意，就想要他降了咱們。圍大凌河，一半是為了他！」

阿濟格福晉笑道：

「那，等他降了，到瀋陽來的時候，我倒要好好瞧瞧；到底是怎麼三頭六臂的！」

這一圍，足圍了兩個月，大凌河城內，糧絕薪盡，已到了人吃人的地步了。守在錦州和松山的明軍，數度來援，都被八旗兵殺退。皇太極甚至以數百親兵，與錦州六千明軍遭遇，驍勇奮戰，直逼到錦州城下。至此，遼東巡撫丘禾嘉、總兵吳襄，只能固守錦州，再不敢赴援大凌河。

祖大壽坐困城中，也曾試圖突圍，無奈寡不敵眾。城外田中莊稼眼見成熟，試圖派兵收割，卻又遇到莽古爾泰正率兵巡察，發生衝突。明兵面臨絕糧危機，拚命死戰。雖造成大金人馬傷亡，本身也損折不少，只得退回城中。

祖大壽眼看兵士空手而回，除了跌足嘆息，撫傷卹亡之外，毫無良策。城中士民，因鑒於永平屠城的慘事，也不敢起意投降，兩方僵持不下。

雖然祖大壽已成困獸，皇太極仍不敢掉以輕心，不時親自四方巡營。

在西山，勒住馬頭，遠眺城中，不見動靜。城外，八旗兵正忙著挖壕、築牆；這一工事，幾乎就把大凌河向西的通路，完全切斷了。大凌河四周，方圓五十里，全駐紮著大金八旗兵，營盤嚴整，各旗旗幟，隨風飄揚：西北正黃旗；東北鑲黃旗；南面，由正藍、鑲藍防守；東面是正白、鑲白；西面，是正紅、鑲紅。各旗之間，還分布著蒙古兵。

這一次，他是抱著必勝的決心來的，他要藉此，不僅征服大凌河這個城，還要征服漢人的心。

「『征』易，『服』難！」

范文程曾經這樣告訴他。這一次的戰略，也是范文程為他籌畫的。他一直嚮往《三國演義》中形容「戰將如雲，謀臣如雨」的聲勢。「戰將如雲」，他是具備的，「謀臣」卻仍不足。漢人中，他真能倚肱的，不過一個范文程范章京。滿人中，善戰者居多，能謀者少。目前，能為他分憂的，也只有岳託和薩哈廉這兩個姪子。他逐一想著兄弟子姪的才幹和人品，才發現，真正能託腹心的，竟然少得可憐。代善庸懦；莽古爾泰桀驁；阿巴泰志大才疏；德格類狡猾；巴布海貪婪；阿濟格有勇無謀；多爾袞才幹卓越，卻掌握不住；多鐸貪杯好色。濟爾哈朗忠厚，卻缺乏主見與擔當。

杜度忠誠有餘，難以獨當一面。豪格……

皇太極對這個長子，心情是既喜且憂。

豪格，是他的兒子中，唯一已立戰功，在同輩中嶄露頭角的，他富於才智，也勇猛善戰。但在性格上，卻缺乏多爾袞的冷靜與擔當，有時不免優柔寡斷，情緒用事，躁急偏激。

而最令皇太極隱隱不安的是：他和多爾袞之間，似乎一直存著芥蒂。皇太極擔心的是：如果有朝一日，這種芥蒂擴大成兩虎相爭，豪格絕不是多爾袞的對手，而豪格對此，顯然沒有自知之明。

他不是不知道原因，卻無法改善這個局面；豪格年齡大，而輩分小。明裡，暗裡，委實吃了不少虧。這局面，在努爾哈赤在世，就已形成了；當有好處時，論輩分他要讓叔叔。當有過失時，論年齡，他得先受責。加上他母親烏拉那拉氏，本是心胸狹窄的無知之輩，不免人前人後抱怨叫屈。耳邊這樣的話聽多了，豪格豈能無動於衷？

到了他繼位，一方面是心中有愧，一方面也是表示無私，遇事不免抬舉多爾袞，而壓抑豪格。心裡也明知不妥，但，總希望豪格能夠善體親心，知道其中無奈之情。

正沉思間，一位牛彔額真向前稟道：

「三貝勒來了！」

凝目望去，只見幾面藍旗引著一小隊兵馬，急馳而來。領先的，正是莽古爾泰。

馬隊到不遠處，莽古爾泰一躍下馬，把韁繩丟給侍衛，後面還跟隨著德格類。來到跟前，彼此見了禮，莽古爾泰嚷道：

「昨天，和祖大壽的兵打了一仗，可折損了我不少兵將，你怎麼說？」

皇太極奇道：

「凡有各旗人馬傷亡，都按成例撫卹，你怎來問我？」

「我們正藍旗的兵馬，撥了一部分給阿山，隨他出哨。又有一部分，撥給達爾漢額駙。再加上這一折損，兵馬更少了。我要把那兩部人馬要回來，你另從別旗調派人馬給他們！」

「不行！各旗兵馬調派已定，哪一旗還有多餘的人馬可調派？你們正藍旗，平素訓練不精，在派差時，常有違誤，我都不加追究。如今，又來要求特別待遇，我怎向其他各旗交代？」

莽古爾泰受他這一責備，漲紅了臉，脖子也粗了，怒道：

「我的屬下，幾時違誤了？你根本派差不公，勞逸不均。每次都使我吃虧，受到損失，還說我違誤！」

皇太極聽他無禮反駁，也怒起心間：

「既然你自信沒有違誤，那我也不用看你的面子，寬恕違誤的人！各旗人馬的功過，我都登記得清清楚楚，回營一查便知；既如此，我就照章處置好了！」

莽古爾泰一聽，愣了一下：

「怎樣照章處置？」

「一一追究過失，處罰違誤的人！」

皇太極冷哼了一聲，調頭預備上馬。莽古爾泰大喝道：

「因為你是汗王，我一直依順你。為什麼你總是找我麻煩，無中生有？」

「是我無中生有嗎？我會還你公道的；如果查無據實，我嚴辦告發違誤的人誣告之罪，向你道歉。如果查證屬實，我也不會輕饒那違誤之罪！」

這是明指著莽古爾泰軍紀不嚴，縱容屬下了。莽古爾泰夙性暴烈，哪能容忍？想起當日阿敏之言，更是怒火中燒，道：

「皇太極！你整治了阿敏，如今要來對付我了嗎？」

一手按住佩刀刀柄，怒目瞪著皇太極。

侍立一邊的侍衛，似乎都大吃一驚，卻沒有人向前護衛。皇太極冷然注視著這位異母哥哥，一言不發。

一旁的德格類一見莽古爾泰撫刀作勢，眼中布滿恨意，忙向前斥道：

「你瘋了！」

兜頭便是一拳，莽古爾泰頭一偏閃過，罵道：

「蠢材！你敢打我！」

說著，竟把刀拔出了五寸。德格類一見，連忙轉身一把抱住，兩人都滾到地上，彼此扭打起來。皇太極冷然旁觀，侍衛也不敢上前排解。幸好代善聞訊趕了來，喝道：

「你們都在做什麼？是來打敵人的，還是自相殘殺的？還不快給我起來！」

一把揪住莽古爾泰，把兩人分開。兩個人都帶傷掛彩，甚是狼狽。

對這位「大貝勒」長兄，莽古爾泰還是有幾分忌憚的。當下鬆手，依然一臉不馴。代善斥道：

「御前露刃！你可知該當何罪？你未免太膽大妄為了！」

皇太極道：

「他自幼因為汗父鍾愛我，心懷不平。後來，為了邀寵，竟把自己親生母親也殺害了。像這樣狼心狗肺的人，什麼事不敢做？御前露刃？若不是德格類攔住，他還把我殺了呢！」

代善陪笑道：

「莽古爾泰好酒貪杯，總是又灌了黃湯，喝醉了，才犯了御駕。如今，正是用兵的時候，不宜驚動軍心。待勝利回京之後，再處置吧！」

皇太極沉吟了一下，道：

「既然代善哥哥這樣說，就這樣辦吧！」

「這樣才是！」

代善欣慰地說。轉臉向莽古爾泰喝道：

「你還不趕快給我回營去！」

莽古爾泰恨恨而去。代善反身又斥責侍衛：

「你們看見三貝勒露刃犯駕，竟袖手旁觀，是何道理？」

侍衛長囁嚅地說：

「三貝勒和汗王是兄弟，我們不敢……」

代善怒道：

「你們只知道汗王和三貝勒是『兄弟』，不知他們也是『君臣』嗎？」

一言入耳，皇太極當即一怔。心中反覆思索著這句話。「君臣」！對的！以後，該樹立君臣的分際，不能任由兄弟們輕忽了……

密探不斷傳來大凌河城中的消息：糧食已盡，先是兵士宰馬充飢。到後來，餓死的人，就成了活著的人的糧食了。甚至，已到了易子而食的地步。

皇太極命投降的漢官，寫信給祖大壽勸降，又親自寫信勸降。祖大壽卻以永平為前車之鑑，寧死不降。

皇太極又一再親自具名，致書祖大壽，承認永平屠城之罪。但那是出於阿敏一人之意，並非自己本心。如今，阿敏已受懲處幽禁。請祖大壽莫再猶豫，以拯救城中生靈。

祖大壽力竭計窮。細思：若困在城中，滿城中軍民都餓死了，雖博了一個「忠」名，實又與永平屠城何異？大金汗再三修書保證，降順大金的昔日同僚，也再三推許大金汗仁厚，或者其言可信……

「古人道，『慷慨赴死易，從容就義難』。其實，二者若只關一己之事，都還不難。難的是：一身而擔天下安危，萬民性命！」

祖大壽垂淚向兒子祖可法道：

「若全我一人之忠，勢必以全城百姓殉葬。大金立國以來，幾乎攻無不克。而這一次，只圍不攻，目的就在逼我投降。我若不降，你我父子，死不足惜。奈何這上萬的百姓……這兩個月來，為我餓死的百姓上萬了呀！」

哽咽良久，才嘆道：

「如今，我是降與不降，都難逃罵名了！」

祖可法跪下哭道：

「爹忠心謀國，怎奈朝中奸佞當道。熊經略慘死，還說是天啟年間的事，就不提了。袁經略，更死得不明不白！若說他勾結後金，別說爹爹不信，孩兒也不信！偏皇上信，百姓也信！朝廷中了後金的反間計，令他百口莫辯，竟至被凌遲而死！袁經略何嘗不是一生忠心謀國？卻不但為皇上所誅，還為百姓不諒，萬民指罵！甚至恨得吃他的肉！爹！君君、臣臣、父父、子子！然而，今日君不君呵……」

父子抱頭痛哭，祖大壽做了痛苦的決定——降！

祖可法恐怕後金不利乃父，自請先去試探。皇太極對祖可法極為禮遇，命重臣濟爾哈朗和岳託接待，且在他見駕時，不讓祖可法跪拜，而行「抱見禮」。並表明對祖大壽歸降的渴慕。約定了三日之後，祖大壽來降。

皇太極送走了祖可法，心中大喜。派人送信回瀋陽，告訴哲哲：凱旋有日了！

到八旗兵回瀋陽，已到了十一月下旬了。明方降將達數十人，但其中，並沒有祖大壽！

皇太極苦笑，向哲哲和布木布泰，說明這一段經過：

「他當時，一定是決定降的。他甚至當著我們的面，在城外，殺了不肯降的副將何可綱！」

他肅然起敬：

「那何可綱，真是一條好漢！眉頭都沒皺一下，含笑就死。祖大壽殺了他之後，又雙膝落地，向他下拜。」

布木布泰低頭想了一下，道：

「恐怕，就為了何可綱的死，他投降的心又動搖了。」

「也許吧！他來到帳中，我對他十分禮遇，他也表示感激不盡。後來，他說，他的妻小都在錦州，請求我放他到錦州去。他必設法接出家小，並且智取錦州，以為我贈他狐帽、貂裘、駿馬、雕鞍的答謝。我當然很高興，還幫他演了一齣戲……」

祖大壽在皇太極故意製造的隆隆砲聲中，率了少數兵馬，向錦州逃去。假作大凌河失守，突圍逃出。不料，皇太極等了數日，仍不見祖大壽的人影，也沒有片言隻字的音信。打聽結果，才知道，回到錦州的祖大壽，又反悔了，不肯投降了。

「想想何可綱，再想想阿敏！一個寧死不降，一個屠城逃走。這其中的差別，正是漢人可敬、可怕的地方！我聽范先生講《武詮》，講到朝廷賜給一位將軍一缸酒，將軍把酒倒入河中，與士兵共飲河水，以表與士兵共享榮耀。一缸酒，倒在河水中，並不能使河水帶酒味。但，這一種心意，欲使所有軍士甘心為他效死！而這次打仗，額駙顧三臺的人馬中，有士兵戰死，他竟用繩子拴著他們的腿，用馬拖回來！這樣不把士兵當人，不尊重陣亡的勇士，誰肯替他效死呀？」

他感慨不盡：

「昔日無知，總笑漢人文弱，不知讀書何用。原來書中道理，能移人性情，一至於此！當日汗父倒曾命多爾袞兄弟，隨范章京讀書。多爾袞還好，多鐸心太野，不久也就荒廢了。今後，我要下令各貝勒、大臣家的子弟，都要讀書，也好學點道理！」

布木布泰笑道：

「布木布泰也想讀書，汗王准是不准？」

皇太極奇道：

「你怎麼忽然想起讀書來了？」

「聽汗王說讀書那麼好，自然要動心的！」

哲哲笑道：

「布木布泰在科爾沁，原是讀過書，識得字的。」

皇太極頗有興味地看著布木布泰。布木布泰道：

「我爺爺手下，有一個老牧人，原是漢人。在年輕時讀過書、還中過舉，不知因何故，流落到塞外。爺爺見他談吐不凡，問明情由，曾命吳克善哥哥和族中兄弟隨他讀書。布木布泰年幼，吵著要去，便也跟去了。」

哲哲笑道：

「男孩子野慣了，只愛騎射，不愛讀書。反倒是布木布泰著實讀了幾年。她蒙文、滿文、漢文，都曾學過，竟能當個三國女通譯呢！」

皇太極笑道：

「怎從不聽提起？」

「從不曾談起讀書之事嘍！」

哲哲答道。布木布泰問：

「汗王到底許不許布木布泰讀書？」

「許！許！只是，往哪兒給你尋女塾師去？」

皇太極看著布木布泰忽然心中一動，道：

「外廷漢人不便出入後宮，多爾袞正跟著范先生學漢文，就讓他現學現賣吧；你們從小相識，又是叔嫂至親，不必避忌。」

此言一出，首先一驚的是哲哲。她不知皇太極忽出此言何意？是有意，還是無心？明知不妥，卻無法提出辯駁。

皇太極的目光卻沒有注意她，只注視著布木布泰。卻見她目光湛然，淺淺一笑，既不是喜悅，也不是驚疑，倒有些哂然之意。面對她這樣淡然不動聲色的態度，皇太極卻有些失悔起來……

是為了那一席話的不歡嗎？皇太極夜宿別宮。夜深人靜，布木布泰默然望著熟睡中的女兒，幽幽地吐出一聲自己也無以分辨是悲，是怨，還是茫然落寞的低嘆。

在今日皇太極的那段話中，她感覺到皇太極心中，對她與多爾袞之間早先的那段情緣，始終未曾真正的釋懷。在他幽深曲折的私心深處，還是存著疑忌之情。那段話太突兀了，突兀得除非早存在心中，不會如此衝口而出。

雖然，她從不認為皇太極真正有多麼愛戀她、在意她。甚至，如果當初她情投意合的對象，不是多爾袞而是別人，恐怕皇太極未必那麼介意！也可以說，皇太極介意的，並不是她曾與別人有情，而是：那個人是多爾袞！

多久了？她一直刻意的讓「多爾袞」三個字在心中淡化。先是聽而不聞，再是即便在她面前談到他，她也能以最坦然的態度，客觀的加入談話；一如談代善、談阿敏、談阿濟格、談多鐸。

她是成功的！別人不再在談到多爾袞時，把目光向她投注。甚至，連娜蘭對她炫耀有之，卻也不再那麼的防範。尤其，她受皇太極「專寵」之名在外，又有了四兒之後。大概在那些福晉們心中，她已經被皇太極「征服」了吧？就她們功利的眼光看，布木布泰如今是大金汗王最寵愛的福晉，多爾袞只是個貝勒，怎比得大金汗王？

只有她心深處知道：對她來說，多爾袞是沒有人能取代的！她忘不了與他兩小無猜之情。那一株被硬行移植到皇太極園裡的樹，雖然也存活了，且看來枝繁葉茂。但，在多爾袞園裡，還是盤根錯節。而且，根株深植，在地底下無聲無息的滋長著……

也因此，表面不動聲色的她，對多爾袞的一切是深情默注的關懷著，也關注著的。皇太極對多爾袞完全做到了他對烏拉大福晉的承諾：恩養有之、厚待有之，誰都認為皇太極對多爾袞真是「仁至義盡」！但，她始終沒有放心。就因為皇太極太「仁至義盡」了；如果，他不是心中擱不平，他不必這樣以「仁至義盡」明示於人！

而今日，皇太極那一番話，真出於無心？就她的了解：皇太極從來不是「無心」的人。

她警告自己：必得更加的謹慎小心，不是為了她自己；皇太極在意的不是她。是為了多爾袞！

回師不數日，眾貝勒奉命審議莽古爾泰「御前露刃」之罪。

莽古爾泰辯稱，那日因酒後衝動，並非有心。但，皇太極卻認為「酒後之情最真」；若非平日心懷不平，何以會有犯駕之舉？這一說法，得到了眾家王、貝勒的認同。終於論罪：莽古爾泰革去「和碩貝勒」銜，降為「多羅貝勒」，罰銀一萬兩入官，並削去五牛彔──一千五百人。

因說起「只知為兄弟，不知是君臣」的話，參政李伯龍提出：

「汗王既為一國之主，和碩貝勒不宜南面並坐。」

皇太極卻道：

「一向並坐，忽然改變，恐生嫌隙。」

代善聽這話風，豈能不有所表示？如今，阿敏、莽古爾泰都已獲罪，或幽、或降，失去了與皇太極並坐的資格。只有他是唯一仍並坐的「和碩貝勒」了。連忙表明心跡：

「我們一致奉汗王居大位，蒙汗王盛意，並列而坐，心中實在惶恐不安。不意因此，二貝勒、三貝勒輕忽汗王的地位，而造成今日的局面。此舉既生弊端，自應改革。今後，應由汗王獨坐正中，我與和碩貝勒們侍坐兩側。多羅貝勒及蒙古諸貝勒，順序後列，才見汗王南面獨尊的威嚴。」

身為當年「四大貝勒」之首，年高位尊的代善都自願側坐。其他大、小貝勒自然更無異辭。於是，大政殿中重訂秩序。皇太極這才真正嘗到了「南面獨尊」的滋味。心中的愉悅，可想而知。

朝班的序列既定，明朝又因大凌河被毀，一蹶不振。皇太極在軍民「休養生息」後，又有了新的計畫……

第二十二章

「稟大汗、大福晉，布木布泰福晉生了個格格。」

天聰六年二月，布木布泰生了第二個孩子。姑姪倆都期待著天降麟兒；哲哲已連生二女了，布木布泰第一個孩子也是女兒。而皇太極在豪格之下，在夭殤的二阿哥、三阿哥之後，已又有了兩個兒子。只是他們生母的身分低微，還威脅不到姑姪倆的地位。但，豪格的母親烏拉那拉氏，卻漸漸露出倚子而驕的姿態了。哲哲雖然寬厚優容，也不能不擔心；萬一，她們都不曾生子，日後，豪格就是最可能的繼位者。那時，烏拉那拉氏母以子貴……

聽說布木布泰所生又是女兒，哲哲心裡一沉，對皇太極的反應，就格外重視了。凝目望去，只見皇太極臉上露出微微的失望，漫應道：

「噢，知道了。」

聽到皇太極淡然的語氣，哲哲心裡一陣黯然。這是她們姑姪生的第四個女兒了。她不能不心存感激，皇太極對她們姑姪還算是非常優禮寵愛；除了她是中宮大福晉，如今布木布泰的位次，雖未明言，但因她住西邊，承寵的事實，在一般人眼裡，也都視之為中宮之次的西宮福晉。她知道，皇太極也希望她們能為他生子；在「子以母貴」的傳統之下，只要她們有子，未來就繼位有望。甚至連豪格都得退一步；因為他的母親出身相較於她們，相去太遠。

甚至，蒙古札魯特也是博爾濟吉特氏的貝勒戴青，願意將他有賢名的女兒送給皇太極為福晉，皇太極都表示：等布木布泰分娩後再談。分明意思是：如果布木布泰生子，他也不一定要聘娶此女。因為，她們有子，則大金和博爾濟吉特氏的親誼，就不必再靠聯姻來維繫。這樣的相待之情，她怎能不領？可是，天不從人願……

事已至此，以她「中宮大福晉」的身分，不能不表現出大福晉的風範，主動提起：

「汗王……我想，汗王就派人把戴青的女兒迎來吧。」

皇太極看著哲哲強顏歡笑的表情，無言的點了點頭：

「她素有賢名，來了之後，一定能與你們和睦相處。只是，她的身分尊貴，總得給她個名位……」

「你是說……」

「你是中宮。大家都把布木布泰算西宮，只有東宮無人。」

在大金，是以東為尊的。哲哲了解，他的意思是，目前位居中宮之次的布木布泰得退讓一步。這當然不是她所願意見到的情況。但，她只能強笑：

「那就是『東宮福晉』。」

好歹，總也是蒙古博爾濟吉特家的姑娘！她也只能以此自慰了……

布木布泰不能不盈盈下拜，拜這個後來居上的「東宮福晉」。如今的她，已不比當年初來，除了在姑姑面前，她當然居小；不論從地位、從輩分，那都是應該的。對其他人，她的謙退守禮，是她自矜教養的風度，不是本分！同樣的「禮」，在行禮時的心情上，就是不同的。可是……

她二十歲了！不再是小女孩。生四格格，她還沒理會到生男、生女有什麼差別。而如今，她卻知道，差別太大了！

戴青之女來歸，她並沒有受到太大的冷落；這位「東宮福晉」賢而不美，當然是原因之一。另一方面，她卻知道，是她已在皇太極心中有了別人所沒有的地位；不見得是愛寵，而是她是唯一可以、也願意聽他談國事的！

她低低一嘆，有些惘然。一個女子，知道這麼多、關心這麼多不屬於後宮的情事做什麼？軍政大事，不都是屬於男人的嗎？女人不是只該守著自己那一小片的天空，只要有妝鏡、有衣飾、有脂粉，有足以縈繫住自己的男人的柔情，就可以安度此生嗎？就像安富尊榮的姑姑哲哲，就像新來的東宮福晉，乃至就像與多爾袞成日爭爭鬧鬧，卻又廝廝纏纏的娜蘭！

為什麼自己不能擁有這樣的幸福；那應該是幸福吧？如果，沒有當初草原上與多爾袞的一段情；如果不是來到這個國度，嫁給皇太極之初，就開始了保護自己的防衛戒備；她不能不防衛戒備呵！為了自己，也為了……多爾袞……

於是，她一步步的懂了那許多她原先並不想懂的事。內宮的、外朝的；政治的、軍事的；權宜的、謀略的……她的懂，為她帶來了更多的懂；皇太極把她當成對軍國大事苦惱抒發宣洩的管道，因為她能聽，能懂，也守口如瓶。甚至，她偶發的另一個角度的意見，還有助於他的思考。

可是，作為一個女人，這又是多麼可笑可悲？當你的男人對你的需要，不是柔情，不是歡愛，而是政事上的討論諮商！

可是，如果連這一點都沒有，皇太極是否還會如此的留連在她的宮中？她是否還有機會為他生兒育女？如今宮中位次在她之下，沒有機會承寵，也沒有兒女的小福晉有好幾位，她們也都是女人，也都需要雨露的滋養。然而，她眼看著她們強顏歡笑的，每天給姑姑請安，她不知道她們怎麼排遣那每一個與前一天相同的漫漫長日。她只知道，她們的青春好短暫，好像不幾年，那原本嬌美鮮嫩的容顏，就如失去養分的鮮花一般的凋萎了。

她不覺揭開鏡袱對鏡自照。她對影中人的美貌，還是深具自信的；她依然無愧於別人又羨又妒所加予的稱號：「滿蒙第一美人」。而可笑的是：別人怎麼能了解呢？皇太極所「愛」的她，竟不是她這美麗傲人的容顏！

那，多爾袞呢？多爾袞所愛的，又是她的什麼？

她有些惘然。她多麼懷念那在蒙古大草原上，天真爛漫的布木布泰「小格格」！她多麼希望時光倒流！但她知道，這麼多年的小心謹慎，處處留神，已磨蝕了她的爛漫天真。她已經知道得太多、懂得太多！她只能在這條原本不是她所願意走的路上繼續的走下去。也只有走下去，她才能維持她付出了太大的代價，所擁有的這一切！她，再也回不去了。

皇太極的權力，已直逼努爾哈赤的極盛時代。版圖更有過之；皇太極躊躇滿志；他打進了長城，用計殺了袁崇煥；這一計，真正奠定了他在大金不可取代的領導地位！也以事實證明：他並不是忘「殺父之仇」；所謂議和，不過是以退為進的一種手段。在對大明發動一張一弛，作戰、議和雙管齊下的攻勢時，他也沒有忽略可以為友，也可以為敵的蒙古。

他以聯姻，成功的化解了原先滿蒙之間的矛盾，得到了大多數蒙古部落的支持。他一方面對他們極為禮遇，一方面也給予相當的規範；在他們違逆的時候，絕不假借。但「教訓」之後，總又大度寬赦。就在這樣的「恩威並施」之下，蒙古各部不能不「感恩懷德」，也不能不有所忌憚。

終於變成了經過馴養的野馬；仍有過人的戰鬥能力，卻上了籠頭鞍轡，聽任他的指揮了。

而更令他躊躇滿志的是：長久的忍耐與運籌之後，終於把三大貝勒共坐問政的局面結束了。這過程中，他知道如何拿捏最妥當的時機，運用最合宜的方式，來解決問題；他沒有殺阿敏，沒有殺莽古爾泰。沒有落下當年汗父殺弟、殺子的話柄，而達到了相同的目的。在這其間，他所學得的為政之道，更勝於南面獨尊的儀式。

他熟練的運用著柔剛相濟、恩威並施的手段，得心應手的駕馭掌控著他的國家馬車；讓他手下的駿馬，各自發揮長才，又保持著勢均力敵，權力的平衡。讓他們適時的馳縱一下，又適時的收勒一下。除了他自己以外，他不讓大金產生像當年「三大貝勒」那樣，擁有超強權勢的人物出現。他著意的讓豪格與多爾袞相互牽制，又著意的壓制著阿濟格，讓他心存不平；阿濟格始終沒有得到像多爾袞、多鐸那樣的優遇，這不平，足以讓三兄弟貌合神離；多爾袞無法整合三兄弟共有的兩旗半勢力，就無法超越他！

如今，他優禮漢官、漢民的懷柔政策也收到了成果；歸降的漢官多起來了。當初毛文龍的屬下，也率眾投向大金，這使他大喜過望；他們諳習的水戰，正是大金所欠缺的，更為大金增強了不少實力。

在這些漢官的協助之下，大金不再像當年，一切因陋就簡，凡事只以汗父的意旨為依歸，或者集議定案。而逐漸有了完善的「典章制度」，成了一個真正具有規模的「國家」。

當然，他不會以此為滿足；他的終極目標，還是取大明而代之，入主中原。但，他也知天命，絕不輕率。他有的是時間，慢慢的跟大明耗，大明如今內憂外患，國力最經不起的就是「耗」！等到他們殘餘的國力耗盡，那時，他就可以用最小的代價，取得最大的勝利！這是他胸有成竹的事。

他採取的是「邊打邊談」的策略。不時入邊侵擾，不時跟大明的官員談判；他也明知：大明最大的問題就是「上下壅蔽」，跟這些官員談，也談不出結果來；因為下情根本不能上達。而他樂此不疲；這是他的攻心策略，在談判過程中，他一再強調，大金沒有與大明為敵的意圖；甚至為了表示誠意，都不計較名位，只希望得到公平的對待。而屢屢得不到善意回應，又怎能怪我們？

在這過程之中，他看到的跡象，是許多的大明官員都被他說動了，雖然做不了什麼主，不管是為了善意，或是為了自保，也不像過去那樣抵死頑抗了。甚至，還把朝廷撥下，原本指明要賜給察哈爾的綢緞、金銀等，「瞞上不瞞下」的當作和平的禮物，雙手奉上！並且也不時在對「朝廷重臣」們只顧著招權納賄，營私結黨，根本不顧民生疾苦，以致上下壅蔽，使他們心餘力絀的不滿中，「吐苦水」般的，提供了他大量的「情報」。讓他對大明的政局、社會、經濟左支右絀的窘狀，瞭如指掌。

在這「消耗戰」的同時，他必須解決的，卻是蒙古察哈爾林丹汗那個心腹大患！

林丹汗乃是元朝直系後裔，本來就是蒙古各部落的領袖。在大金採行既以武力為後盾，又與蒙古各部落聯姻以懷柔的策略，贏得了蒙古各部的友誼和信任，紛紛歸附之下，使林丹汗深為不滿。雖也因著大金的八旗兵不好對付，而不敢正面攻擊，但總是不時騷擾那些他眼裡的「蒙古叛徒」。

這些歸附的蒙古部落，一旦有警，就向大金告急求援，使大金為了保護這些藩屬，每每勞師動眾，不勝其擾。

另一方面，林丹汗在蒙古畢竟還是具有相當大的影響力。甚至有些蒙古貝勒們，腳踏兩條船，有時歸附，有時叛離，也就是倚仗著有林丹汗為後盾。在這情勢微妙複雜的時候，怕引起其他部落兔死狐悲的同情，為了長遠的鴻圖大業，對這些心存僥倖的蒙古貝勒們，也不能真正的嚴懲，只能給予教訓之後，還是寬容相待。這種「姑息」，也常帶給他很大的困擾。

他也幾度的親征，主動出擊追逐，逼使林丹汗向西逃逸。但，總保不定什麼時候，又會死灰復燃；林丹汗的存在，使他如芒刺在背；他可不願意在他全心對付大明的時節，給林丹汗可乘之機！

天聰八年，察哈爾內部發生了嚴重的紛爭，林丹汗的暴虐，終於使得他眾叛親離。一再有林丹汗屬下的察哈爾貝勒，向大金表明了率眾來歸的投誠意願。甚至，連他的妻子都率眾來降。

皇太極再度親征；他不再只把焦點放在遼東，他捉迷藏似的，刻意把戰線拉長；在蒙古部落的支援下，他隨時都能先向西，再從任何一個關口進長城！更何況，他此行一舉兩得；他兵分四路：命大貝勒代善率兵由得勝堡掠大同，向西到黃河；德格類進兵獨石口，逼居庸關。阿濟格、多爾袞、多鐸入龍門。他則親領大軍從宣府向朔州；這四路兵馬，足以把山西一帶擾亂得天翻地覆，讓大明的崇禎皇帝以為防堵了山海關、喜峰口就可以安枕的時候，他偏讓那些昏君佞臣們知道：八旗兵有如狂飆一般，防不勝防！而且，他還是極盡嘲弄之能事的留書議和，並且責備大明官守和監軍的太監們欺君誤國！

他由袁崇煥的冤死，知道他當日高估了崇禎皇帝！原來崇禎不過是個既狂妄、又自卑，自己無能，還疑心病重，對邊防各鎮防範唯恐不及的昏君！他知道，他只要放把野火，就能讓大明朝廷上那些貪鄙自私、爭權奪利的官僚，狗咬狗的攻訐互咬，兩敗俱傷！

這一番的西進，大有斬獲。而令他更有意外之喜的是：林丹汗逃遁青海之後，因出天花，一病身亡了！這在長城之外，唯一還算得上「對手」的人一死，察哈爾已沒有一個可以服眾的領袖，當下更成了一盤散沙。

而他所得的消息是：林丹汗的妻子之一，身分相當高貴的竇土門福晉，願意率眾來歸！

大貝勒聽說此事，向他道賀之後，笑問他：

「汗王還記得五月間在納流特河駐紮的時候，所發生的事嗎？」

「納流特河？」

「是呀！汗王忘了那隻美麗的野雉了？」

他經此一提，猛然想起：有一天，一隻毛羽斑斕的野雉闖到御營附近，引起了一陣騷動追捕。一晃眼間，卻又失去了蹤影。

他聽到兵士們報告，也不以為異。第二天拔營，卻發現那隻失蹤了的野雉，竟是藏在他床下的。一經騷動，又展翅欲飛，卻因困在御幄中，飛不出去，被抓到了。因為那野雉實在美麗，兵士們也沒人忍心殺牠，便做了個大鳥籠裝了，獻給他。

當時，代善取笑：

「這是吉兆。大汗此行，必得美妻賢婦！」

半生戎馬的他，已有了那麼多位的大小福晉，也算得兒女成群了，哪還懷什麼異想！哈哈一笑而罷。

如今聽代善提起來，心中倒是一動；卻矜持道：

「齎土門福晉是來歸降的，而且身分尊貴，怎麼可以存此非分之想？而且，我也並不是好色的人！」

代善聽他這麼說，也斂起嬉笑之色，正色道：

「就因為她的身分尊貴，又是率眾來歸，才更要納她為福晉！不然，我們怎麼安頓她呢？又怎麼去統御那些隨她而來的人眾呢？再一說，幾位大福晉都沒有生子，如果汗王納了她，當然也是有名位的大福晉，多一個人為汗王生子，又有什麼不好？」

這麼一說，倒不由得皇太極不考慮了。的確！她的身分尊貴，而且，年紀還輕。林丹汗死了，蒙古並沒有寡婦必須「守寡」的習俗。以她的身分，能嫁誰呢？她帶來的人眾，若沒有這麼個名份，的確也是相當難以統御的。

尤其講起子息，他不能不感慨：連中宮大福晉帶東西兩宮，總共生了六個孩子了，卻都是女兒！他出征前，哲哲懷孕待產，他當然希望這一次她能生子，而，瀋陽傳來消息，哲哲為他生的，又是女兒！

他的其他福晉們，為他生過了五個男孩，卻有兩個夭折，只剩三個。女兒倒有七個了！若納了齎土門福晉，又幸而生子，這孩子的母親血統高貴，對他來說，豈不也是一件美事？

事實上，他一再迎娶蒙古成吉思汗嫡系後裔的「博爾濟吉特」氏，多少也有點心理上的補償；相較起來，他的祖先，是沒有這樣足以傲人的「貴族」血胤的！

更何況，齎土門福晉還是林丹汗的大福晉！把敵人的大福晉納入後宮，豈不也是一件讓人得意的事？而且還可以因此而收攬來歸人眾之心！

他終於首肯。而且為了表示鄭重，在齎土門福晉率眾拜見他之後，他請齎土門福晉暫駐到木爾湖附近，然後由他正式前往親迎。

這一處置，馬上得到了來歸人眾的歸心；他的親迎，表示了對他們福晉的無比尊重，也使他們對皇太極接納他們歸附的誠意，有了信心。

他們在歡欣之餘，立刻把消息傳布出去：大金汗對原先敵對的察哈爾人眾沒有敵意！而且，還迎娶竇土門福晉為妻！以後，大金汗也就是他們察哈爾部眾的新主子了！在林丹汗已死的情況下，這消息在察哈爾殘部間發生了極大的號召力；他們對大金汗不再有疑慮，他們願意歸降！

皇太極此番西征，真可說是躊躇滿志！他命快馬把他迎娶竇土門福晉的消息，送回瀋陽：當他奏凱而歸的時候，他將帶著他的戰利品和新福晉回去。他必須讓哲哲有心理準備，也得讓哲哲預備宮室，以貯新人！

第二十三章

特使，帶來了皇太極的「喜訊」。

哲哲心裡一沉，本能地望向布木布泰。布木布泰也正看著她，目光一觸，隨即目光掃向來使。這小小的動作，提醒了她中宮大福晉的矜持身分。立時打疊起笑臉：

「這可真是大喜事！你回去稟告汗王，向他道賀。告訴他放心：我會把宮室預備好，等著歡迎新福晉！」

來使退下之後，哲哲再也忍不住嘆了口氣。

她內心的苦楚，只有布木布泰了解；她們姑姪的子星不旺，成了地位的致命傷。她們一再生女，皇太極的失望，幾乎已寫到了臉上。如今，又有新人進門，而且，身分崇隆，還帶著豐厚的財貨與人馬為嫁妝！若是這位新福晉生子，對她「中宮」地位的威脅就大了！

可是，她能怎麼樣呢？身為女子，她已經是人人稱羨的了！

她想起以前總安撫勸慰著那些地位為新人所威脅，向她訴苦的各府邸的福晉們，勸她們拿出「大福晉」的器度來，不要失了身分。尤其娜蘭的嬌妒，排解不完的閨房風波，在她看來，簡直是不自重！如今，才知道：她之所以能豁然大度，實在是因為她的地位穩固，是皇太極對她的尊重敬愛，和那些得寵或生子的福晉們，本身身分低微，無法構成對她的威脅，使她得以保持她「中宮大福晉」的雍容器度。

然而，這位門第高華，又擁有足使皇太極心動的豐厚嫁妝；不僅是財物，甚且還有來歸人眾為奧援的「新福晉」的到來，讓她嘗受到了「威脅」的滋味。

這種心中的苦楚，雖然她知道布木布泰是了解的，她卻也覺得難以開口；布木布泰畢竟是她的姪女，她覺得吐露這樣的情懷，總歸是有失「中宮」應有的體統，和「姑姑」的尊嚴。

她只能努力平復心情，硬生生壓伏下心中的百轉千迴，吩咐預備新人的住處；為了表示自己的風度，她還特別吩咐：陳設不得低於東、西兩宮，侍候的人數，也與東、西兩宮齊頭平等，以示對這位身分尊貴新人的禮遇。

布木布泰默然地陪在一邊，看著哲哲指示分派。她懷中抱著哲哲新生的小女兒；心中不能不感嘆：如果，這是位阿哥……然而，對已然成為事實的事，又如何能有「如果」！

她想起，她當初就是姑姑以侍候生產，並協助她照顧孩子的理由，來到大金，嫁給皇太極的。如今，她來歸十年了！姑姪倆，共生了六個孩子。她自己的小女兒，還未滿週歲。侍候姑姑，她是樂意的，但，如今自己有了三個孩子，還加上姑姑的三個，最小的一個又才出生，使她真覺得有點照應不過來。她真希望有個親人來幫手，就像當年她來侍候姑姑、照顧孩子。

想到這兒，她腦海中忽然閃現了一個影子。

「海蘭珠姊姊！」

海蘭珠是她的姊姊，當年，皇太極陪著姑姑回科爾沁時，她文靜秀美的姊姊海蘭珠，已許給了蒙古土默特部落的貝勒。蒙古習俗尚早婚，不久，海蘭珠就出嫁了。她還記得那婚禮的盛大熱鬧，當時，也曾引起多少待嫁女兒的欣羨！

她畢竟還小，家裡也多少隱瞞著她，不讓她知道海蘭珠婚姻的真相。但，她還是感覺到了；每每父母派人到土默特去探視回來，母親總會鬱悶好幾天，有時也埋怨父親識人不明，把好好一個花樣的女兒葬送了！

後來她年紀大了，知了人事，才聽姑姑説起，海蘭珠的婚姻，竟如同一場夢魘；她是個性情沉靜柔弱的女孩子，那位貝勒卻粗魯野蠻，暴躁酷虐，又好色貪杯。這使海蘭珠的身心都飽受摧殘。結縭數年，也不曾生養。

前一年，那位土默特貝勒在與人爭鬥之間，墜馬受傷，不治而死。海蘭珠因無所出，在土默特也無所依恃，孤苦伶仃；而被心疼孫女的祖母，派人接回了科爾沁，才算是脱離了苦海。也許是因為遇人不淑，受創太深，她一直抑鬱寡歡。

去年，祖母帶著父母親，和哥哥吳克善來朝，也帶了海蘭珠來。十幾年不見，她驚訝於海蘭珠的憔悴孱弱。完全已不是她記憶中那嬌美如花的姊姊了。不但抑鬱寡歡，而且如驚弓之鳥一般，那麼憂傷，又驚怯恐懼。

那一陣，祖母和母親住進了中宮，海蘭珠就住到她的宮院裡。離別十數年的兩姊妹，才有了共聚的機會。海蘭珠每每在言辭間，表露出對她的羨慕；她自己從未感覺與皇太極之間有什麼特別恩愛，但在海蘭珠言辭中，那竟是天大的幸福！

祖母和母親，曾背地要她和姑姑好好安慰海蘭珠。她卻不知道該説些什麼？又能説些什麼？也怕無意義的安慰，更觸動了海蘭珠的傷心。

如今，她卻想：如果，海蘭珠能到瀋陽來，一則，她和姑姑也有了伴，有了幫手。二則，也許還能在這兒，為海蘭珠找到一個好歸宿；姊姊還年輕，難不成就這樣孤苦伶仃的過一輩子？如果沒有更合適的人，她有把握勸服皇太極和哲哲接受海蘭珠；這樣，彼此有個照應，她也多條臂膀。

想到這兒，她對自己點點頭。把握機會，勸哲哲派人去接海蘭珠。

滿心無聊賴的哲哲，無可無不可的點點頭；已經這樣了，哪在乎再多一個海蘭珠？更何況，海蘭珠畢竟是親姪女，總比外人強吧？

喜氣洋洋的回到瀋陽，皇太極接受了朝中貝勒大臣們的道賀。對他來説，此行實在可説是收穫豐碩。不但在對大明的攻擊上，大獲全勝。一直是他們背後大患的林丹汗死了，察哈爾蒙古勢力瓦解。竇土門福晉率眾來歸，使他不但人財兩得，還因此降服了察哈爾蒙古的人心，更是意想不到的額外收穫。

而且，他在婚後，發現竇土門福晉巴特瑪·璪，不但姿容甚美，雍容高貴的風範，竟不在哲哲之下！不愧為林丹汗的「大福晉」！林丹汗大概作夢也沒想到，有朝一日，他的大福晉會成為自己的後宮佳麗吧？

後宮的朝賀，又與外朝不同。在哲哲的引領下，後宮的福晉們先向他叩賀，他再介紹巴特瑪·璪與她們相見。

巴特瑪·璪落落大方向前，就向哲哲盈盈下拜，以示她對「中宮」的敬意。哲哲忙回了禮。她又表示要向東西兩宮行禮。

哲哲見她謙下，倒也不願委屈了她，命兩宮與她平禮相見，再依次讓其他福晉們拜見這位身分尊貴的新福晉。

這一作法，可說是皆大歡喜。更使皇太極欣慰萬分。巴特瑪．璪的特殊身分，的確也使他有些為難；如果只當她一般後宮福晉，不但委屈了她，也恐怕讓她帶來的人眾心懷不平。而他實在也不便明白表示什麼。幸好，哲哲和她都有著過人的器度，她未倚勢驕人，哲哲也雍容合度。

當晚，哲哲早安排了宴席，並邀請了各府邸的福晉和格格們，都進宮來吃「喜酒」，更使得巴特瑪．璪心服口服。因此，當皇太極到她的宮中時，她正色道：

「汗王！我自歸汗王以來，因為在外地，也沒有其他福晉隨行，天天獨享專寵，已經太滿足了！你今晚應該陪大福晉才是！其他的福晉也該分沾愛寵，不要讓她們覺得冷落。」

皇太極本來是恐她新來，覺得冷落。聽她如此通情達禮，更覺尊重。笑道：

「我是怕你初來寂寞。你能這麼想，最好！你也不要太拘束，常到各宮走動，與她們熟了，日子就熱鬧了。」

當他來到中宮，哲哲顯然喜出望外，歡然相迎。

他卻見到除了他習於常陪侍哲哲身邊的布木布泰之外，還有一張似曾相識，卻又想不起是誰的臉。那張臉，清麗中帶著輕愁，楚楚可憐，使他不覺關注。當他帶著疑問的目光，轉向哲哲時，哲哲笑道：

「哦，她是海蘭珠，布木布泰的姊姊。你去年見過的呀！」

聽哲哲這麼一說，他才想起來。一年多前他確實是見過的，只是，那時她跟著科爾沁老福晉來，混在一大群人裡。雖然，哲哲也一一介紹，但在那麼個喧譁熱鬧的場合裡，他也不曾特別的注意。

海蘭珠在哲哲暗示下，怯怯向前行禮。哲哲道：

「如今，我才生孩子，布木布泰自己的孩子多，又都還小。我們自己真照應不過來，所以接了海蘭珠來，幫著照應。」

「很好。海蘭珠，可要偏勞你了。」

他溫慰的話語，使海蘭珠原先蒼白憔悴的容顏，一下受寵若驚的泛起了紅霞，竟讓皇太極感覺美得不可方物。這一種美，對皇太極卻是陌生的。他的福晉們，幾乎無人不美，布木布泰更是美中翹楚。她們的美，當然讓人心動。海蘭珠的美，卻是另一種，那楚楚可憐的驚惶羞怯，使皇太極心中泛起了異樣的憐惜。

見他今夜準備夜宿中宮，布木布泰輕輕拉拉海蘭珠的衣袖，雙雙向他和哲哲一曲膝，退了出去。目送著她們，皇太極悵然若有所失。他知道，這若有所失，不是為了布木布泰，而是為了他今天才第一次注意到的海蘭珠！

小別勝新婚，哲哲在閒談中，娓娓地告訴他海蘭珠的不幸遭際。

「一個女人，遇到不懂得憐愛她的丈夫，是太不幸了！」

哲哲喟嘆著：

「這一件不幸的婚姻，帶給海蘭珠的心靈傷害太大了！那個粗暴的土默特貝勒是怎麼折磨海蘭珠的？把那麼鮮嫩如花的女孩子，折磨得好像都不記得怎麼笑了！她才二十六歲，比布木布泰也只大五歲。布木布泰到現在，都還像初放的鮮花，她……卻像花朵凋殘飄零了。」

皇太極對哲哲的比喻，深有同感。即使是已入中年的哲哲，也還豐腴潤澤有如盛放的花朵。何曾像海蘭珠那樣憔悴？而那分憔悴，卻增添了海蘭珠異於他人，另一番令人縈腸的韻味。令人憐、令人愛，更令人想將她摟在懷中，好好的疼惜、撫慰、保護。

他開始試圖去接近她，可是她一直斂束而退避。對他，謹守著對「汗王」應有的禮儀；那是「敬而遠之」。也許就因為可望而不可及吧，這更令皇太極對她好奇渴慕起來。

經過四個月的長征，他有許多的事情要處理；為他的汗父建立陵寢，並對這一次的征討，進行檢討，賞功罰罪。

然而，這些忙碌，對後宮而言，卻是不相干的。後宮的福晉們，都為他的久別歸來而引領企盼著。哲哲以中宮的身分，私下叮囑他要「雨露分霑」。新來的巴特瑪·璪，也體恤寬大，與其他福晉相處甚歡，亦不計較爭寵。他就真成進了眾香國中的蜂蝶，受享著妻子們爭相迎奉的溫柔滋味。

當然，他還是有他特別喜愛的去處，那是布木布泰的宮院。

對布木布泰來說，他的「偏寵」，並不始於今日。然而，她少婦的敏銳，使她不久就漸漸發覺：他到來，並不是為了她和孩子們。至少，不僅是為了她和孩子們，而另有用心；那是她的姊姊海蘭珠！

這一發現，她倒也頗中下懷；她本來也想過：在瀋陽為海蘭珠找一個合適的對象。幾次跟哲哲商量，也在姊妹私下密語時，探問過海蘭珠的意願。但海蘭珠總彷彿是「一朝被蛇咬」，談到婚姻，餘悸猶存。

她記得海蘭珠那麼珠淚盈盈地說：

「妹妹！如果你不嫌棄我，就把我當蘇麻喇姑吧！」

蘇麻喇姑如今是她孩子們的保母。海蘭珠顯然表示：寧可為她的孩子當保母，也不願再談婚嫁了！

因此，對皇太極似乎對海蘭珠發生興趣，她也是「樂觀其成」的。倒有些為皇太極著急；海蘭珠始終斂束迴避，驚懼羞怯，對皇太極保持著禮貌的距離。

在她跟哲哲講到這件事時，哲哲嘆口氣說：

「這也急不得，聽其自然吧。」

所謂「初嫁由父，再嫁由己」，在傳統上，孀婦的婚姻，是得由她自己自主的。

偶然，午後有了個空閒，皇太極踱到了布木布泰的院中，準備和布木布泰消磨一個難得清閒的下午。他摒退了從人，自窗外向內窺視。只見布木布泰側身躺在床上，面向著床裡，手輕拍著，想是在哄哪個孩子睡午覺。

他一時童心生起，躡足跨入，悄悄掩至床邊，一把抱住。床上的女人驚悸回頭，卻是海蘭珠。

只見她目光中，滿是驚懼；竟像犯了什麼大錯似的，瑟縮得像一隻驚弓的小雀。

他用最溫和的聲口，歉然道：

「嚇著你了吧？我以為是布木布泰；布木布泰呢？」

海蘭珠彷彿驚魂甫定，用略帶戰慄的聲音，道：

「布木布泰福晉，給十四貝勒福晉請去了。」

「哦，娜蘭請她？是了，多爾袞又出征去了，想是娜蘭悶得慌，請布木布泰去說笑解悶。」

海蘭珠低聲道：

「布木布泰福晉也是這麼說。」

皇太極見她拘謹不安的樣子，笑道：

「布木布泰是你的妹妹，怎麼一口一聲的福晉？豈不是太生分了？我們是一家人哪，不必拘禮的。」

海蘭珠不語。皇太極四周回顧，無話找話：

「你在這兒，可還住得慣？缺什麼，只管跟你姑姑說。布木布泰還是個孩子，未必事事經心。你多擔待她，可別見外，委屈了自己。」

「不！布木布泰福晉很周到，待我極好。」

海蘭珠彷彿怕布木布泰受了冤屈，急忙辯白。在皇太極聽來，這又是一件新鮮事。在他周遭的女人中，哲哲和布木布泰姑姪體己不算，其他人鮮少肯包容別人，無不極力詆毀別人，炫揚自己。爭寵、嫉妒，無所不用其極。能和睦共處的，甚是少見。於哲哲，猶不敢如何，連布木布泰之與人無爭，都不免招人猜忌，更不必說其他。

而海蘭珠，卻是對布木布泰極力迴護。以她膽怯的性情，和對皇太極一向的敬畏，竟能抗顏辯白，不禁令皇太極更覺詫異。

正沉思間，只聽見一聲：

「汗王，請用茶。」

只見她一雙白中透青的素手，捧著一盅茶。手，還微微的顫抖著。他看著那一雙瘦瘦纖纖的手，一時動心，手一伸，便連盅帶手，一起捧住了。

海蘭珠一驚，猛一戰，一盅熱茶，潑得皇太極一手一身。皇太極「唉喲」了一聲，茶盅打碎在地上。

海蘭珠一臉煞白，身子一軟，便跪了下去。皇太極連忙扶著，摟住她纖瘦的身子：

「可燙著了沒有？不怕，不怕，是我不好，害你受驚了。」

海蘭珠一聽這溫言軟語，一時悲從中來，嗚咽不止。

他動心了。將她摟在懷中，用手輕撫著她的秀髮，愛憐的撫慰：

「不怕！海蘭珠……哦！海蘭珠……」

時間停頓了。怯弱的海蘭珠，偎在他健壯的手臂間低泣。周遭安靜極了，他們耳中，隱隱只聽到彼此的心跳……

一聲輕嗽，在他們耳中，卻彷若輕雷。他慌忙鬆開了手；心中竟有著偷情事發的尷尬。回頭，卻見到布木布泰一臉似笑非笑的當門而立。他看不出她的心理，卻不由自己的臉上一陣臊熱。海蘭珠，更驚嚇得不知所措。

他不自然的乾笑：

「布木布泰……」

布木布泰含笑向前，向他一蹲身：

「恭喜汗王。」

又向海蘭珠施禮：

「恭喜姊姊。」

目光中，有著善意的促狹，和一絲……

皇太極沒有時間去分析，他只是想，該如何向哲哲解釋這件事；並且，給海蘭珠一個名位。

「布木布泰，我……」

皇太極懷中的海蘭珠掙扎而起。喊了一聲，似乎又羞又怕，淚眼汪汪。又不知從何說起，只俯首無言。

「姊姊，你放心。」

布木布泰柔聲向海蘭珠說了一句，拉她到一邊，附耳低語。海蘭珠聽著，蒼白的臉頰，布上了羞紅，彷彿又羞又喜。偷睨了皇太極一眼，垂下眼眸，微微點頭。

半晌，布木布泰才轉過身來，向皇太極一蹲身：

「布木布泰求汗王恩典：正式迎娶姊姊為汗王的福晉。可不能委屈了姊姊！」

就這樣，皇太極順水推舟地，先命人送海蘭珠返回科爾沁，再由吳克善送嫁到瀋陽。

第一次，皇太極不由自主的為一個女子而迷醉了！當新婚之夜，海蘭珠柔怯婉嫕的蜷曲在他懷中，承寵之際，竟至喜極而泣時，他忽然覺得：為了懷中的海蘭珠，他什麼都不在意了！他後宮的福晉成群，然而，包括哲哲在內，都不是出於他的感情而迎娶的。

哲哲，是他的汗父為他聘定的。其他福晉，也大多數因著類似，或更政治的理由。不錯！他也愛哲哲，愛布木布泰，然而那是不同的！他與哲哲，是因著相處，因著已然是夫妻。而且，哲哲不但姿容絕美，作為一個賢妻，幾乎無懈可擊，使他不能不愛！然而，在對哲哲的愛中，卻因著她的端莊，使他敬的成分更多於愛。

布木布泰呢？他知道，自己一直對她曾「愛」多爾袞在先而耿耿於懷。她曾愛過別人！甚至他都不知道，現在他與多爾袞相比，在布木布泰的心目中，誰的分量更重些？這一點，他始終沒有表露；在他看來，這未免「小氣」，而他恨自己的「小氣」。尤其，對方是多爾袞；他感覺隨時都在窺伺、冷笑，想拿住他的缺失的多爾袞，使他更不肯讓自己失去了「人君」的器度。甚至，他對布木布泰的寵愛中，都存在著矛盾的心理：一則是做給多爾袞看，讓他難過；二則也是做給多爾袞看，讓他看自己的豁然大度！

而海蘭珠卻是多麼的不一樣！她是他唯一先有了感情，真心想迎娶的！而她讓他感覺，他不僅是她第一個愛，也是她唯一的愛！雖然，她曾為人妻。但那婚姻，帶給她的只是痛苦！她在他的懷中喜極而泣時，讓他覺得：自己在她心中，真正是第一、也是唯一的男人！是她最重要的男人！這使他的感情，變得神聖而偉大！他，成為懷中這他所深愛女子唯一的依託！她的淚、她的笑，都緊緊的縈繫著他的心！這一次「新婚」的情味，帶給他的，是前所未有的如醉如癡！他，由一個自命偉大的君王，變成了海蘭珠的愛情俘虜。

一開始，哲哲和布木布泰都是欣慰的。連其他的福晉們，知道海蘭珠的遭遇，也都對她寄予同情和祝福，寬容的任由她享有皇太極的專寵。

沒想到，海蘭珠對感情，像「窮怕了」的人對金錢一般，貪婪飢渴得只想獨占、掠奪。她是感情上遭遇過傷害的人，心理上缺乏安全感，更使她緊緊的攫住被她擄獲的皇太極不放。

她很快的知道：自己的輕顰淺笑能令皇太極喜，自己的憂懼無助能令皇太極憐，她不必刻意逢迎討好；逢迎討好他的人太多了！而自己原先悲慘的際遇，如今竟是吸引著皇太極的最佳「本錢」。只要她露出幽怨淒楚的神情，就能讓皇太極彷彿惟恐她受到傷害的，除了她以外，再也不把任何女人放在心上！

而，她心中長久的壓抑，更讓她不知不覺的用這種方式來補償，甚至報復；在她受苦的時候，姑姑、布木布泰，都享了太多的福！現在，風水輪流轉，該輪到她了。

這種補償心理，使她完全不顧惜其他人的感受，只一心耽溺在與皇太極的歡愛中忘我。她不要別人來分潤皇太極對她的寵愛，她用柔情，用唯恐失去他的委屈幽怨眼神，緊緊的纏縛住他。

哲哲以中宮兼姑姑的雙重身分，不能不隱忍，等著皇太極自己覺悟。然而，日子一天天的過去，他竟是完全沉溺在海蘭珠的輕顰淺笑中。原先，哲哲每常伺機勸他「雨露均霑」，使後宮大抵上維持和諧。大家都習慣了這種「公平」的模式。因此，因為海蘭珠專寵的影響，而受到冷落的福晉們，有了不平則鳴的怨言。而令哲哲有苦難言的是：以前，她是受寵的，她可以「大方」的出言相勸。而如今，連她和布木布泰一併都受到了冷落，她說出類似的話，豈不讓皇太極感覺是她在與海蘭珠爭風吃醋！以她「中宮大福晉」的身分，又一直自矜自重，卻教她如何開口！

更令她難堪的是：接海蘭珠到瀋陽，還是她作主的！迎娶海蘭珠，在巴特瑪．璪以「新貴」入宮之際，她多少也有順水推舟，為自己增加個臂膀的心理。她又如何想得到，她原先視為「假想敵」的巴特瑪．璪倒是知禮謙退，謹守分際的。她想當作「臂膀」的海蘭珠，卻真正的成了占據了皇太極整個心，威脅了她「中宮」地位的人！

布木布泰就更有如啞子吃黃蓮，有苦說不出了。從一開始接海蘭珠來瀋陽，就是她出的主意。那天撞破了皇太極和海蘭珠的私情，她更大度包容，並且竭力促成。而且，還為海蘭珠求取正式迎娶的「恩典」；先送她回家，再由哥哥親自送來。就是怕若不明不白的就這麼草草成親，少了明媒正娶的「親迎」手續，在名分上會委屈了海蘭珠。豈料她處處為姊姊設想，倒頭來，海蘭珠擅寵專房，卻容不下她了！

皇太極忘我的沉溺著！長達一個月之久，他沒有親近，乃至沒有想過其他的女人。也沒有進過任何其他人的宮院。

直到，一個多月後，他才第一次跨進布木布泰的宮院中，為了探視他最鍾愛的小女兒四格格的病。

「阿瑪！雅圖好想你！」

望著才苦著臉吃下藥，小臉燒得通紅，見到他卻歡然掙扎坐起，伸開雙手，等著他擁抱的四格格，他心中才升起了一點愧疚；自從海蘭珠來歸，他幾乎連這個女兒都忘了。他就著床邊，將四格格擁入懷中，親吻著她通紅滾燙的小臉：

「阿瑪也想你！」

「可是，阿瑪都不來看雅圖！」

「阿瑪……政事太忙了！」

面對小女兒的質問，他啞然之餘，心虛的答覆後，不由忐忑地望向布木布泰。卻見她並不望向他，默然凝斂的目光中，他看不出她心裡想什麼。卻敏感的臆測她必然在心中冷笑，以刀鋒般的冷笑，劃破他心虛的謊言。

四格格不再追問，只滿足的偎在父親的臂彎中，以純稚又充滿孺慕的眼神，凝視著他。那純淨的目光，卻使他更踧踖不安了。只緊緊的抱著她，沒話找話的哄著她。慢慢，四格格藥力發作，又沉沉睡去。他才輕柔地將她放到床上，替她掖好被子，站直了身子。

布木布泰也站了起來，仍然默然，目光凝聚成一泓深潭。由於近在咫尺，他發現，布木布泰憔悴了幾分。清澈的目光中，有著難言的幽怨和失意。甚至，他看到了薄薄的淚光。

他心頭一震，一時辨不出滋味。想說些什麼，甚至想留下來陪她一宵。但……

隨即他又想到：海蘭珠在他說要來看四格格時，那無言的憂懼眸光中，兜滿了淚珠；彷彿深恐他一離去，她就會失去了他的愛寵。他不知道別的女人是不是也這樣的害怕失去他。但，海蘭珠的害怕，卻使他讀出她恍如心碎的深情，使他不由自主，像信誓旦旦般地承諾：

「我去去就回來！」

想到這兒，他狠了狠心：

「布木布泰，你也要多休息，別為了四兒，自己累病了。」

這話一出口，他彷彿為布木布泰的憔悴，找到了與他無干的理由。馬上鬆了一口氣，逃也似的跨出了宮門。

外面的冷風一吹，他又不覺有些愧怍，回頭望去，只見布木布泰正依禮隨在他身後，對著他蹲安。他又一次的受到了震動；所謂「居無常禮」，平時，布木布泰不是這麼「生分」的。

如今，這是否意味著：他與她之間，已然相敬如「賓」？

他心裡的不安，更強烈的撞擊著他。他誠然深愛海蘭珠，但，也並不真想傷害這曾被他暱稱為「小東西」的布木布泰。而布木布泰顯然在這段時日中，已然因著他對海蘭珠的沉溺，而受到了傷害！

他想止步，甚至想回頭，但，他已跨出了門。若再折回，豈不有失人君的尊嚴！而且……海蘭珠想必正淚盈盈的，等著他回去！

終於，他狠了狠心，踏步而去，心中卻惘惘然若有所失。

不知是他心理作用，還是……

當他努力自海蘭珠身邊抽身，留宿於布木布泰的宮院時，他感覺，布木布泰變了。她並沒有什麼具體言行上的改變，可是，他覺得，她好像失去了什麼，是嬌癡？是熱情？是……心？

布木布泰是變了，在那一番，四格格的病，和她極力抑止的眼淚，都沒有留住皇太極的人和心之後，她不再對他存什麼「指望」。這也許是一種自我保護的本能；既然，她若「在乎他」，只會為自己帶來更大的傷痛，那，不如不要寄望。她關上了她心裡那扇原本為了多爾袞而鎖閉，好容易才在十年的恩情累積下，才為皇太極打開了的心扉。

不再指望皇太極，她把心思寄託在書本中。皇太極戲語讓多爾袞來教她讀書的事，並未實行。他的不再提起，倒讓她鬆了一口氣。她知道他還是為這件事心懷芥蒂，真那樣做，會為她平靜的日子掀起波浪；她不想在窺視之下度日。而且，娜蘭又豈能容得！

多爾袞和娜蘭的「新聞」不斷。娜蘭不育，原先都說是娜蘭流產所致。後來又傳出是多爾袞的問題。多爾袞的身體並不太好，至於，他是否有什麼不育的問題，她既不知道，也不便知道。只是，各府邸的福晉背後當笑話的傳說，是娜蘭「抱怨」他又好色又「不行」。好色，是他主動、被動的，也有了好幾位福晉。「不行」，就語涉曖昧了。倒是阿濟格福晉另有說辭，那是因著娜蘭妒悍，根本不能容人所致。

而這些，她早已能淡然聽之、一笑置之。就算是娜蘭約她去玩，與多爾袞狹路相逢時，她都能淡然以叔、嫂之禮尋常相處。尋常到連娜蘭彷彿都忘了他們的過去。但她也知道，這是在「尋常」之下的「健忘」，「維持常態」才能讓人繼續「健忘」下去。若有什麼特別的異動，還是會再次喚醒那些回憶的。她絕不願為自己找麻煩；當然，也絕不願為多爾袞惹麻煩。

而她沒想到的是：海蘭珠卻有意無意的總提醒著皇太極：布木布泰與多爾袞有舊情。她心靈的乾涸，容不下皇太極偶然對布木布泰表露的欣賞與稱美。她知道：沒有男人真正能容許自己的女人心裡有別人的影子。這是布木布泰的弱點，也是皇太極的痛處。

事實上，海蘭珠來歸後，皇太極的轉變，不但後宮的人身受，連他的兄弟子姪們，都覺得他變了個人！他開始在視朝時稱病缺席。而各府邸的福晉們，各有消息管道，都知道：病的不是他，而是海蘭珠。海蘭珠因為夜來繾綣情濃，以致失寤。他為了怕驚動了她，竟至不朝！

別人還好，多鐸就忍不住背後譏評了：

「好個勤政愛民的淑勒汗！總說我貪花好色，自己又如何？」

兄弟中最年輕氣盛的多鐸，雖然已經成年，到了戰場上，也是一名驍勇悍將，已立下無數「汗馬功勞」，也奠定了他在大金的地位。但，回到家裡，他就又成了不肯長大的小弟弟了。

他心裡始終對皇太極有著壓抑不住的怨恨。而且，他不像多爾袞有深沉的城府，又正當叛逆的年齡，總是口舌無忌的嚷嚷出來。尤其在他自覺有理的時候，那更是「誰怕誰」？非鬧不可！因此，烏拉大妃所生的三兄弟中，皇太極最疑忌的是多爾袞，最頭痛的卻是多鐸。

多爾袞沉著穩重，絕不落下一點供人描畫的口實話柄；而且，也絕不會做出什麼不得體，讓他當眾難堪的事。多鐸卻不同了，他從小給父母嬌寵慣了，卻又不曾如對多爾袞般寄予重望，嚴加督教，養成了他驕縱的個性。加上皇太極自己於心有虧，不免處處將就他，他也吃定了皇太極不能把他怎樣，就更任性，而且，倚小賣小了。

去年，科爾沁老福晉帶著兒女、子孫來朝，多鐸跟哲哲的異母小妹妹薩如拉投了緣，吵著非要迎娶不可。皇太極覺得這位格格貌不驚人，怕他一時興頭，熱頭過了，若生嫌棄之心，反而把與科爾沁的交情壞了，堅持不允。結果，多鐸的牛脾氣發作，竟然先斬後奏，請他親哥哥阿濟格主婚迎娶。木已成舟，皇太極也無可奈何，只能痛責阿濟格一頓。還為了怕多鐸喜新厭舊，一再叮嚀哲哲疏通；萬一有事，就讓薩如拉「歸寧」，免生事端。

多鐸聞知此情，當然大為不滿，偏賭口氣給他看！而且，薩如拉自知貌不如人，不但性情柔順，而且穎慧過人，絕不似娜蘭嬌妒無理。反而事上御下，謙恭柔順，大度能容，倒收服了這連皇太極都無可奈何的無韁野馬，兩人恩愛逾恆。多鐸在她的婉言勸導下，性情也較前穩定，反倒讓皇太極不能不對這位貌不驚人的小姨刮目相看。連多爾袞也羨慕起弟弟來；若能讓他選擇，他也寧可要貌不驚人而賢慧溫柔的薩如拉，不要徒具美貌、卻乏婦德的娜蘭！

也正因如此，多鐸這回可就振振有辭了：薩如拉總規勸他敬事兄長，勤於政事。而海蘭珠卻自恃愛寵，反讓一向勤政的皇太極落下「不視朝」的把柄，正給了他攻擊的口實。

這話，傳到了哲哲耳中，她覺得不能再坐視不問，招來海蘭珠，雖言辭上並不太嚴厲，卻也著實的把她教訓了一番。

海蘭珠滿腹委屈羞憤，指望皇太極為她作主。而這一回，卻連皇太極也不能作聲了。因為，他的一再不視朝，不但兄弟子姪的不滿，漸漸表現在言辭態度上。且，有漢臣上疏，奏請「勤視朝」！

他畢竟是個英主，雖然萬分難堪，卻也知道是自己錯了！而且，設身處地，於情於理，鬧開來，他都無法服眾；哲哲指責的，並不是海蘭珠專寵；而是他為她荒廢國事！這就不僅是後宮爭風吃醋的問題，而牽涉到整個大金的國運前途了！他對海蘭珠再偏私，也不能以此責備哲哲；他知道，那會引起公憤。而且，自己怎麼也站不住腳。甚至，風波鬧大，會造成搖動國本的大亂子！海蘭珠雖然讓他難捨，總不能拿天下去換！

因此，他也只能柔情撫慰海蘭珠一番。海蘭珠自以為受了委屈，卻沒有得到實質的支持；她也是個聰明人，意會到自己的做法，已引起了公憤。以致連皇太極都不敢因此對「中宮大福晉」的姑姑怎麼樣，來為她出氣。使她警覺：情勢不利，這才了解，「中宮」的威嚴不是恃寵可犯；心中再怎麼委屈不平，卻也收斂多了。

第二十四章

「察納雅言」的皇太極急於求功，並以對外發動戰爭的作為來補過，消除貝勒、大臣們對他一時沉溺於兒女私情的不滿。

天聰九年，他對因著林丹汗的死亡，已瀕於瓦解的察哈爾，發動了掃蕩的攻勢。派出了多爾袞、岳託、豪格、薩哈廉，去收拾察哈爾林丹汗兒子額哲所率，留在托里圖的殘部。

多爾袞是這一役的主要負責人。他其實年紀比另三位都小，輩分卻大；豪格是皇太極之子，岳託、薩哈廉是代善之子，對他們來說，他是「十四叔」。

他已經立下不少戰功了。但，從來沒有獨當一面過。皇太極總以他年紀小，不放心為由，雖也給他機會作戰，卻總讓他「從征」，不讓他脫離自己所掌握的範圍。

他什麼話也沒有說，除了適時對皇太極表示效忠之外，他不像其他人，常主動爭取什麼機會；他知道，皇太極對他始終有戒心。別人爭著出馬，皇太極不會有什麼聯想。他若去爭，皇太極一定會疑忌。他的早熟，使他知道進退；他知道此時此際最好的辦法是「不要多事」；韜光養晦，順從聽命，凡事不要太露鋒芒。

因此，他只認真的執行皇太極交付的每一件任務，盡力做到無懈可擊，讓皇太極沒話可說，同時也不能不重用；他知道，皇太極性格中，有著自負與自許，絕不願落下別人的口實話柄。尤其，讓人猜疑他「疑忌」自己，更是「作賊心虛」之下，難免敏感，極力要撇清的。所以，多爾袞知道，只要他的功勞累積到某一地步，皇太極就算心裡再不情願，為了怕人家議論，也只能放他出頭。

機會果然來了！他甚至猜測，這恐怕還託了海蘭珠的福；海蘭珠的專寵，導致的皇太極被漢官諫奏「勤視朝」。這對皇太極來說，是會視為形象上的白璧之瑕，要努力遮掩，且要設法轉移目標的。

前番他們是九月班師，給了他極好的藉口：天寒地凍，正宜休養生息。在休養生息期間，就算有什麼不合體制的作為，總易取得諒解。

而，如今開春了，皇太極當然要好好的表現一番，以示他絕不是貪戀女色的昏君，還是有所作為的英主。而且要讓人有別的事情可以關注，不再把目光盯在他與海蘭珠的私情上。

多爾袞猜想：就在這種考量下，他才得以脫穎而出。大金如今派出誰，都不會太引起關注，因為一個個都把出征當家常便飯了。只有他！一個大家都知道皇太極心中始終不曾釋懷，而又是首次獨當一面的人：兄弟輩的小弟弟，子姪輩的小叔叔！才勢必會吸引大家的關注，而淡化了原先對皇太極和海蘭珠的議論。

當然，皇太極還是不放心的！他心中冷笑；豪格不用說了，當然是來給皇太極當耳目的。而，大金誰都知道岳託、薩哈廉是皇太極最親信愛重的姪子；當初，就是他們兩兄弟說服代善擁立皇太極的！

當然皇太極說得漂亮：

「你初次獨自領軍，必得派出最有經驗、最有智謀的，也最勇猛善戰的人襄助，以期一戰而捷。也好讓大家看看：汗父對你的器重，我對你的期許，都不是沒有原因的！」

他在「表演」上，又豈會比皇太極遜色？當場表示出感激涕零：

「我一定好好為汗王立功，絕不負汗王栽培期許的大恩！」

浩浩蕩蕩，他率眾西行。也算是他的運氣；察哈爾的氣數已盡，才走到錫喇珠爾格，他還沒有發動攻擊，當地統領著察哈爾殘部囊囊太后，就派索諾木台吉率領一千五百戶前來迎降。

他大喜，設宴款待。席間，為了表示對囊囊太后和索諾木台吉的尊禮優遇，特地請了先前來降的南楚和阿什達爾漢陪席。酒酣耳熱，索諾木聽他說準備進逼托里圖，問他：

「貝勒！你此行，到底是準備趕盡殺絕，打個你死我活呢？還是希望兩國友好，額哲歸降呢？」

「當然希望不要打仗，額哲能來歸降！只是我不知道，他肯不肯歸降呀！」

「額哲與林丹汗的性情不一樣，他還年輕，並不像林丹汗那樣窮兵黷武。而且，事母極孝。若是他的母親蘇泰太后願意歸降，他一定會聽從的。當然，貝勒得給他恩養的保證。」

「我保證一定恩養他們母子！」

多爾袞目光掃過豪格：

「我汗王英明寬大，愛民如子；半年前，就已迎娶了你們的竇土門福晉。而且，南楚和達爾漢都在這裡，你可以問問他們：他們歸降後，汗王待他們如何？」

南楚和達爾漢極口讚揚皇太極的寬大仁厚，並以自身所受的恩遇為例，保證額哲母子一定會受善待恩養。

索諾木笑了：

「那貝勒最好就在此暫駐，按兵不動，別驚散了他們。貝勒當然了解，部眾一旦潰散，就難以節制。而且，最好派他們兩位前去宣諭，向他們母子保證：歸降之後，一定會受到恩養。南楚是額哲的舅舅，達爾漢的輩分更高。」

他轉頭對南楚和達爾漢道：

「你們前去，他們母子一定信得過。你們就可以為大金汗立招降之功了！」

察哈爾人眾甚多，多爾袞倒真沒想到，南楚和達爾漢和額哲間有這麼密切的關係。當下笑道：

「既然如此，我駐兵於此，就偏勞兩位走一趟吧！」

南楚一挺胸：

「既然貝勒信得過我，我一定說服姊姊和外甥歸降！」

索諾木道：

「那還要快；聽說，鄂爾多斯部的濟農，正想引誘額哲投奔他，以壯大聲勢。額哲太年輕，他手下人多口雜，已有不少人被說動，投奔鄂爾多斯去了。目前，額哲的主意還沒定，等額哲也去了，再要他歸降，恐怕就要費周張了。」

多爾袞聞言。舉杯向南楚道：

「那，這一杯，就算送行酒；等你立功回來，我必奏告汗王，另有封賞！」

南楚和達爾漢，一個是額哲母舅，達爾漢更是他的叔祖。有這兩人勸說，額哲母子欣然接受了。當即率領了屬下所有人眾來歸。

這一次的歸降規模可就大了！不僅額哲母子，連林丹汗其他的大小福晉、妹妹、女兒和各處舊部，都聞風而來。

而最出多爾袞意外的，是額哲之母「蘇泰太后」，為了表示歸降的誠意，竟然獻出了林丹汗視為鎮國之寶的「元代傳國璽」。

多爾袞早就聽說了，林丹汗之所以自視為天命所歸，就因為這一方相傳是漢代傳下來的寶璽。說來也是玄奇。這方寶璽傳至元朝，是被當成「傳國璽」的。所以元順帝北狩時，還隨身攜帶。元亡之後，不知所蹤；沒有人知道這方寶璽的下落。

經過了兩百多年，偶然有個牧羊人在牧羊時，見一隻羊，三天不吃草，只不斷的以蹄刨地。他好奇之下，就地挖掘，發現了這一方不知是誰埋藏的寶璽。經人指出這是貴重之物後，他獻給了本是元代後裔的主子博碩克圖汗。

所謂「匹夫無罪，懷璧其罪」，林丹汗聽說，竟然為此出兵滅了博碩克圖。這方寶璽，就此為林丹汗所有。由林丹汗交給嗣子額哲的母親蘇泰福晉收藏。如今，林丹汗已死，額哲繼位，她也晉升為「太后」了。為表示歸附的誠意，獻出了這方寶璽。

接過這方寶璽，多爾袞心中一動。還來不及想什麼，已看到豪格正虎視眈眈的望著他。他當即環視豪格、岳託、薩哈廉道：

「沒想到，我們未費一兵一卒，就為汗王立下這樣的大功！豪格！你馬上選派使者，到瀋陽報這喜訊！讓汗王知道，元代的傳國寶璽已為大金所得！」

他頓了一下，又向岳託、薩哈廉道：

「大家一再的勸汗王登基，即皇帝位，汗王總是謙讓。這一下，可是天命所歸！你們也快派人向你們的父親報這喜訊，請他聯合各家貝勒、大臣勸進！等你們回去，少不得汗王會有豐厚的賞賜！」

一席話，豪格三人馬上露出了笑容，紛紛向他道喜：

「我們這是沾了十四叔的光，還是十四叔的頭功！」

他心中冷笑，卻當即恭恭敬敬的把寶璽收好：

「等我們回瀋陽，再行獻璽禮！」

當下大開宴席，為來歸的福晉、格格和她們所帶來的人眾接風，皆大歡喜的熱鬧了一場。

晚上回到自己的營帳，他捧出寶璽，心中輾轉：「天命所歸」！他是第一個接過寶璽的人呀！如果，當初不是皇太極奪了他的位，這「天命」，也應該屬於他才對！

但，他知道，他不能留下這一方寶璽！現在他的時間還沒有到；他還沒有與皇太極抗衡的力量。不說別的，當時他如果露出一點對寶璽的覬覦之心，就不知道豪格會有什麼舉動。現在，他還是得做「過手皇帝」，還是得乖乖的把寶璽獻出去；這會使皇太極對他的疑忌減少，也會使他得到一些實質上的利益。

以他估計：這一回皇太極不會再辭讓了，一定會藉著這「天命」，登基即「皇帝」位。在封賞時，他必然會占有最優惠的地位；不論是為了籠絡，為了酬功，皇太極都勢必予他以高位。隨高位來的，必是重權。

他不急！他才二十幾歲，有的是時間！

多爾袞傳來的消息，使瀋陽沸騰了！他們竟然不費吹灰之力的，得到了他們一向最欽慕、也一向視為目標的元朝傳國璽！這吉兆不是「天命所歸」的天意垂示，還是什麼？

貝勒、群臣在上表道賀之餘，眾口一聲：請汗王稱帝！這也就是說：他們不再自居小國，而可以公然表示與大明「平起平坐」，不再受任何的名義或心理上的局限了！

皇太極當然躊躇滿志，得意萬分。尤其讓他滿意的是：多爾袞在這件事上表現出了無比的忠誠：他並沒有以自己得到了傳國璽，而有「異志」。他不但馬上派人傳報回來，並且，還提醒岳託和薩哈廉請代善「上表勸進」！

也許，他真的覺悟或了解「天命」不在他多爾袞，而認命了吧？

可是，當一天的興奮過去，午夜夢迴，他卻再也睡不著了。望著懷中安然入夢的海蘭珠，他有些羨慕；她是只要有他陪著，就什麼心思也沒有了。她根本不知道當年的情事，不知道他多麼的「怕」多爾袞！

他也想忘掉那件事，努力的想多爾袞對他的忠誠；他連得到元代傳國璽，都沒有存什麼「異心」，要豪格立刻派快馬傳報，並努力勸進；易地而處，還要人家怎樣？

可是，他也不知道為什麼，就在這樣的情況下，他心裡仍有那麼個小小的聲音，以細微近乎耳語的聲音，唱著反調，「挑撥」著他對多爾袞的「信任」。

而這一點幽暗之心，卻是對誰也不能說的。若說了出來，無疑會對自己人君的器度造成非常壞的影響，而且使臣下們心裡因此而猜疑。可是……

他在與各旗貝勒、文武大臣，尤其他視如股肱的「參謀」范文程商議之後，決定「順天應人」稱帝！

幾乎所有的人，都投入了準備大典的興奮之中。而讓貝勒們除了登基大典，還興致勃勃的卻是：多爾袞同時傳來的消息中，有一份讓他們怦然心動的名單，上面列著此番歸降的，除了宰桑、台吉等部眾人馬之外，還有不少林丹汗的女眷，包括了他的遺孀、姊妹和女兒。

這些失去庇護的女眷，當然，也都成了大金的「戰利品」。可想而知：她們不但都是姿容出色的貴婦，而且，都有著豐厚的妝奩。若能娶到她們，那真是人財兩得，令每個人都引領企盼。但，他們也知道：這還得看皇太極的意思，由他「指婚」才成。

皇太極當然知道這些人的心思。他心中已有了成算：他既已納了竇土門福晉，又有了海蘭珠，自己也不想再娶了。這些來歸的福晉、格格，總得有所安置。當然，就該讓他親信的貝勒們優先。比如，大貝勒代善，他的長子豪格、他親信的濟爾哈朗和阿巴泰……再則，就是貝勒中喪妻或夫妻不睦的了。

多爾袞風風光光的回到了瀋陽。為了表示對來歸降的察哈爾福晉和部眾的歡迎，皇太極親自率領貝勒們遠迎。

多爾袞既然已經放棄了現在與皇太極爭勝的念頭，就樂得漂亮；命歸降的林丹漢之子額哲，當眾獻上「傳國寶璽」。當皇太極接過寶璽的那一刻，歡呼聲震動了整個原野；這顯示著「祥瑞」的吉兆，揭示了大金的新頁。

當天，皇太極就大排宴席，讓所有的貝勒們，和來歸的福晉、格格們無拘無束的同帳共飲。

大金和蒙古數十年來，在有意彼此建交締盟之下，通婚無數，彼此的語言和生活習慣，都已融合。當此友好之際，更是酒酣耳熱，不多時就打成了一片。而且，彼此都知道：這不但是慶功宴，也是皇太極有心安排的「相親大會」，更是一個個睜大了眼睛，希望能找到合適的對象；大金的貝勒們，固然指望著「人財兩得」，而來歸的福晉、格格們，失去了林丹汗的蔭庇，也希望能嫁一個好丈夫「終身有靠」。酒宴上，雖然不便公然如何，但眉挑目語的，也都彼此心照不宣了。

這些情事，落在皇太極眼中，更是心中有數了。

阿巴泰有了幾分酒意，向前祝敬，建議：

「汗王應該優先挑選一房最高貴的妻子，比方說，囊囊太后……」

皇太極笑道：

「你是不是也看中了誰？所以先來給我說媒？我告訴你，我心裡已有一個絕妙的主意，你等著看吧！」

由於濟爾哈朗喪妻不久，他認為應該讓他優先挑選。

「如果汗王願意為我指婚，我希望能娶蘇泰太后；汗王大概不知道：她是我亡妻的妹妹！看到她，使我有亡妻重新復活的感覺！」

他與亡妻恩愛彌篤，喪偶之後，情懷寥落，皇太極是了解的。聽他這樣說，也為他高興，當場允許。

「好極了！我也認為你和她最相配！原來本是一家；我還奇怪，為什麼她連相貌都與你死去的福晉相彷彿呢！」

他的長兄代善，和弟姪們進見時，他和顏悅色的對代善道：

「大貝勒！我已為你看中了一門好親：林丹汗的多羅大福晉囊囊太后，正配我大金的汗兄大貝勒！」

他原以為代善會歡欣鼓舞的接受，沒想到代善冷冷的說：

「謝謝汗王，如果汗王要給我指婚，我想要蘇泰太后，請汗王把蘇泰太后指給我吧。」

皇太極為之一愣：

「囊囊太后有什麼不好？她帶領一千五百戶的人馬來歸，立下大功呢。而且她的身分尊貴，是察哈爾有名的大福晉。」

「有名怎樣？她又老、又醜、又窮。我可養不起她。我不要她，我想要的是蘇泰太后！」

皇太極不悅道：

「你不要囊囊太后也隨你，但蘇泰太后不行！我已經答應了給濟爾哈朗指婚蘇泰太后了，豈能失信於他！」

「我是大貝勒！應該我優先！」

平時溫和的代善，不知道為什麼彆扭起來。

「我比他年長，又是你的親長兄，他只是叔父之子，為什麼汗王你偏袒他？」

皇太極心裡越發不悅：

「你已有那麼多的福晉了！而濟爾哈朗卻剛剛喪偶。而且，蘇泰太后是他的姨妹，他們又兩情相悅。你如果願意選別人，我可以答應。蘇泰太后是濟爾哈朗的，萬無更改！」

一下把場面弄僵了。代善還在嘟嘟囔囔，阿巴泰卻道：

「代善哥哥不要囊囊福晉太后就算了。其實，我昨天不就跟汗王建議，要汗王自娶囊囊太后嗎？這位福晉的聲望地位非同小可，汗王該自己納入後宮，萬萬不宜給別人！」

給阿巴泰這麼一說，皇太極猛然警覺：阿巴泰是對的！自己要囊囊太后嫁代善卻錯了！這位福晉比竇土門福晉的身分還要高，對察哈爾蒙古部眾，更有著極大的號召力與影響力！讓她落到有野心的貝勒手中，利用她來號召，那可是絕大的後患！的確如阿巴泰所說，最妥當的辦法，還是自己納了。

既然阿巴泰給自己鋪了台階，他趁勢道：

「既然大貝勒嫌囊囊太后老醜貧窮，我也不能讓她無所歸屬，就依你的建議，由我自己納了吧。」

說著，笑問阿巴泰：

「你的媒作成了，可要我給你作媒呀？」

阿巴泰笑道：

「如果汗王成全，就請把俄爾哲圖福晉賜婚給我吧！」

皇太極笑著點頭，豪格也趁勢道：

「汗父，兒子想娶伯奇福晉為妻，請汗父成全！」

皇太極笑道：

「這一次你也從征有功，我就答應你吧！」

豪格大喜，連忙謝恩。代善急了：

「你怎麼不問我想要誰呢？」

皇太極冷笑：

「我已討了一次沒趣，還再往牆上撞嗎？」

代善腆顏道：

「我只是不要囊囊太后，沒說不要別人呀。」

「那，你說，你想要誰吧？」

皇太極一頓，餘怒未息，挖苦道：

「你可別要伯奇福晉與俄爾哲圖福晉，又怪我不該許了別人！」

代善老臉一紅：

「我怎麼能搶弟婦、姪婦，你把泰松格格指給我吧！」

在場的貝勒們想到他嫌囊囊太后老醜，果然要了林丹汗的幼妹，年輕的泰松格格，無不大笑。這一笑，使皇太極也板不住臉了，卻還是忍不住諷刺：

「果然是個年輕美貌的！只不知，人家嫌不嫌你老醜呢！」

聽說了這一場鬧劇，皇太極的福晉們也無不大笑。出言譏刺代善馬不知臉長，自己又老又醜，還嫌棄人家！老牛還想吃嫩草！

唯獨布木布泰沒有笑；她心中不覺對代善刮目相看：代善絕不是為了嫌囊囊太后老醜而不要她；在宴席上，大家都見過的，囊囊太后當然不年輕了，卻也並不比哲哲更老。雖說不上姿容絕世，卻五官端麗；林丹汗有好色之名，囊囊太后能在察哈爾居「多羅大福晉」之名，且擁有一千五百戶的部眾，可能「老醜」嗎？而且，畢竟是多羅大福晉，雍容華貴，禮儀嫺熟，不卑不亢，談吐得體。以貴婦風範來說，是來歸諸人之冠。事實上，她也是名位最高的一位！

說她窮，更是笑話；以她能率一千五百戶人眾歸降，還能「窮」嗎？蘇泰太后和林丹汗的嗣子額哲，也只得一千戶人眾呀！

由此可知，代善不要她，理由實在牽強。他不要囊囊太后的理由，其實正是阿巴泰想到的理由；她的名位太高，影響力太大！他不敢要！因為，蘇泰太后雖說也有一千戶人馬，但有額哲在，那些人馬總歸是額哲節制的。她再嫁之後，就沒有影響力了。囊囊太后的人馬部眾，卻是唯她「馬首是瞻」。

不僅這些部眾，恐怕察哈爾來歸的所有部眾人馬，對這位等於是察哈爾的「中宮大福晉」的囊囊太后，也都會奉命唯謹！皇太極雖然一時沒想到，以他的聰明，一定會發覺的。那時，老代善必受疑忌！倒不如要沒有人馬為後盾的泰松格格。不但如此，怕皇太極顏面上下不來，還裝瘋賣傻的給大家逗樂，沖淡「政治」味。

她心中電轉，耳邊聽到皇太極冷哼：

「他愈來愈倚老賣老了！再不給他點教訓，以後，越發的仗著功大，不聽節制了！」

布木布泰聞言愕然。她不知道是不是當局者迷，連她都看出來了，為什麼皇太極卻想不到呢？對皇太極的「英明」，不覺打了幾分折扣。

若在以前，她也許會婉言勸說。但，如今，一則，她根本沒有什麼機會單獨跟皇太極說話。二則，她發現，皇太極對她有著矛盾的心理；一方面，對她的政治敏銳，及獨特見解，非常讚賞；但，似乎另一方面，對她懂太多別人不懂，乃至他本人也會忽略不察的事，又有著心理上的排斥。

女人，就是這麼難做人的嗎？男人對你的態度，全看他們當時的心情。他需要人談，需要人聽的時候，嫌那些人無知，不可與言。隨時情緒一轉，又嫌你為什麼要這麼聰明敏銳，懂這些「女人家不必懂」的事了！

她領悟到，皇太極口中讚賞：「你真是聰明！可以做我的女軍師了！」的時候，同時產生的，恐怕是厭惡；她的聰明，帶給他壓力，而這種壓力，絕不是他願意承受的。

也許，真正「聰明」的還是海蘭珠。姊姊不懂這些，也從不會跟他談軍國大事。在他面前，只完完全全是個柔情似水、小鳥依人的「弱女子」，卻顯然最得他愛寵！

一念及此，她告訴自己不要多事；尤其，不必在他氣頭上去招惹他！

帳中仍是笑語喧譁。福晉們還在説俏皮話，取笑老代善。皇太極則心神不屬，顯然並不在聽。人與哲哲共坐，目光卻只與坐在下方的海蘭珠廝纏。

正談著笑著，帳外卻傳來一陣騷動，夾著女子尖鋭的謾罵：

「我的女兒還在呢！他憑什麼又給豪格娶別的女人！」

皇太極臉色變得十分難看。哲哲神色也變了：

「是莽古濟格格！」

莽古濟格格是皇太極的異母姊，與莽古爾泰和德格類同母，性情也相似，都如火般的暴烈。先嫁哈達貝勒為妻，所以都稱她「哈達格格」。夫死之後，又改嫁蒙古敖漢部的瑣諾木杜棱。

她有兩個女兒，都嫁還母家，一個嫁給代善之子岳託，一個嫁的就是豪格。豪格雖有好幾位福晉，莽古濟卻認為，在她女兒之前所娶的也就算了，娶她女兒之後，就不該再娶。娶小福晉也就算了，娶這樣身分尊貴的，勢必影響她女兒在豪格府邸中的地位，當即大怒。雖不敢直接闖進帳來當面吵鬧，卻在門外叫囂，而且不顧體制，立時脱隊吵嚷著要回瀋陽去。

事實上，她一向就跟皇太極不對頭，總覺得她是長姊，皇太極就應該對她格外的禮遇。偏偏皇太極對他們一母同胞三兄妹的性情，深有反感。對她每不假辭色，使她積怨在心。藉著這迎賓盛會、雙方人馬齊集的時候大吵大鬧，明擺著是給皇太極難看。

皇太極虎地站了起來。哲哲卻一手拉住他：

「汗王！由她去吧，大人不計小人過，汗王怎能跟她女流之輩一般見識！」

皇太極聽了，才恨恨地坐下。不一時。侍衛傳報：

「哈達格格擅自脫隊，帶著人馬回京。半路經過大貝勒的營帳。被大貝勒留下，請進帳去，傳令設宴款待了。」

皇太極勃然大怒：

「她是女流之輩，代善可不是！他平日跟莽古濟也不和，偏在這時候，明知我跟莽古濟鬥氣，還向她表示友善。豈不是擺明了是為我不把蘇泰太后給他，以此向我示威！你們給我去問問他，是何居心！」

一個親衛才飛奔出帳傳達他的質問，他卻等不及回覆，猛地站起來：

「既然他們都不把我放在眼裡！我就把這兒讓給他！倒看看我是汗王，還是他是汗王！」

立時傳令：

「帶馬回京！」

哲哲連攔都來不及，他已怒氣沖沖出帳跨馬絕塵而去！把哲哲急得直跺腳：

「這到底是怎麼回事？老代善怎麼了？當真老悖昏庸了嗎？」

「姑姑！老代善沒錯！」

布木布泰在皇太極面前雖隱忍不言，面對哲哲的憂急，卻不能不說話了。哲哲睜大了眼睛，滿臉詫異：

「你說，老代善沒錯？」

講囊囊太后的事太複雜，她只能就莽古濟的事為代善辯解：

「汗王和莽古濟格格不合，老代善當然知道！只是，在這當口，不能讓來歸的人看笑話，總得有人打圓場……」

這一下，哲哲會過意來了：

「所以代善攔著莽古濟格格……」

「是呀！莽古濟格格的性子，姑姑也不是不知道，暴烈的像盆火似的。又正在氣頭上，他要勸莽古濟格格，總得先摸順了她的毛，所以才傳宴款待。」

這話入情入理，哲哲連連點頭，嘆了口氣：

「汗王一定是沒想到這一點，竟然脾氣一發，撂下了這兒的事，自己回京去了。你說，這可怎麼辦？」

布木布泰笑道：

「也沒什麼不能辦；咱們還能派汗王的不是不成？那他的威嚴何在？現在只能將錯就錯，少不得先委屈著大貝勒。咱們也回京去吧。臨走，就把汗王一怒回京的事，告訴大夥兒。讓他們想辦法去！」

眾家貝勒的一團高興，一下給這件事嚇得無影無蹤。皇太極連後宮福晉們全走了，這兒已群龍無首，也熱鬧不下去了，連忙整隊回京。

然而，當他們趕回瀋陽，卻沒有見到皇太極，他把自己關在宮裡，拒絕群臣進見！

他倒不是餘怒未息，卻是故作姿態了。

在哲哲趕回宮後，就已經把布木布泰的一席話源源本本的說了一遍。他跌足道：

「我真是氣糊塗了！當然是這樣的！只是……」

哲哲了解他的意思，是如今已騎虎難下了，安慰他道：

「現在，他們一定已經慌成一團了。一定會追回京來。那時，汗王就……」

皇太極卻目中精光一閃，哈哈大笑：

「不！布木布泰說得對，將錯就錯！多年來，我對莽古濟已經忍無可忍，趁著現在，大家一定會議處她，好好的懲治她一下，以免將來麻煩！」

「那，老代善呢？」

哲哲畢竟心軟，先想到代善的處境。皇太極若無其事：

「當然他也少不得受牽累。他也該警惕一下，別老是倚老賣老的！」

果然如他所料，貝勒們吃了閉門羹，看看事態嚴動，對兩個「禍首」不加懲治，恐怕皇太極不會回心轉意。立時集議，擬議莽古濟和代善的罪名。因為皇太極正在「震怒」之中，當然只有承意希旨的從重議處。竟致削了代善「和碩貝勒」的名號，奪十牛彔人馬，並罰銀一萬兩。莽古濟則廢為庶人，而且革了她夫婿「濟農」的爵號。不僅如此，連帶德格類都受到了連坐；因為他是莽古濟的親兄弟，卻徇情包庇姊姊，不能善盡勸告之責！

皇太極滿意了，尤其代善當殿服罪，對代善的威信，無疑是一次極大的打擊；這當然也正是皇太極私衷所願。於是，當著群臣，把兩人訓斥了一頓之後，卻又大發慈悲，寬免了他們的懲處。只限令莽古濟不得再參與任何聚會，而且不准她擅自離開府邸，與人來往。

換言之，她被軟禁了。一場鬧劇，至此落幕，卻還留下了一個出人意外的尾聲：八天之後，受姊姊莽古濟牽累的十貝勒德格類暴卒了！

德格類此時已進爵為「和碩貝勒」，掌戶部事。而且接掌了原屬於莽古爾泰的「正藍旗」為旗主。他的薨逝，正當大家興沖沖預備著皇太極明年登基稱帝的熱頭上，又是「暴卒」，噩耗傳來，震動了大金朝野。大小貝勒們，與他不是兄弟，就是伯姪，更無不悲悼。

皇太極更表現得悲痛萬分，親臨其喪慟哭，至三更才在眾貝勒一再勸說下離開德格類的府邸。而且，不肯回宮，就在宮外張幄守喪，並撤饌三日，以表哀悼。

這一作法，立時讓貝勒們原諒了他當初為海蘭珠不朝的過失；都說他離不開海蘭珠，而為了德格類之喪，他卻連後宮都不進了！

就在大家都為之感動的時候，布木布泰卻不知為什麼，對他的「真心」存疑。這十年來，她已經逐漸摸透也看清了皇太極的「政治手腕」，她承認他是個明君英主，但，不認為他「真心」。尤其，在海蘭珠入宮，她在冷落中消褪了對他的寄望與期盼之後，連那點出於感情，總往好處替他辯解，「寧信其真」的心理，都不再能蒙蔽她的清明了。她不再自欺，也更冷靜、理智的默然檢視著他的言行。而且，悲哀的發現，她的臆測，竟然都沒有失誤。

他會真心為德格類「悲悼」？她冷然旁觀；他從來沒有喜歡過努爾哈赤的富察福晉袞代所生的三個子女：莽古爾泰、莽古濟，和德格類！他當初如何處置莽古爾泰的？在莽古爾泰暴卒之後，他不也是親臨其喪，靈前哭奠，而且因為他是哥哥，還摘帽纓，著喪服，不入後宮。如今，德格類又是「暴卒」……

她不覺打了個寒噤。他不喜歡的人，不止這幾個。他也一直對多爾袞心存疑忌……也許，是多爾袞還威脅不了他。也許，是多爾袞聰明，從沒落下什麼可以讓他制裁的藉口。尤其，這一番獻給他「制誥之寶」的元代傳國璽，更等於是對他效忠的明確證明。至少，在短期間內，是安全無虞的。

莽古爾泰死了！德格類死了！但，她心裡總感覺著，這件事還沒有了。一股她不明所以的預感，隱隱蠢動。她不知道那是什麼，但總覺得就像下雨之前陰沉的雲，讓她不安。

她什麼也沒有說；她能對誰說呢？她只能靜觀其變。

「莽古爾泰、德格類兄弟，和莽古濟、索諾木杜棱夫婦，曾跪地焚香，對佛盟誓，密謀奪位！莽古濟獲罪，索諾木怕受牽累，與奴才相商，出首告發。」

出首控告的是莽古濟的侍從冷僧機。他言之鑿鑿，而且指出：

「已刻好了十六枚印牌，藏於莽古爾泰府中。」

他的出首，很快的獲得了索諾木杜棱的證實；他表示，他是被脅迫捲入的，眼見莽古爾泰和德格類都受「天誅」，深恐自己也「獲罪於天」，才與親信冷僧機商議自首。

人證有了，物證也很快的在莽古爾泰家中搜出，那十六枚的木牌上刻的文字是：「金國皇帝之印」。顯然圖謀不軌。

「罪證確鑿」，皇太極命貝勒集議論罪。

這一案誅連甚廣，莽古濟和知情不報的莽古爾泰之子額必倫都處死。莽古爾泰不知情的其他兒子和德格類的兒子，都廢為庶民。其他受到牽連，或死、或罰的親友、兄弟、子姪更不計其數；可以說，把富察福晉所出三兄妹的相關人物，一網打盡了！使得與這三兄妹有瓜葛的人，幾乎是人人自危。老代善更是忐忑不安；他當然絕不可能與他們共謀。但想到不久前那一場風波，對皇太極的一切處置，他是連一句話都不敢說了。

而豪格為了向皇太極示好，竟殺了他的妻子——莽古濟的女兒；那引起這軒然大波的「禍根」。豪格與這位福晉並不投合；他本身就性情急躁，而這位福晉也遺傳了莽古濟的傲慢驕縱，有時連大福晉薩蘭都不看在她眼裡。豪格對她本也無甚情義可言。這一回，她的母親謀逆，算是她受了池魚之殃。豪格藉題殺了她，而且當殿奏告，振振有辭：

「我是汗王的兒子！她的額娘。既想謀害我的阿瑪，我當然與她不共戴天！」

這一殺，卻逼得岳託走投無路；他的妻子，是莽古濟的另一個女兒；卻與她的母親性情不同，與岳託也頗相得。豪格殺妻媚父，又這麼說時，皇太極有意無意的把目光掃向他，彷彿問：

「那你呢？」

岳託頭皮發麻，一咬牙，迎上皇太極的目光，帶著挑釁的「請示」：

「汗王認為我該不該也殺了我的福晉，以示忠忱？」

這一招，將住了皇太極。他絕不肯落下濫殺無辜的口實，只好說：

「她雖是莽古濟的女兒，並未共謀。而且，出嫁的女兒，禍福隨夫，不隨父母，你殺她做什麼？」

話雖如此，不多日，皇太極還是藉著一件魘魅事件，牽連了這位福晉。雖未將她處死，卻下令永遠幽禁。岳託夫婦，雖未「死別」，也算是「生離」了。

莽古爾泰與德格類兩家，死的死，廢的廢，只剩下寡居的福晉無以為生。皇太極做了處置：德格類福晉賞給阿濟格。莽古爾泰的兩位福晉，則賞給了豪格與岳託。

「唉，真是……」

哲哲心地寬厚，面對這家族的人倫巨變，又感傷，又感慨。卻也覺得就謀逆之罪而言，皇太極的處置，並不為過。

布木布泰沒有說話。心中卻想到了姑姑曾跟她說過的往事：努爾哈赤如何的「處置」了舒爾哈齊和褚英。

她原以為皇太極比努爾哈赤仁厚。但現在，她心中懸上了問號；不僅對這件事，也對皇太極這個人……

第二十五章

進入天聰十年，登基大典積極的籌備著，典章制度由范文程主導著進行。在登基之後，最為人矚目的就是外封功臣、內封后妃的事了。

外封功臣，皇太極心中已有了成算，並與范文程已經商量妥了。內封后妃，卻得他自己拿主意，誰也不便過問。

望著海蘭珠溫柔清麗的臉龐，他心中不由閃過真想封她為后的念頭。

但，他的理智很快的就否決了這個念頭。他知道，不論他多麼寵愛海蘭珠，不論他多麼希望封她為后，他絕不能付諸實行。甚至，絕不能向任何人透露，包括對他最推心置腹的范文程！

他知道：不論在外朝、內宮，哲哲的「皇后」之位都已形成了共識，誰也不能取代。甚至，對他，還可能有人並不真的那麼心悅誠服，哲哲，卻真是百分之百的做到了「萬眾歸心」。

比方說，老藉著少年心性為藉口，荒唐胡鬧，以給他添麻煩，宣洩不滿情緒的多鐸，對從小教養他成人的哲哲，就絕對是有著「長嫂如母」的親愛敬重。其他貝勒也是一樣的，早已把雍容華貴、端莊溫厚、通情識理、寬仁待下的哲哲視為「母儀天下」的國母。他若「膽敢」不立哲哲為后，恐怕連他自己的寶座都坐不安穩。

甚至，在他們的心目中，連布木布泰的分量都在海蘭珠之上！布木布泰來歸十年，由天真的小女孩，到知書達理，靈敏聰慧，侍上以敬，御下以德，待人處世，更識大體的西宮福晉，也奠定了她在大家心目中穩固的地位。

而海蘭珠……

他心愛的海蘭珠！來歸就遲，又非初嫁；雖然察哈爾來歸的兩位福晉也不是初嫁，但她們有率眾來歸之功！她們在察哈爾高貴的身分、所率領來歸的人馬，和她們本身豐厚的嫁妝，使她們在後宮有了不容忽視的地位和重要性。

而海蘭珠，卻沒有這些優厚的條件。她只是在夫家飽受凌虐，夫亡無子而歸寧娘家的寡居孀婦。她那憂傷憔悴之美，和她挑動他心弦的楚楚可憐，柔怯婉嫕，並沒有得到其他人的共鳴欣賞。她本身內向孤僻，不善與人結交的個性，更一直沒有得到家族中女眷的友誼。不僅如此，有了那些時日，他幾度為了撫慰她的夜來失寤，以致沒有視朝的「前科」，當然，也為海蘭珠在貝勒大臣之間，留下了「狐媚惑主」的惡名。

他知道她不是！她只是太愛他，也太需要他的憐愛來平復她過去的心靈創傷了。只有她，完全沒有把他當成一個國家的領袖，而只當他是她的「男人」，她仰賴依託終身的對象。不像哲哲和布木布泰，總以國事為重，總時時提醒他為明君、為英主！

他也是人呀！他也需要在明君、英主之外，享有兒女柔情的室家之樂！哲哲是賢妻，也許太賢慧、也太君子了，守禮守得有時讓他感覺乏味。而布木布泰，又太聰明，聰明到讓他有時感覺著壓力。他不知為什麼常感覺在她面前無所遁形，尤其當他做了什麼心虛的事，他就不敢去面對她的眼睛。總覺得那美麗清澈的眸子，彷彿帶哂然，用目光剝去他人君的威儀，他冠冕堂皇的言辭，洞察著他言不由衷的私心深處！

這一種洞澈，他不知道來自他的心虛，還是她的聰慧。他不喜歡這種洞澈！但，他卻少不了她。他需要她，尤其在他運籌帷幄時，常需要她以她的聰明敏銳和客觀，來幫著他思考，提供他意見。

他敬重哲哲，他需要布木布泰，但，他愛海蘭珠！海蘭珠，才是他知情解意的愛侶，他真正愛戀的！

他有著憐惜，有著歉然。但他知道，他甚至不能跟海蘭珠談封后妃的事，這是哲哲的權利！他必得尊重的權利！

為了表示對哲哲的尊重，他主動到她的宮院中去跟她商量這件事。

他在宮女獻茶之後，摒退了她們，與哲哲促膝而坐。

哲哲含笑，等著他開口。他握住了哲哲豐腴的手，凝視著她，鄭重道：

「哲哲！終於我能實踐當年的諾言，封你為皇后了！」

這對哲哲來說，並不算太意外。她也曾經想過：在這一切重新開始的時候，她的地位，將面臨怎樣的變化？如今對她威脅最大的，已不是那幾位有子的福晉，和新近率眾來歸，身分高貴，且有大功於大金的囊囊太后娜木鐘，而是她的親姪女海蘭珠了。她有著疑慮，但她沒法跟任何人談這件事，她的自尊與天生端凝沉穩的性格，都不允許她向人表露心中這一點憂懼。

布木布泰卻看出了她的疑慮和憂懼，不著痕跡的掃除了她原有的不安；布木布泰篤定的跟她說：

「誰也替不了姑姑！汗王寵愛海蘭珠姊姊是一回事；娜木鐘福晉來歸是另一回事。但，統率六宮不止這些；姑姑來歸二十多年了，多少辛勞苦勞，而且和上睦下，無人不服。任換了誰，都擺不平人心；裡裡外外，所有八旗的貝勒、福晉們心裡，沒有誰比姑姑能服眾！汗王不能不顧慮這一層。登基之初，他不能為這個失了人心！」

聽了這一席話，她算是吃了定心丸。經過十年的相處，她對這個小姪女的睿智聰明與對她的忠誠，有著絕對的信賴。一聽皇太極此言，她不能不服布木布泰的確見解不凡，洞燭機先。含笑向前，盈盈下拜謝恩。皇太極向前一把扶起，四目相接的一剎間，他拋開了海蘭珠的影子，回憶起那遙遠的歲月。

她初來歸時，也只是個嬌美純稚的少女。而如今，轉眼二十多年過去，她已漸入中年。發福了，卻也更增添了一種雍容端莊，足以母儀天下的風範。他飛快的把他後宮所有的福晉們想一遍，的確！統領六宮，誰能比她更適宜呢？

他回憶起初婚時的旖旎繾綣；征伐中，小別重逢的歡洽溫柔。如今，他們都入中年了，他不能否認，他們之間，尤其在海蘭珠介入之後，少了少年夫妻的那分熱烈，卻多了一分真正相敬如賓的溫馨。最難得，哲哲不妒，又識大體，這一點美德，真是任誰也比不上的。

於是，他懇切的把封妃的事，提出來跟她商議。

「除了中宮，還有東、西四宮，哲哲，你看，怎麼才合適？」

「總要讓沒有得到封位的人心服才好。自然，也得顧到你自己喜歡。」

聽到後一句，皇太極不免有點訕訕的，覺得哲哲意有所指。也因此，他倒不能不表現客觀的態度：

「那不外是功勞、人緣、品貌了。論功勞，娜木鐘是率眾來歸的林丹汗的大福晉。額哲獻璽，也有她一份功勞，必得有她一宮。」

「有她，就得有巴特瑪·璪。她是頭一個率察哈爾部眾來歸的！」

皇太極頷首，卻又欲言又止，無端地乾笑了兩聲。哲哲如何不懂他的心事！用手絹掩口：

「要漏了海蘭珠，只怕汗王心裡也不舒坦吧？總得有一宮留給汗王心坎兒上的。」
皇太極哈哈大笑，順勢把哲哲摟住：
「皇后娘娘！你才是我心坎兒上的！」
哲哲推他一把，悄聲：
「馬上要登基當皇帝的人了，還這麼輕狂，也不怕人笑話！」
「這又不是大殿上，怕了誰？」
說著，倒也放了手。屈指道：
「只剩一宮了！」
「只剩一宮了！」
哲哲重複了一句，卻沒再接下文。
「你看……」
皇太極以徵詢的語氣道。哲哲搖搖頭：
「這可得你自己拿主意，我不便說。」
「排得上名兒的，也就這幾個。」
他嘆口氣：
「豪格的母親烏拉那拉氏，論理是可以得一宮的，但她的野心太大，性情又不好，有了名位，越發的要欺壓別人了。而且，會吵得後宮沒個安寧。雖說，她來歸的時間，僅次於鈕祜祿氏，又生了豪格；照說，是可以給她的。」
講起鈕祜祿氏，哲哲默然了。

鈕祜祿氏，是皇太極第一個妻子，可以說，是他真正的「髮妻」。也曾為他生子，只可憐，七歲夭折，不然，這個孩子的身分，會比豪格高得多！因為，烏拉那拉氏並非元配，且身分低微，她卻是元配的大福晉！而且，是「五大臣」之一的額亦都之女，門第之貴盛，自不待言。卻也因此不免恃貴而驕。正當大金逐漸走向盛世，努爾哈赤也受到了漢人男尊女卑的觀念影響，逐漸建立男主外、女主內，男尊女卑的禮法。嚴命福晉、格格們謹守婦道，順事夫主，敬事兄弟叔伯，不許逞強干政。

但大金婦女素來與男子「平起平坐」慣了，於此新訂禮制，無法理解適應，也就言者諄諄，聽者藐藐，不當回事。

努爾哈赤不得不採取激烈的手段，以收「殺雞儆猴」之效。而鈕祜祿氏就不幸成了犧牲品。其事甚小；她歸寧娘家，坐著拖床駛過大貝勒代善和阿濟格門外，不曾下來以示敬意。到大汗宮，也直接坐著拖床進門，卻被努爾哈赤拿來當訓教女兒們的教材。竟然以不敬汗父，不禮伯、叔的罪名，命皇太極將她打入「冷宮」了！

提起她，哲哲心中有著複雜的情緒；她雖然被努爾哈赤命為嫡福晉，對這位先進門，且顯然心懷不平的元配，卻不能不以格外的敬禮尊重，來消彌鈕祜祿氏因心懷不平產生的敵意。但，面對她以這麼小的過失，而蕭條至此，她卻不能不產生兔死狐悲的感傷。她不知道皇太極對這件事的想法到底如何？她也不敢問。如今這一提起，她不覺嘆了口氣，心情為之一黯。

而從皇太極的語氣裡，她不能不為豪格抱屈；大金的傳統制度，是「子以母貴」的；所以在皇太極接汗位之初，許多已有軍功的庶出兄弟們，地位反在一無建樹的少年多爾袞和多鐸之下！如今雖然談不到這些，皇太極也表示了要封豪格「親王」之位；因為他是唯一有軍功的「皇子」。

但，他的這位母親，卻可能在重要的時刻，影響到他的地位。最簡單的說：如果有名位的后妃生子，他在繼承上，就會吃虧了！

想到這裡，她又自責的忙把這想法驅出腦海；皇太極即將登基稱帝，她怎麼可以想「繼位」這樣的不祥之事？

皇太極卻沒有就這話題往下討論，道：

「照說，該給東宮福晉一個名位，只是……她雖說賢慧，卻太過軟弱，身體又不好……」

哲哲默然，戴青之女以賢名入主東宮。卻賢而不美，性情軟弱，又別無長處，並不得寵。想到鈕祜祿氏，想到豪格的母親烏拉納拉氏，又想到她，不覺為女子的命運悲哀，真是身不由己呀！

皇太極遲疑著，望著哲哲，似有所待，哲哲卻一言不發。他終於笑著輕舒了一口氣：

「小東西！再往下數就是她了！」

分明是心中早有成算，卻盤馬彎弓故作姿態，總希望由哲哲提出，來示好她們姑姪。偏哲哲謹守分際，就是不開口，他只好自己下台，作勢道：

「你故意不說，考我！」

「不，汗王！不是我不說，是不能說。」

哲哲卻輕嘆了一口氣：

「不能讓別人說，我只顧念自己家裡人。汗王！你自己願意封布木布泰，別人不能說什麼。可是，你已經封了海蘭珠了；我不能再為布木布泰請封，這嫌，不能不避。」

「那，如果，我真忘了她，封了烏拉氏，她可能因此受委屈的。你也不心疼？」

「這也是各人的造化！烏拉氏，其實也沒什麼不好，只是護犢心切，巴不得豪格出人頭地，母以子貴。」

「這一次，我要封豪格『和碩親王』。她也該滿足了。哲哲，豪格是我的長子，難道，我做阿瑪的不疼他？烏拉氏不識大體，總慫恿他去跟多爾袞作對，跟多爾袞爭功。他的才幹、計智，哪比得上多爾袞？他們兩個，一旦相拚，吃虧的一定是豪格！我為什麼處處壓著豪格，抬舉多爾袞？只為了讓多爾袞心裡舒坦點，不要記恨！有朝一日，念著我對他的情分，放過豪格！豪格，一點也不體恤我的苦心！只知道怨我不公平！唉，他不知道，我是為了保全他！」

哲哲不意皇太極把話題轉了向，竟說出這番話來。她雖然不太確定，為什麼皇太極對多爾袞的態度，一直優容得近於偏袒。但是，對由當年烏拉大福晉殉葬的事，多少也臆測得出幾分內情。她自然絕口不提此事；她不會去碰他這塊心病。卻憑著她對皇太極的了解，知道其中必有皇太極「內疚神明」的虧欠。否則，不會這樣對多爾袞，乃至多鐸另眼相待。

就登基封王的事看吧，兄弟中，阿濟格只封了「多羅郡王」，皇太極相當親信的阿巴泰更低一等，只封了「多羅貝勒」。而多爾袞、多鐸兄弟，卻直追代善，封的是「和碩親王」，貴逾諸兄！

由多爾袞，又想到仍被幽禁的阿敏，和征大凌河時，御前露刃，與皇太極勢成水火，暴卒於天聰六年的莽古爾泰。不覺心中凜然。

「哲哲，你答應我一件事！」

皇太極忽然以極鄭重的口氣喚她。她忙斂束心神：

「你說。」

「如果，有一天，我不在了……」

哲哲惶悚地掩住他的嘴，轉過頭去，怨道：

「馬上要登基的人，正當大喜，怎麼說這樣的話！我不要聽！」

皇太極把她別轉的臉，輕輕轉過來，正面相對。她不能不正視著皇太極的眼睛。他凝重的嘆口氣：

「人生自古誰無死？哲哲，我只是說『如果』。如果，有那麼一天，你一定要設法防止多爾袞與豪格之間的衝突！否則，二虎相爭，必有一傷。而傷的，一定是豪格！」

哲哲無言點頭。沒來由，頓覺雙肩沉重。

五宮后妃封號擬定：哲哲封「清寧宮」皇后；海蘭珠為東一宮「關雎宮」宸妃、娜木鐘為西一宮「麟趾宮」貴妃、巴特瑪．璪為東次宮「衍慶宮」淑妃，布木布泰為西次宮「永福宮」莊妃。入主後宮「鳳凰樓」的五座宮院。

巧的是：雖不同支，這五人卻都出於蒙古「黃金氏族」的「博爾濟吉特」氏，都是蒙古成吉思汗的嫡系後裔。

至於「后家」，科爾沁莽古思一支，更炙手可熱：五宮中，有三宮出於這一支。海蘭珠與布木布泰的哥哥吳克善，也因此封了「和碩卓禮克圖親王」，成為蒙古各部最顯赫的人。

布木布泰年齡最小，在五宮中，位次也最低；永福宮屬西次宮，是五宮后妃之末。她無怨無喜地依禮謝恩，接受了封號。又向中宮皇后，及關雎、衍慶、麟趾三宮位次在她之前的妃子行了禮。同時，也受位次在她之下的側妃、庶妃向她行禮。

國宴之後，皇太極又大設家宴，兄弟、妯娌、子姪共聚一堂。

他了解：這天下是大家一起打的。於公，自然要有君臣之分，尊卑之禮，秉公執法。在私下，卻還不能自尊自大，寧可結之以恩，動之以情。因此，設下家宴，請同打天下的兄弟、子姪敍「家人禮」。

席間，他命豪格、薩蘭夫婦，帶領著年幼的弟妹，向伯伯、叔叔們敬酒。豪格此時已二十八歲了。而下面的弟妹，男孩中最大的葉布舒才十歲。女孩，大格格、二格格已嫁。哲哲所出，封固倫端靖公主的三格格，只九歲。而貴妃所生，最小的十一格格，才四個月。抱在嬤嬤懷中，隨兄姊湊興。

孩子們一上場，自然立刻把氣氛調和得一片親睦。尤其各家福晉，更忙著親親這個，抱抱那個，一一分贈禮物。孩子們早經教導，屈膝謝賞。年幼的，口齒不清，跌跌撞撞，更惹得眾人開懷大笑。

四格格，布木布泰所生的雅圖，這回封了雍穆公主，素來最為皇太極所鍾愛。得了福晉們賞的玩物，心中歡喜。便捧著，直奔皇太極，用嬌脆的嗓音，歡然喊：

「阿瑪！阿瑪！看！看哪！」

哲哲一旁教導：

「四格格，要喊『皇阿瑪』才對！」

四格格嬌憨一吐舌：

「哎呀，額娘教過我的，我又忘了。皇阿瑪，四兒下回記得了。」

逗得眾人皆笑。皇太極故意板起臉：

「你額娘教過了，你偏還犯。皇阿瑪要罰你！」

四格格往地上一跪，朝著哲哲叩頭，一臉頑皮的笑：

「皇額娘講情吶！」

哲哲笑道：

「怪不得你皇阿瑪偏疼你，小嘴兒真能哄人！這麼吧，你就唱個歌，跳個舞，算是給你皇阿瑪賠不是。可也讓眾家王爺、貝勒爺、福晉們，瞧瞧我們這小開心果兒的手段！」

一言，觸動了皇太極遙遠的回憶；那一年，在蒙古帳幕圍繞的營火前，跳舞娛賓的布木布泰，也就和現在的四兒一般大；七歲，不錯，七歲！

他目光柔和地凝視著四兒，驀然，了解了何以一直偏疼這個小女兒；今日的四兒，除了衣裳服飾，活脫就是當年的布木布泰呵！

「我要跳『宜爾哈姑娘』！」

當年，布木布泰嬌脆的語音，依稀在耳。如今……

他回頭看看自己右手下方的布木布泰，她正哄著三歲大的七格格。垂首低眉，滿臉的溫柔沉靜……

「皇阿瑪！」

他在呼喚中驚覺，只見四格格攀著他的膝頭，仰著粉妝玉琢的小臉：

「四兒跳什麼呢？」

他幾乎不假思索：

「『宜爾哈姑娘』，會不會？」

「會！」

能玩樂器的諸王、貝勒，和福晉們，紛紛命人取樂器。不一會兒，樂器送到。

皇太極接過皮鼓，親自擊鼓。小小的四兒，一點也不怯場，有板有眼的隨著樂聲起舞，以清脆的童音，唱出了「宜爾哈姑娘」的心願……

坐在代善下首的睿親王多爾袞，和眾人一樣，目光投注在四格格舞動的身影上。心神，卻飛馳到了昔日的大草原。

布木布泰當年這首歌，原是為他唱的呵！因為他被眾孩童擁戴為「薩哈達」，而她唱了這首歌……

「我要嫁給最英勇的獵人，做一個『薩哈達』的新娘！」

那時，稚齡的布木布泰，就這樣一心一意的把自己「許」給他了！他記得她捧著護身佛，在敖包前祈禱的莊重神情。也記得自己當時是如何的肯定的告訴她：他一定會接汗位，迎娶她！

而如今……

他抬起頭，凝目，望向坐在皇太極右手邊下位的布木布泰。彷彿是靈犀一點，暗暗相通，她的目光，也正投向他。

他並不乏見到她的機會，通常總是在公眾的場合。或是皇太極臨時召他有事相商，而她正陪侍著皇太極。他們商談國事，她則在不遠處，照顧著孩子。也許，偶然會看他一眼。他不敢分心，但他心中，因著她在一邊，而有著一絲甜蜜，更多的，卻是苦澀和惆悵；這麼多年，就這樣消磨了。他在戰場上馳騁，她在宮院中承恩……

她受皇太極寵愛，他心中的滋味並不好受。而由娜蘭帶著乘輿的口中，也從貝勒、大臣們不滿的語氣中，聽到皇太極在海蘭珠來歸後，把全部的寵愛，集中在海蘭珠一個人的身上時，他更憤懣難遏，深為心疼；皇太極搶去了他的布木布泰，卻又不好好疼她、愛她！

直到今日，直到此時，他才有這樣近距離與她互相凝望的機會；這時，所有人都把注意力集中到四格格歌舞上了。只有他，和她……

她依然美得奪人眼目。當年的稚氣，在歲月中消褪了。取代的是少婦成熟嫵媚的丰韻。

布木布泰沒有避開他的灼灼目光，只是默默地回望他。目光中，流露著難以言喻的似水柔情，和一絲一閃即逝的落寞。

然後，向他淺淺一笑，兩手輕輕捧起胸前的護身佛，合十，垂下雙眸。

多爾袞心中怦然。她是在告訴他什麼？當年，她就是這樣在敖包前祈禱的！

他記得，當年，她是祝願他能繼汗位，嫁給他！

如今呢？這祈禱意味的是什麼？是……

「此情不渝！」

他找到了答案！幾至忘情。幸虧，四兒的舞蹈，恰巧結束。眾家王爺、貝勒、福晉們的喝采之聲如雷，震斷了他的遐思。

再偷眼看布木布泰，布木布泰又一臉端凝，含笑望著被皇太極摟在懷中的四兒，似乎分享著女兒的榮耀。

一絲若有所失，緩緩地爬上了他的心頭……

第二十六章

皇太極登基改元，定國號為「大清」，就此，與「大金」的舊名，割斷了牽連。

這是幾經深思熟慮的決定。他在范文程的協助下，努力的研讀史書，也努力探索漢人對他們無法心悅誠服的原因。終於，他有了領悟。

漢人對改朝換代，反應並不那麼強烈；事實上，對老百姓而言，並不在乎哪姓為帝，哪姓稱王。但漢人的文化優越感，使他們對「異族」有先天的成見。尤其，「大金」這個名稱，太容易讓他們聯想到宋代曾經蹂躪中原，女真族建立的「大金」。漢人對當年「大金」的仇恨與排斥根深柢固，可以從他們對岳武穆的景仰崇拜，和對主和的「奸臣」秦檜的痛恨上看出端倪。因此，努爾哈赤因同為女真族，而承襲「金」為國名，無疑是對他們「仇金」心理的提醒。也因此，不論他們怎麼用心，都化解不了漢人對他們心中的敵視和疑懼。

雖然，他們本就是「大金」的女真後裔，並以此為榮，才自稱「後金」的。但，這一名稱，對他們鴻圖遠志影響太壞！而且，當年的「大金」，雖然也曾風光一時，終究還是未能一統中原，成為一個真正的「朝代」，就被蒙古的「大元」所滅！他既然抱著「一統中原」的大志，還承襲「大金」國號，也嫌不吉。

再者，漢臣提出了「陰陽五行」上的說法：大明立國，取「火德」。「火」正是剋「金」的。

他既有心「取而代之」，當以水剋火才是！因此，決定改「金」為諧音的「清」。而且，以「滿洲」代替「女真」為族名。並下令不許再提過去的「大金」之號，徹底揚棄過去的一切，以奠定一個可大可久的基礎。

他的年號，則採用了「崇德」。

他記得，布木布泰在聽說大明新君以「崇禎」為號時，所表示的鄙夷。他不要沒出息的靠天降「禎祥」，他要以「德」服人，以「德」立國，以「德」一統天下！

他在天聰十年的夏四月乙酉，改元「崇德」，為崇德元年。並祭告天地，行受尊號禮。並追尊始祖，大封功臣、后妃。

如今的大清，不能像當年以「八旗」武力為主，不重文治。他在萬機之餘，喜讀歷史，知道中國有一句話：「只能馬上得天下，不能馬上治天下」。除非，他甘心只以掠奪財物為滿足，而不以統一中國為目標。否則就必得讓「大清」從一個「草莽」的「汗國」脫胎換骨，奠下日後入主中原的基礎！

因此，在籌備期間，他已命滿漢大臣們，制定了一套完備的「典章制度」與立國規模。並且明確昭示：他已不再以侷促一隅，稱「汗王」為滿足了！他如今也是「皇帝」，要積極做「入主中原」的準備了。

一連串的大典，依次舉行。諸事粗定，他就展開了對大明的第一波攻擊。又親自領兵征討朝鮮；他意會到，朝鮮雖然在兵威之下，迫訂城下之盟。但對他們始終懷有敵意，更有著文化上的輕視！他如今既已徹底解決了林丹汗這背後的敵人，就決不容許朝鮮懷「不臣」之心，讓他們在他日後一心伐明時扯後腿！

在軍事上的勝利，對他來說，已如家常便飯。只要派出人馬，總是捷報頻傳。他意會到：他最大的困難，不是在戰場上與敵人廝殺，而是如何防範隨著勝利而帶來的後遺症，在大清蔓延。

很明顯，隨著漢人來歸日多，和領土的不斷擴張，漢人的文化已逐漸使原本純樸的民情風俗改變了。

漢文化當然有許多的優點；他本身也是相當醉心於漢文化的，所以重用漢臣，也命子弟讀書，命文臣作典籍的翻譯工作。但，他也發現：對許多人來說，是未得其利，先蒙其害。這些原先純樸的八旗子弟兵，未曾學到漢人文化精髓中的忠信孝悌、禮義廉恥，卻先學會了漢人的酒色財氣、浮華奢靡。

漢人經由投降、被俘，乃至投誠的各種主動、被動形勢來歸，份子也日益複雜。他們帶進來各種知識、技術，也傳進來各種民間生活中的次文化。那些奇技淫巧，華服豔飾，酒饌飲食，聲色歌舞，很快的讓原本偏促關外，耳不聞五聲，舌不辨五味，目不識五色的滿族子弟大開眼界。更從而產生了對本身原有粗糙樸實的物質、娛樂有了「不如人」的自卑。

這種心態，以橫掃千軍之勢，造成了「大清」國中男女老少對這些外來文化的崇慕與流行。他們不再以自己的傳統為榮，不再以樸實為美，競相以奢華為傲。他們在對這些奇技淫巧的事物目眩神迷之餘，很容易就墜入了這誘人的陷阱，玩物喪志！

他不能不想起「中毒」最深的多鐸，為之痛心疾首！這麼一個勇猛善戰的男子漢，竟然不自覺的沉迷於聲色歌舞，優孟衣冠中，效敷粉之態，樂此不疲！而這類似的心態行為，在族人中，也並非孤例。長此以往，滿族的男子漢，就會在這些漢人的次文化中腐化、沉淪。

即使是漢人的正統文化，對大清來說，也形成了巨大的衝擊。五千年的悠久文化，當真是淵深博大的！其中的智慧與道理，真是汲取不盡。但他也憂心，這文化的浪潮，會不會使他的族人在其中沒頂？

他在歷史的教訓中驚心；曾經有過那麼多漢人眼中的異族，也如今日的大清一般，以鐵騎威脅過、席捲過中原，與當時的朝代成對峙之勢。而看似柔弱的中國依然存在，而那些「異族」呢？匈奴、契丹、西夏、大金，乃至曾真正一統中原的元朝！他們當年的聲勢，難道比不上今日的大清嗎？但他們進入中原之後，忘了根本，忘了他們本質的優勢：武力！於是，如水滴進了無垠黃沙般，被漢人那無比柔韌又巨大的文化漩渦，吞噬得無影無蹤。

如何能使八旗勁旅不在這浪潮下廢弛武功，成為如今他要面對的首要課題。如今，這些王公貝勒們，在朝廷上、在戰爭中也許還不敢。而他知道，家居時，已有不少人放棄了他們原來的傳統服飾，而都學起漢人「寬衣博袖」的服飾來。甚至，已有大臣建議，改易「服制」，以漢服取代滿洲舊俗的服制。

這事看著小，他卻從史書中得到了警惕：當年的金世宗就有鑑於此，怕子孫效法漢人，一再諭令不可忘了「祖宗家法」，一定要勤於練習「騎射」。而一改前代金熙宗時的「漢化」風氣，使國力再度提升。

可惜的是：後世子孫不知他的睿智與苦心，不再嚴格遵守這一誡命。終於以武力稱雄於一時的國家，竟在漢化下腐敗衰弱了，而在曾對他們稱臣的蒙古部落的武力中敗亡！

「絕不能！」

他除了在詔書中提出了警告，也身體力行，讓八旗兵輪番的出征上陣，征伐大明、朝鮮。甚至，朝鮮之役，他還統領著屬於他的正黃、鑲黃兩旗親征。

對親征一事，他也掙扎良久。因為，海蘭珠懷孕了！對他來說，這真是讓他喜心翻倒的事。他真願意就守在她身邊，親自呵護、看守著因著懷孕，而更嬌怯柔弱的她。

然而，他派往征明的各路人馬，紛紛奏捷而歸。使他心生警惕：這畢竟是個武力主導一切的時代！阿濟格，多爾袞、多鐸的一再立功疆場，使他們的戰功快速的積累。而他不能不想到：當他們所統領的三旗，占了比重上的優勢時，他何以節制的後果。

而且，他的其他兄弟們，除了封「禮親王」的代善之外，身分也好、地位也好，沒有人能和這三兄弟抗衡的！代善已老了，而且在他一再的有心壓制下，退縮斂束，不再有銳氣了。

他最親信的子姪，是兒子豪格、姪子薩哈廉、岳託。而不幸，薩哈廉在他即位不久之後病死。這使他痛失股肱；豪格勇猛有餘，而智謀不足。岳託也有他性格上的缺點，尤其在莽古濟一案中，為了豪格殺妻誓忠，而當殿「將」他之後，彼此之間，已有了芥蒂心結。只有薩哈廉，是智勇雙全，而且絕對忠誠可信，可以為臂助，為腹心的。

在這種情況之下，他不能不親自出馬，以均衡那同母三兄弟的坐大之勢！

他當然捨不得他懷孕中的愛妃。但，他更了解：決不能為了海蘭珠懷孕，再落下任何「重色輕國」的口實！只能再三的撫慰海蘭珠，在她依依難捨的幽怨中誓師。

皇太極的出征，對後宮的人來說，一則早就司空見慣了。二則，海蘭珠專寵，如今，他在與不在宮中，對她們來說，也沒有什麼差別。甚至還「眼不見為淨」些。五宮后妃的宮殿，除了清寧宮獨據中路，另四宮兩兩相對，相距不遠。皇太極每天一有餘暇，就駕幸關雎宮。甚至在宸妃懷孕確定，不能承恩之後，他也很少往別的宮院去，大多時候還是夜宿關雎宮。這讓仰盼著雨露的其他后妃們情何以堪！

對皇后哲哲，她們沒有話說。甚至對莊妃布木布泰，她們現在也都知道，她等於是皇太極的女軍師。皇太極在她那兒，也未必是為了兒女情濃。而她們更知道，這一后一妃都極識大體，而且對其他妃子們極體恤，總不忘讓他們雨露均霑。唯獨宸妃……

也因此，皇太極親征後，真正感覺失落悲傷的，竟只有海蘭珠一個人。而她，儘管在皇太極面前可以盡情的悲泣嬌啼，以博取皇太極的依戀憐愛。在哲哲面前，她卻不敢。她再恃寵而驕，也只敢對別人端端她東宮首位的架子，對這位論親屬是姑姑，論名位是皇后的中宮，她知道，那地位不是她恃寵所能撼動的。而且，哲哲身為六宮表率，硬是做到了無可疵議，使她不能不，也不敢不收斂。

也因此，寵冠六宮的她，當皇太極不在的時候，卻成了最孤單寂寞的人。以前，總是別人看她承寵，看她的宮院燈火通明，笑語聲喧。如今，卻是她看著別人彼此穿門走戶，談笑風生。而她，只能獨自品味著孤寂冷落的滋味。

她自然是不會、不肯去找人的。也沒有人會來找她；要向上奉承，她上面還有皇后。要消閒解悶，別人也寧可你來我往，不會理睬她。而且，許多妃子跟前都有孩子；皇后和布木布泰就各有三個。這些孩子，也足夠讓她們沒有寂寞的時間。而她，雖然懷孕在身，總歸還沒有孩子在跟前。

皇太極臨行前，也曾叮囑她：無事時，不妨常到清寧宮或永福宮走動。然而，她知道，雖然她和布木布泰都是哲哲的親姪女，在哲哲心目中，她比布木布泰的分量差遠了。對布木布泰推心置腹的哲哲，對她始終淡然。

而布木布泰……

想到布木布泰，她的心理就複雜了。她有著抱歉，有著愧疚，也有著羨妒。她知道，她可以掌握皇太極的心，可以獨占皇太極的愛情，但就像她無法取代皇太極對哲哲的敬愛尊重一樣，她也無法取代皇太極對布木布泰的倚重信賴。

這在她獨占的心理上，不能不說是一種遺憾；她無法解決的遺憾。她過去的際遇，讓她看到了太多愛寵時的不可一世，和失寵時無人聞問的悲慘故事。這些耳聞目睹的故事，使她心理上沒有安全感，使她本能的用各種不落痕跡的手段，冀圖把握住皇太極的心；使皇太極除了她，心裡不再有別人。

然而她心裡明白：這種「愛」是脆弱的；而敬愛尊重和倚重信賴不是！因為這樣，她就更嫉妒也更羨慕布木布泰了，嫉妒她的聰慧，羨慕她的安詳。

布木布泰的確心理上比她安詳得多了。因為，她已經放棄了去較勝、去爭寵。放棄了對皇太極恩寵的期待。在海蘭珠來歸後，皇太極沉醉迷戀海蘭珠不能自拔，所帶來的冷落中，她了悟：人若是把自己的心情寄託在別人身上，尤其是男人的愛寵與否上，不僅不智，更是自討苦吃！他們的心變得太快，太難以掌握。他們的愛寵，不但不可靠，甚至是不可理解、不可理喻的。

裡裡外外的人，背後對海蘭珠的評論，她聽得太多。那些人常拿她作比；論年輕、論美貌、論聰慧，論人緣，她都比海蘭珠強勝多了！而她們帶著酸不溜丟的冷嘲熱諷裡，只有一句話正確：海蘭珠正走這一步鴻運！

既然如此，一切的無可理喻，也就有了解釋。如若不然，皇太極後宮后妃那麼多，為什麼偏只她一來歸，就掌握住了皇太極的心，獨承專寵？

若要認真為此不平生氣，氣得完嗎？而她，無論如何，還算在五宮之中，占了一位。而且，雖不說承寵，皇太極對她也還算是親近的。總在他有什麼傷腦筋的事，或有滿腹苦水，無處傾吐的時候，把她當個「可與言者」。永福宮畢竟還沒到見不到他人影的地步。

比起她來，原先的東宮福晉更當如何？那些年老色衰，或地位無足輕重，地位低下，在皇太極眼中，簡直視如不見的小妃子，又當如何？

她不是不寂寞，但她有孩子分心，還有那麼多書史可供排遣漫漫時光；這倒不能不說是她的幸運了；皇太極允許她讀書，只要她願意，只要她開口，書的供應倒是源源不絕的。

她在那麼多種類的書中，特別酷愛讀史。也許，這是受到皇太極的影響，他總喜歡談那些古人古事，朝代興衰、政治得失。

她的書中不會有「顏如玉」，不會有「黃金屋」。倒真有那麼多的智慧可為借鏡，可供師法。從讀書中，她才知道，中國原來有那麼多在歷史上舉足輕重的女子！原來，女子，並不一定就只能守著針線剪刀、鍋碗瓢杓。女子也一樣能經文緯武，平治天下！唐朝的武則天不用說了，宋朝也有許多賢明能幹的太后。而且，宋朝與大遼最平靖的時代，雙方主政的，就都是太后！

史書，為她提供了在狹窄侷促後宮「鳳凰樓」之外的另外一片天。使她的眼光和心思，不再局限於後宮中以一個人為中心，一切以他的喜怒為依歸，把仰望雨露變成生命中唯一的目標。

她同情那些歷朝歷代，沉埋在後宮中的宮女乃至后妃們，甚至同情她們為爭寵而做出的一切或癡愚、或險詐、或卑下的事；進了後宮，得寵與否，就成為一個女子一生命運之所寄，怎能不爭，怎能不用心機、使手段？

她呢？從來歸開始，就被迫為了政治、為了家族而犧牲了自己的情愛。無可奈何的接受現實，小心翼翼的在別人的窺視、疑忌中成長。好容易才用自己的智慧、忠誠、馴順、謙讓取得了「君王」的另眼相看。卻又那麼莫名其妙的就失落了！甚至，這種失落，還是自己一手促成好事的親姊姊所「還報」的！

也許，焉知非福？至少，她不再把自己放在患得患失的掙扎中了！而且，她發現，當一個人不再為另一個人患得患失時，就清明而客觀了，不再為自己的感情用事所蒙蔽。而史書，幫助她了解了許多安邦定國平天下的方法，與為君為臣之道。也從史書上，她知道了廟堂上爭權、後宮中爭寵，爾虞我詐手段的可怕！而能更清明的冷眼旁觀這新興國家的一切！

在心理上，她跳脫了「大清皇帝妃子」的角色。她讓自己變成了一個客觀的評論者。而她不能不承認，作為一個君主，皇太極是當得起算是「英察有為」的「明君」！他律己甚嚴，處處以身作則。雖然，他也用心機、用手段，有時，剷除異己，如對莽古爾泰三兄妹，也相當的冷酷無情。但她也了解：治理這樣一個國家，有時恐怕也不得不然。基本上來說，他還算是明理，不太逾越明君規模。例如，他對待多爾袞、多鐸兄弟。

多爾袞和多鐸都以「嫡出之子」和戰功，在皇太極登基即皇帝位時，被封為「和碩親王」！大清開國，也只有四個兄弟：代善、濟爾哈朗、多爾袞、多鐸，兩個子姪豪格、岳託封親王！

由這一點，她不覺想起了阿濟格福晉，有意無意表現的不滿；也的確難怪她不滿，同母三兄弟，阿濟格論年齡最長，論戰功最久，但一直沒有得到像兩個小弟弟那樣被皇太極另眼相看。就以這一次封賞功臣來說，兩個小兄弟封了親王，他卻只得個郡王！背後，當然對皇太極也就不免有微詞了。

平心而論，論才具，阿濟格比多爾袞是差得太遠了。他只是一名驍勇善戰的武夫，而多爾袞卻不負「睿親王」的「睿」字；不但才智過人，而且慎謀能斷。他喜歡讀書、勤於治事，在旗務和政事上，都有出色的表現。所以阿濟格的不滿，主要針對的並不是他，而是多鐸。

多鐸並不像多爾袞，不但也是個武夫，而且倚小賣小，荒唐胡鬧，是個讓皇太極頭疼的人物，卻也封「親王」了！

她百般的思索，終於得到了結論；皇太極還是內疚神明的。他答應了烏拉大福晉「善待幼弟」，而阿濟格那時已成年，也立功於疆場，不在皇太極認為的「幼弟」之列了！

再者，她意會到，這也是皇太極留的一步棋：讓這三兄弟之間，留下這一點「不平」的心結。

當然，這一切，她都只能放在心裡。就像……

她習慣的垂下眼眸，嘴角現出一絲飄忽的微笑；就像，她心底的那個影子：多爾袞！

不必有任何的實質交會，她卻感覺著，她與多爾袞兩心相照，心犀相通。這在以前曾讓她心理上對皇太極有著歉意的「心事」，如今卻讓她有著快感。

這也算是一種不忠、不貞吧？在她感覺受到皇太極無情的冷落之後，她不再為此愧疚。皇太極為了姊姊，可以不顧她的感受。她也同樣可以用這樣的方式「背叛」！那高又厚的宮牆，阻隔得住人，還阻隔得了心嗎？

為了這無奈的政治婚姻，她和多爾袞都受到太大的委屈。以前她與皇太極同床異夢。如今，連同床的機會都少了。多爾袞雖然名義上有著好幾位皇太極為了表示愛重而指婚的福晉，卻至今膝下猶虛。而成為后妃、福晉們背後笑談議論的話柄。有的說他身體有病，有的說娜蘭妒悍不容。總之，她知道，在男女之情方面，多爾袞始終不快樂、不滿足；福晉雖多，他顯然不愛任何一位！

她不明所以的喟嘆；喟嘆著人的命運是那麼的難測！人，永遠不知道以後的事。在大草原上，敖包前兩小無猜說的那些「未來」，當時，他們都真的相信，以為就是那樣了。看來，戲文上說的「萬般皆是命，半點不由人」，好像是真的。

她記得祖父總喊她「富靈阿」，總津津樂道那個黃衣喇嘛的預言：她將「母儀天下」！

別說大清現在還僻處關外，就算是在大清，她又何曾「母儀天下」了？皇后是姑姑。自己連生三女。如今，皇帝很少臨幸永福宮，「承恩」也不易。已然承恩懷孕的是姊姊！皇帝一心希望的是姊姊為他生個兒子！她可以想得到：如果這個孩子是男孩，皇帝一定會立他為太子！那，自己不說皇太極生前不可能「母儀天下」，就算是太子繼位，「母后皇太后」自然是姑姑，「聖母皇太后」也輪不到自己！

她的命運是不是就此「定」了呢？她不知道……

第二十七章

坐在清寧宮東暖閣裡的皇太極，手裡拿著一卷書，卻心神不寧，一個字也看不下去。「關雎宮」裡，宸妃海蘭珠正在分娩。

他不是第一次做父親；他如今，已有了十幾個子女了；他最大的兒子豪格，都快三十歲了！可是……

對他子女的誕育，他當然都是關心的，也都是喜悅的。尤其在哲哲和布木布泰分娩的時候，他也喜悅，憂慮，但……

他不得不承認，那一份喜悅和憂慮，都比不上此時、此刻！他不得不承認，對宸妃——海蘭珠，他有一份格外濃烈的感情。

他愛他的皇后——哲哲。他也愛永福宮的「小東西」莊妃——布木布泰。但，他對他汗父為他聘娶的哲哲，說是「愛」，更多的真實，毋寧說是「敬」；哲哲，真是天生「母儀天下」的角色。賢淑、端莊，統御後宮，井井有條。通情達理，幾乎無懈可擊。而布木布泰，他疼她、寵她，真不像對待一個妻子，而像一個小妹妹，或大女兒。他納她，實際上也不是為了情愛，只為了當年莽古思酒後的一席話，使他期望把這「富靈阿」納為己有。而在哲哲和娜蘭想方設法的合作下，使她成了他的一房妻室。

海蘭珠是不同的！海蘭珠是他真正傾心，與他兩情相悅而來歸的！

海蘭珠常說：她早就見過他了！在他當年與哲哲同回科爾沁時。但他覺得很抱歉，他完全不記得了。在科爾沁草原上，他唯一記得的女孩子，是布木布泰，當時才七歲的布木布泰。

他知道，布木布泰還有兩個姊姊。但那影像是極模糊的。他沒有想到，其中之一，在十餘年後，會成為他生命中最重要的女人！

一個身影閃入眼眸，是布木布泰！他急切向前，顧不得威儀，也不容她見禮，一把攫住她的肩，一疊聲問：

「怎麼樣？海蘭珠怎麼樣？」

「姊姊很好！」

布木布泰先答了他的問話，安了他的心。才盈盈一禮：

「皇上大喜！姊姊生了一位阿哥！」

「真的？是個阿哥？」

他又忘情的攫住布木布泰的雙肩，歡喜異常。

「是個阿哥！」

布木布泰神色平靜，她了解皇太極的激動與狂喜。

這孩子是皇太極的八阿哥了！但，豪格之下的兩個，都不幸早夭。其他四個，又都是側妃、庶妃所出。哲哲和布木布泰各生了三個孩子，偏都是格格。因此，海蘭珠——關雎宮宸妃一懷孕，皇太極就一直企望她能生個阿哥，好堵豪格母親烏拉那拉氏的嘴；她人前人後，不知說了多少慪得人受不了的話了：

「博爾濟吉特氏出美人！出美人怎麼樣？五宮后妃，就沒有一個會生兒子！」

哲哲是寬厚人，這話又不是當面說的，也不能如何。卻慪得發了幾次肝氣。

從未生育過的海蘭珠懷了孕，他喜心翻倒；這是他和最心愛的人所孕育的愛情結晶。另一方面，卻又不禁憂慮，海蘭珠如今自然比當日略為豐潤些，但體質還是孱弱。而且，年近三十了，才首度懷胎，怕不利母體。若生產期間，會出什麼意外，他寧可不要孩子，只要海蘭珠無恙。

他也曾把這個顧慮向海蘭珠提起。海蘭珠卻堅持要這個孩子，哪怕冒著生命危險，也在所不惜。

「皇上！姑姑和布木布泰都有你的孩子，我也要一個！哪怕是為這孩子死，我也願意！」

皇太極摀住她的嘴，把她擁在懷裡，喃喃地喚：

「海蘭珠！噢，海蘭珠……」

他不放心別人照顧海蘭珠，只有哲哲；其次，就是布木布泰。他也知道，受他專寵的海蘭珠，必然不免招忌。可是，他沒辦法，他幾乎一刻也不願意離開海蘭珠。

他把海蘭珠鄭重託付給哲哲照顧。今日分娩，哲哲以皇后之尊，親至「關雎宮」坐鎮。若不是「血房」不吉，他恨不能親自守在海蘭珠身側！

海蘭珠平安！而且，一舉得男，怎不令他欣喜欲狂！

崇德二年，七月壬午，皇太極頒下了大清建國以來第一道「大赦」令，為慶賀八阿哥出世！

此旨一出，朝野無不議論紛紛。絕大多數的王、貝勒們，深覺納罕不滿。沉得住氣的，如代善、多爾袞，緘口不言。而性情浮躁如阿濟格、多鐸，便不免口出怨言了。

「我們為他出生入死，南征北剿，稍有差池，議罪論罰，貶爵位，削牛彔。今年，征朝鮮和皮島，大勝而歸。不但不加獎勵，反而以兵行無紀違律，差點沒把代善哥哥『禮親王』的爵給革了。從『鄭親王』濟爾哈朗，到諸將一一論罪。如今卻為了一個毛娃兒，頒旨大赦天下！這樣重美色、輕手足，真是令人寒心！」

阿濟格憤憤不平。代善輕咳了一聲：

「這次征朝鮮的紀律不好，是事實。就算革了我的爵，我也無話可說！」

多鐸對代善明哲保身，近於懦弱的態度，十分不滿。道：

「代善哥哥！想當初，汗父在世，立四大貝勒共掌政務。你是四大貝勒之首，大貝勒呀……」

話未說完，已教阿巴泰冷笑打斷了：

「再也別提『四大貝勒』！如今，阿敏還圈禁著；莽古爾泰暴死，死得不明不白。還教冷僧機告了一狀，說他和莽古濟格格謀反，抄家奪爵，把他的兒子貶為庶人。代善哥哥不過宴請莽古濟格格，也受到譴責。當初，若不是咱們擁立，他能當皇上嗎？如今，誰的功勞大，他整治誰！」

阿巴泰原與皇太極甚為親睦，但，自皇太極登位以來，眼見兄弟、子姪們一個個出人頭地。而自己，天聰年間，只封了貝勒，既不在「五大臣」之列，又不入「八分」，不能和和碩貝勒們平起平坐。到建大清改元，代善、多爾袞、多鐸封親王。阿濟格封郡王，他，只得一個「饒餘貝勒」。雖管工部，卻不受重視。不免心中不平，出言激烈。

代善苦笑，不發一言。如今，他真領教了這位「皇上」的手段了！皇太極每每以他作筏子，抓他的錯。總當殿痛心疾首的數落他一番，叫兄弟、子姪們議罪。最後，又加恩赦。以這種方式，造成他倚老賣老，悖晦無能的形象。而「皇上」對他卻是仁至義盡，既英明又仁慈的！

他真的後悔了！當初，昧著心，眼睜睜地看著烏拉大福晉被逼殉葬，擁立了這位「英主」！可是……一切都太遲了！

多鐸的不滿，與哥哥們又不同。他年輕，喜逸樂，徵歌選舞，酒色徵逐的興趣最濃。於兄弟中，有「貪花好色」之名。每因耽於逸樂，為皇太極所責備。如今，皇太極寵愛海蘭珠，竟至為八阿哥誕生，頒下大清立國以來，第一道「大赦天下」的旨意，正給了他發牢騷的口實：

「總說我喜著優人之衣，學敷粉之態。為了阿濟格哥哥擅自為我主婚，把貝勒都削了。又為了我避痘，沒有送多爾袞哥哥出征，大發雷霆，罵我重女色，輕手足。這倒看看是誰重女色，輕手足吧！」

多爾袞呵責多鐸，沉聲道：

「多鐸！你想應誓嗎？」

一言，使所有的議論都平息了下來。

原來，在多爾袞降服了林丹汗之子額哲，獻上元代玉璽之後，諸王貝勒、外藩、漢官，都認為這是大吉之兆，請皇太極登基稱帝以順應天心。皇太極卻一再推託，辭不肯就，使眾貝勒大惑不解。

後來，終於由代善之子薩哈廉猜出了謎底：皇太極並非真的不肯上尊號，即皇帝位。只是擔心各擁重兵的兄弟子姪，未必肯事事聽命。為解開這個僵局，由代善為首，表示願向天發下重誓，誓死效忠。並且各自呈上書面誓詞。

皇太極閱覽誓書後，卻向代善說：

「大貝勒老了，免了吧！」

代善一聽，越發惶恐。堅持立誓，道：

「汗王顧慮我年老，恐我觸犯誓詞而死，是對我格外加恩。但，我若不和諸貝勒一同立誓，怎能表示我的忠誠呢？」

立時跪下盟誓：

「日後，我代善若不至誠秉公，對汗王不盡忠竭力，心口不一，必受天譴，遭殃而死！」

代善都已盟誓，其他貝勒哪敢怠慢？唯恐發誓不重，遭受猜疑，紛紛發下重誓。皇太極這才「順應」天心輿情，改元稱帝！

既然矢誓效忠，退有後言，也是不當。因此，多爾袞一言就平息了眾議紛紜。只有多鐸小聲嘀咕：

「若是中宮皇后生子，大赦天下，我也無話可說。為了那二十六歲才來歸，卻位次中宮的關睢宮主子，可真叫人不服！」

多鐸喪母之後，少年時代，皇太極將他留養宮中，受過哲哲照顧教養。對這位如母長嫂，敬愛有加。甚至敬愛之情，還勝過對皇太極。因此，有這番議論。聽他此言，多爾袞心中，卻驀然浮現了布木布泰的臉龐。

布木布泰如今也有孕在身。她，是否也能生子固寵呢？

後宮，也為這件事，沸騰著耳語。其中最激烈的，自然是烏拉那拉氏，豪格的母親了。

海蘭珠生子，擊碎了她「擁子自重」，詆毀五宮后妃都不能生子的口實。皇太極為八阿哥大赦天下，更為豪格的地位敲起了警鐘。

豪格，在皇太極登基之初，封「肅親王」，曾使烏拉那拉氏深覺榮寵。這種榮寵，多少補償了她被摒於五宮之外的怨憤。也因此，她才刺刺大言，諷刺五宮后妃均無子。以她想來，皇太極諸子中，豪格既是長子，又有軍功、政績。其他諸子，年齡相距既遠，出身又比她卑微。如此，皇太極身後的繼位者，捨豪格更有何人？如今，雖未入「鳳凰樓五宮」，日後的「聖母皇太后」豈不是「捨我其誰」的？大放厥詞之餘，不免沾沾自喜。

不料，豪格的「肅親王」才滿百日，就因漏洩機密，與成親王岳託，雙雙被革了親王爵。一降，就降到「多羅貝勒」。而且，連執掌的戶部，也解了任。而追究洩密之由，卻是因她炫耀而起，怪不得別人。她也只有啞口無言。

但她倒還是能保有她原來的夢：豪格是皇太極唯一的繼承人！

豈知，她背後詛咒的「癆病鬼」海蘭珠，不但一舉得男，而且，皇太極還為這個初生嬰兒頒下「大赦令」，以為產後虛弱的海蘭珠祈福。

「母愛子抱」的道理，她豈有不知道的？皇太極寵愛四格格，她不是滋味，卻不在乎：

「格格麼，遲早是人家的！」

但八阿哥……

自大金而大清，一直沒有一套「傳嫡」或「傳長」的宗法制度。但在傳統上，是「子以母貴」。皇太極原先就一直沒有明確表示：準備立豪格為儲君。如今，中宮之次的「關雎宮」宸妃，又生下這麼個讓皇太極疼得心慌，愛得彷佛不知如何是好的八阿哥，她怎能不擔心？

她自以為聰明的，到清寧宮給皇后哲哲請安。又給正在一邊的永福宮莊妃布木布泰行了禮。

才閒閒說起：

「這一回，皇上為八阿哥大赦天下，皇后可聽說了什麼沒有？」

哲哲微笑搖頭：

「都來賀喜呀！有什麼別的說的？」

「哎喲！賀喜是門面話。底下人都在背後說，八阿哥又不是長子，又不是皇后養的，這麼做，怕折了他的福呢。」

「大赦，是積福，哪有折福的道理？你這話，在我這兒說罷了，可別到別處去說。要是哪個人嘴快，傳到皇上耳裡，只怕……」

哲哲適時頓住。烏拉那拉氏滿臉惶恐：

「這可不是我說的，我也是聽來的。只是，大家都認為，只有中宮皇后的嫡子，才夠這個分量。」

「可惜呀……我這個皇后，就是生不出兒子來！」

哲哲有意用她的話挖苦。烏拉那拉氏被她嘲諷的話，逼得臉上一陣紅，一陣白。布木布泰忍不住想笑，忙別過臉去。久久，才回過臉來。

烏拉那拉氏仍不死心，道：

「照說，皇上寵誰，是皇上自個兒的事。可是，也不好做得太讓人看不過去。這樣，對皇上，對關雎宮主子都不好。該有人勸勸皇上才好。」

哲哲笑道：

「你既有這份心，就該向皇上說呀！」

烏拉那拉氏扭揑了半晌，才道：

「我有豪格，要說了，沒的讓人以為我存私心，嫉妒八阿哥。這嫌，不能不避呀！」

哲哲忍笑道：

「我沒生兒子，說這話，不教人覺著我嫉妒宸妃生了兒子？這嫌，怕也不能不避呀！」

當即，烏拉那拉氏的臉，又漲成了一塊大紅布；別看皇后平日溫厚謙和，真要挖苦起人來，照樣可以一針見血！

見她尷尬得彷彿找不到地縫鑽。哲哲也適可而止，換了語氣，莊容道：

「豪格，是皇上的長子，有個不疼的？只要他忠誠稟公，好好當差，他皇阿瑪絕不會不知道！恩寵與否，雖說是皇上的恩典，爭不得。但哪個皇上，不看重用心、能幹的臣子？登基封王，小一輩裡，就豪格跟岳託兩個封了和碩親王，這不是他皇阿瑪疼他的明證？偏這兩個孩子不爭氣，把親王給弄丟了！你知道他皇阿瑪多痛心！」

烏拉那拉氏啞口無言。哲哲頓了一下，道：

「皇上一天到晚的憂勤國事。回到宮裡，有個知心解意的人兒，讓他心裡高興，難道不好？尋常百姓家，還三妻四妾呢！咱們朝裡的這些王爺、貝勒爺，又誰不是正的、側的福晉成群的，沒名沒位的還不算！難道也一天到晚的爭風吃醋？又妒著誰多受了恩寵、誰生了兒子！那，爺們不用上朝了，也不用打仗了。單自個兒家裡的狀，就夠他升堂理事的理不完了！」

一席話，更說得烏拉那拉氏低下了頭。這些話分明是衝著她說的，偏又句句在理。而且，出自皇后，她心裡再怎麼氣不忿，也只得忍氣吞聲。還得陪著笑，又閒談幾句，才告了退。

布木布泰一旁掩口失笑。哲哲喟然：

「論理，她說得並不錯；皇上這事是做得不妥當。只是她別有居心，得挫挫她的氣焰。」

打量著布木布泰微凸的小腹，笑道：

「好好一個下午，就給她攪亂了。我也乏了，你是有身孕的人，就回永福宮歇著吧。」

布木布泰欠身告退。才退了兩步，忽聽哲哲驚喊：

「布木布泰！」

布木布泰愕然止步：

「姑姑……」

只見哲哲凝目望著自己的衣裾，彷彿看到什麼。她也不禁低頭細看，卻一無所見。

「姑姑！」

她又喚了一聲。哲哲才彷彿如夢方覺。揮退了宮女們，招手要她到身側，才低聲道：

「剛才，我彷彿看到你衣裾上繞著紅光，倒像一條小龍，盤在你身上。想仔細看，又沒了。」

「想是姑姑乏了，看花了眼。」

布木布泰笑道。哲哲莊容搖搖頭，低聲道：

「姑姑雖近中年，眼還不花。只怕，這孩子有些來歷。只是，這事若傳出去，一則沒個憑證，二則，只怕招人猜疑，對你們母子不利。咱們姑姪體己，可不能向第三個人說！」

布木布泰驚愕異常，回到永福宮，再三思索，不得其解。便擱在一邊不再理會。思維卻轉向了另一方。

在今天，從姑姑教訓烏拉那拉氏的一席話中，她才了解，做一個「皇后」，多麼的不容易！首先，得有多大的器度來「容人」！

皇太極的「後宮」，自然不比書上形容的「三千佳麗」。但，只數有名兒、有姓的，就不下二十。還有身分更低，連「庶妃」都搆不上的。

皇上和姑姑的感情不謂不深。然而，一年之中，留宿「清寧宮」的日子，真屈指可數。先前，有她分寵。如今，更有了宸妃——海蘭珠姊姊。

她在海蘭珠姊姊來歸之初，算是嘗到了被冷落的滋味。好容易把人給盼來了，卻原來只為了關心四格格的病。探完了病，掉頭就走！她當時幾乎遏不住委屈落淚。她不相信，他看不出來，沒有感覺。可是，他不曾留步！

委屈，加上屈辱感，使她關上心中那扇曾為了多爾袞深閉，好不容易，才在歲月和皇太極的寵愛中，打開了半扇的門。從那之後，她對多爾袞的思念，似乎更熱切了。

後來，海蘭珠懷孕，不能侍寢，皇太極才在對海蘭珠的耽溺中，分出了一些時間和心力出來。各宮妃嬪才能再分霑些許雨露，算是又見了天日。她，是被公認除了海蘭珠之外，最受恩寵的。但，對她來說，這恩寵已來得太遲了！她承受，而且，因此再度受孕，卻已沒有了喜悅。只因，心中那扇門關上了……

今天，她才第一次想到了姑姑的心境；她對姑姑頓然有了既同情，又尊敬、佩服的心情。她不相信，姑姑無動於衷。但，「德被後宮，母儀天下」，從「中宮大福晉」，到「清寧宮皇后」，都必須有超人的器度，和容人的雅量！

「也許，這就是姑姑生來該當皇后，而我，只能做永福宮莊妃的原因吧？」

她不禁這樣想。

那海蘭珠姊姊，又該當如何說呢？她卻惘然了。

撫著微隆的小腹，又想到姑姑方才那一席話，尤其最後的囑咐：

「……怕招人猜疑，咱們姑姪體己，可不能向第三個人說！」

姑姑的擔心恐懼，恐怕不是沒來由的。她不知腹中的孩子是男是女；若照姑姑方才所見，這「有來歷」的孩子，就應該是男孩。

她曾經多麼希望生個男孩！但在目前的局面下，隨著這可能是男孩的孩子降生，為她帶來的卻是憂恐不安！

如果，這孩子真的「有來歷」，為什麼上天讓海蘭珠先生下了所有人都認為可能立為太子的八阿哥？如果，沒有八阿哥在前，五宮后妃中，唯她得子，那一切就都是「順理成章」的；豪格再大，由於他母親的地位，已受到先天的限制。就如皇太極為八阿哥大赦天下，人人都視為可能立八阿哥為皇儲的先聲。而皇太極這麼做，就並沒有考慮豪格是長子、有軍功；年長，並不見得就占優勢。

事實上，以皇太極自己，不就是當年「四大貝勒」中最小的？排行更是老八。豪格面對皇父的安排，再怎麼心中不平，也沒有用；他母親的低微身分，成為他繼承上的致命傷。

可是，在海蘭珠生了八阿哥，且顯然母愛子抱，八阿哥成為皇上最疼愛的兒子之後，她這孩子卻是愈平庸愈好；「有來歷」的孩子，就會成為被疑忌的禍胎！

姑姑的顧慮是對的！如果，這事傳將出去，所產生的後果，恐怕就不僅海蘭珠疑忌，甚至連皇太極都未必能容；即使這是他的親生子！

這個以武力建國的國度中，以父殺子、以子弒母、以夫殺妻，手足骨肉相殘的故事一再在爭權奪利，或表態固寵之下重演。想到這兒，她不寒而慄；她不要她的孩子像多爾袞一樣，小心翼翼的活在疑忌的陰影下！她知道，即使多爾袞這麼步步為營，從不落下一點差錯口實，甚至還有「獻璽」之功，皇太極還是從沒有真正的對他「放心」過！

「不！」

她對著未出生的孩子低語；如果這樣，她寧可他平凡一點，不要有「來歷」，安安穩穩的當個王、貝勒，也不希望看到隱伏的骨肉相殘危機！

如今，她能做的，是對自己懷孕一事，盡量保持低調。不但在皇太極面前，在各宮妃子們見面時，她也從不提自己懷孕的事。

然而，這畢竟是瞞不了人的。不多時，永福宮主子懷了孕的事，很快就在鳳凰樓傳開了。

雖然知道自己懷孕期間不能侍寢，皇太極也曾臨幸各宮后妃。但聽說布木布泰懷孕，海蘭珠還是滿心的不是滋味。尤其想到她也可能生子，就更不自覺的在心裡產生說不上來的敵意。雖然，她也努力以自己位次在布木布泰之前，又得專寵，布木布泰就算生男，也未必能影響八阿哥的地位來自解。但，她潛意識裡，就是不放心、不開心！

布木布泰的肚腹日益凸顯，連皇太極這樣一個日理萬機，又一心在海蘭珠身上，對其他人根本不關注的人都看出來了。回到關雎宮時，當個閒話題材，笑著向海蘭珠提起：

「布木布泰懷孕了！她已經連生了三個女兒，不知道這個是男是女。」

海蘭珠卻斂去了笑容，眸光中流露的是百般的幽怨，凝眸不語。

「怎麼？布木布泰是你的親妹妹，她懷孕了，你做姊姊的不歡喜嗎？」

皇太極故意以此沖淡他心知肚明海蘭珠那點醋意。海蘭珠抬頭幽怨的掃了他一眼，抿著嘴，半晌才道：

「那麼多的格格裡，皇上偏疼的，就是活脫布木布泰小時候的四格格。要是她這一個是男孩，恐怕又成了皇上的心肝寶貝；咱們八阿哥，就該撂到腦後了！」

皇太極笑道：

「什麼話？她就算是生了男孩，不論名位，還是長幼，能邁過八阿哥去？再一說，八阿哥是你生的，『鳳凰樓』裡，除了你，我還把誰擱在心上了？」

海蘭珠聞言，才露出了笑顏。柔情似水的凝視著他，輕輕一嘆：

「我自然知道皇上對我的寵愛。可是，我也知道，布木布泰比我年輕，又比我聰明。也許，到時候，皇上就覺得那孩子比八阿哥強，嫌八阿哥尋常了。」

這帶著深情款款的委屈幽怨，又彷彿疑慮不安的神情，最是皇太極沒法抗拒的。當下，輕吻著海蘭珠的鬢角，鄭重道：

「誰敢說我最心愛的孩子尋常？海蘭珠！你放心！我這位子，少不得由你的孩子『八阿哥』來接！」

海蘭珠眸光中露出了喜悅：

「這話，當真？」

「漢人有句話：『君無戲言』，我豈能騙你？」

海蘭珠順勢跪下：

「謝皇上恩典！」

皇太極連忙攙起她：

「你放心！我總不委屈你們母子就是！」

雖未明下詔令，這話很快的傳遍了裡裡外外。都說皇上預備立太子了，就是關睢宮「那位」生的八阿哥！

此語一傳開，各家親王、貝勒又不免議論紛紛。

「憑什麼？就因為八阿哥是『關睢宮』那位主子生的？怎見得皇后就不再生子呢？我頭一個就不服！」

多鐸憤憤不平。多爾袞淡淡一笑：

「咱們操什麼心？才幾個月的孩子，要繼位，也得有那福命。這也是由天不由人的！皇上再偏私，還得看老天爺答不答應呢！誰知道未來怎樣？」

「要繼位，也得有那福命。」沒想到多爾袞一語不幸言中；八阿哥這個集父母寵愛於一身，被「皇父」視為「儲君」的孩子，在崇德三年元月二十八日夭折了！

也許因著海蘭珠本身的體質孱弱，這個孩子先天就不強壯。出生後，由於「母愛子抱」，極為嬌養。偏偏人有時候就是這麼犯賤；天生地養的孩子，往往生命力特別強韌。而愈是嬌養的孩子，愈是嬌弱。

八阿哥在皇太極和海蘭珠當做掌上珍、心頭肉；含在嘴裡怕化了，捧在手上怕嚇了。風吹怕著涼，日曬怕中暑的嬌養下，偏偏一直又瘦又弱，而且三天兩頭的犯災鬧病。一有個頭疼腦熱，傷風咳嗽，就把上上下下的人都折騰得人仰馬翻。卻還是人爭不過命，終致夭折了。

這消息傳出，外朝內宮在表面上，誰也不敢不表示哀悼之意，整個朝廷為一片哀戚籠罩。但，事實上，善意的同情、難過者是少數。暗自稱心，卻同時在外朝內宮中發酵。

海蘭珠獨擅專寵，而因為她性情本就孤僻不隨和，在皇太極嬌寵之下，與人相處，言行舉止上又不謙和，不免讓人覺得她恃寵而驕，態度傲慢。就以哲哲這親姑姑，有時都覺得她太不知禮、不懂事；這還是以皇后、姑姑雙重身分，比較包容的說法。她位次之下的後宮妃嬪們，和王、貝勒的福晉們，長久以來，習慣了哲哲的親和謙下，視為準則。對她「門高自貴」的倨傲態度，就頗有微詞。

八阿哥出生，皇太極為這愛妃之子頒大赦。又有立為「皇太子」的傳言，更令臣下議論紛紛，並不與之同喜。如今，這尊貴的「皇太子」偏無福消受，這些原先就心懷不平的人，又豈會真與之同悲？哲哲倒是真心難過的；再怎麼説，這總是科爾沁博爾濟吉特氏家族的榮耀。而且，再怎麼説，海蘭珠也總是自己的親姪女。

布木布泰懷胎已足月，隨時可能臨盆，聞訊，卻心中如倒翻了五味瓶，不知如何安頓心情。她對姊姊的同情，不算不由衷。推己及人，她有三個孩子，孩子生病，母親的憂急，她經歷過。更何況，八阿哥還不足半歲，因皇太極的特別慎重，還沒有正式命名，就因生病，回天乏術而夭折。海蘭珠的痛苦，她當然能想見。

可是，她卻連去慰問都不能。一則，是她臨盆在即，不宜臨喪。再則，她心中充滿了憂慮：自己腹中的這個孩子，遲不遲，早不早，為什麼就趕在這當口上！

如果，沒有這事，她的孩子出生，男也好，女也好，不會太受到重視，是可以預見的。但，也就像其他阿哥、格格出世一樣，總歸會被視為一件「喜事」，不會犯什麼忌。

而如今，八阿哥剛剛出事，皇太極和海蘭珠都在哀痛逾恆的當兒，她孩子的出生，她就真不知道海蘭珠會有什麼反應，皇太極會有什麼態度了！

關睢宮中鴉默雀靜。除了上夜守衛的人，守在宸妃寢宮之外，其他人，包括服侍宸妃的宮女、婦差，都退到廊下廂房休息；說是休息，卻是誰也無法真正的放鬆心情。只靜坐著，等候著隨時的召喚。

今夜，皇上又留宿關睢宮了。自從宸妃入宮以來，皇上在關睢宮留宿的日子，遠超過在其他后妃處的總和！專寵的形勢，大清國哪個不知，誰人不曉？

底下人不免背後議論：這位主子也不知走的什麼鴻運，二十五、六歲才入宮，又不是初嫁。氣度，比不上皇后不用說了；功勳，不如麟趾宮貴妃；賢淑，不如衍慶宮淑妃；容貌，更比永福宮莊妃差遠了。偏皇上就不知喝了她什麼迷魂湯，離不開，捨不下。而且，肚子爭氣，一生就是個阿哥，並且被視為太子。子以母貴，母以子貴，分量更不同了！

人往高處走，鳥往旺處飛，自五宮后妃遷入「鳳凰樓」以來，別處服侍的人都羡慕著關睢宮的宮女、婦差。她們當然也不能昧著良心說不好；在這兒，他們得賞賜的機會，當然比哪兒都多。但，也有說不出的苦：宸妃身子嬌弱，在皇上面前，是如水般的溫婉柔順。對底下人，也說不上不好。但，可也不好講話，不好侍候。她事事要求完美，也就事事挑剔。什麼事，都不許有一點差池，不許有一點瑕疵。而且，她素來有個弱症，睡眠總不好。小有響動就驚醒，要茶要水，要搥要揉，支應不完，可苦了底下人！因此，她一睡下，就沒人敢出一點聲，又不敢走遠；她醒了叫人，得馬上有人應聲，不然，又是麻煩。還好，她得專寵，皇上來的時候多。有皇上在，她好像就睡得踏實些，麻煩也少些，底下的人也才能輕鬆些。

生了八阿哥之後，這位阿哥身體嬌弱，動不動生病，終日哭鬧。宸妃本來就是纖弱敏銳、遇事驚惶的性情，一點風吹草動，都如臨大敵。更何況八阿哥是她的掌上珠、心頭肉。聽不得哭，見不得病。偏他既愛哭，又多病，於是千差萬錯，都是奶娘、嬤嬤、宮女一應人等服侍照顧不周。更把底下人折騰得人仰馬翻。奶娘、僕婦更沒片時安寧。

不得安寧都還好，偏偏八阿哥彷彿是「命小福薄」，承當不起這番過逾的愛寵；照底下人背後的說法，皇上過於寵愛，簡直是「折了他的福壽」，終於一命嗚呼。

這一下，關雎宮裡服役的人，平時在其他人面前趾高氣揚的氣焰全沒有了，反倒羡慕起其他宮院服役的人們，至少能平平順順過日子。如今，曾風光一時的他們，一個個簡直感覺：都提著腦袋等候發落。

「生死有命！皇上不宜過哀，更不可遷怒；不要害八阿哥背負罪業，不得超生。」

皇后在探視時的一句話，總算壓伏了皇太極殺人洩憤的躁怒，簡直成了救苦救難的菩薩。望著海蘭珠，哲哲輕嘆了口氣，心中又憐又恨，也不知能說些什麼；平日恃寵的種種矯揉驕恣，如今是一點影子也沒了。海蘭珠在八阿哥病危之時，日夜守候，本來就孱弱的身體，哪經受得這樣的煎熬！不兩天就憔悴得不成人形。八阿哥死了之後，更是摘了心肝一般，終日不吃不喝，不言不語，呆望著八阿哥的搖籃，連表情都沒有了。

平日對她頗有不滿的哲哲尚且不忍，皇太極見此更是心痛至極，不知怎麼才能安慰愛妃。也只能成天守在她身邊，陪著她，絮絮叨叨的又哄又勸，卻全如石沉大海，了無回應。

一連兩天，好容易海蘭珠疲倦得朦朧睡去，皇太極才合上了眼……

忽然，一道金光，逼得他不敢正視。瞇眼看去，卻是一尊天神，全身金光閃閃，手中抱著一個全身赤裸，頭頂胎髮上聳，雪白粉嫩的小嬰兒。見到他，天神把嬰孩遞到他手中，他不覺伸手接了。

他才接過，天神倏然不見，懷中嬰兒卻放聲大哭。他手足無措，忙哄著：

「乖乖，不哭，不哭！」

一翻身，卻驚醒了。哪有什麼嬰孩？卻聽戶外喧譁起來：

「不好！失火了！失火了！」

海蘭珠嚇醒了，滿臉驚恐，在被窩裡抖瑟。他向窗外望去，只見西南方一片紅光燭天。

「哎呀，是永福宮！」

他顧不得冷，一翻身下了地，隨即披上黑狐大氅，就推門到了廊下。

紅光，果然罩著永福宮。卻不見火苗，倒似一片祥雲瑞靄，光華奪目！

「怎麼回事？」

他正待下階，卻見兩名侍衛，先是滿面笑容向他奔來。見到他，才彷彿覺得有什麼不妥，斂容稟報：

「稟報皇上：永福宮莊主子誕育皇子。」

他一時沒會過意來，倒先是放了心：

「不是失火？」

「不是！」

「那，這紅光……」

「回稟皇上，這紅光自永福宮屋瓦透出，不知是何因而起。」

一位侍衛跪行向前：

「還有樁異象，要稟報皇上。」

「什麼？」

「一股不知名的異香，瀰漫著永福宮。奴才從來沒聞過那種香味兒，也不知打哪裡來。」

「噢？」

皇太極望向永福宮頂逐漸消褪的紅光，想起方才的夢，不由自語：

「莫非這孩子真帶著福氣臨凡的？」

雖然說，大家都知道皇太極正為八阿哥之喪哀痛。然則，禮不可廢，哲哲還是依禮率領著妃子們向皇太極拜賀。

「恭喜皇上，又添了一位阿哥。」

她盈盈下拜，皇太極心中正被這一子初殤、一子誕生的悲喜夾雜，攪得沒個安頓；海蘭珠聽說布木布泰生子，越發的傷痛。連帶皇太極也失去了原先的那一點喜悅。只是，在哲哲面前，卻無論如何不便表現出來，親自扶起：

「罷了，倒是辛苦你了。」

布木布泰臨盆，偏在海蘭珠喪子的當口，哲哲唯恐有失，親臨永福宮照顧。事實上，當初海蘭珠臨盆，她也是親自照顧的，這一點，讓皇太極不能不敷衍門面。心中卻只記掛著海蘭珠的悲傷，有點說不出來的惱怒，覺得這孩子來得真不是時候！哲哲卻不理會他，逕自道：

「這也是該當的。這孩子，相貌堂堂，頂門上一撮胎髮，直聳向天，倒像戴著頂冠似的，想是有福氣的。」

「噢？」

皇太極猛然想起昨夜的夢，緩緩道：

「昨夜，我夢到一個天神，交了個嬰孩給我。相貌，我記不真了，那胎髮上聳如冠，倒記得清清楚楚。莫非……」

他住口沉吟，麟趾宮貴妃笑道：

「昨兒可嚇著了我了！滿天通紅，還以為哪兒失火呢！卻是從永福宮裡射出來的。」

「那紅光我也看見，侍衛說，還有香氣？」

他把目光轉向哲哲。哲哲道：

「可不是？這會兒都還沒散呢！說不上來是蘭花香，還是麝香，可真是香。」

皇太極不覺心中一動，

「這麼說，這孩子還真有點來歷，像是帶著福氣來的，就叫福臨吧！」

哲哲下跪謝恩：

「莊妃坐褥，不能起床。我在這兒，先代她謝謝皇上賜給孩子這好名字的恩典。」

她略一躊躇，鄭重道：

「皇上方才說起夢見天神，賜下麟兒，我才敢說：布木布泰說，昨夜，也作了相同的夢。天神把孩子放在她的膝上，還告訴她：『這是一統天下之主』。她自夢中驚醒，開始陣痛，不多時，福臨就降生了。」

這話聽得皇太極更是悲喜莫辨：為什麼這樣「有來歷的孩子」不是八阿哥？

待得后妃們散去，接著又是王公、貝勒們例行的為「皇子誕育」朝賀。大家也都聽說了種種異象，七嘴八舌的渲染，都視為吉兆。

對他們來說，八阿哥夭折實無關痛癢，倒是九阿哥出生，因著這些異象，不免視為吉兆，興高采烈，倒也沖淡了皇太極喪子之痛，心中真有了幾分喜悅。

但，好容易才升起的一點喜悅，卻被關雎宮總管氣急敗壞來報：「宸妃昏厥！」打散了。

原來，為九阿哥命名，和哲哲稟報布木布泰異夢的事，早已有多嘴多舌的底下人傳到了關雎宮。大大的刺激了才承受喪子之慟的海蘭珠。

她早在皇太極答應立八阿哥之後，隱隱聽說八阿哥命小福薄，卻以母寵而子貴。皇上一意孤行，逆天行事，恐怕折了他的壽，因而心存憂懼，甚至不敢催逼皇太極下詔。如今，八阿哥果然一病而亡。偏偏才兩天，九阿哥出生，而且又是紅光、又是香氣的，還加上誰知是真是假的夢兆！而皇上，經不住后妃們三言兩語，竟然彷彿把八阿哥夭折的事都忘了，還馬上就為九阿哥命了名！

想到都說是如何的寵愛八阿哥，卻至死都沒有正式命名。一念及此，又傷又痛，以致昏厥。

待得皇太極趕到，她已被宮中侍應的嬤嬤們救醒了，正在啼哭。一見皇太極，越發哭得氣息哽咽：

「果真他是帶著福氣來的！福大命硬！所以活生生把我那苦命的八阿哥剋死了！」

見她被喪子之痛已摧殘得瘦骨支離，此時又涕淚縱橫，聲嘶力竭的哭訴八阿哥為九阿哥所剋，皇太極又急又痛，不加考慮，衝口而出：

「他剋死了八阿哥，我叫他給八阿哥償命！」

正當此時，哲哲也聽說海蘭珠昏厥之事，放心不下，前來看視。聞言大驚，尚未發話，卻忽然青天霹靂，而且地動山搖起來。海蘭珠兩三天未進飲食，首先就支持不住，一個踉蹌，便仆跌在地。

皇太極驚喊：

「海蘭珠！海蘭珠……」

「唉，這是從何說起？」

布木布泰抑鬱難伸，因而病倒。皇太極也只遣人來看了一次，沒有親自來探視。倒是哲哲既心疼，又不平。

布木布泰只是垂淚，默默不語。貴妃娜木鐘拉著她的手，道：

「妹妹！皇上是心疼宸妃，疼糊塗了！哪有生了個福命兒子還生錯了的？他糊塗，咱們可不糊塗！九阿哥既有這福命，你出頭的日子，總在後面呢！咱們五宮，可就指望他一個，為了他，你也得多保重！」

「謝謝皇后，謝謝貴妃。我……也不怪皇上，也不怪我姊姊；可憐那麼心肝肉兒的兒子一下沒了，她也可憐。這也是我命該如此……」

「唉，布木布泰……眼下，皇上是無理可喻，你就忍著吧；遲早，總會苦盡甘來的！」

苦盡！甘來！

布木布泰苦笑了；海蘭珠一日不諒，皇上一日不會回心轉意，而海蘭珠的脾氣，她是知道的；外表荏弱，內心倔強，而且天生「認死扣」。她一旦認定了福臨剋了八阿哥，就恨定了她們母子，再也無法轉圜。甚至，若不是那一下無巧不巧的青天霹靂，地動山搖，有如上天示警，她真能橫心逼皇太極要福臨給八阿哥償命！

在這種情況下，她根本不敢期望海蘭珠回心轉意，或皇太極衡情度理。要「苦盡甘來」，除非……

她不由寒慄，不敢再往下想。

「卓禮克圖親王和福晉，給九阿哥送禮來了！」

阿勒騰在榻前跪稟。布木布泰掙扎著起身，淒寒的心中，流過一絲暖意；畢竟是哥哥，骨肉至親，比不得別人勢利。往年，有個小病小痛，上自皇后、妃嬪、格格、阿哥，眾家王、貝勒的福晉，下至管事、奴婢，誰不來請安問好？如今，皇上不來了，皇后畢竟是姑姪，還有個關照。其他人，都怕因此觸怒了海蘭珠，再不似往常熱絡。偶然來了，也不過泛泛問個好，匆匆便去。天長日久，更覺冷落。如今，聽說兄嫂來了，悲喜交集，忙命阿勒騰伺候換衣裳，扶著阿勒騰的肩，到外間，見到久別的兄嫂。

皇太極登基，為籠絡蒙古，特別封吳克善為和碩卓禮克圖親王，顯貴無倫。布木布泰正迎上前去，卻見吳克善身後一位侍衛打扮的人，一步衝到她面前。她一怔，正詫異這侍衛好大膽無禮！卻見到那低壓帽子下半遮的臉……正要驚呼，又警覺地及時掩住了嘴，卻忍不住熱淚奔騰。那人出聲：

「布木布泰！玉兒！」

「多爾袞！」

再也顧忌不得了！好在，當場也只有吳克善夫婦和阿勒騰，都是可託腹心的。雖在咫尺，也在種種顧慮下，如同暌隔天涯的有情人，終於緊緊擁抱了。

偎在多爾袞結實的胸前，布木布泰滾滾的熱淚，立時把多爾袞那套不知從何處弄來的侍衛制服前襟沁濕了一大片。積壓了那麼長久時日的委屈、幽怨、不平，直到此時此刻終能盡情宣洩。

只要，多爾袞仍把她擱在心坎上，便足以抵償一百個皇太極的冷落。讓皇太極寵海蘭珠好了！她……有多爾袞呀！

就讓這一刻永遠停駐吧！多爾袞的臂膀，有力的擁抱著她的身子。手指，輕柔的撫著她的髮絲……

「咳……」

久久，一聲輕咳，驚動了忘情沉湎在擁抱中的情侶。布木布泰驀然臉紅了，雖然吳克善夫婦一直是站在同情的立場，畢竟，當著兄嫂，這樣深擁緊偎，未免太忘形。略帶靦腆，她推開多爾袞，低下了頭。吳克善夫婦，知趣的背著身，布木布泰欲向前，多爾袞早先一步，向前打千，笑道：

「多謝王爺成全！」

吳克善忙抱住：

「噯，自家兄弟了，說這些個做什麼？實在也是『那位』做得太過分了，總得有人來打抱不平！」

原來，宮中種種情事，各藩邸早就議論紛紛。多爾袞卻因立場為難，不便多說什麼，反是多鐸看不過了：

「十四哥！你這就叫人不服氣了；好歹也是有過舊情的，就這樣，連句安慰的話都沒有？」

多爾袞苦笑：

「你當我沒心沒肺的？明擺著辦不到！弄不好，反把她們母子害了！」

「分明你自己畏首畏尾的，不敢承當！要我……」

「要你怎麼樣？跑去找皇上吵一氣，還是偷著進永福宮去，摟著莊主子哭一場？」

一直坐在一旁，冷眼看兄弟倆鬥嘴的豫王福晉薩如拉，帶著揶揄，笑著開口。卻似有成竹在胸。

兄弟倆同時一愣，多鐸先嚷：

「差點忘了小姑姑！好姑姑，你有什麼好主意，快說，別憋死我了！」

「小姑姑」，是多爾袞兄弟對豫王福晉的戲稱。她不是別人的姑姑，卻是布木布泰的姑姑！她原是莽古思庶出幼女，與布木布泰年齡相仿，算來是哲哲的小妹妹，皇太極的小姨妹。論起姿容，並不出色。卻不知是何因緣，被一向有好色之名的多鐸看中了，一心要娶。皇太極本堅持不允，認為姿容不足拴住有「貪花好色」之名的多鐸的心。若一年半載，多鐸新鮮勁兒過了，成了怨偶，反難向岳家交代。弄不好，反而壞了滿蒙的邦交。

為此，多鐸不知鬧了多少回。甚至，先斬後奏，搬出同母兄阿濟格主婚，便迎娶了來。皇太極大怒，責備阿濟格擅自主婚，甚至為此阿濟格還遭受了降爵的處分。只是事已至此，也不能公然退婚，只好追認。卻留下了伏筆：若有朝一日，多鐸厭棄了，責令哲哲處置：將她祕密遣返蒙古。

真是姻緣了！兩人婚後，居然相安無事。原因是，福晉自幼在蒙古，因庶出又年幼之故，向來備受冷落，養成了「察言觀色」的本能。另一方面，卻極機敏，能謀能斷：言不輕發，發必中的，使多鐸既敬且服。兼以她自知容貌未能勝人，閨閣之間，婉嫕柔順且度量如海，絕不與其他的福晉乃至姬妾爭寵。因此，反而使多鐸依戀，竟離不開她。連皇太極也大感意外。

當年，多爾袞隨皇太極往蒙古訪莽古思時，也曾見過。當時就也跟著布木布泰、吳克善喊她「小姑姑」。及至薩如拉來歸，「小姑姑」成了弟媳婦，兄弟便以「小姑姑」為對薩如拉的戲稱，私下相處，常以此稱呼。

薩如拉正色道：

「十四哥的顧忌是對的，皇上對十四哥，海蘭珠對布木布泰，都恨不得拿住個短整治，還能送上門去不成？」

多爾袞一聽此言，大生知己之感；許多人，都認為他獨膺聖眷，受到皇太極格外的偏愛提拔。甚至同胞兄弟阿濟格、多鐸都這樣認為！只有他心裡知道：皇太極從來沒有消退過對他的疑忌、戒懼之心，愈是付與高位重權，愈是危機四伏！一則位高權重，責任也重，一有不慎，便能得罪。二則，居高而能思危者，畢竟不多。若不加意留神，阿敏、莽古爾泰便是前車之鑑。而且，分明是皇太極有意鏟除異己，偏還要讓諸王貝勒共同定罪，他再施仁；死罪雖免，半生功業，全付東流！到頭來，還得落得忘恩負義的罵名——皇上格外加恩，寵遇優渥是有目共睹的！受此隆恩，不思回報，豈非忘恩負義？

對皇太極這「袖內機鋒」，他是因為烏拉大福晉慘死，一直心存警惕，步步為營，才看透皇太極仁厚面目背後的深沉心機。而薩如拉福晉，竟也一語道破皇太極對他的叵測居心，怎不令他驚訝萬分？

他才待開口，多鐸早截了過去：

「那，就當沒事人似的，隨她去？」

薩如拉嘆道：

「我前兒進宮去，給姊姊請安。順道，到了各宮去，海蘭珠的氣燄，布木布泰的冷落，看了真叫人難受；再料不到，海蘭珠性情會變成這樣！以前，還只是爭寵。如今，八阿哥沒了，她彷彿恨毒了布木布泰母子！這情景，連我們也得避著點，省得招了無謂的麻煩！」

多鐸道：

「你才說『永福宮』冷落，可不就是避出來的？連咱們都避，那兒真是鬼都不上門了！」

「咱們避，有個人，可以不避，而且話可以挑明了說；索性請他成全到底，把十四哥夾帶進宮去！」

「你是說……」

多鐸一語未了，多爾袞與薩如拉同時道：

「吳克善！」

多鐸一擊掌，笑道：

「對呀！他是布木布泰的親哥哥，哥哥來探望妹妹，怕著誰來？」

「而且，卓禮克圖福晉，也是個好打抱不平，不怕事的。海蘭珠再不樂意，也得讓她三分。她又一向和布木布泰要好，準定不會推辭！」

果然，薩如拉遣去，藉辭給老福晉請安，暗地送信給吳克善的心腹，才回京不多幾天，吳克善夫婦就雙雙到了瀋陽。明言：給九阿哥送禮物和護身佛；吳克善是福臨的親舅舅，當日八阿哥出生，他們也曾特意前來探望送禮。同是親兄妹，此行「比照辦理」，沒人能說話。因此，大大方方的帶著改扮成侍衛，捧著禮物的多爾袞，便進了永福宮。

一番悲喜交集，兄妹們坐落，細話家常，多爾袞只好站在吳克善身後侍立，以盡「侍衛」本分。阿勒騰奉命抱著福臨出來，見「舅舅」、「舅母」。吳克善一見，喜得無可無不可。福晉搶著抱過來，輕撫著他的小臉，誇道：

「果然好模樣！方頭大耳的，上回『那位』生八阿哥，咱們也見過。不比就罷了，一比，可真顯著尖嘴猴腮的，看著，也不像有福命的樣子！」

吳克善忙制止：

「在這兒罷了。到了別處，可別這麼口沒遮攔的。人家可是心頭一塊肉才剜了去，正疼得沒處發作。咱們雖然不巴結她，也犯不著為這結怨！」

布木布泰也道：

「哥哥說得是。嫂子待我好，我是感激的。可是，為我，得罪海蘭珠姊姊，我心裡也不安。」

多爾袞見抱在福晉懷裡的福臨白胖可愛，不免心動。笑道：

「也讓我抱抱！」

布木布泰一努嘴兒，阿勒騰會意，忙走出去，站在門前的階上守望。卓禮克圖親王，自福晉手中接過，轉手交給多爾袞。豈料，多爾袞才一接手，那福臨小嘴一咧，便哇哇大哭起來。多爾袞一下慌了手腳，不知怎麼辦。還是布木布泰一伸手接過哄著，才止了哭聲。笑著親了福臨一下：

「傻孩子！是十四叔呀，還認生！」

多爾袞一臉的尷尬；若說福臨認生，吳克善夫婦是初見呢，他怎不哭？倒是福晉笑語解頤：

「十四爺沒抱慣孩子，看那樣子，就是笨手笨腳的！弄得孩子不舒服，不哭，怎地？以前，咱們王爺也一樣，一抱孩子，孩子就哭。如今，那架勢，可老到呢！」

提起孩子，吳克善關心問道：

「多爾袞，到如今，還沒信兒呀？」

「就剛剛才生了一個東莪！看來，我是命中無子的。多鐸倒說，過繼一個給我；他已有四個了！」

福晉掩著口兒笑：

「也不是十四爺命中無子，只是那些個子，全怕了十四福晉，不敢投胎來！」

這一說，連多爾袞也慪笑了。十四福晉妒悍異常，不能容人，多爾袞雖亦有「寡人之疾」，但常年征戰在外，竟無法庇護姬妾。往往侍寢過的姬妾，待他返京，就不見了蹤影；不是說病死了，便是福晉指給人了。就算是皇太極指婚，有名位的福晉，也在娜蘭淫威之下，少有與多爾袞共處的機會。因此，各府邸無人不知「十四福晉」厲害。原有想攀附多爾袞，願把有「宜男之相」的女兒送進府去的屬下，久之，也為之卻步；非但不能如願，反葬送了愛女！多爾袞的「命中無子」，原來是其來有自的。各府的王爺福晉，雖都同情多爾袞，畢竟是人家家務，尤其都知道娜蘭的性情，犯不上去戳馬蜂窩，找那麻煩。因此，才有多鐸過繼一子給多爾袞之議。

吳克善一整神色，道：

「幾時你到科爾沁來，咱們看看吧！」

多爾袞窘笑，打了個千，半真半假：

「王爺成全！」

正嘲笑著，阿勒騰飛奔而來，滿臉驚惶：

「稟主子，皇后和貴妃，朝著永福宮來了！」

一時，滿屋人全嚇怔了，還是福晉機警，道：

「十四爺，帽簷拉低了，往門邊伺候去。等皇后他們進門，請了安，就往外退！」

才說著，皇后在前，貴妃在後，已進來了。多爾袞忙照著福晉囑咐，低著頭，在門邊跪了安。

侍皇后、貴妃和身後宮女進了門，忙躬身退出。自始自尾，頭也不敢抬一下。

布木布泰和吳克善夫婦，依禮迎接，哲哲先扶起布木布泰，轉身，把卓禮克圖福晉也拉起來，笑道：

「原來你們兩口兒在這裡，瞧外甥來了！」

說著，在上位坐下。道：

「一家人，別拘禮，都坐下來，好說話。」

布木布泰兄妹謝了座，坐下。卻見娜木鐘向門口望。

「什麼事呀？看什麼？」

「哦，我才瞧見一個侍衛，人影一閃出門去了。身形倒像是十四王爺，正納悶呢！」

布木布泰兄妹聞言，全變了顏色。哲哲笑道：

「這可是你看花了眼；方才十四王爺和額哲額駙，到我那兒請安。爺倆約著比箭去，這會子，只怕還沒分出勝負呢。」

娜木鐘陪笑：

「所以只說像囉，身形彷彿的人，原本也多。」

「可不是。」

哲哲深深看了布木布泰一眼，道：

「聽說這幾天你身上不好，特來瞧瞧。凡事，自己多留神，好生保養著，這些天，皇上不在京裡，有個什麼，我也難擔當。」

布木布泰囁囁著應了，哲哲又向吳克善道：

「你幾時回去？也不用巴巴的進來辭行了。打發人來告訴一聲，就便，把捎給老福晉的禮就帶了去。皇上不在，自家人，這些虛禮，竟收了吧！」

吳克善忙起身垂手應「是」。哲哲又道：

「你們兩口兒，也往『關睢宮』去轉一下；都是同胞手足，別讓人瞧出厚薄來。」

哲哲帶著娜木鐘和從人走了，吳克善夫婦也遵囑往關睢宮去了。布木布泰默然坐著，愈想愈心中凜然；姑姑必然看出什麼了，所以，為她遮掩。也話中有話的提出了警告；警告她，也警告吳克善夫婦……

第二十八章

「多爾袞！多爾袞！多……爾……袞！」

皇太極面色鐵青，一掌擊在炕桌上，把桌上的茶盞都震倒了。那自牙縫裡逼出的聲音，像一隻蓄勢欲搏的獅子，發出的咆哮。

清寧宮中，從皇后哲哲起，全噤若寒蟬，不敢出聲；結縭二十幾年了，哲哲見過他惱怒，見過他發脾氣，卻從未見過這等局面。他一向是相當自制的，即使發怒，都不減威儀，很少這樣形諸於色。

「替我把濟爾哈朗跟范文程叫來！」

停下繞室迴轉的腳步，他傳令侍衛。換在平日，即使傳喚，他多半也用官銜、爵位來稱呼，很少向侍衛，直呼王公大臣的名字，如今……

哲哲聞言，見機告退。皇太極看著她，似警覺了自己失態，嘆道：

「哲哲，你知道的，諸兄弟中，我最重多爾袞！子姪輩中，只有豪格，是我親生的，不疼他，疼誰？偏偏就他們叔姪，把我圍困錦州、逼祖大壽投降的計畫，當耳旁風！居然擅自允許士卒輪班回家探望，這還不說，竟然不顧我向錦州逼近的訓令，反退了三十里！三十里的大缺口，給了明軍傳遞上多大的方便，咱們想了十幾年，沒能到手的錦州呀！」

哲哲默然了；她知道錦州是皇太極夢寐以求的據點。十幾年來，幾度硬攻，損兵折將，犧牲慘重，就是攻不下來。氣得皇太極一想起，就咬牙切齒的罵袁崇煥「陰魂不散」！因為，袁崇煥早就提過抵禦「建虜」的策略，只十二個字：

「憑堅城，用大砲，守為正，戰為奇。」

袁崇煥雖因皇太極的反間計奏效，慘遭剮刑。但他這一套策略，倒是被採用了。而且，顛撲不破，就是皇太極也束手無策。錦州、杏山、松山，幾處大據點，全儲存著大量糧食，足供三、五年之需，且城堅砲利，易守難攻，使皇太極一想起來，就寢食難安。

去年正月，都察院漢官張存仁獻計：「攻不如圍」。不但圍，而且就地屯種，以為長久之計！再設法用攻心戰略，離間錦州城中的軍民，以俟可乘之機！

這一奏章，正中下懷。於是，八旗兵就在錦州、廣寧之間，大凌河畔的義州，開墾出四十里方圓的農地，就地屯墾。為了怕久圍無功，軍心渙散，更訂了三月一輪的辦法。總之，是跟錦州「耗」定了！

這辦法，倒是頗具奇效，錦州的補給線切斷了，周圍的零星前哨，也被掃蕩無遺。糧食短時間內雖不虞匱乏，但是對外的消息完全斷絕，成了孤城。日久，軍民必覺不安，這就是張存仁所謂的「以俟可乘之機」！

圍了一年，種種跡象顯示，祖大壽已漸漸不似以往沉著。可知，圍城之計，已然奏功。卻當此時，該向前逼進，縮小包圍圈的人馬，反退了三十里。原因是，多爾袞允許每旗一將校，率每牛彔兵士五人，輪流回家探望。兵力因之減弱，因恐明軍奇襲，措手不及。所以倒退三十里，以為緩衝，俾使彼此能相救援。

人馬減少，包圍卻擴大，防範自不免有疏漏。明軍若利用這一疏漏，便可與後援取得聯繫，於清軍大為不利。怎怪得皇太極大發雷霆？

當范文程、濟爾哈朗奉旨來到，他當即傳命濟爾哈朗率兵部參政超哈爾、譚拜，率兵馳往錦州換防。令多爾袞、豪格和同時圍城的將領：阿巴泰、杜度、碩託等，立刻回師！濟爾哈朗領命而去。

「到了遼河，叫他們在舍利塔紮營，不許進城！」

他回頭命范文程：

「范章京，你就等在舍利塔，看他有什麼說的！」

「范師傅！」

多爾袞少年時曾受教於范文程，如今雖位高權重，仍不敢怠慢，依著昔日稱謂稱呼。兩下見了禮，范文程嘆道：

「睿王爺，可知皇上震怒之情！」

「濟爾哈朗傳旨時說了。待見了皇上，我自有話說。」

范文程苦笑：

「只怕不把話說清了，王爺根本見不著皇上呀！」

「怎麼？」

范文程把皇太極下令不許進城，紮營舍利塔的旨意說了。同行的幾位王、貝勒，頓時面容改色。豪格首先開口：

「十四叔，都是你出的主意！這下好，我們算是葬送在你手上了！」

杜度道：

「皇上豈是不講道理的人？十四叔又豈是不肯為自己作為負責的人？你又何必擔心！」

阿巴泰在一邊嘆了口氣：

「你想想，平日就算戰敗回來，也沒有不許進城的。只有阿敏那一次，而阿敏……」

多爾袞截口：

「阿敏被禁，其他人受罰，卻沒有哪個送了命的！你們放心！要腦袋，也先從我起！」

一言壓下了兄弟子姪的紛爭，他轉向范文程：

「皇上安的是什麼罪名？」

「擅許兵士回家探親；不遵令向前逼進，反退兵三十里，給明軍可乘之機！」

多爾袞道：

「范師傅，請問，皇上起意圍困錦州，有多久了？」

「一年了！」

「如今的氣候？」

「臘盡春回！」

「那，我奉命代圍錦州的時候呢？」

范文程不語了；那正是臘鼓頻催的十二月！即使如今，雖說臘盡春回，有道是春寒更勝冬寒。這一季節，戍守最是辛苦！多爾袞見他不答，又問：

「范師傅，可記得，我上回圍守的時間？」

「六月！」

六月，卻是苦熱的季節。范文程以為他會抱怨皇太極不公，他卻只說了這兩句，就兜住了話頭。道：

「范師傅！如今，錦州、松山、杏山三個地方，是明兵的重鎮。尤其錦州，更是皇上心心念念不忘的。錦州城裡，號稱有四、五年的存糧，打個折扣，二、三年總是有的，他們可以關著門吃。咱們，人的糧是有了，馬呢？駐防地上的草，從春到秋，還剩了什麼？倒是駐防地外圍，還有牧草。范師傅，若依你，是人在裡圈，把馬放到外圈牧養？還是移營就牧？」

一言把范文程問住了；人在內，馬在外，一旦明軍突圍，內圈有人無馬，外圈有馬無人，那局面⋯⋯

到底是老薑了，范文程避不作答。扣住另一個問題：

「那擅允兵士回家探望的事呢？」

「哪裡是回家探望！是輪班回瀋陽修治甲械。自然，公事完了，回家看看，也是人之常情。尤其，在這樣年根歲首的時候。看看妻小，又沒誤了公事。外人不明就裡，倒像是專為回家探望，哪有這回事！」

這分明是避重就輕了，卻也不能不說他言之成理。范文程熟視這昔日教過的學生，不能不佩服他的機變；把兩項「罪名」的因果關係略去了，於是，撤退自撤退，遣放自遣放，且各有名目。至少，表面上是可以搪塞了。畢竟師弟情深，范文程算是一塊石頭落了地，回城覆旨。

范文程好說話，皇太極卻更加震怒：

「分明狡辯欺君！萬一明軍趁此機會突襲，他如何應付？」

多爾袞的答覆，只有四個字：

「更番抵禦！」

「更番抵禦！若首尾不接呢？」

這回范文程帶回的話，更令皇太極火上加油：

「皇上恐怕忘了二月丙寅的捷報了！」

二月丙寅，多爾袞曾遣使入京報捷。因祖大壽本來是一直堅守不出，後來，見旗兵倒退三十里，大覺納罕，派出偵騎察探，恐怕中了清兵什麼詭計。自己仍然固守不出，以不變應萬變。天長日久，一無動靜，至二月，連下幾場大雪，偵騎報道，西北角上，似有疏漏，可資打通封鎖。總算他還沉著，只派八百輕騎，深夜銜枚而出。豈料，那一處疏漏，卻是正白旗營區，旗白，兵士甲衣亦白，加上大雪，把營房覆蓋，遠遠望去，一片白茫茫，走到近處發覺有異，卻已經來不及了。八百騎兵，死傷過半，逃回城中的，只餘十之二一。

沉悶已久，兵士巴不得舒活一下筋骨。「正白旗」旗下兵士打了勝仗，個個興高采烈。多爾袞，一面飛騎報捷，一面開宴慶功。瀋陽方面，也曾擊八角鼓，傳此捷報；雖是小捷，在久無動靜的情況下，未始不是振奮人心的事。范文程原以為皇太極應該就此下台；以「姑念」為辭，不再追究。卻不知皇太極近年感覺身體漸不如前，不時為病痛糾纏。就格外感到來自多爾袞的壓力，愈來愈大了。一旦拿住藉口，便不肯寬假，冷笑一聲，向眾文武道：

「軍國大計，也是容他來賭運氣的？分明輕率玩忽，才使祖大壽起僥倖之心；也真是僥倖，只派了八百人馬，要是八千、八萬呢？他抵得住？事到如今，還不肯認錯！此例一開，往後，還有誰服節制？」

他頓了一下，掃視呆若木雞、不敢出聲的文臣武將。最後，目光停在禮親王代善身上：

「睿親王，是朕的幼弟，不免偏愛。這些年，朕對他格外恩遇，也是眾所周知。只為愛惜他驍勇、忠誠，朕甚至不惜擔著偏袒之名！如今，他卻恃寵違命，負朕厚恩，實在使朕痛心。為平眾議，不能不加處置！」

他嘆口氣，下令：

「禮親王！你去一趟舍利塔，只叫他自己說，他該當何罪吧！」

代善帶回來的答話，簡易扼要，只有一個字：

「死！」

在滿朝君臣錯愕間，代善道：

「肅親王豪格自云：睿王為王，他亦為王。雖睿王為叔父，叔父之命，他不敢違。但未加諫勸，也不能脫罪，睿王自訂死罪，他亦應從死！」

不但肅王從死，阿巴泰、杜度、碩託，各言其罪，也都是「死」！

皇太極暗恨代善；本只問睿親王罪，誰知道他帶上這一連串！竟不知這代善到底是老年昏憒，還是老奸巨猾！

代善奏完，殿下已跪倒了一大片，都是求情的。

皇太極也不由躊躇，他可以殺多爾袞；他可以想見，多爾袞說「死」的時候，絕不如代善所說「睿親王自愧負皇上聖恩，唯有以死，以贖罪愆。」而是在「將」他！這還不難處置，他可以做出勃然大怒的樣子，立刻下令賜死，再以「追悔」姿態，安撫兄弟臣僚。但，代善卻不但命多爾袞自訂罪名，還牽上豪格、阿巴泰、杜度……不是親王，就是貝勒，一下子損失這一大串，他損失不起；不僅是人才，還有他的仁君形象。何況，其中還有他的長子！

十餘年來，多爾袞沒有犯過足以致「死」的罪名，錯過這一回……

早知這樣，又何必費那麼大的心計周折？反而損害了一直維持的手足情深形象！

心中電轉，而表現於外的，卻是冷哼了一聲，轉身拂袖而去，留下一片懸而未決的忐忑。

大殿上鴉默雀靜；皇上的一怒退朝，是表示堅拒開恩，還是勉強俯順輿情的不滿？沒人知道，也沒人敢問，只有面面相覷，直過了半個時辰，還沒任何動靜，才慢慢散去。空氣中，就像壓著重重的鉛……

聽著從人的報告，哲哲的臉色，已變了兩三次；她原先一直沒太把這件事放在心上。雖然，當時委實嚇了一跳，又看著皇太極一連下了幾道旨意，雖知多爾袞難逃懲戒；也不過是懲戒，壓一下他的氣勢，免得日後難以馴服而已。豈知，皇上真動了殺機！

她第一次感覺到皇太極的陰沉可怕；處置阿敏、處置莽古爾泰，都還可以解釋為他們跋扈驕恣。阿敏屠城，莽古爾泰露刃，罪名也足以服人。且罪由公議，皇太極還從輕發落，改誅為囚。如今，對多爾袞……

她左思右想，也想不出多爾袞有什麼必死的理由！為退兵三十里？為遣戍歸家？這未免牽強；就算輕忽行險吧，到底不曾出事，而且還有捷報！

那只能說，皇太極根本處心積慮要致多爾袞於死地了，這……

她不禁打了個寒噤，如果這樣，多爾袞只怕凶多吉少！然而，為什麼？

她想起皇太極說過，多爾袞和豪格會演成二虎相爭的事。發現，皇太極一直忌憚著這個小弟弟；既為兄，又為君，何以致此？

如電光一閃，她一下看清了恩怨糾纏的癥結所在——烏拉大福晉慘死……

「一定得救多爾袞！」

當下，她做了決定。而她更明白的是：不僅是救多爾袞，甚至也是救皇太極。多爾袞若死，因事隔已久，漸為人淡忘，當年逼殉烏拉大福晉的事，必如春風中的野草，遏止不住的在人口中渲染蔓延。皇太極的「仁君」面目，立將揭穿；這可是搖動根本的大禍！一旦弄得人人自危……

她站起身，只帶著貼身心腹侍女，向永福宮去。

面對氣定神閒向她行禮問安的布木布泰，哲哲幾乎不解了；「永福宮」的消息，絕不會比她遲。而面臨多爾袞的生死關頭，布木布泰竟無動於衷？

目光轉到几上，見有兩個茶鍾。問道：

「是誰來過？」

「豫王爺和小姑姑。」

「說了睿王的事沒有？」

「說了；就為這事來的。」

仍然是平平靜靜。哲哲試探著問：

「布木布泰，你看，皇上會不會真殺了多爾袞。」

布木布泰微笑：

「皇上大概想殺他。但，不會殺的。」

「哦？你倒說說？」

「如果殺了睿王爺，殺不殺肅王、饒餘貝勒他們呢？殺，會寒了諸王貝勒的心。不殺，睿王福晉答應嗎？」

哲哲想了想：

「但，罪有主從，多爾袞已經承認了是他出的主意。」

「殺了多爾袞，於皇上有什麼好處？沒好處的事，以皇上的聖明，會做嗎？再說……」

布木布泰忽然打住，哲哲忍不住追問：

「再說什麼？」

「皇上登基之前，對烏拉大福晉發過誓。我想起這件事，就知道皇上不會殺睿王爺了。」

哲哲只由烏拉大福晉慘死，想到皇太極因何要殺多爾袞。不意，布木布泰卻由同一件事，想到皇太極不會殺多爾袞。可是……哲哲嘆道：

「天長日久，也許他把誓都忘了！」

「他不會忘的；若忘，他不會想殺多爾袞。」

微妙的是：也因不會忘，所以他不能殺。

「萬一，他只記得一半；事情記得，發的誓忘了……」

「有人會提醒他的！」

見布木布泰胸有成竹，哲哲也像輕鬆多了；如果布木布泰都不擔心，她擔心什麼？只不免猜疑：誰會、誰敢去提醒皇太極？禮親王代善？豫親王多鐸？還是章京范文程？

出乎她意外的，提醒皇太極的人，不是代善，不是多鐸，也非范文程，是她作夢也想不到的人……

心煩意亂、自陷困境的皇太極，獨自坐在宮中的一座小暖閣裡；這是他有疑難未決，不準備臨幸任何一位后妃時，獨居的靜室。他到了這兒，就算掛上了「不許打擾」的牌子，即使是皇后哲哲，也不曾擅至。

他發現自己做了一件傻事！他若真要殺多爾袞，應該一開始就交付眾議。那樣，罪分主從，多爾袞可訂死罪，其他人，卻可減一等，不必陪死！如今，由於他自己一時自作聰明，想跟多爾袞暗中鬥智較勁，非要多爾袞低首下心認罪，壓伏他日益「功高震主」的聲勢。或殺或赦，悉憑己意；或殺了，永絕後患；或赦了，以此市恩……

豈料，多爾袞一招回馬槍，卻困得他進退維谷。他這才發現，多爾袞比他想像中的還要利害難纏，使他欲殺之心更熾。可是豪格呢？阿巴泰呢？杜度呢？碩託呢？

殺與不殺，這虧，他吃定了！早知道如此，何不殺得眾王心服，何不赦得皆大歡喜！如今，卻落得兩不討好。

「唉——」

他深深一嘆。小閣的門外，響起急促的聲音：

「皇上，奴才有急事奏稟！」

他皺著眉，不耐地道：

「你當差當到哪兒去了？不知道這閣子的規矩？」

「奴才不敢，只因為關睢宮宸主子急病昏厥，皇后命奴才冒死稟告！」

關睢宮宸主子？海蘭珠！他顧不得生氣，忙命掌燈，趕到關睢宮。只見海蘭珠面如金紙，滿臉驚怖，氣息奄奄。好容易救轉了來，海蘭珠一眼見到他，哭倒懷中：

「鬼……有鬼……」

「鬼？什麼樣子？」

「……吐著好長的舌……頭……」

皇太極猛地一驚，問：

「男鬼，還是女鬼？」

「女鬼……」

他半信不信，轉身問宮中奴婢：

「你們看見沒有？」

他的聲色俱厲，嚇得那些人哪敢說也許主子眼花的話。紛紛道「看見了」，愈形容，愈繪聲繪影，像真的一般。有的說：

「穿著一件白衣服。」

有的說：

「披頭散髮的。」

更有的說：

「奴才追出去看，化成一陣風去了。」

「吐著長舌頭，一定是上吊死的。」

不知誰這麼說。說得皇太極也寒森森起來；他想起了一個上吊死的女人，逼他發誓後上吊死的……

打疊起精神，揮開眾婢僕：

「別疑神疑鬼的，宮裡還會鬧鬼？你們怕，我派一隊侍衛來巡守好了！」

又哄海蘭珠：

「有我在，鬼也不敢來。你放心睡，有我呢！」

脫衣就寢，卻略一朦朧，就彷彿見到了烏拉大福晉，一時豔麗如生前；一時又披髮吐舌，指著他罵……他一睜眼，卻什麼也沒有。海蘭珠也睡得極不安穩，常常驚怖，喊「有鬼」，弄得他也毛骨悚然。

好不容易折騰到天亮，上了殿，傳下第一道旨意：

「命睿親王率人馬入城，再聽議處！」

結果是降為郡王，罰銀萬兩，奪二牛彔。以下的豪格諸人，依次遞減。

依例，繳清了罰銀，該入宮謝恩。謝了恩，領了責備、勗勉之詞，才算事件了結。

多爾袞一行卻在大清門外給擋了駕，眾人都愣住了。

范文程和剛林雙雙出現，相互見禮後，剛林宣道：

「皇上有旨：離城遠駐，不外是圖安寢休息。既然如此，也不必上議政衙門了，各自回家安寢就是！」

原來，皇太極愈想愈不是滋味，竟鬧起意氣來。

范文程低聲勸多爾袞：

「皇上正在氣頭上。睿王爺，你就委屈一點，自己手足，讓一步，就過去了！」

多爾袞自錦州回師，連夜急馳，又給攔在舍利塔，折騰了幾天，也沒安枕。好容易進了城，爵也降了，銀也罰了，人也奪了，他都認了。依禮謝恩，已經忍耐到了極限。不料，皇太極還沒完！

因此，對范文程勸他的話，就一個字也聽不下去了。當下一甩馬蹄袖，向大清門一跪：
「睿郡王多爾袞遵旨！」
站起身來，掉頭就走。范文程趕了兩步，哪趕得上！只急得跌足。豪格等人，倒不敢效法，只跪在大清門外等恩旨。等了足足一個時辰，護衛領班出來勸道：
「皇上都知道了。只是，皇上正在氣頭上，王爺、貝勒爺，還是請回吧！」
諸王貝勒對看了一眼，不約而同，嘆了口氣，各自起身離去。
這一鬧，竟就成了僵局。一僵，就僵了大半個月。
弄得滿朝文武，都搖頭愁顏相向。後宮，也在皇太極憋著一肚子悶氣，雖不至亂發，卻也人人提心吊膽的情況下，籠罩著沉重如鉛的空氣。各宮妃嬪無不小心翼翼，唯恐不慎觸犯龍顏。連統領後宮的哲哲，也失了主意，不敢勸諫。
在各宮妃嬪依禮至清寧宮請安時，她也無心如往常一般談笑閒話了，受了禮，便遣退各自回宮。領頭的麟趾宮貴妃娜木鐘跪了安，準備退下。哲哲開口，留下了布木布泰。
待人都散了，哲哲將伺候的人也攆了出去。布木布泰靜待她開口，她卻又怔怔的，半晌，才嘆道：
「這弟兄倆，怎麼了得喲！」
布木布泰不便說什麼，只應道：
「是。」
「兩個全彆扭上了！如今，搞得朝裡、宮裡，人心惶惶的。這結，一日不解，一日不得安寧！也不知皇上悔是不悔！」
她一頓，接道：

「先前的功過不論，這一回，可是皇上的不是！爵也降了，銀也罰了，還要使性子，賣威風，非得多爾袞跪大清門認錯，才扳回顏面似的。如今好，硬把自個兒僵在高台上，下不來了！」

這一番話，正是旁觀者清，入情入理。布木布泰也點點頭，表示同意，仍未開口。

「布木布泰！你倒想個主意，把這事開解一下呀。」

問到了頭上，布木布泰才緩緩開口：

「總得有人先軟和下來。」

「唉，照理說，是咱們皇上的不是，該他賠禮。可是，畢竟是皇上，總得給他個台階下，少不得，要多爾袞受點委屈……」

她收住口，看看布木布泰，布木布泰點點頭：

「總得十四爺先開口。」

哲哲見布木布泰亦同意，十分欣慰：

「那得找個人去跟多爾袞說。讓他明白：他的委屈，咱們都知道。如今，是顧著大局，不能不讓他委屈點兒；不這麼，事不能了。」

「姑姑，他便肯委屈，也得皇上肯了；不然，他去了，皇上又不肯了，只怕，就更沒法收拾了。」

「說的是！這麼著，他先應了，再找個人，把皇上那邊也說好了，才要他去。不然……唉，我管不了，也只能撂開手，隨他們鬧去！好歹，是他們愛新覺羅家的基業！咱們操什麼心！」

話雖如此說，卻仍不住深深嘆了口氣，才說：

「我看，這話，只有你去說。」

布木布泰一愣，卻搖搖頭：

「我不能去。去了，只有火上加油。」

「那……」

「得姑姑自己去跟他說；姑姑從小看他長大，又照顧過他，再怎麼，這情分他不能不顧；他跟皇上再怎麼，是他們爺兒們的事。姑姑對他，只有恩情。」

「這話也是，我自己去說，他臉上也好過些。那皇上那邊，是請禮親王，還是……」

「范師傅！范師傅是漢臣，漢臣都為大清基業著想，難道皇上反把這基業丟在意氣上！再說，也得防著人家漢人笑話咱們！」

「說得是！」

哲哲抬眼盯著布木布泰半晌，彷彿頭一次才見似的；分明是熟悉的面容，又覺得無比陌生；布木布泰！她一直當小姪女的布木布泰！她一直疼惜迴護的布木布泰！竟然，有這番胸襟見識！

她猛然心中一動，記起皇太極起意殺多爾袞時，布木布泰那麼氣定神閒，胸有成竹，說：「有人，會提醒他的」；提醒皇太極對多爾袞生母烏拉大福晉發的誓。當晚，關雎宮就鬧了鬼……

而那一鬧，本來單弱多病的海蘭珠，病情更添了幾分。本來，是恃寵，有事沒事告假，不到清寧宮請安伺候。如今，卻是真病得不能不告假了。

想起蒼白而羸弱的海蘭珠，她也不知該如何安頓自己的心情，才算不偏不倚。海蘭珠，本也是她的親姪女，論關係，與她跟布木布泰並無二致。她也曾憐過、惜過，可是，海蘭珠得寵後的作為，卻使她失望了，驕妒、恃寵，都還在其次。她沒想到，海蘭珠會狠到逼皇太極拿九阿哥為八阿哥抵命！也自那時起，她更格外偏向布木布泰了。但她忍不住懷疑：海蘭珠見到的，真的是烏拉大福晉的鬼魂，還是……布木布泰弄鬼？

她不禁有些寒慄：姊妹二人，竟都陰狠如此？

強按捺著不動聲色，只淡淡嘆道：

「唉，你姊姊，那身子是愈來愈不行了。自上回，關雎宮裡鬧鬼，受了驚嚇，如今精神越發短了。白天還好，晚上，簡直寸步不能離人，更拘著皇上在那兒鎮著。她這病，哪經得起那麼鬧！烏拉大福晉，就尋上了她……」

話未說完，只見布木布泰已滿眶含淚跪下了，道：

「不是烏拉大福晉，是布木布泰。那日小姑姑來，商量著如何救十四爺。提起當年的這一段。小姑姑說，只要讓皇上想起對烏拉大福晉發的誓，就不敢殺十四爺。只是，這話誰敢去說？說不好，反招惱了皇上。只有海蘭珠姊姊，來得晚，不知道這一段。而且，和十四爺牽扯不上什麼，又不是正面說……姑姑，布木布泰不是有心嚇姊姊，是……」

哲哲看了她半晌，布木布泰哽咽不已。哲哲反心中安慰；這布木布泰，畢竟宅心仁厚得多。細忖當時情勢，竟也捨此別無他策。嘆口氣，伸手拉起布木布泰，布木布泰囁嚅著道：

「我想，我還是往關雎宮給姊姊陪禮去吧。她知道鬼是假的，只怕，病就好了。」

才要轉身，哲哲拉住：

「這一去，你還想回來？還不知要牽累多少人，事又鬧大了。唉，這也是冤孽！要不是皇上一念之差，何至於如此！這話，再也別提起了；一個不好，就是殺身之禍！」

又深深嘆口氣：

「朝裡，兄弟倆那樣；宮裡，姊妹倆又這樣，還不如小門小戶的，寒素一點，反倒和氣！」

布木布泰默默聽著，眼淚又紛紛而下，不知是傷心，還是愧悔……

第二十九章

多爾袞在哲哲親自出面調停之下，勉為其難的答應請罪賠禮。皇太極也在范文程苦口婆心苦勸之下，答應不為難多爾袞，讓他仍回衙理事。表面上，一場風波至此平息，實則，兩人之間的芥蒂更深了。

「總算太平了！」

哲哲欣慰地舒了一口氣，笑向布木布泰道：

「多虧你的主意。怪不得以前皇上説，你若是男的，左丞右相都當得！倒是我這姑姑，一直把你當孩子，小看了你！」

布木布泰笑道：

「在姑姑眼裡，布木布泰永遠長不大，才顯見姑姑疼布木布泰。可是姑姑忘了，咱們四格格都招了額駙了！」

哲哲一征，隨即搖搖頭：

「可不是！待四格格動了喜信兒，你都好當外婆了！時間可過得真快！怪道我精神常覺得不濟，都老囉！」

「姑姑不是老的，是操心操的！」

「唉！哪能不老？皇上近年，也不比往前健旺，也難怪，都半百了！人怎麼一老，連性情都變了？布木布泰，你來歸也有十六年了，可見過皇上以前這樣不顧情理？他該知道，多爾袞是他最好的臂膀；還有人硬咬著牙，斬自己臂膀的？更何況，這正是用人的時候！」

正說著，忽然八角鼓聲雷震，哲哲笑道：

「好！又有捷報了……」

一語未了，只見鳳凰樓的侍衛，滿臉堆笑，幾乎是奔著進來的，屈膝回道：

「給皇后和莊主子道喜！錦州外城破了！」

哲哲一愣，滿臉喜色，卻待信不信：

「錦州！你說錦州？」

「奴才回皇后，是錦州。不過，只破了外城，內城，還沒破。」

「外城破了，內城就是遲早的事了，下面領賞去吧！」

侍衛眉開眼笑磕頭退下了，哲哲笑道：

「真沒想到，這兒才為錦州，皇上和多爾袞鬧翻了天。那邊濟爾哈朗倒一聲不響，把外城破了！這倒也好！這兩兄弟吵架的話靶子丟了，看看他們還吵什麼！」

正笑著，只見各宮妃嬪都擁了來道喜，連海蘭珠也來了，哲哲見她又瘦了一圈，也是心疼。忙命人扶著，不讓她行禮，就賜了座。

布木布泰也許久不見她了，見她形容憔悴，心下也不由一酸。忙走到跟前行禮。海蘭珠儘管在皇太極面前侍寵，在又是姑姑，又是中宮皇后面前，倒也不敢放肆。卻存心教布木布泰跪實了，才虛扶一下。卻不想一下天旋地轉起來，臉色頓然蒼白。布木布泰眼尖，忙一把扶住，一疊聲問：

「姊姊，姊姊，怎麼了？」

關懷之情，溢於言表。海蘭珠虛弱地靠布木布泰懷裡，連掙扎的力氣都沒有。昏沉中，腦海中一片空白。

她感到周遭的混亂，打扇的打扇，揩汗的揩汗，捶背的捶背，上面在問詢著什麼，下面在回答著什麼……而她，全使不上力，睜不開眼，就只能靠在那溫軟的懷裡，她妹妹的……她死敵的……

原以為，錦州外城一破，內城指日可期，不料，事與願違，祖大壽固守內城，任清軍不斷增援，圍得鐵桶一般，仍然固若金湯，屹立如故。

「祖大壽！祖大壽！」

皇太極一時咬牙切齒，一時又欽佩不已。細數明朝武將中，他最頭痛，又最愛惜，不令歸降，誓不甘心的，也只有兩個人了：祖大壽和洪承疇。

錦州危急，明朝派出了總督洪承疇，率兵六萬援錦州。皇太極聞訊，不敢掉以輕心。顧不得著意壓制多爾袞，不讓他往前方立功的私心，忙命多爾袞、豪格發兵錦州。不數日，捷報便至：多爾袞與洪承疇在松山遭遇，大敗明軍。洪承疇奏請增援，明朝已派出十三萬大軍出關，赴援錦州。在松山駐紮，雙方對峙，戰事有一觸即發之勢。

「這一下，真是決戰的時候到了！」

一生戎馬的皇太極，面臨這重要的關頭，哪肯錯過！召濟爾哈朗回防留守瀋陽，自己親點兩黃旗，準備「御駕親征」。

唯一讓他放心不下的，是海蘭珠。海蘭珠自受驚後，一直怔忡恍惚，白天還好，硬朗時也還能起坐走動。偶爾，還能到清寧宮去應個卯；對哲哲，她還是有些忌憚，不敢過分放肆。一到天黑，便風聲鶴唳，草木皆兵，只有皇太極坐鎮，她才能放心闔目。

因此，一聽到皇太極要親征，她就慌亂的六神無主，不停抽噎。皇太極好言安慰：

「也不多幾天，就回來了。你想，這場仗打了多久？可是，一直是小勝小負的局面，咱們圍，他們守，偶爾幾百上千人廝殺一場，點綴場面似的。如今，洪承疇領了十三萬人到了松山，眼見有一場好仗打。打了這麼多年了，這可說是薩爾滸以來，最大的一場仗！我怎能只留在瀋陽坐等消息？」

「你是皇上，怎能輕易涉險？」

「海蘭珠！軍國之事，你不懂！各旗旗兵，勝仗打得愈多，功勞愈大。各家王、貝勒也是一樣。他們一個個位高權重，又手握重兵，講起來，天下是他們打的，我只坐享其成，這個皇帝，就難當了。我也一起去打仗，情況就不同。至少，他們無話可說，才容易節制。」

說著，輕撫著海蘭珠消瘦清麗的臉龐，嘆口氣：

「難道我不願意陪著你，守著你？有些事，就是皇帝，也無可奈何呀！」

「你這一去，我……怕再也見不到你了。」

「我加派護衛，護守關睢宮。再不，你搬到清寧宮去，和你姑姑一塊兒住……你不要老是擔心；那個鬼，是為著多爾袞來的。我不是已經赦了多爾袞了？她不會再來了。」

為安撫海蘭珠的恐懼，他甚至不惜把當年的一段情由，避重就輕的說給她聽。當然，他不會承認奪立的事，只道烏拉大福晉不放心幼子，而逼他立誓，然後自縊。

方才說完，侍衛已來催行，他只好匆匆道別：

「你看！一點也不干你的事。我很快就會回來，你好好養病，我會關照皇后照顧你！」

他沒注意海蘭珠的臉色更蒼白了，她做賊心虛的想起：曾多次向皇太極進讒，不利多爾袞……多爾袞與她，並沒有直接的利害關係。但她知道：實際上，科爾沁草原上，他們家族裡的人全都知道，布木布泰和多爾袞那一段由兩小無猜發展的深情。她與布木布泰既已勢成水火，那，能傷害布木布泰的事，她又豈肯放過？每次皇太極與多爾袞發生爭執，她總從旁搧火，唯恐手足不爭，天下不亂。

那……

烏拉大福晉豈肯輕易饒過她？

所謂「疑心生暗鬼」，關雎宮中，又陷入鬼影幢幢，風聲鶴唳。海蘭珠在驚懼中，更日暮不寧。哲哲聞訊，甚是煩惱；這一次皇太極親征，意義非比尋常。大軍才發，豈能以後宮妃子疑神見鬼的些須小事，驚動聖駕，擾亂軍心士氣？然而，皇太極寵愛海蘭珠，臨行別無交代，只殷殷叮囑：照顧海蘭珠。如果海蘭珠有個什麼差錯，她又如何擔待？

「布木布泰，關雎宮又鬧鬼了，你看，這如何是好？」

她在布木布泰來請安時，憂心忡忡地說。如今，布木布泰成了她唯一可以商量一些「不足為外人道」的家務的人了。

「姑姑，這回不是布木布泰……」

布木布泰先告白。哲哲安慰：

「我知道，不然，我還跟你說這事嗎？如今，竟真像是烏拉大福晉尋上海蘭珠了……」

她這麼說時，身上也不覺寒森森起來。

「姑姑，是不是請『薩滿』來祭『神杆』？」

滿族人的信仰中，「薩滿」是人神之間的仲介。在每歲春秋的祭祀中，都要豎立「神杆」，將飯、肉，放置在神杆上端的圓斗中，向上天呈獻祭禮。如為烏鴉啄食，就表示人類的祈禱，已由烏鴉帶上天庭，為上天嘉納。反之，則是不祥之兆。這項祭祀，由「薩滿」主持。除了春秋的固定祭祀外，遇有重大事故，或有人病重一類需禱之於天的事件，亦可請「薩滿」來祭「神杆」。哲哲卻難以委決；海蘭珠性情日益偏激甚至乖張，且最多心。往往好意一被扭曲，倒成惡意。若祭「神杆」之事，被她曲解成對她病情的稱心，又或烏鴉不來啄食，好意反成惡兆……

用手揉著太陽穴，她嘆道：

「還是先診治。祭神杆的事，再等等吧。」

皇太極一路卻是意氣風發。雖然，他一向有鼻衄宿疾，發則流血不止。多鐸、阿濟格都勸他不要急馳，他哪肯聽，引得鼻衄復發，他也不以為意。當多鐸為敵兵太眾，為他安危擔心時，他反大笑：

「正為了這原因，我得快點趕到；怕只怕，他們聽說我親自率兵親征，就望風而逃啦！」

這一說，雖不免有顧盼自雄，誇張的成分。但對八旗兵士氣的鼓舞，效力委實不小。而且，除了他自己率的先行精銳三千人外，大隊人馬，和傳檄各蒙旗的後援人馬，亦已在途中。聲勢浩大，亦足以令清兵振奮，明軍驚懼了。

一路急馳，他六天就自瀋陽趕到了戚家堡。首先召見的，是多爾袞。

在耀如白晝的燭光下，多爾袞報告了敵我形勢。並提出建議；指著羊皮上畫的地圖道：

「皇上不妨駐驛在松山、杏山之間，把松、杏之間的糧道斷了。再攻塔山和筆架山，把他們的屯糧占了。他們沒了屯糧，又得不到補給，必然人心惶惶，士氣渙散。錦州雖然重要，一時不易攻破。松山是寧、錦的咽喉，松山，又靠杏山給養。咱們與其費力去打錦州，不如先打下松山；破了松山，錦州就唾手可得了。」

皇太極一言不出，仔細聽著多爾袞的戰略報告，暗自心驚：這個小弟弟，真是天生出類拔萃的人中龍鳳！他冷靜、沉著，有勇有謀。最可怕的是：他年輕！他的生命，正如麗日中天，而自己……

在六天的急馳跋涉中，他表面上，不肯顯露倦態。但他知道：他的體力，已大不如昔。以前，何嘗沒有奔馳過？但只須一夜兩個時辰的酣眠，次日就疲勞全消，又復生龍活虎。如今……

他在多爾袞語聲停後，笑著嘉勉：

「好極了！就依你，多爾袞，我們兄弟並肩作戰，把杏山、松山、錦州，全拿下！」

他把多爾袞在地圖上插的代表明軍兵力的小旗，一個個拔起：

「吳三桂、王樸、曹變蛟、洪承疇、祖大壽……咱們一禮全收！」

一掌拍在多爾袞肩背上，他仰天哈哈，表現得志得意滿，又流露著手足情深。心中卻隱隱悲哀，他，已經不由自主的在籠絡多爾袞了；他既殺不了多爾袞，如今，只有籠絡一途。

多爾袞卻被他的言辭嚇了一跳；皇太極素來穩紮穩打，不說大話的。眼前局面，雖說是形勢上極為有利，但，到底還是得付相當的代價，才能換取勝利的果實。這異乎平日穩健作風的言辭，到底……

他不由得打量著哥哥，關心地問：

「聽多鐸說，皇上鼻衄又發了，不要緊吧？」

「多鐸就是婆婆媽媽，在京裡勸我延期，一路上勸我慢走。多爾袞，這一點，他不如你。你總知道『兵貴神速』，我總不能因自己一點小病，耽誤了大局！」

多爾袞心中不以為然，這場仗，不見得他不親征，就打不贏。但，他急馳趕來，併肩作戰，總也是共甘苦的一番心意，便笑道：

「皇上萬安！咱們就分別布置，準備漂漂亮亮打一場勝仗吧！」

就洪承疇自己的意見，是且戰且守，步步為營。穩紮穩打，仍以堅守寧遠為主。不意，朝中兵部尚書陳新甲，另有意見，力主速戰速決。密奏崇禎，下旨促戰。並令張若騏趕至軍前，監督進兵。洪承疇無奈，只得發兵，至松山城北的乳峰山結營。糧草則分貯寧遠、杏山及筆架山。

皇太極用了多爾袞之策，大軍安營在杏山、松山之間，而且在錦州至南海角，連夜動工，掘了三道壕溝，各寬一丈，深八尺，把杏山、松山的通道攔腰截斷了。同時分兵，命阿濟格攻筆架山，把明軍屯糧，席捲而去。

洪承疇被迫在匆驟間發兵，根本來不及運送糧秣，只命每人攜帶三日乾糧進駐松山。本指望有杏山、筆架山的補給。豈料，一夕之間，局勢全改。杏山被清兵切斷了去路，不說自烏欣河南，直到海邊，連綿紮營，如一條巨龍的各旗兵馬。便單只那三道大壕溝，就令他插翅難渡！除非突圍，回寧遠補給，杏山方面，是絕無可能取得補給的了。

事到如今，陳新甲派來掣肘的張若騏，也失了主意，不敢再多說什麼。洪承疇召來諸將：

「城中糧盡，城外兵圍，目前的局面，是戰亦死，不戰亦死。若鼓勇一戰，幸能脫圍，回寧遠就糧，或有生路。」

諸將對這一點，倒是意見相同。但對突圍時間，則各有意見。最後決定，次日拂曉出擊。洪承疇令諸將：

「把糧缺情形，明告士卒；激起破釜沉舟之心，或可拚一死戰，死中求生。否則……」

他沉重的嘆口氣：

「我們只有與松山偕亡了！」

誰知，王樸本是膽小如鼠之輩，想趁黑夜之間，摸黑逃走。他一走，又有幾位將領跟進，想沿海繞過濠溝，投奔杏山。豈知，這一切早在皇太極、多爾袞兄弟計算之中，早埋伏人馬截擊。結果，自相踐踏的、蹈海而死的明兵，數以萬計。吳三桂、王樸、唐通等，總算命大，率著少數殘兵，潰入杏山城。張若騏顧不得別人，從小凌河乘船，由海上逃回寧遠。

洪承疇面對這一殘局，欲哭無淚。他領六萬兵馬至松山，經此一役，只剩一萬人左右。將領也只剩了曹變蛟和王廷臣，加上遼東巡撫丘民仰，與他共守孤城了。

清軍大獲全勝，倒沒有乘勝猛攻松山。皇太極算定城內絕糧，是遲早的事；松山存糧有限，此次進兵，又未及時運送糧秣。他要洪承疇，不想讓他在廝殺中陣亡。

兵甲遍地，死傷狼藉。海中的浮屍，如成群棲止的鳧雁，無法計數，布滿了廣達數里的海面！十三萬大軍，已然七零八落，潰不成軍。

包圍圈向松山縮小推進，洪承疇站在城上，只見清兵各旗兵馬，軍容嚴整，密密麻麻的營幕，把松山圍得水泄不通。

他在正黃旗飄揚的旗海中，看到一座黃色的大帳幕，他知道，那是皇太極的。

他咬牙切齒，恨不得飛撲過去，一劍穿心的把皇太極殺了。可是，他除了坐困危城，眼見城中存糧一天比一天少，徬徨無計外，他什麼辦法也沒有。

六萬人，可以孤注一擲，行險突圍，死裡求生。一萬人……

他不能不恨王樸、吳三桂、唐通他們，若不是他們臨陣帶著自己的部將軍士脫逃，至少，他的突圍計畫，還有百分之一的僥倖機會。如今，他只有等著做張巡、許遠了！

如果，真到那一天，他捨得把最心愛的美妾春娘，殺了以犒兵卒？

日向西沉，晚風獵獵吹著獨立城頭的他。清營中，點起了燈燭火把，像一道光燦的玉璧，圓圓整整的圍著松山。他想起祖大壽跟他說過的大凌河之圍，如今，松山也成了當日的大凌河。

錦州之危未解，又賠上了松山。祖大壽沒救成，又賠上他洪承疇！大明，已別無可用的將才！

皇太極！皇太極！你該志得意滿了吧！

皇太極是志得意滿的，松山，是寧、錦咽喉，而他的大軍，已用巨靈掌，掐到這咽喉上！松山一破，寧、錦唾手可得。那，山海關外，就沒有可守的重鎮了。

那一夜，不費吹灰之力，殲滅了五萬明軍。五天後，吳三桂、王樸，率殘部自杏山向寧遠突圍，又被多爾袞截殺，把他們所率的兵卒，盡行殲滅。他們總算命大，仗著馬快，逃回寧遠，僅以身免。殘餘的明軍，如今東一堆、西一簇，本來互為羽翼，彼此聲援的寧遠、松山、杏山、錦州，都被清兵切斷了連鎖，只能各自困守危城，孤軍奮鬥。浩浩蕩蕩發兵之際，誰能料到落得這般局面！

十三萬大軍，就如此不堪一擊！而他知道，明朝應付李自成、張忠獻那些流寇，已焦頭爛額，再也撥不出兵力來救援關外了。

從他的汗父努爾哈赤起，就等這一刻！他要目睹這一刻來臨。

「什麼？宸妃病重？」

來自瀋陽的侍衛，連夜疾馳，送來如青天霹靂的消息。皇太極一言入耳，幾乎自座上彈起，頓然面色如土。

「是！奴才奉了皇后之命，飛馳來稟告皇上。皇后說，太醫用藥無效，豎了神杆，烏鴉不食。皇后怕病情不好，命奴才趕來稟告皇上。」

烏鴉不食……這四個字，炸得他耳中轟轟作響；如果，連烏鴉都不食神杆斗中的祭肉，那……

「傳多爾袞！」

一令方出，馬上傳下一令：

「備快馬，準備回京。」

多爾袞匆匆趕來，見到皇太極臉上悲切的神色，大吃一驚。皇太極強自抑制，交代：

「多爾袞，宸妃海蘭珠病重了，我得馬上趕回去。這兒……都交給你了！」

「皇上保重，一路小心。」

多爾袞只能如此說。皇太極淒然點點頭，回身吩咐帶馬。出帳，跨上馬便帶著侍衛急馳而去。

海蘭珠病重！

多爾袞望著遠去的塵頭，突然感覺皇太極其實還是很軟弱的。在心中牽掛心愛的人的安危時候，大清至尊至聖、威嚴不可侵犯的皇帝，也和平凡的人沒有兩樣。

不多時，諸王貝勒都知道皇太極在這關鍵性的重要時刻，放棄了唾手可得的勝利喜悅，趕回瀋陽去了，為了他病重的愛妃。

「巴巴趕來，眼見就要決勝負，見真章了。卻為了一個女人，掉頭就走！他是皇上，愛怎麼樣就怎麼樣。換了我們，怕不又要跪大清門了？」

多鐸一向就對皇太極有諸多不滿，不免出言無忌。

其他人心中，也未嘗沒有同感。尤其海蘭珠得寵後，傲慢嬌縱，人緣極差，各府的福晉、格格，沒人喜歡她。諸王貝勒，當然也對她都缺乏好感。為她而不顧戎機，在尚武的他們心中，是不可原諒的。

反而是眼見到皇太極悲傷悽惶之色的多爾袞，對他有著同情。

「其實……皇上也可憐。」

他說，帶著說不出何以的喟然。

五天一路急馳，趕到瀋陽附近的舊邊。人馬困乏，實在無法再趕了，便駐紮下來。但皇太極心中一直莫名的惶惶不安，不祥之感，揮之不去。

二更方過，他在輾轉反側中，才朦朧睡去。一陣急驟的馬蹄聲，由遠而近，停在營前。他驚跳而起，侍衛已進來回話：

「宮裡人來，宸主子病危！」

他一陣暈眩，幾乎跌坐回去，揮手：

「拔營，帶馬！」

心急馬行遲！他一路一言不發的鞭馬飛馳，到天濛濛亮，已趕到了瀋陽城外。卻見他在前站，命先趕回問候的大學士希福，馳馬迎來，面色凝重。他心中一沉，希福已跳下馬來，跪地報喪：

「關雎宮宸主子……歸天了。」

皇太極木然，恍如未聞，又似不信。片刻，驚雷似的發出虎嘯般的咆哮，鞭馬直驅瀋陽，逕入關雎宮。

宮中，人人肅穆，鴉雀無聲。哲哲、布木布泰，及各宮妃嬪，迎了出來，他卻恍如未見，直奔靈床前，撫屍悲號。

海蘭珠！怎忍得就這樣棄他而去？只差這麼一時半刻，為什麼不能等他？他連夜星馳而歸呵！他急赴軍前，還走了六天，回程，卻只用了五天呵！海蘭珠，為什麼不肯等他？蒼天，為什麼不能鑒他一片忠誠，讓他趕上見最後一面！

「你這一走，我怕再也見不到你了。」

海蘭珠，臨別時，這樣幽怨的求他留下！他沒有答應，因為，前方軍務緊急，事關國運。軍務、國運！天哪！他就為了軍務，為了國運，失去了他最心愛的海蘭珠！

如果，他早知道是這樣的，他無論如何，也不會離開她的！如果，允許時間倒流，從頭來過……

「早知道」！他仰天慘笑；天底下，什麼都有，就是沒有「早知道」，沒有「時間倒流」，沒有讓人「從頭來過」的機會呵！

他寧可用他所有的一切名位、權力，換回海蘭珠的生命，只要海蘭珠能再睜開眼，看看他。對他笑，對他說話，他可以什麼都不要，什麼都放棄！

「海蘭珠——」

他嘶聲仰天長號，震得宮內嗡嗡作響。

號聲方歇，他想起什麼似的，一把抓住關雎宮中，海蘭珠的貼身宮女，問：

「宸妃到底怎麼病的，怎麼死的？」

那宮女哭訴：

「自從皇上到錦州去了，宸主子，終日鬱鬱。到晚上，也不能安寢……夜裡，不是說胡話，就是驚叫，總是惶惶不安……不多日，就……就……病了……」

「你該向皇后稟告！」

「奴才稟了皇后，皇后也命太醫來治了，吃了無數藥，也……也不中用……皇后命人請薩滿，豎神杆……」

她哽咽伏地大哭：

「烏鴉盤旋，在天上飛，就是不下來……奴才，怕宸主子著急，只告訴她，烏鴉把祭肉全吃了……」

宮女哭道：

「宸主子……越發不好。她……說，我騙她……要不然，不會除了皇后，再沒人進宮來瞧她，必是病……不好了……」

皇太極又悲又怒，咬牙切齒：

「好！好！我不在，她病得那樣，都沒人來瞧！就任她受盡這樣淒涼冷落的折磨！看我饒得了誰！」

咆哮一聲，問：

「就這樣，直到臨了，都沒人來瞧問？」

「皇后一天來幾回，後來，到不行了。莊主子也來了，主子一見莊主子，就哭得暈了過去……」

她掩面大哭，泣不成聲，只抽噎不已。

皇太極聽得心痛如搗，一口血狂噴而出，高大的身軀也搖搖欲墜。布木布泰本能的急奔向前扶住，悲聲勸道：

「人死不能復生，皇上保重……」

「死」，宛如霹靂驚雷，直向皇太極頭頂打下。他猛然回頭，用布滿血絲的雙眼，瞪住布木布泰。滿臉又是血，又是淚，加上筋肉緊繃的鐵青，猙獰可怕：

「是你！就是你害死了海蘭珠是不是？你巴不得她早點死，還去逼她是不是？她死了，你就稱心如意了是不是？」

他昏亂的伸手，攫住布木布泰搖撼：

「一定是你害死她的！我要你給她抵命，要福臨給八阿哥抵命！」

猛力一推，布木布泰被推跌地上，他還要趕上去踢，猛聽一聲怒喝：

「皇太極！你給我站住！」

只見哲哲已挺身攔在布木布泰前面，氣得渾身發抖：

「捉賊要見贓，給人安罪名，也得有憑有據！平白就指人害死海蘭珠，就要人的命！這就是你的聖明，你的聰睿？」

一向平和溫厚的哲哲，忽然直呼其名的怒斥，倒使皇太極為之一窒。仍瞪著眼：

「我要問的，我要查驗的，如果……」

哲哲冷笑：

「裡面有宮女，外面有太醫、薩滿，人還躺在這兒，你只管問！只管查！只管驗！若是查驗出什麼，不止她們母子，還加上我，一併給你心愛的人兒抵命！」

回頭吩咐宮女：

「伺候著莊主子，跟我回清寧宮等著領死！我倒看看，要查不出，問不出的話，他拿什麼臉進清寧宮！」

走到眾妃嬪跟前，補上一句，語氣冷森森的：

「都回去吧！如今，皇上正沒處出氣，別碰上了，有冤沒處訴！」

頓然，關睢宮中，除了本宮的宮女外，全撤走了。皇太極面對哲哲一連串的話語和行動，又傷痛、又氣惱，又無話可說。兀立了半晌，回頭再問那宮女：

「你說宸主子昏了過去，後來呢？」

「莊主子一邊哭喊著姊姊，一邊幫著我們救。宸主子不多時醒了，只拉著莊主子的手哭，說……」

「說什麼！」

皇太極情急的抓住她，急問。宮女道：

「說，她對不起莊主子。還說，她自己命小福薄，不該仗著皇上寵愛，把自家福壽都折了……」

皇太極聽到這兒，頹然一嘆；分明海蘭珠是「人之將死，其言也善」，他一時猛浪，當真錯怪了布木布泰。

宮女一邊揩淚，一邊說：

「莊主子一直好言安慰。宸主子搖搖頭，說，她自己不成了。求莊主子，看在姊妹一場，往後好生替她服伺皇上，千萬勸皇上節哀保重……」

他拭淚細看仍躺在床上的海蘭珠，只見海蘭珠容顏雖憔悴清減，卻安詳如睡，並無任何可疑跡象。又傳太醫細問，太醫細訴病情及用藥情形，歸結一句話，海蘭珠積鬱在先，憂怖在後；先是為了八阿哥夭折，後，卻是為了烏拉大福晉為祟，而烏拉大福晉的事，卻全由他而起……

在關雎宮，坐守了一天，他粒米未進。到晚上，在京的諸王都來了，力言皇上為妃嬪守靈坐夜，不合禮制。而且，宸妃承受不起，怕泉下魂魄不安。他才出了關雎宮，卻躊躇；如今，他竟然無處可去。

若是平日，他心中有事，或氣悶的時候，他會毫不猶豫的到清寧宮去；哲哲，一直是他的溫慰，而如今……

他真如哲哲撂下的話：「有什麼臉進清寧宮！」他甚至想不通，自己為什麼會那樣失去理性的暴怒，冤屈布木布泰害死海蘭珠。他該知道布木布泰不會。布木布泰；從十三歲走進他生命的布木布泰，有她的聰敏、穎慧，卻不是狠毒、奸惡的人呀！他該知道的！他也一直知道的！可是他說了什麼，做了什麼？

他記起哲哲的怒喝，哲哲從來歸到現在，從沒有這樣暴怒過！她一直對他敬愛，柔順，不曾拂逆過他。

他躊躇再三。如今……他唯一可去的地方，仍只有清寧宮。

他已失去了海蘭珠，他不能再失去哲哲和布木布泰。

「皇上駕到！」

同樣的喝道聲，哲哲卻不曾如往昔般含笑出迎。她站了起來，木然行禮，卻完全只是「禮」而已。布木布泰，跟在她身後，臉上是傷透心的木然。

他不知如何開口，哲哲先冷冷的發話了：

「皇上想必已查明了。該怎麼死，皇上吩咐吧！」

「哲哲……是我錯怪了布木布泰……」

哲哲冷笑：

「錯怪？要不是我在，她母子倆的命，都給你錯送了！海蘭珠沒了，你心痛，你傷心。我是她嫡親的姑姑，布木布泰是她嫡親的妹妹，不心痛，不傷心？你說海蘭珠死得淒涼冷落，你怎不問問，為什麼落得這樣？你疼她、寵她，怎不教她怎麼做人，怎麼處世！你知道，她在的時候，布木布泰病了，也沒人去看，沒人去瞧，為了怕海蘭珠知道了不樂意！那時布木布泰不淒涼，不冷落？但，布木布泰做人好，人人不敢去，心上倒惦記。何曾像她，弄得人家怕她，躲她；去了，也不見好，反招怪！一個不好，惹禍上身！」

一口氣說到這兒，哲哲嘆口氣：

「照說，人都沒了，還說她！但你自個兒想想，她自己走了陽關道，可曾想著給人留條羊腸小道沒有？你怪人家不去瞧她，布木布泰倒去了，就因為去了，差點招了殺身之禍，能不叫人寒心？」

皇太極俯首無言了。哲哲句句在理，他又復能何言？雖然心痛海蘭珠之死，畢竟他還是明理的人，又自知是自己錯在先，只滿臉痛苦之色，卻不發一言。

畢竟幾十年恩愛夫妻，哲哲見他如此，也心中不忍。嘆口氣，不再說話。

一時，三個人竟就僵住了，空氣中一片沉滯。
鼓打三更，布木布泰向哲哲告退：
「姑姑早些安歇，布木布泰回去了。」
皇太極這才吃力的喚了聲：
「布木布泰……是我錯怪你了……」
布木布泰抬起頭來，目光一片冷凝，冷得令他心中一寒。
他不怕她哭鬧；他寧可她哭鬧。而她，只是依禮向他跪安而退。
哲哲以目示意，叫他晚上宿永福宮。他搖搖頭，目送布木布泰離去。感覺她走出的不是清寧宮，而是他的生命……

海蘭珠之死，帶給皇太極的悲痛和打擊，巨烈無比。他努力壓抑著那分痛不欲生的苦處；他無處傾吐他的苦處。沒有人了解，海蘭珠在他生命中的分量，甚至，沒有地方讓他盡情一哭。
他下令厚葬，親自料理一切。在宸妃下葬後，他終於昏厥了過去。直昏迷了三個時辰。
在昏迷中，他慟哭，譫語。嚇得哲哲守著他，也悲泣不止。
布木布泰也來了，卻是為了陪哲哲。於皇太極，她已心如槁木死灰。
皇太極從中午，直昏迷到傍晚才醒來。一睜眼，只見哲哲雙眼紅腫。見他醒了，喊了聲「皇上」，竟又喜極而泣。哽咽著勸他：
「皇上雖為海蘭珠傷心，自己也要保重。難道，為她，就連自己性命也不顧嗎？」
皇太極正要答話，布木布泰卻在一旁冷笑：

「皇上要追隨海蘭珠姊姊於地下，也是一片癡情可感。只不知，見了先皇，見了歷年為大清死於戰場，死於勞瘁的瑪瞻、岳託、薩哈廉他們，有什麼話說？」

如當頭棒喝，皇太極呆了半晌，見哲哲責備布木布泰不該刺激他，才深深嘆了口氣：

「哲哲，不要怪她，她說得對！上天生我，汗父傳位給我，是要我建大功、立大業，為大清打下一片江山。如今，為了海蘭珠……若悲悼太過，以致傷身，只怕天地祖宗都不容！今天，未必不是上天示警，我會保重的……」

第三十章

松山、杏山、錦州相繼攻破，大獲全勝！

消息傳來，連沉溺於宸妃之喪中，悲痛消沉的皇太極，也為之一振。更令他高興的是，他一心想要的兩個人：洪承疇、祖大壽，都被生擒，即將押解來京。

同時押解來京的被俘文官武將，或降或戮，皇太極毫不介意。只這兩個人，他特別升殿，親自勸降。

首先押上殿的，是祖大壽。

諸王貝勒，想起祖大壽，想起大凌河一役，為他死了多少人馬！到頭來，卻被他「金蟬脱殼」，逃之夭夭，都恨得咬牙切齒。人沒進京，十王亭已一片「殺祖大壽」之聲。

「像這樣三心兩意，背盟負恩的人，留他何用！」

「不殺祖大壽，何以慰大凌河外的將士英魂？」

七嘴八舌，吵嚷不休，皇太極任他們發洩夠了。才徐徐道：

「身為上將，最重要的，一是忠心，二是智慧，三是勇敢。大凌河那件事，祖大壽對我們，雖是背盟負恩。對他的主子，卻是忠心可嘉！能哄得我們陪他作戲，結果卻由他從容脱困，這一番智慧，何人能及？而這幾年來，困守孤城，讓我們徒擁重兵，也拿他無可奈何，還不算勇敢嗎？

這樣的人才，千載難遇，殺了？」

他搖搖頭：

「我等了他十幾年，才等到他！他若萬死不肯降，那是我大清無福，只要他肯投降，我封他還來不及，哪捨得殺他！」

諸王貝勒，有些覺得言之有理，不再反對。有些雖憤憤不平，卻素知皇太極為人，定了主意，萬難更改！而且，說來，這也是為大清基業，只好讓步。

洪承疇、祖大壽被侍衛簇擁著押上崇政殿。洪承疇滿臉風霜，不掩堅毅之色。祖大壽則滿臉複雜的表情，分不出是憂、是懼，還是愧。到了殿中，侍衛喝令二人跪下，洪承疇昂然不動，祖大壽似乎有些躊躇，終究也沒有跪。

皇太極看在眼中，心中忻然：洪承疇果然值得羅致，而祖大壽，看來已是囊中物了。

他先不管洪承疇，溫言向祖大壽道：

「祖將軍！大凌河一別，無日不懸念在心，將軍別來無恙？」

一言觸動，祖大壽想起當日在大凌河，先降後逃。雖然說是兵不厭詐，畢竟對當日以禮相待的皇太極，是負愧於心的。這一次城破被俘，原以為新仇舊恨，見了皇太極，萬無生理。如今，不料皇太極仍待之以禮，以「將軍」稱之。多年來，陸續被俘的兄弟子姪，也都蒙恩養，並未加殺戮，可見他的「招降」之心，出於摯誠。

反思大明崇禎皇帝：寵遇閹宦，凌辱大臣；稍有不懌，小則廷杖，大則梟首……尤其，想到袁崇煥的死……他雖然以忠臣良將自期，心中又何曾不為朝政腐敗，天子昏庸，暗自嗟嘆憂慮！看來……當真大明氣數已盡！

抬頭看看皇太極，威儀中，不失仁厚。對自己，更是懇切溫慰之色，溢於言表與目光中……心中想著，不覺雙膝一屈，跪了下去：

「祖大壽……歸降已遲，罪該萬死！」

洪承疇轉面向他「呸」了一聲，厲聲罵道：

「大丈夫，生有何歡，死有何懼？腆顏事仇，叛國欺君，千載之下，猶有餘臭！」

祖大壽面帶愧色，卻不知是對皇太極，還是對洪承疇。嘆了口氣：

「良禽擇木而棲，我輩為臣子者，自當忠心君上，奈……『君不君』何？」

「皇上何負於你？」

「袁故經略，又何負於皇上？」

洪承疇一時語塞；崇禎殺袁崇煥，明眼人都知袁崇煥冤！洪承疇又豈能不知？只是，他畢竟是受大明厚恩的人，既無力匡正，又無力卻敵，已然於心有愧。「孔曰成仁，孟曰取義」，生死事小，失節事大的觀念，牢不可破，戰敗被擒，有死而已，復有何言？

「臣不記君過，子不念父仇！祖大壽，你就不怕天下的悠悠之口，後世的輝煌史冊嗎？」

祖大壽慘然而笑：

「大凌河一役，是我對大明盡忠，報答皇上恩遇。如今，二度被擒，蒙大清皇上優容……命該如此，我又豈能違逆天命！身後是非……管不得了！」

祖大壽降了，皇太極固然欣喜。對洪承疇滿臉忠義千秋的凜然，更在欽佩之餘志在必得。特命范文程，負責勸降。

奈何洪承疇，任如何勸說，就是橫了心，寧死不降。一般勸降，不外二端，一是脅之以死，一是誘之以利，對洪承疇，第一種用不上；他根本一心求死。第二點，他也不為所動，范文程只有歷數明朝千瘡百孔的弊政，和崇禎為君的殘刻不仁。洪承疇原來還詈罵抗辯，使范文程暗自嗟嘆不已；崇禎實在愧對良將；他看得出來，洪承疇一心護主。可嘆的是，崇禎所作所為，實在令一心袒護的人，也理不直、氣不壯。

重閹臣而輕大臣，吏治不修，稅賦苛重，以致一向「有土斯有財」的農民，寧願棄田流亡，竟使民間傳出歌謠以「田」為喻：

「昔為富之基，今為累之頭。」

流寇聲勢何以無法遏阻？實在因民不聊生，「官府」與「流寇」對百姓的酷逼危害，並無二致。甚至「苛政猛於虎」，更有過之。

說到這兒洪承疇沉默了，不再詈罵，也不再抗辯。只嘆息一聲，默然不語。范文程見他臉上出現痛苦之色，也見機而退，留下他一人去自思自想。

到了第二天，范文程稟明皇太極，不以囚虜相待，將洪承疇移到大內大清門左的「三官廟」，命他的舊僕金升伺候。看守侍衛，也經叮囑：務必相待以禮，有任何需求，不得回絕。

當范文程安置妥當，再往勸降。侍衛回道：

「洪經略不食不飲，一心絕食。」

范文程暗自點頭。到了安置洪承疇的廂房，對他絕食假作不知，命人送上飲食。洪承疇仰首閉目，全不理會。范文程待酒菜擺好，笑道：

「經略，共飲一杯如何？」

洪承疇道：

「若是柴市口前一杯酒，自當叼飲。否則，我洪某寧絕粒而死，不食敵粟！」
「哦，經略是立意效法文文山了？可敬可敬！只是為大明崇禎皇帝，未免不值！」
「士為知己，臣盡忠節，便是值！」
「知己？依我看來，唯一當崇禎知遇的，只有兩種人，一是閹臣，二是酷吏，莫非經略也是此輩中人？」
「住口！我洪承疇失機被擒，但求速死，卻是士可殺不可辱！」
范文程對他勃然之色，視如不見。笑道：
「經略知『士可殺不可辱』，卻不知『刑不上大夫』？當朝廷杖，向閹宦遞手本職銜，『辱』之一字，莫此為甚！我朝雖稱『虜廷』，卻也不曾行如此悖禮之事。大明堂堂禮義之邦，難道崇禎不學如此？」
洪承疇厲聲道：
「君命臣死，臣不能不死，父命子亡，子不敢不亡。君父之恩，義不可棄！」
「君父之恩，義不可棄！看來經略不走到袁崇煥那一步，是不會死心的。」
「袁經略有知，也只恨借刀殺人的主謀！」
范文程哈哈而笑：
「計出大清皇帝！經略出身兩榜，當知正史上並沒有曹孟德殺蔡瑁、張允之事。心無疑，則讒不入。可憐袁崇煥，天下還有誰比他忠？偏遇到疑心病重，又昏聵不明的崇禎！只怕，直到現在他還以為他殺得對！殺得好！忠奸不分如此，經略還執迷愚忠，倒叫我不知當敬，當憐！」
洪承疇轉頭不理。范文程道：

「依我看來，流寇猖獗，勢如破竹。關外大清，關內流寇，遲早總有一天，要亡明的。可是，明，實在不亡於外人，而亡於自身！正人君子，殺戮殆盡。廟堂之上，只剩逢迎之輩！崇禎知道誅魏忠賢，何以又蹈覆轍？唐代亡於閹宦，殷鑑不遠。崇禎若是明君，當知此輩絕不可授之以權位。而他，不僅授權，更使掌兵！文臣武將，俱受制於閹宦。天不曾亡明，是大明天子，自取滅亡！經略何以昧於時務，不知逆順。」

洪承疇瞋目怒視：

「當人子不責其父之罪，當人臣豈宜數其君之罪？我洪某，時務、逆順一概不知，只知『孔曰成仁，孟曰取義』！只知『人生自古誰無死，留取丹心照汗青』！范先生能成全我一片丹心，洪某雖死，也感大恩。若不能，請還我耳根清靜！」

范文程哈哈大笑：

「經略既下逐客令，我也不便再絮叨囉嗦。皇上有令，經略需用什麼，只管吩咐侍衛，我就告辭了。」

他頓了一下，人向外走，口中道：

「經略反正準備絕粒，可別要砒霜、白刃的，讓無辜陪死。」

一語，氣得洪承疇哭笑不得。要了文房四寶，想寫「絕命詩」，卻文思撩亂。於是，以寫文天祥的〈正氣歌〉自勵。

次日，范文程到了三官廟，聽他索筆硯，便悄然掩至窗外窺視，看他寫些什麼。見他寫的是〈正氣歌〉，心中也暗自感佩。

細看洪承疇，絕粒多時，已現出憔悴委頓之色。而再看他所寫的字，前面極其工整，後半段則透出草率，並不能堅持一貫的謹飭。這細微之別，若非范文程，恐怕別人未必能明辨。落在范文程眼中，便別有會心。

室內的洪承疇端坐不語，還是滿臉岸然之色。范文程心中電轉，若令他一死，當真是「成全」他了；受俘後，抗顏詈罵，種種不屈，豈不與文天祥一個畫稿？但他的直覺告訴他：洪承疇絕對不是文天祥！他掌握不住具體的證據，也說不出所以，但……

他思索著，目光卻沒離開洪承疇。

忽然，梁間年久積塵所附的灰吊子，掉下一片，正落在洪承疇那件至死不脫的大明官服上。只見洪承疇如斯響應，直覺的用袖子去拂，卻已沾染了一塊。又用手連拭帶拍，面帶沮然之色。范文程一笑，轉身出廟而去。

看到受命勸降的范文程，臉上帶笑，皇太極大喜：

「洪承疇降了？」

「回皇上，還沒有。」

一陣失望，皇太極憂慮的説：

「范章京，你要加緊呀！他三天不肯吃東西了，再下去，真會餓死呀！」

范文程笑道：

「皇上萬安！他死不了！」

他細細説明這兩天勸降的應答，和今日暗中的觀察。他下的結論是：

「我所説崇禎種種無道，均是他心中早已知道，且也不以為然的事實。針砭之下，他不能不重頭省思。他心中最苦的，乃是心中明知崇禎之非，也極厭恨憒潰不平，卻礙於自幼所讀聖賢之書，使『忠君愛國』的觀念固結於心，牢不可破。不知他所忠的，是『聖賢教訓』，而非當今大明天子！他一心嚮往文天祥死節，但……」

范文程搖搖頭：

「他心中，已動搖了。」

「可是，他還寫〈正氣歌〉。」

皇太極不敢樂觀。范文程卻搖頭：

「那是不自覺中，以此自欺。他自己絕不敢自承心中已動搖，亦不自知自己已然動搖。看他所寫，先正後草，正可見心中撩亂。並無視死如歸者，如槁木死灰的沉著。」

皇太極點點頭。范文程繼續道：

「屋梁積塵落下，他忙拂去。換了抱必死決心的人，對這區區微事，根本不會注意！而他卻立即如斯響應。對一襲敝衣，猶愛惜如此，又豈是心如古井，一心赴死，不惜性命的人所為？我敢斷言：洪承疇猶惜其命！只自己亦不覺查，更不敢面對。」

「那，我們該當如何？」

「一個人，必有所懼，亦必有所好；這二者，都是人的『要害』。如今，洪承疇一心成仁取義，是不懼死。高官厚祿，亦非他所好，不足以誘他生。若知道他有何懼、何好，然後對症下藥，便不怕他不降！」

要知道洪承疇所懼所好，唯有從他廝僕下手。

范文程召來了侍候洪承疇的家僕，溫言問：
「你是伺候洪經略的？你叫什麼？」
「回大人，小人金升。」
「金升！我來問你，你伺候洪經略多久了？」
金升道：
「小人是從小進洪家的。」
「哦，那總也有一、二十年了。嗯，洪經略一心要做忠臣。你跟了他那麼久，少不得，也要做義僕，跟著洪經略升天了。」
「不……」
金升哭喪著臉：
「小人……家裡還有白頭老母，還有家小妻兒，小人……還不想死！」
「你不想死也不成。我們大清，有個『殉葬』的風俗：主子死了，怕以後沒人伺候，總要讓最得力的奴才、丫鬟殉葬，也不枉主子疼他一場。」
金升一聽，嚇得磕頭如搗蒜，哭求：
「求大人開恩！赦了小人一死。小人來生，做牛做馬，也要報答大人的大恩大德！」
范文程心中暗笑，口中卻嘆口氣：
「你又沒罪，赦什麼？總之，你要不想死，只有一個辦法：就是不讓你主子死。他死了，你不想死也不成，誰也救不了你。他活了，你自然也就不用死了。皇上一高興，說不定，還賞你個小官職，或金銀珠寶的。你自己琢磨吧！」

金升，原是有幾分聰明奸猾的，聽懂了范文程的絃外之音。磕頭問：

「大人，要小的做什麼，只管吩咐。只是……」

他吞吞吐吐：

「小人是個奴才，可扭不過我們洪大人，也不敢勸他什麼。」

「哪要你勸？你只好好回答我的話。我問你，你們大人，可有怕的人？」

「我們大人，只怕三個人，一是皇上……大明皇上。二是老夫人，還有一位沈老員外。」

「沈老員外？」

「大人幼時曾受過沈老員外的大恩，對沈老員外，敬如神明，不敢違逆。」

「老夫人和沈員外，如今在何處？」

「老夫人在家鄉，沈員外在江南。」

范文程心想，「懼」的路子，走不通了。改口問：

「你們洪大人，有沒有什麼特別喜歡的？比方說，有人愛財，有人好賭。」

「有……」

金升看看范文程，嚅囁道：

「小人不敢說……」

「嗯？你不想保命了嗎？」

范文程臉色一整，金升匍匐道：

「洪大人他……他喜歡女人，漂亮女人。」

范文程一怔，仰天哈哈：

「這有什麼不好說的？『寡人有疾，寡人好色！』」

話一出口，猛想起，金升哪懂這文謅謅的話，改口道：

「這也是人之常情。好，金升，你很機伶，我少不得想盡法子，也教你們大人不死；等他降了，我還要好好的賞你！」

第三十一章

「你說，洪承疇的弱點是好色？」

皇太極頗有興味的笑著。

「我問了他的家僕金升，脅之以死，誘之以利，金升才露的口風。」

「那容易，宮裡美女多的是！隨便挑幾個宮女伺候他去。」

「臣不以為然。洪承疇至少在目前，還是受聖賢教訓所囿，立意求死的。必須攻其不備，選派的美女，得有一箭穿心的本事，一下子降服了他。若讓他有了戒心，反而壞事；那他就為了遮蓋行藏，必老羞成怒，道學到底了。所以，這美女，第一要國色無雙；那洪承疇，既有好色之名，閱人必多，等閒之輩，他看不上眼，更不要說動心了。」

「嗯，有理。第二呢？」

「不但要聰明伶俐，而且要察言觀色、能言善道，還得說得通情入理。這得心竅玲瓏，隨機應變。想那洪承疇，何等角色？美色雖能動心，若不能說得他心活意改，他也不肯就此下台。」

「第三。」

「既要誘之以利，動之以情，說之以理，還不能弄假成真，『賠了夫人又折兵』。自己得拿捏分寸，就要趁著洪承疇情不自禁的時候，我們才好趁虛而入降服他！」

聽到范文程說到這兒，皇太極苦笑：

「往哪兒找這樣一個人哪！」

范文程回道：

「有倒有，只是……臣不敢說。」

「快說！快說！只要有這樣的人，不惜金銀珠寶，也要禮聘了來。」

皇太極追問。范文程道：

「這人不是憑著金銀珠寶就能禮聘的……皇上先恕臣冒犯之罪……」

「我絕不怪罪你，快說！」

「是……永福宮莊主子。」

「莊妃……布木布泰……」

皇太極一震，臉色都變了。他倒是沒有怪罪范文程，反而相當欽佩他的膽識。仔細想想，能三個條件都具備的，還真除了布木布泰，找不出別人來。

但，他心中，有著矛盾。

一則，身為一國之君，以後宮妃子，去行「美人計」。這，說起來未免有損尊嚴，且不免貽人笑柄。

另一則，他更有難言的無奈；自從宸妃之死，痛極攻心之際，錯怪布木布泰之後，雖在哲哲調停下，他也極力彌縫補過。但他知道，布木布泰心中創傷太深，已不是任何方法彌縫得了的。在他痛極昏厥後，布木布泰那一番冷語切責，使他了解：布木布泰心中，對他已既沒有對「皇上」的敬畏，也沒有對「丈夫」的情愛。倒難為她，總還以大清基業為重。由此，他知道，在她眼中，他已失去了以往的神聖偉大。她，對他已心灰意冷。

這一點領悟，使他有形容不出滋味的沮喪。她——從來歸後，一直被他暱稱為「小東西」的布木布泰，對他，竟淡漠冷然。

他不怪她，不忍中，摻雜的竟有些不敢；是他傷她在先，他不能不心存虧欠。

如今，卻必須派她去勸降洪承疇，「誘之以色，動之以情，說之以理」，他能命令她去，還是能說服她去？如今，這二者，他竟都失去了對自己的信心。

「這，不妥吧？范先生，怎出這餿主意？」

聽皇太極說出范文程的計畫，哲哲蹙著眉，又雙目圓睜，似乎不勝驚駭。皇太極道：

「別怪范先生！他真是一心一意為我大清，費盡心力，才賺了這一計來。洪承疇，文韜武略，無人能比。此人一日不降，我一日寢食不安。萬一，真餓死了他……唉！到哪兒再去尋這樣的人才！」

哲哲不再表示反對，卻嘆口氣：

「布木布泰未必肯答應；這孩子，外柔內剛。皇上上回是莽撞了，如今，又要她做這事，這話怎麼說呢？」

皇太極苦笑：

「所以，我只好來求你；她一向聽你的話。為了大清基業，總得委屈她走一趟。」

哲哲搖搖頭：

「便勉強聽了，心中不平。倒是為大清基業，這個題目還能扣住她。」

布木布泰應哲哲召喚，翩然而來。皇太極盡量和緩的把這件事從頭說明，布木布泰原先無可無不可的聽著。聽到要她去勸降時，臉色驟變，帶著不齒的悲憤。待皇太極說完，她只冷冷地反問了一句話：

「這是皇上聖旨？」

皇太極為之啞然；這樣違情悖理的事，畢竟只能「情商」，哪能以「聖旨」相逼；那豈不更成了為人騰笑的話柄？但，既非聖旨，布木布泰就可以拒絕，他又能奈她何？

他求助的向哲哲苦笑。哲哲搖搖頭，嘆口氣：

「布木布泰！這事，是不近情理；再怎麼說，你也是有名有位的『永福宮』莊妃，比不得那些宮女奴婢。只是，這洪承疇，是個獨一無二的人才，他降不降，事關咱們大清的前程。如今，這人已經連著三天，粒米不進口了。鐵打的人，也禁不起再往下餓。他要真死了，皇上多年的苦心落空不說，也牽連整個國運。」

她頓了頓，走到布木布泰面前，緊緊握住她的手，委婉道：

「這事，不說你委屈，姑姑也覺著委屈了你！可是你自個兒想想，皇上出此下策，雖說是范先生的主意，也實在是沒人應付得了。雖說委屈你，皇上不也夠委屈的？還委屈得說不出來。咱們也不管他的委屈；他是皇上，為了大清基業，委屈點兒，也沒什麼好說的。只是，畢竟咱們是皇上的人，也是大清的人。你便不為皇上，就看著列祖列宗，和子孫後代吧！」

洪承疇躺在床上，闔目而寐。絕食的強烈飢餓感，對他，雖已漸漸痲木，但，總是存在著。而體力的急驟衰退，卻是那麼明顯的侵襲而來。他想努力維持神智的清明，也愈來愈困難了。原來……絕食而死，並不是想像中那麼容易的事。他腦海中，似空虛，又似混亂；想到一些人，想到一些事，卻都浮光掠影般的模糊。

他疲倦極了，但略一闔目，耳邊就傳來貓兒叫春的聲聲相遞。他不知是幻覺，還是……聲聲聒耳，更聲聲鑽心，撥動著他那敏感的心絃。使他血脈僨張，幾乎無法自制。全身，更像布滿了蠕動遊走的小蟲亂鑽，說不出的難受滋味。

天氣，還是寒冷，北方的貓，不同嗎？叫得這麼早，這麼熾熱火辣，這麼沒完沒了……

他模糊的想起他隨營都帶在身邊的愛妾春娘。對了，春娘！春娘呢？

他快死了！他不知道，死這麼難……

後人，該會把洪承疇和文天祥相提並論吧？

喵！喵……喵……

春娘，你在哪裡？

小蟲，嚙得他好癢好癢……

舌敝唇焦，喉乾欲裂。半昏半睡，他喘息掙扎著……

忽聽嬌脆清婉的女聲，傳入耳鼓：

「你就是大明朝的洪經略嗎？」

他不禁詫異，睜眼望去，只見一位穿著清宮宮人服飾，絕豔無雙的女子，不知何時進來的，正站在他面前。

他一時目不轉瞬，為之一懾。見她嫣然而笑，這一笑，更使得她美得勾魂攝魄，不可方物。

他強自屏息斂神，問：

「你是誰？來此何事？」

「聽說，經略一心殉國，小女子心中感佩，特來探望。」

「一心殉國」四字，有如棒喝，洪承疇心中一顫，強自斂束。冷然道：

「我洪某受大明厚恩，理當以死相報。休來花言巧語，勸我歸降！」

「經略未免猜疑忒甚；經略若不是立意殉國，使我欽敬，而生不忍之心，又豈敢冒死而來？須知，我國祖宗家法甚嚴，內宮女子，擅自來到此處，若被察覺，便有殺身之禍。今日，正好我兄長當值；我兄長也深敬經略大義，才私自放我進來；豈知經略見疑如此……」

說著，說著，泫然欲涕，珠淚盈睫。洪承疇聽她說得懇切，又是冒死而來，再見她婉轉陳辭，楚楚可憐的幽怨情態，鐵石心腸，也軟了三分。嘆了一口氣：

「我是將死的人，何勞枉顧？若是牽累了你，我又於心何忍？」

只見那女子莊容道：

「難道天下只有經略一個人不怕死？我雖是小小女子，倒也以不讓鬚眉自許。因在宮中，掌理藥物，略通醫理。知道絕食之苦；如經略神、氣、身、骨，只怕還要有三、五日延挨，方能如願。大丈夫，死便死，斧鉞加身，也不過一瞬間，何等痛快！如此膏火細煎慢熬，活罪難受。經略是英雄豪傑，或不覺其苦。小女子，每想到此事，便心如刀割……」

說著，竟自流下淚來。洪承疇一見，更心中鼓盪。卻見她退出室外，取來一個小小酒壺，含淚道：

「小女子因不忍見經略受這活罪煎熬，特地調製毒酒一壺。為恐牽累別人，此毒酒的毒性較慢，兩個時辰後，才慢慢毒發，自外表看，仍如餓死一般。如此，既解經略忍死之苦，又全經略殉國之義。就請經略喝下，莫辜負小女子一片衷誠。」

接到手中，洪承疇卻無端猶疑起來。女子秀眉略揚，笑道：

「怎麼？經略連死都不怕，卻怕一壺毒酒？」

被這一激，洪承疇只好以口就著壺嘴，一氣灌下。酒中藥味甚濃，想到這是一壺酖酒，一心求死的他，卻也不禁一陣心中慘然。不由嘆了口氣。

「經略莫非還有什麼未了之事？」

未了之事？洪承疇自思，只剩兩個時辰，又如何解得千頭萬緒的「未了之事」？便搖了搖頭。

「那，可是心念父母、妻妾、兒女？」

這一言，卻勾起了他滿腹愁腸。想他率兵十三萬出關，如今全軍覆沒，依崇禎一貫作風，極可能誅戮洪氏滿門。縱使不殺，他也曾耳聞目睹失機將帥的妻女，或發配為奴，或沒入教坊，以充官妓；春娘，就是一例；他見她知書達禮，頗具大家風範。在談話中知道：原是宦門之女，因父親得罪，才淪落教坊以色事人的。因憐生情，才花錢從教坊中贖出為妾。

他又忍不住深深一嘆。卻聽得她也幽幽一嘆：

「大丈夫，不惜一死。只是，往後，經略家中的嬌妻美妾，如何耐得秋月春花的岑寂歲月？」

洪承疇被她說得心中慘惻，卻見她面上一紅：

「深宮冷落，歲月悠長，對寂寞空閨的況味，小女子是深有體會。不能不對經略家中妻妾，寄同病相憐之情。」

洪承疇見她心懇意摯，不由盡吐衷腸：

「『可憐無定河邊骨，猶是春閨夢裡人』，只怕，我戰敗被俘消息抵京，皇上一怒，家中老小，反走到我前面了。歷來，因失機被殺的督、撫，也不知多少了。」

只見她臉色驟變：

「怎麼？大明皇帝不許臣子戰敗，戰敗便要殺他全家？難道他不知道勝負乃是兵家常事嗎？昔日，我哥哥也曾被俘。我們皇上，還命人慰問於我，派人去贖回被俘的將士。待他們回來，還各有升賞；若非勇敢作戰，豈能在兩軍陣前被俘呢？經略莫怪小女子出言不遜，大明皇帝，當真心狠手辣！」

范文程侃侃歷數崇禎之罪，還不如這小女子率直一句「心狠手辣」一針見血的戳到洪承疇痛處。他尚未開言，卻聽她「哎呀」了一聲：

「如此，經略豈不絕了後嗣了？」

她用急得要哭的聲調說道：

「早知道如此，不該令經略飲下毒酒。好歹，也設法為經略留一脈血胤才是。經略莫急，待我回宮調製解藥，或許，還來得及解救。」

走到門邊，卻又躊躇，顰眉而嘆：

「經略已絕食多日，又志在必死，便服了解藥，也不過多延三五日。而絕食已久，精氣不足，又如何能成事？看來，洪門一脈，是命該無後了……」

洪承疇不覺間，服下了人蔘藥酒，又經如此半吞不吐的挑逗。他本是極為好色之人，連行軍之際，都不忘挈帶姬妾。如今，美色當前，早已心旌搖動，情不自禁。又經布木布泰有意無意比較大明皇帝心狠手辣，大清皇帝仁厚御下。原本積壓心中，種種對崇禎的反感，一時全湧了上來。想到自己，竟為這樣的昏君以身相殉，真如范文程所說，「不值」！

一念既生，死志便不覺消退了幾分。倒是暗恨自己已服下毒酒，又不好改口求生了。卻也因死在眼前，沒了顧忌，口中說道：

「我死在眼前，有後無後，也顧不得了！如果姑娘垂憐，容我在花下死，我死也瞑目了。」

說著，竟撲身向前，拉住布木布泰衣袖。布木布泰迴身掙脫：

「經略有惜玉之心，難道小女子無憐才之意？只是經略一心求死，我……怎麼辦……」

范文程費盡口舌，正面勸說。愈勸，他愈是一心捨生取義，執著於臣節，立意殉國。布木布泰根本不勸他，反口口聲聲說他一心求死，宛轉可憐的情態，反使他落入彀中。只恨自己，無端一念愚忠，弄得如此不尷不尬。

布木布泰望著他，低嘆一聲，抽身便走，他大急拉住：

「姑娘留步！可憐我將死之人，等死況味難耐，陪我閒話一回，也算行善積德，全始全終。」

布木布泰低頭半晌，嘆道：

「唉！我便留下，免你怨我為德不卒。只是，不許胡言亂語，動手動腳！否則，我立時便走！」

她語帶嬌嗔，更是風情萬種，令洪承疇幾不自持。但又深恐她真走了，不敢再用強。事到如今，他也只能想：能在臨死之際，飽餐秀色，總強於一個人孤零等死，便果然放開了手。卻見布木布泰雙目凝注，打量著他，他詫然問道：

「姑娘看我做什麼？」

布木布泰嫣然而笑：

「自從經略進京，我們宮中姊妹，談話之中，總是講起經略，卻沒一人見過。我仔細瞧瞧經略容貌神情，也好形容給眾姊妹聽。」

洪承疇一聽，自己竟是清宮宮女口角邊的人物。不禁好奇：

「姑娘們，都說我些什麼？」

「有些讚佩經略忠義千秋，有些卻笑你愚不可及，好好的高官厚祿不要，偏要尋死！」

她一頓，似怕他生氣，委婉解釋：

「她們不過是無知的女流之輩，哪能了解經略的忠肝義膽？只是經略見問，我實言相告，經略不要見怪。」

洪承疇聽她稱讚自己忠肝義膽，頓生知己之感。只望多聽她說些對自己仰慕尊崇之辭，以遂自己那一點滿足虛榮的私心。便問道：

「那姑娘你呢？又以為洪某絕粒殉國之舉如何？」

「小女子不早先便說為敬慕經略忠義而來嗎？只是……」

她故意頓住，洪承疇追問：

「只是如何？」

「人各有志。但，便懷忠義之心，也不見得非出此下策不可，若是小女子，便不如此作為。」

「那，你如何做呢？」

「都說是『忠君愛民』，小女子以為，『愛民』應比『忠君』更為重要。一則，君，只有一人，或賢或愚，或仁厚或苛虐，全然沒個定準。百姓生靈千萬，大多善良安分。因此，寧可負君，不可負民。如今，遼東一帶，戰禍連結，民不聊生。試問：一己忠君之名，與遼東百萬生靈身家性命，孰輕孰重？經略只顧一己忠愛高名清譽，輕易捐身，於國何補？於民何益？我若是經略，便暫捨一己高名，為兩國媾和。若能消弭戰禍，豈不功德無量？那時，天下人誰不欽敬經略苦心？」

洪承疇對她「民為貴，君為輕」的見解，倒不禁肅然起敬；不意清宮的一個小小宮女，見解竟與聖賢不謀而合。

「你大清國，屢屢窺邊生事，我又何力回天？」

「天下無難事，只怕有心人！比如范先生，對皇上有所諫言，皇上無不嘉納。皇上如今，如此看重經略，經略若有所求，皇上又豈有不從之理？」

本是正言，洪承疇聽到耳中，卻心猿意馬。衝口道：

「只要大清皇帝捨得你，我便降他！」

「皇上求才心切，大約只要你開口，總能如願；只怕你口不應心，哄我！」

布木布泰倒不意他如此色迷心竅，順水推舟，嗔笑嬌語。

「大丈夫，一言既出，駟馬難追。只是，那毒酒……」

布木布泰笑靨如花：

「經略當真以為那是毒酒？那是皇上御用補身的人蔘藥酒。皇上為經略，真是費盡苦心！」

洪承疇心中一鬆，雖然也有被騙的啼笑皆非，卻並不太惱怒。面前這宜喜宜嗔的佳人，勾魂攝魄的美，使他覺得，能一親芳澤，強於那自己聽不到、也看不到的身後榮名了。死念方退，色心便起。強拉著布木布泰，便要求歡。布木布泰敵不過他力大，情急道：

「經略怎問都不問問我是誰，便如此非禮？」

「你……你是我前世冤家、今生魔障……！你不是說，只要我開口，皇上總能如我願嗎？那我還怕什麼？」

說著又要動手，布木布泰急忙自懷中掏出一方玉印，送到他眼前。道：

「你先看看這個，想想你是否敢跟皇上開口？」

洪承疇聞言一怔，卻見她手中玉印上刻著：「永福宮鎮宮之寶」。猛然心中一惕。布木布泰早趁勢脫身而出，退到他搆不著處方站定。洪承疇心亂如麻，待信不信。吶吶問：

「你是……永福宮……」

布木布泰嬌笑調侃：

「永福宮莊妃！經略已答應降我大清，大丈夫，一言既出，駟馬難追；你開口，皇上未必不允，但你敢嗎？」

如五雷轟頂，洪承疇頓時呆了。眼睜睜的看著玉人嬌笑著翩然而去。

他早聽說清宮中，永福宮莊妃豔絕人寰，國色無儔。卻沒料到：皇太極竟行此美人計。而自己，色迷心竅，想起剛才一番醜態……

寒冬之際，他卻為之汗流浹背，觳觫不安；如今，再也說不出什麼成仁取義的堂皇之詞了！連死，也難洗淨這一身羞；而且，百口莫辯，有苦難言。以前那些大義凜然、慷慨激昂之詞，乃至絕粒求死、一心殉國之舉，如今，卻都成了笑話！甚至，連辯解，都無辭可辯。當初何等斬釘截鐵，欲全忠烈之名。如今，卻在美人一笑之下，全然瓦解，叫他如何啟齒！竟是倒挽銀河水，也洗不清了。

正怔忡間，一件貂裘，搭上他的肩頭，他茫然回頭，幾乎魂飛魄散；來人，正是大清皇帝皇太極！這件貂裘，顯然是才自皇太極身上脫下的，猶帶人體餘溫。皇太極用關切而溫慰的語聲道：

「先生衣衫單薄，不冷嗎？」

洪承疇既感且愧，更沒有掙扎餘地。下跪顫聲：

「罪臣洪承疇，以敗軍之將，蒙皇上不殺之恩，願降大清，為王前驅……」

洪承疇歸降，皇太極為之心花怒放。立時為他換了衣冠，賞賚無數，逾於倫等，這已看得諸王貝勒心中不平。而，尚不止於此，皇太極竟在宮中，大張宴席，陳百戲慶賀。更如火上澆油，激起了十王亭諸王貝勒滿腔怒火，集體拒絕與宴，以為抗議。

「像話嗎？我們出生入死的打天下，得勝歸來，也從沒有這樣賞賜，更別說宮中陳百戲為賀了。洪承疇，什麼東西？我們的手下敗將，不殺，已經便宜他，依我，不降便殺，哪有那麼多工夫跟他磨菇？磨降了，就降了嘿。把他奉承得天王老子樣的，我可不服！」

多鐸憤憤地說。阿達禮接口：

「誰能服？我們是犯了一點雞毛蒜皮的事，不是罰銀，就是奪爵，立了無數功，賞賜還抵不上這樣一個被俘的囚虜！為了勸他降，什麼都不顧了，我們在他心裡，只怕加起來還抵不上一個洪承疇！」

他數月前，才為在宸妃喪期中作樂，被奪了郡王的封號，無處發洩。巴布海曖昧的笑：

「何止我們？連永福宮那位主子，不都捨了？都說，洪承疇降的，不是我們大清皇上，是永福宮莊主子！洪承疇，聽說是行軍都不忘帶姬妾隨行的，好色可知！莊主子嘛，可是我們大清頭一朵名花，也不知他們交換了什麼條件，死都不肯降的洪承疇，就降了咱們的第一美人！」

「在三官廟，孤男寡女的，誰知道演了什麼好戲？」

阿達禮有意描繪，把多鐸惹惱了。他倒是維護著布木布泰：

「阿達禮，你胡說什麼？」

「我胡說？現在宮裡宮外，誰不這麼說？說皇上拿莊主子行美人計，換洪承疇降大清！」

「美人計也未必……」

「多鐸叔叔！你自己就老是被皇上罵『好色貪花』的。你自己說吧，換了你是洪承疇，能耐得住？」

多鐸為之語塞。阿達禮乘勝追擊：

「所以囉！我說嘛，皇上為了洪承疇，是什麼都可以不顧；只可惜了我們那位第一美人！」

多鐸無話可答，卻慶幸多爾袞不在場。不過，若多爾袞在場，這些拒不與宴的諸王貝勒，多少也會收斂些，不至於如此口舌無忌的放肆。

多爾袞倒是赴宴去了，代善、豪格、濟爾哈朗都去了。代善、濟爾哈朗向來持重；豪格，是皇太極長子，自然不會違抗皇父的旨意。多爾袞，一則是也欽佩洪承疇的才略膽識；這一戰，敗在朝中有不識軍機的陳新甲掣肘；他請得崇禎聖旨，令張若騏逼戰。洪承疇自己，本是要求先籌集一年糧秣，並待大軍集結再發兵的。若照洪承疇的主意，這關外四鎮，一時未必拿得下來。所以，雖然洪承疇是戰敗被擒，多爾袞倒不認為是他失機，而是「非戰之罪」。也是大明的氣數使然。另一則，卻是他心中的一個疙瘩；永福宮莊妃，三官廟勸降一事，不旋踵間，已傳遍了宮裡宮外，而且語多曖昧。他心中擱不下，總想探個究竟。

而他失望了，在百戲陳雜的宴前，布木布泰沒有出席。

「主客」洪承疇也到各席間，向與宴諸王致意。來到他面前，他故意問：

「經略被擒，始終不屈，乃至絕食。卻是什麼緣故，使經略改變了主意？」

洪承疇面露羞愧：

「承疇原先稟承一念愚忠，蒙皇上再三勸諭，並親至羈所，解貂裘以覆罪囚。洪某感皇上仁厚，實天命所歸，豈可逆天行事？因而俯首歸降。日後，還要請王爺多多提拔照看。」

多爾袞倒不好再多問，只好也謙遜兩句，以為應酬。

皇太極見諸王中，有些人藉故不至，又聞報：未與宴的諸王貝勒，在「十王亭」放言譏評，心中又怒又恨。幸好，朝中幾位最位高權重的王爺來撐了場面，否則，豈不難堪？

次日，在便殿召集未參加盛宴的諸王貝勒、國公、額真；因為宴會不比朝會，不屬公務，也不能以怠忽公務處置。只能詢問他們拒不赴宴，原因何在？

阿達禮、巴布海，儘管在背後說得曖昧不堪，當面哪敢放肆？只說因為過於恩遇洪承疇，大家心中不服。

皇太極仰天長笑，問：

「這麼多年，我們辛辛苦苦，櫛風沐雨的東征西討，到底為了什麼？」

巴布海道：

「當然是奪取中原，取大明而代之。」

「好，那你告訴我，大明版圖如此大，山川道路，風土人情，是你知道，還是我熟悉？」

聽皇太極這一問，巴布海囁嚅道：

「我們沒進過關，哪知道他什麼山川道路，風土人情？」

「這不就對了？當年，先皇在『薩爾滸』那一仗，怎麼贏的？就贏在他們對氣候、地理不熟，估計錯誤；當時的經略楊鎬是個南方人。南方雨雪少，偶下幾場雪，一晴便融。他不知北方嚴寒，冬日河水結凍，便成堅冰，冰上可以跑馬，才讓我軍占得機先。同樣，我們也不知中原形勢，到了中原，就有如睜眼瞎子一般。范章京，雖說是漢人，他生長於遼東，也一樣沒有辦法。」

他頓了一下，掃視這些驕兵悍將：

「洪承疇，是中土極南方的福建人。中過進士，剿過流寇，走遍了大江南北。本身的才略武功，也是首屈一指的。你們想想：我們不找他給我們這群瞎子帶路，找誰？」

阿達禮道：

「他已降了就是，又何必……」

皇太極打斷他：

「用人，要收服人心。不籠絡他，他肯『交心』嗎？」

這一下，眾將算是服貼了。而「三官廟」之嫌，卻仍是繪聲繪影的流傳著。

讕言，終不免傳到皇太極和布木布泰耳中。

布木布泰既羞且憤，恨皇太極為了一個洪承疇，不惜行美人計，令她勸降。結果，弄得如此滿城風雨，使她跳到黃河也洗不清了。

她往清寧宮，訴說委屈，求哲哲作主。哲哲也無計可施：

「當時，皇上就在門背後，能有什麼事？可是，怎麼辦呢？又不能把所有人都召了來解釋。要不，誰進宮來請安，跟誰解釋？」

「不，不用了。」

布木布泰卻在這番話中，猛然醒悟：

「愈描愈黑！而且，愈忙著解釋，說的人愈興頭。只要晾著他，隨他去，講得沒趣了，自然就停了。」

「只是，委屈了你。」

哲哲好語安慰。布木布泰幽幽地說：

「只要姑姑相信布木布泰，布木布泰委屈，也就認了。」

「姑姑當然相信！皇上也是相信的呀！」

皇太極不是不信，卻是有苦難言；畢竟，「美人計」總是有傷體面。三官廟中，是他和范文程隱身門外聽聞目睹的，見到洪承疇當時猴急的言辭、醜態，箇中的滋味，也就難堪。而，讕言四起，他既不能解釋，也不能為此發作，只有悶在心裡慪氣。

這心情，也只有范文程了解。見他鬱悶難伸，閒閒提到：

「當一國之君，真是不容易！很多時候，當皇上比當百姓還委屈呢；百姓有什麼，可以說，可以罵，可以吵鬧。皇上，威嚴啦，禮制啦，全拘著。又不能像昏君，殺人出氣！宋代開國的太祖皇帝，可想到一個絕妙的出氣主意，那真是別人再想不出來的。」

皇太極不禁好奇追問：

「什麼主意？」

「他把趙普叫來，磨一池濃墨，在趙普臉上胡畫，畫成個大花臉。」

皇太極忍不住哈哈大笑，撫掌：

「好主意！又不傷人，又出氣！只是，為什麼找趙普呢？」

范文程笑道：

「趙普和他從小是哥們，體己。畫完了事；這樣的事，非找『體己』的人才成。」

他頓了一下，笑道：

「臣老了，皇上可別『請君入甕』，給臣畫臉哪！」

君臣相視大笑，皇太極道：

「朕也有消氣主意了。」

「找誰畫臉？」

范文程笑問。皇太極道：

「還磨墨，多麻煩！我叫個體己侍衛來，朝他吐口水，豈不省事？」

范文程忍笑：

「皇上天縱聖明，主意比宋太祖還高妙！」

皇太極也仰天長笑，笑聲中，卻有說不出的苦澀和無奈……

第三十二章

靜夜寂寂。

將弦的冷月，照著瀋陽大清宮的「鳳凰樓」。這傲然峙立在星空之下的樓宇，正中面對著的是中宮「清寧宮」。東西兩路兩兩相對的關睢、麟趾、衍慶、永福四宮，如百鳥朝鳳般的翼護著中宮皇后的正寢。

這一夜，清寧宮更是尊貴無匹：今夜，大清皇帝皇太極夜宿清寧宮后宮！

白天，連續著讓人亢奮、快樂、忙碌的事太多了！先是蒙古土默特部遣使來朝，並護送格隆喇嘛來京。做為「上國」，當然要給予獎勵賞賜。

這還是外朝的事。對后妃們來說，那是「事不干己」。另一件就不同了，那是所有後宮后妃，乃至各王、貝勒府邸的福晉、格格都參加，並且皆大歡喜的：前一天，永福宮莊妃所生的五格格阿圖公主，下嫁內大臣和碩額駙恩德格爾之子索爾哈的婚禮，和皇帝冊封女兒們和女婿們誥命儀仗的儀式一併舉行。

這籌備已久的盛大婚禮，吸引了許多盟邦的王、貝勒和福晉們前來道賀！所以，後宮又大張宴席，款待和碩親王以下，甲喇章京以上，和來朝的朝鮮王子，科爾沁福妃、賢妃及福晉們。真是歡樂非常！

這一次五格格婚禮的場面，遠勝諸姊。原因之一，五格格是永福宮莊妃布木布泰生的。布木布泰諸女，都稟承了布木布泰的明慧美貌。當年，皇太極最疼愛的女兒是四格格雅圖。四格格下嫁蒙古卓禮克圖親王吳克善之子弼爾塔哈爾之後，酷肖四格格的五格格，就成為皇太極的掌上珠、心頭肉了。

再者，近月來，連續發生了為宸妃海蘭珠之死，誤責莊妃布木布泰；和為降順洪承疇，委屈了布木布泰的事。皇太極雖表面上不願意表示什麼，午夜捫心，不免對這些年來的種種行徑，有些失悔。

當宸妃海蘭珠在世時，他的感情完全寄託在海蘭珠的身上了。對莊妃布木布泰的態度，也因著各種錯綜複雜的心情所產生的矛盾，而不自覺的有些偏頗。

這種偏頗，一部分是為了討好海蘭珠，一部分是為了對她與多爾袞青梅竹馬舊情的心結。還有一部分，仔細想來，竟是對她過於聰明的疑忌；身為大清皇帝，自許聖明聰睿如他，實在難以忍受有這麼一個彷彿總冷眼監督、檢視著自己言行的聰明人在側！

而當他心平氣和，理智的靜思時，卻又覺得布木布泰無辜；她什麼也沒有說、沒有做。自己偏就以己度人，疑心生暗鬼的「欲加之罪」，「認定」了她「腹誹」。

總覺得她在冷然哂笑。

總覺得她與多爾袞舊情難忘。

總覺得……

在為五格格籌備婚事的時候，當他憐愛的望著五格格那酷肖布木布泰的容顏，那天真爛漫中，常帶著純稚愛嬌的笑容。使他恍惚間，又看到當年的布木布泰……

她七歲，在大草原上載歌載舞的爛漫天真。

她十三歲，來歸時的嬌稚羞怯……

當此良心發現之際，他想起的，便不再是心結種種，而是油生的歉意。

也因此，他決心以對五格格婚禮的盛大舉行，來作為多年來對布木布泰種種不公的補償；當然，他是絕不會把這點心思洩露於外的。但，他認為布木布泰會懂；她那麼聰慧！那麼善體人意！

尤其，不同於他幾個大女兒的是：這一回，他可不要像以前一樣，為了維繫滿蒙邦交，把女兒們嫁得那麼老遠！所以，他把這個寶貝女兒就近許配給了內大臣和碩額駙恩德格爾之子索爾哈。

他忘了是聽誰說的：大明有個皇帝，也和他一樣，非常疼愛某位公主，捨不得她遠嫁。所以，在公主長大該出嫁的時候，他千挑萬選的，為她選了一個就近住在京城的駙馬。而且規定，公主得五天回宮一次，為了讓他看看他心愛的女兒！

望著五格格，他心中完全了解了那個大明皇帝的心情；他或許也該下令五格格五天回來一次吧？

也許人逢喜事精神爽，皇太極的興致極好。嫁女的第二天又與后妃在崇政殿設家宴，款待下嫁蒙古察哈爾、科爾沁，今日隨著蒙古王公、福晉們來朝，「歸寧回家」的公主、郡主們。

宴後，他命人搬出了不久前，命阿巴泰征討大明時，所俘獲的金銀綵緞，當殿賞賜。使來朝的福晉、公主們個個心滿意足。而他，更在她們的滿足中，享受了無比的快樂。

這一夜，他夜宿清寧宮皇后哲哲處；自從海蘭珠薨逝，布木布泰明顯心灰意冷的種種打擊，他反而眷戀起與他相處最久、也相知最深的皇后哲哲來了。

所謂「少年夫妻老來伴」，當他漸入老年，格外感受到這位「中宮皇后」的賢淑寬厚，不禁留戀依慕。伉儷之情，倒是老而彌篤了。他們之間，雖然沒有了少年時候的熾熱，卻轉化成另一種經過了歲月陶鑄的深厚。

在清寧宮暖閣裡，皇太極和哲哲，與往常一樣，絮絮地話著家常。五格格的出嫁，已嫁的格格們歸寧的話題，足使為人父母者樂而忘倦。皇太極的心情極佳，笑語連連……

接連著的歡樂，使得每個人都倦了。入夜了，各宮燭火陸續熄滅，偌大後宮陷入了一片沉寂。整個大清後宮「鳳凰樓」，寧謐地恍如進入了夢鄉……

如石破天驚般，雲板忽然淒厲而急驟響起了四聲；這代表的是「報喪」。

永福宮莊妃布木布泰在睡意朦朧中，一驚而覺。無端的，心一陣突突亂跳，惙惙不安。感覺這暗夜間，隱藏著巨大得足以吞噬這片天地的巨獸，已然蓄勢待撲。

側耳只聽見素來靜肅的內宮，忽然腳步紛沓。她警覺地立時翻身坐起。不一刻，她所住的永福宮門，響起急驟的敲門聲；宮門已下鑰，而夜半敲門，這是大清立國以來未有之事，更使她心頭一緊。

她不知道發生了什麼事，但那四聲雲板，卻讓她心中無端的充塞著「大禍將臨」、驚恐憂懼的不祥預感。

片刻間，就聽到臥室外，她貼身的婢女蘇麻喇姑帶著嗚咽稟報：

「主……子，皇上……駕崩啦！」

她一陣寒慄；但強自撐持著。聽著蘇麻喇姑一邊哭，一邊斷斷續續說出侍衛傳報來的噩耗。

無疾而終！大清皇帝正坐在清寧宮南炕上，與皇后哲哲閒話家常時，忽然頭一歪，倒了下去。當皇后哲哲驚覺情況不對，發出驚呼，喊人救治時，已然回天乏術。

大清皇帝在毫無預警的情況下，駕崩了！

四聲雲板，驚動了整個外朝內廷。宮中的侍衛，有的給各宮主子報信，有的飛奔上馬，向各王、貝勒的府邸去報哀信。

布木布泰一邊聽著，一邊立時以最快的速度穿戴。

她也有些茫然失措；她沒想到：所報的「喪」，竟是在夜宴時還意氣風發、神采飛揚的「皇上」！但她知道：她不能慌，不能亂，她必須馬上趕到清寧宮皇后那兒去！

在她到達不久，各宮主子也都陸續的到了。但她知道，她雖是五宮中名位最低的，此時此際，卻是最重要的！她不僅是皇太極的一宮妃子，她更是哲哲皇后最親近、倚賴的親姪女！

被這突如其來的彌天大禍，驚嚇得六神無主的哲哲皇后，在見到布木布泰時，才恍如見到親人。一把抓住她的手，攥得死緊，號啕痛哭了起來：

「布木布泰！這……可怎麼得了呀！」

布木布泰也在這完全沒有預警的局面中，心慌意亂。但她知道，如今她是漂浮在大海中的姑姑，唯一可以仰賴的一片木板。她告訴自己：一定要穩住，一定要撐住！她深吸一口氣，平服一下心急氣促，柔聲道：

「姑姑，您別著急。咱們不知道怎麼辦，各家王爺一定馬上就會趕到，他們會知道怎麼辦的！禮親王見過的世面多了，一切有他主持，沒有什麼辦不了的。」

這幾句話生了效，方寸大亂的皇后，像在這幾句話中找到了支撐點；她不是孤單一個人去面對這天崩地坼的局面。她身邊，有她的親姪女布木布泰，還有能主持一切的大家長：禮親王代善！哲哲原先恐懼緊繃的心情，稍稍的鬆弛。強抑的悲痛便如潮水般的襲來，直哭得氣咽聲啞；她與皇太極伉儷相得二十多年，竟在毫無預警的情況之下，眼睜睜的看著他就在她面前倒下，死去！

相廝相守二十餘年，一旦拋撇而去，教她又如何能抑得住悲痛！

這一哭，少不得眾家妃子一起陪淚，悲痛之外，卻各有各的心腸。

布木布泰也垂著淚，卻不是全然的悲痛傷心。她知道，這些妃子們，所想到的不過是一己的喪夫之痛，處理後事的紛亂如麻，和即將面臨身分、地位，乃至生活待遇的改變。

而她想到的，不是這些。她想到的是：國不可一日無君！皇太極這一撒手人寰，為大清丟下的最大危機是：誰人繼位？

至於後事的料理，反而是最不必她們操心的。就像她安慰哲哲皇后所說的：自有眾家王爺、貝勒商量著料理。

更何況，論國家制度，皇太極是皇帝。論家法，「愛新覺羅氏」的大家長，還有皇帝的長兄禮親王代善呢！

果然，禮親王和諸王貝勒趕到之後，一切立時有了頭緒：大行皇帝的遺體，被請入了大政殿。發喪的儀典程序，也自有外朝制定施行。

在一切安頓好了之後，禮親王以「大伯」的身分，再三勸慰哲哲皇后節哀。叮囑妃嬪、宮女們好好服侍。

陪侍在皇后身邊的布木布泰，微低著頭，目光卻帶著警覺的注意著面前這些王公大臣們的神色。當此之際，她注意的重點卻不是家族中的大家長代善，而是「皇弟」睿親王多爾袞，和「皇長子」肅親王豪格。

她在這「帝王家」已消磨了將近二十個年頭了！她對政治的靈敏，遠比皇后以降的妃嬪們高。甚至，比一般擠不進權力中心，外圍的王、貝勒高！

她知道：在表面對皇帝哀悼的同時，大清面臨的是一場巨大的風暴：皇帝沒有來得及指定繼位人而駕崩，丟下的「大位」，立時會成為有資格繼位者虎視眈眈的目標！而，睿、肅二王，正是最具有繼位資格的「二虎」！

在她的眼中，睿王一臉的冷肅，幾乎看不出表情。倒是他同母的一兄一弟阿濟格和多鐸，目光中哀戚少而興奮多。

豪格，他臉上卻明顯的有著強自壓抑的焦灼。不時的瞥著多爾袞那張冷凝的臉，似乎想看出什麼端倪來。

而回應他的，卻不是多爾袞，是他的小叔叔豫親王多鐸，多鐸不時老虎護食似的對著豪格怒目而視。他是努爾哈赤的么兒，從小任性。唯有多爾袞能制得住他，他也一切以多爾袞馬首是瞻。

面對多鐸的「不友善」，豪格亦以怒目回報。他的神情，使布木布泰暗自嘆氣：皇太極英雄蓋世，何等的冷靜沉著！為什麼他的長子卻比不上他的幼弟多爾袞？事實上，豪格的年紀比多爾袞還大呢！

布木布泰知道：這表面哀戚下的劍拔弩張，才是「序幕」。在皇太極的喪事沒有安排好之前，是不會爆發的。尤其，有禮親王代善和皇后當前，一時總還壓伏得住。

果然！在代善指揮之下，諸事粗定。他又叮囑安慰了幾句，才帶著兄弟子姪們退了出去。

布木布泰知道哲哲受此打擊，一定無法寧神安睡。早命人煎了安神的草藥，服侍她喝了。又點起來自大明的安息香；這原為了皇太極近年來常在萬機壓力下，晚間難以安眠，而特地搜求來的。

哲哲珠淚不乾，嗚咽不止，痛不欲生；她不僅是受到了驚嚇，更無法承受這驟來的喪偶之痛；她是五宮中，與皇太極結縭最早，也恩情最深的！而，就在這一晚，皇太極竟然就在她的寢宮中崩逝了！

她完全無法想像，少了皇太極，她以後的日子怎麼過！布木布泰只能一路以好語開解安慰。直到看到她在藥力的控制下，逐漸朦朧睡去，才叮囑了宮女們一番，回永福宮。

炕上六歲的小兒子福臨，還沉沉地睡著，鼻息平勻。他不知道，就在這一夜之間，他已成了無父的孤兒！

望著兒子，布木布泰心中百感紛沓而來，她知道，大清面臨了一個前所未有的轉捩點，甚至，日後的興亡成敗，就在這關鍵的一刻了！而且，她知道：她——皇太極的「未亡人」之一，也正處在她人生的轉捩點上……

她近來已經很少去想她的「人生」了；她不知道還能有什麼可想的。近二十年前，崑都倫汗努爾哈赤還在世的時候，她就在努爾哈赤的指婚之下，身不由己的嫁給了當時的「四貝勒」皇太極。

皇太極是個英主，她是他眾多妃嬪中的一個；既不是最得寵的，也不是最不得寵的；既不是最大的，也不是最小的；在有名有號的「鳳凰樓」五宮后妃中，她是第五宮。而她底下沒名沒號的，又還多著呢！

她「有子」，卻也並沒帶給她什麼優勢：論長，皇太極已立功無數、封了肅親王的長子豪格，比她自己還大五歲。論嫡，皇后雖沒有生子，但位號在她之前的貴妃卻有子！那位十一阿哥博穆博果爾，雖比福臨小三歲多，是皇太極的么兒子。但若論「子以母貴」，他的母親，卻是目前後宮中，除了皇后哲哲，身分最尊貴的貴妃娜木鐘。

於是，她守分安命，扮演合於她身分的角色：一個後宮妃子；除非皇太極跟她談什麼事，她絕不多口多事。除此之外，她還是三個格格、一個阿哥的母親；年逾三十的她，都已嫁出了兩個女兒了。如今，還在跟前的，除了七格格，就只有這個九阿哥福臨了。

福臨！他這名字，源於他出生時的種種異象。而這吉祥的名字，和種種異象，卻沒有為他帶來父親的寵愛；他出生的時間太不巧，正生於他的哥哥——他皇父最寵愛的宸妃之子八阿哥夭亡的兩天之後！

因著喪子之痛，而幾乎精神崩潰了的宸妃海蘭珠，在皇太極因著異象脫口命名之後，失去了理性；她把未命名而夭折的八阿哥的死，歸咎於初生的福臨！認為是他福大命硬，剋死了他的哥哥！

是為了安慰宸妃的喪子之痛呢？還是另有什麼她不知道的原因？原先因著皇太極專寵宸妃，而已備受冷落的她，在福臨出生之後，就更被冷淡而疏遠了。

即使她為他建了勸降洪承疇的大功，也沒有改變這一點。甚至，因這這件事而導致的流言蜚語，兩人間的關係更尷尬了。

她不再介意。許多事，天長日久，除非自己存心不想解脫，總是會淡化的。她還是安然若素的當她的永福宮「莊主子」，當她孩子們的額娘。

她不太去想以後。若皇太極不跟她談國事，她也絕口不談。但絕口不談，不是心裡不關心；她關心的！但，皇太極幾度下令王、貝勒不許與妻子談政事，她心裡有些明白，某一部分，其實是針對著她來的；大清的命婦們對珠寶綢緞的興趣，遠超過政事。她們只想安富尊榮的當王妃、當福晉，安享她們的男人在廝殺征伐中為她們帶來的戰利品，才不想管什麼政事！

她不一樣！說來，她的政治啟蒙師還是皇太極呢！但，當她開始有了見解、有了意見的時候，卻因為姊姊海蘭珠的出現，改變了整個局面。似乎以前的種種優點，一下全成了缺點。甚至，因此使她受到了冷落。

這種冷落，多多少少刺激、也成全了她，讓她有更多的時間去讀漢人的史書，去冷眼旁觀大清的命運軌跡。但，她並不認為她可以有什麼作為；與任何一個朝代一樣，女子在大清也是不許過問朝政的。

好像女人天生就只該逢迎著她們的夫君，以討他們歡心為第一要務。再者就是相夫教子。歷史書上對賢后的推許，是婦德。而婦德最重要的，竟是不問政、不嫉妒。

但，總是有例外的。她並不太推許武則天，武則天的政治才能，被她的穢亂宮闈和殘刻手段抵消了！她推許的是宋代幾位垂簾的太后，她們才是真正有政治才能的。而且，她發現：宋朝最「太平」又富足的時代，竟是宋與遼兩方都是女主當政的時候！因為，她們真正以國為重，以民為重，願意與民休息！甚至，哲宗朝，太皇太后高氏，還被敵國稱為「女中堯舜」！

而她遺憾的發現，高氏終究還是失敗了；高氏死後，哲宗皇帝對她不但沒有感激之心，還痛恨他的祖母。因為，在他親政前，「只見太皇太后臀背」！她沒有尊重小皇帝的感受！

她在讀書中消磨著宮中的歲月，她原以為，日子就這樣定了，不會再有什麼改變。因為，這新興的國家，有著一個英武明君，正朝著欣欣向榮的路上邁進。她預期：大清將會在皇太極的領導之下，強盛壯大，達成取明代之的大業。

而如今，皇太極驟爾駕崩，大清一下變成了沒人駕馭的馬車；因為車上的人，不顧馬車正在險路上急駛，正忙著爭奪那高高在上的地位！

她非常清楚：其他的人都不足論！眼前，真正的兩個對手是多爾袞與豪格。

這兩個人，都各有優勢，豪格是皇長子，以子繼父，當然「名正言順」。而且，他也立有軍功無數，皇太極親領的正黃、鑲黃兩旗人馬，必然是支持他的。

但是，他是否能服眾？卻還是未知數。他誠然是將才，但在性情上，卻有著極大的弱點；他對人對事，都太情緒化，不能容人容物！像他曾在岳母莽古濟格格謀反一案中，殺妻固寵，就在家族間引發了相當的非議。尤其是福晉們，都認為他無情嗜殺。這一標誌貼在身上，很容易引起別人對他的疑慮；這不是適合為人君的性情。

而多爾袞，她必得承認在各方面來說，都比豪格優秀得太多！所有的人都知道他睿智；連皇太極也是非常清楚的，所以他的封號，一開始就是「墨爾根」——聰明睿智。而大清建國之後，給他的封號也正是對他的評斷：「睿親王」！

別人也許不那麼了解，唯她因為休戚關心，才格外感覺得到，他最難得的卻是：能忍人所不能忍！也因此，才在皇太極那麼疑忌的情況之下，不但沒有給皇太極可資藉口的理由，而且，還一步步的爬到了今日「位極人臣」的地位！

他手中所握的兵力，絕不在豪格之下；兩黃旗自是八旗精銳，而他除了自己的正白旗之外，還有多鐸的鑲白旗，阿濟格擁有一半的鑲紅旗，齊心擁戴。

而她更知道：他是絕不肯退讓的；他一直認為皇太極奪了他的汗位！皇太極在的時候，大清的政局穩定，而且皇太極的權力也鞏固了，大家齊心對外。在情勢與情理上，都沒有容許他變革的空間。他是聰明人，當然不會去做沒有把握的事，只沉潛的以政事、軍事上的表現來累積實力。直到如今，誰也不能不承認，他是皇太極以降的大清第一人！

如今，皇太極駕崩了！他怎麼可能放棄自己那埋藏了十七年的夢想，尤其把大位拱手讓給他一直視為「對頭」的豪格！

她其實並不真那麼在意誰當大清皇帝！她不能不在意的是：這她親眼看到千辛萬苦建立起來的基業，可能就此毀於一旦！如果這兩個人互不相讓，而釀成「兩虎相爭」的局面；以他們的勢均力敵，就不僅是必有一傷，而是兩敗俱傷了！

那時，坐收漁利的將是大明；大清的國力，會在這一場自相殘殺的內亂中，消耗殆盡；八旗兵當然是勇武的。但，當他們戰鬥的對象，不再是敵人，而是自家……她不敢想……

如今，八旗中，兩黃、兩白必然是旗幟鮮明，各擁其主的。餘下的四旗，正紅旗屬代善；以代善的老成，必不捲入是非。鑲紅旗，原來岳託、阿濟格共有，岳託死了，自然歸屬阿濟格，而他當然是傾向多爾袞的。但，原先屬於岳託的那一半鑲紅旗，代善也還能節制。正藍旗，本屬莽古爾泰，莽古爾泰死後，由他的弟弟德格類接手。德格類死，而且還爆發出謀逆大案，皇太極沒有再指派給別人，卻也沒有明明白白的表示收歸自將；一則因人心戀故，兩任旗主下場如此不堪，皇太極並沒有絕對駕馭的把握；二則，兩黃旗向來由汗王、皇帝自將，多少有一點門高自貴，不屑為伍。所以正藍旗一直「妾身不明」的虛懸著。但因為鑲藍旗屬鄭親王濟爾哈朗，他對正藍旗亦自有其影響力。濟爾哈朗素來以行事端謹為皇太極所嘉許，兩藍旗亦可因他的影響而保持中立。

縱觀全局，擁豪格、擁多爾袞，與中立的三方，勢均力敵，如鼎足之勢。哪一方能加重，就可以掌握全局。大清的命運，也就會在這微妙的勢力消長中決定。

而如今，除非中立派獲勝，任哪一方的優勢，都只會把大清導向覆亡！換言之，這兩個人，誰也不能繼位，誰繼了位，大清將面臨的都會是一場兵災浩劫！那只有讓第三個人出來。問題是：那第三個人是誰呢？又如何讓代善所代表的第三勢力願意支持，且加重到足以平息這一觸即發的內亂呢？

她想到她所讀的書中，當姊妹家中遇到問題，無法解決的時候，往往要她們的兄弟出面來排難解紛。

她輕輕呼出了一口氣：

「蒙古！」

第三十三章

「十四哥！當然該是你當皇帝啦！論功勞，你最大！論能力，你最強！而且，這個位子本來就該是你的！」

儘管在崇政殿上舉哀時，大家都是一臉戚容。隨著多爾袞回到府邸後，多鐸簡直興高采烈。

「是呀，該你當了！多爾袞！除了你，還有誰夠資格呢？」

阿濟格附和著。多鐸一聽，連十二哥也這麼說，更是高興，半真半假拉著阿濟格就跪下了：

「十四哥！我們矢誓擁護你登基！只有你當皇帝，我們才心悅誠服！」

多爾袞卻搖搖頭：

「這事，也不是你說好、阿濟格哥哥說好，我說好就定的。總得大家公議，而且……」

他又搖搖頭：

「也沒有那麼簡單！你看吧！總有反對我，擁護別人的！」

多鐸像跟人吵架似的，瞪著眼：

「擁護誰？……噢，你說的是豪格？怕他什麼？你我兩白旗，加上阿濟格哥哥的鑲紅旗，三旗了，豪格呢？雖然皇上把正藍旗歸他節制，可連個旗主都沒混上。」

多爾袞卻不似多鐸那麼爛漫天真：

「多鐸，你別小看豪格！他的軍功，比你、我還要早。這麼多年，培植起來的勢力，也不在我之下。而且，他是『皇長子』呢！」

多鐸瞪著眼，一臉不以為然：

「皇長子怎麼樣？他額娘可不在『鳳凰樓五宮』裡！論貴寵，也比不上咱們額娘，是汗父的中宮大福晉，嫡出！」

講起額娘，多爾袞心中一陣痛楚。當年，皇太極為了奪位，在擁戴他的貝勒們推波助瀾之下，逼死了他母親的烙印，又一次那麼清晰的浮現。

那時，他還是個少年，只能眼睜睜地看著這幕慘劇在他眼前上演。那時，他在心裡立誓：總有一天，他會討回公道！會讓欺凌、壓迫他的人付出代價！

然而，終皇太極一生，他也沒有建立足夠與皇太極抗衡的力量去報仇！如今，皇太極死了！難道，他還要讓豪格再爬到他頭上？當然不！

他心中非常明白：事情絕不會像多鐸想的那麼一廂情願。但，他卻沒法把這微妙的情勢，跟粗枝大葉的多鐸說清楚。只好無奈地說：

「唉，跟你說不明白……你走著瞧吧！」

事實上，就在這同時，肅親王府裡也正為此事熱烈討論著。

豪格離開「崇政殿」，在他的親信屬下，「正藍旗」的固山額真何洛會陪同下，才回到府中。兩黃旗的重臣索尼、圖賴、鼇拜、譚泰、鞏阿岱、錫翰等，就連袂到了肅親王府。

彼此見了禮，賓主雙方的神色都很凝重。索尼發言：

「皇上駕崩，事出突然，沒有留下遺詔。但，我們一直是皇上親領的，如今所有的一切，都是先皇所賜！這份恩德，是無論如何報答不了的！所以絕不能讓宗支易主！如今，皇子雖多，卻只有王爺已然成人。而且，論軍功、論政事，都在諸王之上。所以，我們兩黃旗，堅持『以父傳子』，推立王爺繼位！」

豪格自然也有「當仁不讓」的心思，卻沒想到：兩黃旗會主動前來輸誠。當然心中又驚又喜，莊容向他們躬身行禮：

「豪格無德無能；但多年來，與諸位出生入死，併肩作戰，可以說是肝膽相照，過命的交情！皇父不幸駕崩，弟弟們又都還年幼。豪格雖然不敢比擬皇父英明聰睿，但，身為皇父長子，既然承各位不棄，我總要責無旁貸的挑起這重責大任來！只是……這件事非同小可，恐怕還得經過諸王貝勒公議推舉，才能算數。諸位也知道……」

他沉吟著，有些不便明言。圖賴卻一口就指名道姓的說了：

「王爺說的是睿親王！多爾袞想繼大位？那是作夢！」

索尼搖搖手：

「話倒不是這麼說，他是從先皇繼位起，就心懷不平的。在這當口，存圖謀帝位的心思，也是人之常情！不管論軍功，還是論政事，平心而論，也不能不承認他的確是個人才！……」

圖賴氣惱道：

「不管他再能幹，既然先皇有皇子在，怎能由得他覬覦大位！」

索尼道：

「覬覦是一回事，辦不辦得到是另一回事。沒有實力，就算覬覦，也是白搭，咱們根本不必理會。但就眼下的情勢論，他擁有的勢力，也未可小覷；首先，兩白旗一定支持他。兩紅旗說是禮親王的，但鑲紅旗有一半歸英郡王節制，這就是兩旗半了。」

豪格的心腹，正藍旗的固山額真何洛會插口道：

「你們兩黃旗，加上咱們主子實際上掌握的正藍旗，總還比他多半旗呀！」

索尼道：

「只差半旗，實力上就相差得有限。你也知道，睿親王、豫親王雖說年紀輕，講起打仗，絕不含糊。論起精銳，兩白旗絕不在咱們之下！英王爺也是個打起仗來不要命的角色；他手下的鑲紅旗，就比禮親王手下的正紅旗剽悍！真要硬碰硬，咱未必能有贏得勝利的十足把握！」

圖賴嘟囔著：

「我就不信，咱們能輸了他們！」

索尼道：

「不是誰贏誰輸的問題，咱們大清好容易建起的基業，經不起窩裡反！總是以和為貴。」

鼇拜道：

「有一件事，不知道你們想過了沒有？議立繼位的事，是只許諸王貝勒參加的。咱們兩黃旗一直是皇上親領，『旗主』就是先皇。正藍旗從德格類死了之後，雖說交給了肅王統領，可也沒明確指定哪位王、貝勒為『旗主』。因此，咱們雖說有三旗人馬擁立肅王爺，有資格參加議立集會的，可只有肅王爺一個。而『那邊』，英王、睿王、豫王就是三個！人家說，單拳難敵四手，何況人家還是三兄弟聯手……」

話說到這兒，圖賴怒氣沖沖，瞪著雙眼：

「照這麼說，皇上一駕崩，咱們兩黃旗是連說話的資格都沒有了？要這麼著，豈不是一邊倒？咱們還計議個什麼勁？」

鼇拜道：

「我提出來，就是讓大家想個法子：怎麼才能當著諸王貝勒，把咱們的立場說清楚：除非立的是皇子，咱們絕不答應！」

「那容易！咱們就豁出命去，在崇政殿上把話講清楚！」

圖賴一挺胸，一臉誓死如歸的神態。

索尼持重，皺眉思索。鼇拜卻道：

「恐怕也只有這樣了。不然，咱們真連說話的機會都沒有！咱們要不出面說話，恐怕那哥兒三個就要得意了！」

既然連鼇拜也這麼說，索尼只好嘆口氣：

「既然如此，咱們就利用兩黃旗本來就是皇宮宿衛的優勢，明天一早就先守住大清門，包圍崇政殿。等諸王貝勒到齊了，咱們一起進殿去，把話說清楚！」

他嚴肅地說：

「茲事體大！咱們如今可都是在一條船上了！必須要一心一德，禍福與共！」

圖賴道：

「對！為了表明咱們兩黃旗一心擁立皇子，絕無異心。咱們一塊兒到三官廟去，大家起個誓：有福同享，有難同當！誰背了誓言，出賣同伴，天地不容！」

豪格感動得一躬到地，索尼等忙跪下還禮。圖賴立起身來，馬上就嚷：

「既然說定了，咱們這就去三官廟吧！」

索尼道：

「現在雖然咱們兩黃旗，加上正藍旗實力不弱，但總是愈多的人支持愈好。肅王爺最好跟禮親王、鄭親王去商量一下，如果能得到他們兩位國之大老的支持，就算大事底定了！」

「那，咱們到三官廟盟誓。王爺就到禮親王府、鄭親王府去吧！」

何洛會道：

「好！你們幹你們的去，我陪咱們王爺上王府。」

豪格送走了兩黃旗，立刻往訪鄭親王濟爾哈朗，尋求支持。

「濟爾哈朗叔叔！方才兩黃旗的索尼他們，到我那兒來。他們的意思，皇父駕崩，國不可一日無主。他們一輩子受皇父大恩，皇父既然有承宗之子，就應該以子繼父，宗支不可旁移。所以，堅持一定要皇子繼位。」

濟爾哈朗點點頭，未置可否。豪格卻在他的點頭中受到了鼓勵，接道：

「豪格自知才德不足。但，身為皇父長子，也責無旁貸。不知道叔叔對這事，有什麼意見？」

濟爾哈朗素來持重，明知多爾袞野心勃勃，不肯罷休。自己最好是置身事外，靜觀其變。便不肯明確表態，卻也不曾表示拒絕，只道：

「原則上，我是不反對的。只是，茲事體大，皇位也不是可以私相授受的，總得諸王貝勒大家集議定案。」

他頓了一下，問：

「你可曾跟其他人談過這事？」

「還沒有；我想，濟爾哈朗叔叔是先皇最信任的兄弟，所以我頭一個就先來看叔叔。」
「你該先去看你代善伯父才是！畢竟他最年高德劭！」
「叔叔說得是！我這就去！」

禮親王代善聽了豪格雖婉轉迂迴，卻意向明確：「尋求支持，接位繼承」的話，神情肅穆，皺著一雙花白的濃眉，久久一言不發。

豪格心裡有點著急了；這顯見著代善對他的繼位，還是有著疑慮。那也就是表示：這件事並不如他所期望的那樣「順理成章」。

事實上，代善的心情比濟爾哈朗就更複雜矛盾了。

當年，努爾哈赤崩逝後的繼位之爭，是有遺詔的！中宮大福晉烏拉那拉氏說過：她奉命趕到靉雞堡，所面承努爾哈赤的遺詔是：

「多爾袞繼位，代善攝政！」

只因為那時多爾袞年紀太小，毫無實力。自己又不能不避嫌。而皇太極於此籌謀已久，早取得了大小貝勒的一致推戴，這一遺詔未被認可接受。

不僅如此，在皇太極實際上已取得了勝利，卻百般作態推託時，由揣摸出他心意的莽古爾泰矯傳遺詔，而當場逼殉了多爾袞的生母：當時的中宮大福晉烏拉那拉氏！而在烏拉大福晉被逼殉之後，皇太極就同意登基了！

這件事，成為一直重壓在他心頭，難以磨滅的痛苦和愧疚：愧對汗父！愧對烏拉大福晉！更愧對多爾袞！

終皇太極之世，多爾袞表現得一派忠勤；不論在軍事或政事上，都顯現了過人的智慧與才能。也因此，他的聲望、名位凌駕諸王之上，已是不爭的事實。他卻一直恪守著臣下之禮，不曾逾越分寸。

雖然如此，代善卻非常了解：這絕不是表示多爾袞對殺母之仇、奪位之恨已經死心了。相反的，他正處心積慮的培植著自己的勢力。只是一則他還沒有足夠與皇太極抗衡的力量。二則是因為大清正當開疆拓土之際，為了大清的國運，他也深識大體，了解：就當前的局面，必須摒卻前嫌，一心對外。

如今，皇太極驟爾駕崩。別說沒有留下「遺詔」，就算有，除非指定的繼位人是多爾袞，他不相信多爾袞肯善罷干休！

他也想過：最好的辦法，就是乾脆讓多爾袞繼位。可是，他擔心豪格未必肯讓。而如今，豪格來了！不但代表著他自己的意願，還挾著兩黃旗和正藍旗的支持……

當初，皇太極、多爾袞之爭，是一強一弱，勝負立見。而如今，卻是旗鼓相當的兩虎相爭呀！

「代善伯父……」

豪格又喊了一聲。代善收回了茫然的眼神，半晌才道：

「噢……這是大事，總得明天諸王集議之後，才能有定論。我想……先看看大家怎麼說吧。」

豪格接連碰了兩個不軟不硬的釘子，卻也不敢表露什麼，只能唯唯而退。但他了解了一點：如果他能得到多數人的推戴，這兩位德高望重的親王，至少是不會反對的！

諸王貝勒都懷著沉重肅穆的心情，走向「崇政殿」。首先看到負責守護皇宮的正黃、鑲黃兩旗人馬，採取了異乎尋常的方式，重重包圍了整個皇宮。尤其崇政殿前，更是弓上弦、刀出鞘的戒護森嚴，使整座殿宇，瀰漫著一片肅殺的氣氛。

代善不覺皺起了白眉，步入殿中。卻發現不該在場的正黃、鑲黃兩旗的重臣索尼、鼇拜、圖賴等，已先等在殿中了。

代善沉聲道：

「索尼！你可知道，今天是諸王貝勒議立儲君的集會，你們是沒有資格參預的！」

索尼向前，先向諸王貝勒行了禮，道：

「我們兩黃旗，一直是皇上親領。我們所有的一切，都是皇上所賜。今日，皇上賓天，諸王貝勒議立皇儲。八旗中，有六旗都有人代表參與，我們兩黃旗卻因為主子沒了，沒有人夠格參加。索尼等自知身分無以與諸王貝勒相提並論，不夠資格參加集議……」

話說到這兒，多鐸猛然了解多爾袞所說：總有人會出來反對他繼位何指。回頭看看多爾袞，多爾袞臉上一片冷肅，沒有表情。他卻沉不住氣了，怒道：

「既然知道，還擅闖崇政殿，意圖不軌，你該當何罪？」

索尼沉聲道：

「擅自進入崇政殿，自是罪該萬死。但，不出此下策，兩黃旗就連說話的機會都沒有了。所以，為了盡忠於先皇，索尼等不惜冒死，也要代表兩黃旗，把話說明白！」

「這兒沒有你說話的資格！」

多鐸嚷嚷。代善卻伸出手，攔住他。沉聲道：

「汗父當年主張八旗共治。兩黃旗原本是皇上親領，可以說是八旗之首。如今，因著皇上駕崩，而在這麼重要的時刻，被摒於八旗集議之外，的確也是不妥……」

他一頓：

「索尼！」

「索尼在！」

「你的話，能代表兩黃旗的共同意見嗎？」

「兩黃旗幾位重臣：圖賴、鼇拜都在這兒，索尼可以代表兩黃旗發言。」

代善點點頭，目光掃視諸王貝勒。只見多爾袞一臉冷然，除了多鐸面色不豫，其他人並無異議。沉聲道：

「當著諸王貝勒，你們兩黃旗有什麼話，就說吧！」

索尼莊肅地向諸王貝勒恭行了大禮，就表明了立場：

「我們兩黃旗，身受先皇天高地厚之恩，先皇既有皇子在，在任何情況之下，都不容宗支易主！應立皇子！」

圖賴插了一句：

「應立長！」

多鐸氣急敗壞，嚷道：

「立長，就該立代善哥哥！」

代善一直沉默著。聞言，嚇了一跳。忙道：

「我年衰體弱，哪能繼大位？依我看：立賢，應是睿親王；立長，則該是肅親王。我，無法勝任，也絕無此心。」

這話一說，「立賢」、「立長」便白熱化了。情勢對多爾袞仍然有利；代善、濟爾哈朗，兩個「國之柱石」中立。阿濟格與多鐸是他的一母同胞親手足，而且已向他下跪矢誓擁戴。其餘兄弟，雖未明白表示，至少也不會反對。但，豪格的勢力，仍亦未可小覷；他自己就手握重兵，兩黃旗更是八旗中精銳中的精銳。而且，占了地利，隱隱有包圍崇政殿之勢。

這一點，多爾袞還不太在意。豪格另一股看不見的力量，才真是他的隱憂；這幾天，正巧為五格格大婚，蒙古各部的諸王貝勒在京的不少。而他知道，豪格在蒙古各部得到的支持，遠勝於他。若他強行登基，不是做不到。但，恐怕立時就有迫在眉睫的禍患。

讓豪格嘛，那他是死也不肯的！這叔姪兩個，從小就是對頭，一直分庭抗禮，誰也不服誰。尤其，同時婚娶，他娶的是刁蠻嬌悍的娜蘭，豪格卻娶了既美且慧的薩蘭。雖說，這還是他在父母偏袒下優先選取；是他被娜蘭那酷肖自己從小戀慕的布木布泰的容顏所騙。但，這件事，在他簡直是既憾又妒，耿耿難釋。

在這種局面下，他揆情度勢，不能不慎重；今日的局面，不比當年他的汗父崩逝，皇太極奪位登基時了。

當時，雖然他的額娘烏拉大福晉傳述汗父的遺詔，是由他繼位，代善攝政的。但除了孤弱無援的他們三兄弟，其他的大、小貝勒，無不擁戴皇太極！因此，才造成了皇太極成功奪位，並矯詔逼迫他的額娘殉葬的悲劇。

如今，自度形勢，他並不能如皇太極當日完全掌握局面，使他不能不慎重。

他在猶豫，多鐸已不耐煩了：

「十四哥！你到底要不要這個位子？你不要，我要！除了你，我可不讓別人；我可是當年汗父在位時就嘉許的！」

「汗父嘉許過你，難道沒有嘉許過豪格或其他人？這麼重大的事，怎能輕率？大行皇帝新喪，大家的心情都不好，也沒時間好好考慮。我看，還是各自回去冷靜想想，改日再議吧。」

在兩黃旗剛發表了那理直氣壯，且義正辭嚴的明確聲明之後，又在他們兵馬包圍之下議論此事，對他絕沒有好處！他略一考慮，決定緩兵。

說著，他把目光投向一直沒有說話的豪格。豪格的神情，興奮中，帶著患得患失。聽他這麼說，居然也接受了，道：

「我贊成十四叔的意見。大家在皇父梓宮前爭吵，也太不合儀。還是改日再議吧！」

兩個主角都同意改日再議，自然也沒人再反對。只有多鐸生氣：對著豪格怒目而視，嘴裡卻對多爾袞說：

「明明你開口說好，就登基了。還有什麼好再議的？小心哪！可有人覬覦大位呢！弄不好，玩丟了，才划不來！」

豪格沒有說話，親豪格的巴圖魯鼇拜說話了：

「以父傳子，是任何朝代的不易之理。我們只知道該傳位皇子，任何人休想覬覦大位！」

多鐸氣得就要打架，被多爾袞喝止，才悻悻而去。

前殿的爭吵議論，陸續傳到後宮。皇后哲哲憂急非常；她倒不在乎立多爾袞，還是豪格。卻擔心這兩個人互不相讓，便危及整個大清。召永福宮莊妃布木布泰來到，愁顏相向：

「唉！大行皇帝駕崩，事出突然。既沒留遺詔，生前又沒指明由誰繼位。弄成這個局面，怎麼得了！」

布木布泰卻道：

「姑姑！我的看法不一樣；虧得大行皇帝沒有留遺詔，不然，就更難轉圜了。照姑姑想，皇上若留遺詔，會立誰呢？」

哲哲遲疑了一下：

「大概是豪格吧？他對多爾袞……」

布木布泰接口：

「這不就對了？他忌多爾袞！多爾袞……唉，當年烏拉大福晉殉葬的事，姑姑比我明白。多爾袞心裡的恨，也不能全怪他。如果，皇上立的是他，那以前的恩怨，倒也可以一筆勾消了。若立的是豪格……」

哲哲不由機伶伶一顫：

「那他……」

「就算他不想馬上翻臉，多鐸、阿濟格，是省事的嗎？何況，這麼多年來，他跟豪格的明爭暗鬥，誰又饒得了誰呢？」

「那……可怎麼好？如今，明擺著二虎相爭。這一亂，只怕咱們大清就完了！」

哲哲垂頭想了半天：

「要不，就立多爾袞吧；豪格，該不會……」

布木布泰心中一嘆；姑姑實在是個太善良忠厚的人！面對著天下無雙的絕頂權力，別說豪格一向也不是淡泊之士，就算是，又有多少人能抗拒這麼大的誘惑？更何況，相爭的對手，又是他素來的死對頭多爾袞呢？

但她絕不願意在這當口，刺激了已因皇太極之死，顯得心力交瘁的姑姑。緩緩道：

「就算姑姑能勸得豪格不會，但索尼會！鼇拜會！圖賴會！兩黃旗已撂了話：除非立皇子，他們絕不同意！」

「這怎麼辦？老代善也急得不得了，卻誰也不聽他的！」

「要他們聽，就得老代善有比他們強的兵力，逼得他們聽！但，如今，這三方，誰也強不過誰！除非……」

她適時住口。哲哲當然追問：

「除非什麼？」

「老代善能掌握更強的兵力；比方說，蒙古站在老代善這一邊……」

哲哲垂頭思索半晌，抬起頭來：

「蒙古的諸王貝勒要選邊站，恐怕會站在豪格那邊；除了咱們科爾沁的吳克善，蒙古各部都不喜歡多爾袞！娜蘭總是抱怨多爾袞對她不好，從不說他好話。其實，她自己還不夠刁蠻嗎？可是，蒙古只聽她一邊的話，都覺得多爾袞對不起他們。」

布木布泰淡然一笑：

「如果，只有豪格、多爾袞兩邊讓他們選，當然他們會選豪格的。但，現在有第三邊：老代善！更明白點說：咱們！只是，單靠科爾沁不夠……」

哲哲心中了然了：

「把那兩宮請來，咱們一起商議！大清好不容易才有了今日的局面，總不能讓這兩個人窩裡鬥，把早先好不容易奠下的基業，就此付諸流水！」

貴妃、淑妃在皇后邀請下，隨即來到。

貴妃似乎沒想到是有大事相商，身邊還帶著才三歲的小兒子博穆博果爾。給皇后見禮後，又拉著博果爾行禮，口中還道：

「說呀！說『請皇額娘安』！」

博果爾牙牙學語，學舌鸚鵡似的，口齒不清，十分逗人。平日，這些都是後宮樂事。如今滿懷心事的皇后，卻完全沒了逗弄孩子的心情。勉強笑道：

「乖！起來吧。」

指指旁邊的椅子，對兩位妃子道：

「都坐吧。」

待貴妃、淑妃坐下，莊妃依禮給位次在她之上的貴妃、淑妃請了安。喚過自己貼身的蘇麻喇姑：

「皇后有要緊事兒，跟兩位主子商議。你把小阿哥帶下去，到永福宮找九阿哥，讓小哥兒兩個一塊兒玩去吧。」

博果爾三歲，最喜歡這個才比他大三歲的小哥哥。歡歡喜喜的就讓蘇麻喇姑牽著出了清寧宮。

貴妃意會到事情不尋常，也斂容等待皇后開口。皇后看看莊妃，嘆口氣：

「布木布泰，還是你說吧。」

莊妃先說明了目前睿、肅兩親王爭立的局面，又冷靜的分析了情勢。聽得她們也不由皺起了眉頭。

這兩位，原本都是蒙古林丹汗的福晉，在林丹汗敗亡之後，率眾來歸，因為出身高貴，又有大功，為皇太極納入後宮的。

貴妃娜木鐘，是林丹汗的大福晉，政治敏感度極高。聽莊妃布木布泰要言不繁的一說明，馬上就意會到自己在這件事中能夠做的：

「隨我來歸的人馬，我還調度得動！淑妃巴特瑪．璪手下也有人馬。蘇泰福晉和額哲額駙，只要我們把事情說明白，不會袖手旁觀的。有了額哲出面號召，當年他阿瑪手下察哈爾來歸的人馬，都能聽他的。還加上我們的母家阿霸垓；只要我們出面，阿霸垓準定會支持我們的。」

哲哲喜慰道：

「還加上科爾沁方面！我和布木布泰來自科爾沁。只要咱們姊妹們齊心，有這些人馬幫著老代善，該可以嚇阻那兩個人了！」

她說著一頓：

「可是，嚇阻歸嚇阻，事情可還沒了；大清還是得有新皇帝。這兩個人……」

布木布泰淡然一笑：

「這兩個人，誰當皇帝都會鬧亂子。除非，他們都不當！」

哲哲苦笑：

「這不是說夢話？如今，兩個人就鬧得不可開交了，還有誰能拚得過這兩個人？他們又肯讓誰？」

布木布泰冷靜地分析：

「不能『拚』！都有勢力，而且旗鼓相當，彼此才有得拚。如果這個人，根本沒有任何的勢力，那還有什麼好拚的？比方說，不是豪格，多爾袞的氣就小了。不是多爾袞，豪格也沒有什麼可爭的了。兩黃旗要的是『皇子』，皇子可不止豪格一個。他們既有這句話，只要立的是皇子，他們也就沒有往下鬧的藉口了，是不是？」

「話是這麼說，這兩個人，肯讓誰呀？如今的皇子，論年長是豪格，論尊貴……」

哲哲說著，把目光投向貴妃娜木鐘。娜木鐘沉默了一下，毅然道：

「不！博爾果太小，而且……」

她帶著客觀的冷靜：

「這事，不能單論貴寵，還得看誰有這福命，誰能讓這兩個人肯讓。他們都爭著當皇帝，皇帝又哪是好當的？尤其在這局面下。咱們都是大行皇帝的人，也都為著大清的基業前途，有什麼話，最好直說：依我看：恐怕只有九阿哥福臨才能當得起這重任了。頭一件，他出生的時候，那些異象，是大家都耳聞目睹的。只要提起，就先讓人服了一半。」

她把目光投向布木布泰：

「另一半，恐怕得靠布木布泰妹妹了。我來歸得晚，但這麼些時日，那些個府邸的福晉們閒聊天，我也聽說了些事……」

她欲言又止，臉上露出心照不宣的笑容，誠懇地握住布木布泰的手：

「好妹妹！如今，除了你，只怕沒有人能勸得了多爾袞。除非你出面說服了多爾袞，這一場亂子，解決不了！」

布木布泰默然；這事，她早已盤算過。也知道：這是唯一消彌已迫在眼前刀兵之災的唯一辦法！但，她不願意落人話柄，把勸服多爾袞一事，由自己口中提出來；她必得站穩了立場。也只有站穩了這個立場，取得了「鳳凰樓」中位次在她之上的后妃們的諒解與共識，她才能在面對這件事必然會有的後果時，得到她們的支持與援助。

首先，貴妃的位次在她之上。論「子以母貴」，無論如何，福臨邁不過博穆博果爾去！如果，貴妃不甘心退讓，恐怕日後博果爾又成了另一個「多爾袞」。因此，她雖然了解如今想解決眼前危疑，只此一計。但也只能靜觀其變。

而就她平日觀察，她知道貴妃娜木鐘非常的明理。而且，她在林丹汗宮多年，林丹汗沒落之後，更跟著他東奔西走。眼界、見識，及遇事的果決敏銳，都在大半生處於「深宮」中養尊處優的皇后哲哲之上。

而貴妃這番話，證實了她平日的觀察。她沒有錯看這位來自林丹汗宮的貴妃！

事實上，她心中了解：這個「結」的關鍵，不在豪格，而在多爾袞。說是多爾袞與豪格之爭，豪格本身並不領旗，靠的是兩黃旗撐腰。就算勸得豪格肯讓，這僵局還是解不了；兩黃旗一向是皇太極親領，高人一等，絕不願宗支易主。因此兩黃旗絕不會答應讓多爾袞繼位！即使豪格肯讓，仍於事無補。

相反的，若多爾袞肯退讓，提出的人選，又是母親貴為「鳳凰樓五宮」之一的福臨。兩黃旗當初只咬定了「要皇子」，既沒有指名道姓，非要豪格不可，此時就不能自食其言。尤其，就女真「子以母貴」的傳統，福臨比豪格更占優勢。只要說服了兩黃旗，豪格肯不肯，反而無關緊要；他要不肯，反而會成為所有諸王貝勒群起攻擊的對象！也因此，可以說：貴妃這一退讓，她就等於取得了關鍵點的鑰匙，有把握解開僵局了。

娜木鐘的深明大義，同時也使哲哲鬆了一口氣；她也想到了：唯有布木布泰才能勸服多爾袞。也只有她親生的兒子福臨，才能讓多爾袞肯讓！但，讓出皇帝之位是何等大事！除非心甘情願，也是後患！如今，娜木鐘不待人言，主動退讓。至少使這件事在後宮中已取得了共識，可以齊心對外了。

她感動地向娜木鐘道：

「難得貴妃深明大義！照理說，不該委屈你和博果爾。但，這局面現擱在這兒，恐怕真不能不這麼辦。唉！都說男人怎麼大量，女人怎麼量窄，看來，可真不是那回事！要是他們，也都能像咱們這樣，平心靜氣的想個解決之道，又何至於此！」

哲哲說著，轉向布木布泰，欲言又止。

貴妃知機，知道她們姑姪有私密體己的話要談。反正自己的立場已然表明了，這麼複雜的事，倒是愈少牽涉愈好。

輕輕的拉拉淑妃的衣袖，她站起身，道：

「我們姊兒兩個，這就回宮去寫信。隨時聽候皇后的吩咐，派人送出去。如今，蒙古各部的王爺、貝勒在京的不少，信一送到，立時就會有回音。最好用不著，但總得先把調度蒙古兵馬的事安排好，以防萬一。咱們姊兒倆就先告退了。」

目送她們退下，哲哲心中也充滿矛盾；她知道，此事除非布木布泰親自出面勸說多爾袞，絕對是無法解決的。但勸成了之後，布木布泰和多爾袞之間的糾絲絆葛，只怕就再也割不清了。

但，二虎相爭之禍，已迫在眉睫；捨此，又能奈何？也只能走一步算一步了。

嘆口氣，她目光中流露著憐惜與無奈，帶著諮詢的語氣，謹慎道：

「依我看，也只有這樣了。要多爾袞答應，除非你……」

她的想法，布木布泰當然明白，幽幽一嘆：

「姑姑！我也知道，要他讓，總得付代價。其實，誰當皇帝，對我也沒什麼差別；我也不一定非得當這個『聖母皇太后』不可。但，如今，只怕由不得我要不要；這不但是為大清，也為咱們宮裡這些個人。當年，皇上是怎麼對付烏拉大福晉的？貴妃和淑妃來得晚，不知道。姑姑心裡能不明白？如今，多爾袞要登了基，想起新仇舊恨……」

哲哲一驚：

「他……你說，他會……」

「這，誰保得住？如今，豪格是絕不可能了。而且，他那性子！外邊議論紛紛，都怕他要得了位，不知多少人會人頭落地！這當然是多爾袞那邊的人放出來的話。罵人無好口，還不是怎麼傷人怎麼說！是不是真會這樣，誰也沒法說。但為什麼能讓人信？就因為他當年為了固寵而殺妻的事，讓人寒心害怕！」

她說著，一頓，緩緩道：

「莽古濟格格是不是真謀反，那是另一回事。再怎麼說，她的女兒，是已然出嫁的格格，沒有必死之罪！豪格為了討他汗父歡心，就能把妻子殺了！照豪格這麼只管自己的喜怒，不問是非，也不計後果，莽莽撞撞、隨隨便便的，連妻子都能殺，怎怪得人怕？憑良心說，就這兩個人，我也寧可要多爾袞！」

哲哲不覺點頭；她是豪格的嫡母，也算從小看著他長大，知道豪格性情雖暴烈，心性並不真那麼凶殘。只是，那件事的確做得太莽撞，等於授人以柄。更因事實俱在，誰也沒法為他辯解。

而更讓她驚恐的，卻是布木布泰方才講到：萬一多爾袞繼位，念及皇太極的殺母之恨……恐怕也不全然是危言聳聽。

「多爾袞的才能，是夠得上的。只是，照你方才那一說，他要繼了位，可真保不住……」

「那得他能繼位！明擺著兩黃旗絕不會答應。所以，只能釜底抽薪。在皇子裡另找一個。」

見哲哲點頭。她才緩緩道：

「恐怕也真除了福臨，別想讓多爾袞肯讓別人！立福臨的好處，對外，他只是個孩子，與誰也沒有恩怨。各旗的人還是照舊各安其位，就都放心了。就宮裡來說，姑姑是『母后皇太后』；走遍天下，可沒有皇帝傳旨要母后殉葬的！既有太后在，後宮的事，當然就由太后作主了。」

左思右想，哲哲心中糾結如亂絲。久久，深深嘆口氣：

「布木布泰！你都想明白了？這擔子，可不輕哪！」

布木布泰抬起頭來，清澈的目光中，一片堅定：

「想明白了！只求姑姑，明鑒布木布泰一片苦心；知道我說的、做的，總是權衡輕重，為了大清的萬代根基。」

她神情誠懇莊穆，感動了哲哲；注視她半晌，緊緊握住她的手：

「看來，也是命該如此！我就派人傳多爾袞進宮。大清在這變局上，亂不亂，就靠你了！」

第三十四章

負著手，多爾袞在昔日皇太極處理機密事務的暖閣裡，坐立不安的來回踱著步。

他是應哲哲皇后的懿旨進宮的。他少年喪母，皇后曾「嫂代母職」的教養過他，在他心中，對皇后的情分有如母子。原以為皇后為了皇帝大喪，有什麼重要的事，與他商議。不意，皇后見了他，卻什麼也沒說，只命侍衛把他領到這平日除了皇太極特別召見，絕不許人越雷池一步的暖閣。告訴他：「莊主子」有要事相商。

莊主子？莊妃！布木布泰！

他不覺心中怦然，心跳加速。這個名字入耳，他已顧不得想其他了。心頭那綽約麗影，不斷的擴大，盤據了他整個心扉。使他不由想起了一幕幕杳遠的往事……

他第一次見到布木布泰，是隨著當時還是「四貝勒」的八哥皇太極，陪著福晉嫂嫂、如今的皇后哲哲回科爾沁大草原省親。

小名叫「玉兒」的布木布泰，是他哲哲嫂嫂的小姪女。就在那時，他們相識了。他從來沒見過那麼漂亮得令他心慌的小女孩！而布木布泰更把他當成最好的玩伴。就在那草原上，九歲的他，七歲的她，兩小無猜。稚嫩清純的愛苗，悄悄滋長。

在一次草原宴會上，布木布泰載歌載舞之後，她的祖父莽古思說出一件讓人驚訝的事；曾有黃衣喇嘛預言：布木布泰是「富靈阿」——福星，而且，將為「母儀天下」的國母！

他記得，帶著醉意的莽古斯貝勒當眾宣布：要將布木布泰許給未來繼承他的汗父——「崑都倫汗」努爾哈赤汗位的人！

他信心滿滿；汗父曾經應許了他的母親烏拉大福晉，將把汗位傳給他！而且還說了：如果他還沒有長大，則先由長兄大貝勒代善攝政，等他長大再歸政。

布木布泰也滿心期望將來嫁的人是他！他記得，當他們騎馬經過「敖包」的時候，布木布泰還特地下馬，捧著她的護身佛，繞著敖包許願：祈求他能接汗位，因為：

「這樣我就可以嫁給你啦！」

他不知道當時才七歲的小布木布泰，是否知道婚嫁的意義。她那麼爛漫天真地，用那清澈如水的眸子望著他說：

「我喜歡你呀！」

他也是喜歡她的！這種喜歡，在年紀漸長之後，很快就轉化成了刻骨銘心的愛！也因為這份愛，當他的母親拿了一幅酷肖布木布泰畫像給他看，要他迎娶畫中人為「大福晉」的時候，他滿心歡喜的就答應了。

他沒有想到，這卻成了一連串錯誤的開始！

畫中人不是布木布泰！而是布木布泰的堂妹：有著酷肖她的容顏，卻性情暴烈如火，妒悍不賢的娜蘭！

娜蘭，成了他的大福晉。而當他的嫂嫂懷孕，接布木布泰到瀋陽陪侍照顧的時候，不知情的汗父，竟在娜蘭的慫恿下，將她指婚給了他的八哥皇太極。就這樣，他的夢中情人，成為皇太極四貝勒的小福晉！

而更令他情何以堪的是：皇太極彷彿還怕傷害他傷害得不夠，選擇在奪了他的汗位、殺了他的生母，登基的那一夜，占有了原先雖然成婚，卻因年幼，一直以「待年」小福晉的身分，伴隨著哲哲，未曾圓房的布木布泰！

他只有隱忍！為了自己，也為了布木布泰，他都必須隱忍！

他知道母親在殉葬之前，曾逼著皇太極發誓「恩養」他和小弟弟多鐸。他知道，皇太極不論為了這誓言、為了心存愧疚，或為了自己的「仁君」面目，都不敢不善待他。

皇太極的確是言出必行的做到了！對他的恩養、提攜、照顧，有目共睹！他本來就占了「嫡子」的優勢，加上他不放過任何表示效忠，及累積戰功的機會，使他儼然大金的後起之秀，扶搖直上。很快的名位、權勢就凌駕於比他年長，且早就立功疆場的諸兄、諸姪之上。到了建立大清，改元崇德，他更以獻璽之功，在開國封爵時，就列為少數「親王」之一。

但，他心知肚明：皇太極再怎麼優遇他，都不曾降低過對他的疑忌！他絕不能給皇太極任何可茲藉口名目！如果，他有一點把柄落到皇太極手中，以皇太極對他的疑忌，絕不會容他活下去！

如今，唯一讓他不能不隱忍、顧忌的人死了！這皇帝的寶座，他有著「捨我其誰」的必得之心！

豪格？兩黃旗？他冷笑。他提出改日再議，只是緩兵之計；在那已被兩黃旗包圍了的崇政殿裡，情勢對他不利！可笑豪格，竟然就信了他的話，全不知把握對自己最有利的時機！像這樣的人，還配與他爭鋒？

當然，他也了解：兩黃旗一定不會善罷干休的！他卻不信，憑自己三兄弟擁有的兵力加起來，會敵不過兩黃旗！

至於其他的人，他知道，都不會有什麼大意見的；誰占了上風，他們都會面對現實，也都會效忠的！等到自己當了皇帝……

他嘴角泛起了微笑：他會把當初失去的一切都拿回來！當然，包括了他的布木布泰……

想到布木布泰——他的「玉兒」，他的心一下就變得溫柔了起來。雖然，布木布泰從十三歲起，嫁為皇太極的小福晉後，他們就沒有過獨處的機會。後來，她又名列「鳳凰樓」五宮后妃之一，那一座高大的鳳凰樓宮門，更宛如千山萬水的阻隔了他們。但，「心有靈犀」，他確信：布木布泰也和他一樣，只是把那一份情愛深藏心底，卻不曾一日或忘！

如今，只要他登上了大清皇帝的寶座，看還有誰能再阻隔他們！

「十四爺！」

一聲清脆熟悉的語聲，把他自遐思中喚醒。他回過頭來，出現在這小閣門口的，是穿著一身素衣，卻因而更顯得風姿楚楚的布木布泰！而且，就只她一個人，就連個貼身宮女都沒有帶！

獨對「玉兒」，是十幾年來，多爾袞朝思暮想的事。哲哲皇后召他入宮，竟給了他們獨處的機會！在多爾袞，簡直喜出望外！竟吶吶不知如何開口了。

年已三十的布木布泰，嬌豔猶如二十許人。而少婦成熟的風韻，比之少女時代，更有另一番的嫵媚動人。真如牡丹盛放，豔冠群芳！

他不覺想起娜蘭，當年還真有幾分肖似，以致讓自己誤認了畫像，造成了李代桃僵，誤娶悍妻的憾事。如今，卻在歲月蝕磨，加上娜蘭自己暴躁易怒，不知保養的糟蹋之下，竟連腳蹤兒都跟不上了！

多爾袞於女色，也算是閱人多矣。至今，仍讓他念念不忘的，也只有布木布泰；和與姊姊娜蘭同時嫁到大金，因他為畫像誤導，選擇了娜蘭，而指給了豪格的姨妹薩蘭了。

娜蘭蒙文的意思是太陽。她人如其名，如太陽一般的熱情得近於酷烈，嬌蠻而妒悍。薩蘭，是月亮的意思，她也如她的名字，有著月亮一般的溫柔美慧。這使他對自己的選擇又更增添了一重的遺憾。但，這畢竟只是他私心的一點傾慕，比不得布木布泰與他真正是兩情相悅！

往日，只有在家宴上遙遙相望的玉人，如今，竟端坐面前，促膝可及，怎不令他疑是夢寐！

看他恍恍惚惚，只盯著自己看，布木布泰嫣然而笑。嗔道：

「十四王爺！我是老得你都不認得了？還是……」

「布木布泰……玉兒！你老？不！你一點也不老。老的是我！你……你是太美了，還是像……『宜爾哈姑娘』一樣美！」

說著，便忘情的抓住布木布泰的手。那柔荑玉手，在他終年鞍馬刀槍，磨出厚繭，又黑又粗的手掌間，有著微微的顫抖。這微微的顫抖，像一陣電流，直竄到他心深處。

「要當皇上的人了，還這樣……不尊重。」

布木布泰似笑非笑，如喜如嗔的睨了他一眼。更是風情萬種。

「當皇上？」

多爾袞嘆了一口氣：

「你可知道，我這皇上，還不知當不當得成呢。那豪格……」

他咬牙切齒：

「他阿瑪奪了我的汗位。還不夠，如今，他還來爭！」
「豪格？」
布木布泰假裝吃了一驚：
「他怎能比得上你？他憑什麼跟你爭？」
「他是『皇子』。正黃、鑲黃兩旗的人，都一口咬定要立『皇子』。連蒙古那些王公貝勒，也都向著他。」
「那倒也難怪，他是蒙古女婿。」
多爾袞生氣了：
「他是，我不是？我最氣的就是這一點！娜蘭和薩蘭，還是親姊妹兩個！偏偏蒙古那邊，都向著豪格！」
布木布泰黑白分明的眼珠微微轉動著，嬌俏回眸，笑問：
「你猜，你和豪格，我幫誰？」
多爾袞笑了：
「那還用猜？你不幫我，還能幫他？」
布木布泰卻冷笑：
「你錯了！豪格當了皇帝，我好歹還可以得個『太妃』的封號。你呢？你能給我什麼？」
「皇后！」
多爾袞毫不猶豫。布木布泰聞言不由一怔。旋即淚盈盈地幽幽一嘆：
「我知道你的心，你是真心想立我為皇后。可是，我們都不是當年在草原上對著敖包發誓的小孩兒了。那時候，我說要嫁你是真心的，你說要立我為中宮大福晉，也絕非假意。可是，如今，我是你的嫂子，你是我的小叔，還能作這夢嗎？」

多爾袞堅定地說：

「我哥哥已經沒了！咱們又不是漢人，誰規定你不許再嫁給我？」

布木布泰嘆道：

「就不論這一層，你想想，娜蘭是你明媒正娶的大福晉，你當皇帝，她當然是皇后，誰也奪不去。你要真這麼辦，咱們也不用打大明了，倒是準備著跟蒙古打吧。咱們跟大明打容易，跟蒙古，能隨便說打就打？」

多爾袞原先滿腔的一廂情願，聞此，如兜頭一瓢冷水。愕然沉默半晌，也嘆了一口氣，卻無言可對。

「娜蘭是皇后，我呢？別說你不能封我為妃。便能，我也不能答應！你想，我本是你哥哥的妃子，哪能給你作妃子！而且，在姑姑之下，我沒話說。在娜蘭之下，給她磕頭請安，多少還得受她的氣，我犯賤麼？」

布木布泰嗚嗚咽咽：

「你又從來是怕她的。她當了皇后，只怕，我們要這樣見見面、說說話都不能了。」

多爾袞聽得心浮氣躁：

「那你是希望我讓位給豪格？」

「讓豪格？豪格當了皇帝，你的日子能好過嗎？我自己不肯受委屈，倒肯要你受委屈？」

她幽怨的反問，多爾袞為之啞口無言。

「而且，眼前的局面，你跟豪格兩個，不管誰當皇帝，對大清都只有禍害；你爭我奪；奪到的，為了防範別人，不免挑眼，找麻煩，想法子除了眼中釘。沒爭到的，不服氣，又擔心受害，總要反抗。結果呢？你一黨、我一派，都是死對頭。明裡不打，暗裡也算計，誰也不放心誰。非搯倒了對方，不能罷休。弄得只顧私仇，誤了國家大事。那，往上，怎麼對得起祖宗；往下，又怎麼教訓子孫！」

多爾袞聞言，不由肅然起敬；這真是一針見血的言論，說的都是事實。然而……他不禁問：

「我們不當，有誰能當？」

「往老的說，禮親王，是唯一壓伏得住的。」

「代善哥哥說了，他不要當。」

「那就往小的找！多爾袞，你只要掌實權，那名分，有什麼要緊？皇子中，除了豪格，立了誰，不是由你輔政掌權？你要讓了，豪格不讓，諸王貝勒自然容不了他。這不比現在就弄得窩裡反，誤了大局好？」

多爾袞沉默半晌，極不甘心：

「皇太極奪了我的位，到頭來，還得讓他兒子！」

「讓我兒子！」

說到了這裡，布木布泰不能不挑明說了：

「多爾袞，你要不明白，一定要說我是私心，我也沒有話說。但，你自己想想：要怎麼樣，才能免了大清這一場自相殘殺分裂的亂局？要是亂了，誰的皇帝能做得安穩？要換了任何一個有權有勢的，他又怎麼肯聽你的？那你不是更不甘心了！不是『皇子』，兩黃旗，又怎肯善罷甘休？」

多爾袞心中一陣翻騰，默然細思，捨此竟無萬全之策。

「說來說去，還是只有福臨！」

「只要能顧全大局，也不一定要福臨。只要你能想得出更好的辦法來，我絕不爭！」

多爾袞負手站了起來，憑窗向外眺望。正好望到永福宮屋瓦的綠剪邊。心中一動，想起當年福臨降生時的種種異象。和當年在草原上，曾聽莽古思說過：那黃衣喇嘛說布木布泰是「富靈阿」的事。難道……

可是，他等了那麼久，才等到了今天！

他不信，他加上多鐸、阿濟格的人馬，敵不過兩黃旗，敵不過蒙古。了不起，兩敗俱傷！兩敗俱傷！想到這裡，他為之瞿然；布木布泰的話，那麼義正辭嚴：

「往上，怎麼對得起祖宗。往下，又如何教訓子孫！」

可是，他怎甘心！甘心這樣就把即將到手的皇位，拱手讓給皇太極那個「小九子」福臨！

「讓我兒子！」

布木布泰這樣說。是她的兒子！她……和皇太極的……

他好恨！好恨！好恨！

「多爾袞！」

他懷著一腔怨憤矛盾的回頭，卻見不知何時，案上多了一大落的衣物，是皇帝御用的明黃色，從頂冠到袍服、玉帶都齊全了。

「玉兒……這……？」

布木布泰指著衣物，滿臉端凝：

「這是你哥哥的八補黃袍和冠帶，你帶回去，穿戴著瞧瞧吧。讓與不讓，全在你。反正，我自己的一片心，是可以對得起天地祖宗的。後宮，本來也不該過問國事。睿王爺這就請吧！等王爺登了基，該朝賀、該殉葬，我再奉旨就是了！」

「索尼！」

清寧宮裡，皇后也沒有閒著。召見了可以出入宮禁的「內大臣」索尼。

「索尼在。」

「本來太祖皇帝遺命，后妃不許干預外政。可是，這個當口，我們不能不關心；議立儲君的事，到底怎麼樣？」

她假作一無所知。因她一向深居內宮，不問外事，索尼倒也不疑有他。道：

「還沒定呢！看樣子，睿親王是有覬覦大位之心的。這一點，奴才們早就料到了，偏偏咱們兩黃旗是皇上親領，皇上駕崩，在這樣的大事上，反而連說話的人都沒有了！所以先發制人，闖進『崇政殿』去表明了咱們兩黃旗的立場：先皇既有皇子在，就得以父傳子！」

皇后露出欣慰的表情：

「你們真不愧是皇上的忠臣！唉！怪只怪此番皇上駕崩，連點預兆都沒有；原先還這病那痛的，這一陣子，倒看著挺好；只怕連皇上自己都沒想到走得那麼突然……連個遺詔都沒來得及留……」

說著，掏出了手帕拭淚。索尼一時不知所措。幸好，她很快的就強自隱忍，深深吸口氣，壓下了悲泣。問：

「十四爺聽你們這麼說，有什麼反應？」

「他自己倒沒有，是豫王爺出頭吵的。」

「禮親王呢？他怎麼說？」

「禮親王也壓伏不住。他說，論立賢，就該立睿親王。論立長，就該立肅親王；這話不是白說？後來還是睿親王說，改日再議，才沒鬧開。」

皇后深鎖眉頭：

「這麼說，事情還是沒解決呀！要是雙方各執己見，再議，也還是一樣沒個結果！而且，雙方火氣愈來愈大，恐怕……」

「恐怕……咱們兩黃旗，一向受皇上天高地厚之恩；吃的、穿的、富貴、爵祿，哪一樣不是皇上賞賜的？要是睿王爺不肯退讓，難道兩黃旗就能眼睜睜的看著宗支易主？」

「宗支易主……是不能呀！只是……索尼，你家也是幾代的老人了，宮裡宮外的事，也沒誰比你清楚！當初，多爾袞就一心認定了太祖皇帝遺詔是傳位給他的！在這當口，他怎麼肯善罷干休？」

這一點，索尼自然了然於心，點頭稱是。皇后沉思半晌，問：

「你們一定要皇子接位，自然是一片忠心。若是睿親王一定不肯讓，你們打算怎麼辦呢？難道就真打？」

「奴才們自然也不希望鬧到那個份上。只希望，睿親王能識大體，不要再爭！」

這話連不問世事的皇后，也覺得簡直是「癡人說夢」；憑什麼要多爾袞不爭？在多爾袞那一方看，是兩黃旗不爭才叫「識大體」呢！

但這話當著索尼的面，自然也不便說。搖搖頭：

「恐怕不容易！多爾袞和豪格兩個，從小就是死對頭！他就算肯讓，也絕不會肯讓豪格！」

話說到這裡，就好往下試探了：

「你們堅持要皇子，是認定了豪格呢？還是……」

索尼聽出了話風，問：

「奴才不明白皇后的意思。」

「也沒什麼不明白的；若認定了要豪格，那話也不用往下說了，恐怕『八旗』自己人就免不了先打一仗；至少，兩黃旗、兩白旗是打定了。要是不一定認定了豪格，皇上的皇子儘有，也許倒還有轉圜的餘地。」

「皇后的意思……是另立一位皇子？」

「我也沒什麼意思，只是想……多爾袞是絕對不肯讓豪格的，若換一位，不讓他那麼恨，也許……。本來，若論貴寵，身分比豪格高的也不止一個！」

索尼懂了：

「鳳凰樓裡，還有兩位小阿哥呢！」

「是呀！貴妃的博果爾，和莊妃的福臨！說起來，他們的缺點是他們年紀都太小。可是，從另一方面說，不也是優點？就因為他們小，跟誰也沒仇沒怨！」

索尼不覺省視著這位以溫厚賢淑著稱的皇后。他還真不太能信，她能有這樣的見識！可是，他也不能否認，句句在理。而且，恐怕目前這也是唯一可能解決僵局的釜底抽薪之計了。一念及此，他不覺點頭。皇后抓緊了時機，問：

「這兩個阿哥，依你看，哪個合適？」

這也是布木布泰面授的機宜；絕不能讓他們覺得後宮裡已經有了定見；這些出身軍旅的漢子，最在意別人對他們的尊重；明明是絕無疑義的主意，也得由他們自己說出來，讓他們自覺智計過人，才會肯鼎力促成。

「論尊貴，自然是貴妃位次在莊妃之前，理應是十一阿哥優先。只是……」

他有些遲疑。皇后鼓勵道：

「在這節骨眼上，你有什麼想法，只管說！不必忌諱。」

索尼還是沉吟了一下，才說出口：

「恐怕論合適，還是九阿哥。」

一旦把話說出，他的思慮立刻清明了。侃侃而論：

「頭一件，九阿哥出生的時候，那些異象，是大家都耳聞目睹的，連皇上都說他必福命過人，所以才命名為『福臨』。只要提起來，就容易得到支持。再者，皇后既然說不必顧忌，奴才大不敬，就實話實說了；這原也是大家都知道的事。單憑尊貴這一點，恐怕還不足讓睿親王肯讓。只怕也只有莊主子生的兒子，睿親王才可能顧念舊情肯讓！」

皇后嘆了口氣：

「這話也是……眼下，頭一件要緊的，就是咱們得想法子，解決這個僵局，總不能鬧個窩裡反。這麼吧，你先把這事擱在心裡，看看能不能成。這事，咱們鳳凰樓裡幾位主子，也得商議商議；總得想個說法，跟睿親王商量，勸他退讓一步。」

「還得貴妃肯讓。」

索尼提醒。皇后點點頭：

「可不是？你就先下去吧，兩黃旗，還得靠你穩住。總之，咱們大原則是定了：一定是皇子，不一定是豪格；就看看誰有這福命吧！」

索尼出了宮，什麼也沒有說。但豪格還是感覺氣氛不對了，而從宮中侍衛不小心露出的口風，知道莊妃曾與多爾袞密談後，他心中有了警覺；他雖不知道談些什麼，但，絕不會對自己有利！

在談到繼嗣人選時，他敏感的覺得：索尼也不再堅決表示一定支持他了。倒淡淡地說：

「兩黃旗當然堅持立皇子；總歸看誰的福大命大吧！」

而由索尼的「福大命大」一語，加上莊妃出面接見多爾袞的事，兩下一湊，他不能不想到莊妃和多爾袞密談可能的內容。使他領會到：自己的繼嗣地位恐怕是動搖了！

他有些憤怒，也有些悲哀。他是皇長子，他是皇子中唯一立了軍功的，都沒有錯！但，由大金而大清，這才是第三代。論起傳統，他的皇阿瑪就不是以「皇長子」繼嗣的！

當祖父努爾哈赤在世，最位尊權重的「四大貝勒」中，大貝勒代善、三貝勒莽古爾泰都比皇父年長！軍功也絕不下於當時身為「四貝勒」的皇父！大貝勒還說是沒有野心，三貝勒呢？卻是因著母親不是正室，無形中就矮了半截。

當初，他真沒有想過這些，還理所當然的認為皇父以「嫡子」繼嗣有理！而如今，他卻發現：母親不在「鳳凰樓」五宮之列，竟可能成為他繼嗣的致命傷。

而當初，福臨出生時的種種異象，也不由讓他想起索尼說的「福大命大」四字，實隱有所指，不由為之氣沮；但，他仍不甘心。就著索尼的話，他試探著：

「若論『福大命大』，睿親王的身體一向不好，恐怕福命也有限！倒是九阿哥的福命，是大家都知道的。」

索尼仍不肯露口風。只道：

「誰知道呢？皇上的皇子，可不少呀！」

此語一出，豪格更覺得不妙了；當初，兩黃旗表示擁戴的時候，為什麼沒提到「皇子不少」的事？他想了想，道：

「如果福臨真是福命過人，我們也不能逆天行事；如果我接了位，就立他為『皇太子』，天下我替他打，將來皇位還是讓他，不也是個辦法嗎？」

索尼聽了，心中倒也一動。但，他是精明又審慎的人，決不願在塵埃未曾落定之前再多說什麼。只敷衍著：

「這也不是咱們能私相授受的事。還得諸王貝勒公決呢！」

「不確定」的氣氛，瀰漫著整個瀋陽城。人心惶惶中，唯一澄定的，是莊妃布木布泰。她不動聲色，只悄悄密囑陪嫁來的心腹侍女，以女紅出色著稱的蘇麻喇姑：

「你照著皇上袍服的樣式，趕著給九阿哥做一套袍服；慎密著點，別讓人知道。」

蘇麻喇姑先是睜大著眼，一臉的疑惑。隨即慢慢展開了笑容；她明白：她一手帶大的九阿哥，恐怕不再僅僅是「九阿哥」了！

國家圖書館出版品預行編目資料

玉玲瓏：孝莊與皇太極、多爾袞 / 樸月著．
一初版．－ 臺北市：聯合文學，2019.11
528 面；14.8×21 公分．--（歷史讀物；PY003）

ISBN 978-986-323-322-0（平裝）

863.57　　　　108018661

歷史讀物 PY003

玉玲瓏：孝莊與皇太極、多爾袞

作　　者／樸　月
發 行 人／張寶琴

總 編 輯／周昭翡
主　　編／蕭仁豪
特約編輯／施淑清
封面繪圖／Hiroshi 寬
資深編輯／尹蓓芳
資深美編／戴榮芝
業務部總經理／李文吉
行銷企畫／邱懷慧
發行專員／簡聖峰
財 務 部／趙玉瑩　韋秀英
人事行政組／李懷瑩
版權管理／蕭仁豪

法律顧問／理律法律事務所
陳長文律師、蔣大中律師

出 版 者／聯合文學出版社股份有限公司
地　　址／(110)臺北市基隆路一段 178 號 10 樓
電　　話／(02)27666759 轉 5107
傳　　真／(02)27567914
郵撥帳號／ 17623526 聯合文學出版社股份有限公司
登 記 證／行政院新聞局局版臺業字第 6109 號
網　　址／http://unitas.udngroup.com.tw
E-mail:unitas@udngroup.com.tw

印 刷 廠／沐春行銷創意有限公司
總 經 銷／聯合發行股份有限公司
地　　址／(231)新北市新店區寶橋路235巷6弄6號2樓
電　　話／(02)29178022

出版日期／ 2019年11月　初版
定　　價／ 430 元

ISBN 978-986-323-322-0（平裝）